Elmar Brähler (Hg.)

Körpererleben

Ein subjektiver Ausdruck von Körper und Seele

Beiträge zur psychosomatischen Medizin

Psychosozial-Verlag

Die Deutsche Bibliothek - CIP-Einheitsaufnahme

Körpererleben: ein subjektiver Ausdruck von Körper und Seele; Beiträge zur psychosomatischen Medizin / hrsg. von Elmar Brähler. - 2. Aufl. - Giessen : Psychosozial-Verl., 1995
(Edition Psychosozial)
ISBN 3-930096-31-5
NE: Brähler, Elmar [Hrgs.]

Umschlaggestaltung von Till Wirth nach Reihenentwürfen des Ateliers Warminski, Büdingen
ISBN 3-930096-31-5

Vorwort

Ich freue mich sehr, daß das Buch *Körpererleben* in 2. Auflage im Psychosozial-Verlag erscheinen kann und hier ein psychosoziales Umfeld vorfindet, in dem es gut aufgehoben ist. Obgleich das Buch anfangs von der Fachwelt nur zögernd aufgenommen wurde, war es dann jedoch recht rasch vergriffen. In den letzten Jahren habe ich dann auch etliche Anfragen nach dem Buch erhalten. Die Hinwendung zum Körper, die in dem Buch konstatiert wurde, hat sich noch lange nach dem Erscheinen des Buches fortgesetzt, wobei romantisch-verklärende Tendenzen eher die Oberhand gewonnen haben gegenüber wissenschaftlich-aufklärerischen Konzepten. Ein Rezensent hatte beklagt, daß die Konzeption des Buches inkonsequent sei, da nicht auf Zahlen und den Einsatz des Computers verzichtet worden wäre. Offenbar hatte der Rezensent das Anliegen des Herausgebers und der Autoren völlig mißverstanden, denen es darum ging, dem Körpererleben als subjektivem Empfinden von Leib und Seele die Bedeutung zukommen zu lassen, die es auch für den Patienten hat. Gerade auch hier haben objektive Verfahren ihren Wert.

Ich möchte an dieser Stelle Hans-Jürgen Wirth danken für seine Wertschätzung des Buches, die in der Neuauflage zum Start der neuen Reihe „edition psychosozial" zum Ausdruck kommt.

Leipzig im Juli 1995 *Elmar Brähler*

Vorwort

Wir erleben seit einiger Zeit eine Renaissance des Körpers. Nachdem der Körper zunächst lediglich in einigen Therapie- und Selbsterfahrungszirkeln große Bedeutung erlangt hatte, ist heute „die Wiederkehr des Körpers" nicht nur in der Kunst, in der Literatur, im Film und im Theater festzustellen, auch in den Wissenschaften vollzieht sich eine „emotionale Wende". Die Zahl der Buchpublikationen und Artikel, die sich mit dem Körper beschäftigen, ist sprunghaft angestiegen, der Themenbereich dabei ist sehr facettenreich. Die Hinwendung zum Körper, die fast zu einem Modetrend geworden ist, hat sicherlich ihre Wurzeln in der gesellschaftlichen, politischen, sozialen und wissenschaftlichen Situation der letzten Jahre und ihrer Entwicklung.

Ich will an dieser Stelle mein Motiv für die Herausgabe dieses Buches zum Körpererleben aussprechen: Es ist mein Interesse an einer ganzheitlichen psychosomatischen Medizin, die den Mensch als Subjekt ernst nimmt, patientenzentriert ist und auf Allmachtsansprüche – auch im psychosozialen Gewande – verzichtet. Dem Körpererleben des Menschen, das stets subjektiv ist, wird immer noch nicht die Bedeutung beigemessen, die ihm zukommt. Im heutigen iatrotechnischen Medizinsystem spielt das Körpererleben nur eine marginale Rolle; die Medizin stützt sich auf organische Befunde und sucht den Menschen gleich einem Gerät zu reparieren. Dies führt zwar in vielen Fällen zum Erfolg, geht aber auch in vielen Fällen an der Wirklichkeit des Menschen vorbei.

Auch die Psychologie hat in breiter Front eine Entwicklung zum kausalen mechanischen Denken der Physik der letzten Jahrhunderte genommen. Hier droht der Mensch ebenfalls als Subjekt verlorenzugehen und zu einem reinen Untersuchungsobjekt zu werden, das in Mengen untersucht und nomothetisch betrachtet wird.

Die Psychoanalyse wiederum hat sich vielen Handlungsfeldern – auch in der Medizin – entzogen und erscheint in weiten Teilen ihrer Praxis als reine Neurosentherapie. Eine psychoanalytische Psychosomatik wird nicht umhinkönnen, dem Körpererleben wieder mehr theoretisches Interesse entgegenzubringen.

Ohne Einbeziehung des Körpererlebens von Menschen wird jede Therapieform bei vielen Krankheiten an einem zentralen Punkt vorbeigehen. Eine überwertige Betonung des Körpers jedoch, wie sie vor allem bei den im Gefolge des Psychobooms auftretenden Therapiemoden betrieben wird, führt leicht zu Heilserwartungen, die schnell zur Ernüchterung und Enttäuschung führen. Jede Therapieform sollte sich der wissenschaftlichen Überprüfung stellen. Nach der Ablösung des magisch-mystischen Weltbilds durch das wissenschaftliche sollten wir nicht wieder ins Mittelalter zurückkehren, sondern uns um die Einbeziehung neuer Erkenntnisse bemühen.

Der vorliegende Band enthält 18 Beiträge, die alle eigens für dieses Buch verfaßt wurden.

Die ersten fünf Beiträge beinhalten verschiedene Aspekte der Bedeutung des Körpererlebens. Der erste Beitrag befaßt sich mit dem Stellenwert des Körpererlebens für den Patienten (Brähler).

Mit dem Verhältnis der Psychoanalyse zum Körper befaßt sich der Beitrag von Müller-Braunschweig. Er zeichnet die Bedeutung des Körpers in der Entwicklung der Psychoanalyse auf und plädiert für die größere Einbeziehung des Körpers in den psychotherapeutischen Prozeß.

Der Beitrag von Joraschky referiert integrierend die zahlreichen Untersuchungen zum Körperschema, zum Körper-Selbst, zur Körperwahrnehmung und Körpererfahrung und führt eine Begriffserklärung durch. Bernhard behandelt in seinem Beitrag die Schmerzempfindung und das Schmerzerleben unter besonderer Berücksichtigung der subjektiven Komponente. Mit einem speziellen Aspekt, der Haut als sichtbares Organ des Körpererlebens, befaßt sich der Beitrag von Gieler.

Drei Beiträge schildern therapeutische Verfahren unter Einbeziehung des Körpers, Becker mit der psychoanalytisch orientierten konzentrierten Bewegungstherapie, Deter und Heintze-Hook mit der Kombination von funktioneller Entspannung mit analytischer Gruppentherapie und Dahlmann über konzentrative Körperwahrnehmungsübungen bei chronisch Schmerzkranken.

Sechs Beiträge behandeln das geschlechtsspezifische Körpererleben. Diederichs unterstreicht die Bedeutung gestörten Körpererlebens für Männer mit Prostatopathie. Bongers berichtet die Ergebnisse von narrativen Interviews mit Männern über ihr Körperselbstbild, wobei er die Differenz zu Fragebogenuntersuchungen betont. Lohs schildert am Beispiel des Fluors genitalis der Frau, wie Betroffene und Ärzte mit einem Körpersymptom umgehen.

Jarka vermittelt in ihrem Beitrag die Bedeutung des Körpererlebens für den weiblichen Kinderwunsch, die Schwangerschaft, die Geburt und die Zeit nach der Entbindung.

C. Brähler diskutiert Fertilitätsstörungen bei Mann und Frau als Kränkung und Herausforderung durch eine zentrale Störung des Körpererlebens.

Der letzte dieser Beiträge (Möhring und Brähler) beschreibt das Körpererleben bei ehemals Krebskranken und ihrer Partner(innen) als zentrales Element der Krankheitsverarbeitung in der Paarbeziehung.

Vier Beiträge befassen sich mit der empirischen Erfassung des Körpererlebens und von Körperbeschwerden. Wiedemann betrachtet kritisch Konzepte, Daten und Methoden zur Analyse des Körpererlebens. Strauß und Appelt schildern die bisherigen Erfahrungen mit einem von ihnen entwickelten Fragebogen zum Körpererleben. Die beiden letzten Beiträge befassen sich mit der empirischen Erfahrung von Körperbeschwerden, der eine gibt eine Bestandsaufnahme über die bisherigen Ergebnisse mit dem Gießener Beschwerdebogen (Brähler und Möhring), der andere beschreibt die Körperbeschwerden von Schulkindern im Alter von 8–15 Jahren (Brähler et al.).

Für das Buch habe ich mir noch den einen oder anderen Beitrag gewünscht, z. B. über Sexualstörungen als zentrale Störung des Körpererlebens, doch leider kam es zur Absage einiger zugesagter Beiträge, was als Indiz dafür zu werten ist, daß die Bedeutung des Körpererlebens bei vielen Erkrankungen und ihrer Behandlung inzwischen als sehr relevant angesehen wird, doch bisher wenig Untersuchungen darüber vorliegen.

Danken möchte ich an dieser Stelle Herrn H. E. Richter und Herrn D. Beckmann für ihre Offenheit und Aufgeschlossenheit gegenüber neuen Arbeitsgebieten. Besonderen Dank schulde ich Herrn H. Müller-Braunschweig und Herrn P. Möhring für die zahlreichen intensiven Diskussionen über das Konzept des vorliegenden Buches. Hilfreich bei der technischen Durchführung waren mir Frau H. Nöring-Wiechers und Frau Dipl.-Psych. J. Schäbler.

Mein Dank gilt nicht zuletzt den Autoren der Beiträge.

Gießen, im Januar 1986 — Elmar Brähler

Inhaltsverzeichnis

A. Die Bedeutung des Körpererlebens

1 Körpererleben – ein vernachlässigter Aspekt der Medizin (Elmar Brähler) . . . 3

2 Psychoanalyse und Körper (H. Müller-Braunschweig) 19

3 Das Körperschema und das Körper-Selbst (P. Joraschky) . . 34

4 Schmerzempfindung und Schmerzerleben (P. Bernhard) . . . 50

5 Haut und Körpererleben (U. Gieler) 62

B. Das Körpererleben in der Therapie

6 Körpererleben und Entfremdung – Psychoanalytisch orientierte Konzentrative Bewegungstherapie als Therapieeinstieg für psychosomatische Patienten (H. Becker) 77

7 Möglichkeiten der Einbeziehung körpertherapeutischer Verfahren in die tiefenpsychologisch fundierte, krankheitsorientierte Gruppentherapie von Asthmapatienten. (H. C. Deter und C. Heintze-Hook) 90

8 Konzentrative Körperwahrnehmungsübungen – eine psychophysiologische Therapieform (W. Dahlmann) . . 110

C. Geschlechtsspezifisches Körpererleben

9 Körpererleben von Männern mit Prostatopathie (P. Diederichs) 125

10 Das Körperselbstbild von Männern (D. Bongers). 137

11 Fluor genitalis der Frau – Wie Ärzte und Betroffene mit einem Körpersymptom umgehen (M. Lohs) 147

12 Zur Bedeutung des Körpererlebens für den weiblichen Kindeswunsch, Schwangerschaft, Geburt und die Zeit nach der Entbindung (M. Jarka) 161

13 Fertilitätsstörung – Kränkung und Herausforderung (C. Brähler) 181

14 Körperbeschwerden bei ehemaligen Genitalkrebspatienten und ihren Partnern (P. Möhring und E. Brähler) 187

D. Verfahren zur Erfassung des Körpererlebens und von Körperbeschwerden

15 Konzepte, Daten und Methoden zur Analyse des Körpererlebens (P.M. Wiedemann) 199

16 Erfahrungen mit einem Fragebogen zum Körpererleben (B. Strauß und H. Appelt) 220

17 Der Körper im Beschwerdebild – Erfahrungen mit dem Gießener Beschwerdebogen (GBB) (E. Brähler und P. Möhring). . 232

18 Körperbeschwerden von Kindern im Alter von 8–15 Jahren (E. Brähler, R. Ernst, W. Hettich, H. Klein und A. Otten) . . 253

Sachverzeichnis 267

A. Die Bedeutung des Körpererlebens

Körpererleben - ein vernachlässigter Aspekt der Medizin

E. Brähler

Einleitung

Die Beschäftigung mit dem Stellenwert des Körpererlebens in der Medizin, die hier vorgenommen werden soll, gerät unvermeidlich in die tief verwurzelte Polarisierung zwischen Psyche und Soma, zwischen subjektives Erleben und objektiven Befund, die auf das dualistische Menschenbild Descartes zurückzuführen ist.

Die Medizin versteht sich seit dem letzten Jahrhundert als Naturwissenschaft. Dies führte zu einer sehr einseitigen Sichtweise des Menschen, der als Untersuchungsobjekt betrachtet wird, während das subjektive Körpererleben nur eine marginale Rolle spielt. Als Reflex entstehen auf dieses Defizit hin Ansätze, die leicht zu einer überwertigen Betonung des Körpers führen können und verbrämt mit gegenaufklärerischen Vorstellungen zu Heilslehren werden.

Das Pendeln zwischen extremen Auffassungen findet sich in ähnlicher Weise auch in der Geschichte der Biologie, wo sich vitalistische und mechanistische Konzepte abwechseln (vgl. Wuketits 1985).

Von Uexküll (1961, 1985) benennt den Körperbegriff als zentrales Problem der Psychoanalyse und der somatischen Medizin: „Die gegenwärtige Medizin besitzt zwei Paradigmata, die sich gegenseitig ausschließen: die ‚Maschinendefinition' für den Körper und das Freudsche Paradigma des psychischen Apparats für die Seele. Die Konsequenz ist eine dualistische Medizin, nämlich eine für Körper ohne Seelen und eine andere für Seelen ohne Körper. So braucht die Medizin ein neues Paradigma, das eine Lösung des bisher ungelösten psycho-physischen Problems bringt."

Von Uexküll behauptet, daß dieses Paradigma seit Beginn unseres Jahrhunderts existiert, aber bisher weder von der Medizin noch von der Psychoanalyse zur Kenntnis genommen wurde und bezieht sich dabei auf den „Funktionskreis" von v. Uexküll (1920). Dieser ist wie auch der „Gestaltkreis" von v. Weizsäcker (1947a) als Vorläufer der systemtheoretischen Ansätze zu sehen, die jetzt das Erbe der Subjektphilosophie anzutreten versuchen (Habermas 1985c). An die Stelle der Innen-Außen-Beziehung tritt dabei die System-Umwelt-Beziehung, die Geist-Körper-Problematik wird dabei irrelevant (Habermas 1985c). Ob dieses Paradigma in der Lage ist, die bestehenden abzulösen, ist nicht abzuschätzen, ebensowenig, welche neuen Probleme darin enthalten sind.

Dem Körpererleben des Menschen kommt unabhängig von den herrschenden Theorien eine wichtige Bedeutung zu, da es die Lebenswirklichkeit des Menschen widerspiegelt, unabhängig vom philosophisch konstruierten Leib-Seele-Problem oder der System-Umwelt-Betrachtungsweise.

Die stärkere Beachtung des Körpererlebens ist zentraler Bestandteil einer patientenzentrierten Medizin (Balint 1957) und dient der Einführung des Subjekts in die Medizin (von Weizsäcker 1951).

Im folgenden wird zunächst die Renaissance des Körpers beschrieben, weil bei der Beschäftigung mit dem Thema Körpererleben die Reflexion des Kontextes unerläßlich ist.

Danach wird das Fehlen der Dimension des Körpererlebens in der iatrotechnischen Medizin aufgezeigt und die faktische Vernachlässigung des Körpererlebens in der psychosomatischen Medizin trotz des theoretisch postulierten Stellenwerts. Schließlich wird die Notwendigkeit der stärkeren Einbeziehung des Körpererlebens für eine patientenzentrierte Medizin verdeutlicht.

Renaissance des Körpers

Wir erleben seit einiger Zeit eine publizistische Renaissance des Körpers. Nachdem in den 70er Jahren der Körper lediglich im Therapie- und Selbsterfahrungsbereich eine große Bedeutung erlangt hatte – man denke z. B. an die Lehren von Bagwhan, an die Gestalttherapie, aber auch die Bioenergetik, wobei vor allem die Ansätze von Wilhelm Reich wieder aufgegriffen wurden –, so ist heute eine Wiederkehr des Körpers in der Kunst, in der Literatur, im Film und im Theater festzustellen. Inzwischen vollzieht sich auch in der Wissenschaft eine „Wende zum Körper", eine große Flut von Büchern und Aufsätzen, die den Körper zentral zum Gegenstand haben, ist erschienen.

Die Facetten dieses Phänomens lassen sich ablesen an den Eigenschaften, die dem Körper in den Publikationstiteln zugeschrieben werden. Da ist die Rede von ganzen und zerstückelten (Kamper 1982), gesprochenen (Wimmer 1982), anderen (Kamper u. Wulf 1984; Pfleiderer 1984), infamen (Dressen 1984), zeremoniellen und geklonten (Baudrillard 1982), inszenierten (Peitmann 1984), organischen und psychoanalytischen (Dieckmann 1984), weiblichen (Shorter 1984), transfigurativen (Tibon-Cornillot 1982), unfähigen und abwesenden (Virilio 1982), eigenen (Paulus 1982; Paulus u. Otte 1979), menschlichen (Bernhard 1978; Bleker 1983; Winau 1983; Roloff 1983), angstlosen (Duhm 1980), gefährdeten (Bleker 1983) und dem kommunikativen Körper (Ochmann 1981).

Der Körper wird in Verbindung gebracht mit Tod (Wulf 1982), Arbeit und Klasse (Waldhubel 1983), Identität (Poppe 1982), Bewegung und Psyche, mit dem Namen und den Sinnen (Lipowatz 1984), Besessenheit (Schott-Billmann 1979), Widerstand (Mindell 1981), Emotion (Nitzschke 1983), Sprechen (Anzieu et al. 1982), dem Mord an der Realität (Chasseguet-Smirgel 1981), Geburt und Wiedergeburt (Le Camus 1983), dem Traum (Matisson 1982) und Stillstand und Gebärde (Werner 1984).

Der Körper wird betrachtet als Partner (Eicke 1973), Werkzeug (Gensch 1983), Statue (Küchenhoff 1983), Medium (Lermer 1981) und Signifikant (Warsitz 1983).

Beschrieben wird die Expansion (Tibon-Cornillot 1982), die Technik (Mauss 1975), die Proportionen (Hufschmidt 1977) und die Dynamik des Körpers (Reindell 1981), sein Verschwinden (Halfmann u. Zillich 1982), seine Wiederkehr (Kamper u. Wulf 1982), seine Auferstehung (Hart-Nibbrig 1985), seine Geschichte (Kamper u. Rittner 1976), seine libidinöse Wiederbesetzung (Dieckmann 1981), seine Spuren (Anzieu 1982), seine Bedeutung (Giegerich 1983), seine Sexualisierung (Haug 1983), seine Botschaften (Kurtz u. Prestera 1976), seine symbolische Funktion (Gebauer 1982), seine Sozialisation (Orban 1981), sein richtiger Gebrauch (Barlow 1979), seine Diagnostik (Rumpf u. Schomann 1983), seine Zeichen (Seittner 1982), seine soziale Wahrnehmung (Rittner 1982) und seine Sprachen (Heinrichs 1985).

Auf der einen Seite wird reflektiert, daß der Körper als ein Objekt gesehen wird, mit dem man sich beschäftigt oder es ignoriert. Dem Körper wird in der Literatur andererseits der Stellenwert eines eigenständigen lebendigen Wesens gegeben, das bestimmte Eigenschaften und Attribute hat und in der Lage ist zu interagieren, zu erleben, zu leiden und zu handeln, abgetrennt von dem, was nicht Körper ist. Dies erinnert an die kynische Methode Sloterdijks (1983), die Habermas (1985a) wie folgt nachzeichnet: „. . . durch die Strategie der Verweigerung von Argumentation, durch die Absicht der Subversion, durch die Versenkung des Widerspruchs in die Expressivität des Leibes, durch ein Prinzip der Verkörperung, das die existentielle Einheit von Theorie und Leben sichern soll, durch die materialistische Aufbietung der niederen Organe gegen die höheren, durch den subjektivistischen Aufstand des Privaten gegen das Öffentliche, durch den Nominalismus eines situationsabhängigen, das gegen verallgemeinerndes Denken schon im Ansatz protestiert."

Im medizinisch-psychotherapeutischen Feld werden zahlreiche subjektive Aspekte des Menschen über seinen Körper beforscht, wie z. B. Körperbild (Freyberger 1983; Grunert 1977; Kiener 1973, 1974; Pankow 1982; Rechenberger 1983; Siblik 1973), Körperschema (Baumann 1976; Bay 1983; Conrad 1933; Joraschky 1983; Meermann u. Fichter 1983; Schilder 1923; Schulte-Herbrüggen 1983), Körperselbst (Joraschky 1983), Körperselbstbild (Bongers 1984; Martin 1982), Körperkonzept (Mrazek 1984), Körper-Ich (Battenberg 1978; Hoffer 1978), Körperwahrnehmung (Meermann 1983), Körperlage (Fischler et al. 1977), Körpersymptome (Schmidt-Atzert 1984), Körperbeschwerden (Brähler u. Scheer 1983), Körpererleben (Strauss u. Appelt 1983), Körperstörungen (Meyer 1963), Körperbildnis und Körperkoordination (Schneider 1979). Auf diese Untersuchungen wird in den Beiträgen von Joraschky und Wiedemann in diesem Buch genauer eingegangen.

Der Körperbau und seine Beziehung zur Persönlichkeit wird schon lange untersucht (Buse u. Pawlik 1984; Kretschmer 1977).

Der kommunikative Aspekt des Körpers wird betont in Untersuchungen zu Körperkontakt (Montagu 1982; Winau 1982), Körperhaltung (Lermer 1977), Körperform (Jürgens 1978), Körperausdruck (Lowen 1981), Körpersprache (Argyle 1979; Gniech 1984; Hauschild 1983; Heinrichs 1985; Kummer 1984) und Körperrichtungen (Seittner 1984).

Im psychotherapeutischen Feld entstanden Arbeiten über Körperarbeit (Besuden 1983; Fuchs 1949; Lowen 1975; Painter 1984; Seidel 1981), Körperkoordination (Brambring u. Dawidowski 1980), Körperkontrolle (Dreitzel 1983) und Körpertherapie (Petzold 1977). Darauf wird in den Beiträgen von Becker, Dahlmann und Deter in diesem Buch eingegangen.

Bei der Durchsicht der Literatur fällt auf, daß der Körper in den letzten Jahren den Leib überrundet hat, über den immer weniger geschrieben wird. Die Begriffsabgrenzung von Körper und Leib ist nicht einfach, auch wenn jeder einzelne Unterschiede benennen kann, denn die konnotativen Felder der beiden Begriffe sind historisch in einem steten

Wandel begriffen. Verstand man unter Leib ursprünglich den beseelten Körper, so werden heute beide Begriffe synonym gebraucht. Vor nicht allzulanger Zeit wurde der Turn- und Sportunterricht bei uns noch als Leibesübungen und Leibeserziehung bezeichnet und in der DDR konsequent von Körpererziehung und Körperkultur gesprochen (Brockhaus 1973).

War vor einigen Jahrzehnten der Körper noch eher etwas Totes oder Stoffliches, wie z. B. in der Medizin oder Physik (Festkörper, Antikörper, Korpuskel) oder gar in der Mathematik, so hat heute eine Begriffsverschiebung stattgefunden, wo der Körper als Träger bzw. Inbegriff des Lebendigen betrachtet wird. Der Begriff Leib hingegen gilt als altmodisch oder reaktionär, er wird den Theologen überlassen oder den Philosophen, die sich weiterhin mit dem Leib/Seele-Problem herumschlagen sollen.

Der Gebrauch des Wortes Körper mag auch der Intention entspringen, den Leib/Seele-Dualismus zu überwinden und per Sprachwahl zu einer einheitlichen Menschenbetrachtung zu gelangen.

Habermas (1985b) sieht in den pragmatischen, linguistischen und anthropologischen Versuchen, gegen den Cartesianischen Dualismus von Geist und Körper dritte Kategorien wie Handlung, Sprache und Leib zu philosophischem Rang zu erheben, die Vorläufer einer Überwindung des Paradigmas der Bewußtseinsphilosophie. Heute ist dabei die Kategorie Leib jedoch durch den Begriff Körper abgelöst worden.

Die Hinwendung zum Körper, die sich in vielen Wissenschaftsbereichen findet, hat sicherlich ihre Wurzeln in der gesellschaftlichen, politischen, sozialen und wissenschaftlichen Situation der letzten Jahre und ihrer Entwicklung. Heinrichs (1985) stellt fest: „Viele, die heute glauben, es sei höchste Zeit, wenigstens noch die eigene Seele zu retten, wo alles andere verloren scheint, greifen immer entschiedener auf ihren Körper zurück, ihn massierend, ihn besonders gut fütternd oder ihn auf Schonkost setzend. Sie erwarten vom Körper Heil, Leben, Natur, Unterschlupf" (Heinrichs 1985).

Die ständige Realität der Bedrohung unserer basalen biologischen Grundlagen, sei es durch die Umweltzerstörung, sei es durch die atomare Bedrohung, die Spaltung zwischen hochtechnisierter Funktionalität und bedrohlichen archaischen Zügen, die im Menschen schlummern, führen vielfach zu einem Rückzug in die Privatheit zuerst des Biogärtleins und konsequenterweise des eigenen Körpers. Viele wollen, wenn ganzheitliches Denken insgesamt kaum durchsetzbar ist, wenigstens für sich persönlich dem ganzheitlichen Ideal nahekommen. Die Moderne hat neben den bedeutenden Fortschritten durch Überwindung von Magie, Mystik und Aberglauben, die den Menschen unmündig hielten, zu unmenschlichen und selbstzerstörerischen Folgen geführt. Der Fortschritt europäischer Prägung wurde aufgrund der abendländischen Trennung von Körper und Geist ermöglicht (Kamper u. Wulf 1982), doch um den Preis einer Distanzierung zum körperlichen Leben bis zur feindseligen Entfremdung. Kirche, Militär, Pädagogik und Ökonomie haben zu einer „massenhaften Zurichtung des Körpers" geführt. (Vgl. Becker in diesem Band). Viele versprechen sich von Körpertherapie und Körpererfahrung die Lösung der Probleme und die Selbstfindung. Sie träumen vom guten, wilden, archaischen Körper in sich, der nur verschüttet ist und befreit werden muß, um zu einem lebenswerten, harmonischen und glücklichen Dasein zu kommen. Analog findet eine Beschäftigung mit fremden Kulturen statt, von denen man annimmt, daß sie in unschuldiger Weise glücklich dahinleben. Es findet eine verklärende romantische Betrachtung der Natur statt, die als neue Hoffnungsträgerin hochstilisiert wird (Bergfleth 1984). Die Väter der Aufklärung haben versagt, gesucht wird der

Unterschlupf bei der Mutter Natur, die mystifiziert wird. Beckmann (1984) beschreibt, wie bei nordamerikanischen Indianern mystische Bewegungen erst in Krisenzeiten auftraten, während die Normalbeziehung zur Natur durch Wissen über Naturvorgänge gekennzeichnet ist.

Habermas (1985c) spricht von einer bei vielen anzutreffenden Tendenz, zu glauben, in die „anarchistische Lichtung der Postmoderne" eintreten zu können, wobei die Kritik der Subjektphilosophie mit einer totalen Vernunftkritik verbunden ist. Die Verabschiedung von Descartes gilt auch „dessen Tugenden: von methodischem Denken, von theoretischer Verantwortlichkeit . . . Der Kreuzzug gegen eine zur Totalität aufgespreizte instrumentelle Vernunft nimmt selbst totalitäre Züge an".

Es wird sich zu zeigen haben, ob die Beschäftigung mit dem Körper nur eine vorübergehende Erscheinung sein wird, oder eine Kehrtwendung innerhalb des Wissenschaftsbetriebs oder das Anzeichen einer Abwendung von Wissenschaftlichkeit ist.

Iatrotechnische Medizin und Körper

Medizinstudenten lernen den menschlichen Körper während ihres Studiums zunächst als Leichnam kennen, nachdem sie die naturwissenschaftlichen Grundlagen kennengelernt haben. Bis zum Physikum kommen sie kaum in Kontakt mit Patienten. Die Abfrage ihres Wissens geschieht dann mittels Multiple-choice-Fragen, wobei die Validität dieser Prüfung zugunsten der Objektivität völlig in den Hintergrund tritt. Die Studenten werden sozialisiert in der Denk- und Arbeitsweise der iatrotechnischen Medizin, auch wenn sie einige andere Farbtupfer, wie medizinische Soziologie, medizinische Psychologie und Psychosomatik schmücken. Rothschuh (1978) gibt u. a. folgende wesentliche Grundsätze des Konzepts der iatrotechnischen Medizin an:

- Der Organismus ist nicht von besonderen vitalen Kräften gelenkt, es gibt keine Lebenskraft.
- Die Lebensvorgänge sind im Prinzip physikalische und chemische Prozesse, nur besonders angeordnet in organisierten, relativ komplizierten Gebilden.
- Der Zusammenhang dieser Funktionsmitglieder ist streng naturgesetzlich und determiniert, also im Prinzip nicht anders als in der toten Natur. Naturgesetze sind Kausalgesetze. Es gilt, für alle physiologischen und pathologischen Prozesse die Verursachung oder Bedingtheit bis in die Einzelheiten zu ermitteln.
- Dazu bedarf es der Zergliederung des Organismus in seine Teilstücke und Elemente. Das Vorgehen der Untersuchung muß dabei kausalanalytisch sein.
- Die Methode zur Aufklärung der Funktionsweise der Teile ist das Experiment, analog dem Vorgehen in der Physik und Chemie. Allerdings muß es in der Physiologie am lebenden Tier oder an isolierten fortlebenden Teilen durchgeführt werden. Der Tierversuch ist daher im Rahmen einer experimentellen Medizin die maßgebliche Methode der iatrotechnischen Medizin.
- Dieses Abstrahieren vom ganzen Organismus liefert zwar ein stark verkürztes Menschenbild, führt jedoch zu Zuverlässigkeit in der Wahl der Mittel, wo es um Diagnose und Therapie von Krankheiten geht.

– Man darf sich nicht eher mit der Analyse der gesetzlichen Zusammenhänge im gesunden und kranken Körper zufriedengeben, als bis man über eine lückenlose Kenntnis zur Reparatur der Kausalzusammenhänge verfügt. Der Körper wird als ein technisch funktionierendes Gebilde betrachtet, zerlegt und manipuliert.

Die iatrotechnische Medizin ist im letzten Jahrhundert aufgebrochen, die Menschheit in eine glückliche Zukunft zu führen. Die Mediziner waren überzeugt davon, daß der Mensch sein Heil selbst auf Erden begründen könne (Schipperges 1968), Richter (1979) spricht in diesem Zusammenhang von einem Gotteskomplex. Nach den vielen Erfolgen, die die iatrotechnische Medizin für sich verbuchte, glaubte man, daß man Krankheit und Tod irgendwann besiegen könnte, wenn man nur beharrlich forscht. Dies hat sich längst als Utopie erwiesen (Schipperges 1968). Der Optimismus der naturwissenschaftlichen Medizin ist jedoch ungebrochen. Das stets erhoffte Ziel, alle Krankheiten irgendwann besiegen zu können und die Lebens- und Alterungsprozesse in den Griff zu bekommen, ist jedoch in weite Ferne gerückt. Die Begeisterung der iatrotechnischen Medizin für das technisch Machbare führt dazu, daß momentan zwei Entwicklungslinien medizinischen Fortschritts große Beachtung finden und mit großer Anstrengung verfolgt werden: Gentechnologie und Reproduktionstechnik einerseits und die Verlängerung menschlichen Lebens durch Organersatz, durch Transplantation oder maschinellen Ersatz. Bei der Gentechnologie und der Reproduktionstechnik besteht die Gefahr, daß unbemerkt an unselige Traditionen angeknüpft wird.

Schon 1903 publizierte Schallmayer die Ergebnisse seiner preisgekrönten Studie über Volksentartung und Volksgenetik unter dem Titel „Vererbung und Auslese in ihrer soziologischen und politischen Bedeutung" (zitiert nach Schipperges 1968). Dieses Werk propagierte die organische Vervollkommnung der Menschheit und speziell die leibliche und geistige Veredelung desjenigen Volkskörpers, aus dem wir hervorgegangen sind. Schipperges (1968) schreibt dazu: „So sehen die Konsequenzen aus, deren Realisierung wir im Ansatz erlebt haben. Es ist dabei nicht einzusehen, warum der Versuch mit einer geläuterten Naturkenntnis und mit größeren Machtmitteln nicht noch einmal – und sei es unter noch höheren Opfern – gewagt werden sollte. Die Idee von der höheren Offenbarung aus der Einheit wahrer Wissenschaft heraus, ist zu faszinierend, als daß sie nicht die Herzen der Menschen bewegen, die Köpfe entflammen und die Hände zwingen müßte, nun auch einzugreifen und den Traum zu verwirklichen."

Die Beseitigung von Erbkrankheiten wird heute von der Gentechnologie versprochen. Hobom (1985) schreibt: „Die logische Konsequenz der pränatalen Diagnostik ist bei entsprechendem Gendefekt der Schwangerschaftsabbruch ... Eine Konsequenz der pränatalen Diagnostik in jeder Form ist jedoch die allmähliche Veränderung der Einstellung in der Gesellschaft zur Geburt eines behinderten Kindes, gegenüber dem Kind und den Eltern." Was damit gemeint sein kann, sprach Glass in seiner Antrittsrede als Präsident der Amerikanischen Vereinigung zur Förderung der Wissenschaften 1971 deutlich aus (zitiert nach Kayser 1985): „Keine Eltern werden in Zukunft das Recht haben, die Gesellschaft mit verunstalteten oder schwachsinnigen Kindern zu belasten."

Nordhoff u. Hohlfeld (1985) beschreiben die Situation, in der wir stehen, wie folgt: „Entweder wir halten an der Fortschrittsmaxime fest, ... dann müssen wir unser Menschenbild und unsere Moral ändern, oder wir halten an dem letzteren fest – dann wird die traditionelle Fortschrittsidee Federn lassen müssen."

Die Beurteilung gilt auch für die Entwicklung hin zur technischen Vervollkommnung des Menschen, die am eindrucksvollsten durch das Projekt „Cyborg“ (cybernetic organ) von Kline u. Clynes (1961) repräsentiert wird.

Die ersten Implantationen von künstlichen Herzen wurden durchgeführt, folgende Versuchsziele werden u. a. noch angestrebt (zitiert nach Tibon-Cornillot 1984):
- schärfere menschliche Augen durch optische Zellen
- Lebensstimulatoren und Nebennierenstimulatoren
- mehrere Partien des Kopfes können durch künstliche Elemente ersetzt werden (ein magnetisch fixiertes Kunstauge gewährleistet bessere Koordination mit dem gesunden Auge; Kinnbacken aus Vitallin; Gebiß aus Nylon mit Zähnen aus Plastik), die Arterien wären aus Polyäthylen wegen der konstanten Temperatur, die Aorta aus Nylon, die Gelenke ganz künstlich (Plastik), das Becken künstlich abgestützt oder ersetzt
- ein Exoskelett ist vorgesehen und bereits teilweise realisiert, eine moderne Version der Rüstung, die erlauben würde, Kraft und Widerstandsfähigkeit des menschlichen Körpers durch ein Gerüst zu erhöhen, dessen Bestandteile direkt verbunden sind und den menschlichen Bewegungen total angeglichen durch Elektromotoren bewegt werden.

Bei den sich abzeichnenden Entwicklungen liegt immer noch unreflektiert der Gedanke zugrunde, daß die Geschichte der Wissenschaft unbeschadet einiger Umwege und vorübergehender Rückschläge eine Einbahnstraße des Fortschritts sei, wie von Uexküll (1985) die Sozialisation seiner Generation beklagt. Sicherlich sind auch in der Medizin andere Traditionen erhalten geblieben, doch es besteht die Gefahr, daß sie völlig in den Hintergrund gedrängt werden. Die kurativen Erfolge der Medizin sind stets überbewertet worden (Göckenjan 1985), die Zunahme vor allem chronischer Erkrankungen stellt ein großes Aufgabengebiet für die Medizin dar, das sie nicht zugunsten von spektakulären Einzelerfolgen vernachlässigen darf. Prävention und Nachsorge kommen zu kurz. Zwar wird eine Fülle von Ratschlägen von seiten der Ärzte für die Menschen verbreitet. Wir erleben ständig Sport-, Jogging-, Trimm-dich-, Aerobic- etc. Wellen, die jedoch nicht propagiert werden, den Menschen zu einem positiven Körpererleben zu verhelfen, sondern auf Beherrschung des Körpers zu zielen, der durch Betätigung fit gehalten werden soll. Die Anweisungen erfolgen in einer Art, daß man meinen könnte, die Lebensdauer von Maschinen solle verlängert werden.

Diätvorschriften haben inflationär zugenommen, sie widersprechen sich teilweise, je nachdem welcher Teilaspekt des mechanisch aufgefaßten Stoffwechsels überbetont wird. Jedes Fachgebiet der Medizin hat genaue Vorstellungen vom gesunden Verhalten, ein Bündel von Ratschlägen zur Prävention, die sich teilweise widersprechen und nicht einzuhalten sind. Dies resultiert aus dem Maschinendenken, wobei der Körper als komplexes Leben nicht beachtet wird.

Die Medizin ist nicht wegen ihrer naturwissenschaftlichen Grundhaltung anzugreifen, doch eine Wissenschaft muß auch Tatsachen zur Kenntnis nehmen, die nicht mit dem bisherigen Theorienmodell identisch sind und muß sich um bessere Erklärungsmodelle bemühen. Auf das Problem, unliebsame Tatsachen nicht wahrzunehmen, hat Devereux (1967, 1984) bei anderen Wissenschaftsgebieten eindrucksvoll hingewiesen. Das Körpererleben ist für den Menschen der Indikator für sein Wohlbefinden, Mißempfindungen und Beschwerden sind fühlbare Anzeichen einer Störung. Wenn ein gewisses Beschwerdeausmaß überschritten wird, fühlt sich der Mensch krank. Der iatrotechnische Mediziner jedoch macht die Krankheit an einem organischen Substrat, einer Funktionsstörung, an einem organischen Befund fest, er ist symptomorientiert.

Das Körpererleben des Patienten interessiert dabei nur als Wegweiser zur Symptomfeststellung.

Wenn die Medizin den Menschen dienen soll und nicht nur der Freude der Mediziner an ihrer Wissenschaft, ist die Beachtung des Körpererlebens der Patienten unerläßlich, und es ist genauso ernst zu nehmen, wie der organische Befund, weil die Medizin sonst an der Wirklichkeit der Patienten vorbeigeht, die durch ihr subjektives Erleben konstituiert wird. Von Uexküll u. Wesiack (1979) betonen, daß es sich hier um ein sprachliches Problem handelt und daß Aussagen auf verschiedenen Bedeutungsebenen vorliegen (Wesiack 1984).

Da es um das Leben und das Erleben des Patienten geht, ist vom Arzt zu verlangen, daß er sich bemüht, dies zu verstehen und als Lebenswirklichkeit des Patienten zu begreifen. Er sollte nicht umgekehrt vom Patienten erwarten, daß er sein Erleben den Erkenntnissen des organischen Befunds anpaßt, was auch bei besten Bemühungen des Patienten oft nicht gelingen kann, und auch nicht durch Bemühen des Arztes, die Wirklichkeit des Patienten konstituieren zu wollen.

Psychosomatik und Körper

Die Psychosomatik stellt einen Gegenpol zur iatrotechnischen Medizin dar. Sie ist gerade nicht dem mechanistischen Denken der Schulmedizin verhaftet, sondern betont die Bedeutung von psychischen Ursachen für die Genese von körperlichen Erkrankungen und liefert damit ein ganz anderes Erklärungsmodell für Erkrankungen, in denen sie die Störung des Zusammenhangs von Körper und Seele sieht (von Weizsäcker 1951).

Speziell die psychoanalytische Psychosomatik setzt nach Freud dem Maschinen-Paradigma für den Körper die Vorstellung des „psychischen Apparates" für die Seele entgegen (von Uexküll 1985).

Wenn auch die Gegenüberstellung der iatrotechnischen Medizin für „Körper ohne Seelen" und der psychoanalytischen Psychosomatik für „Seelen ohne Körper" sehr überpointiert ist (von Uexküll 1985), so besteht dennoch die Gefahr, daß sich in der psychoanalytischen Praxis und Theorieentwicklung immer stärker eine Vernachlässigung des Körperlichen zeigt. Doch dies gilt allgemein für die Psychosomatik. Bereits ihre historische Entwicklung ist geprägt durch den Streit um ihre Bezeichnung zwischen Psychikern und Somatikern (Bräutigam u. Christian 1983). Diese Polarisierung ist auch heute noch nicht aufgehoben und erschwert ein allgemein akzeptiertes psychosomatisches Theoriemodell.

In der Praxis werden oft von Vertretern der Psychosomatik seelische Ursachen für körperliche Erkrankungen benannt. Psychosomatik wird verstanden als Einbahnstraße „seelischer Konflikt – körperliches Leiden" (vgl. G. Overbeck u. A. Overbeck 1978), obgleich von Weizsäcker schon 1949 bemerkte: „Seelisches drückt sich in der Körpersprache aus, Körperliches in der seelischen, das ist keine Kausalität, und wenn man schon von Psychogenie spricht, dann sollte man nur ein geschichtliches Werden meinen, in dessen Verlauf an Stelle seelischer Vorgänge körperliche Veränderungen auftraten und umgekehrt." (zitiert nach v. Weizsäcker u. Wyss 1957)

Viele Anstrengungen wurden unternommen, den Weg des seelischen Konflikts in ein körperliches Leiden, der immer wieder in einem verstehbaren Bedeutungszusammenhang bei Patienten wahrgenommen werden kann, naturwissenschaftlich in objektiver, mechanischer Weise nachzuzeichnen. Die einseitig psychogenetische Betrachtungsweise hatte einen historischen Stellenwert, doch ist sie überholt (Bräutigam u. Christian 1983).

Das Bemühen um ein Erklärungsmodell für die Psychosomatik hat zu vielen Konzepten geführt: Dualismus, Parallelismus, Komplementarismus, Epiphänomenalismus, Identitätslehre, Interaktionismus (vgl. Fahrenberg 1981, 1983; Wuketits 1985). Keines dieser Konzepte konnte sich bislang durchsetzen. Auch die hochgesteckten Erwartungen der Psychophysiologie, Körpererleben und Gefühlen organische bzw. psychophysiologisch objektiv meßbare Korrelate zur Seite zu stellen, haben sich nicht erfüllt (Fahrenberg 1983).

Selbst der Orgasmus, dem man lange unbesehen eine homogene Erlebensqualität unterstellt hat, erweist sich als psychophysiologischer Vorgang, der von verschiedenen Erlebnisqualitäten begleitet wird.

Neuerdings setzt man die Hoffnung auf psychoimmunologische Bindeglieder, die das Zusammenwirken von Körper und Seele erhellen sollen, nachdem die Biofeed-back-Euphorie verklungen ist, den Körper mit dem Bewußtsein in den Griff zu bekommen.

So sehr es eine positive Entwicklung darstellt, daß sich die Psychosomatik nicht mehr als Fachgebiet für einige spezielle psychosomatische Krankheiten versteht, sondern als generelle Sichtweise, es finden auch hier oft unhaltbare Vereinfachungen statt. Für jede Erkrankung werden Persönlichkeitsprofile erstellt, eine bestimmte Familienkonstellation ausgemacht oder in mathematischen Modellen psychosoziale Variablen festgemacht, die Krankheiten verursachen.

Auch Psychosomatiker sind nicht gegen Allmachtsphantasien gefeit, z. B. wenn sie versuchen Krebserkrankungen als rein psychogenetisch verursacht nachzuweisen und darauf die Überzeugung ableiten, Krebsgeschwüre mit psychotherapeutischen Interventionen effektiver beseitigen zu können als die iatrotechnische Medizin. Weder iatrotechnische Medizin noch Psychosomatik oder irgendeine Form der Alternativmedizin können den Menschen vor Leid, Schmerzen, Krankheiten und Tod bewahren, die ebenso untrennbar mit dem Leben verbunden sind wie Geburt, Lust, Freude und Gesundheit, die stets körperlich erlebt werden.

Dem Konzept eines Lebenskreises, die Gewinnung eines menschlichen Maßes zwischen Ohnmacht und Allmacht (Richter 1979) muß die Medizin verpflichtet sein. Von psychosomatischer Seite zeigen sich Ansätze in dieser Richtung, wo z. B. Krankheit als Anpassung (Overbeck 1984) oder als Selbstheilung (Beck 1981) verstanden wird, soziale Bedingungen von Gesundheit und Krankheit einbezogen werden (Totmann 1982) und pluriperspektivische bzw. multifaktorielle Betrachtungsweisen von Gesundheit und Krankheit betont werden (Wesiack 1983; Weiner 1983).

Es besteht die Gefahr, daß mit einem neuen systemtheoretischen Paradigma der auf den Menschen als Subjekt bezogene Aspekt zugunsten des Systemgedankens vernachlässigt wird. In diesem Zusammenhang erhält das Körpererleben des Menschen eine wichtige Bedeutung, da es unabhängig von den theoretischen Modellen elementarer Ausdruck menschlichen Lebens ist und nicht nur als Indiz für organische oder psychische Störungen fungieren darf.

Bedeutung des Körpererlebens für eine patientenorientierte Medizin

Gesundheit, Krankheitsgefühl und Krankheit können auf zwei verschiedenen Bedeutungsebenen betrachtet werden: der objektiven Ebene der organ-medizinisch feststellbaren Symptome und der subjektiven Ebene des Erlebens von Beschwerden und Mißempfindungen des Körpererlebens (vgl. Brähler u. Scheer 1983, 1984).

Hiermit liegen verschiedene Bezugssysteme und damit verbunden verschiedene Sprachen vor, die vor allem dann miteinander unvereinbar sind, wenn entweder die Patienten sich krank fühlen und kein organischer Befund vorliegt oder Menschen sich trotz pathologischer Befunde gesund fühlen.

Dies kann zu weitreichenden Konsequenzen für die Patienten führen, weil sich durch die Asymmetrie der Machtverhältnisse in der Arzt-Patient-Beziehung meist die Sichtweise des Arztes durchsetzt. Dadurch läuft der Arzt oft Gefahr, sich von seinem angestrebten Ideal, dem Patienten in bestmöglicher Weise zu helfen, zu entfernen. Eine stärkere Patientenzentrierung der Medizin macht eine größere Beachtung des subjektiven Körpererlebens der Patienten unerläßlich.

Somatopsychischen Auswirkungen werden sowohl von Organmedizinern als auch von Psychosomatikern bislang zu wenig Beachtung geschenkt, von den Organmedizinern, weil sie sich auf das Organische beschränken, von den Psychosomatikern, weil dies für sie kein attraktives Aufgabengebiet darstellt. Dabei leiden viele Patienten an Beschwerden und Störungen des Körpererlebens, die gar nicht in einem kausalen Zusammenhang mit der Erkrankung stehen, gerade bei diesen Patienten besteht die Gefahr, daß sie nicht mehr als ganze Menschen wahrgenommen werden, sondern durch die Krankheit definiert werden. Dadurch gerät ihre subjektive Befindlichkeit, soweit sie nicht mit der Krankheit in Verbindung steht, völlig aus dem Fokus des ärztlichen Interesses. Bei vielen chronischen Erkrankungen z. B. korrespondiert die subjektive Befindlichkeit nicht mit dem Organstatus. Hier wären Hilfen für die Patienten im Sinne einer tertiären Prävention angebracht, die unnötige Folgelasten von Erkrankungen vermeidet. Im Vordergrund steht heute meist die „Rehabilitation", die sich jedoch oft nicht erreichen läßt. Auch bei der Durchführung von medizinischen Maßnahmen, wie z. B. Operationen oder medikamentöser Behandlung, ist die Betrachtungsweise der Ärzte vorwiegend symptomorientiert. Die subjektive Befindlichkeit bzw. das Körpererleben des Patienten stehen nicht im Fokus des Interesses bei Nachuntersuchungen. Bei Magen- und Herzoperationen kommt es nicht selten vor, daß zwar die organischen Befunde sich bessern, die Körperbeschwerden sich jedoch nicht mindern, sondern das Ausmaß vor der Operation noch übertreffen können (Möhlen u. Brähler 1984; Brähler und Möhring in diesem Band). Im Sinne einer patientenorientierten Medizin ist der subjektiven Befindlichkeit mehr Beachtung zu schenken, was dann von einer individuumzentrierten Betrachtungsweise zur Einbeziehung des sozialen und familiären Umfeldes des Patienten führt, in das seine subjektive Befindlichkeit eingebettet ist, denn körperliche Beschwerden sind auch sehr stark von der Paarbeziehung abhängig (Brähler und Möhring in diesem Buch).

In einigen medizinischen Bereichen zeichnen sich Veränderungen ab, die auf Aufhebung der Polarität zwischen körperlichem und seelischem Teilbereich des Menschen innerhalb der Medizin hoffen lassen. So findet in der Geburtshilfe eine Umorientierung statt, wobei die einseitige Entwicklung hin bis zur programmierten

Geburt korrigiert wird zugunsten der Beachtung des subjektiven Befindens der Schwangeren. Auch der besonderen Situation von Kindern während des Klinikaufenthalts bemüht man sich durch Einbeziehung der Eltern in den Behandlungsprozeß Rechnung zu tragen.

Bei vielen Erkrankungen mit körperlichen Manifestationen lassen sich keine organischen Substrate feststellen. Hier sind Schulmediziner oft sehr hilflos, und sie anerkennen in diesen Fällen eine „psychogene" Störung. Diese Diagnose wird meist als Ausschlußdiagnose getroffen und führt zu einer Einteilung organisch/psychogen bei einer ganzen Reihe von Erkrankungen wie z. B. Impotenz, Sterilität, Prostatitis, Harnverhalten bei Kindern, Einkoten und Einnässen bei Kindern, Magersucht, Fettsucht, Lähmungen, Herzerkrankungen, Fluor, Hauterkrankungen.

Diese Einteilung ist sehr fragwürdig, weil zum einen erwartet werden kann, daß sich auch bei „psychogen" diagnostizierten Fällen bei Verfeinerung der Untersuchungen ein organisches Substrat finden läßt und zum anderen, daß auch bei als organisch diagnostizierten Fällen eine psychogene Mitbeteiligung eine Rolle spielen kann. Für den Patienten macht es zunächst keinen Unterschied, ob seine Erkrankung als psychogen oder als organisch diagnostiziert wird, er kann dies an seinem Körpererleben nicht feststellen.

Die durch den Arzt getroffene Diagnose kann dann jedoch für seine „Patientenkarriere" entscheidende Auswirkungen haben. Gerade durch die Einteilung psychogen/organisch wird die Grenze des mechanistischen und des psychoanalytischen Ansatzes deutlich, weil sich im Erleben des Patienten diese Zweiteilung zunächst nicht finden läßt (vgl. dazu auch die Beiträge von Diederichs und Lohs in diesem Buch). Von der Psychosomatik, speziell der psychoanalytischen Psychosomatik, ist zu fordern, daß sie ihre Abstinenz und Berührungsangst gegenüber dem Körper überwindet, weil sie sonst bei vielen Erkrankungen abseits stehen bleiben muß. Zwar sind die bei körperbezogenen Psychotherapieverfahren vorhandenen Gefahren nicht von der Hand zu weisen (vgl. Kind 1985), doch ist es bei vielen Erkrankungen ohne Einbeziehung des Körpererlebens nicht möglich, einen Zugang zum Patienten zu finden, gerade dann, wenn Störungen des Körpererlebens das Symptom darstellen (vgl. Müller-Braunschweig, Deter, Becker, Dahlmann in diesem Buch). Auf weitere Aspekte der Bedeutung des Körpererlebens in der Medizin soll hier nicht weiter eingegangen werden, da dies in den folgenden Beiträgen des Buches im einzelnen herausgearbeitet wird.

Literatur

Anzieu D (1982) Die Spuren des Körpers im Geschriebenen. Eine psychoanalytische Untersuchung des Erzählstils. In: Anzieu D, Gibello B, Gori R, Bion WR (Hrsg) Psychoanalyse und Sprache. Vom Körper zum Sprechen. Innovative Psychotherapie und Humanwissenschaften, Bd 19. Jungfermann, Paderborn

Anzieu D, Gibello B, Gori R, Bion WR (1982) Psychoanalyse und Sprache. Vom Körper zum Sprechen. Innovative Psychotherapie und Humanwissenschaften, Bd 19. Jungfermann, Paderborn

Argyle M (1979) Körpersprache und Kommunikation. Innovative Psychotherapie und Humanwissenschaften, Bd 5. Jungfermann, Paderborn

Balint M (1957) Der Arzt, sein Patient und die Krankheit. Klett, Stuttgart

Barlow W (1979) Die Alexander-Technik. Gesundheit und Lebensqualität durch richtigen Gebrauch des Körpers. Kösel, München

Battenberg F (1978) Das Körper-Ich und seine nachholende Entwicklung im Rahmen der Milieutherapie. Dynam Psychiatr 11: 510–527

Baudrillard J (1982) Vom zeremoniellen zum geklonten Körper. Der Einbruch des Obszönen. In: Kamper D, Wulf C (Hrsg) Die Wiederkehr des Körpers, Bd 132. Suhrkamp, Frankfurt, S 350

Baumann S (1976) Der Einfluß des Körperschemas auf die Qualität der sportmotorischen Gewandtheit. Philosophische Fakultät, Universität Salzburg

Bay E (1983) Organisch-neurologische Aspekte zum Körperschema. Mater Psychoanal Anal Orient Psychother 9: 14–18

Beck D (1981) Krankheit als Selbstheilung. Insel, Frankfurt

Beckmann D (1984) Grundlagen der Medizinischen Psychologie. Vandenhoeck & Ruprecht, Göttingen

Bergfleth G (Hrsg) (1984) Zur Kritik der palavernden Aufklärung. Matthes & Seitz, München

Bernhard M (1978) Der menschliche Körper und seine gesellschaftliche Bedeutung. Limpert, Bad Homburg

Besuden F (1983) Körperarbeit in einer psychosomatischen Klinik. Mater Psychoanal Anal Orient Psychother 9: 18–21

Bleker J (1983) Der gefährdete Körper und die Gesellschaft – Ansätze zu einer sozialen Medizin zur Zeit der bürgerlichen Revolution in Deutschland. In: Imhof AE (Hrsg) Der Mensch und sein Körper. Beck, München

Bongers D (1984) Körperselbstbildnis. Eine explorative Studie mit offenen Interviews. Forschungsbericht Nr 4. Technische Universität, Institut für Psychologie, Berlin

Brähler E, Scheer JW (1983) Der Gießener Beschwerdebogen (GBB) – Handbuch. Huber, Bern Stuttgart Wien

Brähler E, Scheer JW (1984) Subjektive Beschwerden und objektiver Befund. In: Scheer JW, Brähler E (Hrsg) Ärztliche Maßnahmen aus psychologischer Sicht – Beiträge zur medizinischen Psychologie. Springer, Berlin Heidelberg New York Tokyo

Bräutigam W, Christian P (1983) Psychosomatische Medizin, 3. Aufl. Thieme, Stuttgart

Brambring M, Dawidowski B (1980) Training der Körperkoordination bei blinden Kindern. Heilpädag Forsch 8: 278–289

Brockhaus FA (1973) Der Sportbrockhaus. Brockhaus, Wiesbaden

Buse L, Pawlik K (1984) Kretschmers Konstitutionstypologie als implizite Persönlichkeitstheorie: Selbst-Attributions-Effekte in Abhängigkeit vom Körperbau-Persönlichkeits-Stereotyp. Z Different Diagn Psychol 5: 111–129

Chasseguet-Smirgel J (1981) De Sade: Der Körper und der Mord an der Realität. Psyche (Stuttg) 35: 237–252

Conrad K (1933) Das Körperschema. Eine kritische Studie und der Versuch einer Revision. Z Ges Neurol Psychiatr 147: 346–369

Devereux G (1967) Angst und Methode in den Verhaltenswissenschaften. Hanser, München

Devereux G (1984) Ethnopsychoanalyse, 2. Aufl. Suhrkamp, Frankfurt

Dieckmann B (1984) Der psychoanalytische und der organische Körper. In: Kamper D, Wulf C (Hrsg) Der andere Körper. Mensch und Leben, Berlin

Dieckmann H (1981) Die libidinöse Wiederbesetzung des Körpers in der Psychosomatik. Anal Psychol 12: 269–285

Dreitzel HP (1981) Körperkontrolle und Affektverdrängung. Zum gesellschaftlichen Hintergrund körper- und gefühlsbetonter Therapieformen. Integr Ther 7: 179–196
Dressen W (1984) Infame Körper. Widerstand im Erziehungsprozeß. In: Kamper D, Wulf C (Hrsg) Der andere Körper. Mensch und Leben, Berlin
Duhm D (1980) „Schön ist die erotische Bewegung eines angstlosen Körpers". Psychol heute 7: 60–63
Eicke D (1973) Der Körper als Partner. Kindler, München
Fahrenberg J (1981) Zum Verständnis des Komplementaritätsprinzips. Z Klin Psychol Psychother 29: 205–208
Fahrenberg J (1983) Psychophysiologische Methodik. In: Groffmann KJ, Michel L (Hrsg) Verhaltensdiagnostik, Psychologische Diagnostik, Enzyklopädie der Psychologie. Hogrefe, Göttingen Toronto Zürich
Fischler M, Kongehl G, Kornhuber HH (1977) Informationstheoretische Untersuchungen zur menschlichen Wahrnehmung der Körperlage im Raum bei seitlicher Kippung. Arch Psychiatr Nervenkr 224: 141–149
Freyberger H (1983) Klinisch-psychosomatischer Beitrag zum Thema „Körperbild". Mater Psychoanal Anal Orient Psychother 9: 21–26
Fuchs M (1949) Über Atemtherapie und entspannte Körperarbeit. Psyche (Stuttg) 3: 538–548
Gebauer G (1982) Ausdruck und Einbildung. Zur symbolischen Funktion des Körpers. In: Kamper D, Wulf C (Hrsg) Die Wiederkehr des Körpers. Suhrkamp, Frankfurt
Gensch R (1983) Der Körper als Werkzeug – der Körper als Werkstück: Die Professionalisierung der Beziehung von Körper und Arbeit. In: Imhof AE (Hrsg) Der Mensch und sein Körper von der Antike bis heute. Beck, München
Giegerich W (1983) Die Bedeutung des Körpers in Psychologie und Psychotherapie. Anal Psychol 14: 264–284
Gniech G (1984) Die Körpersprache des Menschen als Hilfsmittel für das Erkennen und die Beurteilung. Bremer Beiträge zur Psychologie. Reihe A: Psychologische Forschungsberichte, Nr 25. Studiengang Psychologie, Universität Bremen
Göckenjan G (1985) Kurieren und Staat machen. Gesundheit und Medizin in der bürgerlichen Welt. Suhrkamp, Frankfurt
Grunert J (Hrsg) (1977) Körperbild und Selbstverständnis. Psychoanalytische Beiträge zur Leib-Seele-Einheit. Kindler, München
Habermas J (1985a) Zwischen Heine und Heidegger. Ein Renegat der Subjektphilosophie. In: Habermas J (Hrsg) Die neue Unübersichtlichkeit. Suhrkamp, Frankfurt
Habermas J (1985b) Untiefen der Rationalitätskritik. In: Habermas J (Hrsg) Die neue Unübersichtlichkeit. Suhrkamp, Frankfurt
Habermas J (1985c) Der philosophische Diskurs der Moderne. Suhrkamp, Frankfurt
Halfmann J, Zillich C (1982) Das Verschwinden des Körpers (Bildessey). In: Kamper D, Wulf C (Hrsg) Die Wiederkehr des Körpers. Suhrkamp, Frankfurt
Hart-Nibbrig CL (1985) Die Auferstehung des Körpers im Text. Suhrkamp, Frankfurt
Haug F (Hrsg) (1983) Sexualisierung der Körper, Sonderband 90, Frauenforum 2. Argument, Berlin
Hauschild T (1983) Körpersprache, Magie und medizinische Heilerwartung. In: Imhof AE (Hrsg) Der Mensch und sein Körper von der Antike bis heute. Beck, München
Heinrichs HJ (1985) Der Körper und seine Sprachen. Qumran, Frankfurt
Hobom G (1985) Gentechnologie – Herausforderung und Verantwortung. JLU-Forum, Z Justus-Liebig-Univ. (Gießen) 15: 5–9
Hoffer W (1978) Die Entwicklung des Körper-Ichs. In: Overbeck G, Overbeck A (Hrsg) Seelischer Konflikt, körperliches Leiden. Rowohlt, Reinbek
Hufschmidt HJ (1977) Körperproportionen in Plastik und Malerei. Ein anthropometrischer und kulturhistorischer Versuch. Arch Psychiatr Nervenkr 224: 187–202
Imhof AE (Hrsg) (1983) Der Mensch und sein Körper von der Antike bis heute. Beck, München
Joraschky P (1983) Das Körperschema und das Körper-Selbst als Regulationsprinzipien der organischen Umwelt-Interaktion. Minerva, München
Jürgens HW (1978) Der Mensch und seine Umwelt. Die menschliche Körperform im sozialen Umfeld. Ärztl Kosmetol 8: 61–75
Kamper D (1982) Das Phantasma vom ganzen und zerstückelten Körper. In: Kamper D, Wulf C (Hrsg) Die Wiederkehr des Körpers. Suhrkamp, Frankfurt
Kamper D, Rittner V (Hrsg) (1976) Zur Geschichte des Körpers. Hanser, München Wien

Kamper D, Wulf C (Hrsg) (1982) Die Wiederkehr des Körpers. Suhrkamp, Frankfurt
Kamper D, Wulf C (Hrsg) (1984) Der andere Körper. Edition Corpus, Bd 1. Mensch und Leben, Berlin
Kayser G (1985) Industrialisierung der Menschenproduktion – Zum faschistischen Charakter der Entwicklung neuer Technologien der Geburtenkontrolle. Beitr Femin Theor Praxis 1/14: 55–67
Kiener F (1973) Untersuchungen zum Körperbild, Teil 1. Z Klin Psychol Psychother 21: 335–351
Kiener F (1974) Untersuchungen zum Körperbild, Teil 2. Z Klin Psychol Psychother 22: 45–66
Kind H (1985) Kritisches zu körperbezogenen Therapieformen. Psychother Psychosom Med Psychol 35: 167–170
Kline M, Clynes M (1961) Drugs, space and cybernetics: Evolution to Cyborg. Columbia University Press
Kretschmer E (1977) Körperbau und Charakter. Untersuchungen zum Konstitutionsproblem und zur Lehre von Temperamenten. Springer, Berlin Heidelberg New York
Küchenhoff J (1983) Body Building: Der Körper als Statue. Fragmente 9: 6–32
Kummer I (1984) Körpersprache als Ausdruck des Lebensstils. Z Individualpsychol 9: 142–152
Kurtz R, Prestera H (1976) Botschaften des Körpers. Kösel, München
Le Camus J (1983) Praxis der Psychomotorik in Frankreich: Geburt, Wiedergeburt und differenzierte Auseinandersetzung mit dem Körper. Motorik 6: 1–10
Lermer SP (1977) Entwicklung und Überprüfung einer Methode zur Beobachtung von Körperhaltungen in der analytischen Gruppenpsychotherapie. Fakultät für Theoretische Medizin, Universität Ulm
Lermer SP (1981) Die Visualisierung von Einstellungen und Emotionen durch das Medium „Körper". Eine ausgewählte Literaturübersicht zur Bedeutung der Körperhaltung (posture) in der Psychotherapie. Gruppenpsychother Gruppendyn 17: 219–233
Lipowatz T (1984) Der Körper, der Name und die Sinne. In: Kamper D, Wulf C (Hrsg) Der andere Körper. Mensch und Leben, Berlin
Lowen A (1975) Bioenergetik. Therapie der Seele durch Arbeit mit dem Körper. Rowohlt, Reinbek
Lowen A (1981) Körperausdruck und Persönlichkeit. Grundlagen und Praxis der Bioenergetik. Kösel, München
Martin M (1982) Körperselbstbild und Neurotrizismus bei Kindern und Jugendlichen. Prax Kinderpsychol Kinderpsychiatr 31: 213–218
Matisson MD (1982) Der Traum und der Körper im analytischen Psychodrama. In: Petzold H (Hrsg) Dramatische Therapie. Neue Wege der Behandlung durch Psychodrama, Rollenspiel, Therapeutisches Theater. Hippokrates, Stuttgart
Mauss M (1975) Körpertechniken. In Mauss M (Hrsg): Soziologie und Anthropologie Hanser, München
Meermann R (1983) Verzerrungen und Körperwahrnehmung bei Anorexia nervosa: Einige diagnostische und therapeutische Implikationen. In: Minsel WR, Herff W (Hrsg) Studien zur pädagogischen und psychologischen Intervention, Bd 4. Lang, Frankfurt
Meermann R, Fichter M (1983) Störungen des Körperschemas bei Pubertätsmagersucht. Psychother Psychosom Med Psychol 132: 162–169
Meyer AE (1963) Körperstörungen und Sexualität, dargestellt am Beispiel des gemeinen Hirsutismus. Prax Psychother 8: 1–7
Mindell A (1981) Widerstand und Körper. Überlegungen aus Jungianischer Sicht. Integr Ther 7: 197–203
Möhlen K, Brähler E (1984) Beschwerdebild und Selbstkonzept von Patienten mit Ulcus duodeni vor und 4 Jahre nach einer Operation. Z Psychosom Med Psychoanal 30: 150–163
Montagu A (1982) Körperkontakt. Die Bedeutung der Haut für die Entwicklung des Menschen. Klett-Cotta, Stuttgart
Mrazek J (1984) Selbstkonzept und Körperkonzept. Psychologie. Schweiz Z Psychol 43: 1–23
Nitzschke B (1983) Körper und Emotion in der Philosophie Schopenhauers. Eine perspektivische Betrachtung der Psychoanalyse aus dem Blickwinkel des 19. Jahrhunderts. Anal Psychol 14: 285–304
Nordhoff HB, Hohlfeld R (1985) Humane Grenzen des technisch Machbaren. Mabuse Z Gesundheitswesen 10/37: 36–42
Ochmann HJ (1981) Nichtverbale Kommunikation und Adoleszenz. Ein Beitrag zur Sozialisation des kommunikativen Körpers unter besonderer Berücksichtigung der mikrosozialen Interaktionswelten von Jugendlichen. Campus Forschung, Bd 211. Campus, Frankfurt
Orban P (1981) Psyche und Soma. Über die Sozialisation des Körpers. Akademische Verlagsgesellschaft, Wiesbaden

Overbeck G (1984) Krankheit als Anpassung. Suhrkamp, Frankfurt
Overbeck G, Overbeck A (1978) Seelischer Konflikt – körperliches Leiden. Rowohlt, Reinbek
Painter J (1984) Körperarbeit und persönliche Entwicklung. Wie wir durch Tiefenentspannung zur Harmonie von Leib, Seele und Geist gelangen. Kösel, München
Pankow G (1982) Körperbild, Übergangsobjekt und Narzißmus. Ein Beitrag zu vor-konfliktuellen Strukturen. In: Beland H, Eickhoff FW, Loch W, Meistermann-Seeger E, Richter HE, Scheunert G (Hrsg) Jahrbuch der Psychoanalyse. Beiträge zur Theorie und Praxis, Bd 14. Frommann-Holzboog, Stuttgart
Paulus P (1982) Zur Erfahrung des eigenen Körpers. Theoretische Ansätze, therapeutische und erziehungswissenschaftliche Aspekte sowie ein empirischer Bericht. Beltz, Weinheim Basel
Paulus R, Otte R (1979) Zur Erfassung der Zufriedenheit mit dem Aussehen des eigenen Körpers. Psychother Psychosom Med Psychol 29: 128–141
Peitmann H (1984) Der inszenierte Körper. In: Kamper D, Wulf C (Hrsg) Der andere Körper. Mensch und Leben, Berlin
Petzold H (Hrsg) (1977) Die neue Körpertherapie. Jungfermann, Paderborn
Pfleiderer B (1984) Das Spiel mit dem anderen Körper. In: Kamper D, Wulf C (Hrsg) Der andere Körper. Mensch und Leben, Berlin
Poppe U (1982) Zum Verhältnis von Körper und Identität. Einige sozialisationstheoretische Zusammenhänge. Sportunterricht 31: 165–172
Rechenberger I (1983) Haut und Körperbild. Werkstattgespräche zum Thema Körperbild. Mater Psychoanal Anal Orient Psychother 9/1: 31–34
Reindell A (1981) Körperdynamik der Angst. Prax Psychother Psychosom 26: 265–273
Richter HE (1979) Der Gotteskomplex. Rowohlt, Reinbek
Rittner V (1982) Krankheit und Gesundheit. Veränderungen in der sozialen Wahrnehmung des Körpers. In: Kamper D, Wulf C (Hrsg) Die Wiederkehr des Körpers. Suhrkamp, Frankfurt
Roloff HG (1983) Der menschliche Körper in der älteren deutschen Literatur. In: Imhof AE (Hrsg) Der Mensch und sein Körper von der Antike bis heute. Beck, München
Rothschuh K (Hrsg) (1978) Konzepte der Medizin in Vergangenheit und Gegenwart. Hippokrates, Stuttgart
Rumpf D, Schomann H (1983) Die Möglichkeiten der Körperdiagnostik in der Therapie. Gruppendynamik 14: 25–33
Schilder P (1923) Das Körperschema. Ein Beitrag zur Lehre vom Bewußtsein des eigenen Körpers. Springer, Berlin
Schipperges H (1968) Utopien der Medizin. Müller, Salzburg
Schmidt-Atzert L (1984) Die Auswirkung wahrgenommener Körpersymptome auf die Emotionen. Arch Psychol 136: 35–47
Schneider FJ (1979) Eine Untersuchung über den Einfluß einer Sportunterrichtseinheit: „Schöpferische Bewegung und Pantomime" auf das Körperbildnis, das Selbstbildnis und die Körperkoordination. Sportunterricht 28: 133–138
Schott-Billmann F (1979) Körper und Besessenheit als Medien der Psychotherapie in primitiven Gesellschaften. Integr Ther 5: 277–296
Schulte-Herbrüggen UW (1983) Die Bedeutung des Körperschemas für die Technik psychoanalytischer Behandlung von psychosomatisch Erkrankten. Mater Psychoanal 9: 27–31
Seidel U (1981) Psychodrama und Körperarbeit. Prax Kinderpsychol Kinderpsychiatr 30: 154–159
Seittner W (1982) Das Wappen als Zweitkörper und Körperzeichen. In: Kamper D, Wulf C (Hrsg) Die Wiederkehr des Körpers. Suhrkamp, Frankfurt
Seittner W (1984) Körperrichtungen. In: Kamper D, Wulf C (Hrsg) Der andere Körper. Mensch und Leben, Berlin
Shorter E (1984) Der weibliche Körper als Schicksal. Zur Sozialgeschichte der Frau. Piper, München
Siblik E (1973) Körperbild und motorische Geschicklichkeit. Philosophische Fakultät, Universität Wien
Sloterdijk P (1983) Kritik der zynischen Vernunft, 2 Bände. Suhrkamp, Frankfurt
Strauss B, Appelt H (1983) Ein Fragebogen zur Beurteilung des eigenen Körpers. Diagnostica 24: 145–164
Tibon-Cornillot M (1982) Die transfigurativen Körper. Zur Verflechtung von Techniken und Mythen. In: Kamper D, Wulf C (Hrsg) Die Wiederkehr des Körpers. Suhrkamp, Frankfurt
Tibon-Cornillot M (1984) Die Expansion des Körpers. In: Kamper D, Wulf C (Hrsg) Der andere Körper. Mensch und Leben, Berlin

Totmann R (1982) Was uns krank macht. Die sozialen Ursachen der Krankheit. Beck, München
Uexküll J von (1920) Theoretische Biologie. Springer, Berlin
Uexküll T von (1961) Der Körper als Problem der psychosomatischen Medizin. Psyche (Stuttg) 15: 76–87
Uexküll T von (1981) Lehrbuch der psychosomatischen Medizin, 2. Aufl. Urban & Schwarzenberg, München Wien Baltimore
Uexküll T von (1985) Der Körperbegriff als Problem der Psychoanalyse und der somatischen Medizin. Prax Psychother Psychosom 30: 95–103
Uexküll T von, Wesiack W (1979) Das Leib-Seele-Problem in psychosomatischer Sicht. In: Uexküll T von (Hrsg) Lehrbuch der Psychosomatischen Medizin, 2. Aufl. Urban & Schwarzenberg, München Wien Baltimore
Virilio P (1982) Transpolitik. Vom unfähigen zum abwesenden Körper. In: Kamper D, Wulf C (Hrsg) Die Wiederkehr des Körpers. Suhrkamp, Frankfurt
Waldhubel T (1983) Arbeit, Körper und Klasse. Zur Kritik des Belastungsbegriffes. Forum Krit Psychol 12: 146–158
Warsitz P (1983) Der Körper als Signifikant. Zum Zweifel an der Einheitserfahrung des Körpers im Anschluß an D. Wyss und J. Lacan. Fragmente 9: 33–58
Weiner H (1983) Gesundheit, Krankheitsgefühl und Krankheits-Ansätze zu einem integrativen Verständnis. Psychother Psychosom Med Psychol 33: 15–34
Weizsäcker V von (1947a) Der Gestaltkreis, 2. Aufl. Thieme, Stuttgart
Weizsäcker V von (1947b) Körpergeschehen und Neurose. Klett, Stuttgart
Weizsäcker V von (1951) Der kranke Mensch. Eine Einführung in die medizinische Anthropologie Köhler, Stuttgart
Weizsäcker V von, Wyss D (1957) Zwischen Medizin und Philosophie. Vandenhoeck & Ruprecht, Göttingen
Werner R (1984) Stehen – Sitzen – Liegen. Versuch über den Körper zwischen Stillstand und Gebärde. In: Kamper D, Wulf C (Hrsg) Der andere Körper. Mensch und Leben, Berlin
Wesiack W (1983) Einführung in die psychosomatische Medizin. In: Loch W (Hrsg) Die Krankheitslehre der Psychoanalyse. Hirzel, Stuttgart
Wesiack W (1984) Grundzüge der psychosomatischen Medizin, 2. Aufl. Springer, Berlin Heidelberg New York Tokyo
Wimmer M (1982) Der gesprochene Körper. Zur Authentizität von Körpererfahrungen in Körpertherapien. In: Kamper D, Wulf C (Hrsg) Die Wiederkehr des Körpers. Suhrkamp, Frankfurt
Winau R (1982) Krankheitskonzept und Körperkontakt. In: Kamper D, Wulf C (Hrsg) Die Wiederkehr des Körpers. Suhrkamp, Frankfurt
Winau R (1983) Die Entdeckung des menschlichen Körpers in der neuzeitlichen Medizin. In: Imhof AE (Hrsg) Der Mensch und sein Körper von der Antike bis heute. Beck, München
Wuketits F (1985) Zustand und Bewußtsein. Hoffmann & Campe, Hamburg
Wulf C (1982) Körper und Tod. In: Kamper D, Wulf C (Hrsg) Die Wiederkehr des Körpers. Suhrkamp, Frankfurt

Psychoanalyse und Körper

H. Müller-Braunschweig

Körperliche Symptome, für die sich keine somatische Ursache finden ließ, bildeten einen der wesentlichen Anstöße für die Entwicklung der psychoanalytischen Theorie und Therapie. Von den klinischen Erfahrungen mit diesen Patienten ausgehend, entwickelte sich Freuds Auffassung einer unbewußten psychischen Dynamik. So litt die in den „Studien über Hysterie" beschriebene Patientin Cäcilie u. a. an heftigen Schmerzen in der rechten Ferse. Dieser Schmerz war in dem Augenblick aufgetreten, als sie sich in einer fremden Gesellschaft zeigen wollte und besorgt war, ob ihr das „rechte Auftreten" gelingen werde. Nach der Klärung dieses Zusammenhangs verschwand das Symptom (Freud 1895).

Die weitere Untersuchung dieser Phänomene führte Freud immer weiter in die Kindheit seiner Patienten zurück. Diese berichteten erstaunlich häufig über traumatisch wirkende frühe sexuelle Verführungen, die sie zunächst verdrängt hatten. Durch das Wiedererleben verdrängter Erlebnisse zunächst in der Hypnose, später durch Assoziationen im Wachzustand und Deutungen des Analytikers, konnten die krankhaften Erscheinungen häufig behoben werden. In der Folge gab Freud die „Verführungstheorie" auf (zur erneuten Diskussion dieser Theorie vgl. die Ausführungen von Schmidtbauer 1985). Die berichteten Verführungen erwiesen sich oft als phantasiert. Als Ursache dieser Phantasien wurden nun Triebwünsche sexueller Natur angenommen, die sich aufgrund einer gesetzmäßig ablaufenden „psychosexuellen Entwicklung" besonders mit bestimmten Körperbereichen, der oralen, analen und genitalen Zone, verbanden. Eine somatische Triebquelle führte also zu Lustempfindungen an bestimmten Körperzonen (erogenen Zonen), denen besonders in der Zeit zwischen dem 1. und dem 5. oder 6. Lebensjahr ein bestimmender Einfluß auf die weitere psychische Entwicklung zugeschrieben wurde (Freud 1905). Wenn besondere Ereignisse im Erwachsenenleben zu einer Regression auf die Stufe dieser „Partialtriebe" und damit zu entsprechenden Wünschen und Phantasien führten, erzeugte das Angst- und Schuldgefühle; die Wünsche wurden verdrängt und schließlich in symbolischer Form im (häufig körperlichen) Symptom wieder sichtbar.

Diese, hier sehr verkürzt beschriebene psychoanalytische Theorie der Neurosenentstehung, trug wesentlich zur „Körpernähe" der psychoanalytischen *Theorie* bei, aber auch zu einer *Therapie* in der Phantasien, Vorstellungen und Handlungen des erwachsenen Patienten häufig auf basale körperliche Bedürfnisse und Vorgänge wie „Berühren", „Aufnehmen", „Abstoßen", „Ausscheiden", „Abgrenzen", „Eindringen" usw. bezogen wurden. Insofern war auch die Therapie „körpernah". Gleichzeitig zeigen aber Psychoanalytiker zuweilen eine eigenartige Reserve gegenüber der Körpersprache ihrer Patienten, die bis zur Ignoranz gehen kann.[1] Einer der Gründe für diese Haltung dürfte – abgesehen von persönlicher Abwehr – schon in der frühen Entdeckung Freuds liegen, daß „hinter" dem häufig körperlichen neurotischen Symptom ein neurotischer Konflikt verborgen war. Wenn die eingangs erwähnte Patientin C. an einem Konversionssymptom, dem erwähnten Schmerz in der Ferse litt, war dieser Schmerz durch die Entdeckung der unbewußten psychischen Ursachen zu beseitigen, d. h. das Körperliche mußte durch Psychisches sozusagen abgelöst werden. Eine Tendenz zur „Desomatisierung" [um hier den späteren Begriff von Max Schur (1955) zu verwenden], blieb deshalb bis heute in der psychoanalytischen Theorie und Praxis erhalten. „Desomatisierung" bedeutete auch eine therapeutische Linie, die sich von undifferenzierteren, unbewußteren, körpernäheren, vorsprachlichen Zuständen aus, auf differenziertere, bewußtere, körperfernere und verbalisierbare psychische Zustände hin bewegte und damit auch die Richtung der Phylogenese verfolgte. Diese Tendenz zur „Desomatisierung" ergab sich auch aus dem Bestreben, die erwähnten regressiven psychischen Zustände wieder rückgängig zu machen. Dazu kam in der Entwicklung der Therapie die Entdeckung von Übertragung und Widerstand, die neben der Annahme unbewußter psychischer Vorgänge in der Zukunft zu den „essentials" der Psychoanalytiker gehören sollten. Da sich die Übertragung in einem möglichst unbeeinflußten Feld entwickeln sollte, führte das zur „abstinenten Haltung" der Psychoanalytiker, die u. a. auch die körperliche Berührung betraf (vgl. dazu Cremerius 1984). Ich komme bei der Diskussion der „Körpertherapien" darauf zurück.

Der Beginn der Psychoanalyse führte also vom körperlichen Symptom zur psychischen Ursache, von der somatischen Behandlung zur sprachlichen Deutung, von der Suche nach physiologischen Veränderungen zur Einsicht in eine zugrundeliegende psychische Dynamik. Die neue Betrachtungsweise war heftigen Angriffen ausgesetzt. Sie zwang Freud und seine Schüler zu einer betonten Abgrenzung gegenüber der zeitgenössischen naturwissenschaftlichen Betrachtung, um den eigenen Weg konsequent weiterverfolgen zu können. Noch 1932 betonte er Viktor von Weizsäcker gegenüber, daß die „Beschäftigung mit Innervationen, Gefäßerweiterungen, Nervenbahnen ... gefährliche Versuchungen" für die Analytiker geworden wären. Doch blieb er gleichzeitig auch der naturwissenschaftlichen Betrachtung partiell verhaftet. So in seinen metapsychologischen Modellen, in denen eine „Zuordnung von mentalistischen Ausdrücken (wie Trieb, Erregung, Unlust, Lust, Wunsch) zu physikalischen Vorgängen (wie Energiemenge, Energiespannung und -entladung . . .)" erfolgt (Habermas 1968, zitiert nach Mertens 1981b). Freud entlehnte diese Metaphern drei verschiedenen Disziplinen: der Neurophysiologie, der Hydrodynamik und der Mechanik (König 1981). Er hoffte trotz seiner psychologischen Betrachtungsweise, die psychischen Vorgänge eines Tages auf körperliche (neurophysiologische) Ursachen zurückführen zu können.

[1] Vgl. hierzu auch die Einleitung von Grunert (1977) zu seiner Sammlung psychoanalytischer Beiträge über das hier behandelte Thema. Es finden sich dort weitere wichtige Gesichtspunkte und Arbeiten psychoanalytischer Autoren, die in der vorliegenden Arbeit nicht berücksichtigt werden konnten.

Die spannungsreiche Beziehung zwischen einer physikochemischen, kausal-naturwissenschaftlichen Betrachtungsweise einerseits und der psychodynamischen Betrachtung psychischer und psychosomatischer Phänomene andererseits, ist bis heute erhalten geblieben. Sie führte besonders im vergangenen Jahrzehnt aber auch zu neuen Einsichten in das Zusammenwirken der psychischen und biologischen Vorgänge, z. B. in der psychobiologischen Richtung der Psychosomatik (vgl. Deutsch 1980; Lipowski 1975; Weiner 1979). Beide Wege können sich – ungeachtet aller zeitweiligen Polemik – ergänzen.

Der Schwerpunkt des psychoanalytischen Zugangs zum Körper lag aber im Rückgang auf die schon erwähnten frühen körperlichen Entwicklungsstadien, in denen Soma und Psyche noch wenig differenziert sind, und damit auch zu seelischen Phänomenen (v. a. Bedürfnissen), die eng mit körperlichen Funktionen verbunden und durch deren Bedeutung geprägt werden. Das gilt sowohl für die oben erwähnten erogenen Zonen, als auch für eine modernere Betrachtungsweise, in der die Bedeutung von Körperzonen besonders durch die Art der frühen Mutter-Kind-Interaktion mitbestimmt wird (s. unten).

Dieser Aspekt zieht sich durch die Geschichte der Psychoanalyse hindurch, ungeachtet der jeweiligen Veränderungen ihrer Theorie und Praxis.

Die Konversionssymptome hatten zu der Frage nach den auslösenden Erlebnissen, vor allem aber der verborgenen psychischen Dynamik geführt. Die Annahme von erogenen Zonen erwies sich dann als fruchtbar für die psychoanalytische Theorie und Therapie. Wenn beispielsweise eine Patientin kurz nach dem Tode ihres Vaters an Übelkeit und Erbrechen litt, so zeigte sich in der analytischen Therapie über Assoziationsbrücken, die beteiligte unbewußte Phantasie, den Vater (oral) in sich aufzunehmen (zu inkorporieren) und ihn sich auf diese Weise zu erhalten, d. h. auch die „Trauerarbeit" zu erleichtern. Dieses Aufnehmen hatte aber auch den Aspekt einer sexuellen Vereinigung (Fenichel 1945). Der frühe körperliche Modus des „Aufnehmens und Einverleibens" war in diesen Fällen auch mit Lustgefühl verbunden („libidinös besetzt") und darüber hinaus in den Dienst der seelischen Ökonomie gestellt.

Das libidotheoretische Konzept wird seit einiger Zeit kritisch diskutiert (vgl. Klein 1976; Holt 1976; Mertens 1981b). Man nimmt eher angeborene sensomotorische Muster an, die durch ebenfalls angeborene Triebstimuli (als „Kerne") und Außenreize angeregt werden. Reifungs- und Lernprozesse auf dieser Basis bilden schließlich ein dichtes Netzwerk von Motiven (vgl. König 1981).

Die Rolle biologisch wichtiger Körperfunktionen, die in der frühen Entwicklungszeit Ausgangspunkt und Vorbild für differenzierte seelische Prozesse darstellen, wird aber ihre Bedeutung behalten. Ein Bild, das Viktor von Weizsäcker zugeschrieben wird, vergleicht den Menschen mit einer Röhre, die unten und oben offen ist. Ohne Aufnahme-, Verarbeitungs- und Ausscheidungsprozesse (ob im körperlichen oder seelischen Bereich) ist der menschliche Organismus nicht lebensfähig. Das machte auch die prägende Bedeutung der sog. erogenen Zonen aus, die dann später auch zur Symbolisierung unbewußter Phantasien und Vorstellungen dienen konnten. „Einverleibungstendenzen können besser durch den Mund, die Atmungsorgane und die Haut zum Ausdruck gebracht werden, Ausscheidungstendenzen durch den Intestinaltrakt und ebenfalls durch das Atmungssystem" (Fenichel 1945). Es folgt der Hinweis, daß „konvexe Organe wie Hand, Nase, Fuß, Brüste" phallische Bedeutung bekommen können. „Konkave Organe wie Mund, Anus, Nasenlöcher ... stellen weibliche Wünsche dar."

Diese frühen Konzepte über erogene Zonen sind bis heute um wesentliche zusätzliche Erlebnisbereiche erweitert worden. Der Umfang der frühen Körpererfahrungen wurde um Haut-, Gleichgewichtserfahrungen, um visuelle und akustische Eindrücke ergänzt. Hinzu kommen die vielfältigen sensomotorischen Eindrücke in der Phase des Gehenlernens. Alle diese Bereiche sind nur in der Interaktion mit der Mutter, der frühesten Pflegeperson, vorstellbar. Die Annahme einer Triebentwicklung, die vor allem genetisch vorgegebenen Gesetzen folgt, trat deshalb gegenüber einer von Anfang an durch Interaktion von Mutter und Kind bestimmten Entwicklung zurück. „So kann man zeigen, daß die Affektvokalisierung, die mimischen Interaktionen und die Körperrhythmen zwischen Mutter und Kind, ganz von Anfang an dialogähnliche Struktur haben, und die Vorläufer der gesprochenen Sprache darstellen." Offensichtlich sind nur sehr feine Abweichungen in der zeitlichen Verlaufsstruktur ursächlich für das Zusammenbrechen der dialogischen Interaktion ... Das Kind kann ... mit einem visuellen Verhalten den Dialog eröffnen und die Mutter mit einem taktilen Antwortverhalten fortfahren, das Kind mit einer Vokalisierung antworten und die Mutter mit einer mimischen Reaktion. Die Güte des Dialogs hängt von der zeitlichen Synchronisierung ab" (Krause 1983). Körperliche Phänomene spielen also im frühen Kommunikationsverhalten eine entscheidende Rolle. Diese Vorgänge sind auch als „tonischer Dialog" (Mertens 1981 a) bezeichnet worden. Zu erwähnen ist in diesem Zusammenhang auch der Hinweis von Spitz, daß sich die frühe Kommunikation von Mutter und Kind über „Gleichgewicht, Spannungen (der Muskulatur und anderer Organe), Körperhaltung, Temperatur, Vibration, Haut- und Körperkontakte, Rhythmus, Tempo ..." vollzieht (Spitz 1960).

Diese Einsichten haben zusammen mit den Erfahrungen aus der Behandlung sog. früher Störungen dazu geführt, daß neben den oben kurz skizzierten Trieb-Abwehr-Aspekt der Neurosenlehre auch die Objektbeziehungspsychologie getreten ist.

Ich komme noch einmal auf die oben erwähnte Bedeutung der erogenen Zonen für die normale Entwicklung zurück. Mertens (1981 b) schildert diese Bedeutung anhand einiger Annahmen von Stolorow (1979): „Erfahrungen und Phantasien nach dem oral einverleibenden Modus (vgl. Erikson 1950) signalisieren nicht nur das Erreichen rudimentärer Selbst-Objektgrenzen, sondern fördern auch die Differenzierung zwischen Selbst- und Objektrepräsentanzen, indem sie die Unterscheidung Innen-Außen zwischen dem Selbst als einem Behälter und dem Nicht-Selbst, das in den Körper (Mund) genommen werden kann, erlernen helfen. Diese Einverleibungsphantasien dienen dem Kleinkind auch dazu, geschätzte und bewunderte Eigenschaften seiner Bezugsperson sich selbst zuzuschreiben, was einen weiteren strukturbildenden Effekt für die Selbstrepräsentanz hat."

Grundlegende Erfahrungen, die im Zusammenhang mit Körperfunktionen stehen, spielen also offensichtlich auch eine entscheidende Rolle für die Genese von Ich-Funktionen. Nach der Betonung von „treibenden" Kräften, die zu unbewußten Wünschen und Phantasien führen, kommt nun auch das psychoanalytische Konstrukt „Ich" als kognitive und kontrollierende Instanz ins Spiel. Die Ich-Entwicklung wird ebenfalls durch frühes Körpererleben beeinflußt. Darauf hatte bereits Freud hingewiesen, als er die Empfindung beschrieb, die beim Berühren des eigenen Körpers auftritt. Es entstehen dann *zwei* Empfindungen, die am berührenden Finger und die an der berührten Körperstelle. Letztere kann einer „inneren Wahrnehmung" gleichkommen. Diese doppelte Form der Wahrnehmung beim Berühren des eigenen Körpers, im Unterschied zum Berühren von Objekten der Umwelt, bildet eine wichtige Grundlage für die Wahrnehmung des eigenen Körpers und (im weiteren) seiner Unterscheidung von der Außenwelt. „Das Ich ist vor allem ein Körperliches" (Freud 1923). Von hier aus führt eine Linie zum heutigen Begriff des „Körper-Selbst". Während das Ich heute eher als eine „Summe von Kontrollstrukturen" betrachtet wird (Sandler u. Joffe 1969), betont der Begriff des Selbst und des Körper-Selbst stärker den Erlebnisbereich. Letzterer bezieht in der Definition von Lichtenberg (1978) den ganzen Umfang der Erlebnisse ein, die sich um den Körper zentrieren, d. h. die Körperoberfläche und das Körperinnere mit den entsprechenden Vorstellungsrepräsentanzen. Besuden (1983) weist darauf hin, daß Defizite in der Ichstruktur mit Defiziten im Bereich des Körperbildes verbunden sein könnten.

Ebenso könnte aber das frühe Bestreben nach einer Integration des Körperbildes in eine psychosomatische Gesamtstruktur und das vorübergehende Erlebnis von „Einheit", ein Vorbild für spätere kreative Prozesse darstellen, in denen ebenfalls größere, in sich strukturierte Einheiten hergestellt werden (vgl. Niederland 1967; Müller-Braunschweig 1977).

Ich erwähnte bereits, daß sich Form und Funktion biologisch wichtiger Organe mit unbewußten Wünschen und sprachlichen Bedeutungen verbinden können. Die frühe Bedeutung bleibt dann in der weiteren Entwicklung erhalten, die frühen psychischen Phänomene werden zwar von den späteren „überlagert", behalten aber trotzdem ihre potentielle Wirksamkeit (Rapaport u. Gill 1959; vgl. auch Mertens 1981b). So können die erwähnten Einverleibungstendenzen auch in differenzierteren menschlichen Beziehungen auftreten und in der seelischen Verarbeitung eines Verlustes im oben beschriebenen Sinne eine wichtige Rolle spielen (Freud 1916).

Trotz der prägenden Bedeutung der frühen Entwicklung und der erwähnten „Überlagerung" läßt sich die Bedeutung des psychosomatischen Erlebens nun nicht nur unter dem Gesichtspunkt „früher-später" oder „undifferenziert-differenziert" betrachten. So ist psychische Inkorporation nicht nur Symbol „für" die „reale" körperliche Einverleibung. Es handelt sich beim Aufnehmen oder Einverleiben ebenso wie beim Eindringen oder Abstoßen um Prozesse, die seelisch oder körperlich, unräumlich oder räumlich ablaufen können. Dazu ein Zitat, das sich in den „Studien über Hysterie", zwei Seiten nach dem Bericht über den Fersenschmerz der Patientin C., findet:

„Ich habe bei keiner anderen Patientin mehr eine so ausgiebige Verwendung der Symbolisierung auffinden können. Freilich war Frau Cäcilie M.... eine Person von ganz ungewöhnlicher, insbesondere künstlerischer Begabung, deren hochentwickelter Sinn für Form sich in vollendet schönen Gedichten kundgab. Ich behaupte aber, es liegt weniger Individuelles und Willkürliches als man meinen sollte darin, wenn die Hysterika der affektbetonten Vorstellung durch Symbolisierung einen somatischen Ausdruck schafft. Indem sie den sprachlichen Ausdruck wörtlich nimmt, den „Stich ins Herz" oder den „Schlag ins Gesicht" bei einer verletzenden Anrede wie eine reale Begebenheit empfindet, übt sie keinen witzigen Mißbrauch, sondern lebt nur die Empfindungen von neuem, denen der sprachliche Ausdruck seine Berechtigung verdankt. Wie kämen wir denn dazu von dem Gekränkten zu sagen „es hat ihm einen Stich ins Herz gegeben", wenn nicht die Kränkung von einer derartig zu deutenden Präkordialempfindung begleitet ... wäre? Wie wahrscheinlich ist es doch, daß die Redensart „etwas Herunterschlucken", die man auf eine unerwiderte Beleidigung anwendet, tatsächlich von den Innervationsempfindungen herrührt, die im Schlunde auftreten, wenn man sich die Rede versagt, sich an der Reaktion auf Beleidigung hindert?" Und abschließend: „Sie (die Hysterie) hat vielleicht den Sprachgebrauch gar nicht zum Vorbild genommen, sondern schöpft mit ihm aus gemeinsamer Quelle" (Freud 1895).

Den Ausdruck „gemeinsame Quelle“ hat Freud meines Wissens nicht weiter erläutert. Zunächst ist hier an die „Eignung“ bestimmter Organe zur Symbolisierung unbewußter und bewußter Empfindungen zu denken, wie es Fenichel ausführte (s. oben). Die Erwähnung der „Präkordialempfindung“ weist auch auf körperliche Affektkorrelate hin, die in der späteren psychosomatischen Medizin eine wichtige Rolle spielen. Doch wird der Ausdruck „gemeinsame Quelle“ auch bedeuten, daß nicht eines das andere (das Seelische das Körperliche) „symbolisiert“, sondern daß z. B. „Eindringen“ oder „Einverleiben“, wie schon erwähnt, einen Prozeß darstellt, der auf körperlicher oder psychischer Ebene seinen Ausdruck finden kann. So kann ein Liebes- oder auch ein Gesprächspartner in einer entsprechenden Interaktion fast ebenso gründlich „vereinnahmt“ werden, wie ein Steak (vgl. auch Fenichel 1945, S. 65 und Hoffmann 1979, S. 161).

Wir kommen damit auch zu dem Begriff der „Haltung“, der sowohl seelische als auch körperliche Phänomene bezeichnet (Grace u. Graham 1952; Bräutigam u. Christian 1981, S. 52). So hat auch das im Freudschen Beispiel erwähnte „Auftreten“ die Doppelbedeutung von „den Fuß auf die Erde setzen“ (und damit sicher stehen), gleichzeitig aber auch „sich vor anderen Menschen darstellend zeigen“. Diese „Darstellung“ wird allerdings nur dann entsprechende Wirkung haben, wenn man sicher „auftritt“, wenn man „selbstsicher“, „selbständig“ ist und damit vor den Zuschauern „besteht“. Der Zustand der „Standhaftigkeit“ kann sich also seelisch wie körperlich zeigen. Wenn Freud im Zitat das Gefühl der Patientin für Form erwähnt, so zeigt sich auch in der Verwendung dieses Begriffs die Möglichkeit, seelisches Geschehen in der körperlichen Haltungs- oder Bewegungsform auszudrücken.

In einem weiteren (erkenntnistheoretischen) Rahmen wird mit der Beschreibung dieser Vorgänge auch darauf hingewiesen, daß Psyche und Soma „nur zwei verschiedene perspektivische Zugangsweisen zu ein- und demselben Phänomen darstellen“ können (Mertens 1981b, S. 41; vgl. auch von Uexküll 1963).

Die eben erwähnte „Selbständigkeit“ kann allerdings schon früh in der Entwicklung entscheidend gestört werden. Wenn eine Mutter, die ersten und häufig mit freudiger Spannung unternommenen Gehversuche ihres Kindes durch Ängstlichkeit hemmt, oder wenn sie die beginnende räumliche Trennung in dieser „Übungsphase“ (Mahler et al. 1975) nicht ertragen kann, dann wird hier eine Entwicklung beginnen, in der jeder spätere selbständige „Entwicklungsschritt“, jeder „Fortschritt“, von Angst, Schuldgefühlen und Unsicherheit begleitet ist.

Diese Gedankengänge haben nun auch praktisch-therapeutische Bedeutung. Da seelische und körperliche Abläufe schon früh assoziativ miteinander verbunden sind, liegt hier auch ein Ausgangspunkt für die heute in psychosomatischen Kliniken praktizierte Körpertherapie (vgl. Kap. 6). Mit Körperphänomenen, die in analytischen Behandlungen auftreten, haben sich aber schon in den 20er Jahren Psychoanalytiker beschäftigt. Diese Anregungen sind erst heute wieder in breiterer Form aufgegriffen worden. So wies Fenichel 1928 darauf hin, daß „die volle Herrschaft über die Mobilität in jeder Neurose, ja auch in den verbreitetsten leichten Hemmungszuständen . . . Einbußen erleidet“. Das wäre auch in psychoanalytischen Behandlungen zu beobachten.

„Wenn z. B. ein Patient sich der Richtigkeit einer Deutung nicht mehr entziehen kann, es aber dennoch versucht, zeigt (sich) oft, daß er dabei die gesamte Skelettmuskulatur krampfhaft innerviert, als wolle er muskuläre Sicherung dagegen schaffen, daß in seinem Inneren verborgene verdrängte Regungen zum Vorschein kommen, als wolle er dem inneren Druck der Verdrängung einen äußeren Muskeldruck entgegensetzen." „Da Denken Probehandeln ist, müssen Denkhemmungen ebenso wie Handlungshemmungen sich in Bewegungen und Tonusänderungen manifestieren – Ferenczi hat in einer kleinen Arbeit über „Denken und Muskelinnervation" gezeigt, daß es tatsächlich so ist." (Fenichel 1928, zit. nach J. Grunert 1977).

Von diesen Annahmen aus, werden nun eine Reihe von klinischen Beobachtungen verständlicher. So schreibt Ferenczi (1919) „es sind die Neurotiker, die sich durch übermäßige Vorsicht, Angemessenheit, Gewichtigkeit ihrer Gangart und Bewegungen auszeichnen." Und an anderer Stelle: „Gelegentlich sieht man sich veranlaßt, den Patienten auf sein Verhalten (Spannungen der Körpermuskulatur) aufmerksam zu machen und ihn dadurch einigermaßen zu „mobilisieren". Im Anschluß daran kommt dann meist zunächst manches bisher Versteckte oder Unbewußte zur Sprache" (Ferenczi 1925, zit. in Grunert 1977, S. 37).

Wenn sich unbewußte Vorstellungen und Phantasien an dem ebenfalls unbewußten Bild eines Organs manifestieren, kann der Kampf von (z. B. sexuellem) Impuls und Verdrängung, einen Krampf der Beckenmuskulatur, des Beckenbodens oder der Muskeln des Hüftgelenks hervorrufen, meint Fenichel. Die anale Retentionslust des Zwangsneurotikers zeige sich z. B. im Sphinkterenkrampf, also in Muskelinnervationen, die über das physiologisch Zweckmäßige hinaus fortgesetzt werden. Dieser Hypertonus könne „auf die gesamte Skelettmuskulatur" verschoben sein. „Solche Menschen haben unbewußt ständig Furcht vor Inkontinenz . . ." (Fenichel in Grunert 1977, S. 39).

Eine hohe „Gegenbesetzung" könne schließlich aber auch zur Sperrung innerer Wahrnehmungen führen und so zu Entfremdungsgefühlen in Körperbereichen, die konflikthaft besetzt sind. Schon zu Beginn seiner Arbeit hatte Fenichel gesagt, daß sich der „Verdrängungskampf zwischen besetztem Trieb und Gegenbesetzung des Ichs . . . physiologisch . . . nur in fortdauernden Veränderungen der Skelettmuskulatur widerspiegeln" könne. „Hören wir nun noch, daß geeignete, vor allem hysterische Personen, gelegentlich durch Versuche, ihre krampfhaft innervierte Muskulatur zu entspannen, in Affektzustände geraten, die einzig dem Verhalten zu vergleichen sind, das Patienten zeigen, wenn in psychokatartische Behandlungsverfahren an ein ‚bedeutungsvolles Trauma' gerührt wird" (Fenichel 1928, zit. nach Grunert 1977, S. 36).

Auch Wilhelm Reich betont 1933 in seiner „Charakteranalyse" die Entsprechungen von seelischer Struktur und Körperhaltung, die sich auch im gleichzeitigen Auftreten von „Charakterpanzer" und „Körperpanzer" zeige. Die chronische Verspannung im Körper sei auch für die Blockade von Gefühlen verantwortlich. Aus diesen Ansätzen entwickelte sich in den USA die von A. Lowen (1975) ausgearbeitete Technik der „Bioenergetik", die u. a. über die Lösung der chronischen Muskelverspannungen zu einer gelösteren „Gesamthaltung" führen will. Von Vertretern dieser und anderer Richtungen wird auch auf die psychische Bedeutung einzelner Zonen des Körpers hingewiesen, z. B. Mund und Kiefer oder auch Nacken und Hals. Die Spannung im Hals wird als Hemmung des vokalen Ausdrucks und als Verdrängung des Impulses zum Weinen, Schreien und Heulen gesehen (vgl. Kurtz u. Prestera 1976).

Ein Patient, der sich 2 Jahre lang in einer psychoanalytischen Gruppentherapie erfolgreich in der Rolle des den Gruppenmitgliedern überlegenen „Co-Therapeuten" gehalten hatte, von den anderen Gruppenmitgliedern der „Boß" genannt wurde, und kaum Emotionen zeigte, klagte während einer nach dieser Gruppe aufgenommenen „psychoanalytischen Primärtherapie", die auch Elemente der Körpertherapie einbezog, über eine Verspannung des Kiefers. Der Therapeut tippte in einer Sitzung an den

Kiefer und regte den Versuch an „dort locker zu lassen". Daraufhin brach der Teilnehmer in ein lautes, von den anderen als „schrecklich" erlebtes Lachen aus. Dieses Lachen „brach" wirklich aus ihm heraus, kam stoßweise und ging dann in ein lautes Weinen über. Im Anschluß daran konnte er erstmalig über sehr schmerzhafte Erlebnisse mit seiner Mutter in der Kindheit sprechen.[2]

Hier finden wir einen plastischen Hinweis auf die im Kiefer „verbissen" festgehaltenen Emotionen, die durch eine kurze Berührung des Therapeuten in einem „haltenden" Umfeld (der Gruppe) freigegeben werden konnten.

Derartige psychosomatische Fehlhaltungen können bei längerer Dauer sowohl im Bereich der Willkürmotorik als auch im vegetativen Bereich zur Erkrankung führen. Gerade in diesen Fällen können tiefenpsychologisch verstandene Körpertherapien – evtl. kombiniert mit anderen somatischen und verbalen psychotherapeutischen Behandlungsverfahren – überraschende Erfolge verzeichnen. Das betrifft auch den Bereich des Schmerzerlebens.

Die zitierten Sätze von Fenichel und Ferenczi (vgl. zu letzterem auch J. Cremerius 1983) haben auf die weitere Entwicklung der Psychoanalyse wenig Einfluß gehabt. Ruitenbeek (1970) führt dies auf die stärkere Tabuisierung der körperlichen Berührung in den USA zurück, die ja ab 1933 die weitere Entwicklung der Psychoanalyse in erster Linie beeinflußten. Außerdem hätten die frühen Patienten Zuneigung und Wärme nicht in dem Maße entbehren müssen, wie es später geschah. Die Gründe für das Zurücktreten der Beachtung des Körpers sind gewiß noch komplexer. Doch hat in den letzten Jahren die Behandlung narzißtischer und Borderline-Störungen sowie die Entdeckungen psychischer Merkmale psychosomatischer Patienten und die direkte Mutter-Kind-Beobachtung zu einer Erweiterung der psychoanalytisch-orientierten Behandlungsformen und damit auch zur stärkeren Beachtung des Körpers geführt.

Wir kommen damit wieder zu moderneren psychoanalytischen Ansichten im Bereich der Psychosomatik. Es geht dabei bekanntlich weniger um die oben beschriebenen Konversionssymptome mit ihrer deutlichen Symbolik, als um eine „physiologische Reaktion der vegetativen Organe auf anhaltende oder periodisch wiederkehrende emotionale Zustände" (Alexander 1950) – wenn auch die Grenzen zur Symbolbildung fließend sein mögen. Wie schon in der bisherigen Darstellung, können diese Entwicklungen nur anhand einiger beispielhafter Ansätze beschrieben werden (vgl. auch Kapfhammer 1983; von Rad 1983; Wesiak 1977).

Es wurde oben auf die Bedeutung von Form und Funktion bei den Organen hingewiesen, die eine wichtige Basis für den Inhalt und die Bedeutung späterer seelischer Prozesse darstellen. Da, wie ausgeführt, die frühen psychischen Phänomene zwar von den späteren überlagert werden, aber trotzdem ihre potentielle Wirksamkeit behalten, bleibt auch eine archaische psychische Ebene erhalten, die eng mit körperlichen Phänomenen verbunden ist (z. B. die genannten Einverleibungstendenzen). Dabei dürfte es wichtig sein, daß die physiologischen Begleiterscheinungen der Emotionen und Affekte keine so weitreichende Veränderung durchmachen wie die psychische Entwicklung und deshalb auch für unser gegenwärtiges Erleben als Erwachsene immer die ganze „Breite und Tiefe" der physiologischen und sensomotorischen körperlichen Reaktionen potentiell vorhanden sind, ebenso die ganze Breite der psychischen Reaktionen, von den primitiveren bis zu den differenzierteren. Die im Laufe des Lebens erworbenen

[2] Ich verdanke dieses Beispiel der Teilnahme an einer Intensivphase „psychoanalytische Primärtherapie" die der 1984 verstorbene Kollege Dr. H.-J. Manthey durchführte. (Vgl. a. Damm 1978)

Hemmungsmechanismen und die Möglichkeit der Symbolisierung, haben uns von den archaischen Erlebnisformen und den begleitenden somatischen Affekten distanziert. Unter starker Belastung kann es aber zu einer Überflutung durch derartige frühe Reaktionsweisen kommen. Das tritt besonders dann auf, wenn der frühe Kern des psychosomatischen Selbsts, einschließlich des Körperselbsts, in der Kindheit durch traumatische, überflutende Erlebnisse und entsprechende heftige physiologische Prozesse geprägt wurde.

Ein Beispiel für diese frühen Einwirkungen gibt R. Krause (1983): Eine zunächst unerklärbare kindliche Magenkolik wurde schließlich dadurch verständlicher, daß die Mutter jeweils während des Stillens mit ihren Freundinnen telefonierte. Ein anderes, 6 Monate altes Kind entwickelte ein somatisch nicht erklärbares Husten und Erbrechen. Genaue Beobachtung zeigte, daß die Mutter „auf jede negative Affektäußerung, gewissermaßen als Routinehandlung getarnt, ihre Brustwarze in den Mund des Kindes steckte, und zwar in einer sehr aggressiven Art, so daß die Luftversorgung nicht immer gewährleistet war. Das Schreien des Kindes intensivierte diese Versuche“ (Krause 1983). Derartige Kinder werden von unlustvollen Affekten überflutet, die traumatisch genannt werden müssen. Es handelt sich nun nicht mehr in erster Linie um ein frühes sexuelles Trauma, wie es in der frühen Psychoanalyse beschrieben wurde, sondern um fortgesetzte unemphatische Handlungen der Pflegeperson. Krystal (1978) hat als kindliches Trauma jenen Zustand bezeichnet, in dem die noch rudimentären kontrollierenden Funktionen den unlustvollen Affekten ohnmächtig ausgesetzt sind. Dieses frühe Erleben sei eine „Hölle“, aus der es kein Entrinnen gibt, „ein zeitloser Horror“, da das Kind ja keine Vorstellung vom Ende dieses Zustands habe (es ist leicht vorstellbar, daß die spätere Angst vor der psychischen oder körperlichen Nähe eines Partners ihre Wurzel in derartigen Erlebnissen hat). Zunächst bildet sich als Resultat dieser Einwirkungen, nach den Annahmen der psychoanalytischen Psychosomatik (vgl. McDougall 1974), eine Tendenz zur Abspaltung von Affekten aus, da „Gefühllosigkeit“ die einzige Chance bildet, der „unendlichen Qual“ zu entrinnen. Die autoplastische Veränderung ist der einzige Weg, der einem uneinfühlsamen frühen Umgang entgegengesetzt werden kann, wenn sich dieser durch entsprechende Affektäußerungen (Schreien) nicht verändern läßt. Die Abspaltung von Affekten und Emotionen führt aber als weitere Folge zur inneren Leere, die dann weiter dadurch verstärkt wird, daß die zunächst diffusen Affektvorläufer sich nicht in fördernden Interaktionen ausdifferenzieren können. „Um“ oder „über“ einem derartig geschädigten frühen Kern des Selbsts baut sich dann eine Persönlichkeitsstruktur auf, die aufgrund der geschädigten eigenen Subjektivität (Gefühllosigkeit gegenüber den eigenen Impulsen und Bedürfnissen) oft zu einer extremen Anpassung an die Außenwelt gezwungen ist. Die eigenen Bedürfnisse dienen nicht mehr als „Kompaß“, um sich in der Welt zu orientieren. Das Selbst enthält dann mit dem erwähnten geschädigten Kern auch einen „psychosomatischen Sektor“ (Stephanos 1973) oder eine „psychosomatische Fixierungsstelle“ (Fain 1966), in dem archaisch undifferenzierte Affekte (Kutter 1980) und physiologische Abläufe im Sinne eines „psychosomatischen Subsystems“ (Müller-Braunschweig 1980) einen engen Zusammenhang bilden. Bei entsprechender Stimulierung kann es zur psychosomatischen Erkrankung kommen.

McDougall (1974) hat in Verbindung mit der eben erwähnten Abspaltung auch vom „roboterhaften“ Erleben und Funktionieren von schwer psychosomatisch erkrankten

Patienten gesprochen. Das schließt auch eine mechanisierte Einstellung zum eigenen Körper und seinen Funktionen ein (vgl. Schöttler 1981).

Neben der Erklärung durch den „primitiven Sektor" ist auf eine weitere Entwicklungslinie in Verbindung mit der fehlenden Differenzierung eines Körperselbst hinzuweisen. Wie Margret Mahler (Mahler et al. 1975) schreibt, drückt sich ein (normal entwickeltes) Kind zu Beginn der Differenzierungsphase häufig vom Körper der Mutter ab, um die Umgebung exploratorisch wahrzunehmen. Das ist auch ein symbolischer Ausdruck für die beginnende Verselbständigung und die „Auseinander-setzung" von Mutter und Kind. Das Kind schafft sich damit einen „Freiraum", in dem es seine psychischen und emotionalen Fähigkeiten entwickeln kann. Dieser Freiraum muß nach Ansicht vieler Autoren auch durch ein Übergangsobjekt ermöglicht werden, ein Kissen, ein Stück Stoff, das mit Eigenschaften der Mutter ausgestattet ist und diese damit symbolisiert (vgl. Winnicott 1953; Mitscherlich 1978). Die Übergangsobjekte können in der Situation des Alleinseins (z. B. Einschlafen) behalten werden und bedeuten damit einen Schritt zur Unabhängigkeit von der Mutter. Aus dem äußeren Symbol entwickelt sich dann langsam das innere Symbol, die Repräsentanz der Mutter, die von deren unmittelbarer Anwesenheit unabhängiger macht. Vorläufer dieser Entwicklung sind nach Kestenberg (1971) sog. Zwischenobjekte: Milch, später Exkremente oder Sekrete bis hin zu sexuellen Phantasien der frühen ödipalen Phase, die nach ihrer Annahme „Brücken" zwischen beiden Partnern bilden.

Eine gelungene Differenzierung in der Individuationsphase scheint auch eine wesentliche Bedeutung für das Körperbild zu haben. So hat Kestenberg (1971) auch den Begriff des Organ-Objekt-Bildes eingeführt. Kestenberg nimmt an, daß sich in der frühen Zeit Repräsentanzen bilden, bei denen z. B. die mütterliche Brust mit Lippen und Mundhöhle des Kindes (ich füge hinzu; vielleicht im weiteren auch Speiseröhre und Magen) in *einer* einheitlichen Vorstellungsrepräsentanz verbunden sind. Ein gelungener frühkindlicher Dialog führt zu einer ungestörten Ausformung dieses Bildes. Im Verlauf der weiteren Differenzierung und Ich-Bildung wird das Kind dann den gesamten Vorstellungskomplex (also einschließlich des mütterlichen Anteils) in das Bild seines Organs übernehmen, wird ihn internalisieren. Es werden dann auch die entsprechenden guten oder schlechten Gefühle während der Interaktion im Organ lokalisiert. Eine Irritation bei der Fütterung, wie es im oben erwähnten Beispiel vorkam, wird dann zu einer Verzerrung des Körperbildes und damit auch zu einer Störanfälligkeit des Organs führen (wir können auch daran denken, daß in einer Hypnose vegetative Vorgänge durch Vorstellungen stark beeinflußbar sind).

Ebenso müßten auch die erwähnten früh ausgebildeten Körperrepräsentanzen in der Zukunft des Kindes einen störenden Einfluß auf die Funktion des entsprechenden Organs, in diesem Fall des oberen Verdauungstrakts, haben. Die starke Objektabhängigkeit psychosomatischer Patienten, die sich ja ebenfalls in der frühen Interaktion bildet, ist bekannt. Wenn ein Teil des Körpers, wenn ein Organ nun stark mit dem mütterlichen Bild, d. h. später auch mit einem Partner verbunden ist, zu dem eine enge symbiotische Beziehung besteht, hat das natürlich auch Folgen für die körperliche Reaktion auf Objektverlust oder auch auf die Reaktionen, die auf Beschädigungen oder Erkrankungen des eigenen Körpers folgen, da sie wie ein Objektverlust erlebt werden. Die Vorstellung von „heil sein" oder „ganz sein" oder „lebensfähig sein", ist ja an die Vorstellung eines versorgenden Objekts gebunden geblieben. Ich kann in diesem Zusammenhang an Äußerungen herzneurotischer Patienten erinnern, wie sie Richter u.

Beckmann (1973) beschrieben haben: „Mein Herz ist unzuverlässig“, oder „ich habe Angst, mein Herz könnte mich verlassen“; die Gleichsetzung von Mutter und Herz wird dabei deutlich. Cecil Mushatt betont in einem unveröffentlichten Manuskript (1980) die Wichtigkeit der allmählichen Auflösung der frühen Symbiose, die bei der Therapie dieser Störungen zentrale Bedeutung habe. Er weist darauf hin, daß die schwereren psychischen und physischen Reaktionen bei *den* Patienten gesehen werden, die eine besondere Beeinträchtigung des Individuationsprozesses zeigen. Er beschreibt u. a. einen Patienten mit Colitis ulcerosa, der, am Krankenbett seiner todkranken Mutter sitzend, plötzlich den ihn erschreckenden Impuls hatte, ihre Brüste und andere Körperteile abzureißen und unter seine Haut zu schieben. „Dann habe ich sie in mir.“ Unter heftigsten Affektausbrüchen erlebte er (nach langer Psychotherapie und Psychoanalyse) in dieser Phase den Wunsch nach Vereinigung mit der Mutter, zusammen mit sadistisch-mörderischen Impulsen gegen sie. Ansätze zu diesen Phantasien hatten in der Vergangenheit jeweils zur Verschlechterung seines kolitischen Krankheitsbilds geführt.

Die Mutter bleibt also in vielen Fällen im Organ buchstäblich „verkörpert“, genauer gesagt, die u. U. „schlechte“ Interaktion mit ihr. Vom bewußten Erleben abgespalten bleiben deshalb dann häufig auch jene Körperteile und Organe, die als Sitz der „bösen Affekte“ empfunden werden. Die betroffenen Körperzonen werden vom Patienten später in Psychotherapien oder Analysen häufig als eigenartig „leblos“, „abgetrennt“ oder „schattenhaft“ beschrieben. Weder psychisch noch physisch darf sich so ein Patient also ganz wahrnehmen. Er muß eingeschränkt leben, getrennt von wesentlichen Kraftquellen psychischer oder physischer Art. Diese Abspaltung wird um so eher beibehalten, als sich die frühe Abfuhr im somatischen Symptom ja sozusagen „eingefahren“ hat. Eine Aufgabe der somatischen Abfuhr würde zur Wiederholung der frühen traumatischen Ängste führen, die im vorhin genannten Sinne wahrscheinlich vernichtungsähnlich erlebt wurden. Sie würden auch den Zustand völliger Abhängigkeit wiederherstellen, der bei erwachsenen Patienten häufig durch eine fast verzweifelt wirkende Selbständigkeit abgewehrt wird.

Die Schädigung des „Selbstkerns“, d. h. eine Störung der Subjektivität in der ersten Interaktion und die daraus folgende Abspaltung von archaischen, körpernahen Affekten oder ganzen Zonen des Körpers, führt häufig auch zu einem Gefühl der „Bodenlosigkeit“ oder der „Kernlosigkeit.“ „Wer bin ich eigentlich?“ Oder „habe ich eine Basis?“, „woran kann ich mich halten?“. Diese Ausdrücke erinnern wieder an die erwähnte Erweiterung der psychoanalytisch orientierten Therapieformen, wie sie heute häufig in psychosomatischen Kliniken praktiziert werden. Eine Form dieser Erweiterung stellt die Einbeziehung des subjektiven Körpererlebens dar. Das Berührungstabu der klassischen Psychoanalyse ist damit gelockert worden (und sollte nicht mit ausschließlich kathartischer Befriedigung in manchen sog. „Encounter-Gruppen“ verwechselt werden). In der konzentrativen Bewegungstherapie (KBT) steht das „konzentrative Sich-Erspüren und Bewegen“ in der Gruppe im Vordergrund (vgl. Kap. 6). Das „Leibliche“ (der subjektiv erfahrene Körper) ist „Grundlage und Beziehungsfeld für . . . physische, psychosomatische und psychische Abläufe“ (Stolze 1984). Diese Erlebnisse lassen sich häufig auch in eingeschobenen verbalen Therapiephasen analytisch verstehen. Der Leiter einer KBT-Gruppe kann sich mit körperlicher Berührung zurückhalten. (Sie kann allerdings bei manchen Patienten auch therapeutisch notwendig sein.) Körperliche Berührung erfolgt dann eher durch die Gruppenteilnehmer untereinander. Die Erfahrung zeigt, daß sich intensive Übertragungsprozesse entwickeln, die entsprechend aufgegriffen werden können. Die oben geschilderte heftige Reaktion nach einer Berührung des Kiefers zeigt aber vor allem, daß verbal nicht oder nur schwer erreichbare Affekte durch ein direkteres Arbeiten am Körper zugänglich werden können. Es gibt sehr viele derartige Beispiele. Diese Möglichkeit kann eine entscheidende Hilfe bei der Behandlung charakterneurotisch rigider oder alexithymer Patienten sein.

Doch trifft das nicht nur auf diese Patientengruppen zu. Das Problem dürfte heute allgemeinere Bedeutung haben. Im Gegensatz zur Jahrhundertwende – meint Krystal (1977) – kann heute nicht mehr mit einiger Sicherheit erwartet werden, daß Patienten mit einer Interpretation konfrontiert, parallel zur intellektuellen Einsicht auch den zugehörigen Affekt erleben. Vielmehr würde die Intervention des Therapeuten häufig „mit einigem Interesse" angehört, der Affekt aber mehr oder weniger isoliert. Mit der Umwandlung in ein „Klischee", ein (emotionsloses) Schlagwort durch den Patienten, werden die Deutungen wirkungslos. Diese von Krystal geschilderte Abwehr versagt dagegen oft gegenüber den Körpererlebnissen und damit verbundenen Affekten.

Als ein weiteres körperbezogenes und seit längerer Zeit erprobtes Verfahren ist die funktionelle Entspannung (FE) zu nennen, die bereits unter von Weizsäcker in Heidelberg in der Arbeit mit psychosomatischen Patienten von Marianne Fuchs entwickelt wurde (Fuchs 1949, 1974; Rosa u. Rosa-Wolff 1976). Die FE betont stärker als die KBT die Einzelarbeit, wobei im Zustand der Entspannung (aber ohne suggestive Anweisungen) Körperräume und -zonen intensiv erlebt werden und damit auch eine vegetative Umstimmung erzielt werden kann.

Die Kombination von KBT und FE mit analytischer Psychotherapie hat ihre Erprobung im stationären Bereich schon hinter sich (vgl. u. a. Arfsten u. Hoffmann 1978; Bräutigam 1978; Becker u. Lüdecke 1978; Bepperling u. Klotz 1978; Janssen 1978; Müller-Braunschweig u. Möhlen 1980; Korn et al. 1981). Die Erfahrungen mit einer Kombination *ambulanter* (verbaler) analytischer Therapie und körperbezogener Therapie sind meines Wissens noch kaum systematisch untersucht worden. Doch zeigt die klinische Erfahrung, daß *gelegentliche* zusätzliche Körpertherapie im Verlauf einer Psychoanalyse oder analytisch orientierten Psychotherapie wichtige Anstöße im oben erwähnten Sinne bringen kann. Die Übertragungsprozesse in einer evtl. *ständig* parallel laufenden analytischen – und Körpertherapie müßten allerdings im einzelnen noch genauer verfolgt werden. [Erst nach Abschluß dieses Artikels wurde mir die Arbeit von H. Dieckmann (1981) bekannt. In seinen Ausführungen finden sich viele Parallelen zu den Gedanken meiner Arbeit.]

So scheint die Entwicklung der Psychoanalyse neben der immer differenzierteren Beschreibung psychischer Phänomene auch zu einer neuen Entdeckung des Körpererlebens zu führen. Offensichtlich bahnt sich eine theoretische und therapeutische Integration dieser neuen Einsichten an. Es geht dabei im therapeutischen Bereich auch um einen flexiblen Zugang zur ganzen Breite des Erlebens, von den vegetativen und sensomotorischen körperlichen Abläufen mit den zugehörigen basalen Emotionen bis hin zu körperferneren und differenzierteren psychischen Phänomenen. Der Begriff „Desomatisierung" bedeutet in diesem Zusammenhang nur eine, wenn auch wichtige Entwicklungsrichtung der psychosomatischen Persönlichkeit (vgl. auch Becker 1981), die u. a. die wichtige Fähigkeit zur Symbolbildung einschließt. Die körperlich-seelische Differenzierung muß aber immer wieder durch integrative Schritte in Richtung einer psychosomatischen Einheit ergänzt werden. Diese Integration ist heute auch von außen durch die wissenschaftlich-technische Entwicklung mit ihren ständig wechselnden Anforderungen, ihrer einseitig rationalen Ausprägung und ihrer bedrohlichen Zerstörung basaler biologischer Grundlagen gefährdet. Diese Gefährdungen mögen auch zum erneuten Interesse am Körper beigetragen haben. Es kommt die ständige Realität der atomaren Bedrohung hinzu, die einen narzißtischen Rückzug begünstigt (Wangh 1983; Richter 1984), vielleicht auch den Rückzug auf „stumme" psychosomatische Symptome. Die gefährliche Spaltung in eine hochtechnisierte Funktionalität einerseits und ein oft archaisch erscheinendes psychisches Geschehen andererseits ist eine weitere Folge dieser Situation. In der Therapie des einzelnen können kombinierte Verfahren, also u. a. die Kombination von verbaler – und Körpertherapie, den Zugang zu den verschiedenen Seiten der psychosomatischen Person fördern und damit die Tendenz zur (individuellen) Spaltung verringern. Die Erfahrungen mit analytisch verstandener körperbezogener Therapie könnten aber auch mit dazu beitragen, die Kreativität der psychoanalytischen Theorie und Therapie zu erhalten.

Literatur

Alexander F (1950) Psychosomatische Medizin. De Gruyter, Berlin

Arfsten AJ, Hoffmann SO (1978) Stationäre psychoanalytische Psychotherapie als eigenständige Behandlungsform. Prax Psychother 23: 233–245

Becker H (1981) Konzentrative Bewegungstherapie. Thieme, Stuttgart

Becker H, Lüdecke H (1978) Erfahrungen mit der stationären Anwendung psychoanalytischer Therapie. Psyche (Stuttg) 31: 1–20

Bepperling W, Klötz M (1978) Analytische Psychotherapie und Funktionelle Entspannung als kombinierte Behandlungsmethode. Hippokrates, Stuttgart

Besuden F (1983) Das Körperbild als Matrix des Körpererlebens. Vortrag vor der DKPM in der Psychosomatischen Klinik, Bad Neustadt/Saale

Bräutigam W (1978) Verbale und präverbale Methoden in der stationären Therapie. (Neue therapeutische Zugänge zum psychosomatisch Kranken.) Z Psychosom Med Psychoanal 2: 146–155

Bräutigam W, Christian P (1981) Psychosomatische Medizin. Thieme, Stuttgart

Cremerius J (1983) Sandor Ferenczis Bedeutung für Theorie und Therapie der Psychoanalyse. Psyche (Stuttg) 37: 988–1015

Cremerius J (1984) Die psychoanalytische Abstinenzregel. Psyche (Stuttg) 38: 769–800

Damm S (1978) Primärtherapie aus psychoanalytischer Sicht. Mater Psychoanal Analyt Orient Psychother 2: 126–148

Deutsch F (1926) Der gesunde und kranke Körper in psychoanalytischer Betrachtung. In: Grunert J (Hrsg) Körperbild und Selbstverständnis. Kindler, München

Deutsch L (1980) Psychosomatic medicine from a psychoanalytic viewpoint. J Am Psychoanal Assoc 1: 653–701

Dieckmann H (1981) Die libidinöse Wiederbesetzung des Körpers in der Psychosomatik. Anal Psychol 12: 269–285

Erikson EH (1950) Kindheit und Gesellschaft. Klett-Cotta, Stuttgart

Fain M (1966) Regression et Psychosomatique. Rev Fr Psychoanal 30: 451–456

Fenichel O (1928) Über organlibidinöse Begleiterscheinungen der Triebabwehr. In: Grunert J (Hrsg) Körperbild und Selbstverständnis. Kindler, München

Fenichel O (1945) Psychoanalytische Neurosenlehre, Bd II. Walter, Freiburg

Ferenczi S (1919) Psychoanalytische Betrachtungen über den Tic. Int Z Psychoanal

Ferenczi S (1925) Zur Psychoanalyse von Sexualgewohnheiten. Int Z Psychoanal

Ferenczi S (1926) Kontraindikationen der aktiven Therapie. Int Z Psychoanal

Freud S (1895) Studien über Hysterie. Frl. Elisabeth v. R. Gesammelte Werke, Bd 1. Fischer, Frankfurt

Freud S (1905) Drei Abhandlungen zur Sexualtheorie. Gesammelte Werke, Bd 5. Fischer, Frankfurt
Freud S (1916) Trauer und Melancholie. Gesammelte Werke, Bd 10. Fischer, Frankfurt
Freud S (1923) Das Ich und das Es. Gesammelte Werke, Bd 13. Fischer, Frankfurt
Fuchs M (1949) Über Atemtherapie und entspannende Körperarbeit. Psyche (Stuttg) 3: 538–548
Fuchs M (1974) Funktionelle Entspannung. Hippokrates, Stuttgart
Grace WJ, Graham DT (1952) Relationship of specific attitudes and emotions to certain bodily diseases. Psychosom Med 14: 243–251
Grunert J (Hrsg) (1977) Körperbild und Selbstverständnis. Psychoanalytische Beiträge zur Leib-Seele Einheit. Kindler, München
Hoffmann O (1979) Charakter und Neurose. Suhrkamp, Frankfurt
Holt RR (1976) Drive or wish? A reconsideration of the psychoanalytic theorie of motivation. Psychol Issues Monogr 36
Janssen PL (1978) Zu einigen psychotherapeutischen Aspekten der Beschäftigungstherapie in einer psychiatrischen Klinik. Psychother Med Psychol 28: 183–193
Kapfhammer HP (1983) Psychoanalytische Psychosomatik. In: Mertens W (Hrsg) Psychoanalyse. Ein Handbuch in Schlüsselbegriffen. Urban & Schwarzenberg, München
Kestenberg JS (1971) From Organ-objekt imagery to self and object representations. In: McDevitt JB, Settlage CF (eds) Separation-Individuation. Essays in honor to Margaret S. Mahler. Int Univ Press, New York
Klein GS (1976) Freuds two theories of sexuality: Perspectives to change in psychoanalytic theorie. In: Berger L (ed) Clinical-cognition psychologie models and integration. New York
König WH (1981) Zur Neuformulierung der psychoanalytischen Metapsychologie: Vom Energie-Modell zum Informationskonzept. In: Mertens W (Hrsg) Neue Perspektiven der Psychoanalyse. Kohlhammer, Stuttgart
Korn H, Müller-Braunschweig H u. H (1981) Zur therapeutischen Funktion der Mal- und Bewegungstherapie. In: Stolze H (Hrsg) Die konzentrative Bewegungstherapie. Mensch u. Leben, Berlin
Krause R (1983) Zur Onto- und Phylogenese des Affektsystems und ihrer Beziehung zu psychischen Störungen. Psyche (Stuttg) 11: 1016–1043
Krystal H (1977) Aspects of affect theorie. Bull Menninger Clin 41: 1–26
Krystal H (1978) Trauma and affects. Psychoanal Study Child 33: 81–116
Kurtz R, Prestera H (1976) Botschaften des Körpers. Kösel, München
Kutter P (1980) Emotionalität und Körperlichkeit. Anmerkungen zu einer Emotiogenese psychosomatischer Störungen. Psychother Psychosom 25: 131–145
Lichtenberg J (1978) The testing of reality from the standpoint of the body self. J Am Psychoanal Assoc 26: 357–383
Lipowski ZJ (1975) Physical illness, the patient and his environment: Psychosocial foundations of medicine. In: Reiser MF (ed) American handbook of psychiatry, vol 4. Basic Books, New York, pp 3–42
Lowen A (1975) Bioenergetik. Therapie der Seele durch Arbeit mit dem Körper. Rowohlt, Reinbek
Mahler M, Pine F, Berman A (1975) Die psychische Geburt des Menschen. Fischer, Frankfurt
McDougall J (1974) The psychosoma and the psychoanalytic process. Int Rev Psychoanal 1: 437–459
Mertens W (1981a) Psychoanalyse. Kohlhammer, Stuttgart
Mertens W (1981b) Krise der psychoanalytischen Theorie? In: Mertens W (Hrsg) Neue Perspektiven der Psychoanalyse. Kohlhammer, Stuttgart
Mitscherlich M (1978) Die Bedeutung des Übergangobjektes für die psychosomatische Theorie. In: Overbeck G und A (Hrsg) Seelischer Konflikt – körperliches Leiden. Rowohlt, Reinbek
Müller-Braunschweig H (1975) Die Wirkung der frühen Erfahrung. Klett, Stuttgart
Müller-Braunschweig H (1977) Aspekte einer psychoanalytischen Kreativitätstheorie. In: Kraft H (Hrsg) Psychoanalyse, Kunst und Kreativität heute. Die Entwicklung der analytischen Kunstpsychologie seit Freud. DuMont, Köln
Müller-Braunschweig H (1980) Gedanken zum Einfluß der frühen Mutter-Kind-Beziehung auf die Disposition zur psychosomatischen Erkrankung. Psychother Med Psychol 30: 84–59
Müller-Braunschweig H, Möhlen K (1980) Bericht über die stationäre Behandlung eines Patienten mit einem psychogenen Anfallsleiden unter besonderer Berücksichtigung der averbalen Therapieformen. Psyche (Stuttg) 12: 1073–1091
Niederland WG (1967) Klinische Aspekte der Kreativität. Psyche (Stuttg) 26: 900–928
Rad M von (1983) Alexithymie. Springer, Berlin Heidelberg New York Tokyo

Rapaport D, Gill MM (1959) The points of view and assumptions of metapsychology. Int J Psychoanal 40: 153–162
Reich W (1933) Charakteranalyse, Technik der Grundlagen. Selbstverlag, Berlin
Richter HE (1984) Sterbeangst und Destruktivität. Psyche (Stuttg) 38: 1105–1123
Richter H-E, Beckmann D (1973) Herzneurose. Thieme, Stuttgart
Rosa KR, Rosa-Wolff LR (1976) Psychosomatische Selbstregulation. Hippokrates, Stuttgart
Ruitenbeek HM (1970) Die neuen Gruppentherapien. Klett, Stuttgart
Sandler J, Joffe WG (1969) Auf dem Wege zu einem Grundmodell der Psychoanalyse. Psyche (Stuttg) 23: 461
Schmidtbauer W (1985) Unter der Couch. (Rezension v. J. M. Masson: Was hat man dir, du armes Kind, getan?) Psychol heute 1: 69–70
Schöttler C (1981) Zur Behandlungstechnik bei psychosomatisch schwer gestörten Patienten. Psyche (Stuttg) 2: 111–141
Schur M (1955) Zur Metapsychologie der Somatisierung. In: Overbeck G, Overbeck A (Hrsg) Seelischer Konflikt – körperliche Leiden. Rowohlt, Reinbek
Spitz R (1960) Die Entstehung der ersten Objektbeziehungen, 2. Aufl. Klett, Stuttgart
Stephanos S (1973) Analytisch-psychosomatische Therapie. Jb Psychoanal [Suppl 1]
Stolorow RD (1979) Psychosexuality and the representional world. Int J Psychoanal 60: 39–45
Stolze H (Hrsg) (1984) Die konzentrative Bewegungstherapie. Mensch und Leben, Berlin
Uexküll T von (1963) Grundfragen der psychosomatischen Medizin. Rowohlt, Reinbek
Wangh M (1983) Narzißmus in unserer Zeit. Psyche (Stuttg) 37: 16–40
Weiner H (1979) Psychobiology and human disease. Elsevier, New York
Wesiak W (1977) Einführung in die Psychosomatische Medizin. In: Loch W (Hrsg) Die Krankheitslehre der Psychoanalyse, 3. Aufl. Hirzel, Stuttgart
Winnicott PW (1953) Übergangsobjekte und Übergangsphänomene. Psyche (Stuttg) 23: 666–681

Das Körperschema und das Körper-Selbst

P. Joraschky

Zur Begriffserklärung

„Ich kann also, genau gesprochen, nicht sagen, daß ich einen Körper habe, aber die geheimnisvolle Verbindung, die mich mit meinem Körper eint, ist die Wurzel aller meiner Möglichkeiten. Je mehr ich mein Körper bin, desto mehr an Wirklichkeit wird mir verfügbar, existieren die Dinge doch nur, sofern sie mit meinem Körper in Kontakt stehen, von ihm wahrgenommen werden."
Gabriel Marcel (1953)

Die Auseinandersetzung um das Wechselspiel von Körper-Sein und Körper-Haben hat nichts von ihrer Aktualität verloren. Durch die Erfolge der naturwissenschaftlichen Medizin wurde vor allem die Funktion des Körper-Habens in den Mittelpunkt gerückt, der Körper als Untersuchungsobjekt isoliert, so daß es, um mit Viktor von Weizsäcker (1947) zu sprechen, wichtig wurde, das „Subjekt in die Medizin einzuführen". Dies wurde notwendig, als die distanzierende, objektivierende Sichtweise, die für die wissenschaftliche Erforschung von Organfunktionen fruchtbar war, auch die Begegnung des Arztes mit dem Patienten zu bestimmen und zu entfremden begann. Die anthropologische Medizin und die Phänomenologie nahmen dies zum Anlaß, in den 50er Jahren das Natürlichste, nämlich die Ganzheitlichkeit der Leiblichkeit, wieder in Erinnerung zu rufen. In den letzten Jahren hat das Interesse am Körper als Subjekt der Erfahrung deutlich zugenommen. Dem Leib wird als „Partner" (Eicke 1973) mehr Gehör geschenkt. Auf den Körper hören, sich auf ihn konzentrieren, ihn mehr spüren, ihn befragen, wie er psychosoziale Anpassungen begleitet oder sich dagegen wehrt, dies haben sich viele Therapietechniken zum Ziel gesetzt.

Aus der Ambiguität des Körpers als Subjekt und Objekt der Erfahrung resultiert nicht nur die uralte philosophische Problematik des Körper-Seins und Körper-Habens, sondern auch eine konzeptuelle und sprachliche Verwirrung. Im deutschen Sprachraum findet man Ausdrücke wie „Körperschema", „Körperbewußtsein", „Körperbild", „Körperfühlbild", „Körper-Ich", „Körper-Selbst". In der anglo-amerikanischen Literatur vermischen sich die Begriffe noch stärker; häufig werden mehrere Begriffe in ein und derselben Arbeit identisch benutzt: „body image"; „body schema"; „postural model"; „corporeal awareness"; „body percept"; „body concept"; „Somatopsyche"; „Somatognosie"; „body experience"; „body ego".

Es soll hier der Versuch gemacht werden, Teilaspekte, die sich unter dem ganzheitlichen Begriff der Leiblichkeit subsumieren lassen, verschiedenen Betrachtungsebenen der Leiblichkeit zuzuordnen und zu definieren. Ergänzend sollen stichwortartig empirische Ansätze, die sich um die Erforschung von Teilaspekten der Leiblichkeit bemühen, dargestellt werden (ausführliche Übersicht Joraschky 1983).

Phänomenologie der Leiblichkeit

Der Mensch ist Subjekt und Objekt aller Anthropologie – diesem einzigartigen Paradoxon entspricht die Leiblichkeit als Bestandteil des Selbst, im Gegensatz zum Körper als Objekt unter Objekten. Für die Phänomenologen ist der Körper mein Leib, ein Körper, den ich habe, und gleichzeitig ein Körper, der ich bin. Mein Körper als Objekt unterscheidet sich von allen Objekten durch den besonderen Zusammenhang mit mir selbst, wie er z. B. im „empfindenden-empfundenen Leib" zum Ausdruck kommt (Ricoeur 1965). Diesen Doppelcharakter versuchte Merlau-Ponty (1966) mit dem Begriff „ambiguité" zu umschreiben. Buytendijk (1967) betont die Bedeutung der Leiblichkeit für die Umwelterfahrung und greift damit die Sichtweise der französischen Phänomenologen Marcel (1953), Sartre (1962) und Merleau-Ponty (1966) auf, die die leibliche Relevanz unserer Welterfahrung und Weltbewältigung in das Bewußtsein gerückt haben. Blankenburg (1983) faßt einzelne Aspekte, die von der Phänomenologie herausgearbeitet wurden, zusammen: Der Leib als Orientierungspunkt für die Umweltwahrnehmung, als Mittelpunkt subjektiven Erlebens, als Bezugsfeld des Befindens, als Ausdrucksorgan und als Artikulationsstelle zwischen Selbst und Umwelt.

Das besondere Verdienst der Phänomenologie liegt in der Betonung des Ganzheitlichen, sie nimmt eine integrative Funktion ein, die notwendig ist, da sich Untersuchungen von Teilaspekten zu verselbständigen drohen. Auf der anderen Seite bleibt vieles in ihren Formulierungen sehr allgemein. Wie immer die von der Phänomenologie herausgearbeitete Unmittelbarkeit der Umwelterfahrung gesucht und erlebt werden mag, kann sie z. B. für den Erwachsenen nicht mehr dasselbe sein, was sie einmal für das Kind war. Dem Erwachsenen ist das abstrakte Denken gleichsam eine zweite Haut geworden, er lebt und denkt vorwiegend in der Subjekt-Objekt-Spaltung. Wir können der Ambiguität des Körper-Seins und Körper-Habens eher näherkommen, wenn wir die unterschiedlichen Funktionsbereiche zunächst des Körper-Habens und dann des Körper-Seins betrachten.

Körperschema

Historische Betrachtung zum Körperschemabegriff

Schon gegen Ende des letzten Jahrhunderts wurden von Neurologen bizarre Körperwahrnehmungen bei Patienten mit Gehirnläsionen beobachtet. Entsprechend dem klinischen Ansatz versuchten sie diese in eine systematische Symptomatologie unter einem Oberbegriff zu fassen. Die wesentlichen Forschungsansätze gehen auf Head u.

Holmes (1911), Pick (1908, 1915) und die Wiener Schule (Hoff u. Schilder 1927; Engerth; Gerstmann 1924; Schilder 1923, 1935 und Pötzl) zurück.

Den Begriff des „Schemas" in Zusammenhang mit der Erforschung von Körperstörungen prägte Bonnier (1905). Bonnier beschreibt mit dem Begriff der *Coenästhesie* die Körperwahrnehmung, die durch die Integration verschiedener sensorischer Eindrücke aus Muskeln, Gelenken und Haut zustande kommt. Er verweist besonders auf die räumlichen Qualitäten der Körperlichkeit, um deren Klärung sich zuvor besonders Munk (1890) bemüht hat.

Die grundlegenden experimentellen neurophysiologischen Untersuchungen und die daraus abgeleitete, bis zum heutigen Tag anregende Theorie stammen von Head, der zusammen mit Holmes (1911) das Konzept des *„Posturalschema"* entwickelte (Head u. Holmes 1911). Head beschrieb nicht nur die bei manchen zerebralen Läsionen auffallenden Störungen der Körperwahrnehmung, sondern entwarf ein Modell und den Bezugsrahmen für die normale Körperwahrnehmung, wobei er besonders die Bedeutung dieses Schemas für die *Haltung* und die *Orientierung* im Raum hervorhob. Aufgrund ihrer Untersuchungen postulierten die Autoren eine zentrale Repräsentanz, einen „Standard" für die Integration sensorischer Reize. Die Muster sensibler und kinästhetischer Repräsentationen nannten sie „Schemata", die sie als dynamische Funktionsprinzipien konzipierten. Sie organisieren sich gemäß den sich ständig ändernen Afferenzen laufend neu, zum anderen zeigen sie einen Determinismus. Sie waren für Head u. Holmes a priori gegeben in Form einer Berührbarkeit vor der ersten Berührung, einer Bewegungsfähigkeit vor der ersten Bewegung.

Der Begriff *„Körperschema"* wurde von Pick (1908) eingeführt, der betonte, daß es „mehrere Körperschemata für jede sensible Qualität des Körpers" gibt. Pick spricht von „Raumbildern" des Körpers, die sich im Laufe des Lebens durch sensorische Informationen entwickeln, und benutzt dieses Konzept als Grundlage für die Erklärung klinischer Beobachtungen, vor allem für das Phantomglied und Körperschemastörungen. In den 20er Jahren kam es dann zu einer Fülle von Beschreibungen von Körperschemastörungen, die in ihrer Vielfalt erstmals klassifiziert wurden. Schilder (1923) erkannte, daß bei der gestörten Körperwahrnehmung auch die Leiblichkeitserfahrung nicht auszuklammern ist, was zur Folge hatte, daß neurophysiologische Aspekte, Probleme der zentralen Lokalisation mit der Bedeutung der Körpererfahrung vermischt wurden. Dies führte schließlich dazu, daß der in der amerikanischen Literatur sich zunehmend einbürgernde Begriff des „body-image", der von Schilder (1935) eingeführt wurde, weit über den Inhalt des Head-Schemas hinausgeht und die gesamte subjektive Körpererfahrung und die Bedeutung der Leiblichkeit für die Umwelterfahrung umfaßt. Der Begriff „Image" hat weniger den Bedeutungsinhalt eines „Abbildes", vielmehr bezieht Schilder sich auf den Imagobegriff Freuds, er impliziert also besonders auch die unbewußten Inhalte der Körpererfahrung. Dies führte mit dazu, daß sehr unterschiedliche und noch unklare Funktionen unter einen Oberbegriff gefaßt wurden, was schon bei der Untersuchung der sog. Körperschemastörungen auffällt.

Die sog. Körperschemastörungen

Eine große Zahl verschiedener Körperwahrnehmungsstörungen tritt bei Läsionen besonders im parietalen Kortex auf. Die Wahrnehmungsstörungen dieser Patienten sind unsystematisch, häufig flüchtig, z. B. werden Namen von Körperteilen oder Richtungsbezeichnungen am Körper falsch wiedergegeben.

Geprägt durch den klinischen Ansatz waren die Autoren bemüht, bestimmte Syndrombilder zu ordnen und zu beschreiben, hieraus erfolgen Bezeichnungen wie „Autotopagnosie" (Pick beschrieb damit 1908 das Unvermögen von Patienten, Teile des eigenen Körpers richtig zu lokalisieren und zu benennen), Fingeragnosie und Prosopagnosie, mit der Gerstmann (1924) die Unfähigkeit, Gesichter korrekt zu erfassen, bezeichnete. Weiterhin sind Störungen der Rechts-links-Orientierung am eigenen Körper zu nennen, und die Anosognosie, mit der das Phänomen beschrieben wurde, daß ein Kranker die Minderung oder Aufhebung einer Funktion oder Leistung nicht beachtet oder nicht wahrhaben will, insbesondere bei Hemiplegie.

Die klinische Neurologie konzentrierte sich nach den ersten Beschreibungen der Körperschemastörungen auf die Entdeckung weiterer, auf den Körper bezogener Störungen, wobei das Körperschema als ein übergreifendes Konstrukt für eine Vielfalt klinischer Symptome gesehen wurde. Diese zeichnet als gemeinsamen Nenner lediglich aus, daß sie in irgendeiner Weise etwas mit dem menschlichen Körper und dessen Wahrnehmung zu tun haben. So wurden unter dem Oberbegriff der Körperschemastörungen Phänomene subsumiert wie Phantomglieder, Anosognosie, Schmerzasymbolie, Heautoskopie (Doppelgängerphänomen) und auch psychiatrische Störungen (vgl. Übersicht Frederiks 1971), wodurch das Konstrukt noch uneinheitlicher wurde.

Genauere neuropsychologische Untersuchungen zeigten, daß die Wahrnehmungsstörungen an bestimmte spezielle Untersuchungsmethoden oder -situationen gebunden sind und daß es sich bei den Störungen meist um spezielle Manifestationen allgemeiner neuropsychologischer Leistungsstörungen handelt. Die Hoffnung, Rückschlüsse von den schweren Störungen der Körperwahrnehmung auf das normale Funktionieren des Körperschemas vornehmen zu können, erfüllten sich nicht. Interessant sind jedoch die sich bei neueren Untersuchungen ergebenden Zusammenhänge von Körperwahrnehmungsstörungen mit Umweltwahrnehmungsstörungen, etwa die Rechts-links-Unterscheidungsschwäche, die sich sowohl bei der Körperorientierung wie bei der Umweltwahrnehmung zeigt. Es finden sich allgemeine kognitive Störungen, wie Lokalisierungsschwäche, Schwierigkeiten, Teile aus dem Ganzen herauszulösen und komplexe Strukturen, etwa bei der Gesichtswahrnehmung, zu erfassen.

Am besten läßt sich die Komplexität interagierender Faktoren, die auf verschiedenen Ebenen der Organisation stattfindet, am Beispiel des *Phantomglieds* illustrieren: Als augenfälligster Beweis für die Existenz und das Wirken eines Körperschemas wird das Phantomglied angesehen, d. h. die andauernde Wahrnehmung eines nichtexistierenden oder deafferenzierten Körperteils. Nach jeder Gliedmaßenamputation tritt natürlicherweise über kürzere oder längere Zeit ein Phantomglied auf. Das Wahrnehmungsphänomen des Phantomglieds kann als exemplarische Darstellung für die verschiedenen Ebenen angesehen werden, die für das Konzept eines Körperschemas wichtig sind (vgl. Joraschky 1983):

a) Bei der Amputation kommt es zu einer völligen Unterbrechung der normalen Afferenzen, nicht allein der taktilen, sondern auch der Haltungs- und vor allem kinästhetischen Impulse. Die Bedeutung dieser sensorischen Deprivation betonen vor allem „periphere Theorien" des Amputationsphantoms, die sich besonders auf elektrophysiologische Vorgänge an der Schnittfläche und zusätzliche Beeinflussung des Phantoms durch Neurombildung und Wundinfektion etc. und deren Bedeutung für die Phantombildung stützen.

b) Durch das Ausbleiben der normalen Afferenz kommt es nach neurophysiologischen Hypothesen zu einer kortikalen Spontanaktivität, wodurch die Körperwahrnehmung im Bewußtsein persistiert. Die peripheren abnormalen Reize können die Phantomerfahrung verändern, deshalb sei das Phantom zu Beginn lebendiger bewußt als die erhaltene Extremität, sie verändern die „sensorische Aufmerksamkeit" (Frederiks 1971). Das Zustandekommen der Körperwahrnehmung ist jedoch eine Integrationsleistung des zentralen Nervensystems und an kortikale Strukturen gebunden.

c) Vor allem die Individualität der Phantomerfahrung, des Phantomschmerzes, der Phantomrückbildung bzw. -persistenz zeigt die Bedeutung individueller psychischer Faktoren auf. Vor allem die Untersuchungen von Patienten mit Phantomschmerz und persistierendem Phantom zeigen, welche Bedeutung die Verarbeitung des Gliedverlustes hat. Hier finden sich Parallelen zur Verlustverarbeitung in der Trauer und der Wunsch, die körperliche Integrität wiederherzustellen. Dieser Prozeß muß jedoch unterschieden werden von der an das zentralnervöse Körperschema gebundenen Wahrnehmung des Phantomglieds.

Zusammengefaßt kann gesagt werden, daß es sich beim Phantomglied um eine Wahrnehmungsleistung handelt, die bei Amputation der Extremitäten konstant auftritt, bedingt durch die Eigenschaft des neurophysiologischen Körperschemas, sich dieser Veränderung nicht sofort anzupassen, sondern über einen gewissen Zeitraum zu persistieren. Die enge Verbindung der subjektiven Körpererfahrung mit der zentralen Verarbeitung der Körperinformationen und der daraus resultierenden Wahrnehmung eines Phantomglieds zeigt sich in der individuellen Variabilität der Phantomverarbeitung.

Die verschiedenen Aspekte der Regulation der Körperstellung im Raum, der Orientierung, der Körperwahrnehmung können auf verschiedenen Ebenen betrachtet werden:

Neurophysiologische Regulationsprinzipien des Körperschemas

Die Information über den eigenen Körper – die Stellung seiner Glieder, die Spannungsverteilung in seiner Muskulatur, seine Lage im Raum – erhalten wir von Organen, die in der klasssischen Reihe der „5 Sinne" nicht vertreten sind und deren funktionelle Einheitlichkeit sich in keinem Überbegriff ausdrückt: den Stellungsrezeptoren in und an den Gelenken und Wirbeln, den Spannungsrezeptoren in den Sehnen, den Muskelspindeln sowie dem Vestibularapparat. In der Terminologie der Sinnesphysiologie kann man von Stellungs-, Kraft- und Lagesinn sprechen, auch vom „somästhetischen Sinn" als Sammelbezeichnung für die Tiefen- und Oberflächensensibilität (Nafe u. Kenshalo 1966).

Die multisensorielle Koordination, die zur einheitlichen Wahrnehmung führt, erfolgt durch die zentrale Integration der Sinnesnachrichten. Schon beim einfachen Tastsinn findet eine komplexe multisensorische Integration von Druck-, Temperatur- und Lageafferenzen mit einer sensomotorischen Bewegungskoordination statt, deren Ergebnis die Tastwahrnehmung als Erlebniseinheit ist. Für die zentrale Integration spielen der Thalamus und der Parietalkortex (Critchley 1953) eine wesentliche Rolle. Hypothesen zur Funktionsweise dieses zentralnervösen Körperschemas als Regulationsprinzip für Stellung und Orientierung im Raum haben bereits Hoff u. Schilder (1927) aufgestellt: Man kann sich dies als räumliches Koordinatensystem vorstellen, welches die Hauptachse der Glieder als Ganzes räumlich festlegt, woraus sich dann die Lokalisation einzelner Stellungen sekundär ableitet.

Ausgehend vom Problem der Körperorientierung ist die Theorie des Kreisprozesses entstanden, die in der Folge in der Kybernetik einen paradigmatischen Stellenwert erhielt. Hier kann im Zusammenhang mit dem Körperschema unter historischen Gesichtspunkten auf die besondere Bedeutung des Prinzips des „*Funktionskreises*“ (J. von Uexküll 1920), des „*Gestaltkreises*“ (V. von Weizsäcker 1947) sowie auf das „*Reafferenzprinzip*“ (Holst u. Mittelstaedt 1950) verwiesen werden.

Regeltechnische Modelle haben sich in der Folgezeit besonders für einfache Bewegungsmuster bewährt. Zu derartigen Schemata zählen etwa Laufbewegungen, die Organisation vom einfachsten Reflex im Rückenmark über vorgeprägte Handlungsschemata mit Instinktregulation im Hirnstamm bis zur Koordination fein regulierter willkürlicher Zielbewegungen im motorischen Kortex, wo Bewegungsschemata höherer Ordnung den Umweltbedingungen angepaßt und hierarchisch gegliedert sind. Nur für die motorischen Schablonen niedriger Ordnung lassen sich bis jetzt regeltechnische Blockschemata darstellen. Simultan und automatisch kommt es bei der heterosensoriellen Koordination der Körperwahrnehmung zu „Erkennen und Erinnerung mit Erwecken von Gefühlen und Einordnung in frühere Erlebniszusammenhänge“ (Jung 1972), höhere psychische Leistungen, für die psychologische Theoriebildungen zuständig sind.

Das Körperschema und die Raumorientierung

In der Wahrnehmungspsychologie wird das Problem der Raumorientierung unter einem „egozentrischen“ und einem „exozentrischen“ Aspekt diskutiert (Bischof 1966), die sich gut zu den Funktionen des Körper-Seins und Körper-Habens in Beziehung setzen läßt. Beim Wahrnehmungsraum kann eine evidente von einer funktionalen Struktur differenziert werden: Im evidenten phänomenal-räumlichen Bezugssystem erschließt sich dem naiven Betrachter der Raum gemäß der Struktur seiner Erfahrungswirklichkeit (subjektiv, egozentrisch), während man im funktionalen System nach dem psychologischen Gesetzmäßigkeiten des Bewußtseinsinhalts „Raum“ fragt.

a) Im *phänomenal-evidenten Bezugssystem* beziehen wir die Umwelt auf uns und erleben sie als erfüllt von unserer Leiblichkeit. Dieser Wahrnehmungsraum ist kein neutraler Schauplatz für Handlungen und Bewegungen, sondern er ist ein subjektiver. Er repräsentiert sich für jeden Menschen in jedem Alter anders. Von den Phänomenologen wurde die evidente Struktur des Wahrnehmungsraums unter dem Begriff der „gelebten Welt“ (Dürckheim 1932; Bollnow 1963) beschrieben.

b) Mit der *funktionalen Raumorientierung* wird beschrieben, wie wir uns innerhalb räumlicher Gesetzmäßigkeiten lokalisieren und bewegen können: Die Raumorientierung ist von einer erstaunlichen Präzision. Der Organismus reagiert nicht nur auf Afferenzen, sondern empfängt auch zugleich Re-Afferenzen seiner Aktionen. Das Wirkungsschema des Kreisprozesses charakterisiert diese Vorgänge. Durch diese selbstvermittelte Rückwirkung entfällt die Unabhängigkeit der perzeptiven von der motorischen Orientierung: Die Ordnung des Raumes wird fundiert durch die Systeme der motorischen Raumorientierung und kann ohne diese gar nicht verstanden werden. Stellungs- und Haltungssensationen, Oberflächensensibilität und die optischen Eindrücke formen ein räumliches Modell von unserem Körper. Der

Organismus kann sich beim Aufbau seiner Wahrnehmungswelt auf gewisse, von ihm „erwartete“ Regelmäßigkeiten (Redundanzen) in der physikalischen Welt „verlassen“ (Kohler 1961).

Wichtige Beiträge für die Beschreibung der aktiven Auseinandersetzung zwischen dem Wahrnehmungssubjekt und der Wahrnehmungswelt als einem dynamischen Prozeß wurden von den Tonustheorien (Goldstein 1934; Werner u. Wapner 1949) geleistet. Nach Gibson (1973) ist der Wechsel zwischen aktiver und passiver Anpassung, zwischen veränderter und sich verändernder Situation der Grundprozeß der Orientierung. Durch die Orientierungsbewegungen können die Sinnesorgane jeweils vorhandene Umweltreize auswählen, wobei der Mensch nach Gibson fähig ist, das Invariante in einer Reizsituation herauszuheben, wobei er Parameter einer höheren Ordnung benützt, wie Intensitätsverhältnisse und Reizproportionen, die sich nicht ändern. Dadurch erreicht der Mensch eine relative Unabhängigkeit in seinen Wahrnehmungsleistungen von Umweltfaktoren.

Die Raumorientierung läßt sich von einfachen Bewegungsschemata bis zu komplexen Koordinationen der Raum- und Umweltschemata unter der Steuerung des Subjekts beschreiben. Die Schemata sind dabei unbewußt abrufbar, sie werden automatisch miteinander verglichen und koordiniert. Durch diese Fähigkeit zur exozentrischen Lokalisation wird uns ein orientiertes Verhalten als Objekt unter Objekten in der Umwelt ermöglicht.

Wahrnehmung des Körpers als Objekt

Die wahrnehmungspsychologische Forschung beschäftigt sich mit den Prozessen – wie wird der Körper im Vergleich zu anderen Umweltobjekten wahrgenommen – und Strukturen – inwieweit stimmt die bewußte Information über Körperdimensionen mit den physikalischen Gegebenheiten überein. Das Hauptinteresse richtet sich vor allem auf das Problem, inwieweit beim Körper im Vergleich zu Umweltobjekten eine *Wahrnehmungskonstanz* vorliegt. Bei der Einschätzung der Ergebnisse wahrnehmungspsychologischer Untersuchungen zur Körperwahrnehmung ist es wichtig, die jeweilig angewandten Methoden zu beurteilen, da sie in unterschiedlichem Ausmaß durch situative, motivationale, affektive u. a. Faktoren beeinflußt werden: Für die formalistische Fragestellung, inwieweit die Körperwahrnehmung den objektiven physikalisch-räumlichen Gegebenheiten entspricht, eignet sich vor allem die *lineare Methode*. Bei dieser Methode erfolgt eine geradlinige Distanzeinschätzung zweier definierter Punkte auf dem Körper mit einem geeigneten Reizinstrument, wobei die Reizgröße dann an einer projizierten Meßskala auf einem Leuchtschirm eingeschätzt wird. Mit dieser Methode konnten in einer Vielzahl von Untersuchungen (Übersicht Shontz 1969) konstante Unterschiede zwischen der Körperwahrnehmung und der Objektwahrnehmung festgestellt werden: Beständig trifft man auf eine Überschätzung der Kopfbreite und Vorderarmlänge und eine Unterschätzung bei der Hand- und Fußlänge. Bei der Interpretation sog. Körperwahrnehmungsstörungen, etwa bei der Anorexia nervosa, ist es wichtig zu unterscheiden, inwieweit durch die Methodik die subjektive Körpererfahrung miterfaßt oder ob eine distanzierte, möglichst objektive Wahrnehmung der Körperdimensionen eingeschätzt wird. Unter redundanten Reizbedingungen ist selbst bei den bizarren Körpererfahrungsstörungen Schizophrener eine Wahrnehmungskonstanz des Körpers als Objekt festzustellen (Weckowicz u. Sommer 1960). Diese besonders augenfällige Diskrepanz zwischen Körpererleben und der Präzision der

Körperwahrnehmung ist im Prinzip nicht so erstaunlich, da bei Schizophrenen i. allg. die kognitiven Funktionen nicht spezifisch gestört sind. Dies nur als Hinweis dafür, daß es sinnvoll ist, zwischen wahrnehmungspsychologischen Untersuchungen und Methoden, die das Körpererleben erfassen wollen, zu trennen. Das Körperschema, auf der Ebene der Wahrnehmungspsychologie interpretiert als kognitive Struktur, arbeitet also unter natürlichen Reizbedingungen, also redundanten Informationen, trotz der beschriebenen Unterschiede gegenüber der Objektwahrnehmung sehr präzise.

Zusammenhang zwischen Körpererleben und Körperwahrnehmung

Die Wahrnehmungskonstanz des Körpers, das Körperschema als kognitive Struktur, macht es uns möglich, verläßlich mit dem Körper als Objekt unter Objekten umzugehen. Die Orientierung des Körpers im Raum läuft „automatisch" ab, das Körperbewußtsein ist „peripher" (Frederiks 1971), d. h. Selbsterleben und Körpererleben sind untrennbar verbunden, werden unbewußt reguliert und treten nur unter besonderen Bedingungen (Schmerzen, Freude, Außeneinflüsse etc.) in das Bewußtsein. Die Verbindung von Körpererleben und Körperwahrnehmung wird von den Phänomenologen als unmittelbar, von den Wahrnehmungspsychologen hingegen als dissoziiert betrachtet. Diese Unterschiede lassen sich am besten erklären, wenn man diese Verbindung vor dem Hintergrund der psychogenetischen Reifung sieht.

Verbindung und Trennung von Körpererfahrung und Körperwahrnehmung als entwicklungspsychologischer Prozeß

Mit seinen detaillierten Untersuchungen zur Entwicklung der motorischen Aktivität und zur Konstruktion von Umweltschemata konnte Piaget (1969, 1979) einen wichtigen Beitrag zur Bedeutung des Körperschemas für die Konstruktion der Realität leisten. Er verdeutlicht, wie einfachste Bewegungs- und Wahrnehmungsmuster fortschreitend über primitive Schemata, mit denen das Handhaben und Umgehen mit Objekten geübt wird, schließlich zu Handlungsabläufen führen. Piaget beschreibt den allmählichen Übergang von subjektiver, körperzentrierter Aktivität zu einer Logik der Aktion:

> Zunächst wird der Körper der Bezugspunkt für das Kind, das Zentrum seines Aktionsfeldes. Hand in Hand mit der Orientierung am eigenen Körper organisiert sich die Umweltwahrnehmung. Solange die Wahrnehmung um die eigene körperliche Aktivität zentriert ist, herrscht der subjektive Raum vor, der nach sensorischen Qualitäten parzelliert ist, bis schließlich am Ende des 1. Lebensjahres der orale, taktile, visuelle und auditive Raum sowie der Haltungsraum koordiniert werden. Piaget stellt dar, wie die verschiedenen körperzentrierten Räume schließlich zu größeren Gruppen vereinigt werden und vom 4. Lebensjahr an nach den Prinzipien der topologischen Raumaufteilung mit den Kategorien des Eingeschlossenseins und der Nachbarschaft die Entwicklung räumlich-geometrischer Beziehungen mit einer klaren Abgrenzung von Selbst und Objekt möglich wird. Die egozentrische, auf den Körper ausgerichtete Wahrnehmung findet um das 7. Lebensjahr mit der Stabilisierung der Dimensionen vorne – hinten, oben – unten und rechts – links ihren Abschluß. Erst um das 12. Lebensjahr ist es dem Kind möglich, den egozentrischen Standpunkt endgültig zu verlassen, den Körper als Bezugspunkt aufzugeben und sich auch vom Standpunkt eines anderen aus räumlich zu verstehen.

Gleichzeitig ist in diesem Prozeß der Integration körperzentrierter Räume und der „Körperzonen" der Distanzbildungsprozeß eingeschlossen: sehr gut läßt sich etwa am Beispiel der Entwicklung des animistischen Weltbildes verfolgen, wie der durch die Grenzendurchlässigkeit charakterisierte „belebte Raum" nach und nach im Rahmen der Stabilisierung der Körpergrenzen zu einem distanzierten Handlungsraum wird. Piaget beschreibt Strukturen und Kontinuitäten von Strukturen, wo Forscher vor ihm bestenfalls eine sequentielle Kumulation von Erkenntniselementen sahen. Er stellt den Stadienverlauf der Schematisierungsprozesse dar und zeigt, wie durch redundante Information das Objekt Substantialität, durch aktive Wiederholung schließlich „praktische Permanenz" gewinnt. In Zusammenhang mit der Bildung des permanenten Objekts kommt es zur Trennung zwischen dem erkannten Ding und dem erkennenden Subjekt. Diese Subjekt-Objekt-Trennung spielt sowohl für die kognitive als auch für die affektive Entwicklung, die unter psychoanalytischen Gesichtspunkten als Entwicklung des Körper-Selbst dargestellt wird, eine entscheidende Rolle.

Es kann hier nicht um eine inhaltliche Darstellung des Entwicklungsprozesses und die Gegenüberstellung und Verbindung von affektiver und kognitiver Entwicklung gehen, es soll nur darauf hingewiesen werden, wie sich in einzelnen Stadien zunächst Prozesse des Körpererlebens in unmittelbarer Verbindung mit dem Umwelterleben entwickeln und wie parallel dazu die kognitive Entwicklung des Körpers als Objekt abläuft. Beide Entwicklungsprozesse sind gleichermaßen relevant, einmal für die Subjekterfahrung, zum anderen für die Objektwahrnehmung. Als reife, gelungene Entwicklung kann die Fähigkeit zu klarer, distanzierter Objekteinschätzung wie auch die Fähigkeit, sich auf das eigene Erleben zu zentrieren, gesehen werden. Darauf weisen empirische Untersuchungen zur Feldabhängigkeit und -unabhängigkeit hin.

Experimentalpsychologische Untersuchungen zur Verbindung von Körpererleben und Körperwahrnehmung

Der Einfluß von Persönlichkeitsvariablen auf die Wahrnehmungskonstanz wird mit Methoden untersucht, die kognitive Kontrollen auszuschalten versuchen. Hierzu gehören Zeichentests wie der „Draw-a-person-Test" (Goodenough 1962), Untersuchungen mit verzerrenden Linsensystemen oder tachistoskopischen Darstellungen von Körperteilen, Darstellungen von Körperteilen auf Photographien (Secord u. Jourard 1953), Konstruktionsaufgaben mit einzelnen Photoausschnitten (Gellert 1975) u. a. Am bekanntesten sind die Untersuchungen von Wapner (1976), Witkin (1973) und Witkin et al. (1962).

Witkin et al. (1962) und Witkin (1973) stützen sich in ihren bekannten wahrnehmungspsychologischen Untersuchungen zur Feldabhängigkeit auf die entwicklungspsychologischen Aspekte der Distanzierungsfähigkeit. Sie beschreiben, wie zunächst die diffusen Körpergrenzen entsprechend einer „sukzessiven Artikulation des Körperschemas" stabilisiert werden, wobei sie mit „Feldunabhängigkeit" eine ausreichende Festigkeit der Körpergrenzen beschreiben. Analog zu dieser „Artikulation" der Körpergrenzen spricht Bain (1973) von einer „Abnahme der Partizipation", bis sich schließlich eine reife „Körperflexibilität" einstellt. Mit diesem Begriff charakterisiert er die Oszillation der subjektiven und objektiven Wahrnehmung, den individuellen Spielraum des Sich-Öffnen-Könnens bei gleichzeitig vorhandener Stabilität der Distanzierungsfähigkeit. Die „Körperflexibilität“ wird mit verschiedenen wahrnehmungspsychologischen Experimenten untersucht.

Bei Erwachsenen lassen sich die Einflüsse von Persönlichkeitsvariablen auf die Wahrnehmungskonstanz unter Ausschluß redundanter Informationen erfassen:

In seinen bekannten Experimenten untersucht Witkin in einem abgedunkelten Raum mit einem kippbaren Stuhl, inwieweit sich die Versuchspersonen bei der Orientierung im Raum auf Schlüsselreize aus dem Körper, auf den Lagesinn, beziehen, oder inwieweit sie bei der Einstellung der Vertikalen durch den Umgebungsraum beeinflußt werden. Probanden, die vom Umfeld gesteuert werden, werden als feldabhängig charakterisiert, während Probanden, die sich mehr an ihrer Körpererfahrung orientieren können, als feldunabhängig eingestuft werden.

Witkin gibt der Körpererfahrung in der Entwicklung von festen Körpergrenzen und der Artikulation der Umweltwahrnehmung einen zentralen Stellenwert. Die Bedeutung der Körpererfahrung für die Distanzierungsfähigkeit als kognitiven Stil belegt Witkin damit, daß Einflüsse auf die Körpererfahrung, die Stimulation der Körpergrenzen, die Konzentrierung auf das Körperäußere oder -innere sich auf die Umweltabgrenzung auswirken.

Zusammenfassend läßt sich sagen, daß die Integration der Sensomotorik und Orientierung des Körpers im Raum als Funktionen des Körperschemas verstanden werden können. Der Körper als Wahrnehmungsobjekt hat eine feste Wahrnehmungsstruktur, die es möglich macht, den Körper als „Werkzeug“ in Handlungsabläufen und als Objekt der Wahrnehmung im Raum zu benützen. Die affektiv geprägten Prozesse der Abhängigkeit und Unabhängigkeit können im Rahmen der Selbst-Objekt-Differenzierung dargestellt werden, wobei die Bildung eines kohärenten Körper-Selbst so wie die Stabilität der Körpergrenzen entscheidende Parameter für die Umweltauseinandersetzung sind. Diese Integration der Körpererfahrungsprozesse in eine kohärente Struktur mit festkonturierten Grenzen wurde von der Psychoanalyse am differenziertesten untersucht und als Körper-Selbst in einen metapsychologischen Rahmen gestellt.

Das Körper-Selbst

Von der Phänomenologie wurde im Zusammenhang mit dem Körper-Sein vor allem auf den Körper als Mittelpunkt der Selbsterfahrung und auf die Bedeutung des Körpers als Artikulationsstelle zur Umwelt hingewiesen (Blankenburg 1983). In psychoanalytischer Terminologie handelt es sich dabei um die Beziehung zwischen der Körpererfahrung und dem Selbstgefühl, metapsychologisch gesprochen um die Struktur des Körper-Selbst und die Abgrenzung von Körper und Umwelt, definiert als die Trennung der Selbst- von den Objektrepräsentanzen.

Strukturierung des Körper-Selbst

Mit der klassischen psychoanalytischen Triebtheorie wurden erstmals die körperlichen Bedürfnisse als Grundlage für eine dynamische Theorie des menschlichen Handelns entwickelt. In diesem Zusammenhang muß vor allem auf Freuds Konzept der erogenen Zonen und die Instanz des Es im Strukturmodell (1923) verwiesen werden, welche eng mit dem Triebmodell verbunden sind.

Die Beschreibung des Es bleibt in Freuds Darstellung auch in den mehrfach revidierten Versionen sehr ungenau und widersprüchlich. Einmal beschreibt Freud das Es als eine Art Energiespeicher, und es wird in diesem Sinne als unveränderlich verstanden, andererseits ist es im Zusammenhang mit den psychosexuellen Phasen einem Reifungsprozeß unterworfen. Auch die Ich-Psychologie löst diese Widersprüche nicht auf, im Gegenteil, A. Freud (1968) betont die Konstanz des Es und sieht nur geringe Möglichkeiten der Veränderung der individuellen Triebstruktur.

Mit dem Modell der Libidophasen wurde die Sukzession der im Mittelpunkt der Selbsterfahrung stehenden erzogenen Zonen beschrieben, die nach und nach zu einer Struktur integriert werden. Diese Struktur weist im Gegensatz zum permanenten Objekt Piagets (1969) eine größere Reversibilität und Formbarkeit auf, worauf sich die Funktionsprinzipien der Fixierung und Regression beziehen. Für diese Struktur prägte Freud keinen Begriff, er wird vor allem im Zusammenhang mit der Ausbildung der Selbstkonstanz gesehen.

Im Rahmen des Strukturmodells schrieb Freud (1923) dem „Körper-Ich" vor allem während der frühen Entwicklungsphasen eine wichtige Funktion zu: „Das Ich ist zuerst und vor allem ein Körperliches." Freud führte jedoch diese Gedanken nicht weiter, und der Begriff des Körper-Ich wurde nicht klar von der Instanz des Ich und den Ich-Funktionen abgegrenzt.

Spiegel (1959) zeigt auf, daß das Selbst in der Theoriesprache der Psychoanalyse deshalb erst spät einen Aufschwung erlebte, weil es für Freud mit dem umgangssprachlichen Ich in der Sache oder dem Namen nach gleichbedeutend war. Das Ich tritt in Freuds strukturtheoretischen Überlegungen widersprüchlich in Erscheinung, weil damit einzelne Funktionen, aber auch das erlebende Ich gemeint ist, so daß an vielen Stellen das „Ich" durch ein „Selbst" ersetzt werden müßte. Im Gegensatz zu den Instanzen der Strukturtheorie ist der Begriff des Selbst, ähnlich wie die Begriffe der Persönlichkeit und Identität, aus einem System entstanden, das mehr mit der Beobachtung der zwischenmenschlichen Interaktion und der Beschreibung des Selbsterlebens zu tun hat (vgl. Thomä 1980).

Einen entscheidenden Fortschritt für das Verständnis des Aufbaues des Körper-Selbst erbrachte die Objektbeziehungspsychologie, welche die Ausbildung der einzelnen Körper- und Selbstrepräsentanzen wie auch Objektrepräsentanzen vor dem Hintergrund jeweils spezifischer Beziehungsmatrices innerhalb der Mutter-Kind-Beziehung beschreibt. Diese Darstellungsweise bietet die Möglichkeit, die häufig abstrakten Modelle der Ich-Psychologie zu verlassen und direkt beobachtbaren Phänomenen näherzukommen. Die fortschreitende Entwicklung psychischer Funktionen, die zu Distanzbildung und Autonomie beitragen, lassen leicht vergessen, daß das Körper-Selbst weiterhin (auch wenn es nicht primär im Vordergrund steht) auch nach den ersten 3 Lebensjahren ständig in die Auseinandersetzung des Selbst mit der Umwelt einbezogen ist.

Das Körper-Selbst besteht nicht a priori wie das Es, sondern konstituiert sich als Entwicklungsprozeß in der Auseinandersetzung mit der Umwelt. Als Beschreibung für die Organisation der Körperzonenrepräsentanzen lehnt sich das Konzept des Körper-Selbst an die Vorstellungen von Glover (1956) und Erikson (1968) über die fundamentalen Prozesse der Auseinandersetzung zwischen Selbst und Objekt an. Glover hat als erster in seinem Modell der „Ich-Kerne" traditionelle Aspekte der Triebtheorie mit der

Ich-Entwicklung verknüpft. Aus einem System „multinuklearer“, unverbundener Ich-Kerne, wird nach Glover schließlich durch Verschmelzung eine kohärente Struktur. Vor allem Eriksons Konzept gibt den Rahmen für die Theoriebildung, wie „Kernpunkte der Identitätsentwicklung“ (Greenacre 1958) durch „Koordination einzelner Körperinseln“ schließlich zu einer „Kohärenz des Körperbildes“ (Linn 1955) ausgestaltet werden. Diese Integration der Ich-Kerne erfolgt im Wechselspiel zwischen Selbst- und Objekt-Repräsentanzen als ein „biopsychosoziales Simultangeschehen“ (Loch 1971). Der Integrationsprozeß der Körperrepräsentanzen führt schließlich zu einer zu den Selbstrepräsentanzen korrespondierenden „individuellen Struktur“ des Körper-Selbst, in der unterschiedliche Körperzonen dominieren.

Klinisch kann hier nur auf die Bedeutung der Struktur des Körper-Selbst in Zusammenhang mit dem Selbstgefühl und dessen Störungen verwiesen werden. Deutlich werden die in das Selbstgefühl integrierten Körper-Teil-Repräsentanzen vor allem bei schweren regressiven und desintegrativen Prozessen, etwa bei Psychosen, wo es zur *Fragmentierung* des einheitlichen Selbsterlebens und des Körpererlebens kommen kann.

Bedeutung der Körpererfahrung für die Separation und Diskrimination von Selbst und Umwelt

Das Modell der Körper-Selbst-Grenzen ermöglicht es, zu neueren Entwicklungslinien der psychoanalytischen Theorie eine Beziehung herzustellen. Das Körper-Selbst als Modell für die Integration der Körper-Teil-Repräsentanzen erwies sich als beobachtungsnäher als das Strukturmodell. Ähnlich verhält es sich mit dem Grenzenkonzept in Zusammenhang mit dem Selbst-Konzept. Mit dem Selbst-Konzept setzt sich die Psychoanalyse stärker mit den Modellen der Persönlichkeitspsychologie auseinander, in denen ebenfalls Abgrenzungsprozesse als bedeutsam herausgearbeitet wurden. In ihren entwicklungspsychologischen Untersuchungen, in denen die Bedeutung der Körpererfahrung, ausgehend von der „symbiotischen Membran“ über die schrittweise „Innen-Außen-Trennung“, untersucht wird, führt Mahler et al. (1978) das Konzept der Körpergrenzen weiter aus.

Schon Federn (1956) hat die Bedeutung der Flexibilität der Körpergrenzen in Zusammenhang mit dem Selbstwertgefühl und dessen Regulation erkannt, sein Konzept ist jedoch noch eng an die Triebtheorie angelehnt. Federns Arbeiten waren jedoch durch ihren klinischen Ansatz, durch die Analyse der schweren Grenzstörungen bei der Depersonalisation, bei regressiven Phänomenen und bei Psychosen wegweisend für die weitere Erforschung der Störungen der Grenzenregulation.

Die Beschreibung der metapsychologischen Theorie der Körper-Selbst-Grenzen geht auf Jacobsen (1954) und Mahler (1968) zurück. Ausgehend vom „undifferenzierten“ Stadium über das Stadium der „Kernidentität“ mit noch diffusen Körper- und Objektgrenzen kommt es zur Verschmelzung einzelner „Körper-Selbst-Kerne“ (Hoffer 1950), welche schließlich die Körper-Selbst-Struktur ausbilden. Diese metapsychologischen Konstrukte müssen ihren Erklärungswert für klinische Phänomene allerdings noch erweisen.

Was die klinische Relevanz angeht, leisteten besonders Schilder (1935) und Federn (1956) aufgrund von Selbst- und Patientenbeobachtungen wichtige Überlegungen über die Flexibilität der Selbstgrenzen, die Fluktuation des Selbstgefühls und die Grenzendynamik. Sie beschreiben ausführlich die Variation der Körpergrenzenerfahrung, bei regeressiven Phänomenen wie beim Einschlafen oder Orgasmus, bei psychischen Erkrankungen sowie unterschiedliche Prominenzmuster einzelner Körperzonen in der Selbsterfahrung. Grenzenstörungen zeigen sich sowohl gleichzeitig im Erleben der Fremdheit gegenüber der eigenen Person und dem eigenen Körper wie auch in der Beziehung zur Umwelt (Depersonalisation). Es kann hier nur auf die aktuelle Forschung über die Stabilität und Flexibilität des Körper-Selbst und der Körpergrenzen im Zusammenhang mit Psychosen, Borderlinesyndromen und psychosomatischen Störungen verwiesen werden (Scharfetter 1976; Joraschky 1983). Hierzu zählen auch Untersuchungen über die Integration von Herzschrittmachern und Organersatz in das Körper-Selbst sowie Eingriffe in die körperliche Integrität (z. B. Anus praeter naturalis, Prothesen u. a.).

Testpsychologische Untersuchungen zur Bestimmung des Körper-Selbst und der Körpergrenzen

Seit den 50er Jahren haben sich vor allem Fisher u. Cleveland (1968) und Fisher (1970, 1973) intensiv mit der Messung der Körpergrenzen-Stabilität und der Körper-Selbst-Struktur beschäftigt. Nach einer Vielzahl von Untersuchungen mit verschiedenen Testverfahren zur Grenzendimension (Zeichentests, verschiedene gestalterische Verfahren, TAT, Interview) fanden Fisher u. Cleveland (1968) vor allem die Dimensionen der Grenzen- und Konturenbeschreibung im Rorschach-Test für die Bestimmung der unbewußten Grenzenartikulation als aussagefähig. Sie quantifizierten die Grenzenfestigkeit und -durchlässigkeit mit dem Barrieren- und Penetrationswert, welche schließlich als Standardkriterien in den Holtzman-Test (1961) Eingang gefunden haben.

Durch die Untersuchung des direkten Einflusses von Körperreizen auf die Rorschach-Antworten konnte Fisher zeigen, wie die Stimulation des Körperäußeren und -inneren zur Veränderung des Barrierenwerts führt. Er konnte damit die enge Verbindung zwischen Körpererfahrung und dem kognitiven Stil der Distanzierungsfähigkeit aufzeigen. Patienten mit hohem Barrierenwert haben eine bessere Anpassungsfähigkeit, eine höhere Streßtoleranz; Fisher beschreibt feste Körpergrenzen als „Puffer“ gegen Außenreize, der einen vergrößerten Handlungsspielraum ermöglicht. In einer Reihe von Untersuchungen stellt Fisher weiterhin fest, daß die Lokalisation von Krankheiten eine Außen-Innen-Verteilung aufweisen, wobei Krankheiten bei Patienten mit hohen Barrierenwerten häufig im Körper-Außen-Bereich lokalisiert sind, während solche mit niedrigen Barrierenwerten vor allem eine Lokalisation im Körperinneren zeigen (z. B. Mamma-Ca gegenüber Magen- und Kolon-Ca). Auch die physiologische Reagibilität ist einem derartigen Innen-Außen-Muster zuzuordnen (Herzfrequenz gegenüber Hautwiderstand etc.).

Ebenfalls mit Rorschach-Tafeln untersucht Landis (1970) die „Permeabilität“ und „Impermeabilität“ der Körpergrenzen. Landis sieht die Stabilität der Körpergrenzen jedoch weniger als polare Dimensionen, sondern als verschiedene Ausprägungsformen innerhalb eines Kontinuums. Diese Interpretation steht den psychoanalytischen Theorien der Grenzendynamik und der Körper-Selbst-Grenzen näher als die eher statische Interpretation von Fisher.

Zur *Untersuchung der Körper-Selbst-Struktur* wurden von Fisher in den letzten Jahren (1970, 1973) verschiedene Verfahren erprobt: Mit dem „Body-Focus-Questionnaire“ (BFQ) versucht er der Fragestellung nachzugehen, inwieweit empirisch innerhalb des Körper-Selbst die Prominenz einzelner Körperzonen differenziert werden kann, mit der Zielrichtung, eine individuell spezifische „Körper-Landkarte“ zu entwerfen.

Die Probanden haben dabei jeweils eine Antwort auf alternative Körperbereiche zu geben, die bei ihnen im Vordergrund der Selbsterfahrung stehen. Die Antworten werden bestimmten Kategorien zugeteilt (Körpervorderseite, -rückseite, Herz, Augen, Mund, Kopf und Arme). Fisher konnte hier z. B. die enge Verknüpfung der Prominenz der Körperrückseite zum analen Charakter feststellen: Mit der Prominenz der Körperrückseite im Test waren Themen wie Angst vor Kontrollverlust, Vermeidung von Spott, Trotz, Negativismus und Äußerungen von Feindseligkeiten sowie Homosexualität verbunden. Die direkte Stimulierung der Körperrückseite führte zu einer signifikanten Steigerung der Erinnerung analer Begriffe.

Mit einem „Body-Prominence-Index" bestimmt Fisher das Maß der „globalen Körpererfahrung", mit dem „Body-Distorsion-Questionnaire" die Art und Intensität der verzerrten Körpererfahrung (vor allem bei Schizophrenen angewendet).

Die bisherigen testpsychologischen Ergebnisse unterstützen den Ansatz, die Struktur des Körper-Selbst und die Dynamik der Körpergrenzen zu unterscheiden. Sie bieten vielversprechende Ansätze für die Erfassung der unbewußten Aspekte der Körpererfahrung im Rahmen der Körper-Selbst-Struktur und für die quantitative Einschätzung der Stabilität der Körper-Selbst-Grenzen.

Zusammenfassend kann gesagt werden, daß in dieser Arbeit versucht wurde, auf abstraktem Niveau die Begrifflichkeit und die dahinterstehenden Konzepte der Körperorientierung, -wahrnehmung und -erfahrung darzustellen. Als Oberbegriffe werden die in der Literatur am meisten benützten Begriffe des „Körperschemas" und des „Körper-Selbst" („body image") gewählt und ihnen die sehr unterschiedlichen wissenschaftlichen Anwendungsbereiche zugeordnet: dem Körperschema die neurophysiologischen Aspekte der heterosensoriellen Verarbeitung und zentralnervösen Regulation und die kognitive Struktur der Körperwahrnehmung (auch als „Körper-Konzept" bezeichnet); dem Körper-Selbst die Regulation der Körpererfahrung und -vorstellung (hierher gehören die Begriffe „Körperbild" und „Körper-Ich").

Literatur

Bain BC (1973) Toward a theory of perception: Participation as a function of body-flexibility. J Gen Psychol 89: 157–296

Bischof N (1966) Psychophysik der Raumwahrnehmung. In: Metzger W (Hrsg) Handbuch der Psychologie, Bd 1 Göttingen, Hogefe, S 307–408

Blankenburg W (1983) Der Leib als Partner. Psychother Med Psychol 33: 206–212

Bollnow OF (1963) Mensch und Raum. Kohlhammer, Stuttgart

Bonnier B (1905) L'aschématie. Rev Neurol 13: 604–609

Buytendijk FJH (1967) Prolegomena einer anthropologischen Physiologie. Müller, Salzburg

Critchley M (1953) The parietal lobes. Arnold, London

Dürckheim Graf K (1932) Untersuchungen zum gelebten Raum. Neue Psychol Stud 6: 4

Eicke D (1973) Der Körper als Partner. Kindler, München

Erikson EH (1966) Identität und Lebenszyklus. Suhrkamp, Frankfurt

Federn P (1956) Ichpsychologie und die Psychosen. Klett, Stuttgart

Fisher S. (1970) Body experience in fantasy and behavior. Appleton-Century-Crofts, New York

Fisher S (1973) Orgasmus. Sexuelle Reaktionsfähigkeit der Frau. Psychologie, Physiologie, Phantasie. Hippokrates, Stuttgart

Fisher S, Cleveland SE (1968) Body image and personality. (New revised edition). Dover, New York

Frederiks JAM (1971) Disorders of the body schema. In: Vinken, Bruyn Handbook of Clinical Neurology, vol 4. North-Holland, Amsterdam

Freud A (1968) Wege und Irrwege in der Kinderentwicklung. Huber und Klett, Bern und Stuttgart
Freud S (1923) Das Ich und das Es. Gesammelte Werke, Bd 13. Fischer, Frankfurt
Gellert E (1975) Childrens constructions of their self-images. Percept Mot Skills 40: 307–324
Gerstmann J (1924) Fingeragnosie: Eine umschriebene Störung der Orientierung am eigenen Körper. Wien Klin Wochenschr 37: 1010–1012
Gibson JJ (1973) Die Sinne und der Prozeß der Wahrnehmung. Huber, Bern
Glover E (1956) Grades of ego-differentationen. In Gloves E. (Hrsg): On the early development of mind. Imago, New York
Goldstein K (1934) Der Aufbau des Organismus. Einführung in die Biologie. Unter besonderer Berücksichtigung der Erfahrung an kranken Menschen. Den Haag
Goodennough FL (1962) Measurement of intelligence by drawings. Harcourt, Brace & World, New York
Greenacre (1958) Early physical determinants in the development of the sense of identity. J Am Psychoanal Assoc 6: 612–627
Haynal A (1975) Freud and Piaget. Psyche (Stuttg) 29: 242–272
Head H, Holmes G (1911) Sensory disturbances from cerebral lesions. Brain 34: 102–254
Hoff H, Schilder P (1927) Die Lagerreflexe des Menschen. Springer, Wien
Hoffer W (1950) Development of the body ego. Psychoanal Study Child 5: 18–23
Holst EV, Mittelstaedt H (1950) Das Reafferenzprinzip. Naturwissenschaften 464–476
Holt RR (1967) Beyond vitalism and mechanism: Freud's concept of psychid energy. In: Massermann HH (ed) The ego: Scientific proceedings of the American Academy of Psychoanalysis. Grune & Stratton, New York (Science and psychoanalysis, Vol 11)
Holtzman WH, Thorpe JS, Swartz JD, Herron EW (1961) Inkblot perception and personality. University of Texas Press, Austin
Jacobson E (1954) The self and the object world Psa Study Child 9: 75–127
Joraschky P (1983) Das Körperschema und das Körper-Selbst als Regulationsprinzipien der Organismus-Umwelt-Interaktion. Minerva, München
Jung R (1972) Einführung in die Sinnesphysiologie. In Jung R (Hrsg): Somatische Sensibilität, Geruch und Geschmack, Bd 11. Urban & Schwarzenberg, München
Kohler I (1961) Interne und externe Organisation in der Wahrnehmung. Psychol Beitr 6: 426
Kolb LC (1959) Disturbance of the body-image. In: Arieti S (ed) American handbook of psychiatry. Basic Books, New York, pp 749–769
Landis B (1970) Ego boundaries. Psychol Issues Monogr 24
Linn L (1955) Some developmental aspects of the body image. Int J Psychoanal 36: 36–42
Loch W (1971) Grundriß der Psychoanalytischen Theorie (Metapsychologie). In: Loch W (Hrsg): Die Krankheitslehre der Psychoanalyse. Hirzel, Stuttgart
Mahler MS (1968) Symbiose und Individuation, Bd I. Psychosen im frühen Kindesalter. Klett, Stuttgart
Mahler MS, Pine F, Bergmann A (1978) Die psychische Geburt des Menschen. Fischer, Frankfurt
Marcel G (1953) Sein und Haben. Schöningh, Paderborn
Merleau-Ponty M (1966) Phänomenologie der Wahrnehmung. de Gruyter, Berlin
Munk H (1890) Über die Funktionen der Großhirnrinde. Hirschwald, Berlin
Nafe JP, Kenshalo DR (1966) Somästhesie. In: Metzger W (Hrsg) Handbuch der Psychologie, Bd 1 Hogrefe, Göttingen, S 221–249
Pankow G (1968) Gesprengte Fesseln der Psychose. Reinhardt, München
Piaget J (1969) Das Erwachen der Intelligenz beim Kinde. Klett, Stuttgart
Piaget J (1979) Der Aufbau der Wirklichkeit beim Kinde. Klett, Stuttgart
Pick A (1908) Über Störungen der Orientierung am eigenen Körper. Arb dtsch psychiat Univ Klin Prag 1–19
Pick A (1915) Zur Pathologie des Bewußtseins vom eigenen Körper. Ein Beitrag aus der Kriegsmedizin. Neurol Cbl 34: 257–265
Plügge H (1967) Der Mensch und sein Leib. Niemeyer, Tübingen
Poeck K, Orgass B (1971) The concept of the body schema: A critical review and some experimental results. Cortex 7: 254–277
Ricoeur P (1965) De l'interprétation. Essai sur Freud. Massan, Paris
Sarte J-P (1962) Das Sein und das Nichts. Rowohlt, Hamburg
Scharfetter C (1976) Allgemeine Psychopathologie. Thieme, Stuttgart

Schilder P (1923) Das Körperschema. Ein Beitrag zur Lehre vom Bewußtsein des eigenen Körpers. Springer, Berlin
Schilder P (1935) The image and appearance of the human body. Kegan, Paul, Trench, Trubner, London
Secord PF, Jourard SL (1953) The appraisal of body cathexis: Body cathexis and the self. J Consult Psychol 17: 343–347
Shontz FC (1969) Perceptual and cognitive aspects of body experience. Academic Press, New York
Spiegel LA (1959) The self and perception Psychoanal study child 14: 81–109
Thomä H (1980) Auf dem Weg zum Selbst. Bemerkungen zur psychoanalytischen Theorieentwicklung in den letzten Jahrzehnten. Psyche (Stuttg) 34: 221–245
Uexküll J von (1920) Theoretische Biologie Paetel, Berlin
Wapner S (ed) (1965) The body percept. Random, New York
Weckowicz TE, Sommer R (1960) Body image and self-concept in schizophrenia. J Ment Sci 106: 17–39
Weizsäcker V von (1947) Der Gestaltkreis. Theorie der Einheit von Wahrnehmen und Bewegen, 3. Aufl. Thieme, Stuttgart
Werner H, Wapner S (1949) Sensory-tonic field theory of perception. J Pers 18: 88–107
Witkin HA (1973) Psychologische Differenzierung und Formen der Pathologie. Psyche (Stuttg) 27: 555–593
Witkin HA, Zyk RB, Faterson HF, Goodennough DR, Karp SA (1962) Psychological differentation. Wiley, New York

Schmerzempfindung und Schmerzerleben

P. Bernhard

Der Schmerz wird weitgehend noch als ein somatisches Phänomen angesehen (Cohn 1983), obwohl die Subjektivität des Schmerzerlebens allgemein bekannt ist, wie beim Plazeboeffekt, der suggestiven Schmerzlinderung durch Hypnose oder der Diskrepanz zwischen beklagtem Schmerz und der objektivierbaren Körperläsion (Reischauer 1957). Dabei ist noch unklar, ob es sich beim Schmerz um ein Symptom oder um eine Krankheit handelt (Baar 1982).

„Schmerz zu empfinden wird häufig gleichgesetzt mit ‚Krank-Sein', und Schmerz ist das Hauptsymptom, das den Patienten zum Arzt führt" (Adler 1975). Während die somatische Schmerzforschung sich in den letzten Jahren stark ausgedehnt hat – mit interdisziplinärer Zusammenarbeit unter Leitung der Anästhesiologie –, besteht noch heute eine auffallende Lücke in der Erforschung psychosomatischer Zusammenhänge, obwohl gerade im Schmerzerleben die Leib-Seele-Einheit deutlich wird. Ein Erklärungsversuch liefert die Hypothese, daß schon Freud sich kaum mit Schmerz beschäftigte, obwohl – oder besser weil – er selbst ständig unter Schmerzen gelitten hat: unter funktionellen Herzschmerzen, Migräne und ab 1923 unter den Auswirkungen seines Unterkieferkarzinoms. Dadurch scheint die Erforschung des Schmerzerlebens auch für die nachfolgende Generation von Psychoanalytikern unattraktiv oder tabuisiert gewesen zu sein (Berning 1980).

Pathophysiologie des Schmerzes

Das Schmerzerleben ist ein komplexes psychophysiologisches Geschehen, aus Afferenzen mit peripherer Rezeption bis zur zentralen Konzeption, Lokalisation und emotionalen Färbung und aus Efferenzen mit zentralen Kontrollmechanismen auf spinaler Ebene (Melzack 1970). Schmerz entsteht als Oberflächenschmerz durch ein Trauma an der Körperoberfläche, als Tiefenschmerz aus weitgehend chemosensiblen paravaskulären Rezeptoren, als Leitungsschmerz durch Reizung im Bereich sensibler Nervenfasern und als Übertragungsschmerz durch viszero-kutane Afferenzverbindung mit den entsprechenden Head-Zonen (Struppler 1975)

Die afferente Schmerzwahrnehmung geschieht an 3 Schaltstellen (Melzack 1970). An der ersten spinobulbären Schaltstelle im Rückenmarkshinterhorn kann durch Summation räumlich-zeitlicher Konvergenzwirkung ein diffuser Schmerz empfunden werden. In der zweiten Schaltstelle im Hirnstamm mit Thalamus wird erstmals Schmerz perzipiert. Aus der lokalen wird eine totale Reaktion, entsprechend aus dem Fußschmerz ein Fluchtverhalten. Im Kortex als der dritten Schaltstelle wird der Schmerz bewußt wahrgenommen. Die subjektive Bewertung des Schmerzes etwa als Gefahr oder als Strafe erfolgt über Schmerzengramme aus jeweiligen lebensgeschichtlichen Vorerfahrungen und soziokulturellen Einflüssen. In vergleichenden Messungen verschiedener ethnologischer Gruppen zeigte sich trotz gleichbleibender objektiver Schmerzempfindungsschwelle im subjektiven Schmerzerleben bei Italienerinnen und Jüdinnen eine deutlich niedrigere Schmerztoleranz als bei Amerikanerinnen und Irinnen (Sternbach u. Tursky 1965). Soziokulturelle Unterschiede fanden sich auch in anthropologischen Beobachtungen über Geburtsverhalten von Frauen, die keine Schmerzen empfinden, ihre Männer jedoch zu der gleichem Zeit im Bett unter Schmerzen stöhnen (Kröber 1948, zit. nach Larbig 1982). Während „Schmerzempfindung" mit Lokalisation nach Raum und Zeit dem neospinothalamischen Trakt der subkortikalen Schmerzleitung zugeordnet wird, ist der paläospinothalamische Trakt durch seine Verbindung zum limbischen System und Hypothalamus verantwortlich für das „Schmerzgefühl" mit emotionaler Färbung und quälerischer Komponente (Hassler 1960).

Die Efferenzen der Hirnrinde ermöglichen über das von Melzack (1970) beschriebene „gate control system" durch Modulieren der afferenten Schmerzimpulse auf Rückenmarksebene eine Binnenregulation der Schmerzintensität. In einer In-vivo-Schmerzanalyse bei griechischen Feuerläufern und indischen Fakiren konnte Larbig (1982) nachweisen, daß durch eine subkortikale Dissoziation zwischen ZNS- und motorischer Aktivität sich ein tranceähnlicher Zustand einstelle, in dem „das Hirn schläft und der Körper wacht". Die zentrale Schmerzbewußtmachung wird dadurch gehemmt, das quantitative Schmerzerleben wird somit zu einem „Phänomen der Aufmerksamkeit" (Melzack 1970). Diese Vorgänge lassen sich bei Hypnose, religiöser Ekstase und Orgasmusgeschehen vermuten. Schon Napoleons Leibarzt Larrey wurde nachgesagt, daß er bei seinen Beinamputationen die Patienten durch ständiges Reden so ablenken konnte, daß diese kaum Schmerzen beklagten.

In neueren Untersuchungsergebnissen beschreibt Popp (1983) DNS-Photonen aus ultraschwachen elektromagnetischen Wellen mit steuernder Funktion im Zellkern. Er vermutet, daß die DNS-Photonen sich des Schmerzsystems bedienen als eines generalisierten psychosomatischen Alarmsystems zur Kontrolle und Aufrechterhaltung der gesamten Körperfunktionen.

Psychoanalytische Grundlagen

Die Psychoanalyse beschäftigte sich vor allem mit dem psychogenen Schmerz. Schmerz wird dabei vorwiegend als somatisches Umwandlungsprodukt verdrängter psychischer

Konflikte angesehen. Ein Schmerzsymptom tritt auf, wenn in einer auslösenden Konfliktsituation die alten verdrängten Kindheitskonflikte wiederbelebt werden und dadurch das bisherige labile Gleichgewicht zwischen Triebimpuls und Abwehr zusammenbricht (Freud 1913–1917).

Aus den zahlreichen Modellvorstellungen einer psychophysiologischen Umwandlung von seelischem Schmerz in körperlichen Schmerz soll auf einige wichtige Hypothesen eingegangen werden. Freud (1892–1899) beschreibt in seiner Konversionstheorie die symbolische Darstellung verdrängter Konflikte in motorischen Symptomen wie Lähmung, aber auch in sensiblen Symptomen wie Schmerzen. Bei dieser Schmerzentstehung werden Vorstellungskomplexe aus dem Bewußtsein verdrängt und die damit verbundenen Affekte in Schmerzen umgewandelt. Symbolisierung und Sprachgebrauch schöpfen dabei aus einer gemeinsamen Quelle wie: der Stich ins Herz oder der Schlag ins Gesicht, wobei der Schmerz einer assoziativen wie auch einer symbolischen Funktionslähmung entspricht (Berning 1980).

Fenichel (1946) unterscheidet 2 Arten der Konversion: Ist eine schmerzhafte funktionelle Störung im Erleben eines Kindes verbunden mit einem emotionalen Konflikt, der jedoch unterdrückt werden muß, so kann der spätere Wiederholungskonflikt im Erwachsenenalter erneut die schmerzhafte funktionelle Störung mobilisieren, wobei die weiter verdrängt bleibenden emotionalen Kindheitskonflikte die Triebstärke liefern für die Konversion. Erhält eine andere Person über Schmerzen die auch vom Patienten ersehnte Zuwendung und Beachtung, so liegt dagegen diesem Schmerz eine „hysterische Identifikation" mit der anderen Person zugrunde. Fenichel formuliert als Beispiel: „Möchtest du genauso glücklich sein wie Frau X? Gut, um dies zu erreichen, ist hier die Bestrafung, die diese bekam".

Engel (1959) beschreibt psychogene Schmerzzustände besonders bei den „zu Schmerzen tendierenden Patienten" („pain prone"). Nach einer strengen Erziehung neigen diese Patienten dazu, beim Aufkommen starker aggressiver oder sexueller Impulse gleichsam jene Schmerzen körperlich fühlbar zu erinnern, die sie früher erleiden mußten, als sie für solche Impulse massiv bestraft wurden (Kallinke 1981). Auch hier wird der verbotene Impuls symbolisch und assoziativ ausgedrückt und dadurch verhindert. Schur (1974), der Leibarzt von Freud, vermutete als Konfliktlösung eine tiefergehende psycho-physiologische Rückübersetzung in kleinkindhaftes Körpererleben. Er beschrieb den Mechanismus einer Regression mit gleichzeitiger Resomatisierung und Entsublimierung von Triebenergie, was vor allem zu tiefergreifender Organläsion führen könne.

In einer späteren Metapsychologie des Schmerzes sieht Freud (1913–1917, 1926) im Schmerzerleben mehr eine pathologische Trauerreaktion nach Objektverlust oder Trennung. „Der Übergang vom Körperschmerz zum Seelenschmerz entspricht dem Wandel von narzißtischer Besetzung zur Objektbesetzung". Die vom Bedürfnis hoch besetzte Objektvorstellung beim psychogenen Schmerz spielt die Rolle der von dem Reizzuwachs narzißtisch besetzten Körperstelle beim somatischen Schmerz, mit der gleichen psychischen Hilflosigkeit (Berning 1980). Die Hilflosigkeit wird von Engel u. Schmale (1967) als System: „given up – giving up", der Hilflosigkeit und Hoffnungslosigkeit, noch erweitert. Diese generelle psychosomatische Theorie dürfte auch für das Schmerzerleben von Bedeutung sein.

Das „normale" Schmerzerleben und seine Bedeutung

Während pathophysiologische Schmerzvorgänge den biologischen Rahmen für das Schmerzerleben abgrenzen, bringen psychoanalytische Theorien Entstehung und Verlauf des Schmerzes mit einem unbewußten emotionalen Konflikt in Zusammenhang. Für das Erlebnis Schmerz in seiner Gesamtheit ist auch das „normale" Schmerzerleben mit seiner vielfachen somatischen und psychischen Bedeutung aufschlußreich.

Nach Engel (1969) ist Schmerz „eine grundlegend unangenehme Empfindung, die dem Körper zugeschrieben wird und dem Leiden entspricht, das durch die psychische Wahrnehmung einer realen, drohenden oder phantasierten Verletzung hervorgerufen wird". Der Schmerz ist ein lebensnotwendiges Kontroll- und Alarmsystem für somatische und psychische Gefahren, die das seelisch-körperliche Gleichgewicht verändern und damit das normale psychophysiologische Funktionieren gefährden. Im Gegensatz zu den Sinnesorganen ist das Schmerzerleben unspezifisch (Janzen 1966).

Im somatischen Bereich verdeutlicht das Krankheitsbild der Syringomyelie die Gefahr durch Schmerzlosigkeit. Bei Aufhebung des Schmerz- und Temperatursinns durch dissoziierte Empfindungslähmung kommt es, trotz erhaltener Berührungs- und Tiefensensibilität, zu häufigen Verletzungen, Verbrennungen und Erfrierungen.

Die individuelle Schmerzbedeutung ist nicht angeboren, sondern muß erfahren werden, um ein Engramm zu bilden (Carriere 1983). Fehlen diese Schmerzerfahrungen, wie etwa bei Deprivationserlebnissen, sind autodestruktive Verhaltensweisen die Folge. Bei Hunden zeigt sich nach sensorischer Deprivation, daß sie nur verzögert ihre Schnauze aus einer Flamme wegziehen (Melzack u. Scott 1957). Ähnlich ist auch bei Kindern mit ablehnenden und strafenden Müttern eine undifferenzierte und geringere Schmerzreaktion zu beobachten (Witkin et al. 1962). Dem Schmerzerleben kommt in der „psychischen Geburt des Menschen" (Mahler et al. 1978) eine wichtige intrapsychische und interaktionelle Bedeutung zu. Die ersten Schmerzerlebnisse sind notwendig, damit Körperoberfläche und Wahrnehmungsorgane besetzt werden (Freud 1923). Im Stadium des Primärnarzißmus lernt der Säugling, durch Mißempfindungen innen von außen zu unterscheiden und seinen Körper wahrzunehmen. Die Trennung von Subjekt und Objekt ist wichtig für den Aufbau eines Körperschemas und eines Körper-Ichs (Kernberg 1979). Heidegger (1953) sah im Schmerz einen „Zugang zum Grundriß des Seins" und nach von Gebsattel (1938, zit. nach Janzen 1966) führte das ohnmächtige Ausgeliefertsein an den Schmerz „zur Entzweihung von Ich und Leib". Mahler et al. (1978) beschreiben in der „3. Subphase" eine Wiederannäherungskrise des Säuglings mit dem „Kampf um Loslösung und Individuation. . . . Orale, anale, frühgenitale Zwänge und Konflikte treffen zusammen und häufen sich an diesem wichtigen Scheidungsweg der Persönlichkeitsentwicklung. . . . Das Körperschema und körperliches Unbehagen werden verstärkt wahrgenommen". Die Angst, die Liebe des Objekts zu verlieren, führt zu einer gesteigerten psychischen und somatischen Verletzlichkeit, körperliche Empfindungen und Beeinträchtigungen werden bewußter wahrgenommen (Mahler et al. 1972). Umgekehrt konnten Mahler et al. (1978) beobachten, daß schlecht individualisierte und in symbiotischer Beziehung zu ihrer Mutter fixierte Kinder schmerzunempfindlicher sind. Über die Besetzung des Körpers hängt die Schmerzintensität ab von der individuellen und soziokulturellen Bedeutung, die dem Schmerz beigemessen wird. Starke Beachtung steigert den Schmerz, Ablenkung verringert ihn. In Abhängigkeit zum

Körpergefühl werden bewußtere, sichtbarere und oberflächlichere Schmerzen als leichter erträglich eingestuft als nicht sichtbare, unbekannte und tiefe Schmerzen (Carriere 1983). Der Schmerz ermöglicht aus einem unlösbaren intrapsychischen Konflikt einen interaktionellen Hilfeappell zu machen, aus einem ausweglosen Leid ein Leiden (Hallen 1956), mit der Möglichkeit einer ärztlichen Hilfe und mitmenschlichen Anteilnahme.

Der Körperschmerz bekommt aufgrund unseres weitgehend somatisch ausgerichteten Gesundheitssystems eine psychosoziale Bedeutung. „Schmerz zu empfinden wird häufig gleichgesetzt mit „krank sein" (Adler 1975). „Die individuelle unterschiedliche Schmerzintensität schreibt der Arzt oft der Einstellung des Patienten zu und dies führt ihn zur Beurteilung wie ‚tapfer' oder ‚wehleidig'. . . . Intensive Schmerzen werden oft als ‚eingebildet' eingestuft (Delius 1975)." Popper u. Eccles (1977) weisen auf die Gefahr hin, „daß wir uns in der Lokalisation von Schmerzen irren können. Wenn man sagt, ich habe Schmerzen im Bein, kann dies eine falsche ‚kausale Hypothese', eine ‚falsche Diagnose' sein, auch wenn ich den Schmerz spüre, von dem ich irrigerweise meine, er komme von einem amputierten Bein". Der Körperschmerz als „Präsentiersymptom" (Balint 1984) bekommt im Arzt-Patienten-Kontakt eine Beziehungsdimension. In chronifizierter Form ermöglicht der Schmerz menschliche Zuwendung und Anteilnahme und letztlich auch Regression mit Schonung und passiver Versorgung in der Berentung. Die erweiterte Möglichkeit der Schmerzbekämpfung in verschiedenen medizinischen Fachdisziplinen kann über den Beziehungswunsch des Patienten eine neue Bedürftigkeit schaffen, die über eine verstärkte Organbesetzung (Freud 1926) den Schmerzcharakter und das subjektive Schmerzerleben verändern. So vermuten Popper u. Eccles (1977), daß sich die Zahnschmerzen in der Intensität und Qualität verändert haben, seit es Zahnärzte gibt, die gegen die Zahnschmerzen eine wirkungsvolle Behandlung anbieten. Schmerzerleben wird damit zum vielseitig determinierten psychophysiologischen Geschehen. Intrapsychisch bedeutet Schmerz Besetzung und Aufmerksamkeitszentrierung als Möglichkeit der Konfliktrelativierung oder Verdrängung, interaktionell bedeutet Schmerz eine Möglichkeit zur Kommunikation mit medizinischer Versorgung und menschlicher Anteilnahme. Im Gegensatz zum instinktgesteuerten Tier ist das menschliche Schmerzerleben modifizierbar durch Wachheit, Leidensinformation, Reifegrad, sozialkulturelle Erfahrung und Tradition (Janzen 1966).

Schmerz und Persönlichkeit

Der Schmerz ist in seinem pathophysiologischen Ablauf ein spezifisches Phänomen, in seiner Auslösung dagegen ein unspezifisches psychophysiologisches Phänomen, das in seinem psychosomatischen Anteil je nach Entstehungsursache variiert, von psychogenem Konversionsschmerz über somatopsychische Schmerzzustände bis zum unverschuldeten Körpertrauma. Das Schmerzerleben wird zusätzlich von den verschiedensten individuellen Bedingtheiten und Ursachen modifiziert, weshalb das Schmerzerleben letztlich zur Persönlichkeitsfrage wird. Engel (1959) beschreibt eine „pain prone personality" mit sadomasochistischen Charakterzügen, Selbstbestrafungstenzenden und starker Schuldgefühlsneigung, für die Schmerzsymptome zum Kommunikationsmittel werden. Und umgekehrt gibt es Schmerzpatienten, die ihre Krankenrolle nicht annehmen können.

Die Schmerzintensität scheint auch von angeborenen Faktoren bestimmt zu werden. In Schmerzempfindlichkeitsmessungen im Libman-Test (Libman 1934) konnten durch unterschiedliche Schmerzreaktionen auf den Druck des Processus styloideus 3 Schmerzverhaltensvarianten unterschieden werden. Der hyposensible Schmerzpatient kommt bei lebensgefährlicher Erkrankung wie beim Herzinfarkt meist zu spät zum Arzt und beklagt zudem noch atypische Beschwerden. Im Gegensatz zum normosensiblen verleitet der hypersensible Patient zu somatischen Fehldiagnosen und zu einer Einschätzung als Hypochonder. Eine Hyposensibilität wird bei der „asymptomatischen Myokardischämie" und dem „stummen Herzinfarkt" angenommen. Droste u. Roskamm (1983) und andere Autoren fanden bei asymptomatischen Patienten im Vergleich zu symptomatischen mit Myokardischämie signifikant höhere Schmerzschwellen und Toleranzmaße in 3 methodisch unterschiedlichen Schmerztesten. Dabei scheinen Endomorphine für die körpereigene Schmerzregulation verantwortlich zu sein, da nach Injektion des Opiatantagonisten Naloxon die Anginapectoris-Schmerzen wieder auftreten.

Eine Fülle von neurologischen Schmerzphänomenen können neurophysiologisch nicht abgeklärt werden. Der Hypochonder hat Schmerzen wo „nichts" ist, der Schwerkranke kann trotz ausgedehnter Organzerstörung schmerzfrei bleiben. Schmerzempfindungen können nach Heilung eines verletzten Gewebes fortbestehen und zum therapeutischen Problem werden, wie etwa bei der Zosterneuralgie (Kütemeyer u. Masuhr 1981).

Beim heutigen Stand der Wissenschaft ist es nach Cohn (1983) nicht gerechtfertigt, von einer Schmerzpersönlichkeit zu sprechen. Für jeden Patienten muß die individuelle psychologische Bedeutung und das Ausmaß der somatischen Bedingtheit neu hinterfragt werden. Die von Alexander (1951) angenommene Konfliktspezifität weicht damit einer Individualspezifität. Der körperliche Schmerz stellt nicht selten einen Versuch dar, eine seelische Verletzung auszugleichen, einen inneren Verlust zu reparieren oder einen unbewußten Konflikt zu lösen, mit dem Ziel der Selbstheilung (Beck 1981). Bei den seit Freud bekannten Persönlichkeitsstrukturen scheinen gewisse Ähnlichkeiten im jeweiligen Konflikthintergrund vorzuliegen, was an konkreten klinischen Beispielen verdeutlicht werden soll.

Bei neurotisch-depressiven Patienten scheint der Objekt- und Geborgenheitsverlust im Vordergrund zu stehen. Entsprechend den von Freud (1913–1917) und Engel u. Schmale (1967) erwähnten Theorien erkranken diese Patienten bei phantasiertem, drohendem oder eingetretenem Verlust von wichtigen Bezugspersonen, an die sie meist symbiotisch gebunden sind. Der körperliche Schmerz wird zum Äquivalent des seelischen Schmerzes. Die pathologische Trauerreaktion führt zu einem Rückzug auf den Körper als „Verlustverarbeitung" (Beck 1981) und über den sekundären Krankheitsgewinn nicht selten zur Regression mit passivem Versorgtwerden. Das Körperleiden ermöglicht dem Ich außerdem eine emotionale Neuerfahrung. „Passivität, Selbstbewußtsein oder Erfahrung der Selbstgrenzen sind Gefühlsqualitäten, die sonst vorwiegend in Objektbeziehungen erfahren werden" (Beck 1981).

Ein 50jähriger Patient klagt über chronische therapieresistente Kopfschmerzen, die aufwendige interdisziplinäre Diagnostik und Therapie veranlaßten und zur Berentung führten. Er erkrankte, als er von seiner Frau während seiner ersten Kurverschickung verlassen wurde und sich auch seine einzige, 18jährige Tochter ihren ersten Freund suchte. In der Psychotherapie wurde ihm allmählich die Wiederholungssituation zum Verlassenwerden als 2jähriges außereheliches Kind von seiner Mutter bewußt.

Bei dem neurotisch zwanghaften Patienten kann der Schmerz Ausdruck innerer aggressiver Gespanntheit sein mit ohnmächtiger Wut. Die körperliche Gespanntheit als Ausdruck innerseelischer Spannung läßt sich als wichtige Teilursache eines multifaktoriellen Geschehens vor allem beim Weichteilrheumatismus vermuten (Bernhard 1983). Dabei führen über einen Circulus vitiosus die meist konversionsneurotischen Myotendopathien wegen ihrer Schmerzhaftigkeit sekundär zur Spannungsvermehrung.

Ein 67jähriger Fachhochschulprofessor klagte über heftige Beinschmerzen, die sich nach einer Knieoperation noch verschlimmerten. Er war früher Leistungssportler und hatte neben den Anden mehrere hohe Berge bestiegen. Sein ganzes Leben war auf Leistung eingestellt, die er als Voraussetzung für ein Gemochtwerden von sich genauso unerbittlich forderte, wie früher sein strenger Vater. Das Nachlassen der Kräfte versuchte er durch ein Sichzusammenreißen und die bevorstehende Untätigkeit infolge Pensionierung durch seine nachgeholte Promotionsarbeit in den Griff zu bekommen. Als beides scheiterte, ermöglichte ihm der Beinschmerz ein „Langsamtreten“ als Kompensation seines Ohnmachts- und Geltungskonflikts.

Der neurotische Hintergrund bei hysterischen Patienten ist so vielseitig und schillernd wie diese Krankheit selbst, wobei konversionsneurotische ödipale Konflikte zu überwiegen scheinen.

Eine 25jährige Studentin schlief bis zum 2 Jahre zurückliegenden Tod ihres Vaters im Ehebett der Eltern, wobei es in den letzten Jahren zu Intimitäten wie Brustberührung durch den krebskranken Vater kam. Nach dessen Tod traten bei ihr unerklärliche Brustschmerzen auf, die entsprechend eines unbewußten Wiederholungswunsches auf Drängen der Patientin zu ständigen ärztlichen Untersuchungen führten.

Bei Borderline-Strukturen kommt es aufgrund der frühen Abwehrmechanismen mit massiv andrängenden archaischen aggressiven und sexuellen Triebimpulsen (Kernberg 1979) zu schwer einfühlbaren Phänomenen.

Eine 30jährige Patientin mußte sich während einer Psychotherapie bei Depersonalisationsängsten mit einer Schere in den Arm stechen, um „zu spüren, daß es mich noch gibt“. Psychodynamisch versuchte sie dadurch die intrapsychische Spaltung rückgängig zu machen, indem sie den Schmerz, den sie im Realkonflikt seelisch spürte, wieder auf die Körperebene zu ziehen versuchte, um sich als „ganz“ zu erleben.

Bei narzißtischen Störungen dient ein Schmerzsymptom vorwiegend der „Selbstreparation“ (Beck 1981).

Ein 40jähriger ehemaliger Olympia-Goldmedaillengewinner in einer Laufdisziplin bekam nach der folgenden Niederlage ein unklares Meniskusleiden mit starken Knieschmerzen, die ihn zwangen, seine Karriere abzubrechen und ihn damit vor erneuter Kränkung bewahrten. Nach Umschulungsversuchen ist der Patient inzwischen berentet.

Differentialdiagnostisch sind körperliche Schmerzen bei larvierter Depression schwer abzugrenzen, wogegen ein coenästhetisches Erleben bei schizophrenen Psychosen durch die wahnhaften Interpretationen des Patienten klarer zu erkennen sind.

Die Gemeinsamkeit bei diesen vorwiegend psychosomatischen Schmerzzuständen ist eine integrative Funktion für das Selbstgefühl und die gestörten Objektbeziehungen. Durch die körperlichen Schmerzen kann neurotisch verändertes, seelisches Leid als Selbstheilungsversuch körperlich faßbar dargestellt und in einen interaktionellen Prozeß umgewandelt werden. Der Schmerz eignet sich besonders gut, da eine nachweisbare Läsion nicht vorliegen muß und viele Fachdisziplinen diagnostisch und therapeutisch eingeschaltet werden können.

Dies gilt vor allem für chronische psychogene Schmerzen, die durch ihren Appellcharakter körperlich nicht „geheilt" werden dürfen. In der Lebensgeschichte von Patienten mit chronischen Schmerzen findet sich häufig eine andauernde Fixierung an Beziehungspersonen auch nach äußerlich vollzogener Trennung wegen der Unfähigkeit, Trennungs- und Trauerarbeit zu leisten (Kutemeyer u. Masuhr 1981). Somatopsychische Schmerzzustände sind Begleitsymptome fast aller schweren Organläsionen. Sie werden von der psychischen Konfliktverarbeitungs- und Adaptationsfähigkeit des Patienten mitbeeinflußt und prägen den Heilungsverlauf. So lange ein Patient nicht schmerzfrei ist, fühlt er sich krank.

Schmerz und Gefühl

Schmerz ist bei der Entwicklung der Körpergrenzen und der Bildung des Körper-Selbst beteiligt, der Trennung von innen und außen und der Befindlichkeit des In-der-Welt-Seins. Der Schmerz meldet nicht nur körperliches Bedrohtsein, sondern ermöglicht bei Objektverlust eine fühlbare Rückbesetzung des Körpers als Objektersatz und damit die Möglichkeit zur psychischen Selbstheilung. „Unangenehme Affekte wie Angst, Furcht, Scham, Schuld, Ekel, Ärger und Wut usw. treten auf, in Veränderungen im Bereich des eigenen Körpers z. B. bei einer Krankheit, im Bereich der Psyche z. B. bei einer bedrohlichen Phantasie oder in der Umwelt, die den Menschen vor eine Problemsituation stellen, zu deren Lösung er kein Programm gebrauchsfertig zur Verfügung hat" (Adler 1974). Körperschmerzen und Gefühle zeigen zu allen psychischen Instanzen eine enge Verbindung, zu Es- oder Triebimpulsen wie Wut und Aggression, zu Ich-Gefühlen wie Angst und Über-Ich-Gefühlen wie Schuld. Die Psyche scheint sich auf einer regressiveren Stufe über konvertierte oder resomatisierte Triebenergie (Freud 1892–1899; Schur 1974) des Körpers zu bedienen, um Triebkonflikte und Ängste aus der intrapsychischen Verflechtung zu lösen.

Schmerz und Aggression

Andrängende Aggressionen und ihre vorwiegende Unterdrückung durch Schmerzentstehung wird in der Literatur als genereller Mechanismus in einen Zusammenhang gebracht (Cohn 1983). Vielfach nachgewiesen und beschrieben wird dies bei Spannungssymptomatik, wie z. B. Weichteilrheumatismus (Alexander 1951; Beck 1971; Bernhard

1981). Freud (1924) beschreibt den psychischen Mechanismus „der Rückwendung der Aggression gegen die eigene Person“, bedingt durch die Notwendigkeit einer „kulturellen Triebunterdrückung“, wobei sich der „Sadismus des Über-Ich und der Masochismus des Ich vereinigen“. Im Masochismus verbinden sich Schmerz und Lust durch ein Übergreifen von Schmerz und anderen Unlustempfindungen auf die Sexualerregung, was an die von Engel (1959) beschriebene „pain prone personality“ erinnert. Gehemmte und nach innen gerichtete Aggressivität, Schuldgefühle und Bestrafungswünsche erfahren durch die Schmerzen eine Besänftigung und Objektivierung.

Schmerz und Angst

Angst scheint besonders eng mit Schmerzerleben verbunden zu sein. Benedetti (1973) sieht in Angst und Schmerz eine Parallele und zitiert Meyer-Holzapfel (1955): „Die diesen Reaktionen auf Bedrohung zugrundeliegenden nervösen Vorgänge und das sie begleitende subjektive Erlebnis der Angst haben offenbar auf psychischem Gebiet die gleiche Funktion, wie der Schmerz auf dem physischen: sie warnen den Organismus vor Gefahr“. Auch Fenichel (1946) sah – speziell in psychogen ausgelöster schmerzhafter Muskeldystonie – ein Äquivalent der Angst. In neuroanatomischen und elektrophysiologischen Studien konnten topographische Durchflechtungen von Angst- und Schmerzzentren und -bahnen nachgewiesen werden. Schmerz wird dabei in der Evolution als die entwicklungsgeschichtlich ältere Reaktionsform der Lebensentwicklung angesehen, Angst als die spätere, die der Psyche (Benedetti 1973). Über die Korrelation von Schmerz und Angst konnten Davidson u. MacDougall (1969) in einer klinischen Schmerzstudie nachweisen, daß „die Druck-(Schmerz-) Toleranz und Elektroschock-(Schmerz-) Toleranz eine negative Korrelation zur manifesten Angst zeigten“, im Gegensatz zur fehlenden Korrelation bei Hitze- und Kälteschmerz. Sie schließen daraus, daß weniger ängstliche Probanden eine stärkere Dosis Elektroschock- und Druckschmerzen aushalten können. Deutlich ist der Zusammenhang von Angst und Schmerz in Abhängigkeit zum Bewußtsein. Schmerz erweist sich als ein „Phänomen der Aufmerksamkeit“ (Melzack 1970). Angst steigert als Erwartungsangst „harmlosen und vielleicht heilsamen Schmerz bis zur Unerträglichkeit und bis zur psychovegetativen Reaktion“ (Carriére 1983), etwa bei der Angst vor einer Operation. Klinische Untersuchungen bestätigen die Beobachtung erfahrener Chirurgen, daß mit der Aufklärung der Patienten über die Operation ihre Angst sich verringert (Bischoff u. Luderer 1981).

Während die akute Angst die Schmerzempfindlichkeit herabzusetzen scheint bis zur Schmerzunempfindlichkeit bei Unfallschock (Carriére 1983), wird sie durch chronische Angst erhöht. Als gesteigerte ängstliche Sorge um den eigenen Körper ist die Hypochondrie Ausdruck verschiedenster Krankheitsbilder, von der Hysterie bis zur Psychose.

Die Ursachen der Angst können vielfältig sein, wie bei der Angst vor Körperverletzung, der Angst vor Objektverlust oder Angst vor Schuld und Strafe.

Schmerz und Schuld

Schuld und Strafe in Verbindung mit aggressiven Willkürimpulsen der Trotzphase und der schmerzlichen Begrenzung durch die Eltern setzen schon in der analen Phase der Kindheitsentwicklung eine tiefgreifende Konditionierung in Gang. In Form der Bestrafung und Sühne ist der Schmerz über die Schuldentlastung meist ein intrapsychisches Regulativ, um die Objektbeziehung und die Liebe des Objekts zu erhalten oder wiederherzustellen. Der Mensch erträgt lieber Schläge als Alleinsein, eher Schmerz als Depression.

Der Zusammenhang von Schmerzerleben mit allen psychischen Instanzen wird möglich über die Angst. Triebimpulse, Realitätsforderungen und Über-Ich-Forderungen mobilisieren Angst, die als eine regressivere Lösungsmöglichkeit sich des unspezifischen Schmerzsymptoms bedienen kann und das jeweilige Körperorgan narzißtisch wiederbesetzt (Freud 1926). Das Schmerzerleben ist jedoch nicht identisch mit dem zu erwartenden Schmerz infolge der objektiven Körperläsion. Wie die „Signalangst" (Freud 1913–1917) der Abwehr der eigentlichen psychischen Gefahr dient, so kann der psychogene Schmerz eine drohende seelische Krise und eine psychosomatische Organläsion verhindern. Schmerzerleben ist wie Angst lebensnotwendig und lebenserhaltend. Balint (1984) meint dazu, „wieviel leichter es wäre für den Arzt, wenn Krebs und Hypertonie weh täten".

Zusammenfassung

Das Schmerzerleben wird in seiner vielseitigen Determiniertheit zunächst aus pathophysiologischer und psychoanalytischer Sichtweise entwickelt. Der „normale Schmerz" dient dem Aufbau des Körper-Ichs und dem Erkennen drohender Gefahren. In der individuellen Ausprägung ist Schmerzerleben eng verbunden mit Schicksal und Persönlichkeitsstruktur. Körperlicher Schmerz als unspezifischer somatischer Alarmzustand erscheint über eine integrative Funktion intrapsychische Konflikte durch eine komplementäre Umwandlung von seelischem Leid in auch körperlich fühlbares Leiden interaktionell darstellen zu können. Das Schmerzerleben ist dabei eng verbunden mit Gefühlen, darunter vor allem mit Aggression, Angst und Schuld.

Literatur

Adler R (1974) Schmerz. In: Uexküll T v (Hrsg) Lehrbuch der Psychosomatischen Medizin. Urban & Schwarzenberg, München Wien Baltimore, S 489–508

Adler R (1975) Das Phänomen „Schmerz". In: Weintraub et al. (Hrsg) Psychosomatische Schmerzsyndrome des Bewegungsapparates. Schwabe, Basel Stuttgart, S 1931–1942

Alexander F (1951) Psychosomatische Medizin. De Gruyter, Berlin

Baar HA (1982) Diskussionsbeitrag in: Fortschritt und Fortbildung in der Medizin. Dt. Ärzteverl., Köln, S 316
Balint M (1984) Der Arzt, sein Patient und die Krankheit, 6. Aufl. Klett-Cotta, Stuttgart
Beck D (1971) Psychosomatische Aspekte des Weichteilrheumatismus. Fortbild. k. Rheumatol., Bd 1: Der Weichteilrheumatismus. Karger, Basel, S 168–177
Beck D (1981) Krankheit als Selbstheilung. Insel, Frankfurt/M
Benedetti IG (1973) Psyche und Biologie. Hippokrates, Stuttgart
Bernhard P (1983) Chronische funktionelle Schmerzzustände des Bewegungsapparates aus psychosomatischer Sicht. Therapiewoche 33: 3837–3843
Berning D (1980) Sigmund Freuds Ansichten über die Entstehung und Bedeutung des Schmerzes. Psychosom Med 26: 1–11
Bischoff C, Luderer HJ (1981) Arztverhalten, Schmerzerwartung und Schmerzwahrnehmung bei ärztlichen Eingriffen. Med Psychol 7: 1–26
Carriére B (1983) Schmerz. In: Luban-Plozza B et al. (Hrsg) Der Zugang zum psychosomatischen Denken. Springer, Berlin Heidelberg New York Tokyo, S 74–87
Cohn N (1983) Psychologische Faktoren und Prozesse bei der Entstehung und dem Verlauf von psychogenem Schmerz. Psychother Med Psychol 33: 13–19
Davidson PO, Mac Dougall CEA (1969) The generality of pain tolerance. J Psychosom Res 13: 83–89
Delius L (1975) Mehrdimensionale Beurteilung des sogenannten psychogenen Schmerzes. In: Weintraub et al. (Hrsg) Psychosomatische Schmerzsyndrome des Bewegungsapparates. Schwabe, Basel Stuttgart, S 142–147
Droste C, Roskamm H (1983) Experimental pain measure in patient with asymptomatic myocardial ischemia. J Am Call Cardiol 1/3: 940–945
Engel GN (1959) Psychogenic pain and the pain prone patient. Am J Med 26: 899–918
Engel GN (1969) Pain. In: MacBryed CM (ed) Symptoms and signs. Applied Physiology and clinical interpretation, 5th edn. Lippincott, Philadelphia
Engel LG, Schmale AH (1967) Psychoanalytic theory of somatic disorders. J Am Psychoanal Assoc 15: 344–365
Fenichel O (1946) The psychoanalytic theory of neurosis. Routledge & Kegan, London Henley
Freud S (1892–1899) Die Abwehrneuropsychosen. Gesammelte Werke, Bd I. Fischer, Frankfurt, S 59–74
Freud S (1906–1909) Bemerkungen über einen Fall von Zwangsneurose. Gesammelte Werke, Bd 8. Fischer, Frankfurt, S 381–383
Freud S (1913–1917) Die Verdrängung. Gesammelte Werke, Bd 10. Fischer, Frankfurt, S 256
Freud S (1913–1917) Das Unbewußte. Gesammelte Werke, Bd 10. Fischer, Frankfurt, S 282
Freud S (1913–1917) Trauer und Melancholie. Gesammelte Werke, Bd 10. Fischer, Frankfurt, S 427–446
Freud S (1923) Das Ich und das Es. Gesammelte Werke, Bd 13, Fischer, Frankfurt, S 237–289
Freud S (1924) Das ökonomische Problem des Masochismus. Gesammelte Werke, Bd 13. Fischer, Frankfurt, S 369–383
Freud S (1926) Hemmung, Symptom und Angst. Gesammelte Werke, Bd 14. Fischer, Frankfurt, S 205
Hallen O (1956) Zur biographischen Genese des Phantomschmerzes. Z Psychother Med Psychol 6: 3–7
Hassler R (1960) Die zentralen Systeme des Schmerzes. Acta Neurochir 8: 353–423
Janzen R (1966) Über den Schmerz. In: Janzen R (Hrsg) Schmerzanalyse. Thieme, Stuttgart, S 1–8
Kallinke D (1981) Psychologische Ansätze zur Schmerzbekämpfung. Verh Dtsch Ges Rheumatol 7: 228–230
Kernberg OF (1979) Borderline-Störungen und pathologischer Narzißmus, 3. Aufl. Suhrkamp, Frankfurt/M
Kütemeyer M, Masuhr KF (1981) Psychosomatische Aspekte in der Neurologie. In: Jores A (Hrsg) Praktische Psychosomatik. Huber, Bern Stuttgart Wien, S 353–370
Larbig W (1982) Schmerz. Kohlhammer, Stuttgart Berlin Köln Mainz
Libman E (1934) Observation of individual sensitiveness to pain. JAMA 102: 335–341
Mahler MS, Pein F, Bergman A (1972) Symbiose und Individuation. Bd I: Psychosen im frühen Kindesalter. Klett, Stuttgart
Mahler MS, Pein F, Bergman A (1978) Die psychische Geburt des Menschen. Fischer, Frankfurt/M
Melzack R (1970) Pain perception. Res Publ Assoc Nerv Ment Dis 48: 242–285
Melzack R, Scott TT (1957) The effects of early experience on the response of pain. J Comp Physiol Psychol 50: 155

Meyer-Holzapfel M (1955) Unsicherheit und Gefahr im Leben höherer Tiere. Schweiz Z Psychol 14: 171–194

Popp FA (1983) Neue Horizonte in der Medizin. Haug, Heidelberg

Popper KR, Eccles JC (1977) The self and its brain. Springer, Berlin Heidelberg New York

Reischauer F (1957) Wirbelsäulen und Bandscheibenschäden. Therapiewoche 8: 130–139

Schur M (1974) Zur Metapsychologie der Somatisierung. In: Brede K (Hrsg) Einführung in die psychosomatische Medizin. Athenäum-Fischer, Frankfurt/M

Sternbach RH, Tursky B (1965) Ethnic differences among housewifes in psychophysical and skin potential responses to electric shock. Psychophysiology 1: 241–246

Struppler A (1975) Pathophysiologie der Schmerzsyndrome des Bewegungsapparates. In: Weintraub et al. (Hrsg) Psychosomatische Schmerzsyndrome des Bewegungsapparates. Schwabe, Basel Stuttgart, S 15–30

Witkin HA, Dyk RB, Faterson HF, Goodenough DR, Karp SA (1962) Psychological differentiation studies on developement. Wiley, New York London

Haut und Körpererleben

U. Gieler

Die Haut als „Spiegel der Seele“ (Einführung)

Liebe ist die Harmonie zweier Seelen und der Kontakt zweier Epidermen

(A. Montagu)

Über Körpererleben unter besonderer Berücksichtigung der Haut zu berichten heißt im Grunde über eine alltägliche Erfahrung jedes einzelnen etwas mitzuteilen. Ohne den Schutz der Epidermis ist er praktisch nicht lebensfähig. Insofern bedeutet das Nachdenken über psychische Einflüsse auf die Körperoberfläche ein alltägliches Ereignis jedes Menschen zu beachten, das in jedem Moment des Lebens, wenn auch sehr unbewußt, erfahren wird. Dennoch scheint es nicht so einfach, seine eigene Oberfläche – die Haut – wahrzunehmen, geschweige denn erst seine Gefühle an der Kontaktgrenze zu erkennen. Und doch, wer erinnert sich nicht an das angenehme Gefühl zärtlicher Berührung, die Entspannung, wenn die Haut im Badewasser den Körper umspült, das Prickeln des Wassers unter der Dusche oder den Eindruck des eigenen Körperbildes vor dem täglichen Spiegelbild?

Schon Freud (1923) hat in seinem Aufsatz das „Ich und das Es“ zur Abspaltung der Körperoberfläche folgendes geschrieben: „Der eigene Körper und vor allem die Oberfläche desselben ist ein Ort, von dem gleichzeitig äußere und innere Wahrnehmungen ausgehen können. Er wird wie ein anderes Objekt gesehen, ergibt aber dem Getast zweierlei Empfindungen, von denen die eine einer inneren Wahrnehmung gleichkommen kann.“

“The ego ist ultimately derived from bodily sensations, chiefly from those springing from the surface of the body. It may thus be regarded as a mental projection of the surface of the body, besides, as we have seen above, representing the superficies of the mental apparatus.”

Die Haut stellt also gleichzeitig die Repräsentanz des inneren Erlebens dar, wie auch Einflüsse von außen gefiltert und dem Körperinneren zugänglich gemacht werden.

Montagu (1980) hat in seinem Buch „Körperkontakt“ die Bedeutung der Haut für die Entwicklung des Menschen beschrieben, gleichsam die von Freud beschriebene äußere Wahrnehmung in der Projektion auf das eigene Körpergefühl. Die Psychodermatologie (z. B. Obermayer 1970) beschäftigt sich dagegen eher mit dem zentrifugalen Ansatz, also den Auswirkungen innerer Wahrnehmungen auf die Kontaktgrenze. In

Psychotherapien mit Hautkranken zeigt sich diese Abspaltung immer wieder in der Ausgrenzung der eigenen Körperoberfläche. Die Haut wird als nicht zum eigenen Selbst gehörend erlebt. Dies wird in Äußerungen, wie z. B.: „Heute vertrag ich meine Haut mal wieder nicht" deutlich. Auch der Therapeut möchte meist nicht „in seiner Haut stecken", dem Patienten also nicht zu nahe kommen. Psychische Einflüsse auf die Haut sind vielfach beschrieben worden. Man denke nur an den Kältereiz, bei dem praktisch alle Menschen eine „Gänsehaut" bekommen. Die Haut stellt als physikalisches und psychisches Kontaktorgan die Grenze des Ichs zu seiner Umwelt her. Trotzdem bleibt sie dem Bewußtsein selbst mit körperorientierten Verfahren weitgehend verborgen. Sie ist vielfältigen Einflüssen durch Temperatur, Druck, Luftfeuchtigkeit und chemischen Stoffen sowie psychischen Reizen auf ihrer 18 000 cm^2 bzw. ca. 2 m^2 großen Oberfläche ausgesetzt. Die Haut als „Spiegel der Seele" ist uns aus umgangssprachlichen Ausdrücken weitgehend bekannt:

Man wird „rot vor Scham", bekommt „vor Schreck eine Gänsehaut" oder aber Konflikte gehen einem „unter die Haut", man könnte „aus der Haut fahren". Die Liste ließe sich beliebig fortsetzen. Die Haut als psychisches Reaktionsorgan hat nach Borelli (1967) vor allem 5 wichtige Funktionen in der Entwicklung des eigenen Ichs:

1. Die Haut als Grenzorgan zwischen der Person und ihrer Umwelt
2. Die Haut als Kontaktorgan zur Umwelt
3. Die Haut als Sinnesorgan
4. Die Haut als Eindrucksorgan (ästhetischer Standpunkt)
5. Die Haut als Ausdrucksorgan gegenüber der Umwelt.

Es bedarf wohl keiner weiteren Erklärung, daß die Haut neben dem Nervensystem und den anderen Sinnesorganen zu den wichtigsten Kommunikationssystemen des Menschen mit seiner Umwelt zählt. Nach Jürgens (1978) ist der erste Eindruck, den die äußere Erscheinungsform eines Menschen ausmacht, bestimmend für das Verhalten, das andere Menschen ihm gegenüber zeigen. Das Selbstwertgefühl des Menschen ist von seinem Körperbild geprägt, welches zum großen Teil durch die Wahrnehmung der Oberfläche sich ausbildet (Panse 1970; Ringel 1960). Die Entstehung des Körperbildes wird unter psychoanalytischen Gesichtspunkten in den 6.–8. Lebensmonat datiert (Mitscherlich 1983, zit. in Rechenberger 1983), einer Zeit also, wo gerade der taktilen Stimulation besondere Bedeutung zukommt.

Entwicklungspsychologische Aspekte der Haut

Seit den Untersuchungen von Harlow u. Zimmermann (1959) ist die Bedeutung taktiler Stimulation für die Entwicklung der Persönlichkeit allgemein anerkannt. Harlow u. Zimmermann konnten an Rhesusaffen zeigen, daß die Wärme und das Berührtwerden durch eine Mutterattrappe für die Jungen wichtiger waren als eine Drahtattrappe mit Nahrung.

Montagu (1980) und Joraschky (1983) beschreiben noch weitere Tierversuche, bei denen die mangelnde taktile Stimulation zu Entwicklungshemmung in der Organreifung und Beeinflussung der Immunabwehr führt.

Diese Versuche sind durchaus auch auf den Menschen übertragbar. Solomon u. Moos

(1964) zeigten die Stärkung der Immunität durch die frühe Hautstimulation des Kindes auf. Anfassen, Streicheln und Berühren führt beim Menschen zu einer beruhigenden Grunderfahrung. Montagu (1980) berichtet über das Einführen des „Bemutterns“ bei hospitalisierten amerikanischen Kindern, das die Sterblichkeit der Kinder von 35% im Jahre 1939 auf weniger als 10% senkte!

Allgemein bekannt ist auch der als ‚Kaspar-Hauser-Komplex“ bezeichnete Ausdruck der Kontaktstörung bei mangelnder Kommunikation, auch taktiler Kommunikation. Bei Blinden, denen ein Sinnesorgan als Kommunikationsmittel seit der frühesten Kindheit, zumindest bei Früherblindeten, fehlt, ist die Abhängigkeit von der taktilen Stimulation besonders deutlich. Das Beispiel der blinden und taubstummen Patientin Helen Keller (zit. bei Joraschky 1983) zeigt auch hier die Möglichkeit der primären Kommunikation über die Haut. In der Therapie von schweren Schizophrenien und Autismus wird umgekehrt mit der Berührung als therapeutische Kommunikation gearbeitet (Maurer-Groeli 1975).

Montagu (1980) wiederum beschrieb auch den Einfluß der taktilen Stimulation auf den Embryo im Uterus: „Der 2,5 cm lange, 8 Wochen alte Embryo reagiert bei Streicheln der Oberlippenregion oder Nasenflügel bereits mit einem Zurückweichen des Halses und des Körpers. In diesem Entwicklungsstadium sind Augen und Ohren als weitere Sinnensorgane noch nicht entwickelt.“

Die Haut ist das sich am frühesten entwickelnde Organ in der Embryogenese. Bereits am Anfang entwickelt sich das Ektoderm, aus dem später die Epidermis gebildet wird. Die engen Beziehungen zum ZNS ergeben sich aus der gemeinsamen Entwicklung aus dem Ektoderm und den 7–135 Tastkörperchen pro cm^2 und ca. 1,5 Mio. sensiblen Nervenfasern, von den Papillenspitzen zum Rückenmark. In jüngster Zeit sind sogar in der Basalzellschicht der Epidermis synapsenähnliche Strukturen aufgefunden worden, die den engen Zusammenhang mit neuronalen Prozessen unterstreichen. So ist es auch zu verstehen, daß Brocq u. Jacquet das endogene Ekzem – eine der häufigsten Dermatosen – 1891 als Neurodermitis beschrieben, auch wenn sich der Begriff inzwischen als unzutreffend erwiesen hat. Alexander (1971) zählte das endogene Ekzem zu den 7 klassischen Psychosomatosen.

Giss et al. (1977) schlagen sogar vor, die erste Phase der menschlichen extrauterinen Entwicklung als „dermatale Phase“ zu bezeichnen. Die Autoren wollten hiermit der besonderen Bedeutung der Haut in dieser Entwicklungsphase Rechnung tragen. Riemann (1969) bezeichnet den frühesten Entwicklungsabschnitt als „sensorische Phase“ und spricht von der Haut als einem phasenspezifischen Leitorgan. Er beschreibt diese Phase als Vorherrschen von Sinneseindrücken, die zunächst objektlos sind und von Mahler (1968) auch als symbiotische Phase bezeichnet wird. Es verwundert daher nicht, daß gerade früh einsetzende Hauterkrankungen, wie z. B. das erwähnte endogene Ekzem, in psychosomatischer Sicht als sog. Grundstörung in einer frühen nonverbalen Phase der Entwicklung gesehen wird (Rechenberger 1979; Schechter 1972; Thomä 1980). Neuerdings werden auch pränatale Aspekte bei psychosomatischen Symptomen diskutiert (Hau und Schindler 1982). Bisher ist der Frage nach Frühgeburten und Hauterkrankungen nicht nachgegangen worden. G. Ammon u. K. Ammon (1982) beschreiben eine Patientin mit Frühgeburt, die später einen Hautkrebs entwickelt und schildert die frühe Störung mit psychotischen Anteilen.

Das Kind ist in der postnatalen Phase darauf angewiesen, Grenzen herzustellen und dem nach Spitz (1957) „Höhlenmodus der Wahrnehmung“, bei dem Innen und Außen ineinander übergehen, in eine Innen- und Außenwelt zu differenzieren. Störungen in dieser Entwicklungsphase, die häufig schon in den wichtigen ersten Stunden nach der Geburt entstehen können, wobei der Hautkontakt als dringend notwendig angesehen wird, werden sich möglicherweise als Hautkrankheiten auf dieser präverbalen Stufe bemerkbar machen. Die frühen Störungen mit narzißtischer Problematik, die in der Psychodermatologie durchaus nicht selten sind, weisen auf die ambivalenten Ich-Grenzen hin, wie sie Marty (1969) als Pseudopsychose beschrieben hat. Daß gerade die frühen Wechselwirkungen zwischen Mutter und Kind einen entscheidenden Einfluß auf die Objektbeziehungen haben, konnte Pines (1980) an einem Beispiel eines Kindes mit endogenem Ekzem zeigen. Sie machte deutlich, daß der Säugling mit Hautveränderungen seine äußere Hülle eben nicht als Schutz sondern als Objekt erlebt, daß ihm Juckreiz, Schmerzen, Unwohlsein, Frieren und Fieber verursacht. Unter diesen Gesichtspunkten wird deutlich, daß gerade früh einsetzende Hauterkrankungen das Körpergefühl und das Körperbild wesentlich beeinflussen. Dies wird auffällig, wenn man Hautkranke auffordert, ihren Körper und ihre Körperoberfläche zu malen; es werden meist nur Strichmännchen ohne räumliche Ausdehnung und ohne scharfe Konturen dargestellt (Rechenberger 1983). Vor allem aber vermittelt uns keine andere Sinneswahrnehmung außer dem Hautsinneserleben neben dem objektiven Sinnesreiz zugleich auch ein Erleben des eigenen Ichs, d. h. wird die Haut berührt, erlebt man sich auch als ein berührtes Subjekt. Berührung hat also einen Doppelcharakter. Durch das Gestreicheltwerden und Geliebkostwerden kommt es beim Kleinkind zur Abgrenzung des eigenen Körper-Ichs vom Nicht-Ich. Darin kommt die Bedeutung der Haut als Sinnesorgan für die Ich-Identitätsfindung zum Ausdruck. Körper und Außenwelt sind verknüpft wie Trieb und Triebobjekt. Die Oberfläche des Körpers wird zum Organ der eigenen Wahrnehmung.

Die Oberfläche des Körpers als Organ der eigenen Wahrnehmung

Neben den entwicklungspsychologischen Zusammenhängen bietet die Haut vielfältige Hinweise auf ihre Bedeutung als psychosomatisch reagierendes Organ.

Schur (1980), der die psychosomatische Erkrankung in den Kontext der Ich-Entwicklung einordnet und sie als eine spezifische Form der Störung grundlegender Ich-Funktionen begreift, zeigt dies am Beispiel einer atopischen Patientin.

Die Haut ist für das Körperbild in zwei Richtungen von Bedeutung: Eine somatische Veränderung kann sich auf die Persönlichkeit sekundär auswirken, bei dem z. B. Unfallnarben im Gesicht zu einer Entstellungsproblematik führen, wie sie vor allem von Bosse u. Hünecke (1980) und Teichmann u. Bosse (1974) dargestellt wurde. Zum anderen können sich intrapsychische Prozesse an der Haut manifestieren, wie es am eindrucksvollsten bei Patienten mit Artefakten – also der Selbstbeschädigung der eigenen Haut – gesehen wird (van Moffaert 1983; Rechenberger 1976). Die Haut ist das Organ, an dem sowohl der Schmerz als auch zärtliche Berührung zuerst erlebt wird. Der Spiegel als Bild der eigenen Wahrnehmung zeigt uns unsere Einstellung zum eigenen Selbst. Eine Aknepatientin zitierte einmal eine Aussage aus dem Volksmund: „Schau nicht zu lange in den Spiegel sonst verlierst Du Dich“. Fast alle Hautkranken haben einen intensiven

Kontakt mit ihrem Spiegelbild, das möglicherweise auf die meist frühe Störung in der Wahrnehmung der eigenen Ich-Grenzen hinweist. Ein Kind, das die Berührung der Mutter nicht authentisch als zärtliche Berührung oder Anlehnung erlebt, wird von vornherein eine andere psychische Entwicklung erleben als ein hautgesundes Kind mit einer „intakten" Oberfläche. Später entsteht dann daraus bei näherem Kontakt eine innere Ambivalenz, die sich in der Übertragungsbeziehung zum Therapeuten zeigt (Pines 1980). Die von Schur (1980) und anderen dargestellte „allergische Objektbeziehung" ist wohl nichts anderes als diese Ambivalenz.

Bei der Berührung kommt es nach Paulus (1982) zum Verlust der persönlichen Distanz, dem personalen Raum – von den Esoterikern auch als Aura bezeichnet –. Dieser, die Person umgebende Raum wird noch als persönlicher, zum Individuum gehörender Raum erlebt. Bei Störungen dieser Grenzen wird die Nähe eines anderen bedrohlich, es kommt zu Phobien oder auch zu somatischen Reaktionen. So dient die Akne oder der Herpes labialis häufig dazu, diese Distanz zur Außenwelt herzustellen und damit unbewußt Körperkontakt zu vermeiden.

Der mehr oder weniger direkte Bezug des psychischen Erlebens über die Haut ist in vielen Arbeiten beschrieben worden, von denen hier nur wenige erwähnt seien: Am bekanntesten ist sicher die Entwicklung von Blasen unter Hypnose und Suggestion (Borelli 1967; Chertok 1978). Auch die Unterdrückung allergischer Reaktionen unter Hypnose (Whitlock 1980) sowie Streß führt zu einer Verminderung des Hautleitwiderstands (zit. in Overbeck, 1984); unter Hypnose läßt sich auch ein sog. Pseudo-Sonnenbrand auslösen (Bellis 1966). Der Einfluß von Streß auf die Immunmechanismen bei Herpes simplex (Leise et al. 1974; Teshima et al. 1983) und bei kreisrundem Haarausfall (Perini u. Bettin 1983) ist ebenfalls bekannt. Shanon (1970) konnte zeigen, daß Überlebende aus Konzentrationslagern häufiger an Hautkrankheiten litten als eine Vergleichsgruppe.

Die Bedeutung des Hautsinneserlebens für die Symptomauslösung psychosomatischer Hauterkrankungen beschrieb Vogel (1979); der Einfluß auf das Körperbild ist vielfach Gegenstand von Untersuchungen gewesen (Shuster et al. 1979; Whitlock 1980). Porter et al. (1980) zeigte bei Untersuchungen zur psychosozialen Verarbeitung von Vitiligopatienten, daß diejenigen Patienten, die ein größeres Selbstwertgefühl hatten, die Erkrankung besser verarbeiteten. Eigene Untersuchungen zum endogenen Ekzem konnten dies ebenfalls bestätigen (Gieler et al. 1984). Auch über Verbrennungsnarben und ihre Auswirkung auf die soziale Akzeptanz (Molinaro 1978), das Körperbild von Hämangiompatienten (Kalick et al. 1981) und den Einfluß von Ohrdeformitäten auf das Körperbild (MacGregor 1979) sowie über die sozial- und präventivmedizinische Bedeutung entstellender Hautveränderungen wurde berichtet (Uhlmann 1969).

Selbst der Einfluß psychischer Mechanismen auf die Prognose des malignen Melanoms (Rogentine et al. 1979; Temoshok et al. 1984) konnte gezeigt werden. Hughes et al. (1983) war der Ansicht, daß Hautpatienten eine höhere Prävalenz zu psychiatrischen Krankheitsbildern haben als die Normalbevölkerung.

Leichtmann et al. (1981) zeigten die Abhängigkeit der Sichtbarkeit der Hautveränderungen auf das Körperbild, ähnlich schilderten Lux et al. (1983) die Nichtakzeptanz der weiblichen Rolle bei Hirsutismus, bei dem Strauß u. Appelt (1984) die Unabhängigkeit der subjektiven Belastung vom körperlichen Befund demonstrierten. Letztere Untersuchung ist um so eindrucksvoller, als sie aufzeigt, daß sich die psychische Einstellung bzw. Konflikte wesentlich auf die subjektive Belastung auswirken und die rein somatische

Therapie und der sichtbar-morphologische Erfolg noch keine Gewähr für die subjektive Besserung bietet.

Der Einfluß von Hautkrankheiten auf die Sexualität und das Schamgefühl ist hinreichend bekannt (Buckwalter 1982), obwohl er bei Hautkrankheiten immer wieder unterschätzt wird. Auch die sog. „non-dermatological diseases" also die subjektive Entstellungssymptome ohne objektivierbaren oder nur geringfügig veränderten Hautbefund, stellen eine prognostisch hinsichtlich der Suizidgefahr ernstzunehmende Veränderung im Körperbild dar (Cotterill 1981). Eine noch weitergehende Störung im eigenen Körperbild ist die Dysmorphophobie (Bishop 1983; Hardy 1982; Mester 1983), bei der das Empfinden des eigenen (negativen) Körperbildes zu meist schweren Depressionen oder auch zur Auslösung von Psychosen führt.

Gerade durch die pathologische Veränderung der Haut wird ihre Bedeutung für das Körperbild deutlich. Meist wird die Haut erst bei Veränderungen an ihrer Struktur, Form, Farbe oder Geruch überhaupt wahrgenommen. Jourard (1966) konnte in seiner Untersuchung über die Zugänglichkeit des eigenen Körpers den Zusammenhang zwischen angenommener Berührung und Selbstwertgefühl herstellen. Die Oberfläche des Körpers stellt als psychosomatisches Reaktionsorgan gewissermaßen ein körperliches Signal dar, die möglichen, z. T. pathologischen Veränderungen wahrzunehmen. Somit kann die Haut bzw. die Hautkrankheit als Chance genutzt werden, die Signale des unbewußten Körper-Ichs wahrzunehmen (Teegen 1983). Die Krankheit als Chance (Beck 1981; Overbeck 1984) zu nutzen, hat nicht selten Symbolbedeutung, wenn der Patient z. B. sich durch das Handekzem „hand-lungsunfähig" macht (Hansen et al. 1981) oder der Pruritus genitalis auf eine gestörte Einstellung zur eigenen Sexualität hinweist.

Da die Haut jedoch dem bewußten Zugang meist verschlossen bleibt und ein Mensch die unbewußten Vorstellungen vom eigenen Körper kaum mitteilen kann, ist er oft auf die Somatisierung angewiesen, es sei denn, wir können z. B. mittels analytischer Technik die unbewußten Reaktionsabläufe auf Umwegen erfassen (Rechenberger 1984). Hautveränderungen beeinflussen bewußt oder unbewußt unseren Umgang mit anderen Menschen, am Beispiel der Hautkrankheiten wird die Verarbeitung des Körpererlebens besonders deutlich.

Körpererleben bei Störungen an der Oberfläche (Hautkrankheiten)

Beispielhaft sollen Störungen im Körperleben anhand einiger Hautkrankheiten dargestellt werden. Psoriasis (Schuppenflechte), endogenes Ekzem, Akne und Artefakte sollen als am besten untersuchte Beispiele psychosomatischer Reaktionsbildung an der Körperoberfläche beschrieben werden.

Psoriasis vulgaris

Die Psoriasis vulgaris (Schuppenflechte) ist mit einer Häufigkeit von 2–5% in der Bevölkerung als eine meist chronische Erkrankung der Haut bekannt, die genetisch bedingt ist und von multifaktoriellen Realisationsfaktoren abhängt (Braun-Falco et al. 1984).

Die Auseinandersetzung mit seiner Erkrankung führt beim Psoriatiker unweigerlich in den Bereich der psychischen Auslösung von Psoriasisschüben oder zumindest mit der sekundären Verarbeitung der als entstellend erlebten Krankheit (Bosse u. Hünecke 1982; Bosse u. Teichmann 1972; Schröpl 1982). Spezifische Persönlichkeitsstrukturen der Psoriasispatienten konnten in zahlreichen empririsch-psychologischen Studien nicht nachgewiesen werden (Bojanovsky et al. 1981; Farber u. Nall 1974; Gilbert et al. 1973; Wittkower u. Russel 1953), sie sind im Hinblick auf das vielfältige morphologische Erscheinungsbild und dem variablen Ausprägungsgrad auch nicht zu erwarten. Trotzdem sind die psychischen Belastungen als Krankheitsfolge allgemein anerkannt (Falk 1982). In Zeiten seelischer Belastung treten bei Psoriasispatienten neue Schübe auf, wie Farber u. Cox (1971) an 5600 und Braun-Falco et al. (1972) an 536 Patienten zeigten. Seville (1978) beschrieb, daß das Bewußtsein von psychischen Belastungsfaktoren zu einer größeren Rezidivfreiheit im Zeitraum von 3 Jahren führte.

Tiefenpsychologische Studien demonstrierten, daß über die Haut als Regression ein Schutz erfolgt, um unbewußte Ambivalenzkonflikte vor allem auf der ödipalen Stufe zu vermeiden (Rechenberger, 1982). Molitor u. Seibt (1984) berichten über die Angst vor Enttäuschung im Kontakt mit den Mitmenschen bei gleichzeitiger Sehnsucht nach körperlichem Angenommensein. Abbildung 1 zeigt die Zeichnung eines Patienten mit Psoriasis mit dem im Bild verstärkten Hinweis auf die Kontaktsehnsucht[1]. Der „Schuppenpanzer schützt mich", war die Aussage eines Patienten. Der Konflikt, der intrapsychisch nicht ausgelebt werden kann, benutzt die Haut und das Körpererleben als unbewußte Schutzfunktion.

Endogenes Ekzem

Das endogene Ekzem, auch Neurodermitis oder atopische Dermatitis genannt, gehört zusammen mit dem allergischen Asthma, Rhinitis allergica und möglicherweise auch der Migräne und Colon irritable zum Formenkreis der Atopie.

Die Manifestation an der Haut beginnt überwiegend in der frühen Kindheit, so daß Störungen in der psychischen Entwicklung in dieser Phase zu erwarten sind. Pines (1980) – s. oben – stellte die Ambivalenz mütterlicher Zuwendung bei gestörter Haut dar. Das Ekzemkind erhält über die mütterliche Zuwendung mit dem Anfassen nicht nur Zärtlichkeit, sondern gleichzeitig auch Schmerzreize infolge vorgeschädigter Haut, so daß die Entwicklung der Objektbeziehungen zu einer Ambivalenz führt. Die spätere Persönlichkeit, die vor allem von Schur (1980), Marty (1969) und Rechenberger (1979) beschrieben wurde, ist durch die sog. „allergische Objektbeziehung" gekennzeichnet. Diese zeichnet sich vor allem durch mangelnde Möglichkeiten den eigenen Ich-Grenzen gerecht zu werden, aus. Im Extremfall kann es daher – wie schon erwähnt – zu der von Marty (1969) beschriebenen Pseudopsychose kommen. Gerade diese Patienten erleben oft ihre eigene Haut als nicht zum eigenen Körper gehörend, die Haut wird als eigenes Objekt erlebt, das mechanisch behandelt wird. Die dermatologische Therapie neigt hierbei dazu, diesen Weg zu unterstützen, indem nur die Oberfläche behandelt wird und

[1] Ich danke Herrn Prof. Dr. Friederich (Marburg) für die Überlassung der Zeichnung.

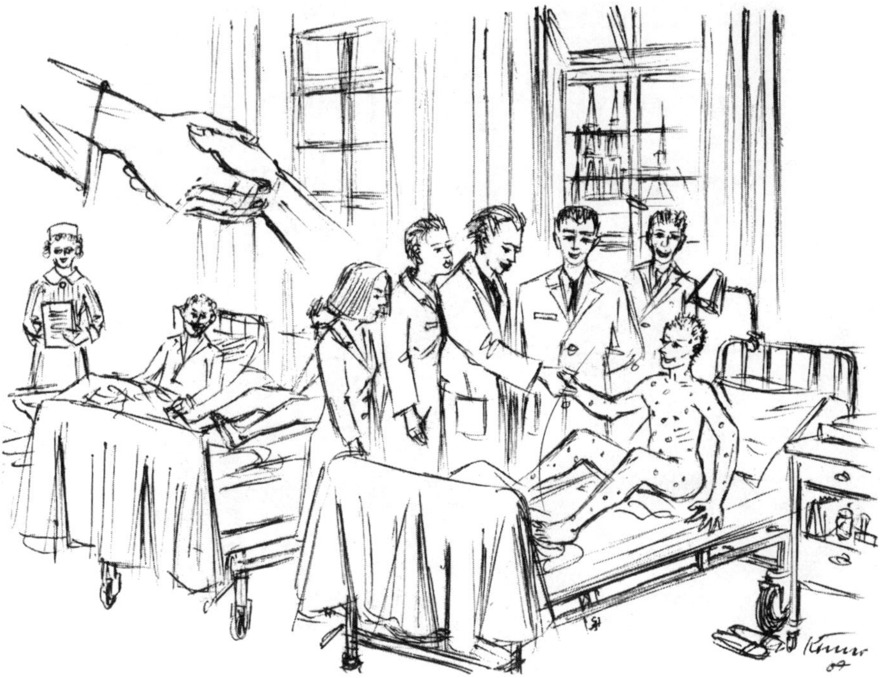

Abb. 1. Zeichnung eines begabten Psoriasispatienten
(Aus der Sammlung von Herrn Prof. Dr. H.C. Friederich)

den Patienten in seinem mechanischen Körpererleben zu bestätigen (Gieler u. Effendy 1984). Auch hier könnte das Erleben der eigenen Oberfläche als Teil des Selbst, wenn auch somatisch gebahnt, eine Chance sein, die innere Befindlichkeit zu erkennen. Ein Patient sagte nach einigen Jahren Psychotherapie: „So wie meine Haut sieht es auch bei mir drinnen aus." Der Juckreiz als Affektäquivalent und typisches Merkmal des Ekzems läßt sofort nach, wenn eine angstauslösende Situation vermieden werden kann. Das Ekzem tritt meist in Situationen auf, die Schröpl (pers. Mitteilung) als „Es-geht-nicht"-Situation bezeichnet!

Die Haut stellt das eigene Körpererleben offen dar, was sich auch morphologisch an mehr ekzematösen oder mehr pruriginösen Reaktionen als Aggressionshemmung darstellt.

Acne vulgaris und Artefakte

Die Akne zählt zu den Erkrankungen, die von genetischen oder konstitutionellen Faktoren sowie hormonellen Einflüssen abhängen, jedoch durch emotionell belastende Situationen verstärkt werden kann (Koblenzer 1983). Gerade die Acne vulgaris führt nach Sulzberger u. Zaidens (1948) zu „genereller Unsicherheit und Minderwertigkeitsgefühlen". Der Zusammenhang wird werbepsychologisch bereits genutzt, wie es in Abb. 2 karikaturistisch dargestellt ist.

Abb. 2. Werbegrafik eines englischen Aknemedikaments

Aber nicht nur Auswirkungen des Körperbildes bei Akne auf die psychosoziale Situation, sondern auch psychodynamische Reaktionen mit Auswirkungen auf die Akne sind bekannt. Obermayer (1970) berichtet über die Zunahme der Talgdrüsenproduktion unter emotionell belastenden Umständen. Molinski u. Rechenberger (1978) differenzieren die Akne in mehrere Varianten unter psychodynamischen Gesichtspunkten und meinen, daß die persistierende Akne im Erwachsenenalter mit Zeichen der Regression auf die pubertäre Stufe einhergeht.

Die Akne hinterläßt nach Gloor et al. (1978) ein erhebliches Krankheitsgefühl. Sie wird dazu benutzt, den Rückzug in die eigene Ich-Entwicklung zu ermöglichen.

Die sonst nicht bewußte Notwendigkeit der Distanzierung äußert sich in der Veränderung des Körperbildes und entspricht damit der unbewußten Motivation, sexuelle Triebimpulse zu vermeiden. Overbeck (1984) sagt hierzu: „Man sieht die schwere Akne besonders oft bei Jugendlichen, die glauben, alles mitmachen zu müssen und sich nicht entziehen zu dürfen. Aus Anpassungsgründen überfordern sie sich seelisch und körperlich, zeigen pseudosexuelles Verhalten und frühreifes Erwachsenengebaren. Es ist letztlich die Hautkrankheit, die sie davor schützen kann, Beziehungen einzugehen, mit denen sie sich völlig übernehmen würden." So wundert es nicht, daß bei Therapie der Akne auch ein Symptomwechsel häufig ist und sogar Suizidversuche vorkommen können, weil das Körperbild ohne Veränderung der Persönlichkeit verändert wurde (Studt et al. 1984). Die unterschiedliche individuelle Verarbeitung des Körperbildes wird bei der Akne besonders gut sichtbar. Einerseits erleben wir Patienten, die trotz gravierender morphologischer Akneeffloreszenzen keinen Leidensdruck haben, andererseits finden sich massive Persönlichkeitsstörungen bei minimalen

Veränderungen, die wie erwähnt bis zum Suizid reichen können (Dysmorphophobien). Die Acne excoriée bietet dagegen schon deutliche Übergänge zu den Artefakten und neurotischen Exkoriationen bei Beeinträchtigung des Körper-Ichs. Braun-Falco et al. (1984) bezeichnen sie als „maximales Knibbeln bei minimaler Akne". Der Übergang zu den Artefakten (z. B. Zigaretten an der Haut ausdrücken) ist fließend, die Körperoberfläche wird hierbei als Symbol der eigenen Ich-Wahrnehmung benutzt.

Zufriedenheit mit dem eigenen äußeren Erscheinungsbild ist ein rein subjektives Phänomen, das nur durch die individuelle Psychodynamik verstanden werden kann. Die Haut als eines der wichtigsten psychosomatischen Organe zeigt oft morphologisch faßbare Veränderungen der intrapsychischen Struktur und des Körpererlebens. Wer die Sprache der Haut versteht, wird viel über das Körpererleben des Individuums erfassen können.

Literatur

Alexander F (1971) Psychosomatische Medizin. De Gruyter, Berlin New York

Ammon G, Ammon K (1982) Zur Psychosomatik von Frühgeburt und psychosomatischer Erkrankung. In: Hau TF, Schindler S (Hrsg.) Pränatale und perinatale Psychosomatik. Hippokrates, Stuttgart

Beck D (1981) Krankheit als Selbstheilung. Insel, Frankfurt

Bellis JM (1966) Hypnotic pseudo-sunburn. Am J Clin Hypn 8: 310–312

Bishop ER (1983) Monosymptomatic hypochondriacal syndromes in dermatology. J A Am Acad Dermatol 9: 152–158

Bojanovsky A, Schöninger B, Kugler HG, Bojanovsky I (1981) Persönlichkeitsstruktur und „life events" bei Psoriatikern. Aktuel Dermatol 7: 17–19

Borelli S (1967) Haut und Psyche. In: Gottron HA (Hrsg) Grundlagen und Grenzgebiete der Dermatologie. (Handbuch der Haut- und Geschlechtskrankheiten. Ergänzungsband VIII, S 264–568)

Bosse K, Hünecke P (1980) Entstellung – Erleben und Verarbeitung der äußeren Erscheinung. In: Whitlock FA (Hrsg) Psychophysiologische Aspekte bei Hautkrankheiten. Peri-Med, Erlangen, S 251

Bosse K, Hünecke P (1982) Krankheitsabhängiges Verhalten von Psoriasispatienten, Ärzten und Pflegepersonal im Krankenhaus. Aktuel Dermatol 8: 163–166

Bosse K, Teichmann AT (1972) Der Krankheitswert der Psoriasis. Hautarzt 23: 122f

Braun-Falco O, Burg G, Farber E (1972) Psoriasis. Münch Med Wochenschr 114: 1105–1110

Braun-Falco O, Plewig G, Wolff HH (1984) Dermatologie und Venerologie. Springer, Berlin Heidelberg New York Tokyo

Brocq L, Jacquet L (1891) Notes pour servir a l'histoire des neurodermatites. Ann Dermatol Syphiligr 97: 193

Buckwalter KC (1982) The influence of skin disorders on sexual expression. Sex Disab 5: 98–106

Chertok L (1978) Psychosomatique experimentale. La v'esication. Ann Med Psychol (Paris) 2: 1–13

Cotterill JA (1981) Dermatological non-disease – a common and potential fatal disturbance of cutaneous body image. Br J Dermatol 104: 611–619

Farber EM, Cox AJ (1971) Psoriasis. Stanford University Press, Stanford

Farber EM, Nall ML (1974) The natural history of psoriasis in 5600 patients. Dermatologica 148: 1–18

Falk G (1982) Probleme des Psoriatikers in der Gesellschaft aus der Sicht des Patienten. Aktuel Dermatol 8: 167–169

Freud S (1923) Das Ich und das Es. In: Freud S (Hrsg) Psychologie des Unbewußten. Studienausgabe, Bd 3 (1975) Fischer, Frankfurt, S 273

Gieler U, Effendy I (1984) Psychosomatische Aspekte in der Dermatologie. Aktuel Dermatol 10: 103–106

Gieler U., Schulze C, Stangier U (1984) Das Krankheitskonzept von Patienten mit endogenem Ekzem. Z Hautkr (im Druck)

Gilbert A, Rodgers D, Roenigk H (1973) Personality evaluation in psoriasis. Cleve Clin Q 40: 147
Giss G, Rothenburg W, Weigand P (1977) Über Zusammenhänge zwischen Psyche und Haut. Z Hautkr 52: 50–54
Gloor M, Eicher C, Wiebelt H, Moser G (1978) Soziologische Untersuchungen bei der Akne vulgaris. 1. Mitteilung: Über den Krankheitswert der Akne vulgaris. Z Hautkr 53: 871–880
Hansen O, Küchler T, Lotz G-R, Richter R, Wilckens A (1981) Es juckt mich an den Fingern aber mir sind die Hände gebunden. Z Psychosom Med Psychoanal 27: 275–290
Hardy GE (1982) Body image disturbance in dysmorphophobia Br J Psychiatry 141: 181–185
Harlow H, Zimmermann R (1959) Affectional responses in the infant monkey. Science 130: 421f
Hau TF, Schindler S (1982) Pränatale und perinatale Psychosomatik. Hippokrates, Stuttgart
Hughes JE, Barraclough BM, Hamblin LG, White JE (1983) Psychiatric symptoms in dermatology patients. Br J Psychiatry 143: 51–54
Joraschky P (1983) Das Körperschema und das Körper-Selbst als Regulationsprinzipien der Organismus-Umwelt-Interaktion. Minerva, München
Jourard SM (1966) An exploratory study of body accessibility. Br J Soc Clin Psychol 5: 221–231
Jürgens HW (1978) Der Mensch und seine Umwelt. Die menschliche Körperform im sozialen Umfeld. Ärztl Kosmetol 8: 61–75
Kalick SM, Goldwyn RM, Noe JM (1981) Social issues and body image concerns of port wine stain patients undergoing laser therapy. Lasers Surg Med 1: 205–213
Koblenzer CS (1983) Psychosomatic concepts in dermatology. Arch Dermatol 119: 501–512
Leichtman SR, Burnett JW, Robinson HM (1981) Body image concerns of psoriasis patients as reflected in human figure drawings. J Pers Assess 45: 478–484
Leise EM, Lesane F, Chambers RW, Gray I (1974) Lymphocate and polymorphonuclear enzymes in stress. V. Changes associated with viral infection: Herpes simples. Biochem Med 9: 214–224
Lux E, Gimes R, Csoemoer S, Rusz E (1983) Die Persönlichkeits- und Sozialbedeutung des Hirsutismus. Zentralbl Gynäkol 104: 1100–1105
MacGregor FC (1979) Ear deformities: Social and psychological implications. 5: 347–350
Mahler MS (1968) Symbiose und Individuation. Klett, Stuttgart
Marty P (1969) Notes cliniques et hypotheses a propos de l'economie de l'allergie. Rev Fr Psychoanal 33: 243–253
Maurer-Groeli YA (1975) Die Haut als Medium in der Therapie depressiv und schizophren Kranker. Psychosom Med 6: 67–78
Mester H (1983) Die Dysmorphophobie: Klinische Bilder und die ihnen gemeinsame Psychodynamik. Extracta Dermatol 7: 113–135
Moffaert M van (1983) Psychosomatik für den Dermatologen in der Praxis. Extracta Dermatol 7: 19–38
Molinaro JR (1978) The social fate of children disfigured by burns. Am J Psychiatry 135: 979–980
Molinski H, Rechenberger I (1978) Psychosomatik der Akne. Fortschr Med 95: 2149–2153
Molitor P, Seibt G (1984) Zur Psychosomatik der Psoriasis: Affektivität und Konflikt. Z Psychosom Med Psychoanal 30: 247–269
Montagu A (1980) Körperkontakt. Klett-Cotta, Stuttgart
Obermayer ME (1970) Psychodermatologie. In: Gottron HA (Hrsg) Handbuch der Haut- und Geschlechtskrankheiten, Ergänzungs- und Registerband. Springer, Berlin Heidelberg New York
Overbeck G (1984) Krankheit als Anpassung. Suhrkamp, Frankfurt
Panse F (1970) Pathopsychologie der Entstellung durch Hautkrankheiten. In: Gottron HA, Schönfeld (Hrsg) Dermatologie und Venerologie. Ergänzungsband. Thieme, Stuttgart
Paulus P (1982) Zur Erfahrung des eigenen Körpers. Forschungsberichte. Beltz, Weinheim Basel
Perini U, Bettin A (1983) Eventi stressanti ed alopecia areata. Rassegna Psychiatr Siena 72: 503–511
Pines D (1980) Skin communication: Early skin disorders and their effect on transference and countertransference. Int J Psychanal 61: 315–323
Porter J, Beuf AH, Nordlund JJ, Lerner AB (1980) Psychological reaction to chronic skin disorders: A study of patients with vitiligo. Gen Hosp Psychiatry 1: 73–77
Rechenberger H-G (1976) Die Auffassung der dynamischen Psychiatrie zum Krankheitsmodell der Trichotillomanie. In: Bosse K, Hünecke P (Hrsg) Psychodynamik und Soziodynamik bei Hautkrankheiten. Vandenhoeck & Ruprecht, Göttingen
Rechenberger I (1979) Tiefenpsychologisch ausgerichtete Diagnostik und Behandlung von Hautkrankheiten. Vandenhoeck & Ruprecht, Göttingen
Rechenberger I (1982) Zur Psychodynamik des Psoriasiskranken. Aktuel Dermatol 8: 157–159

Rechenberger I (1983) Haut und Körperbild. In: Hahn P, Herdieckerhoff (Hrsg) Werkstattgespräche zum Thema Körperbild. Materialien zur Psychoanalyse und analytisch orientierten Psychotherapie, Bd IX/1. Vandenhoeck & Ruprecht, Göttingen, S 31–34
Rechenberger I (1984) Die gestörte Imago des Mannes. Sexualmedizin 13: 717–719
Riemann F (1969) Über den Vorteil des Konzepts einer präorale Phase. Z Psychosom Med Psychoanal 15: 27–40
Ringel E (1960) Psychotische Reaktionen nach kosmetischer Operation. Wien Nervenheilkd 18: 51–63
Rogentine GN, Van Kammen DP, Fox BH, Docherty JP (1979) Psychological factors in the prognosis of malignant melanoma: A prospective study. Psychosom Med 41: 647–655
Schechter MD (1972) Psychoanalysis of a latency boy with neurodermatitis. Monogr Ser Psychoanal Study Child N Y 27: 529–564
Schur M (1980) Zur Metapsychologie der Somatisierung. In: Brede K (Hrsg) Einführung in die Psychosomatische Medizin. Syndikat, Frankfurt
Schröpl F (1982) Praktische Lebenshilfe für den Psoriatiker. Patientenführung in der dermatologischen Praxis. Aktuel Dermatol 8: 170–172
Seville RH (1978) Psoriasis and stress II. Br J Dermatol 98: 151–153
Shanon J (1970) Psychosomatic skin disorders in survivors of Nazi concentration camps. Psychosomatics 11: 95–98
Shuster S, Fisher GH, Harris E, Binnell D (1979) The effect of skin disease on self image. Br J Dermatol [Suppl 16] 99: 18–19
Solomon GF, Moos RH (1964) Emotions, immunity and disease. Arch Gen Psychiatr 2: 657–674
Spitz R (1957) Die Entstehung der ersten Objektbeziehung. Klett, Stuttgart
Strauß B, Appelt H (1984) Psychologische Einflüsse auf die Beurteilung körperlicher Symptome am Beispiel des Hirsutismus. Psychother Med Psychol 34: 179–185
Studt HH, Riehl A, Gollnick H (1984) Acne conglobata Persönlichkeit und seelische Folgen einer 13-cis-Retinsäure-Therapie. Vortrag anl. der 60. Tagung der Nordwestdeutschen Dermatologischen Gesellschaft, 22.9. 84, Hannover
Sulzberger MB, Zaidens SH (1948) Psychogenic factors in dermatology disorders. Med Clin North Am 32: 669f
Teegen F (1983) Krankheit: Was will uns der Körper damit sagen? Psychol heute 11: 65–72
Teichmann AT, Bosse K (1974) Hautkrankheit und Kommunikation. Hautarzt 25: 427–429
Temoshok L, DiClemente RJ, Sweet DM, Blois MS, Sagebiel RW (1984) Prognostic and psychosocial factors related to delay behavior in patients with cutaneous malignant melanoma. Prog Clin Biol Res 156: 169–179
Teshima H, Kubo C, Kihara H, Imada Y, Nagata S, Ago Y (1983) Psychosomatic aspects of skin diseases from the standpoint of immunology. Psychother Psychosom 37: 165–175
Thomä H (1980) Über die Unspezifität psychosomatischer Erkrankungen am Beispiel einer Neurodermitis mit zwanzigjähriger Katamnese. Psyche (Stuttg) 24: 589–624
Uhlmann WJ (1969) Die Sozial- und Präventivmedizinische Bedeutung sogenannter entstellender Hautveränderungen. Zentralbl Arbeitsmed 17: 133–136
Vogel PG (1979) Hautsinneserleben. Seine Bedeutung für die Symptomauslösung psychosomatischer Hauterkrankungen. Ther Ggw 118: 46–65
Whitlock FA (1980) Psychophysiologische Aspekte bei Hautkrankheiten. Peri-Med, Erlangen
Wittkower E, Russel B (1953) Emotional factors in skin disease. Casell, London

B. Das Körpererleben in der Therapie

Körpererleben und Entfremdung

Psychoanalytisch orientierte Konzentrative Bewegungstherapie als Therapieeinstieg für psychosomatische Patienten

H. Becker

Der folgende Beitrag beschränkt sich in seinen theoretischen und klinischen Ausführungen auf Patienten mit einem psychosomatischen Symptomangebot ohne primär-manifesten psychischen Leidensdruck. Es handelt sich hierbei gehäuft um Patienten aus der unteren Mittelschicht, die möglicherweise aufgrund ihrer Sozialisation eher überangepaßt, wenig konfliktfähig scheinen und ihren Affekten auf verbaler Ebene schwer Ausdruck geben können.

Um das gespaltene Verhältnis der Psychoanalyse zu Körperlichkeit und Handeln entsprechend eines gesamtgesellschaftlichen Trends deutlich zu machen, sei der Bericht eines Analysanden aus der intellektuellen Oberschicht vorausgeschickt, der sowohl Erfahrungen mit der klassischen Analyse als auch mit mehr nonverbalen Therapieverfahren gemacht hat: „Ich fürchte, der ödipale Mensch erfährt nicht nur das, was er schon weiß; er lernt es nicht einmal kennen, wenn es ihn tötet. Sein vollständiges Wissen über seine Herkunft verbindet sich mit einem ebenso abgründigen Unwissen von sich selbst – so ist es mir selbst in der Analyse ergangen. Ich habe der Manipulation, d. h. der zugreifenden Hand bedurft, damit meine gescheite Unkenntnis, meine ahnungslose Kenntnis sich in Erfahrung, Selbsterfahrung und Begegnung mit anderen zu verwandeln begann; zu einer handlichen, brauchbaren Erfahrung. Seither scheint es mir nicht mehr verantwortbar, vom Körper zu sprechen, ohne den Körper einzusetzen, vom Leben zu reden, ohne es zu leben; es scheint mir nicht mehr erlaubt, den Kopf über den Leib befinden zu lassen, ihm seine Fabeln zu unterschieben, auch nicht nach dem Szenario von Dr. Freud. Für die Wahrnehmung der körperlichen Bedürfnisse bedarf es ihrer Mitsprache, und für diese Mitsprache ihrer Wahrnehmung; für ihre Wahrnehmung aber der Übung, der gemeinschaftlichen Übung. Die Psychoanalyse, die im Verruf der sexuellen Fixierung stand, ist weit entfernt, leib-freundlich zu sein. Sie braucht den Leib nicht, um über ihn Bescheid zu wissen; und sie macht keinen Gebrauch von ihm, um ihr Bewußtsein von ihm stören zu lassen. Wo Es war, soll ja Ich werden: so spricht das Über-Ich, das die Freundlichkeit nicht hat, seine Verwandtschaft mit dem zentrierten Es zu bemerken, seine heimliche Identität, die nur als verdrängte tyrannisch und erpresserisch wird" (Muschg 1982).

Obwohl in den Äußerungen Muschgs bereits Hinweise für die notwendige Beschäftigung der Psychoanalyse mit der Thematik Körpererleben gegeben sind, stellt sich dennoch die Frage, woher die Motivation kommt, sich mit dem Thema Körpererleben „gesondert“ zu beschäftigen. Fühlen wir uns als Psychoanalytiker durch wahllos verbreitete und wie im Sinne der freien Marktwirtschaft auf dem Psychomarkt z. T. unqualifiziert angebotene körperorientierte Therapie- oder Selbsterfahrungsangebote existentiell bedroht? Leiden mehr Patienten unter Symptomen, die es notwendig machen, das Körpererleben in Therapien ausdrücklicher mit einzubeziehen? Oder hat sich die Psychoanalyse entsprechend einer gesamtgesellschaftlichen Entwicklung weiter, als sie selbst bemerkte, entgegen ihrer Theorie und ihrem Ursprung vom Körper entfernt? Die Tatsache, sich „gesondert“ mit Körpererleben zu beschäftigen, stellt sicher bereits ein Symptom dar. Vertreter der Psychoanalyse sehen sich allzu häufig unabhängig von gesamtgesellschaftlichen Trends und werden scheinbar zeitlos. Um so größer scheint mir die Gefahr, daß sich diese Normen unbemerkt einschleichen und die Psychoanalyse ihre eigene Tendenz vom „Bauch zum Kopf“ nicht wahrnimmt und sich so zunehmend gesellschaftskonformer verhält.

Wenn zwischenmenschliche Beziehungen zunehmend im argen liegen, blühen alle möglichen Zweige der Kommunikationswissenschaften, wenn sich eine zunehmend bemerkte Körperentfremdung einstellt, häufen sich entsprechende Publikationen und auch Therapieangebote, wenn der Weltfrieden, die Menschenrechte, täglich bedroht und verletzt werden, werden Kommissionen eingesetzt, die den Frieden beschwören. Dies ist verstehbar, legitim und notwendig. Die Realitäten sprechen jedoch dafür, daß diese Aktivitäten im Sinne einer Stellvertreterfunktion die laufenden Prozesse eher fördern, vielleicht sogar mit ermöglichen. Die Verbindung von Kommunikation, Körpererleben, Weltfrieden bzw. Weltzerstörung scheint zunächst willkürlich und absurd, es sei jedoch die Hypothese aufgestellt, daß hier eine enge inhaltliche Verknüpfung besteht. Die europäische Kultur- und Zivilisationsgeschichte geht seit Jahrhunderten den Weg der Körperentfremdung aus religiös-magischen, aber auch manifest sozioökonomischen Gründen unter der Devise zunächst der Befreiung vom Bösen und später der Aufklärung, der Freiheit und des Fortschritts. „Die Wissenschaften, die sich bisher mit dem Schicksal des Körpers in der Geschichte befaßt haben, gehen fast übereinstimmend davon aus, daß der historische Fortschritt europäischer Prägung seit dem Mittelalter aufgrund einer spezifisch abendländischen Trennung von Körper und Geist ermöglicht wurde und sich dann als ‚Vergeistigung‘ des Lebens, als Rationalisierung, als Abstraktion auf Kosten des menschlichen Körpers, d. h. als Entmaterialisierung vollzogen habe.“ „Im Vollzug dieses Fortschritts – so könnte man die wissenschaftlichen Resultate zusammenfassend formulieren – hat eine Distanzierung (eine Entfernung) des körperlichen Lebens bis zur feindseligen Entfremdung stattgefunden. Die Körper mit ihrer genuinen Vielfalt der Sinne, Leidenschaften und Wünsche sind in einem Kontrollgefüge von Ver- und Geboten eingespannt und über eine Kette von Repressionsmaßnahmen zu einfältigen ‚stummen Dienern‘ gemacht worden. Sie verloren ihre Rolle in der Öffentlichkeit und mußten ihre Eigengesetzlichkeit auf unterirdischem Wege fortsetzen“ (Kamper u. Wulf 1982).

Kamper u. Wulf beschreiben den zunehmend größer werdenden Abstand des Menschen zum eigenen Körper und zum Körper anderer Menschen über einen unaufhaltsamen Abstraktionsprozeß mit Verboten gegenüber aktuellen Bedürfnissen und Geboten gegenüber abstrakten Sitten mit dem Ziel einer kontrollierten Herstellung des Friedens. Typische Beispiele sind die Disziplinierung in Kirche, Militär und Pädagogik, das eigentliche Feld „massenhafter Zurichtung der Körper“ sei jedoch die

Ökonomie gewesen. Es geht also letztlich um Ausübung von Macht. Die Autoren sehen die eigentliche Gefahr in einer „weitgehenden Internalisierung der Außenkontrolle, wo das kontrollierende und das kontrollierte Selbst identisch werden. Hier zerfällt ihrer Meinung nach die Grundlage der Zivilisation. Am Ende könnte dem „Omnipotenzwahn der gesellschaftlichen Destruktionskräfte" kein Widerstand mehr entgegengesetzt werden. Dies entspricht Mitscherlichs (1962/63) Entwurf der Zusammenhänge zwischen autoritären Erziehungsstrukturen und der sog. Vorurteilskrankheit. Danach führen autoritäre Erziehungsprozeduren zu Frustration und Ohnmacht. Die Unterwerfung kann zu Bravheit, Gehorsam, aber auch Identifizierung mit und Glorifizierung des Aggressors führen. Die Triebe bleiben präsozial, d. h. durch Abwehrmechanismen niedergehalten, nicht in den sozialen Charakteranteil integriert; sie bleiben da nicht objektgebunden, zu eruptiven Äußerungen bereit (Mitscherlich 1962/63). Grunberger (1962/63) spricht in diesem Zusammenhang von einem Über-Ich, das nicht aus Introjektion der Objekte, sondern aus Dressaten herrührt. Unterdrückung von Trieben ist hier mit aller Einschränkung der Unterdrückung von Körperlichkeit über Machtausübung gleichgesetzt.

Die hier mehr aus soziologisch-philosophischer Sicht beschriebenen Phänomene unserer zunehmend körperfeindlichen Kultur und Zivilisation finden sich als Persönlichkeitsmerkmale des psychosomatisch Erkrankten in überraschender Weise wieder. Unter den Begriffen „infantile Persönlichkeit" (Ruesch 1948) „pensée operatoire" (Marty u. De 'Muzan 1963), „Psychosomatisches Phänomen" (Marty et al. 1963; Stephanos 1973) und „Alexithymie" (Sifneos 1973; von Rad 1983) wird ein Syndrom von Kommunikationsphänomen und inneren Befindlichkeiten vorwiegend, aber nicht ausschließlich bei psychosomatischen Patienten beschrieben, das man als Anpassungsleistung an unsere Zivilisation ansehen kann. Es ist von einer mechanistisch-instrumentellen Denk- und Erlebnisweise mit Phantasiearmut die Rede, trotz uneingeschränkter Intelligenz und beruflichem Erfolg bei pragmatisch handlungsorientierter Einstellung. „Ein weiterer wesentlicher Aspekt ihrer Abhängigkeit und Angewiesenheit auf einen Partner, der das eigene leib-seelische Gleichgewicht garantiert, äußert sich auch in einer ausgeprägten Unsicherheit beim Durchsetzen eigener Wertvorstellungen, in einem hohen Maße sozialer Konformität. Sie sind widerspruchsarm, neigen zum „goldenen Mittelweg", orientieren sich an dem, was „man" tut und zeigen in ihrer unauffälligen Angepaßtheit ein Verhalten, das sozial zumeist erwünscht und mit den Begriffen „pseudonormal" oder „übernormal" beschrieben worden ist (McDougall 1974, 1978, 1980; Ahrens et al. 1979; Brede 1971, 1972 zit. nach von Rad 1983). Man könnte sagen, die Ich-Leistungen sind sozial überangepaßt, das Es bleibt präsozial.

Am Beispiel des Krankheitsbilds der Anorexia nervosa läßt sich ein Zusammenhang zwischen Körpererleben, Kommunikation und Destruktion deutlich machen. In der Lebensgeschichte von Anorexie-Patientinnen stößt man häufig auf das Phänomen, daß im Elternhaus eine einerseits sehr rigide mit Ge- und Verboten (Dressate) durchsetzte Familienatmosphäre herrschte und andererseits die Patientinnen von den Eltern wenig aufsässig oder trotzig, eher brav und gefügig beschrieben werden. Zur Symptomatik gehört der Abbruch der Kommunikation zu wichtigen Bezugspersonen, eine ausgeprägt leistungsorientierte Intelligenz und eine mangelnde und verzerrte Wahrnehmung ihrer Körperlichkeit bis zur Selbstdestruktivität. Man könnte die Hypothese aufstellen, daß über eine Identifikation mit dem Dressat in der Kindheit ihr Autonomiestreben vor allem der Abwehr von Körperlichkeit und Trieb dient, das Ausmaß an Körperentfremdung einen trügersichen Triumph der Befreiung und der Leichtigkeit mit sich bringt, aber auch eine Wurzel der Selbstdestruktivität darstellt. Trieb bzw. Körpererleben sind nicht zu überwindender Ballast, sondern zu integrierende unverzichtbare Lebenselemente, sollen sie nicht unkontrolliert eruptiv zerstörerisch wirken.

Der im Bereich der Psychosomatik tätige Psychoanalytiker ist mit einer Vielzahl von Patienten konfrontiert, die primär ausschließlich einen körpersymptombezogenen Leidensdruck anbieten und manifest keinen psychischen Leidensdruck äußern oder ein Konflikbewußtsein verbalisieren. Sie entsprechen also zunächst nicht den klassischen Indikationskriterien für eine psychoanalytische Kur. Schur (1955) spricht beim psychosomatischen Patienten von einer Regression auf ein präverbales, vor-ichhaftes Entwicklungsstadium. De Boor u. Mitscherlich (1973) äußern die Vermutung, daß unsere schon so langwierigen analytischen Behandlungen immer noch nicht weit genug in den non- und präverbalen Erlebnisbereich vorgedrungen sind. Mitscherlich (1967) berichtet, daß bei bis zu 40% der psychosomatisch Kranken aufgrund mangelnder Kommunikationsmöglichkeiten zwischen Arzt und Patient keine psychoanalytische Behandlung zustandekommt. Er führt dies darauf zurück, daß das Abgewehrte bei diesen Patienten sprachlos blieb.

Cremerius et al. (1979) beschreiben eine Gruppe von Unterschichtpatienten, die wegen körperlicher Leidenszustände eine medizinische Poliklinik aufgesucht hatten und bei denen die Symptomatik als funktionell, psychosomatisch oder neurotisch bezeichnet wurde und bei denen er aufgrund bestimmter Kriterien nach einem diagnostischen Gespräch eine psychoanalytische Behandlung nicht für möglich hält: Die Patienten der Unterschicht blieben an die Vorstellung einer Organerkrankung fixiert oder machten exogene Faktoren für ihre Krankheit verantwortlich, sie erscheinen nicht konfliktfähig, können aufgrund strenger moralischer Vorstellungen über Sexualität und Aggressivität, geschweige Triebdurchbrüche, nicht sprechen und neigen insgesamt zu einer passiv-rezeptiven Haltung. Diese Beobachtungen sind wohlgemerkt Ergebnisse eines ersten psychotherapeutischen Gesprächs. Cremerius erklärt sich diese Phänomene im Dialog durch eine außergewöhnliche Strenge des Über-Ichs, eine extrem triebfeindliche, phantasie- und spontaneitätsbremsende Erziehung in den ersten Lebensjahren, wo Triebimpulse so früh durch Strafen bedroht wurden, daß sie erst gar nicht zur vollen Entfaltung kommen konnten. Als Kinder erleben diese Patienten im ersten zwischenmenschlichen Beziehungsfeld mit der Mutter gewisse Interaktionen entweder gar nicht oder nur als affektive Aktion ohne begleitende Sprache. Er erklärt sich daraus einen Defekt in den sprachlichen Interaktionsmöglichkeiten. Cremerius fährt weiter fort: „So erklärt sich auch das Vorherrschen agierter Übertragungsformen, die nicht in Sprache übersetzt werden können. Was nie Sprache war, kann nie Sprache werden. Es bleibt blinde Aktion, vegetative Reaktion, Körpersymptom, physiologische Bereitstellung, wie wir sie von den psychosomatischen Krankheiten kennen. Ferenczi (1921) hat als erster darauf hingewiesen, daß es unbewußte pathogene Seeleninhalte aus der frühen Kindheit gibt, die nie bewußt waren, weil sie aus der Periode der ‚unkoordinierten Gesten' oder der ‚magischen Gebärden' stammen. Sie können, wie er sagt, nie erinnert, sondern nur durch Wiederbeleben im Sinne der Wiederholung reproduziert werden" (Cremerius et al. 1979).

Theoretisch gehen die Autoren bei psychosomatischen Patienten übereinstimmend von einer Fixierung oder Regression auf ein sehr frühes Entwicklungsstadium aus, in dem eine präverbale sensomotorische Kommunikationsebene vorherrscht, die Fähigkeit zu symbolisieren und zu verbalisieren nur unzureichend ausgebildet ist und die Notwendigkeit der Realpräsenz des Objekts im Vordergrund steht. Obwohl die ätiologische Forschung im Bereich der Psychosomatik erstaunliche Fortschritte verzeichnen kann, gibt es überraschend wenige Vorschläge für entsprechende Modifizierungen der analytischen Technik. Die wenigen Hinweise gehen jedoch fast alle in eine ähnliche Richtung. Ruesch (1948) spricht von der Notwendigkeit einer Modifizierung in Richtung eines kinderpsychotherapeutischen Angebots. Vor allem in der Inititalphase einer Therapie hält er das Etablieren einer symbiotischen Beziehung zwischen Therapeut und Patient für sinnvoll. De Boor u. Mitscherlich (1973) äußern lediglich die Vermutung, daß wir Psychoanalytiker in unseren Therapien noch nicht weit genug in den non- und präverbalen Erlebnisbereich vorgedrungen sind. Balint (1970), der in seinem theoretischen Modell von der Grundstörung die psychosomatischen Erkrankungen mit einbezogen hat, spricht von der Notwendigkeit mit verbalen Deutungen zurückhaltend zu sein, da die Erwachsenensprache oft unbrauchbar und irreführend sei und nicht mehr ihre konventionelle Bedeutung habe. Deutungen werden oft als unbegründete Forderung, als Angriff, Kritik, Verführung oder Stimulation empfunden. Er spricht von der Notwendigkeit, dem Patienten in der ersten Phase der Therapie Zeit und ein Milieu bereitzuhalten, sich als primäres Objekt darzubieten.

Die Konzentrative Bewegungstherapie mit ihrem Schwerpunkt im prä- und nonverbalen Bereich im Sinne einer freien Körper- und Handlungsassoziation versucht soweit wie möglich, den obengenannten aus Theorie und Empirie gewonnenen Therapieempfehlungen zu entsprechen. Sie steht in der Tradition von Ferenczi (1921), Reich (1933), Balint (1970) und Winnicott (1971). Sogenannte „blinde Aktionen", „vegetative Reaktionen", „Körpersymptom", „physiologische Bereitstellung", „unkoordinierte Gesten" und sog. „magische Gebärden" werden als primäre Ausdruckform des Patienten aufgegriffen und versucht, in den therapeutischen Prozeß zu integrieren.

Bevor auf Theorie und Methode der Konzentrativen Bewegungstherapie näher eingegangen wird, sei hier auf eine Fülle von erstarrten Tabus und Vorurteilen der Psychoanalyse eingegangen, durch die sie sich – teils aus historischen Gründen, aber auch aufgrund eigener rigider institutioneller Strukturen – selbst beschränkt und von den Ursprüngen der Psychoanalyse zunehmend entfernt hat. Die erstarrten Regeln und Tabus finden sich vor allem im Umgang mit der Abstinenzregel, in der Einstellung zum Agieren, Somatisieren und primär-prozeßhaften Denken im Sinne einer undifferenzierten Psychopathologisierung. Der Begriff Agieren wurde bis in den Bereich des sozial vernünftigen Handelns hinein in seiner Definition geradezu inflationär erweitert, ohne zu unterscheiden, wo es tatsächlich den emotionalen Erinnerungsprozeß hemmt oder ihm gerade förderlich ist. Wenn Schur (1955) von Desomatisierung spricht, hat er nicht den Weg der Körperentfremdung gemeint. Der Weg der Progression bei bestehender körperlicher Symptomatik geht nicht im Sinne einer Einbahnstraße in Richtung Desomatisierung, sondern über einen Resomatisierungsprozeß zu frei verfügbarer De- und Resomatisierung. Ähnlich verhält es sich im Bereich des primär- und sekundärprozeßhaften Denkens, wo es vorwiegend ebenfalls um die freie Verfügbarkeit und damit Autonomie und nicht um einen einseitig linearen Reifungsprozeß geht. Etwas ironisch und provokativ gesagt können wir nur hoffen, daß alle unsere Patienten und Lehranalysanden die Fähigkeit zum Desomatisieren, einen Zugang zum Primärprozeßhaften und die Fähigkeit zum Agieren sich bewahren konnten, trotz der oft kopflastigen, verbalen Konfliktbearbeitung. Führten die ersten Erfahrungen von Breuer und Freud

(1895) zu einer Abstinenz- und Frustrationstheorie und -technik, die dann von den Enkeln und Urenkeln zunehmend rigider ausgelegt wurden? War dies reaktiv der Preis für die Aufklärungsarbeit der Psychoanalyse, der der damaligen Gesellschaft um die Jahrhundertwende bezahlt werden mußte? Ein Purzelbaum eines Analysanden in einer Sitzung oder die Berührung des Analysanden durch den Therapeuten kann therapeutisch notwendig und förderlich sein oder auch der Abwehr dienen (Balint 1970).

In einer Supervision berichtete ein Ausbildungskandidat, daß sein Patient wünschte, ihm während der Sitzung die Hand geben zu dürfen. Der Ausbildungskandidat/Therapeut ließ es zu, geriet jedoch für den Rest der Stunde in eine sonst nicht gekannte Aktivität, die das ganze ungeschehen machen sollte. Es bedurfte mehrerer Sitzungen, um als Supervisor glaubhaft zu vermitteln, daß es bei diesem Patienten in dieser Situation technisch richtig war, aus der Abstinenz herauszutreten und mitzuagieren. Wichtig erschien bei der Supervision, zu verdeutlichen und herauszufinden, was im Anschluß an diese Szene passierte, nämlich ein massives unbewußtes Abwehrverhalten des Therapeuten, eindeutig bestimmt durch die Angst eines Ausbildungskandidaten, grundlegende Tabus, technische Regeln gebrochen zu haben. Überindividuelle, starre technische Regeln in der Psychoanalyse werden so zu einem praxisfernen Selbstzweck. Notwendigkeit und Sinn der Abstinenzregel sollen hiermit nicht berührt werden, sie muß nur individuell immer wieder neu in Frage gestellt und gegebenenfalls auch aufgegeben werden, wenn es dem therapeutischen Prozeß dient.

Betrachtet man im Bereich der psychoanalytischen Theoriebildung die entwicklungspsychologischen Modelle, die die Basis für eine Krankheitslehre bilden, fällt auf, daß sie sich vorwiegend an körperlichen Phämomenen orientieren. Freuds Phasenlehre der psychosexuellen Entwicklung bleibt mit der Einführung der Begriffe oral, anal, genital im Bereich körperlicher Zonen. In Anlehnung und Erweiterung dazu führt Erikson (1974) den Begriff des Organmodus ein, wo entsprechend der einzelnen Phasen, z. B. der oralen Phase der Organmodus des Einverleibens, des kaptativen Zupackens, der analen Phase der retentiv-eliminative, anpassende und entspannende Organmodus, der genitalen Phase der eindringende, umschließende Organmodus im Bereich der Körperzonen Haut, Muskulatur und Genitale beigefügt wird. Erikson ergänzt dies noch durch einen psychosozialen Modus, wo atmosphärisches Fühlen, Hören, Sehen, Riechen, rezeptives Aufnehmen und sich verschließen, sich bewegen und durchsetzen, festhalten und hergeben, Trotz und Gefügigkeit und ein entsprechendes Grundgefühl von Urvertrauen gegen Urmißtrauen, Nähe gegen Trennung, Autonomie gegen Scham und Zweifel, Initiative gegen Schuldgefühl. Margret Mahler et al. (1974) haben über empirische Studien der Mutter-Kind-Beziehung das entwicklungspsychologische Modell Freuds durch eine vorwiegend kommunikative Ebene erweitert. In der sog. normalen Entwicklung des Säuglings und Kleinkinds beschreibt sie Phasen des Autismus, der Symbiose, der Trennung und Individuation, die über eine pathologische Ausformung im Erwachsenenalter einerseits eine Einordnung der Störung, deren möglicher Bedeutungsgehalt, aber auch ein therapeutisches Umgehen, z. B. auch in der konzentrativen Bewegungstherapie ermöglichen. Die hier genannten Begriffe der Beschreibung einzelner Entwicklungsphasen stellen Ursituationen in der konzentrativen Bewegungstherapie dar. Patienten mit psychosomatischen Erkrankungen zeigen in ihrer Lebensgeschichte, aber auch in der Auslösesituation ihrer Erkrankung eine ausgeprägte Störung im Bereich des Körper-Selbst, der Kontaktfähigkeit und eine besondere Empfindlichkeit gegenüber Objektverlusten. So geht es in der Konzentrativen Bewegungstherapie schwerpunktmäßig um zwei Bereiche:

1. Sie setzt bei psychosomatischen Patienten nicht das voraus, wo gerade ein Entwicklungsdefizit vermutet wird, nämlich im Bereich der Internalisierung der Objektwelt, der Symbolisierungs- und Phantasiefähigkeit, letztlich das Abstrahieren über Sprache.
2. Wo unsere westliche Zivilisation im besonderen Maße Desomatisierungen, sekundär-prozeßhaftes Denken und Beherrschung der Triebe fordert, Prozesse, die eng mit der Symptombildung verknüpft sind, geht es in der konzentrativen Bewegungstherapie um eine Wiedergewinnung der Verfügbarkeit der eigenen Körperlichkeit im Sinne der Resomatisierung, des primar-prozeßhaften Denkens und der Triebhaftigkeit und dessen Integration in die soziale Realität. Dies bedeutet auch zunächst die Realpräsenz der Objektwelt, die dann erst über eine Internalisierung zur Symbolisierung und Sprache führen kann.

Die konzentrative Bewegungstherapie ist eine psychoanalytisch orientierte Behandlungsmethode, die in besonderem Maße unser Wissen über die Bedeutung prä- und averbaler, d. h. sensomotorischer Anteile in der frühen kindlichen Entwicklung, nutzt. Durch „Konzentration" auf das Körper-Selbst wird eine Intensivierung des Körperraumbilds erreicht, objekthaftes Körpererleben wird zu subjekthaftem, d. h. es wird der Versuch gemacht, eigene Körperentfremdung aufzuheben mit dem Ziel einer größtmöglichen Autonomie auch im übertragenen Sinne. Ein weiterer wesentlichen Aspekt ist die Auseinandersetzung, das Wahrnehmen der belebten und unbelebten Objektwelt, als Grundvoraussetzung zur gesunden Entwicklung eines Selbst und der Entwicklung einer Bezogenheit zur Umwelt. Konkretes Wahrnehmen über taktile, manuelle, visuelle und motorische Erforschung des Raums und seiner Gegenstände in „Konzentration", das Konfrontieren mit den eigenen Körpergrenzen, Einssein und Getrenntsein, Abgegrenztsein von der Umwelt, Geben und Nehmen, Beherrschen, Beherrschtwerden, Eindringen in den Raum, Erforschen, Zuwendung zu Gegenständen und Personen. Über konkretes Erforschen und Wahrnehmen der Objektwelt werden Prozesse des Internalisierens, der Symbolisierung und Realitätsprüfung angestoßen. Im Zentrum steht auch der kommunikative Bereich im Sinne der sozialen Bezogenheit zu anderen Gruppenmitgliedern. Nähe, Distanz, eigene Bedürfnisse, Bedürfnisse anderer, Anlehnung, Mittragen anderer, Fühlen, Gefühltwerden und gemeinsame Verantwortung verdeutlichen, wie über konkretes Handeln im psychodynamischen Feld Prozesse der Imitation, Identifikation, des sozialen Lernens angestoßen und letztlich bearbeitbar werden.

Der Therapeut bemüht sich, einen vorwiegend prä- und averbalen Kommunikationsraum zu schaffen, indem er in der Einleitungsphase den Boden für mögliche Antriebsbereiche im Intentionalen, Oralen, Analen, Aggressiven und Sexuellen bereitet. Die aktive Rolle des Therapeuten bedeutet jedoch nicht, daß er das therapeutische Geschehen von sich aus gestaltet. Vielmehr ist es seine Aufgabe, den therapeutischen Raum schützend zu bereiten, daneben ein Grundangebot gerade in der Anfangsphase einer Therapie zu machen, um dann dem Patienten im Sinne der freien Körperausdrucksassoziation eine individuelle Ausgestaltung im passiven und aktiven Erleben zu überlassen. Dies bedeutet, daß der Therapeut einerseits zur Überwindung der Initialhemmung, zum Durchbrechen des Wiederholungszwangs, zum aktiven Hineingehen in eine angstmachende Situation, ein Angebot macht, jedoch nicht im Sinne eines Übens mit Vorgabe und kollektiven Übungszielen. Unter diesem Grundangebot des Therapeuten verstehen wir z. B. die Möglichkeit zu eröffnen, die Augen zu schließen, sich auf den Boden zu legen, bei seinem Körper zu bleiben, sich dem umgebenden Raum zuzuwenden usw. Gerade über das Schließen der Augen wird den Patienten ermöglicht, sonst vorherrschende Wahrnehmungsbereiche, die meist einer gewissen Automatisierung und Gewöhnung und damit auch einem Vorurteil unterworfen sind, auszuschalten und sich damit weniger eingefahrenen Wahrnehmungsbereichen zuzuwenden. Verbale Angebote des Therapeuten, die auf eine Wahrnehmungszentrierung auf das eigene Körpererleben, das Erleben des eigenen Körpers in Beziehung zur Umwelt, das Erleben im Liegen, Stehen und Gehen, das Erforschen des umgebenden Raums und seiner Gegenstände gerichtet sind, sind Grundelemente der vom Therapeuten gegebenen Anstöße. Gegenstände wie Bälle, Stöcke und Seile, die vom Therapeuten aktiv eingegeben werden, können in ihrer möglichen Bedeutung als Übergangsobjekt, Symbol und Kommunikationsmittel, über ihre Form und ihr Material, über Geben und Nehmen Abstrahierungs- und Symbolisierungsprozesse anregen. Szenische Situationen im Handeln regen einen emotionalen Erinnerungsprozeß an genetisches Material an und verstärken oft in größerem Ausmaß als beim Verbalisieren eine emotionale Erfahrbarkeit in der aktuellen Situation (Becker 1981). Unsere eigenen Beobachtungen und Studien von Carl et al. (1982) legen nahe, daß der Bewußtwerdungsprozeß in diesem körper- und handlungsnahen Bereich dem verbalen Bereich vorausgeht. Man könnte sagen, die freie Körper- und Handlungsassoziation ist neben dem Traum auch eine via regia zum Unbewußten.

Die folgende Krankengeschichte soll den Zusammenhang zwischen familiär-sozialen Dressaten, präsozial gebliebenen Trieben, Körperentfremdung und Destruktion verdeutlichen und einen psychoanalytischen Zugang zu Patienten illustrieren, die vorwiegend auf ihr Körpersymptom fixiert scheinen, über familiäre und soziale Dehumanisierungsprozesse die autonome Verfügbarkeit über ihr Körpererleben nicht entwickeln konnten oder verloren haben:

Herr E., ein Patient aus der unteren Mittelschicht wurde auf Anraten des behandelnden Hausarztes von seiner Familie in die Ambulanz unserer Klinik gebracht. Er litt unter einem persistierenden Ohrgeräusch, das aufgetreten war, nachdem er gegen den ausdrücklichen Willen des Vaters – er sollte wie gewohnt im landwirtschaftlichen Betrieb des Vaters mithelfen – eine Reise angetreten hatte, zu der der Vater bemerkte: „Da kommst du kalt zurück". In der Folgezeit provozierte Herr E. mit Erfolg zahlreiche Ärzte zu aktiven diagnostisch-therapeutischen Eingriffen, die zuletzt im Rahmen einer Stellatumblockade zu einer für ihn lebensbedrohlichen Nachblutung mit der Konsequenz einer Tracheotomie führte und den behandelnden Neurologen zu der Diagnose Alzheimer-Erkrankung (mit den Worten des Patienten „Hirnschwund") brachte. Bis zum Beginn der Psychotherapie war er bereits seit einem dreiviertel Jahr arbeitsunfähig, aufgrund seiner zunehmenden Suizidalität und ausgeprägten Ängstlichkeit schien er zu Hause für die Familie nicht mehr tragbar.

Er entsprach im ersten diagnostischen Gespräch in seiner „passiv-rezeptiven" Haltung ganz den Beschreibungen von Cremerius, schien völlig auf sein Körpersymptom fixiert, machte vorwiegend exogene Faktoren für seine Krankheit verantwortlich, schien nicht einmal im Ansatz konfliktfähig und zeigte alle Zeichen eines rigiden Über-Ichs mit extremer Triebfeindlichkeit. Sexualität bestand für ihn vorwiegend aus quälenden mechanistischen Onanieritualen, mehr zur Spannungsabfuhr, verbunden mit religiös motivierten Schuld- und Bußevorstellungen, Aggressivität fand ihren Ausdruck in teilweise grotesken, rechtsradikalen, militaristisch-szenischen Ausbrüchen unter

Alkoholeinfluß, die mit vom affektiven Erleben abgespaltenen Vorstellungen von Hinrichtungsszenen und Massenvernichtung begleitet waren. Adressaten seiner destruktiv-aggressiven Durchbrüche waren vor allem Frauen und sog. Taugenichtse im Dienste der Abwehr eigener Triebhaftigkeit (Abspaltung, Projektion und Identifizierung mit dem Aggressor bzw. dem elterlichen Dressat).

In der Lebensgeschichte war wohl von Bedeutung, daß der Patient als erstes Kind kurz nach der Entlassung des Vaters aus russischer Kriegsgefangenschaft zur Welt kam. Die Eltern berichteten beide, daß sie sich damals mehr oder weniger überfordert fühlten und der Vater, körperlich sehr geschwächt, noch ganz unter den Kriegseindrücken stand. Die Mutter, bis zur Bigotterie religiös, habe den Sohn mehr oder weniger sprachlos eng an sich gebunden, dabei dem Vater hörig. Zu ihm bestand nach Aussagen des Patienten lediglich eine Beziehung über sich ständig wiederholende Kriegsberichte, die schon in früher Kindheit von Militärspielen und Dressur begleitet waren. Der Patient salutierte beispielsweise während der Vater mit dem Traktor an ihm vorbeifuhr usw. In späteren Jahren schenkte der Patient dem Vater zu jedem Weihnachtsfest ein Buch über Waffenkunde oder Kriegserinnerungen, was den Vater, der sonst seinen Gefühlen keinen Ausdruck gab, mit Rührung und Ergriffenheit erfüllte. Ansonsten erlebte der Patient sich vom Vater vorwiegend entwertet. Im Beruf zeigte sich der Patient überangepaßt, autoritätsgläubig, machte unbezahlte Überstunden und war als Finanzangestellter allgemein anerkannt, insbesondere bei den Vorgesetzten, seine Untergebenen behandelte er mit rigider Strenge. Nur an Wochenenden kam es wiederholt in alkoholisiertem Zustand zu Triebdurchbrüchen, vor allem im aggressiven Bereich. Bis zu seiner Erkrankung, dem Auftreten seiner körperlichen Symptome, war Herr E. ein sozial sehr anerkannter, bis auf seine gelegentlichen Triebdurchbrüche, unauffälliger, friedfertiger Bürger.

Die Genese des Patienten steht exemplarisch für die oben erwähnten Entfremdungs- und Dehumanisierungsprozesse im Wechselspiel zwischen Gesellschaft, Familie und Individuum. So ist es zu verstehen, wenn Kamper u. Wulf (1982) von der Disziplinierung durch Kirche (Religiosität der Mutter) und Militär (Militarismus des Vaters) und massenhafter Zurichtung des Körpers durch die Ökonomie (Arbeitssituation) sprechen, wenn Mitscherlich (1962/63) einen Zusammenhang zwischen autoritärer Erziehungsstruktur und der sog. Vorurteilskrankheit, Bravheit, Gehorsam und Glorifizierung des Aggressors sieht (rechtsradikale aggressive Triebdurchbrüche und Überangepaßtheit), wenn Grunberger (1962/63) in diesem Kontext von einem Über-Ich spricht, das nicht aus Introjekten von Objekten, sondern vor allem aus Dressaten (religiöses und militaristisches Dressat), spricht. Sexualität und Aggressivität sind bei diesen Patienten präsozial, nichtintegrierte Triebanteile geblieben, die nur durchbruchhaft und dann vorwiegend destruktiv und selbstdestruktiv, abgespalten von Affekten, in Erscheinung treten. Sein prägenitales, von Dressaten geprägtes, strenges Über-Ich förderte die Tendenz zu Abspaltung und Projektion (Sündenbocktheorie) und Identifizierung mit dem Aggressor. Grunberger (1962/63) hat diese Mechanismen in seiner Arbeit „Der Antisemit und der Ödipuskomplex" auch in ihren sozialpolitischen Dimensionen beschrieben.

Wir stellten bei Herrn E. damals die Indikation für eine stationäre Psychotherapie mit psychoanalytischer Einzel-, Gruppen- und Konzentrativer Bewegungstherapie. Der Schwerpunkt in der Einzeltherapie bestand zunächst vorwiegend aus ich-stützenden und über-ich-entlastenden Interventionen. Das vorwiegend prä- und averbale Therapieangebot in Form der Konzentrativen Bewegungstherapie in der Gruppe sollte das Medium zur Reinszenierung des sprachlos Gebliebenen darstellen. Herr E. klagte zunächst recht aggressiv anklammernd über seine weiterbestehende Körpersymptomatik und die unzureichende therapeutische Hilfe. Er reinszenierte seine militaristisch-rechtsradikalen Ausbrüche, richtete mehrere Briefe an mich als den Therapeuten und den Leiter der Klinik mit in Amtsdeutsch (dehumanisierte Sprache) verfaßten Hinrichtungsbefehlen, die mit dem Namen bekannter SS-Generäle unterschrieben waren, die in seiner Vorstellung die behandelnden Therapeuten darstellten, die seine Hinrichtung oder die Eliminierung unserer klinischen Institution anordneten.

In den Teamkonferenzen kamen die ersten Hinweise eines beginnenden therapeutischen Prozesses durch Berichte der Therapeutin, die die Gruppe in Konzentrativer Bewegungstherapie leitete. Der Patient, der in völliger sozialer Isolation gelebt und auch bisher keinerlei sexuellen Kontakt gehabt hatte, erlebte zunächst beobachtend in der Gruppe, wie andere Gruppenmitglieder und die Therapeutin eigene Körperwahrnehmung und kommunikative Elemente untereinander und deren begleitende Gefühle verbalisierten. Im nächsten Schritt erlebte er selbst, körperlich von anderen berührt und angenommen zu werden, er konnte erleben, wie intra- und interindividuelle Konflikte und vor allem auch aggressive Empfindungen wahrgenommen und ausgesprochen wurden, ohne Abbruch der Kommunikation oder Einführung von Dressaten. Er selbst berichtet, jetzt $1^1/_2$ Jahre später, in der ambulanten analytischen Einzeltherapie, daß für ihn der Augenblick, wo ein Mitpatient ihm riet, seinem Körpersymtpom, dem Ohrgeräusch, einmal nachzugehen, sich körperlich hineinzuversetzen, anstatt es wie sonst willentlich abzustoßen, den wesentlichen therapeutischen Durchbruch bedeutet habe. Mitentscheidend war wohl hier, daß Herr E. außerhalb autoritärer Strukturen, bezeichnenderweise nicht über den Therapeuten, einen Weg gefunden hat, seine Körperlichkeit und damit Triebhaftigkeit in seinem ersten Ansatz zu integrieren. Das zunächst sprachlose Agierfeld der Gruppensituation in der Konzentrativen Bewegungstherapie kam dem Patienten entsprechend seiner Genese mit ihren Defiziten („was nie Sprache war, kann nie Sprache werden", Cremerius et al. 1979) zunächst entgegen. Über Imitation, Identifikation, über eine korrigierende Neuerfahrung in bezug zum eigenen Körper, z. B. über die Annahme der eigenen Körperlichkeit auch durch andere, und nicht zuletzt über das Verbalisieren von Affekten und Konflikthaftigkeit kam hier ein Nachreifungsprozeß in Gang, der eine unabdingbare Vorphase für einen später einsetzenden Reflexionsprozeß im psychoanalytischen Sinne darstellte, der letztlich erst zu zunehmender Autonomie führen konnte. Der Weg zur Desomatisierung führte letztlich über den Prozeß einer Resomatisierung.

In der Konzentrativen Bewegungstherapie kann man immer wieder beobachten, wie sog. Schlüsselerlebnisse für Patienten evident werden, wie auch von Herrn E. beschrieben. Dies sind meist Szenen und/oder Affekte, die bisher der Abwehr unterstellt waren und situativ-aktuell im therapeutischen Geschehen auftreten. Sie sind nachträglich atmosphärisch eher im Sinne einer Deckerinnerung zu verstehen. Der eigentliche therapeutisch wirksame Prozeß läuft jedoch über die vom Therapeuten und dem Mitpatienten geschaffene Überich-entlastende und ich-stützende Situation und Atmosphäre, die dem Patienten oft erstmals einen Zugang zu Körperlichkeit und Triebhaftigkeit ermöglicht, Abspaltung und Projektion als vorwiegende Abwehrmechanismen mehr und mehr überflüssig macht. Über zunächst primitive Identifikationen, wie

Imitation, dann Identifikation, Symbolisierung und Sprache, im emotionalen und Beziehungsbereich wird zunehmend mehr Autonomie ermöglicht.

Folgende grundlegende Thesen zur Bedeutung der Integration von Körpererleben im psychoanalytischen Prozeß seien hier festgehalten:

1. Der Primat des Geistes über den Körper kann einem ökonomisch gewünschten Dehumanisierungs- und Entfremdungsprozeß entsprechen, der der Ausübung von Macht, individueller und kollektiver Destruktion dienen kann.
2. Das Wiedergewinnen, die Reintegration und damit die freie Verfügbarkeit über primär-prozeßhaftes Denken und Fühlen und die Förderung eines Resomatisierungsprozesses kann unabdingbar für einen Gesundungsprozeß sein.
3. Patienten mit einer ausgeprägten Körperschemastörung unterschiedlicher Genese finden über ein vorwiegend prä- und averbales Psychotherapieangebot oft erstmals Zugang zu ihrer Störung.
4. Die Erlebnisqualität im konkreten Handeln und leib-seelischen Ausdruck fördert die Erinnerung an genetisches Material entgegen der These „Agieren statt Erinnern".
5. Wo sich im verbalen Bereich vorwiegend die Abwehr und der Triebwunsch mehr ichsynton zeigt, kommt es im Nonverbalen oft erstmals zum ich-dystonen Erleben. Dabei stellt sich im Nonverbalen oft die Trieb- und Affektseite erstmals dar, wo im Verbalen die Abwehrseite noch ganz im Vordergrund steht.
6. Der nonverbale und insbesondere präverbale Bereich scheint in der Anfangsphase eines therapeutischen Prozesses mehr affektiv besetzt, dem unbewußten Primärprozeßhaften näher und unterliegt weniger der Zensur als der mehr verbale Bereich.
7. Unterschiedliche soziale Schichtzugehörigkeit zwischen Mitpatienten oder zwischen Patienten und Therapeuten führt im prä- und averbalen Bereich gerade in der Anfangsphase einer Therapie zu deutlich weniger Kommunikationsschwierigkeiten als im verbalen Bereich, da man hier mehr von basalen kollektiven Ausdrucksformen ausgehen kann.

Die Konzentrative Bewegungstherapie zeigt neben gewissen basalen Gemeinsamkeiten wesentliche Unterschiede zu anderen, mehr körperorientierten Psychotherapieverfahren, die darüber hinaus, wie auch mehr verbale Verfahren, sehr abhängig von der Qualifikation des Therapeuten sind. Die Abgrenzung erscheint mir insbesondere zu Therapieverfahren notwendig, die mehr übenden, zudeckenden Charakter haben, wo Widerstand, Übertragung und Gegenübertragung unberücksichtigt bleiben, die eine Konflikt- und Entwicklungstheorie entbehren, wo der katartische Charakter mit spontanen Gefühlsausbrüchen, „künstliche Situationen von Gruppenspielen mit der Tendenz eines Agiergebots" (Schmidbauer zu Encountergruppen 1973) im Vordergrund stehen. Basierend auf Wilhelm Reich kommen vor allem im theoretischen Ansatz die bioenergetischen Gruppen der konzentrativen Bewegungstherapie sehr nahe. Die von Reich (1933) und später von Lowen (1967) beschriebene therapeutische Technik im Umgang mit dem Charakterwiderstand ist ebenfalls ein Grundelement der konzentrativen Bewegungstherapie. Auch die Möglichkeit und Notwendigkeit des verbalen Durcharbeitens wird in bioenergetischen Gruppen, zumindest nach Lowen, ähnlich der konzentrativen Bewegungstherapie betont. Grundsätzliche Unterschiede zeigen sich jedoch im Bereich des sozialen Bezugs und im Umgang mit Aggressivität, Bereiche, die eng ineinandergreifen. Wir sehen das Gruppengeschehen, vor allem in seinen sozialen Bezügen, als Mikrokosmos, der ein Abbild des Makrokosmos der Außenwelt darstellt. Dies bedeutet unweigerlich, daß ein besonderer Akzent auf der sozialen Bezogenheit liegt, wohingegen in der bioenergetischen Gruppe der Schwerpunkt auf der Einzelarbeit in der Gruppe liegt. Darüber hinaus und in bezug dazu bleibt das therapeutische Geschehen in den bioenergetischen Gruppen in dem Bemühen vorwiegend des Annehmens stehen; Aggressivität, Rivalität, Abgrenzung erscheint als zu Überwindendes. Lowen (1967) beschreibt das Ziel über Annehmen, Anerkennen mit Freiheit, Lust, Freude und dem Gefühl der Einheit. Dies entspricht in vielen Fällen in den Grundelementen der ersten Phase des therapeutischen Geschehens in der konzentrativen Bewegungstherapie, hier jedoch im Gegensatz zur bioenergetischen Gruppe im Sinne der notwendigen Basis zur Bildung eines Urvertrauens. Die Konzentrative Bewegungstherapie geht jedoch darüber hinaus, indem gerade expansive, aggressive Antriebsbereiche als notwendige Voraussetzung zur Individuation angesehen werden. Die Gefahr in bioenergetischen Gruppen besteht meiner Meinung nach darin, daß das Übertragungsgeschehen und die Bindung an die Gruppe einschließlich des Therapeuten so nicht aufgearbeitet werden kann und gleichzeitig ein Übertragen des Gruppengeschehens in die äußere Realität, die soziale Bezogenheit, erschwert ist. Bioenergetische Gruppen negieren die Produktivität und Kreativität aggressiver Antriebsbereiche (Becker 1981).

Literatur

Ahrens S, Gyldenfeldt H von, Runde P (1979) Alexithymie, psychosomatische Krankheit und instrumentelle Orientierung. Psychother Med Psychol 29: 173–177

Balint M (1970) Therapeutische Aspekte der Regression. Klett, Stuttgart

Becker H (1981) Konzentrative Bewegungstherapie. Integrationsversuch von Körperlichkeit und Handeln in den psychoanalytischen Prozeß. Thieme, Stuttgart

deBoor C, Mitscherlich A (1973) Verstehende Psychosomatik: Ein Stiefkind der Medizin. Psyche (Stuttg) 27: 1–20

Brede K (1971) Die Pseudo-Logik psychosomatischer Störungen. In: Lorenzer A et al. (Hrsg) Psychoanalyse als Sozialwissenschaft. Suhrkamp, Frankfurt

Brede K (1972) Sozialanalyse psychosomatischer Störungen. Fischer-Athenäum, Frankfurt

Breuer J, Freud S (1895) Über den psychischen Mechanismus hysterischer Phänomene. In: Freud S, GW Bd I

Carl A, Fischer-Antze J, Gaedtke H, Hoffmann SO, Wendler W (1982) Vergleichende Darstellung gruppendynamischer Prozesse bei Konzentrativer Bewegungstherapie und Analytischer Gruppentherapie. In: Stolze H (Hrsg) Die Konzentrative Bewegungstherapie. Mensch u. Leben, Berlin

Cremerius J, Hoffmann SO, Trimborn W (1979) Psychoanalyse, Über-Ich und soziale Schicht. Kindler, München

Erikson E (1974) Kindheit und Gesellschaft. Klett, Stuttgart

Ferenczi S (1921) Weiterer Aufbau der ‚aktiven Technik' in der Psychoanalyse. In: Ferenczi S (Hrsg) Schriften zur Psychoanalyse, Bd II. Fischer, Frankfurt/M, S 74

Grunberger B (1962/63) Der Antisemit und der Ödipuskomplex. Psyche (Stuttg) 16: 255–272

Kamper D, Wulf C (1982) Die Wiederkehr des Körpers. Suhrkamp, Frankfurt

Lowen A (1967) The betrayal of the body. Macmillan, New York

McDougall J (1974) The psychosoma and the psychoanalytic process. Int Rev Psychoanal 1: 437–459

McDougall J (1978) Plea for a measure of abnormality. Int Univ Press, New York

McDougall J (1980) A child is being eaten. Contemp Psychoanal 16: 417–459

Mahler MS, Pine F, Bergmann A (1974) The psychological birth of the human infant. Basic Books, New York

Marty P, de M'Uzan M (1963) Das operative Denken („Pensée opératoire"). Psyche (Stuttg) 32: 974–984

Marty P, de M'Uzan M, David C (1963) L'investigations psychosomatique. P und F, Paris
Mitscherlich A (1962/63) Die Vorurteilskrankheit. Psyche (Stuttg) 16: 241–265
Mitscherlich A (1967) Krankheit als Konflikt. Studien zur psychosomatischen Medizin 2. Suhrkamp, Frankfurt
Muschg A (1982) Manipulation und Psychoanalyse. Vortrag auf der Jahrestagung der DGPPT, Freiburg
Rad M von (1983) Alexithymie. Springer, Berlin Heidelberg New York Tokyo
Reich W (1933) Charakteranalyse. Selbstverlag, Wien
Ruesch J (1948) The infantile personality. Psychosom Med 10: 134–144
Schmidbauer W (1973) Sensitivitätstraining und analytische Gruppendynamik. Piper, München
Schur M (1955) Comments on the metapsychology of somatisation. Psychoanal Stud Child 10: 119–164
Sifneos PE (1973) The prevalence of „alexithymic" characteristics in psychosomatic patients. Psychother Psychosom 22: 255–263
Stephanos S (1973) Analytisch-psychosomatische Therapie. Jahrbuch Psychoanal [Suppl 1]. Huber, Bern
Winnicott DW (1971) Playing and reality. Tavistock, London – deutsch (1973) Vom Spiel zur Kreativität. Klett, Stuttgart

Möglichkeiten der Einbeziehung körpertherapeutischer Verfahren in die tiefenpsychologisch fundierte, krankheitsorientierte Gruppentherapie von Asthmapatienten

H. C. Deter und C. Heintze-Hook

Die Einführung von körpertherapeutischen Verfahren in eine tiefenpsychologisch fundierte, krankheitsorientierte Gruppentherapie von Asthmapatienten macht einige theoretische Vorüberlegungen notwendig.

Psychotherapeutische Behandlungen von Patienten mit Asthma bronchiale haben eine lange Tradition. In den letzten Jahren geriet diese Art der Therapie in eine Krise (die der anderer sog. psychosomatischer Krankheiten, wie Colitis ulcerosa oder rheumatoider Arthritis entsprach), die mit dem Anspruch, das Krankheitsbild durch Psychotherapie vollständig zu heilen, in Zusammenhang stand. Die Aufgabe des sog. Psychogeniekonzepts und die Beschränkung des Behandlungsziels auf die Adaptierung an die Krankheit und die mit ihr verbundenen somatischen Behandlungsmaßnahmen wäre eine Möglichkeit die Behandlungsprobleme zu umgehen. Der andere Weg, der mit der vorliegenden Untersuchung verfolgt wird, liegt in der Modifikation des psychotherapeutischen Vorgehens gegenüber den psychopathologischen und situativen Konflikten, die als Asthmaursache anzusehen sind.

Die psychoanalytische Position der Asthmatikerbehandlung hatte de Boor 1965 so zusammengefaßt:

> Durch die analytische Behandlung bessere sich die Symptomatik ziemlich rasch entscheidend, bis dann die Konflikte mit den urspünglichen Beziehungspersonen auch von der Übertragungsbeziehung Besitz ergreifen und Ambivalenz und Feindseligkeit die Beziehung zum Analytiker bestimmen, dann werde das Asthma als regressives Ausdrucks- und Abfuhrsymptom benutzt und dadurch erst der eigentlichen analytischen Arbeit zugänglich.

Die speziellen psychoanalytischen Schwierigkeiten bei der Behandlung von Asthmakranken haben einmal mit dem therapeutischen Vorgehen bei Patienten mit sog. frühkindlichen Störungen und zum anderen mit der abstinenten analytisch-therapeutischen Haltung zu tun.

Das therapeutische Vorgehen bei Patienten mit einer sog. frühkindlichen Störung

Wie immer man die Schwere der frühkindlichen Entwicklungsschädigung bei späteren Patienten mit Asthma bronchiale einschätzen mag, es besteht zumindest der Verdacht, daß bei einigen von ihnen ähnliche Entwicklungsprobleme bestanden haben, wie bei den von Spitz (1972) beschriebenen Ekzemkindern.

Das postulierte Trauma dürfte vor oder am Beginn der Entwicklung von Selbst und Objektrepräsentanzen in eine vulnerable Phase der physiologischen Ausgestaltung von Körperfunktionen datiert werden und damit eine einigermaßen normale Entwicklung von Objektbeziehungen erschwert haben. Eine psychotherapeutisch/psychoanalytische Behandlung kann also bei diesen Patienten eine stabile Objektbeziehung nicht voraussetzen. Da diese Störung aus analytischer Sicht einer präverbalen Entwicklungsphase entstammt (Spitz 1972), dürfte sie mit den Mitteln der Sprache innerhalb der Behandlung nicht bezeichenbar und nur im Rahmen der Übertragung von diffusen Gefühlszuständen vorsichtig interpretierbar und partiell therapeutisch angehbar sein.

Es ergibt sich also die Notwendigkeit für Patienten mit einer frühen Entwicklungsstörung nach einer Ergänzung der psychoanalytischen Behandlungstechnik zu suchen. Diese sollte die bisherigen Vorstellungen zur Psychopathogenese von psychosomatischen Störungen berücksichtigen. In diesem Zusammenhang erscheint die Beachtung der Entwicklung und Funktion des Körper-Selbst wertvoll, die im folgenden kurz in Erinnerung gebracht werden soll.

Für das Konzept der Entstehung psychosomatischer Erkrankungen im Säuglingsalter sind die analytischen Vorstellungen von der Ausdifferenzierung des frühesten psychophysiologischen Selbst, dem Aufbau von stabilen Objektrepräsentanzen und der Herstellung dauerhafter objektlibidinöser Besetzungen im System Ich von grundlegender Bedeutung. Eine weitere Entwicklung ist hierbei das Entstehen von Selbstrepräsentanzen, d. h. der unbewußten, vorbewußten und bewußten intrapsychischen Repräsentanzen des körperlichen und seelischen Selbst im System Ich (Jacobson 1978, S. 29). Bei diesen Differenzierungsvorgängen vermitteln unsere Körperempfindungen (innere Stimuli, Berührungswahrnehmungen, Tiefensensibilität und Wärmeaustausch) das individuelle Identitätsgefühl und führen letztlich zur Integration unseres Körpergefühls. Sie bilden die Grundlage der seelischen Repräsentanzen des Körper-Ichs als Körperschema (Mahler 1968, S. 42).

Psychosomatische Störungen entstehen beispielsweise durch eine verstärkte Besetzung von Körperorganen mit einer „Entleerung der neutralisierten Besetzung von Objekt und Selbstrepräsentanzen“ (Mahler 1968). Spitz (1972) beschreibt diesen Prozeß bei Ekzemkindern so: Libidinöse und aggressive Triebe werden im Rahmen einer physiologischen Wechselbeziehung normalerweise zwischen Mutter und Kind abgeführt (s. auch Hoffer 1978). Dem Ekzemkind steht aufgrund des Verhaltens der Mutter diese Möglichkeit nicht zur Verfügung, so daß es zu „Aggressivierungen“ (Mahler 1968) innerhalb des Körperschemas kommt (was in der psychoanalytischen Vorstellung einer Entmischung von Trieben gleichzusetzen ist) und zu einer Brüchigkeit des Ichs (Mahler 1968) oder einer Retardierung der Ich-Entwicklung (Spitz 1972) führt.

In diesem Zusammenhang spielen die regelmäßigen Kontaktwahrnehmungen eine besonders wichtige Rolle für die Entwicklung der Repräsentanzen des eigenen Körpers (also des Körperschemas) und damit für die weitere Entwicklung des Ichs und seiner Objektbeziehungen. Wird den Kindern die Bedürfnisbefriedigung, die im Berührtwerden liegt (Montagu 1974), vorenthalten, können die entstehenden aggressiven psychischen Energien möglicherweise nicht mehr ausreichend mit psychischen Mitteln beherrscht werden und werden „somatisiert“, dieser Vorgang kann sich allerdings auch wieder umkehren (d. h. sich desomatisieren, Schur 1978).

Exkurs: *Einige psychoanalytische Vorstellungen zum Körperbild von Erwachsenen* (Federn 1978; Reich 1975)

Ein Teil der Selbstrepräsentanzen von Erwachsenen versucht Federn (1978) mit dem Begriff des Ich-Gefühls zu beschreiben. Er unterscheidet hierbei ein seelisches Ich-Gefühl und ein körperliches Ich-Gefühl, das als Gesamtheit aller motorischen und sensorischen Erinnerungen beschrieben wird und nicht identisch mit dem Körperschema[1] (der Gesamtheit der richtig gewichteten Wahrnehmungen vom eigenen Körper), sondern „das körperliche Gefühl vom Ich" ist.

Federn weist besonders darauf hin, daß im Gegensatz zum Psychotiker beim Ich-Gesunden ein Evidenzgefühl für die Wahrnehmung der Körper-Ich-Grenzen besteht, die von Eindrücken aus der Außenwelt erst überwunden werden muß. Während bei Angst die Körper-Ich-Grenze eher noch verstärkt wird, verliert beim Schrecken das Ich seine narzißtische Grenzbesetzung; auch die Außenwelt kann von der narzißtischen Besetzung entfremdet werden.

Die Stärke der körperlichen Besetzung ist individuell verschieden und von der Stimmung abhängig. Beim Hysteriker war das Körpergefühl an den Stellen der Symptome vermindert, aber unmittelbar vor ihrem Auftreten verstärkt. Federn nimmt deutliche Qualitätsunterschiede im Körper-Ich-Gefühl an.

Die Verbindung zwischen Körper-Ich und seelischem Ich hat besonders Reich (1975) betont, der vom Charakterpanzer sprach und meinte, daß charakterliche und muskuläre Panzerung funktionell identisch seien. Die charakterliche Formation sei das Resultat einer Bindung vegetativer Energie, die mit Hilfe einer bestimmten Technik (der Charakteranalyse) aus der charakterlichen und muskulären Panzerung heraus destilliert (d.h. reaktiviert) werden könne.[2] Reich meinte, daß die Lösung der vegetativen Erregung aus ihren Bindungen in den Spannungen der Muskulatur des Kopfes, des Halses, Rachens, Kehlkopf etc. zu den unerläßlichen Voraussetzungen der Lösung (z. B. oraler Fixierungen) überhaupt gehört: „Man bekomme ohne ihre Lösung (in der Analyse) nur die Erinnerungen, nicht die Erregungen."

In der Muskelpanzerung (wie in der Charakterpanzerung) bänden sich Affekte, wenn „das Ich" dauernd gleichen oder ähnlichen Konflikten zwischen dem eigenen Bedürfnis und der angstbedingenden Umwelt ausgesetzt sei, es erwirke dabei eine chronische automatisch funktionierende Reaktionsweise, eben seinen Charakter. Diese Panzerung mache unempfindlich gegen Unlust, schränke aber auch die libidinöse und aggressive Beweglichkeit der Person ein und vermindere die Leistungs- und Lustfähigkeit. Die charakterliche Panzerung koste Energie, denn sie erhalte sich durch ständigen Verbrauch an libidinöser bzw. vegetativer Kraft.

Durch die Panzerung werde Aggression, Angst oder Sexualität gebunden. So könne man sagen, die Erhöhung des Muskeltonus in die Richtung zur Rigidität sei ein Zeichen dafür, daß eine vegetative Erregung, Angst oder Sexualität aufgefangen oder gebunden werde. Bei ängstlicher Erwartung gerate die Muskulatur in Dauerspannung, wenn sie durch keinerlei Motorik abgelöst werde. Während bei der „Schrecklähmung" die Muskulatur erschlaffe, sei diese bei der „Schreckstarre" rigide, und eine Angstempfindung fehle oder sei nur ansatzweise entwickelt, daraus müsse man schließen, daß die muskuläre Starre die vegetative Angstreaktion ersetzen könne und somit eine funktionelle Einheit von neurotischem Charakter und muskulärem Dystonus bestehe.

[1] An dieser Stelle sei auf verschiedene Untersuchungen zum Körperschema hingewiesen, auf die hier nicht weiter eingegangen werden soll, da sie keine Beziehungen mit den hier behandelten Asthmapatienten haben (z.B. Schilder 1923; Hartmann u. Schilder 1927; Kiener 1973, 1974; Conrad 1933; Bischof 1966; Lickint 1970). Auch scheint die Frage der topographischen Zuordnung und quantitativen Auswertung psychodiagnostischer Testinstrumente über Zufriedenheit mit dem eigenen Körper (z.B. Paulus u. Otte 1979; Schwab u. Harmeling 1968) oder die pauschale Störung des Körperschemas von z.B. Anorexiepatienten (Meermann u. Fichter 1983) für die Körperwahrnehmung von Asthmapatienten während psychosomatischer Behandlung in diesem Zusammenhang von nicht so großem Interesse.

[2] Neben der von Reich benützten Charakteranalyse verweist Groddeck (1966) in bezug auf körpertherapeutische Ansätze auf die therapeutischen Möglichkeiten der Massage, um auf einzelne körperliche Elemente besonders des Bewegungsapparats Einfluß zu nehmen.

Therapeutische Haltung

Eine abstinente therapeutische Haltung (im Sinne einer Spiegelfunktion) wird bei einem psychisch früh gestörten Patienten mit Ich-Funktionsdefiziten und primär-prozeßhaften libidinösen und aggressiven Impulsen unkontrollierbare Prozesse in Gang setzen, die ohne eine gewisse Strukturierung durch den Therapeuten zu einem destruktiven Erleben und zur Symptomaggravation führen kann.

Vermutlich ist gerade die Mischung aus großer Symptomstärke, Ich-Schwäche und Konflikten mit aggressivem Inhalt der Grund, der es nur wenigen Asthmapatienten möglich macht, eine eher neutrale Atmosphäre der Behandlung längere Zeit zu ertragen. Das erfordert eigentlich die kindliche Früherfahrung einer tragenden vertrauensvollen Beziehung, die vermutlich nicht vorhanden ist.

Für unser Thema erscheint daher die Einführung einer ersten Behandlungsphase, die Schöttler (1981) für schwergestörte psychosomatische Patienten vorgenommen hat, entscheidend wichtig. In dieser Phase steht nach Meinung der Autorin die Annahme der Körperlichkeit des Patienten, die gemeinsame Wahrnehmung und die Umsetzung dieser Wahrnehmung in Sprache, verbunden mit der Haltung der primären Mütterlichkeit (Winnicott 1960) ganz im Vordergrund. Diese erste Behandlungsphase hat möglicherweise auch für sog. nichtanalysefähige Patienten, die einer Couchbehandlung nicht gewachsen scheinen, einen wichtigen therapeutischen Stellenwert.

Das Körpererleben während der psychoanalytischen Behandlung wurde besonders von M. Mitscherlich (1971, 1973, 1977) systematisch erforscht und in theoretischen sowie praktisch-therapeutischen Ansätzen weiterentwickelt.

Als ein Zeichen der Entwicklungsstörung sieht Mitscherlich bei den von ihr untersuchten psychosomatischen Kranken (Patienten mit Torticollis spasticus), daß die narzißtischen kindlich-magischen Omnipotenzphantasien dieser Kranken nicht mit Hilfe eines Übergangsobjekts in eine realistische Erfassung der Wirklichkeit überführt werden konnten. Es bestehe also weiterhin für sie die Entwicklungsstufe der Symbiose, die z. B. dazu führe, daß die Patienten ihren Körper nicht eigenständig und unabhängig von der Mutter erleben könnten. Die Patienten hätten ihre eigenen (Körper-)Grenzen noch nicht gefunden und könnten den Körper auch in ihren unbewußten Phantasien nicht als eigenständig erleben. Deshalb sei es wichtig, daß die Kranken den eigenen Körper mit der Zeit als zu sich gehörig erspürten und als Teil ihrer Selbst begriffen.

Aufgrund der Störung der frühen Mutter-Kind-Beziehung bestehe auch ein spezifisches Interaktionsverhalten: Das Kind habe niemals erlebt, daß in seiner frühen Kinderzeit seine körperlichen Signale richtig interpretiert und beantwortet wurden; so sei es in der analytischen Behandlung wichtig, Mimik, Gestik, Haltung, also die ganze Motorik der Patienten wahrzunehmen und sie in den verbalen Dialog mit einzubeziehen. Anstelle der Symbolisierungen des Konflikts auf körperlicher Ebene im psychosomatischen Symptom müsse der Konflikt auf die verbale Ebene gehoben und in „Suspension“ gehalten werden, d. h. in einem leibhaften Gefühlszusammenhang.

Bei einem solchen Vorgehen stoße man nach Schulte-Herbrüggen (1983) bei diesen Kranken schnell auf eine Störung des Körperschemas und merke, daß die Einstellung eines Patienten zu seinem Körper den Umgang mit sich selbst maßgeblich bestimme.

Der Therapeut muß nach Fürstenau (1983) für Ich-gestörte Patienten am Anfang der Behandlung stellvertretend bestimmte (basale) Ich-Funktionen übernehmen, so daß der Kranke die späteren „überspielenden oder sonst defensiven Strukturbildungen allmählich auflösen und durch gesündere ersetzen kann“. Allerdings reiche ein bloßes Verharren in solch einer dualen substitiven Interaktion nicht aus, um zu befriedigenden stabilen Behandlungserfolgen zu gelangen, weil dann weiterhin eine lebenslange innere

Abhängigkeit von einem versorgenden und haltgebenden Objekt bestehe, was die Gefahr erneuter psychischer bzw. psychosomatischer Dekompensation heraufbeschwöre.

Diese Einschätzung Fürstenaus bezieht sich besonders auf sog. übende Verfahren, die auch bei den Asthmapatienten eingesetzt wurden, für die eine analytische Couchbehandlung nicht in Frage kam. Hier sei an die autogene Trainingstherapie (Schultz 1979) und die Atemgymnastik (Curtius 1965; Jores u. Kerekjarto 1967) erinnert, die in psychoanalytischer Sicht einerseits eine Suggestivbehandlung mit dem Angebot einer positiven Übertragung darstellen (die durch das Einüben einer Entspannungstechnik, eine selbsthypnotische oder eigensuggestive Komponente besitzt). Zum anderen eröffnet aber diese Art von Behandlung eine körperlich-gefühlshafte Zugangsebene, die partiell auf verbale Interaktionen verzichten kann und in einer hypnotisch „mütterlichen" Art vor allem das Körpererleben des Patienten anspricht. Insofern könnte man bei einer Analyse dieser Interaktion auch von einer Wiederholung der Mutter-Kind-Beziehung sprechen, mit möglicherweise reparativem Charakter. Die Zentrierung auf das Körpererleben und die willkürliche Steuerung vegetativer Körperfunktionen, z. B. beim Autogenen Training, aber auch bei der Konzentrativen Bewegungstherapie (Stolze 1977) oder der Funktionellen Entspannung (Fuchs 1979) läßt sich auch als Möglichkeit sehen, frühere traumatische Mutter-Kind-Interaktionen (während der Ausprägung physiologischer Körperfunktionen in den ersten Lebenswochen und -monaten) neu zu erleben und positiver zu gestalten. Zumindest ist ein Effekt der Entspannungstheorie sehr deutlich: Die Wahrnehmung und Stärkung des eigenen Körper-Selbsts und damit eine Stärkung des Ichs mit Verbesserung des Selbstwertgefühls, von denen wir als Analytiker annehmen, daß sie sich bei Asthmapatienten in der ersten Lebensphase besonders schlecht entwickelt haben.

Interessant ist gerade, daß Patienten mit frühen Störungen besondere Schwierigkeiten mit dem Körpererleben und der Körperwahrnehmung haben. Es ist fast so, als bestände im Sinne der zweiphasigen Verdrängung (Mitscherlich 1970) ein Nichtwahrnehmen von Gefühlen, aber auch ein Nichtwahrnehmen der eigenen Körperempfindungen mit Ausnahme der Krankheit im engeren Sinne. Alle anderen Erlebnisbereiche und Körperwahrnehmungen scheinen merkwürdig verflacht.

In dieser Situation vermag die psychoanalytische Behandlung bei prognostisch günstigen, introspektionsfähigen Patienten durchaus diffuse frühkindliche Gefühlszustände in die Übertragung zu bringen, die dann im Bereich des sekundär-prozeßhaften Denkens partiell begrifflich zu fassen und bearbeitbar werden, wie psychoanalytische Fallberichte zeigen (z. B. Schöttler 1981).

Die basalen körperlich-psychischen Vorgänge (im Sinne einer psycho-physischen Interaktion) erfordern aber besonders bei chronifizierten und weniger introspektionsfähigen Kranken zusätzliche Techniken, die die Wahrnehmung und das Erleben der Körpersphäre mit den in sie implantierten Gefühlserinnerungen neu beleben[3].

Deshalb wird für einen Teil der psychosomatischen Kranken die Modifizierung der psychoanalytischen Technik oder die Ergänzung durch körpertherapeutische Verfahren empfohlen (z. B. Bräutigam 1978; Diederichs 1985), weil „in bestimmten Fällen neben der Aufarbeitung verbliebener, weil traumatischer Kindlichkeit, die Vermittlung

[3] Bei stärker aufdeckenden Verfahren, wie z. B. Bioenergetik oder Gestalttherapie, besteht manchmal die Schwierigkeit, die Psychodynamik, die durch eine solche Behandlung entstanden ist, adäquat zu bearbeiten und in das reife Ich der Patienten einzubeziehen, ohne eine Überschwemmung mit primärprozeßhaftem Material zu riskieren und damit unabsehbare Folgen für die Ich-Integration der Patienten heraufzubeschwören.

von neuen Erfahrungen – in der Beziehung zum Analytiker, aber auch in einer Körpertherapie – eine wesentliche Voraussetzung für eine erfolgreiche Behandlung darstellt" (Fürstenau 1983).

Die Frage bestand für uns darin, ob auch die Funktionelle Entspannung bei der Behandlung von Patienten mit Asthma bronchiale hilfreich sein könnte und welche Erfahrungen diese mit dem Angebot der körpertherapeutischen Technik machen.

Im Gegensatz zu übenden Verfahren, die relativ schematisch als Atemübungen oder durch Vorsatzbildungen im Rahmen des Autogenen Trainings angeboten werden, versucht die Funktionelle Entspannung nach Fuchs (1979) dieses Angebot differenzierter einzusetzen, indem einerseits den Patienten am Anfang die Möglichkeit geboten wird, sich mit dem eigenen Körper und dem autonomen Atemrhythmus zu beschäftigen, und andererseits aber dann von ihnen die Körperwahrnehmung oder das Körpererleben mit den entsprechenden Empfindungsqualitäten verbalisiert werden, wobei der Therapeut diese systematisch aufnimmt, spiegelt und vertieft.

Methodik

Für diese Untersuchung wurde 90 ausgewählten Asthmapatienten der Medizinischen Univ-Klinik Heidelberg, die in der Zeit vom 01. 01. 1977 bis 31. 07. 1980 stationär behandelt worden waren, eine analytische krankheitsorientierte Gruppenbehandlung (Deter u. Allert 1983) angeboten. 31 Patienten wurden in der Reihenfolge ihrer Anmeldung in 3 Gruppen randomisiert: Eine Behandlungsgruppe mit dem zusätzlichen Angebot des Autogenen Trainings, eine Gruppe mit dem Angebot der Funktionellen Entspannung sowie eine Eigenwartegruppe (diesen Patienten wurde 1 Jahr später eine Behandlung angeboten).

Die Kranken wurden vor und nach Behandlung pneumologisch, laborchemisch, klinisch sowie psychodiagnostisch untersucht und führten Beschwerde- und Medikamentenverlaufsbogen. Die 31 Patienten (14 Männer und 17 Frauen) waren im Mittel 43,5 Jahre alt, die mittlere Krankheitsdauer betrug 16,8 Jahre. 9 Patienten hatten eine mittlere und 12 eine schwere Form des Asthmas. Bei 64% der Patienten war als Ursache des Asthmas eine Allergie und bei 87% waren Infekte anzunehmen. 93% der Patienten zeigten psychische Konflikte in unterschiedlichem Ausmaß, die bei 48% der Patienten anamnestisch zu Asthmaanfällen geführt hatten.

Die Ergebnisse dieser Untersuchung wurden an anderer Stelle veröffentlicht (Deter u. Allert 1983; Deter 1985). Interessant für die vorliegende Betrachtung war, daß sich die 3 Gruppen nach 1 Jahr Gruppentherapie (1 h/Woche) in einem standardisierten Fragebogen zum Körperempfinden (15 Fragen) deutlich unterschieden, während die Kontrollgruppe im Mittel 6,8 Empfindungsantworten gab, zeigte die Gruppe mit Funktioneller Entspannung das Doppelte (13,6) an Empfindungsqualitäten auf die vorgegebenen Fragen zum Körpererleben. Interessant ist, daß die Gruppe mit Autogenem Training im Vergleich dazu deutlich weniger Körperempfindungen verbalisieren konnte (im Mittel 8,1 Antworten).

Diese methodisch sicher angreifbare Erhebung zur Körperwahrnehmung soll nun im folgenden ergänzt werden durch das was aus der Sicht der FE-Therapeutin und des analytischen Gruppentherapeuten im Verlauf der kombinierten Funktionellen Entspannungsgruppe geschah. Zum Schluß kommen dann die Patienten mit Ausschnitten aus einem Tonbandprotokoll (aus der 30. Behandlungsstunde) selbst zu Wort.

Beobachtungen der FE-Therapeutin

„Mein erster Eindruck von den Teilnehmern war eine besonders bei den Männern auffallende körperlich starre, gepanzerte und hochgezogene Haltung des Brustkorbs. Bei 2 übergewichtigen Patienten fiel eine gewisse Unbeholfenheit und Schwerfälligkeit auf, bei den meisten Kranken hörbare Atemgeräusche. Im Gegensatz hierzu wirkten die Frauen eher depressiv, verschlossen und hatten eine auffallend blasse Gesichtsfarbe[4]. Die Patienten schienen voneinander isoliert, d. h. sie sprachen kaum miteinander; mit monotoner Stimme erzählten sie sehr ausführlich ihre somatischen Krankengeschichten, von Krankenhaus- und Kuraufenthalten. Sie wandten sich beim Sprechen meist nur an die Therapeuten oder reagierten nur auf deren Fragen und Interventionen. Es fiel auf, daß die Männer sich mehr an mich, die weibliche Therapeutin wandten, als die Frauen, die mehr zum männlichen Therapeuten hin orientiert waren. Diese unterschiedliche Einstellung spielte durchgehend eine wesentliche Rolle für die Gruppendynamik. Auffällig war jedoch, daß sich im Verlauf der 2 Jahre dauernden Behandlung, eine deutlich verbesserte Kommunikation zwischen den Teilnehmern entwickelte, wobei die anfänglich beobachtete Übertragungssituation – zwar weniger stark ausgeprägt – immer noch weiter wirkte.

Der Redefluß der Männer begann oft wie auf Knopfdruck und war nur schwer zu unterbrechen. Ihre Kontaktschwierigkeiten konnten aber auch durch dieses *überlaufende* Sprechen nicht überwunden werden. Die tiefgreifende körperliche Störung wirkte sich offensichtlich auf die zwischenmenschliche Beziehungsfähigkeit aus. Zu diesem Zeitpunkt war den Patienten der Ausdruckswert ihres Verhaltens bzw. des Symptoms nicht zugänglich. Dies änderte sich jedoch mit der zunehmenden Fähigkeit, unterschiedliche Körperempfindungen wahrzunehmen und zu verbalisieren.

Das Verständnis für das Symptom und für sich selbst änderte sich, es entwickelte sich generell Beziehungsfähigkeit. Anhand einiger Auszüge des Gruppenprotokolles wird dieser Prozeß offensichtlich (s. Anhang Teil B und C).

Die Patienten gewannen langsam Interesse an den neuen Umgangsmöglichkeiten und den Hilfen, die sie sich zur eigenen Stabilisierung geben konnten. Auch hierbei nahmen die männlichen Teilnehmer eher die FE-Angebote an und setzten sie um als die länger sich widersetzenden und zögernden Frauen. Von diesen wurden besonders Massagen, Bäder aber auch transzendentale Meditation, Yoga, Zen als genauso gute wenn nicht sogar bessere Therapiemethoden als die FE in dieser ersten Phase angegeben.

Die ersten Angebote der FE bezogen sich auf das Erspüren der eigenen Körperschwere und den sich verändernden Druckverhältnissen im Körper beim Loslassen zur Unterlage, zum *tragenden Grund.* Die Atmung sprach ich in den ersten Stunden überhaupt nicht an, sondern forderte höchstens dazu auf, sich mit einem ungekünstelten Stöhnen oder Brummen einwärts-abwärts, auf dem Boden oder in den Stuhl zu lassen. Wir erprobten und sprachen über die Möglichkeiten des Loslassens. Ausführlich nahmen wir uns Zeit, darüber zu sprechen, welche Phantasien mit dem Wort des

[4] Fuchs machte ähnliche Beobachtungen, wenn sie schrieb: „Das pathologische Funktionsgefüge des Asthmatikers stellt sich in der FE als zurückhaltend, abschließend, verkrampft dar. In diesen Verhaltensweisen kommen spezifische Emotionen und Affekte des Patienten zum Ausdruck, die es in der FE zu verändern gilt und zur Pathogenese des Asthma bronchiale gehören (Fuchs 1979, S. 95).

Loslassens und des Lassens verbunden waren. Auch hier, wie aus vielen Erfahrungen in der einzeltherapeutischen Behandlung, waren die ersten Reaktionen auf das Wort *Loslassen* mehr oder weniger negativ. Es bedeutete zunächst: Lässig sein, sich gehen lassen, Haltung verlieren, haltlos sein. Als schlimmste Assoziation: Kontrolle über sich verlieren und damit einer Ungewißheit ausgesetzt zu sein, von der man nicht weiß zu was sie führt. Die Möglichkeit bzw. die Gefahr sich irgendwie haltlos oder unkontrolliert aggressiv zu verhalten war tief beunruhigend.

Die FE hat den Vorteil, gedachte, vorgestellte, phantasierte Worte und Bilder in vielen Fällen konkret erleben zu lassen. Ich forderte die Patienten auf, sich kurz so zu verhalten, als würden sie der tragenden, haltenden und stützenden Unterlage nicht trauen: sie könne unter ihrer Last zusammenbrechen. Die Patienten gingen in *Hab-Acht-Stellung*, nahmen sich zusammen und wurden eindeutig spürbar hart und eng, ein geringes Hochhalten veränderte eindrucksvoll die unangenehme und einschränkende Seite einer solchen körperlichen Imagination. Nach kurzer Probe ließen sie sich los, ließen sich plumpsen und fallen und merkten, daß sie von der Unterlage gehalten, getragen wurden und nichts unerwartet *Schlimmes* passierte. Sie fühlten sich leichter, drohten nicht zu zerfließen, sondern blieben in ihrer Gestalt und in ihren Grenzen. Kurz, äußerlich sichtbar veränderte sich kaum etwas, aber deutlich konnte die körperliche Befindlichkeit der Gegenprobe unterschieden werden (s. zu dieser Phase auch Teil B im Anhang).

Der Vorteil der beschriebenen Körpererfahrung in einer homogenen Gruppe liegt in der ganz individuellen Erfahrung, die jeder für und mit sich machen kann. Wie der einzelne sich z. B. empfindet, fühlt, sich erfährt im Kontakt mit der Unterlage stimmt; d. h. ist seine Realität: Es ist sein eigenes Erfahren und Erleben – vergleichbar, aber nicht das gleiche wie das des anderen.

Es ist eine differenzierte Körperwahrnehmung angestrebt, die aus dem zum *Fremdkörper* gewordenen kranken Leib, unterscheidungsfähigen Körperspürsinn entwickelt und bewußter werden läßt. Die körperlichen Wahrnehmungen, die zu Beginn der Gruppentherapie von den Patienten rückgemeldet wurden, waren meist folgende: Der Körper ist hart, bretthart, schwerfällig, klotzig, hölzern und unbeweglich. Unterschieden wurden einige Körperteile, an denen leichter oder besser losgelassen werden konnte, die weicher, nachgiebiger, wärmer, weiter und durchlässiger empfunden wurden. Die zunehmende, in einem geduldigen Lernprozeß erfahrene Fähigkeit der differenzierten Wahrnehmung: ‚So bin ich – so ist der andere‘ war die Grundlage, unterscheidungsfähig für Selbst- und Fremdwahrnehmung zu werden (s. auch Anhang Teil A).

Das Angebot der FE auf der Unterlage anspruchsvoll Platz zu nehmen – sich auszudehnen –, ganz dem eigenen Bedürfnis nach den Ort, die Stelle, an der man gerade sitzt, liegt oder steht zu gebrauchen, zu belasten, zu besitzen, rief unterschiedliche Reaktionen hervor. Die Rückmeldung z. B. der Boden sei hart, fest, tragfähig oder aber die Unterlage verschwimmt, gibt nach, ist unsicher, ich falle in ein tiefes Loch, ich traue mich nicht, kann vom FE-Therapeuten diagnostisch genutzt werden.

Es ist keine spezifische Erfahrung, die ich häufig als FE-Therapeutin mache, aber es war fast durchgehend in unserer Gruppe zu beobachten: Die Männer streckten sich rückhaltloser ungezwungener und sicherer aus, als die Frauen, die zögernder waren, die Augen schlossen und insgesamt mehr beobachtend blieben. Ähnlich verteilte sich auch die Gesprächsquantität. Die Frauen hielten sich eher zurück, schwiegen oder sprachen nur nach Aufforderung.

Nachdem in den ersten Stunden geduldig und ausführlich der tragende Grund gefunden wurde, und von jedem entschieden werden konnte, ob man sich sicherer im Liegen oder Sitzen fühlte und damit die Freiheit hatte, für sich herauszufinden, was gerade für einen richtig war, wandten wir uns den einzelnen Körperbereichen, den Gelenken, den 3 Kreuzen, der Wirbelsäule und den Innenräumen zu.

Wir gingen zunächst an die unbemerkten Blockaden des Mundraums und des hinteren Mundlochs. Immer wieder mußte die am Gaumen klebende Zunge gelöst werden, die ‚100mal am Tag' das hintere Mundloch zumachte (s. auch Teil C im Anhang). Jetzt war es nicht mehr schwierig, das an dieser Stelle einwärts-abwärts gleitende Ausatmen anzusprechen. 2 Patienten hatten wegen eines *verbissenen* Mundes, häufigem nächtlichen Zähneknirschen und deshalb schmerzendem Kiefergelenk, das *öffnende* Angebot besonders gut angenommen. Es war einfach, hier die Fehlspannung zu spüren und genauso leicht sofort etwas dagegen zu tun, sich aus dem Zuviel der Spannung herauszuholen, offen und durchlässig zur eigenen Mitte zu werden. Die minimale Ausatembewegung des bei den meisten verspannten Brustkorbs wurde zunächst dort nicht wahrgenommen, jedoch im Bauch-Becken-Raum, wodurch die Verbindung und Richtung des autonomen Rhythmus von oben nach unten nachgespürt werden konnte. Häufig begannen wir die Sitzungen, nachdem wir uns auf die *Basis runtergelassen* hatten, kurz mit dem Aufsuchen des hinteren Mundlochs, und der Verbindung vom Kopf-Nacken zum Rumpf. Das Lösen dieses Bereichs konnte bald ohne Schwierigkeiten alleine zuhause erinnert werden und wurde von allen als außerordentlich hilfreich und wohltuend empfunden. Besonders wichtig war es, sich vor dem Einschlafen von den unnötigen Verspannungen zu befreien und damit auch die Angst vor einem nächtlichen Anfall zu vermindern. Einigen Patienten war es schon möglich, während der Arbeit, im Alltag, sich eine stille, von niemand bemerkte *innere Pause* zu gönnen. Die FE wurde immer mehr zu einem guten Medikament, oder wie ein Patient sagte, zu ‚einer sicheren Pille'.

Geduldig mußten alle Beteiligten – Patienten wie Therapeuten – beim *oberen Kreuz* und dem Brustkorbbereich sein. Wir versuchten zunächst die *stockartige* Brustwirbelsäule in verschiedenen Ausgangslagen zu mobilisieren und konnten mit großer Bescheidenheit und Behutsamkeit des festgehaltenen und gepanzerten Brustkorbs diesen nachgiebiger erspüren. In der FE gibt es keine bestimmte Reihenfolge oder Vorschrift des Vorgehens, sondern man stellt sich auf die körperliche Befindlichkeit und das jeweilige Bedürfnis ein. Das Angebot der FE an die leistungs- und willensorientierten und auch leicht zwanghaften Patienten war zunächst verwirrend: Es gab kein *Trainieren*, keine Vorsatzbildung, man mußte nicht an einer bestimmten Stelle beginnen, sondern dort, wo sich eine Verhärtung, Enge auffinden ließ, aber auch da brauchte man nur so lange verweilen, wie man Lust hatte. Soviel vermeintlicher Bewegungsspielraum und Freiheit der Methode mußte den Patienten immer wieder verdeutlicht werden. Bei allem spielerischen Umgang gilt es jedoch für die Patienten, auf dem sicheren Grund des methodischen Konzepts, die Spielregeln einzuhalten.

Wedeln mit dem unteren Kreuz, die Aufrechterhaltung, die Beweglichkeit der Wirbelsäule im Liegen und Sitzen, immer wieder der bodenlose Brustkorb offen zum Bauch-Becken-Raum, war unser Material. Die Patienten kamen als Hilfesuchende und damit als Leidende. Dies bedeutete, daß sie das Tempo der Therapie, den Verlauf der

Stunde bestimmten. Die Klagen, das Fehlverhalten waren das Material, mit dem der FE-Therapeut umzugehen hatte. Dazu war Geduld und ein langer Atem nötig, vor allem durfte man sich nicht gedrängt fühlen, daß bei jeder Stunde etwas herauskam: Es passiert in jedem Fall etwas, denn ‚der Patient weiß selber, was ihm hilft' (von Weizsäcker), d. h. er darf so lange klagen, wie es für ihn notwendig ist, rationalisieren oder Widerstand leisten im seelischen wie im körperlichen Sinn, wobei wir die körperlichen Verspannungen als materialisierten Widerstand verstehen konnten. Erst als das Wagnis des Lösens möglich war, wurden die Patienten verarbeitungs- und konfliktfähiger im psychotherapeutischen Sinn. Diese Phase des Durcharbeitens setzte ca. nach 8 Monaten ein."

Beobachtungen des analytischen Gruppentherapeuten

„Beim Niederschreiben des Protokolls, aber natürlich auch während der Gruppenstunden, wurde mir sehr deutlich, daß unser Experiment als psychoanalytisch orientierter Gruppentherapeut mit einer Funktionellen Entspannungstherapeutin gleichberechtigt in einer homogenen Gruppe mit Asthmapatienten zusammenzuarbeiten zu Sprachschwierigkeiten aber auch zu Problemen im Umgang führte. Wie oben schon dargestellt entwickelten sich Spaltungsprozesse in der Übertragung, die sicher mit der Psychodynamik der von uns behandelten Patienten zu tun hatten.

Auffällig war, wie gerade die Männer eine positive und die Frauen eine eher negative Übertragung auf die FE-Therapeutin entwickelten, während diese Übertragung gegenüber dem Therapeuten gerade umgekehrt, wenn auch weniger stark, war. Es schien sich durch die therapeutische Technik der Körperarbeit eine eher symbiotische Konstellation zu entwickeln, in der sich die von uns behandelten Männer wohlfühlten, während die Frauen Ambivalenz mit deutlicher Distanziertheit und unausgesprochener Kritik signalisierten. Gleichwohl wurde die Körperarbeit weiter fortgeführt. In dieser Situation erlebte die Therapeutin diese Form des Widerstands gegen die Behandlung als Störung der intensiven – in der positiven Übertragung sich abspielenden – Körpertherapie und spürte den Wunsch, eine besonders uninteressiert wirkende Patientin aus der Gruppe zu entfernen. Der Gruppentherapeut erlebte dagegen diese Übertragungsangebote eher als die aggressive, distanzierende Latenz aller Gruppenmitglieder, die deshalb von ihm verbalisiert wurde, um der latenten Gruppendynamik gerecht zu werden. Das wurde besonders von einigen Frauen mit Erleichterung aufgenommen.

Auf dieser Ebene kam es also in der Gruppe zu einer Spaltung in libidinöse und aggressive Übertragungsgefühle auf die beiden Therapeuten, die sich häufig intensiv verständigen mußten, um nicht dieser Dynamik zum Opfer zu fallen.

Auf einer anderen Ebene zeigte sich aber auch die Spaltung in eine frühe präverbale körpernahe (symbiotische) Erlebnisdimension, die Ähnlichkeiten mit dem primärprozeßhaften Denken aufkommen ließ und in eine Ebene der verbalisierten dynamischen Objektbeziehungen, die einer späteren Entwicklungsstufe entsprach und in der sich auch schon rivalisierende „Ödipalität" (zwischen den Therapeuten) einstellte. Das Verständnis und die Lösung dieser Dynamik schien eine wichtige Vorbedingung für die Integration auch der psychischen Strebungen und der Konfliktdynamik bei den einzelnen Patienten zu sein.

Für mich war sehr deutlich, daß in den ersten Gruppenstunden die festen Denkschablonen der Patienten und ihre soziale Angepaßtheit anhand der eigenen Körperwahrnehmungen relativiert, individualisiert und damit partiell überwunden werden konnten. Das hatte auch Auswirkungen auf die Einstellung zur Krankheit. Wir sprachen darüber, daß jeder für seine Erkrankung und die Behandlungsmaßnahmen selbst verantwortlich ist und bei einer Fehlbehandlung selbst darunter zu leiden hat. So entstand bei den Patienten ein stärkeres Bewußtwerden der eigenen Situation mit dem Gefühl der Selbstverantwortlichkeit. (‚Es gibt nicht ein Richtiges für die Behandlung der Krankheit, sondern alle Maßnahmen und Einsichten müssen an der eigenen Person überprüft werden. Es gibt eine individuelle Körpererfahrung und ein individuelles Krankheitsmanagement').

Was das Loslassen oder die Suche nach einem basalen körperlich gefestigten Vertrauen konkret bedeutete, zeigt das Beispiel einer 30jährigen Patientin, die sich beim Angebot des Loslassens so anstrengte, daß sie innerhalb der Gruppenstunde in einen Asthmaanfall hineinkam. Aufgrund ihrer Lebensgeschichte war dieses Loslassen besonders ambivalent besetzt. Es wurde von ihr als sehr gefährlich erlebt, weil die Kontrolle der persönlichen Situation, aber auch der Krankensituation, aus der durch Asthmaanfälle plötzliche Lebensgefahr erwachsen konnte, ein Stück weit aufgegeben werden mußte (man könnte hier auch mit Reich vom Entstehen der Angst beim Lösen der Charakterpanzerung sprechen).

Parallel zur Körpertherapie zeigten die Gruppengespräche, daß sich die thematischen Akzente innerhalb des Behandlungszeitraums verschoben hatten. Anfangs wurde vor allem über Medikamente, das Wetter, Husten, Schleim und allgemeine Krankheitsprobleme gesprochen, im weiteren Verlauf kamen dann eigene, persönliche oder familiäre Erlebnisse, Stimmungen oder Gefühle ins Zentrum der Aufmerksamkeit. Diese Themen wurden aber immer wieder in bestimmten Gruppenphasen durch Schilderungen erneuter Krankheitssymptome abgelöst.

Am Ende der Gruppentherapie schien es uns wichtig die Trennung immer wieder zu thematisieren. Hier konnte aber auch das körperliche Erlebnis der Trennung und die Abgrenzung vom anderen und von der Gruppe durch die Arbeit an den eigenen Körpergrenzen (Federn) mit Hilfe der FE intensiviert werden."

Der neue Umgang mit dem Körper wirkte, es entstand bei dem Patienten eine Sicherheit dem Unbekannten und Gefährlichen gegenüber, verbunden mit geringerer Angst und einer geringeren muskulären Anspannung. Für die Patienten zeigte sich eine neue Möglichkeit des Umgangs mit den Ereignissen, die täglich auf sie einströmten. Die Patienten nahmen den eigenen Körper jetzt stärker als zu sich gehörig und intensiver fühlbar wahr mit dem sie „umgehen konnten", dem es zwar zeitweilig schlecht ging, der aber auch positiv besetzt war. Die Patienten wirkten dadurch einerseits sensibler und zum anderen in ihrem Selbstgefühl deutlich aufgewertet. Zusätzlich zeigten sie mehr Möglichkeiten der Kommunikation und einen sensibleren Umgang mit den anderen Gruppenmitgliedern, wobei Gefühlszustände fast unmerklich immer wieder in den Gesprächen verbalisiert werden konnten. So blieb die Gruppentherapie durch diese Art der Behandlung nicht nur inkognitiv, sondern führte zu einer Auseinandersetzung mit der eigenen Körperlichkeit und intensiven Erlebnis- und Gefühlszuständen, die im Rahmen der Körperbehandlung auch psychotherapeutisch bearbeitbar wurden.

Hieraus dürfte deutlich werden, daß keine isolierte Körperbehandlung angeboten wurde, sondern daß neue Körpererfahrungen die psychische Situation der Patienten und ihr Verbalisationsvermögen in gleicher Weise beeinflußten und damit eine neue Persönlichkeitsdimension der Patienten bearbeitbar machte, die sich bis dahin den sprachlichen Möglichkeiten der Patienten entzogen hatte.

Neben der Körperwahrnehmung und dem Verbalisieren von Befindens- und Gefühlszuständen konnte sich auf den Therapeuten und die FE-Therapeutin eine Übertragung entwickeln, die als symbiotisch zu bezeichnen war, wobei je nach Früherfahrungen die männlichen Patienten eine positive Übertragung auf die Therapeutin und einige weibliche eine positive Übertragung auf den Therapeuten (mit deutlich negativ gefärbter Komponente) auf die Therapeutin – z. B. bei einer hysterisch strukturierten Patientin mit starker Mißtrauenshaltung) entwickelten.

Man konnte hier von einer Aufspaltung der Übertragung in ein gutes und ein böses Objekt sprechen. Interessanterweise ging es in dieser Anwärmungsphase der Gruppe nur auf einer sehr oberflächlichen Ebene um Konkurrenz, wichtiger waren für die Patienten die basalen Funktionen des Vertrauens bzw. seines Gegenteils, des Mißtrauens. Hiermit in Zusammenhang stand die Entwicklung von Geborgenheit mit dem Entstehen des Gefühls des „Loslassens" und dem gleichzeitigen Erleben innerer und äußerer Sicherheit.

Man hatte den Eindruck, die Patienten begannen ihre körperlichen Selbstrepräsentanzen neu zu besetzen und mit Hilfe ihrer Ich-Funktionen (Selbstwahrnehmung) emotional wieder zu beleben, d. h. ihre Ich-Grenzen damit auch auszudehnen. Dadurch schien es zu einer positiven Besetzung des eigenen Körpers zu kommen, mit dem Erleben der Funktionsverlust beim Gebrauch von Bewegungsmöglichkeiten und insgesamt zu einer Verstärkung des bei diesen chronischen Asthmakranken stark verminderten Selbstwertgefühls. Parallel hierzu zeigte sich auch eine Besetzungsverschiebung im Körper-Ich-Gefühl. Die Aufmerksamkeit der Asthmapatienten war ja jahrelang stark auf die Atmung und die Lungenfunktion ausgerichtet gewesen. Der extrem starke Wunsch, die Bronchialfunktion zu kontrollieren, hatte dem anderen Körpererleben das Interesse weitgehend entzogen und die freie körperliche Wahrnehmungsaktivität weitgehend paralysiert.

Die von Kuhn et al. (1981) beschriebene Haltung von Asthmapatienten am Beginn des Asthmaanfalls, nämlich sich mit Gefühlen von Hilflosigkeit und Wut Situationen ausgesetzt zu fühlen, die man nicht beherrschen kann und die man auch früher nicht bewältigen konnte, diese Basiserfahrung (aber auch die mögliche frühkindliche Ausgangssituation vor Entwicklung des Asthmas oder seinen Vorläufern) konnte jetzt noch einmal körperlich aufgenommen und angegangen werden und durch körperliche Wahrnehmungs- und Empfindungsübungen psychisch neu bewältigt werden, wobei die positive Übertragung auf die Therapeuten (besonders auf die FE-Therapeutin, die durch ihr Verhalten diesen Effekt sicher noch suggestiv vertiefte), die treibende und stützende Kraft zur Gewinnung neuer Körpererfahrungen zu sein schien.

Die Verbindung von körperlicher Neubesetzung und positiver Übertragung schien eine physiologisch-psychische Neuerfahrung zu ermöglichen, bei der der Gruppentherapeut rational stützend und durch seine internistische Kompetenz den abgespaltenen Realitätsanteil bei der Neugestaltung der Symbiose von Mutter und Kind darstellte, der dem („Erwachsenen")-Ich der Patienten eine gewisse Sicherheit bot, sich auf eine positivere emotionale Neubearbeitung der traumatischen frühkindlichen Erfahrungen einzulassen.

Dieses Stück emotionaler Nachreifung konnte im Rahmen der 2-jährigen Gruppentherapie geleistet werden, wobei neben einer gewissen emotionalen Stabilisierung sicherlich auch das kathartische Moment der Aussprache innerhalb der Gruppenbehandlung, die existentielle Erfahrung, mit seiner Krankheit letztlich allein zu stehen (aber zu sehen, daß es andere auch tun), und die Adaptation an die Realität des Umgangs mit der Krankheit und ihre medizinische Bewältigung, hinzukamen.

Die weitergehende Bewältigung psychischer Reifungsschritte, wie sie z. B. Schöttler (1981) in bis zu 8jähriger psychoanalytischer Behandlung beschrieb – mit einer entsprechend vollständigen Bearbeitung der psychischen Störung –, konnten natürlich im Rahmen dieser Gruppentherapie nicht geleistet werden. Die Frage ist allerdings, ob das bei einer langjährigen chronifizierten Asthmasymptomatik, wie sie bei unseren Patienten zum größten Teil vorlag, möglich und sinnvoll ist. Das vorgestellte Behandlungsverfahren war also von Anfang an auf ein bestimmtes analytisches Behandlungsziel begrenzt.

Zum Schluß dieser Darstellung sollen einige Auszüge aus Tonbandprotokollen aus der 30. Gruppenstunde vorgestellt werden, die ein Teil des Gesagten zu verdeutlichen vermögen.

TEIL A: **Einstimmung und erste Wahrnehmungen**

Therapeut:	Vielleicht können wir mal so ein bißchen schauen, wie ist das denn mit unserem Gesicht. Damit begegnen wir den Menschen . . . um ja immer gut anzukommen versuchen wir oft ein freundliches Gesicht zu machen, ein angenehmes Gesicht aufzusetzen, auch wenn es uns gar nicht danach zumute ist. Aber trotzdem, vom Ausdruck her verrät das Gesicht, was man fühlt, was man denkt. Irgendwie merkt man doch, was los ist, nicht? Spüren Sie sich doch einfach mal in Ihr Gesicht. Erst wollen wir uns mal wieder gut runterlassen. Ich hoffe, daß Sie schon unten sitzen (Lachen). Ich habe das so gar nicht mehr angeboten. Irgendwann wird es selbstverständlich (Lachen). Spüren Sie sich in Ihr Gesicht hinein. Fangen Sie vielleicht an der Stirn an und wandern langsam herunter . . . Ist da Spannung, ein Zug oder Druck zu spüren?
Patient A:	Da spannt es ein bißchen.
Th.:	Da spannt es ein bißchen –
A:	An der Stirne
Th.:	Also, wir haben fast alle mal ein paar Spannungen im Gesicht, beim Sprechen bewegt sich das Gesicht, unbemerkt verziehen wir es . . . Es ist fast unausweichlich, daß man zum Beispiel seine Stirne kraus zieht. Schön; machen Sie doch mal bewußt die Stirne kraus . . . Wie spürt sich das an, wo spüren Sie überall die Spannung – dann lassen Sie wieder schnell im „Aus" los . . .
A.:	Ja, da spannts.
Th.:	Bis zum Hinterkopf.
B.:	Bis da hinten hin.
Th.:	Merken Sie es?
A.:	Ja.
B.:	Die Ohren gehen mit hoch.
Th.:	Die Ohren?
B.:	Die Ohren gehen mit hoch.
Th.:	Ich habe bei Ihnen doch etwas gesehen: Stielaugen.
B.:	Stielaugen. So raus.
Th.:	Ja (lachend).
B.:	Da – – – (Lachen)
A.:	Da spannts ein bißchen.
Th.:	Und wie ist es bei den anderen?

B.: Ich bin auch ein bißchen verspannt, da über den Augen, da rüber.
Th.: Ja.
C.: Die Haut ist gelöst, nur innerhalb vom Kopf, da ist eine Spannung.
Th.: Die Kopfhaut?
C.: Die Kopfhaut ist gelöst, unter der Kopfhaut.
Th.: Unter der Kopfhaut?
C.: Ja.
Th.: Müssen wir einmal sehen.
C.: Als Druck kann ich es nicht bezeichnen.
Th.: Aber Spannung?
C.: Spannung, ich kann sie bewußt verstärken, indem ich da Druck setze, dann verstärke ich es bewußt.
Th.: Ja, also nur ganz kurz, nicht? Um es eben mal deutlich zu machen, aber dann lassen Sie wieder los. Wir gehen jetzt einmal durch, was im Gesicht noch alles verspannt sein kann. . . . Vielleicht fällt Ihnen noch etwas auf . . . wie ist es mit den Augen?
D.: Ja, wenn ich sie zu habe spüre ich . . .
Th.: Ja, oder zudrücke . . .
E.: Wenn man die Mittelfalte zieht, dann spürt mans auch so in den Augen.
Th.: Ich habe einen Patienten, der Röntgenologe ist. Der hatte immer besonders müde Augen. Wir haben dann herausgefunden, daß er durch das sehr exakte Fixieren seine Augen starr werden läßt und sie damit überanstrengt. Ob Sie mit Stielaugen fixieren und feststellen, oder hinschauen und die Dinge auf sich zukommen lassen – das ist ein Unterschied. Probieren Sie dies einmal.
D.: Wenn ich fest zudrücke, dann spüre ich es da herauf. Wenn ich leicht zudrücke, dann spüre ich es mehr da her. Wenn ich aber fest zudrücke, d. h. die Augen fest zuklemme, dann spüre ich es da heraus.
Th.: Ganz toll, ja, das macht man ja selten. Es ist oft unbemerkt. (Im Hintergrund Gähnen.) Bei uns darf man die Klappe aufmachen (Lachen). Ja, gut . . . Wie ist es, wenn Sie noch etwas tiefer gehen, z. B. Naserümpfen oder Nase aufblähen . . .
Ja, das ist alles sehr viel seltener, aber es ist trotzdem möglich, daß Sie sich verspannen, wir wollen es trotzdem durchgehen, um zu spüren: Wo können denn überall Spannungen sitzen (Räuspern im Hintergrund). Ja, wenn Sie dann noch ein Stück weiter gehen, die Wangen, die Lippen . . ., wenn Sie auch an die Lippen hinspüren, wie und wo kann hier eine Spannung sein? Setzen Sie sich ruhig hier auch mal eine starke Spannung . . . machen Sie mal einen verbissenen Mund . . . So . . . Da kommt nichts heraus und nichts herein. Wie spürt sich das an im Gegensatz zum losgelassenen Mund – mah, ja . . . Spüren Sie sich im „Aus“ nochmal hin. Die Lippen, der Mund . . wie weit können Sie den aufmachen? . . Probieren Sie sich ruhig noch ein bißchen aus. Es ist völlig egal, wie es aussieht . . wichtig ist es, Unterschiede zu spüren, . . . wie fühlen sich die Lippen an . . ist es unangenehm, den Mund weit aufzumachen, . . . trockene Lippen?
A.: Trocken, trocken.
Th.: Weich?

B.: Weich, warm, feucht.

C.: Trocken, trocken.

E.: Trocken, warm.

Th.: Trocken, warm, mh –

D.: Der Mund innen feucht, aber die Lippen trocken.

Th.: Was sagten Sie?

B.: Der Mund feucht, aber die Lippen trocken.

Th.: Ja.

B.: Das ist alles richtig feucht, warm, weich, gut durchblutet, nichts verspannt.

Th.: Ja, nichts? Achten Sie einfach ein bißchen darauf, denn hier können eine ganze Menge unbemerkter Spannungen sitzen, im Bereich der Lippen und der vorderen Mundöffnung. Ja, mit diesen Angeboten können Sie sich jetzt ein bißchen vergnügen, ein bißchen beobachten und weiterhin so gut damit umgehen, wie Sie es bis jetzt gemacht haben.

TEIL B: **Das Loslassen**

C.: Man schafft sich da – ich habe die Feststellung gemacht, also man schafft sich da ganz gewaltige Reserven. Vorher hat man als gedacht, man könnte nicht vorschlafen, oder sich vorher ausruhen; Sie, das ist nicht wahr. Es ist etwas Wahres dran: Man kann dadurch sich Reserven schaffen. Auch Reserven, wenn es dann tatsächlich mal eng wird, ja –

B.: In dem Moment, wo der Körper total abschalten kann, wo er sich gehen lassen kann, in dem Moment ruhe ich ja aus, dies ist so; und dann ist noch eines; Wenn ich etwas merke, daß etwas kommt, dann tue ich mich gleich dagegen wehren durch das, daß ich mich vollständig gehenlasse, ruhig werde. Früher, da habe ich mich auch aufgeregt, ich habe dann die Nacht nicht schlafen können. Ich habe also bald die Kissen zerrissen im Bett. Ich werkle heute noch im Bett herum. Mein Bett erkennt man als morgens nicht wieder, aber ich schlafe immer wieder ein, und das dadurch, daß ich mich total gehenlassen kann, daß ich abschalten kann, daß ich nicht denke. Früher bin ich als im Bett gelegen und dann habe ich gesagt, da muß man zählen, da muß man dies machen und dann bin ich immer nur noch tiefer hineingekommen.

C.: Man muß den Körper durchgehen – und irgendwo findet man eine Stelle, wo tatsächlich etwas fehlt, wo etwas nicht stimmt, wo abnormal – will nicht sagen abnormal –, wo nicht dazugehört. Sei es da, oder sei es da, oder da, irgendetwas findet man und wenn ich dann durchgegangen bin, dafür brauche ich aber eine gewisse Zeit, dann merke ich so langsam, wie sich die Ruhe einstellt.

Th.: Das Lösen, das Loslassen und trotzdem Halt und Grenzen spüren . . das teilt sich dem Körper mit. Vor allem, was Sie gesagt haben, daß durch das körperliche Loslassen das gedankliche Loslassen möglich wird.

D.: Das gehört ja mit dazu; das gedankliche Loslassen gehört ja dazu. Anders kann ich mich ja körperlich nicht loslassen, wenn –

Th.: Aber Sie fangen körperlich an?
Denken, Loslassen, aber wie?

D.: Ja, wenn ich, sagen wir einmal, einen Gedanken nicht loslasse, dann kann ich mich körperlich auch nicht loslassen, weil ich mich dann auf etwas anderes konzentriere, und konzentrieren darf ich mich nicht. Ich muß den Körper total gehenlassen, daß er vollständig auch von oben herunter schon, daß er total an nichts mehr denkt, daß ich sozusagen einschlafe, daß ich fertig bin, daß alles nach unten weg geht, daß ich dasitze und überhaupt keinen Gedanken mehr habe. Das ist das beste und das kann man. Ich habe es als nicht geglaubt, aber es geht tatsächlich.

A.: Ja, daß man halt so Probleme irgendwie hat, dann dauert das eine Weile bis man diese verarbeitet hat (Stimmen) ... halt irgendwelcher Art, nicht, privat oder beruflich. Ich sagte, privat oder beruflich, irgendwie so Probleme hat; es geht, ja mit der Zeit gehts dann. Man kann es schaffen.

Th.: Es ist eine andere Art der Konzentration. Um bei diesem Wort zu bleiben, nicht konzentrieren auf einen Gedanken, sondern konzentrieren auf den Körper, hinwenden zum Körper. Sich dies zur Aufgabe machen, schauen, wo etwas nicht stimmt, wo eine Blockade ist, wo irgendetwas hart oder eng ist, wo sie sich in Bewegung bringen können. Mit dieser Aufgabe können Sie sich vom Kopf wegbringen.

C.: Ja – also die Feststellung habe ich gemacht. Da kann man sich dann festbeißen, und der Schmerz wird dann tatsächlich immer stärker, nicht – da kann man sich reinsteigern –

D.: –– das stimmt. Wenn man nach etwas Bestimmtem sucht und denkt, kann man sich nicht mehr loslassen, dann ist es aus, weil, wenn ich suche, dann ist ja der ganze Körper am Konzentrieren auf das hin, das suche ich jetzt, das suche ich jetzt. Oder wenn ich, sagen wir einmal, ich habe einen, ah, einen Anfall, und ich konzentriere mich gerade darauf, wie kriege ich das weg, wie kriege ich das weg und laufend an das denke, dann kriege ich es gerade nicht weg. Da muß ich total abschalten, zuerst weiß ich nicht wie. Und dann mit der Zeit geht es doch. Man spürt es am Anfang, aber mit der Zeit merkt man doch, wie alles leichter wird.

Th.: Ja, durch diese Aufgabe, z. B. „Unterlage suchen", loslassen auf die Unterlage, ein bißchen bewegen, in einem Gelenk, das lenkt ab.

Teil C: **Umgang mit Erregung und Wut**

Th.: Darf ich nochmals darauf zurückkommen? Sie haben gesagt, da wird man insgesamt freier?

C.: Ja, da wird man freier.

Th.: Sie werden körperlich freier von Druck, Enge und Spannungen und auch freier in Ihrem Erleben ... Sie bekommen mehr Bewegungsfreiheit auch innerlich.

C.: Innerlich, ja.

Th.: Sie bekommen innere Bewegungsfreiheit, die war zuvor eingeengt; dazu gehört auch das „Hochgehen wie eine Rakete" ... Sie verlieren den Boden unter den Füßen in doppeltem Wortsinn ...

C.: Ja, das war bei mir einfach furchtbar. Ich bin durch die Tür gegangen, wenn es nicht hätte sein müssen ... grausam, so aus dem Stand (allgemeines Lachen).

A.: – Ja, man beißt sich jetzt nicht mehr so an einem Problem fest, nicht wahr (Lachen). Wenn man einmal beißt – man beißt sich nicht mehr so fest an so einem Problem (Stimmengewirr).

D.: – Ich habe so eine Tür einmal eingerannt. –

Th.: (Zu Herrn A.) Das ist sehr gut, was Sie eben gesagt haben –

D.: Das würde ich heute auch nicht mehr machen. Ich bin in so eine Tür einmal hineingerannt (Lachen).

Th.: Ich möchte das noch einmal aufnehmen, was eben gesagt wurde . . man beißt sich nicht mehr so fest (Patient A.: Mein Problem). Wenn Sie sich das in der Körpersprache . . . Leibsprache verdeutlichen: Festbeißen . . . da kann man sich ja gar nicht mehr anders verhalten, da kann man nicht mehr loslassen – ja?

A.: Und das hat sich bei mir auch ein bißchen beruhigt. Wenn früher mal etwas war, dann hat man sich da so reingesteigert, irgendwie, nicht, . . gelassener heute.

Th.: Ja, aber da merken Sie auch, das Festbeißen, das hat etwas mit dem Körper zu tun. „Zulassen", oder vorhin wie Sie gesagt haben, „Rutsch mir den Buckel runter", damit ist dieses Stückchen Bewegungsfreiheit gewonnen.

C.: Das ist haargenau wie bei mir. Ich habe z. B. folgende Feststellung gemacht: In dem Moment, wo man sich verkrampft, ah, durch irgendeinen Einfluß, ja, das heißt, meistens sind es ja äußere Einflüsse, die so eine Sache auslösen, mache ich als erstes, gucke ich einmal, wo die Zunge steht. Die steht also, zu 100% also steht die immer oben am Gaumen.

Th.: (Leicht lachend): Das ist doch nicht wahr, ja?

C.: Also, runter mit dem Ding, das geht also, das dauert also eine Weile, bis die Zunge –, bis man . . ., wenn das der Fall ist, dann kann man einsteigen. Dann geht es, dann merkt man, wie das ganz langsam nach unten weggeht, gell . . Aber wie gesagt, das ist ganz eigenartig, sie steht meistens oben am Gaumen (Lachen).

Th.: Ja, und dann sind Sie auch ganz anders aktionsfähig.

C.: Mein Gott, das dauert eine Weile bis es soweit ist. . . Das ist ja nicht nur so, daß das zuhause im stillen Kämmerlein möglich ist, das kann Ihnen überall passieren, ich habe also gestern morgen mit einem Kunden ein Streitgespräch geführt, und auf einmal habe ich gedacht: „Jesses, mir tut der Kopf weh", und dann habe ich . . . dahinten das war total verspannt. Mit dem habe ich in der Gegend rumgemacht, ja, und wir haben uns also so hineingesteigert, daß hinten der ganze Hinterkopf . ., das war alles wie ein Panzer, so verspannt. Also richtig hartnäckig. Der hat nicht nachgegeben, und ich habe nicht nachgegeben (Lachen). Und, ah, nach einer gewissen Zeit, dann haben wir irgendwie doch einen Kompromiß gefunden. Und dann habe ich gesagt: „Komm' machen wir Du die Hälfte und ich die Hälfte, da haben wir uns geeinigt". Und dann ging das weg. Aber da hat man genau an den Knochen, an dem Schädelknochen gemerkt, wie das gespannt hat, hinten, gell, die Kopfhaut. Ich habe also meinen Nachbarn nicht gefragt, ob er das selbe Empfinden gehabt hat (lautes Lachen). Ja, ich habe also nicht gefragt; – der denkt sonst vielleicht, der ist verrückt (herzhaftes Lachen). Nach einer gewissen Zeit als ich wieder in mein Büro zurück bin und auf meinem Stuhl saß, dann ist das wieder weich geworden. Dann gings raus, gings runter.

Th.: Prima.

C.: Das ist nicht zum Lachen. Aber das ist tatsächlich so. Viele merken das gar nicht.

TEIL D: **Das Behandlungssetting aus der Sicht des Patienten**

C.: ... Man muß aber eines machen. Also das ist ja eigentlich ein ganz wichtiger Punkt bei dieser, ah, Funktionellen Entspannung. Man muß sich mit sich auseinandersetzen. Das muß man. Sie müssen das von Anfang an. Denn, heute Mittag hat mich der Hausarzt gefragt, ob wir da Gymnastik machen, und dann habe ich gesagt: Meinen Sie, da hängen Reck und Seile und was weiß ich in der Gegend herum? Und dann sagte ich: Da haben wir gar nichts. Wir haben Stühle, bzw. manchmal Decken. Wir liegen auf dem Boden, bzw. sitzen auf den Stühlen, und dann gibt es nichts anderes, wie runterlassen, runter und jeden Muskel, der am Körper angewachsen ist, sei es jetzt unten auf der Fußsohle, oder sei es oben auf dem Kopf, jeden Muskel freilassen, daß er nicht krampft. Da können Sie hinlangen, und da finden Sie nichts, was verspannt ist (mehrere Patienten lachen).
Der hat mich aber ganz ungläubig angeguckt. Der hat nur gesagt, er hätte eine Liste von der Klinik gekriegt, wo miterwähnt ist, daß dies irgendwo einen Erfolg hat, – auch in bezug auf die Krankheit. Aber was da gelaufen ist, das weiß er nicht. Und wie ich ihm dies gesagt habe, da hat er gesagt; – da war er etwas schockiert. Da habe ich zu ihm gesagt: Da müssen Sie so ein paar Patienten haben, die müssen halt die innere Bereitschaft mitbringen, das was sie da hören, daß sie das machen; wenn sie dies nicht machen, dann erreichen sie nichts. Es ist wie bei jeder Krankheit, Sie müssen die Bereitschaft haben mitzuhelfen. Seit 30 Jahren habe ich mir immer wieder gesagt, irgendwie muß es da doch einen Weg geben, daß man aus diesem Mist ... aus dieser Anfälligkeit herauskommt, daß es irgendwie anders werden kann. Das muß etwas geben und ewig bloß Kortison und Tabletten und noch einmal Tabletten und wieder eine Spritze, das war ja nichts anderes als jedesmal ein Holzhammer obendrauf.

Literatur

Bischof N (1966) Stellungs-, Spannungs- und Lagewahrnehmung. In: Metzger W (Hrsg) Handbuch der Psychol. Bd 1/1. Hogrefe, Göttingen, S 409–497

de Boor C (1965) Zur Psychosomatik der Allergie und des Asthma bronchiale. Huber, Bern, S 285

Bräutigam W (1978) Verbale und präverbale Methoden in der stationären Therapie. Z Psychosom Med Psychoanal 24: 146–155

Casper R, Halmi KA, Goldberg SC, Eckert ED, Davis JM (1979) Disturbances in body image estimation as related to other characteristics and outcome in anorexia nervosa. Br J Psychiatry 134: 60–66

Conrad K (1933) Das Körperschema. Eine kritische Studie und der Versuch einer Revision. Z Ges Neurol Psychiatr 147: 346–369
Curtius F (1965) Moderne Asthmabehandlung. Springer, Berlin Heidelberg New York
Deter HC (1985) Kosten-Nutzen-Analyse einer psychosomatischen Behandlung von Asthmapatienten. Klinische Wochenschrift 63, Suppl. IV 25
Deter HC, Allert G (1983) Group therapy of asthma patients. A concept for the psychosomatic treatment for patients in a medical clinic. Psychother Psychosom 40: 95–105
Diederichs P (1985) Über den Versuch einer Integration narzißmustheoretischer und triebpsychologischer Aspekte am Beispiel der männlichen Miktionsstörung (Prostatopathie). 4. Wissenschaftl. Tagung der DPG, Frankfurt, 15. 2. 1985
Federn P (1978) Ich-Psychologie und die Psychosen. Suhrkamp, Frankfurt, S 28–49
Freud S (1914) Zur Einführung des Narzismus. Gesammelte Werke, Bd 10. Fischer, Frankfurt
Fürstenau P (1983) Einige Bemerkungen zur psychoanalytischen Behandlung basaler, leibnaher Störungen. Mater Psychoanal 9: 40–46
Fuchs M (1979) Funktionelle Entspannung. Hippokrates, Stuttgart
Groddeck G (1966) Massage. In: Clauser G (Hrsg) Psychoanalytische Schrift zur Psychosomatik. Limes, Wiesbaden, S 249–255
Hartmann H, Schilder P (1927) Körperinneres und Körperschema. Z Ges Neurol Psychiatr 109: 666–675
Hoffer W (1978) Die Entwicklung des Körper-Ichs. In: Overbeck G, Overbeck A (Hrsg) Seelischer Konflikt, körperliches Leiden. Rowohlt, Hamburg, S 185–194
Jacobsen E (1978) Das Selbst und die Welt der Objekte. Suhrkamp, Frankfurt
Joraschky P (1983) Das Körperschema und das Körperselbst als Regulationsprinzipien der Organismus-Umwelt-Interaktion. Minerva, München
Jores A, Kerekjarto M von (1967) Der Asthmatiker. Ätiologie und Therapie des Asthma bronchiale aus psychologischer Sicht. Huber, Bern
Kiener F (1973) Untersuchungen zum Körperbild Teil I. Z Klin Psychol Psychother 21: 335–351
Kiener F (1974) Untersuchungen zum Körperbild, Teil II. Z Klin Psychol Psychother 22: 45–66
Kuhn H, Engel R, King U, Hörnig G (1981) Psychophysiologische Untersuchungen beim Asthma bronchiale. In: Zander W (Hrsg) Experimentelle Forschungsergebnisse in der psychosomatischen Medizin. Vandenhoeck & Ruprecht, Göttingen, S 129–141
Lickint K (1970) Die psychische Steuerung physischer Abläufe insbesondere bei der Konversion. Psyche (Stuttg) 24: 292–306
Mahler MS (1968) Symbiose und Individuation. Klett, Stuttgart
Meermann R, Fichter M (1983) Störungen des Körperschemas bei Pupertätsmagersucht. Psychother Med Psychol
Mitscherlich A (1970) Ein psychosomatisches Modell. Schritte der Forschung. Studien zur psychosomatischen Medizin. Suhrkamp, Frankfurt, S 2–39
Mitscherlich M (1973) Analytische Behandlung von Hyperkinesien. Med Welt 25: 1058–1062
Mitscherlich M (1971) Zur Psychoanalyse des Corticollis spasticus Nervenarzt 42: 420–426
Mitscherlich M (1977) Der interaktionelle Ansatz im psychosomatischen Denken. Weiterentwicklung der Psychoanalyse und ihrer Anwendungen. In: Condrau G, Hicklin A (Hrsg) Individuum, Familie. Gesellschaft im Spannungsfeld zwischen Zwang und Freiheit. Vandenhoeck & Ruprecht, Göttingen
Montagu A (1974) Körperkontakt. Klett, Stuttgart
Paulus R, Otte R (1979) Zur Erfassung der Zufriedenheit mit dem Aussehen des eigenen Körpers. Psychother Med Psychol 29: 128–141
Reich W (1975) Lust, Angst, Wut und muskuläre Panzerung. In: Reich W (Hrsg) Charakteranalyse. Fischer, Frankfurt, S 344–357
Schilder P (1923) Das Körperschema. Ein Beitrag zur Lehre vom Bewußtsein des eigenen Körpers. Springer, Berlin
Schöttler C (1981) Zur Behandlungstechnik bei psychosomatisch schwer gestörten Patienten. Psyche (Stuttg) 10: 111–141
Schulte-Herbrüggen UW (1983) Die Bedeutung des Körperschemas für die Technik psychoanalytischer Behandlung von psychosomatisch Erkrankten. Mater Psychoanal 9: 27–31
Schultz IH (1979) Das Autogene Training, 16. Aufl. Thieme, Stuttgart
Schur M (1978) Zur Metapsychologie der Somatisierung. In: Overbeck G, Overbeck A (Hrsg) Seelischer Konflikt, körperliches Leiden. Rowohlt, Hamburg, S 83–142
Schwab J, Harmeling J (1968) Body image and medical illness. Psychosom Med 30: 51–61

Spitz RA (1972) Vom Säugling zum Kleinkind. Klett, Stuttgart, S 237–254
Stolze H (1977) Konzentrative Bewegungstherapie. In: Eicke D. (Hrsg) Psychologie des 20. Jahrhunderts III. Kindler, Zürich, S 1250–1273
Weiner H (1977) Psychobiology and human diseases. Elsevier, New York, pp 223–317
Weizsäcker V. von (1951) Fälle und Probleme. Enke, Stuttgart
Winnicott (1960) Primäre Mütterlichkeit. Psyche (Stuttg) 14: 25–38

Konzentrative Körperwahrnehmungsübungen – eine psychophysiologische Therapieform

W. Dahlmann

Behandlungsansatz bei Erkrankungen am Bewegungsapparat mit Körperwahrnehmungsstörungen

Körperwahrnehmungsstörungen und die Behandlung durch konzentrative Körperwahrnehmungsübungen sollen exemplarisch bei an multipler Sklerose Erkrankten, deren zentralnervöse Defekte überwiegend die spinalen Afferenzbahnen unterbrochen haben, sowie Rückenschmerzerkrankten, bei denen die objektiv organpathologischen Befunde an der Lendenwirbelsäule und der paravertebralen Muskulatur nicht ausreichen, das subjektiv äußerst schmerzhafte Leiden zu erklären, dargestellt werden. Klinisch handelt es sich um spinal-ataktische Gangstörungen bei chronisch progredient verlaufender (gutartiger) multipler Sklerose (Encephalomyelitis disseminata) sowie um chronische Rückenschmerzen als psychosomatisches Krankheitsbild mit überwertigem Schmerzerleben.

Körperwahrnehmungsstörungen

Körperwahrnehmungsstörungen am Bewegungsapparat entstehen vor allem dann, wenn der (in der Regel unter der Bewußtseinsschwelle arbeitende) Lage- und Bewegungssinn infolge von Störungen im sensomotorischen System in seiner Funktion beeinträchtigt ist und dies als Störung ins Bewußtsein tritt bzw. bewußt gemacht werden kann.

Die willkürlich und unwillkürlich feinkoordinierte Bewegung und die dazu erforderlichen muskulären Spannungsveränderungen haben ein komplexes sensomotorisches Regulationssystem zur Voraussetzung. Ständig fließen aus der Oberflächen- und Tiefensensibilität afferente Informationen der Haut (Druck- und Lagesinn), der Sehnen, Gelenkkapseln und Muskeln (Lage- und Bewegungssinn) zur zentralnervösen Informationsverwertung, um jeweils die genaue momentane Lage der Körperteile zu bestimmen. Bei jeder feinmotorischen Bewegung werden die afferenten Informationen blitzschnell der Ausgangslage willkürlicher und unwillkürlicher Bewegungen zur Verfügung gestellt. Die über efferente Informationen gesteuerte Bewegung zieht neue afferente Informationen nach sich usw.

Das zentrale Nervensystem verwertet so ständig afferente Informationen, steuert und überwacht damit die motorischen Efferenzen. Motorik ist Sensomotorik (Ebbecke 1959). In das sensomotorische System kann bewußt die motorische und sensorische Seite getrennt und zusammenhängend wahrgenommen und beeinflußt werden. Motorische Bewegungsabläufe können in der Vorstellung entworfen und peripher über die Muskulatur ausgeführt werden. Lage- und Bewegungsschritte am Bewegungsapparat können ohne optische Kontrolle in allen Einzelheiten aus den zentralen Meldungen der peripheren Druck-, Lage- und Bewegungsrezeptoren der Haut, Sehnen, Gelenkkapseln und Muskeln von „innen“ erkannt werden. Motorische Abläufe und sensorische Meldungen können so im zentralen Zusammenspiel äußerst feingliedrig bewußt verfolgt werden. Motorische Bewegungen verändern die sensorisch-afferenten Informationen ständig, wodurch eine intensivere Wahrnehmung der sensorischen Vorgänge möglich wird.

Bei Ausfällen im motorischen Bereich (Lähmung) wird die eigene Lage- und Bewegungswahrnehmung ebenso gestört wie bei Defekten im sensorischen Bereich. Körperwahrnehmungsstörungen entwickeln sich in erster Linie aber durch gestörte oder defekte Afferenzen. Bei peripheren und zentralen Lähmungen beruht die Körperwahrnehmungsstörung auf einseitig veränderten afferenten Informationen. Die mit der Lähmung verbundene Muskeltonusveränderung (schlaff oder spastisch) löst in diesem Bereich eine veränderte Körperwahrnehmung aus. Defekte im afferenten-sensorischen System bewirken erhebliche Körperwahrnehmungsstörungen, weil sie die Tendenz haben, über den eigentlichen Defektbereich hinaus zu wirken. So können kleinere spinale Afferenzdefekte bewirken, daß z. B. die ganze Extremität wie taub und fremd wahrgenommen wird. Um einen Afferenzdefekt bilden sich zusätzlich funktionelle Körperwahrnehmungsstörungen, die bei bewußterer Körperwahrnehmung bemerkbar werden.

Die nichtgestörte eigene Wahrnehmung von Lage und Bewegung am Bewegungsapparat ist für die meisten ein geradezu selbstverständlicher Zustand. Bewußtere Körperwahrnehmung in Ruhe und Bewegung sowie der dazugehörigen ständig wechselnden Muskelspannungen sind vielen Menschen ohne Anregungen von außen nicht möglich. Deshalb werden wohl plötzliche Veränderungen der eigenen Körperwahrnehmung mit Beunruhigung registriert. Körperwahrnehmungsstörungen wirken ungünstig auf die Koordination motorischer Abläufe ein (z. B. bei spinal-ataktischen Gangstörungen); darüber hinaus wirken sie bei chronischen Schmerzzuständen u. a. ungünstig auf den Spannungszustand der Muskeln ein (z. B. chronischer Rückenschmerz).

Die funktionellen Anteile der Körperwahrnehmungsstörungen sind durch Körperwahrnehmungsübungen behandelbar. Eine verbesserte Wahrnehmung für Lage und Bewegung am Bewegungsapparat wirkt sich auf die motorische Koordinationsfähigkeit sowie auf die Muskelfunktionen günstig aus.

Bei der Arbeit mit konzentrativen Körperwahrnehmungsübungen können Körperwahrnehmungsstörungen entdeckt und bewußt gemacht werden. Sie sind bei defekten Efferenzen wie Lähmungen mit Veränderungen des Muskeltonus, bei defekten Afferenzen wie Ataxien zu finden. Bestehende oder viele Jahre zurückliegende Schmerzbereiche (chronischer Rückenschmerz, alter Beinbruch, alte Splitterverletzung) können sich bei konzentrativen Körperwahrnehmungen als gestörte Körperwahrnehmungen wieder bemerkbar machen.

Bei der peripheren N.-facialis-Parese geben die Patienten subjektiv ein taubes, komisches Gefühl der betroffenen Gesichtshälfte an. Die gestörte Wahrnehmung der Gesichtsmuskulatur durch die einseitig veränderte Muskelspannung beunruhigt derart, daß die Haut immer wieder berührt und manchmal in den Muskel gekniffen wird. Objektiv entwickelt der durch den N. facialis versorgte Gesichtsmuskel eine Tonusminderung, die die vertraute Wahrnehmung der Muskelspannung im Gesicht asymmetrisch verändert. Die Tonusminderung der gelähmten Gesichtsmuskulatur und die fehlende motorische Aktivierung bewirken Andersartigkeit, Fremdheit sowie das Gefühl der Taubheit. Der N. trigeminus ist dabei intakt. In ähnlicher Form geht bei jeder peripheren oder zentralen Lähmung eine Körperwahrnehmungsstörung einher.

Konzentrative Körperwahrnehmungsübungen bei Läsionen peripherer, spinaler oder zentraler Bahnen der Oberflächen- und Tiefensensibilität (Afferenzen) zeigen besonders deutliche Körperwahrnehmungsstörungen. Sie entwickeln regelmäßig die Tendenz, über den eigentlichen, organisch begrenzten Afferenzdefekt hinauszugehen. So wird bei auch nur geringeren Afferenzdefekten, z. B. Hypästhesie L5/S1, in der Regel das gesamte Bein in die Körperwahrnehmungsstörung einbezogen. Es wirkt insgesamt wie taub, fremd und wird nicht zum Rumpf gehörend wahrgenommen. Die feinmotorischen Bewegungsstörungen beziehen sich dann auf die gesamte Extremität.

Bei Körperwahrnehmungsübungen lokalisierter chronischer Schmerzzustände (z. B. chronischer Rückenschmerz) finden sich ebenfalls Körperwahrnehmungsstörungen. Der schmerzhafte Körperbereich wird entweder ganz aus der Wahrnehmung ausgegrenzt oder zunächst in verstärktem Maße wahrgenommen. Die zentrale Verwertung der sonst intakten afferenten Informationen aus diesem Gebiet scheint durch das überwertige Schmerzerleben verändert. Die bewußtere Wahrnehmung von Lage und Bewegung in diesem Körperbereich ist zunächst nicht möglich.

Konzentrative Körperwahrnehmungsübungen

Die Methode konzentrativer Körperwahrnehmungsübungen in Ruhe und Bewegung wurde gymnastischer Bewegungsarbeit entnommen (Engeling 1966; Meyer 1961). Diese Form gymnastischer Arbeit geht von der Erkenntnis aus, daß es neben durch die Augen kontrollierbaren Bewegungsabläufen noch einen anderen, äußerst differenzierten Zugang zur Feinabstimmung der Bewegungen gibt. Bei geschlossenen Augen lassen sich sehr feine muskuläre Spannungszustände und Bewegungsabläufe von innen her wahrnehmen. Die Wahrnehmungen beziehen sich dabei auf die Funktion der Druck-, Lage- und Bewegungsrezeptoren. Die über konzentrative Wahrnehmungen kontrollierten Bewegungsabläufe sind der optischen Kontrolle, z. B. der Arbeit vor dem Spiegel, überlegen. Es kann bereits die die Bewegung einleitende muskuläre Spannung wahrgenommen werden, die als Bewegung für das Auge noch nicht sichtbar ist. Auf diesem Wege können sehr fein abgestimmte Bewegungsabläufe durchgeführt und neu einstudiert werden. Durch Körperwahrnehmungsstörungen behinderte Bewegungsabläufe können durch das wiederholte Üben mit konzentrativen Körperwahrnehmungen verbessert werden.

Bei der Anwendung der konzentrativen Körperwahrnehmungsübungen geht es um einen konzentrierten Vorstellungs- und Wahrnehmungsvorgang, bei dem Druck- und Spannungsverhältnisse in Haut, Sehnen, Gelenkkapseln und Muskeln in Ruhe und Bewegung gespürt werden. Der Übende entwickelt einen bewußteren Zugang zum Druck-, Lage- und Bewegungssinn seines Bewegungsapparats.

Zum besseren Verständnis dieser konzentrativen Vorstellungs- und Wahrnehmungsarbeit empfiehlt es sich, die Bereiche mit bekannter Körperwahrnehmungsstörung zunächst nicht anzusprechen. Das generelle Verständnis der konzentrativen Körperwahrnehmungsübungen läßt sich häufig durch Körperwahrnehmungsarbeit an der Atmung entwickeln. Die konzentrative Atemarbeit sollte für Anfänger als Ausgangspunkt der konzentrativen Körperwahrnehmungen dienen und später auch mit einbezogen bleiben.

Die besonders wahrnehmungsfähige Atemarbeit fördert Verständnis und Konzentration der Körperwahrnehmungsarbeit auch für andere Bereiche. Die Atmung unterliegt einem unwillkürlich gesteuerten Atemrhythmus, der willkürlich unterbrochen werden kann. Die bewußte Wahrnehmung von Ein- und Ausatmung (willentlich aktiv oder unwillkürlich geschehen lassend) vermittelt erste eigene Wahrnehmungsmöglichkeiten zum bewußten Erkennen von Anspannung und Entspannung. Wenn der Übende sich hier körperlich wahrnehmend erfährt, gelingen Übungen in anderen Körperbereichen in der Regel auch. Das Thema der eigenen Wahrnehmung von Anspannung und Entspannung in größeren oder kleineren Körperbereichen zieht wie ein roter Faden durch alle Übungen. Nach Vermittlung grundsätzlicher Eigenschaften konzentrativer Körperwahrnehmungsübungen können therapeutisch auch die Bereiche angesprochen werden, die in ihrer Wahrnehmung gestört sind.

Bei der praktischen Durchführung der konzentrativen Wahrnehmungsmethode liegt der Übende entspannt mit dem Rücken auf einer festen Unterlage und konzentriert sich ganz auf seinen Körper. Die Bewegungstherapeutin formuliert die einzelnen Vorstellungs- und Wahrnehmungsschritte und Stationen vor, die dann von den Übenden gedanklich aktiv aufgenommen und am eigenen Körper bewußt nachvollzogen werden.

Bei der Atemarbeit könnte u. a. folgender Text für den Übenden etwa so vorformuliert werden: ... „Schauen ruhig unserer Atmung zu. Fühlen, wie jede Atemwelle die Brust und den Rumpf dehnt und Rumpf und Brust wieder zurückgleiten. Atmen einmal tief ein, verspüren die Dehnung und Weite des Brustkorbs, lassen den Atemstrom langsam ausweichen und spüren, wie die Spannung in der Brust nachläßt, geben uns wieder gelassen dem Ein- und Ausströmen der Atmung hin. Schauen zu, lenken unsere Gedanken in unseren Körper“ ...

Ein kurzer, beispielhafter Text, der sich auf einen kleineren Körperbereich bezieht, könnte etwa so formuliert werden: ... „Wir konzentrieren unsere Vorstellungen nun ganz auf das linke Bein, wandern in den Fuß, spüren die Zehenspitzen, eine nach der anderen, tasten weiter zu den Zehenwurzeln, von dort über das Fußgewölbe in das Knöchelgelenk, lassen ganz los, entspannen und tasten uns dann weiter in den Unterschenkel vor“ ...

Die konzentrativen Körperwahrnehmungsübungen sind eine psychophysiologische Übungsmethode, bei der die Druck- und Spannungsverhältnisse in Haut, Sehnen, Gelenkkapseln und Muskeln immer wieder bewußt erspürt und wahrgenommen werden. Kleinere Bewegungsübungen nach dem Schema Anspannen und Entspannen fördern diesen Wahrnehmungsprozeß. Das afferente Informationssystem liefert durch diese Form der Körperwahrnehmungsarbeit bewußtere Informationen aus der Körperperipherie zur zentralen Verwertung. Das sensomotorische System kann durch differenzierte afferente Informationen die motorische Leistungsfähigkeit verbessern. Gleichzeitig stellt sich eine verbesserte, nämlich bewußtere eigene Wahrnehmung zur Lage und Bewegung des Bewegungsapparats ein.

Die konzentrativen Körperwahrnehmungsübungen sind erlernbar und können später ohne weitere Anleitung selbständig vom Übenden weiter durchgeführt werden. Deshalb steckt in dieser Therapieform eine Aktivierung für den Erkrankten, durch Körperwahrnehmungsübungen symptomatisch Beschwerden zu lindern.

Bei spinal ataktischen Gangstörungen der unheilbaren chronischen Erkrankung – multiple Sklerose – bringt die Methode der konzentrativen Körperwahrnehmung den besonderen Vorteil, daß ihre Übungen immer wieder gefahrlos wiederholt werden können und wirksam bleiben. Bei ataktischen Störungen konnte die Wirksamkeit durch objektive Messungen des Gehvermögens nachgewiesen werden. Das Schwergewicht der Behandlung sensomotorischer Bewegungsstörungen liegt bei krankengymnastischen Übungen. Als bedeutende Ergänzung und Verbesserung krankengymnastischer Arbeit sollten aber die konzentrativen Körperwahrnehmungsübungen mit eingesetzt werden.

Bei chronischen Rückenschmerzen sollte die konzentrative Körperwahrnehmungsarbeit in Verbindung mit leichten Dehnungen der Muskeln und Sehnen am Anfang Methode der Wahl sein. Die konzentrierte Wahrnehmung der Muskelspannungen, verbunden mit vorsichtigen, kleinen Dehnschritten im Schmerzbereich, macht es möglich, unterhalb der erheblich erhöhten schmerzreflektorischen Reizschwelle die Muskulatur zu dehnen. Dehnreize sind für die überangespannte Muskulatur u. a. zur Verbesserung ihres Stoffwechsels sehr wichtig.

Konzentrative Körperwahrnehmungsübungen bei spinal-ataktischen Gangstörungen

Spinal-ataktische Gangstörungen sind häufige Behinderungen bei der chronisch-progredienten Encephalomyelitis disseminata sowie anderen Erkrankungen bzw. unfallbedingten Läsionen des Rückenmarks. Im Gegensatz zu medikamentösen Therapiemöglichkeiten bei überwiegend spastisch-ataktischen Gangstörungen (Antispastika) gibt es kein Therapieverfahren, welches spinale Afferenzstörungen beeinflussen kann.

Es wurden 39 Patienten mit spinal-ataktischen Gangstörungen (davon 22 chronisch-progrediente MS-Patienten) mit konzentrativen Körperwahrnehmungsübungen behandelt. Der Schwerpunkt der Körperwahrnehmungsarbeit lag im Bereich der unteren Extremitäten. Die Anregungen zur konzentrativen Vorstellung und Wahrnehmung der Druck- und Spannungsverhältnisse in Haut, Sehnen, Gelenkkapseln und Muskeln haben etwa folgenden Wortlaut. Er wird von einer Bewegungstherapeutin ruhig und konzentriert mit kleineren Pausen vorgesprochen. Die gesamte Übung dauert 15–20 min. Bei täglicher Behandlung sind etwa 15–20 Übungseinheiten erforderlich:

„Wir liegen in der ganzen Länge auf dem Boden, die Augen sind geschlossen, die Gesichtsmuskeln sind entspannt, die Arme liegen mit der Handfläche nach unten neben dem Körper, die Beine sind leicht gespreizt, die Fußspitzen hängen nach unten außen herab, die Waden liegen auf der Unterlage auf, die Kniekehlen werden ganz locker gehalten und sollen allmählich millimeterweise dem Boden entgegensinken. Wir spüren die Unterseite der Oberschenkel von der Kniekehle bis zum Gesäßansatz hin auf der Matte ruhen. Wir versuchen Gelöstheit in beide Beine zu bringen, lenken Entspannung in unsere Füße hinunter und versuchen unsere Zehen zu erspüren, entspannen sie, lassen sie sinken, beginnen an den Sohlen entlangzutasten in Breite und Form, erspüren das Gewölbe in seiner Form, wandern den Zehen zu und lassen nochmals die Fußsohle vor unserem Bewußtsein lebendig werden, tasten noch einmal von der Ferse zu den Zehenballen alles ab, spüren die Fußsohle deutlich und wandern langsam über die Fersen in unsere Knöchel hinein, lösen die Spannungen dort und lassen die Füße einschließlich der Zehen noch ein wenig mehr sinken, wandern von den Knöcheln langsam in den Raum der Unterschenkel aufwärts und fühlen, wie die Wadenmuskeln besseren Kontakt mit der Unterlage aufnehmen können. Wir steigen langsam in den Waden höher, die Weite des Raumes ertastend und wenden uns gedanklich den Kniegelenken zu. Beide Knie sind locker und entspannt, die Kniegelenke sinken noch mehr der Erde entgegen, und wir beginnen langsam weiter aufwärts zu steigen in die Oberschenkel hinein. Wir steigen langsam höher hinauf, ertasten den weiten Raum, spüren, wie er sich vergrößert, je höher wir steigen, bis in den Hüftansatz hinein, nehmen alle Spannungen aus den Hüften, lassen die Hüften bodenwärts sinken und versuchen, zwischen den Hüften die Kreuzbeingegend zu ertasten. Erspüren die Größe des Bauchraums bis zu den Leisten hin und über dem Kreuzbeinbeckengebiet. Nehmen alle Spannungen heraus und lassen das Kreuzbein sinken, fühlen die Gelöstheit bis in die Beine hinein, die Oberschenkel, die Knie, die Unterschenkel und Füße. Fühlen uns locker und leicht vom Bauch- und Beckenraum bis zu den Beinen und Füßen hin und fühlen uns schwer auf dem Boden aufliegend. Wir richten unsere Gedanken jetzt auf unsere Atmung und sind ganz konzentriert auf den Bauch ausgerichtet. Eine tiefe Atemwelle dehnt unseren Bauchraum bis in die Leistengegend hinein und läßt uns die Weite in dem unteren Bauchraum bewußt werden. Wir verfolgen die Atemwelle weiter, wie sie die Taille dehnt und verspüren die Atembewegung bis in den Rücken beiderseits der Lendenwirbelsäule hinein. Lösen Spannungen im Bauch- und Ruckengebiet, lassen los bei der Ausatmung, lassen immer wieder die Atmung aus der Mitte des Körpers, der Zwerchfellgegend, entstehen, sich nach unten in den Rücken und nach oben bis in den Brustkorb hinein fortpflanzen. Lösen die Spannungen im Rücken- und Schultergebiet, lassen die Lendengegend tief absinken, geben nach, fühlen allmählich Lende und Kreuzbein auf dem Boden liegen, haben Kontakt mit dem ganzen Rücken in seiner Länge und Breite, vom Gesäß bis zu den Schulterblättern hin, zum Boden gefunden. Eine Atemwelle folgt nach der anderen, weitet Bauch- und Brustraum, dehnt die Bauchdecke und den Brustkorb bei der Einatmung und sinkt bei der Ausatmung im Brustkorb und der Bauchdecke bis in den Rücken hinein wieder zusammen. Wir spüren den ganzen Rücken einheitlich von den Schulterblättern bis zum Kreuzbein, lassen sinken bis zu den Knien hin, geben nach, lösen Verspannungen, spüren nochmals die Weite des Brust- und Bauchraums über dem Rücken, in den der Atemstrom fließt, kontrollieren noch einmal, ob die Lendenkreuzbeingegend gelöst ist, der Beckenboden bis in die Innenseite der Oberschenkel hin locker gehalten wird, die Bauchdecke weich und entspannt gehalten ist, ob die Schultern auf dem Boden gleichmäßig aufliegen und ob das Hals- und Nackengebiet entspannt ist. Wir lenken unsere Gedanken noch einmal auf beide Beine, spüren sie in der ganzen Länge auf dem Boden liegen, von der Ferse bis zum Gesäßansatz locker gelöst. Wir geben noch mehr nach im Hüftgebiet, Kreuz-Lenden-Bereich, lassen alles mehr dem Boden entgegensinken, richten noch einmal unsere Gedanken auf die Weite des Bauch- und Brustraums bei der Atmung, erspüren die Tiefe der Atmung, das Gedehntwerden von den Leisten bis in den Brustkorb zu den Schlüsselbeinen hin und das Gedehntwerden vom Lendenbereich bis zu den Schulterblättern, geben nach, lassen los bei der Ausatmung und sind vollkommen locker und entspannt."

Evtl. noch einmal beginnen: „Wir lenken unsere Gedanken noch einmal in unsere Füße und versuchen unsere Zehen zu erspüren" . . . (s. oben).

Vor der Behandlung mit konzentrativen Körperwahrnehmungsübungen wurde auf standardisierten Gehstrecken (5 m und 10 m) die Gehgeschwindigkeit mit offenen und geschlossenen Augen in Sekunden gemessen. Während der krankengymnastischen Behandlung wurde keine Übung mit geschlossenen Augen durchgeführt. Nach 15–20 Übungseinheiten konzentrativer Vorstellungsarbeit der Lage und Bewegung am Bewegungsapparat wurden unter gleichen Bedingungen die Gehstrecken wieder gemessen. Knapp Dreiviertel der behandelten Patienten zeigten subjektive und objektive Verbesserungen. Subjektiv konnten sie u. a. ihren Fuß, ihren Unterschenkel oder das ganze Bein wieder in seinen Umrissen und feineren Bewegungsabläufen genauer wahrnehmen. Als große Erleichterung wurde registriert, daß das beunruhigende Fremdheitsgefühl abgebaut werden konnte und die Beine wieder volle „Verbindung" zum ganzen Körper aufnehmen konnten. Vielen Patienten fiel auf, daß die Kontrolle ihres Ganges durch die Augen nicht mehr in früherem Ausmaß erforderlich war. Objektiv wurden die Gehleistungen vor und nach der Behandlung gemessen. Besonders deutliche Unterschiede konnten bei den Messungen des Blindgangs ermittelt werden. Unter anderem waren einige Patienten, die keinen Blindgang mehr durchführen konnten, nach 15–20 Behandlungen wieder in der Lage, langsam, grobsteuernd einige Meter mit geschlossenen Augen zu gehen.

Systematisch durchgeführte konzentrative Körperwahrnehmungsübungen der Beine bei spinal-ataktischen Gangstörungen bedeuten eine psychophysiologische, ständig reproduzierbare Behandlungsmethode. Die subjektiven und objektiven Befunde weisen darauf hin, daß es neben den irreversiblen Defekten in den spinalen Afferenzbahnen zusätzlich zu funktionellen Störungen bei der zentralen Erfassung und Verwertung afferenter Informationen kommt. Durch den psychophysiologischen Übungsansatz der konzentrativen Körperwahrnehmungsübungen können Funktionsstörungen beseitigt werden. Deshalb bieten sich neben der optisch kontrollierten Bewegungsarbeit durch krankengymnastische Methoden bei spinalataktischen Gangstörungen zusätzlich die konzentrativen Körperwahrnehmungsübungen als hilfreiche, ergänzende Behandlungsmethode an.

Eine Nachbefragung der MS-Erkrankten nach 2 Jahren zeigte, daß etwa 40% der Patienten weiterhin aktiv mit der Körperwahrnehmungsmethode gearbeitet haben. Dies bedeutet, daß die konzentrativen Körperwahrnehmungsübungen Selbsthilfeaktivitäten unterstützen können.

Multiple-Sklerose-Erkrankte

Die multiple Sklerose zählt zu den häufigsten der unheilbar chronischen Erkrankungen. Die meisten Verläufe sind aber gutartig und erstrecken sich über Jahrzehnte. Die Erhaltung der Arbeits- und Erwerbsfähigkeit ist zur seelischen Stabilisierung äußerst wichtig. Die speziellen krankengymnastischen und ergotherapeutischen sowie medikamentösen Behandlungsformen richten sich auf die Verbesserung der Symptome. Mit willentlichem Einsatz versucht der MS-Kranke krankengymnastische Übungen und ergotherapeutische Aufgaben zu lernen und nachzuvollziehen. Die besonderen seelischen Probleme – unheilbar krank zu sein – werden selten angesprochen. Im stillen stellt sich Hoffnungslosigkeit, Resignation und Rückzug ein. Aus tiefer Not entsteht u. a. ein magisches Erwartungsdenken.

Bei der beliebig wiederholbaren psychophysiologischen Methode der konzentrativen Körperwahrnehmungsübungen erleben MS-Kranke ihren Körper direkt angesprochen. Die bewußte Wahrnehmung ihres Bewegungsapparats macht die körperliche Behinderung sichtbarer, aber auch die noch zur Verfügung stehenden sensomotorischen Möglichkeiten. Sie fordert die aktive Anteilnahme an den körperlichen Schwierigkeiten. Kann der MS-Kranke einen bewußteren Zugang zu seinen körperlichen Behinderungen zulassen, wird er sich eher auch mit seinen psychosozialen Belastungen aktiver auseinandersetzen können.

Viele MS-Kranke entwickeln irreversible Entmarkungsherde, überwiegend im Rückenmark, mit arm- und beinataktischen Störungen, die im Alltags und Berufsleben erheblich behindern. Geistige Fähigkeiten werden nicht beeinträchtigt, können aber durch motorische Behinderungen weniger genutzt werden. MS-Erkrankte können die Methode der Körperwahrnehmungsübung gefahrlos erlernen und beliebig häufig selbst anwenden. Diese Methode kann ihnen zur Selbsthilfe dienen.

Bei der momentanen medizinisch-neurologischen Versorgung wird dem MS-Kranken kaum zugemutet, sich mit seiner Erkrankung und deren körperlichen Behinderungen sowie psychosozialen Belastungen auseinanderzusetzen.

Bei Ärzten und Laienhelfern hat sich die übergroße Besorgnis entwickelt, den Krankheitsverlauf durch aktivierende Therapieverfahren verschlechtern zu können. Der MS-Erkrankte bleibt so ganz sich selbst überlassen, was ihn überfordert und zu magischem Erwartungsdenken führt. Dem MS-Erkrankten wird so früh die Möglichkeit genommen, sich aktiver persönlich mit seiner Krankheit auseinanderzusetzen.

Konzentrative Körperwahrnehmungsübungen bei chronischem Rückenschmerz

Chronische Rückenschmerzen sind heute ein weitverbreitetes Leiden. Jahrelange Einnahme von Schmerzmitteln, Massagebehandlungen, Extensionen, chiropraktische Maßnahmen, Stützkorsett-Behandlungen sowie nicht selten operative Eingriffe (Bandscheibenoperation) können vielen chronisch Rückenschmerzerkrankten nicht entscheidend weiterhelfen. Die subjektiv stark empfundenen Schmerzzustände können durch organpathologische Befunde am Bewegungsapparat der Lendenwirbelsäule allein nicht erklärt werden. Altersgemäße degenerative Veränderungen der Zwischenwirbelräume und der Wirbelgelenke werden häufig als tragende Ursachen des Rückenleidens angesehen. Bei den sog. therapieresistenten Rückenschmerzen legen sich eines Tages Arzt und Patient schicksalhaft auf die Formel fest: „Wegen der Altersveränderungen an der Wirbelsäule lassen sich die Rückenschmerzen nicht mehr behandeln.“

Die Statistik über Frührentner weist bedrückende Ergebnisse aus. Bei der Angestelltenversicherung (viele Versicherte haben eine sitzende Tätigkeit) zeigen die Daten des Verbandes Deutscher Rentenversicherungsträger (VDR) aus den Jahren 1982 und 1983, daß Krankheiten des Skeletts, der Muskeln und des Bindegewebes bei Frühberentungen den Krankheiten des Kreislaufsystems direkt folgen. Krankheiten des Kreislaufsystems 37,6 bzw. 43,6% (Männer); 28,8 bzw. 32,6% (Frauen). Krankheiten des Skeletts, der Muskeln und des Bindegewebes 14,1 bzw. 17,0% (Männer); 24,8 bzw. 29,1% (Frauen).

Bei Krankheiten des Skeletts, der Muskeln und des Bindegewebes sind Dorsopathien (Rückenleiden) besonders ausgewiesen. Bei Männern sind es hier 9,2 bzw. 11,3%, bei Frauen 16 bzw. 19%. Obwohl Frauen in der Regel keine schweren körperlichen Arbeiten leisten müssen, erfolgten 1983 19% der Frühberentungen der Frauen wegen eines Rückenleidens. Dorsopathien (Rückenleiden) stehen an 2. Stelle aller Krankheiten, die zu Frühberentungen bei Frauen und Männern führen. Ein großer Teil dieser Rückenleiden sind chronische Rückenschmerzen im Sinne eines psychosomatischen Krankheitsbildes. Entwicklung und Verlauf dieser chronischen Rückenschmerzleiden gründen sich neben somatischen Faktoren auf individuelle psychosoziale Belastungen und Konflikte sowie dem aufrechten Bemühen der Erkrankten, sie mit festem Willen um jeden Preis durchzustehen.

Im Bewegungsapparat hat die Lendenwirbelsäule besondere Funktionen. Sie macht u. a. den aufrechten Gang und die Beweglichkeit des ganzen oberen Körpers möglich. Die Bandscheiben dämpfen wie Wasserkissen ständig die mechanischen Erschütterungen. Die Beweglichkeit in den Wirbelsäulengelenken sowie Funktion und Stoffwechsel der Bandscheiben hängen von der paravertebralen Muskelarbeit ab. Entsteht aus psychosomatischen Zusammenhängen heraus über Muskelverspannungen oder einer Nervenwurzelreizung ein lumbaler Schmerzkomplex, reagiert der paravertebrale Muskel reflektorisch mit vermehrter Spannung. Bei anhaltender schmerzreflektorischer Anspannung der paravertebralen Muskulatur wird er in die unphysiologische Rolle eines Haltemuskels gedrängt.

Der wichtige Wechsel zwischen Kontraktion und Dehnung fehlt. Die Beweglichkeit zwischen den Wirbelkörpern wird eingeschränkt, und die Bandscheiben geraten unter starken Druck. Der Zwischenwirbelraum nimmt ab. Muskulärer und radikulärer Schmerz werden weiter provoziert, was zu einem Teufelskreis, mit dem Ergebnis des chronischen, oft „therapieresistenten“ Rückenschmerzes führt. Stoffwechselbedingte Störungen führen in den Muskeln und in den Bandscheiben allmählich zu organischen Schädigungen (Muskelhartspann, Myogelosen, degenerative Veränderungen mit Höhenminderung der Bandscheibe, degenerative Veränderungen an den Zwischenwirbelgelenken). Es hat sich ein psychosomatisches Krankheitsbild entwickelt, in dem psychische und soziale Belastungsfelder sowie somatische Störungen und Schädigungen in den paravertebralen Muskeln, Bandscheiben sowie Zwischenwirbelgelenken den weiteren Verlauf bedingen.

Die tiefgreifenden Körperwahrnehmungsstörungen lassen sich schon aus den subjektiven Angaben der chronisch Rückenschmerzleidenden entnehmen. Die Patienten berichten neben den Schmerzen – an die sie sich mehr oder weniger „gewöhnt“ haben – sehr besorgt von mangelndem Halt im Lendenwirbelsäulenbereich. (Ich breche durch, ich knicke da hinten ab, die Wirbelsäule hält mich nicht aufrecht, sie ist zu locker.) Mechanistische Therapiephantasien sind die Folge: Operative Maßnahmen mit „Einbau“ von besonderem Halt werden als große Hoffnung erlebt. (Versteifung der Wirbelkörper untereinander, Verpflanzung von Knochenspänen, Einbau von Metallplatten usw.) Viele wünschen sich nach jahrelangem Leid fast magisch neue „eiserne Wirbelkörper“.

Werden mit den chronisch Rückenschmerzerkrankten konzentrative Körperwahrnehmungsübungen durchgeführt, zeigen sich erhebliche Körperwahrnehmungsstörungen. Obwohl die afferenten Informationssysteme wie Druck-, Lage- und Bewegungssinn im Lendenwirbelsäulenbereich intakt sind, haben der organisch begründete Schmerz (u. a. Nervenwurzelreizung, Stoffwechselstörungen im Muskel) und das psychisch mitbegründete Schmerzerleben scheinbar verdrängenden Einfluß auf die zentrale Erfassung und Verwertung afferenter Informationen aus diesem Bereich. Die in ruhender Körperlage – verbunden mit leichten Dehnungen der Muskulatur – vorgenommenen Körperwahrnehmungsübungen im Lendenwirbelsäulenbereich zeigen zwei scheinbar gegensätzliche Wahrnehmungsstörungen an: der bestehende Schmerz kann verstärkt wahrgenommen werden oder er fehlt ganz. Es kommt zur Ausgrenzung des ganzen Schmerzgebiets aus der Körperwahrnehmung. Die organisch intakten Afferenzen wie Druck-, Lage- und Bewegungssinn sind einer bewußteren Wahrnehmung zunächst nicht zugänglich. Es kann vermutet werden, daß diese afferenten Informationen auch bei den zentralen sensomotorischen Steuerungsabläufen nicht genügend zur Verfügung stehen. Die sensibilisierte Schmerzwahrnehmung scheint das sensomotorische System zu stören, so daß auch die zentrale Tonusregulierung der paravertebralen Muskeln möglicherweise beeinträchtigt wird. Die schmerzreflektorische Muskelverspannung könnte sich auf spinaler Ebene verselbständigen und führt u. a. über Muskelstoffwechselstörungen sowie Einschränkungen der Wirbelsäulenbeweglichkeit zu weiterer Schmerzentwicklung.

Bei Patienten nach frischen Bandscheibenoperationen findet sich bei konzentrativen Körperwahrnehmungsübungen in der Regel eine verstärkte Schmerzwahrnehmung im Lendenwirbelsäulenbereich. Gleichzeitig beschreiben die Patienten die beunruhigende Wahrnehmung, daß die ganze Rückenpartie verkürzt und zusammengeschrumpft ist.

Die praktische Durchführung konzentrativer Körperwahrnehmungsübungen wird bei chronisch Rückenschmerzerkrankten im Vergleich zu den Übungen bei Patienten mit spinal-ataktischen Gangstörungen modifiziert. Die jahrelangen Schmerzzustände haben ein tiefes Mißtrauen gegen jede neue Behandlungsform entstehen lassen. Es empfiehlt sich deshalb, zunächst fern von den Schmerzen im Lendenwirbelsäulenbereich Körperwahrnehmungsübungen durchzuführen. Hier bietet sich die Körperwahrnehmungsarbeit über die Atmung an (s. S. 113 und 115).

Nach einigen Sitzungen können dann die konzentrativen Körperwahrnehmungsübungen allmählich von den Beinen oder von oberen Körperbereichen her in die Nähe der chronischen Rückenschmerzgegend geführt werden (s. Körperwahrnehmungsübungen bei spinal-ataktischen Gangstörungen, S. 114). Vorsichtige Dehnübungen in Form von Drehbewegungen um die Wirbelsäulenachse sind die entscheidende physiologische

Anregung für den verkrampften, schmerzhaften Muskel. Die verkürzte, unelastische sowie stoffwechselgestörte Muskulatur benötigt unbedingt den Dehnreiz, der die Stoffwechselbedingungen verbessert. Die Muskulatur wird wieder elastisch. Gleichzeitig werden die Wirbelsäulengelenke wieder beweglich, und der Bandscheibenstoffwechsel kann sich wieder erholen. Der Stoffwechsel der Bandscheibe wird über Diffusion durch semipermeable Membranen geleistet, wobei der Wechsel von Druck und Entlastung auf die Bandscheibe wie ein Pumpmechanismus wirkt (Bandscheibe als osmotisches System).

Wenn sich die Bewegungstherapeutin dem schmerzhaften Lendenwirbelsäulenbereich nähern möchte, könnte folgender Text zur konzentrativen Körperwahrnehmung vorgesprochen werden:

„Wir liegen der ganzen Länge nach auf dem Rücken, die Augen sind geschlossen, die Gesichtsmuskeln sind entspannt, die Arme liegen mit der Handfläche nach unten neben dem Körper. Die Beine sind leicht gespreizt, die Fußspitzen hängen nach unten außen herab. Die Waden liegen breit auf der Unterlage, die Kniekehlen werden ganz locker gehalten und sollten allmählich millimeterweise dem Boden entgegensinken. Wir spüren die Unterseite der Unterschenkel von der Kniekehle bis zum Gesäßansatz hin auf der Unterlage ruhen" ... (wie konzentrative Körperwahrnehmungsübungen bei spinalataktischen Gangstörungen).

Bei späteren konzentrativen Körperwahrnehmungsübungen werden leichtere, federnde Dehnübungen miteinbezogen. Der vorgesprochene Text könnte dann so lauten: „Die Beine werden am Gesäß angestellt, die Füße berühren sich an den Innenseiten. Die Kniegelenke sind gebeugt, beide Beine sinken mit gebeugten Kniegelenken langsam auf die rechte Seite, die Füße bleiben übereinander liegen. Dann bewegt sich schrittweise die linke Schulter auf den Boden. Die linke Lendenseite wird vorsichtig gedehnt und etwas auf Spannung gehalten." Es soll kein starker Schmerz entstehen. In das leicht gedehnte, meistens etwas schmerzende Gebiet wird nun bewußt hineingeatmet. Diese Einatmung unterstützt die Dehnung, die Ausatmung nimmt sie zurück: „Mit jeder heranfließenden Atemwelle wird leicht gedehnt und angespannt, die zurückfließende Atemwelle entlastet und beruhigt. Die Atmung tastet sich millimeterweise in den Schmerzbereich vor (diese fein abgestimmten Dehnübungen können einige Minuten lang immer wieder durchgeführt werden), die Muskulatur gibt nach, die Schmerzen werden nun weniger." Sollte sich die Schmerzwahrnehmung überflutend verstärken, wird die Konzentration ganz auf die Atmung gelenkt. Nach dieser Übung werden die gebeugten Kniegelenke entsprechend auf die linke Seite verlagert und der Text entsprechend vorgesprochen.

Bei chronisch Rückenschmerzerkrankten beziehen sich die wichtigsten Anregungen zur konzentrativen Körperwahrnehmung auf die äußerst schmerzhafte paravertebrale Muskelverspannung in Ruhe sowie bei Dehnbewegungen. Die Aufforderungen, millimeterweise nachzugeben und immer wieder die Einatemwelle als besonders feines Instrument einzusetzen, um die paravertebrale Muskulatur zu dehnen, bewirken ein allmähliches Nachgeben der schmerzreflektorisch gekürzten Muskulatur.

Klinische Erfahrungen mit konzentrativen Körperwahrnehmungsübungen bei chronischem Rückenschmerz zeigen günstige Einflüsse auf verschiedene Ansatzpunkte:

- Die Technik der konzentrativen Körperwahrnehmungsübungen ermöglicht sehr feine Bewegungsabstufungen, um unterhalb der erhöhten Schmerzschwelle die Muskelfasern zu dehnen. Die Dehnreize führen zur Verbesserung des muskulären Stoffwechsels und lindern die Schmerzentwicklung. Die durch Dauerspannung schmerzhafte paravertebrale Muskulatur kann allmählich wieder physiologisch arbeiten. Dabei kommen die fast stillgelegten (auch schmerzhaften) Wirbelsäulengelenke wieder in Bewegung, die Bandscheibe kann sich ausdehnen und osmotisch Wasser sowie Nährstoffe durch Diffusion aufnehmen. Der Zwischenwirbelraum wird weiter. Mechanische Nervenwurzelreizungen sind weniger möglich.

Die konzentrativen Körperwahrnehmungsübungen machen Druck-, Lage- und Bewegungssinn der Lendenwirbelsäule bewußter, so daß sie zur zentralen sensomotorischen Wahrnehmung und Verwertung wieder zur Verfügung stehen und ein Gegengewicht zur sensibilisierten Schmerzwahrnehmung bilden. Der zunächst ausgegrenzte Rückenbereich wird wieder wahrnehmbar und fügt sich in den ganzen Körper ein. Aus den negativen Wahrnehmungen dem chronisch schmerzenden Lendenwirbelsäulenbereich gegenüber entwickelt sich eine vertrauensvollere Körperwahrnehmung. Das körperliche Selbstvertrauen der Rückenregion wird unterstützt, in der Lendenwirbelsäule wird wieder zuverlässiger Halt wahrgenommen.

Konzentrative Körperwahrnehmungsübungen können nur dann wirksam werden, wenn der chronisch Rückenschmerzerkrankte seine mechanistischen Therapiephantasien erkennen und aufgeben kann, um allmählich auch psychosomatische Zusammenhänge zuzulassen. Beim chronisch Rückenschmerzerkrankten ist psychotherapeutische Arbeit an den psychischen oder sozialen Konfliktfeldern erst mit erfolgreicher Behandlung der Schmerzsymptomatik möglich. Bei den konzentrativen Körperwahrnehmungsübungen wird der Erkrankte aktiv mit in die Behandlung einbezogen. Er kann diese Übungen – verbunden mit Dehnübungen der Muskeln – immer wieder selbst anwenden (Selbsthilfe). Wenn er durch Eigenaktivität seinen Schmerz lindern kann, fällt es ihm weniger schwer, Schmerzerleben auch mit persönlichen Belastungen und Konflikten in Verbindung zu bringen.

Der chronisch Rückenschmerzerkrankte (psychosomatische Erkrankung)

Medizinisch wird der chronisch Rückenschmerzerkrankte mit Schmerzmitteln – meist in Form von Injektionen –, Massagen, Extensionen, chiropraktischen Maßnahmen, Anlegen eines Stützkorsettes behandelt. Dem Erkrankten wird dabei eine passive, Hilfe erwartende Rolle zugeschrieben. Konzentrative Körperwahrnehmungsübungen stellen einen körper- und symptombezogenen aktiveren Therapieansatz dar. Mit der beliebig wiederholbaren konzentrativen Körperwahrnehmungsmethode wird eine aktive Auseinandersetzung mit den Schmerzen angeregt. Körperwahrnehmungsübungen im Lendenwirbelsäulenbereich in Ruhe und Bewegung ermöglichen sehr feine Bewegungsabstufungen, die den verkrampften, schmerzhaften Muskel allmählich zu seiner elastischen Funktion zurückführen. Diese Übungen, verbunden mit leichteren Dehnbewegungen, kann der Rückenschmerzerkrankte später selbst weiter durchführen. Die physiologische Bewegung der Lendenwirbelsäule kann so unterstützt und die Entwicklung erneuter Schmerzen gebremst werden.

Konzentrative Körperwahrnehmungsübungen machen sehr feine Bewegungsabstufungen im Lendenwirbelsäulenbereich möglich und schaffen somit eine günstige

Voraussetzung zu chirogymnastischen Behandlungs- und Übungsprogrammen. Konzentrative Körperwahrnehmungsübungen und Chirogymnastik sind bei kombinierter Anwendung geeignet, der Lendenwirbelsäule ruhenden, schmerzfreien Halt zu geben.

Der chronisch Rückenschmerzerkrankte hat u. a. das Problem, daß er im Grunde bereit ist, etwas Aktives für die Bewegung der Wirbelsäule zu tun. Die plötzlich überflutend starken Schmerzen veranlassen ihn aber immer wieder, sofort schmerzlindernde Maßnahmen zu erwarten. Der therapeutische Weg eines chronisch Rückenschmerzerkrankten wird über geduldige, millimeterkleine, zunächst körperbezogene Schritte gehen.

Hier haben sich die konzentrativen Körperwahrnehmungsübungen klinisch als wichtige Therapie bewährt. Erst später ist der Zugang zu individuellen seelischen und sozialen Konflikten möglich.

Literatur

Ebbecke U (1959) Psychologie des Bewußtseins in entwicklungsgeschichtlicher Betrachtung. Thieme, Stuttgart

Engeling J (1966) Die Entwicklung der Wahrnehmungsfähigkeit für Bewegungs- und Spannungsvorgänge. Krankengymnastik 10: 332–336

Meyer JE (1961) Konzentrative Entspannungsübungen nach Elsa Gindler und ihre Grundlagen. Z Psychother Med Psychol 11: 116–120

C. Geschlechtsspezifisches Körpererleben

Körpererleben von Männern mit Prostatopathie

P. Diederichs

Einleitung

Die Prostatopathie ist ein psychosomatisches Krankheitsbild, bei dem die urologische Untersuchung zwar eine Kongestion der Vorsteherdrüse ergeben kann, Bakterien im Prostataexprimat oder ein sonstiger organpathologischer Befund jedoch nicht nachzuweisen sind. Synonyma sind Prostataneurose, Kongestionsprostata, Urogenitalneurose, vegetatives Urogenitalsyndrom, chronisch-rezidivierende Prostatitis oder abakterielle Prostatitis. Klinisch ist die Prostatopathie charakterisiert durch eine Miktionsstörung (z. B. Pollakisurie, Dysurie oder Strangurie) und Mißempfindungen oder Schmerzen im urogenitalen und analen Bereich (z. B. Brennen in der Harnröhre, Schmerzen in der Leistengegend, die bis in die Hoden ausstrahlen können oder Druckgefühl im Dammbereich). Günthert (1983) hebt hervor, daß viele Patienten unaufgefordert betonen, nicht eigentliche Schmerzen zu haben, sondern ein unangenehmes, sehr störendes Gefühl. Manche können deswegen nicht mehr in Ruhe sitzen. Darüber hinaus klagen über 50% dieser Patienten auch über Sexualstörungen wie Erektionsschwierigkeiten, Schmerzen beim Samenerguß oder Ejaculatio praecox (Günthert 1983; Janssen et al. 1983).

In der Urologie ist dieses Krankheitsbild wahrscheinlich die häufigste psychosomatische Störung bei Männern (Diederichs u. Günthert 1985). Von analytisch-psychosomatischer Seite ist die Prostatopathie erst in jüngster Zeit untersucht worden (Diederichs 1983; Janssen et al. 1984; Riedell u. Brähler 1983). Psychodynamisch orientierte Fallberichte finden sich bei Günthert (1983) und Rechenberger (1979). Junker (1970) beschränkt sich in seiner durchaus anregenden Arbeit auf testpsychologische Aussagen, obgleich er seine Patienten auch tiefenpsychologisch untersucht hat. Psychometrische Befunde über Männer mit Prostatopathie liegen noch von belgischen (Mendlewicz et al. 1971) und skandinavischen Autoren (Keltikangas-Järvinen et al. 1981; Nilsson et al. 1975) vor.

Dieses urologisch-psychosomatische Krankheitsbild ist insofern für die psychosomatische Grundlagenforschung interessant, weil es offensichtlich über Jahrhunderte hinweg stabil geblieben ist. So konnte Christoffel (1944) nachweisen, daß schon Rousseau unter einer Prostatopathie gelitten hat. Aus seinen 1767 (!) geschriebenen „Bekenntnissen" geht hervor, daß er von häufigem Harndrang geplagt war, der nach dem Besuch eines venezianischen Bordells verschwand, sich dann aber wieder einstellte im Zusammenhang mit hypochondrischen Befürchtungen, eine Geschlechtskrankheit zu haben. Dieses psychopathologische Phänomen begegnet uns auch heute noch – im Zeitalter der Antibiotika – fast regelmäßig mehr oder minder ausgeprägt bei Männern mit einer Prostatopathie. Damit stoßen wir auf unser Thema, denn die Hypochondrie ist Ausdruck einer zentralen Störung des Körpererlebens bzw. des Körperbildes oder Körperschemas. Das frühe Körpererleben und die daraus entstehende Körpervorstellung ist ein grundlegender Baustein für die Selbstrepräsentanzen, wobei die Repräsentanz des eigenen Genitalbereichs besonders wichtig für die Ich- bzw. Identitätsentwicklung sein dürfte.

Darüber hinaus könnte das klinische Bild der Prostatopathie auch für die umstrittene Alexithymiediskussion von Bedeutung sein, da hier das Ausmaß der psychischen und somatischen Symptomatik etwa gleich groß ist. Hinzu kommt, daß diese urologisch-psychosomatische Störung auch transkulturell weit verbreitet ist. So habe ich sie inzwischen bei einem Algerier, Ägypter, Perser, Italiener, mehreren Jugoslawen und Türken und bei einem Afrikaner aus Dschibuti diagnostizieren können. Sicherlich stammen alle diese Männer aus patriarchalisch zentrierten Kulturen.

Methodik und Klientel

Systematische, empirisch-quantifizierbare Untersuchungen über das Körpererleben dieser miktionsgestörten Männer habe ich nicht durchgeführt, zumal entsprechende operationalisierbare Methoden meines Wissens bisher nicht vorliegen bzw. erst in der Entwicklung sind. Meine Ausführungen über das Körpererleben von Männern mit Prostatopathie beruhen auf Erfahrungen und Beobachtungen, die ich im Rahmen einer seit 1979 durchgeführten tiefenpsychologischen Untersuchung in der Abteilung für Psychosomatik und Psychotherapie des Klinikums Steglitz der Freien Universität Berlin gewonnen habe.

Nachfolgend ein Überblick der von mir benutzten psychodiagnostischen Verfahren (ausführlicher Diederichs 1983):

1. Psychometrische Verfahren
   a) Freiburger Beschwerden-Liste, Gesamtform (FBL-G) → Beschwerdenmuster
   b) Self-Rating-Anxiety Scale (SAS) → Angstmessung
   c) Fragebogen zur Erfassung von Aggressivitätsfaktoren (FAF) → Aggressionsmessung
   d) Giessen-Test (GT) → Selbsteinschätzung (GTS) → Idealbild (GTid)
2. Psychoanalytisches Erstinterview (Video)
3. Berliner Dokumentationssystem für Psychotherapie (BDP)

Das „Kernstück“ meiner Diagnostik bildet das analytische Erstinterview, das dann im Berliner Dokumentationssystem für Psychotherapie (Dührssen et al. 1980; Rudolf 1981) quantifiziert und dokumentiert wurde.

Die von mir bisher untersuchten 50 männlichen Patienten wurden zum einen aus den Urologischen Polikliniken zweier Universitätskliniken und zum anderen von niedergelassenen Berliner Urologen überwiesen. Sämtliche Patienten sind vor der tiefenpsychologischen Diagnostik gründlich urologisch untersucht und organpathologische Ursachen der Prostatopathie ausgeschlossen worden.

Die psychosozialen, psychopathologischen und psychometrischen Befunde bei Männern mit Prostatopathie wurden mit einer unausgelesenen männlichen Klientel (n = 37) einer anderen Ambulanz eines Universitätsklinikums verglichen (Glass 1983). Beide Gruppen ließen sich gut vergleichen, da sie sich im Alter und in den wichtigsten soziologischen Parametern nicht wesentlich voneinander unterschieden. Darüber hinaus hatte nur einer der 37 Männern des Vergleichskollektivs eine Störung im Urogenitalbereich.

Ergebnisse

Eine ausführliche Darstellung der Ergebnisse findet sich bei Diederichs (1983) und Glass (1983). Hier sollen nur einige für unser Thema relevante Daten mitgeteilt werden.

Das Durchschnittsalter der Klientel betrug knapp 35 Jahre, wobei ein Häufigkeitsgipfel um das 40.–42. Lebensjahr zu beobachten war. Obwohl knapp 80% der Männer eine feste Partnerschaft angaben, sind etwa 50% kinderlos geblieben. Bei der Mehrzahl der Patienten bestand die Symptomatik seit 1–3 Jahren. Die Psychodynamik der auslösenden Konfliktsituation lag vorwiegend im Geltungsbereich. Psychopathologisch stehen hypochondrische Ängste, depressive Verstimmungen mit passiven Tendenzen und Gehemmtheiten im aggressiven Bereich im Vordergrund.

Bei den meisten der uns überwiesenen Männern mit Prostatopathie überwiegt die zwangsneurotische Struktur. Eine qualitative Auswertung nach Ich- und Selbstpsychologischen Kriterien ergab, daß hinter der Zwangsstruktur große Unterschiede im Ich-Niveau, in der Kohärenz des Selbst und der Qualität der Objektbeziehungen zu beobachten sind. Nur etwa 20% der von uns untersuchten Patienten verfügen über ein relativ gutes Ich-Niveau. Sie sind flexibel in ihrer Persönlichkeit, introspektionsfähig und berichten über lebendige und differenzierte Partnerbeziehungen und einen kreativen Freizeitbereich. Weitere 10% zeichnen sich ebenfalls noch durch ein relativ gutes Persönlichkeitsniveau aus, leben auch in stabilen Objektbeziehungen, wirken aber schon wesentlich rigider. Bei den restlichen Männern, also $^2/_3$, finden sich Hinweise auf eine grobere Störung der Persönlichkeit im Sinne einer strukturellen Ich-Störung (Patienten mit Sucht, Borderline-Syndrom, narzißtischer Störung und deutlichem Zwangscharakter).

Die Art und das Ausmaß der gestörten Körperfunktion im Urogenitalbereich unserer Prostatopathiepatienten entspricht in etwa den von Junker (1970) angegebenen Häufigkeiten (Tabelle 1).

Die von einigen Patienten spontan genannten metaphorischen Umschreibungen ihrer Symptomatik charakterisieren das gestörte Körpererleben im Urogenitalbereich:

Ein 33jähriger habilitierter Wissenschaftler: „... es kommt kein richtiger Strahl mehr, allmählich ist es (die Miktion) immer schwächer geworden. Seit einem halben Jahr kann ich nur noch im Sitzen urinieren. Der Strahl hört an einem bestimmten Punkt auf und dann tropft es nur noch."

Ein 38jähriger Postbeamter, den seine Ehefrau samt der drei Kinder bei Nacht und Nebel verlassen hatte: „... als ob sie mir einen Knüppel zwischen die Beine geworfen hätte."

Ein 40jähriger Mann, dessen bewunderter Vater an Prostatakrebs gestorben war: „... ich fühle mich da unten unter Strom"; oder an anderer Stelle „... wie wenn ich auf einem Tennisball sitze".

Tabelle 1. Symptome bei abakterieller Prostatitis

n = 44	in % der Fälle
Wiederholter Drang, Wasser zu lassen	81
Schmerzen in der Leistengegend und Blase	78
Schmerzen an Glied und Hoden	78
Kreuz- und Rückenschmerzen	75
Startverzögerung beim Wasserlassen	67
Jucken und Kitzeln in der Harnröhre	65
Schmerzen beim Wasserlassen	62
Häufiges nächtliches Aufstehen, um Wasser zu lassen	60
Nachträufeln	57
Vorzeitiger Samenerguß	57
Geschlechtliche Übererregbarkeit	57
Schwierigkeiten beim Wasserlassen	56
Schweregefühl im Mastdarm	55
Ungenügende Gliedsteife	55
Schmerzen im Damm	50
Schmerzen beim Stuhlgang	50
Juckreiz am Geschlechtsorgan	46
Geschlechtliche Untererregbarkeit	44
Ausfluß aus der Harnröhre	35
Sorge, nicht Wasser lassen zu können	32

Ein Patient beschreibt seine Hodenschmerzen: „. . . wie wenn ich Steine im Hoden habe.“

Wiederum ein anderer, 42jähriger, sehr einfach strukturierter Patient, der über permanentes Brennen im Urogenitalbereich und einen Druck klagte, der vom After über das ganze Genitale bis hin zum Bauchnabel sich erstreckte: „. . . beim Geschlechtsverkehr bin ich im Nu fertig, ich habe schon viel Samen verloren, die Frauen saugen mich aus; unter meinem Penis fühlt es sich so an, als ob da eine ausgefahrene Rinne ist.“

Ein narzißtisch strukturierter Patient, der durch eine äußere attraktive Fassade (Dressman) auffiel, beklagte sich, kein Körpergefühl mehr zu haben, er stehe neben sich; neben seiner Prostatopathie gab er an, auf seiner Eichel nur eine sehr dünne, beim Geschlechtsverkehr einreißende Haut zu haben. Aus diesem Grunde könne er sich nur einmal im Monat den Geschlechtsverkehr leisten.

Ein 34jähriger Borderline-Patient formulierte: „. . . irgendetwas schwillt an, verkrampft und verstopft sich.“ Da er öfter einen Hitzestau im Genitalbereich verspürt, behandelt er sich selbst mit kalten Tüchern. Sexuell fühle er sich wie ein 50jähriger Opa.

Ein schon älterer, früher beruflich erfolgreicher Mann, der seine Prostatopathie nach einem Herzinfarkt entwickelte, äußerte spontan: „. . . ich habe die Festigkeit zu mir verloren, ich bin kein Mann mehr.“

Wiederum ein anderer, der neben der Miktionsstörung über Ejakulationsschmerzen klagte, schuldigte dafür seine Krampfadern im Hoden an, die Krampfadern sah er aber andererseits als Folge einer Mandelentzündung an.

In diesem Zusammenhang ist interessant, daß über 25% aller Prostatopathiepatienten auch Beschwerden im Hals-Nasen- und Gesichtsbereich angeben. Man könnte hier an eine Verschiebung von „unten“ nach „oben“ denken. Außerdem findet man nicht selten in ihrer Vorgeschichte eine herzneurotische Symptomatik.

Der für unser Thema wichtigste Befund besteht in dem gehäuften Auftreten der Hypochondrie, der zentralen Störung des Körpererlebens. Sie scheint ein außerordentlich charakteristisches Merkmal von Männern mit Prostatopathie zu sein. Ihr gehäuftes Vorkommen ist gegenüber dem vergleichbaren psychosomatischen männlichen Klientel einer anderen psychosomatischen Ambulanz signifikant. Nur zwei der von uns untersuchten 50 Männer mit Prostatopathie äußerten keine hypochondrischen Befürchtungen. Hinsichtlich der klinischen Ausprägung dieses Merkmals ist der eben aufgezeigte Unterschied nicht mehr signifikant, d. h. schwere Formen der Hypochondrie sind auch bei anderen psychosomatischen Erkrankungen, insbesondere der Herzneurose und der Colitis ulcerosa zu beobachten. Inhaltlich bezieht sich die Hypochondrie der im Urogenitalbereich gestörten Männer in erster Linie darauf, sich mit einer Geschlechtskrankheit infiziert zu haben, oder unter einer schleichenden bösartigen noch nicht diagnostizierbaren Erkrankung zu leiden. Der für Männer mit Prostatopathie typische Befund der hypochondrischen Befürchtung ist kein völlig neues Ergebnis, aber sicherlich mit Hilfe der deskriptiven Statistik bisher noch nicht so deutlich belegt worden. Schon in der älteren und natürlich vorwiegend organisch orientierten Literatur ist den Urologen die Hypochondrie im Zusammenhang mit dieser männlichen Miktionsstörung aufgefallen und hat – wie die Ausführungen von Frankl-Hochwart u. Zuckerkandl (1906) zeigen – entsprechende negative Gegenübertragungsgefühle ausgelöst: „Jedem werden auch einzelne dieser Patienten in unangenehmer Erinnerung bleiben, die immer wieder untersucht werden wollen und in unendlichen Ausführungen ihre Leiden schildern, die nicht genug an ihrer rednerischen Darstellung haben, sondern mit Vorliebe am Schluß noch Memoiren überreichen, worin die Empfindungen jeden Tages genau aufgezeichnet sind. Sehr häufig verbinden sich mit den Vesikalsymptomen sexual-neurasthenische Zustände wie Ejaculatio praecox, Pollutionen, Spermatorrhö, Impotenz“ (Frankl-Hochwart u. Zuckerkandl 1906, S. 79).

Diskussion der Ergebnisse

Bevor ich mich mit der Hypochondrie als der zentralen Störung des Körpererlebens metapsychologisch auseinandersetze, möchte ich einige Anmerkungen zur Psychosomatik der Miktion voranstellen. Die störungsfreie Entwicklung des Urethalen ist nämlich die Voraussetzung für ein positives urogenitales Körpererleben.

Das urethrale Antriebserleben

Der periphere Harnapparat (Harnröhre und Blase) ist genau wie der Mund oder der After eine Lust- und Triebzone. Die Schleimhäute der Harnröhre bzw. Blase haben ebenfalls erogenen Charakter, worauf die durchaus nicht seltenen Masturbationspraktiken an der Harnröhre hinweisen. Sadger hat daher schon 1910 analog zur Analerotik den Begriff der Urethralerotik eingeführt. Das bis in die Lenden spürbare lustvolle „Verströmen“ bei voller Blase kann jeder an sich selbst erleben. Schultz-Hencke (1927, 1951) hat nun in der für ihn charakteristischen eklektizistischen Art libidotheoretische Positionen – unter Einbeziehung der Theorie des psychophysischen Parallelismus – mit allgemeineren anthropologischen Kategorien im Begriff des „urethralen Antriebserlebens“ zusammengefaßt. Die Theorie des psychophysischen Parallelismus bzw. des Gleichzeitigkeitskorrelats besagt, daß körperliche Funktionsabläufe – so auch die Miktion – von bestimmten Gefühlen begleitet werden. Eine Hemmung im seelischen

Bereich kann auch zu einer Störung im körperlichen Ablauf führen. Das urethrale Antriebserleben beinhaltet zum einen die libidinöse Erfahrung, sich im Miktionsakt verströmen zu können und zum anderen, vor allem beim kleinen Kind, sich unbekümmert um zeitliche oder räumliche Verhältnisse seiner Willkür zu überlassen. Die aggressive Seite des Urethralen leitet sich aus den erfahrenen Einschränkungen in der Sauberkeitserziehung ab. Sie spiegelt sich auch in unserer Sprache wider, z. B. in dem Ausspruch „jemanden anpinkeln wollen". Der Gefühlsbereich des Sich-vertrauensvoll-verströmen-lassens bildet dann u. a. die Basis für die Hingabe, die eine wesentliche Voraussetzung für Beziehungsfähigkeit ist. So verwundert es nicht, daß der Urogenitalbereich sowohl der Frau als auch des Mannes zur Symptomstätte für Beziehungskonflikte werden kann. Ein weiterer wichtiger emotionaler Aspekt des urethralen Antriebserlebens hat nach Schultze-Hencke eine geschlechtsspezifische anthropologische Bedeutung. Die Wahrnehmung des unterschiedlichen Miktionsverhaltens von Jungen und Mädchen – der Junge steuert im hohen Bogen seinen Harnstrahl und verbindet damit Gefühle von Stolz, Bevorzugung und einem „höher hinaus" – führt den zunächst neutral erlebten Miktionsakt in den Bereich der Geltung. Der Junge kann ja im Gegensatz zum Mädchen aufrecht stehend urinieren und seinen Urinstrahl lenken, wohin er will. Auch die Nähe des Urethralen zum Phallischen ist beim Mann größer.

Schon Freud (1900) hat in seiner Traumdeutung Beispiele für den Glauben der Menschen angeführt, daß die Urinflut gewaltige Wirkungen ausüben kann. Kleine Kinder urinieren mit Vorliebe in große Pfützen und stellen dann das ganze als ihre Leistung hin. Die Bedeutung von Macht, Geltung und Leistung steht besonders beim Mann in Zusammenhang mit der Miktion. Die narzißtische Besetzung der Urethralität dürfte also die Basis für ein positives Körpererleben im Urogenitalbereich sein. Bei den spontanen Äußerungen der Patienten zu ihrer Symptomatik wurde deutlich, wie die gestörte Miktion mit Mißempfindungen oder Schmerzen im gesamten Urogenitaltrakt einhergehen kann. Die Prostatopathie nur unter ödipaler Problematik zu interpretieren, z. B. als Ausdruck von zur Regression auf die urethrale Stufe führenden Kastrationsängsten erschien mir zu vordergründig bzw. als ein Vernachlässigen prägenitaler Aspekte. Wie die folgende narzißmustheoretische Diskussion der Hypochondrie zeigen soll, ist diese psychosomatische Störung ätiopathogenetisch i. allg. früher anzusiedeln. Unter Narzißmus verstehe ich im Sinne von Kohut (1973) die Psychologie des Selbsts.

Hypochondrie als Ausdruck einer zentralen Störung des Körpererlebens

Die Hypochondrie ist bisher Domäne der Psychiatrie gewesen (Fischer-Homberger 1970). Als Ausdruck gestörten Körpererlebens ist sie von psychoanalytischer Seite bisher kaum untersucht worden. Grunert (1977) weist zurecht darauf hin, daß Körpergefühl und Selbstgefühl bzw. körperliche Integrität und narzißtische Stabilität eng zusammenhängen. Das Kind lernt die libidinöse Besetzung seines Körpers durch seine ersten Beziehungspersonen, meist die Mutter. „Bei einem gestörten Körperbild, einem defekten Körperschema, kann es ein verläßlich besetztes und mit neutralisierter Energie ausgestattetes Selbstgefühl nicht geben" (Grunert 1977, S. 11). Die Qualität der Körperpflege und die Art des Umgangs mit der Sauberkeitserziehung sind hier sicherlich pathogenetisch wirksam. Das frühe Ich ist ein Körper-Ich. Ein defektes Körper-Ich bzw. Unvertrautheit mit einzelnen Körperbereichen bildet dann die

Grundlage für die besorgniserregende Beobachtung des eigenen Körpers. Darüber hinaus wird ein gestörtes Körperbild das adäquate Durchlaufen der ödipalen Phase erschweren bzw. unmöglich machen.

Freud selbst hat in seiner 1914 erschienenen Arbeit zu „Einführung in den Narzißmus" erste entscheidende Anregungen gegeben, die Hypochondrie unter narzißmustheoretischen Überlegungen zu interpretieren. Er weist dort auf die der Hypochondrie zugrundeliegende unterschiedliche Libidoverteilung hin. Der Hypochonder zieht sein Interesse bzw. seine Libido von den Objekten der Außenwelt ab und konzentriert sie auf das ihn beschäftigende Organ. In seinen weiteren Ausführungen deutet er – wenn man so will – erste Zusammenhänge zwischen Hypochondrie und pathologischem Körperselbst an, indem er sagt, daß die Hypochondrie in einem ähnlichen Verhältnis zur Paraphrenie (Schizophrenie) steht wie die Aktualneurose zur Hysterie und Zwangsneurose; anders formuliert: Die Hypochondrie entspricht bei den strukturellen Ich-Störungen der Signalangst bei den funktionellen Ich-Störungen bzw. den Übertragungsneurosen. Während die Signalangst auf die Gefahr eines Triebdurchbruches hinweist, signalisiert die Hypochondrie die Fragmentierungsgefahr des Selbst.

Nach den in Analysen mit Hypochondern gewonnenen Erfahrungen hängt nach Grosch (1958) die Art und Lokalisation der Organerkrankung mit ihren Beziehungspersonen zusammen, die bewundert, aber auch gehaßt werden. Gelegentlich gaben die von uns untersuchten Männer an, daß auch schon ihr Vater ein Prostataleiden hatte oder sogar an Prostatakrebs gestorben ist. „Die Beziehungsperson ist im Erleben des Hypochonders immer durch besondere Großartigkeit ausgezeichnet, durch ein irgendwie geartetes Sich-Abheben von der übrigen Mittelmäßigkeit der Menschheit" (Grosch 1958, S. 198). Kohut (1973) würde von einer idealisierten Eltern-Imago sprechen. Die Ursache hierfür ist der zugrundeliegende Geltungskonflikt des Hypochonders, selbst groß und einzigartig sein zu wollen. In Kohut-Kategorien formuliert: Die Angst bzw. die Abwehr der Minderwertigkeitsgefühle hat den Patienten sich auf sein „grandioses Selbst" zurückziehen lassen. In der Genese von Männern mit Prostatopathie fiel auf, daß ihre Väter entweder sehr blaß geblieben sind oder grob idealisiert wurden. Das grandiose Selbst korrespondiert also mit den idealisierten Eltern-Imagines. Das Verhältnis zu der als besonders großartig und mächtig empfundenen Beziehungsperson ist natürlich immer ambivalent. Die Überwindung und Erledigung der Ambivalenz erfolgt durch Introjektion. Grosch weist in diesem Zusammenhang darauf hin, daß die alte Bezeichnung für Hypochondrie „eingebildete Krankheit" heißt. Das „überhöhte Bild" eines Menschen, eines Vorbildes wird sich selbst einverleibt bzw. eingebildet. In diesem Zusammenhang sei daran erinnert, daß etwa $^2/_3$ der Männer mit Prostatopathie eine Selbstpathologie aufwiesen, die bei einem nicht geringen Teil zu einer narzißtischen Charakterabwehr geführt hat.

Weiterhin deutet Grosch (1958), der offensichtlich einige wichtige Gedankengänge von Kohut (1973) vorweggenommen hat, die später von ihm ausführlich beschriebene Spiegelübertragung an. Spiegelerlebnisse sollen nämlich nach ihren Erfahrungen bei allen Hypochondern eine ausgedehnte Rolle spielen. „Ihre narzißtische Strukturgebundenheit und Kontaktgestörtheit läßt sie im Spiegelbild eine Zwiesprache mit sich selbst suchen. Der Hypochonder erlebt immer die eigene Bedeutung als so groß, daß seine Umwelt zur Bedeutungslosigkeit absinkt; und nach dieser Richtung sucht er ein ständiges Echoerleben in seinem Spiegelbild. . . . Die Selbstbeobachtung des Hypochonders ist immer eine larvierte Selbstbewunderung. Der Hypochonder ist ein Mensch, der bildlich gesprochen ständig einen Scheinwerferkegel auf sich selbst einstellt, so daß die übrige Welt für ihn im Dunkeln liegt (Grosch 1958, S. 205).

Diese vielleicht etwas theoretischen Ausführungen sollen anhand einer Fallgeschichte eines Mannes mit Prostatopathie verdeutlicht werden.

Der 40jährige ledige Polizist wurde mir konsiliarisch aus unserer Urologischen Poliklinik vorgestellt. Im Erstkontakt wirkte der unauffällig gekleidete Patient latent mißtrauisch, in der körperlichen Haltung steif und vermied den Blickkontakt. Für das Ausfüllen unseres Ambulanzfragebogens benötigte er überdurchschnittlich viel Zeit. Er sprach dann langsam und umständlich, versuchte aber meine Anfragen präzise zu beantworten, wobei zum einen seine Zwangsstruktur und zum anderen aber auch eine überhebliche, besserwisserische Haltung deutlich wurden. Bezüglich seiner *Symptomatik* gab er an, Schmerzen in der Leistengegend zu haben. Zunächst habe es nur im Penis wehgetan, dann habe es in den Leisten gebrannt und die Schmerzen seien nach hinten gezogen. Schließlich seien die Schmerzen in die Beine ausgestrahlt. Da er auch noch Schmerzen in den Schultergelenken verspürte, war er der Meinung, eine schleichende rheumatische Erkrankung zu haben. Von dieser Diagnose wollte er trotz aller gegenteiligen negativen somatischen Befunde nicht abrücken. Hinsichtlich seiner Miktion gab er an, unter vermehrtem Harndrang zu leiden. Insgesamt habe er das Gefühl, daß sich sein Körper in einem Reizzustand befinde. In letzter Zeit habe er Angst, an dieser schleichenden Erkrankung sterben zu müssen und habe deswegen verschiedene Fachärzte und auch Krankenhäuser aufgesucht. Dabei war es ihm gelungen, sogar eine Ganzkörper-Computertomographie zu bekommen. Die Symptomatik bestand seit über 1 Jahr. Vorausgegangen war ein Konflikt am Arbeitsplatz, in dem der Patient von einem Berufskollegen angegriffen und abgewertet wurde. Seine Genese schilderte er auffallend harmonisch und zufriedenstellend. Da verschiedene ambulante therapeutische Versuche z. B. beim Nervenarzt und beim Heilpraktiker gescheitert waren und die Berufsunfähigkeit drohte – er war seit über einem Vierteljahr krankgeschrieben –, zeigte er sich an einem stationären psychotherapeutischen Behandlungsversuch interessiert.

Gleich in der 1. Behandlungsstunde demonstrierte er mir sein gestörtes Körpererleben im Urogenitalbereich: Unaufgefordert ließ er die Hosen herunter, um mir sein Genitale zu zeigen. Eindringlich, dabei gequält wirkend, beschrieb er, daß ihm die ganze Gegend brenne, insbesondere die Leistenbeuge, die Schmerzen würden bis in das Gesäß ausstrahlen. Auf meine wiederholten Äußerungen, daß ich nichts Auffälliges weder an seinen Geschlechtsorganen noch in der Leistengegend sehen könnte, beharrte er darauf, daß die Adern in den Leistenbeugen herausquellen würden; er kenne doch seinen Körper am besten. Hier zeigt sich der schon von Kehrer (1930) beschriebene „medizinische Größenwahn" des Hypochonders. Im Laufe der Behandlung äußerte er, auf seine Urogenitalregion deutend: „Ich habe das Gefühl, sie ist ein einziger Eiterpickel, alles ist aufgeweicht, schwillt an und brennt. Meine Spermien sind zwar weiß, aber voller Eiter." Der Patient drängte auch während der Behandlung wiederholt auf die Untersuchung seines Ejakulats. Seine narzißtische Seite bzw. sein grandioses Selbst offenbarte sich bald in der Gruppentherapie. So zog er immer wieder die Aufmerksamkeit, insbesondere der Frauen, auf sich, und hielt sich für intelligenter als die anderen. „Ich glaube an mich wie an den lieben Gott, dann habe ich soviel Kraft, daß ich alles selbst machen kann!" Am deutlichsten zeigten sich seine Größenvorstellungen in der Gestaltungstherapie bei dem Thema Selbstbildnis: Er zeichnete sich mit einem Dokturhut und einem Buch der Weisheit in der Hand, das er interessanterweise genau vor seinen Genitalbereich hielt. Das Selbstbildnis unterschrieb er dann mit „Baron, Edelmann, Professor von . . ." und dann seinen Namen.

In der Konzentrativen Bewegungstherapie fiel auf, daß er so gut wie keinen Zugang zu seinem Körpererleben hatte, immer viel Platz für sich allein beanspruchte und den Körperkontakt mit anderen vermied.

Im Verlauf der Behandlung wurde zu seiner infantilen Vorgeschichte deutlich, daß er in einem Familienklima aufgewachsen war, in dem er wenig beachtet wurde. Insbesondere muß eine 6 Jahre ältere Schwester neurosenpsychologisch relevant gewesen sein, die als die Gute und Intelligente in der Familie galt und von der er sich permanent abgewertet fühlte. Die idealisierende Abwehr gegenüber den Eltern gab er jedoch nicht auf.

Die Ätiologie der Hypochondrie sollte also auf dem Hintergrund einer Pathologie des Selbsts gesehen werden. Wenn man schon als Kind nicht beachtet und geliebt wurde, muß man wenigstens bewundert werden. Sicherlich können am Anfang des gestörten

Körpererlebens unlustvolle oder schmerzhafte Körperempfindungen stehen, die dann zu einer gesteigerten Selbstbeobachtung führen und in einer hypochondrischen Befürchtung enden können. Wie Grosch (1958) plastisch mit der Metapher des Scheinwerferkegels beschrieb, wird die gesamte seelische Energie auf den eigenen Leib konzentriert und dadurch der Bezug zur Umwelt stark eingeschränkt. Auch der eben beschriebene Patient war so intensiv mit sich selbst beschäftigt, daß er sich auf andere Personen nicht einstellen konnte und die Umwelt an Aufforderungscharakter verlor. Er fühlte sich nur wohl und hatte dann auch keine Beschwerden, wenn man sich wie in den Einzeltherapiestunden ganz auf ihn einstellte und positiv widerspiegelte.

Psychodynamik der auslösenden Konfliktsituation

Wie schon angedeutet, liegt die Psychodynamik der auslösenden Konfliktsituation für Männer mit Prostatopathie vorwiegend im Geltungsbereich. Die narzißtische Seite der Miktion und des Phallus prädestiniert sie dahingehend, daß die Kränkung ihr schon primär lädiertes Körper-Selbst offenbar werden läßt. So überrascht es nicht, daß eine Reihe von Männern mit Störungen im Urogenitaltrakt das Gefühl haben, im „Zentrum" getroffen zu sein. In diesem Zusammenhang ist von Interesse, daß das Durchschnittsalter unseres Patientenkollektivs relativ hoch liegt, mit einem Gipfel um 40 Jahre. Die Schwellensituation um das 40. Lebensjahr besteht wohl darin, daß Männer an die Grenze ihrer beruflichen und sexuellen Leistungsfähigkeit gelangen, was auch ihr Körpererleben verändert. Ohne die Problematik der Lebensmitte bzw. des „Mannes im besten Alter" schematisieren zu wollen, geht es psychodynamisch gesehen – wie Beck (1981) meiner Meinung nach zurecht behauptet – um Verluste von bisher narzißtisch hochbesetzten Objekten wie Schönheit bzw. positives Körperbild (beginnende Glatze, kleiner Bauch usw.), Kraft, sexuelle Potenz, Karriere oder die aus dem Haus gehenden Kinder. Ein 40jähriger Patient, der mit einem farbigen Pullover, auf dem „Icecreme" stand, zum Erstinterview erschien, drückte das nach seiner Symptomatik befragt folgendermaßen aus: „Mensch, ich merkte, du pinkelst ja wie ein alter Mann." Die urologische Symptomatik war aufgetreten, nachdem er zum ersten Mal in seinem Leben bei einer Schlägerei den Kürzeren gezogen hatte und sich mit einem Kieferbruch in stationäre Behandlung begeben mußte. Obwohl körperlich eher klein, betonte er, keiner Keilerei aus dem Wege gegangen zu sein. Sein spontaner Kommentar: „Wenn du einen Großen umhaust, bist du der Größte!" Sein schon primär labilisiertes Körper-Selbst hat sozusagen einen „Sprung" bekommen. Der Einbruch seiner narzißtischen Regulation bzw. die Einbuße an Geltung korrespondiert mit einer gestörten Miktion. Der „hohe Bogen" ist abgeschwächt. Er erlebt, daß kein richtiger Strahl mehr kommt, eine Beobachtung, die viele Männer mit Prostatopathie zuerst registrieren: „Der Strahl wird immer dünner, es kommen dann nur noch ein paar Tropfen!" In diesem Zusammenhang scheinen mir die Ausführungen von Beck (1981) bedeutsam, der das psychosomatische Symptom als eine „reparative Reaktion" auf narzißtische Kränkungen oder Verletzungen des Selbst versteht. Durch die Kränkung kommt es zur Regression und die adaptive Funktion der Krankheit besteht darin, das verletzte Selbst – und damit auch Körperselbst – zu reparieren. So stellen die Prostataschmerzen bzw. die schmerzbedingte Überbesetzung des Körpers einen Versuch dar, die verletzten Selbstgrenzen wieder herzustellen. Die Reparationstendenz hat sich in die körperliche Sphäre verschoben, da sie allein im seelischen Bereich nicht mehr geleistet werden kann. Das körperliche Symptom ist daher ein wertvoller Stabilisator, dessen Erhaltung der Patient mit allen Energien gegen die therapeutischen Eingriffe des Arztes verteidigt (Beck 1981).

Bedeutung der Aggression

Die Berücksichtigung narzißmustheoretischer Aspekte erklärt die Pathogenese der Hypochondrie nicht allein. Eine wesentliche Rolle spielt die Aggression, also eine triebdynamische Komponente. Es liegt nahe, daß Patienten mit Defekten ihres Selbst bzw. Körperselbst schwerer ihre aggressiven Impulse integrieren können. Männer mit Prostatopathie sind aggressiv gehemmt. Grosch (1958) betont, daß dies auch für alle Hypochonder zutrifft. Allerdings handelt es sich bei ihnen um eine zäh-penetrante Form der Aggression, die um langsame Auflösung und Destruktion kreist: „Alle diese Befürchtungserlebnisse haben psychologisch gesehen das Gemeinsame der langsam schleichenden Organdestruktion: Ein langsam von innen her zerstörend wirkendes Agens bringt den Körper oder das betreffende Organ zur langsamen Auflösung und damit zu langem Siechtum“ (Grosch 1958, S. 198). Die Hypochondrie kann also zusätzlich als eine inadäquate Form der Aggressionsverarbeitung verstanden werden. Auch in unserer Fallgeschichte ist deutlich geworden, daß die Hypochondrie dazu diente, abgewehrte feindselige Gefühle und verletzten Stolz vor sich und den anderen zu verbergen. Broden u. Myers (1981) kommen aufgrund der Erfahrungen aus zwei Langzeitanalysen mit hypochondrischen Patienten zu der Ansicht, daß hypochondrische Symptome Derivate unbewußter Phantasien sind, geschlagen und gequält zu werden. Genau wie Grosch finden sie bei hypochondrischen Patienten ein Überwiegen aggressiver Konflikte mit internalisierten Objekten, die bewundert wurden. Die Patienten selbst aber erleben sich als geschädigt, woraus der kompensatorische Wunsch resultiert, ein bewundertes Kind zu werden. Gleichzeitig sollen ihrer Meinung nach hypochondrische Symptome der Abwehr von Schuldgefühlen dienen, da sich ja die Wut gegen wichtige Liebesobjekte richtet.

Die genetischen Daten der Männer mit Prostatopathie weisen z. T. auf strenge Väter hin, wovon auch einige ihre Söhne körperlich gezüchtigt, sie also immer wieder „verletzt“ haben. Trotzdem war die Einstellung zu diesen Vätern auffallend neutral bis wohlwollend oder sogar bewundernd.

Interaktionelle und therapeutische Aspekte

Janssen et al. (1983) haben die Interaktion zwischen den Urologen und Patienten mit Prostatopathie gut herausgearbeitet. Die Selbstwert- und Identitätsstörung dieser Männer bzw. ihr gestörtes urogenitales Körpererleben zwingt sie unbewußt, sich ihre männliche Unversehrtheit immer wieder bestätigen zu lassen. Der neurotische Wiederholungszwang veranlaßt sie jedoch, den Urologen in die Position des Schädigers zu bringen, indem sie ihn zu erneuten diagnostischen Untersuchungen und Therapiemaßnahmen provozieren. Letztlich werden sie jedoch enttäuscht, entwerten ihre Behandler und suchen sich neue Ärzte. Jeder diagnostische Eingriff, der invasiven Charakter hat, sollte daher genau indiziert sein, da er unbewußt wieder als genitale Verletzung erlebt wird und zur Chronifizierung der Symptomatik bzw. des gestörten Körpererlebens beitragen kann. Ungerechtfertigte Maßnahmen, wie die Verordnung von Chemotherapeutika bei fehlendem Bakteriennachweis oder die noch von einigen Urologen praktizierte Prostatamassage sollten vermieden werden, um den Patienten nicht auf eine Organerkrankung zu fixieren. Flankierende Maßnahmen von urologischer Seite, wie die Durchblutung des kleinen Beckens fördernde Ichthyol-Zäpfchen oder heiße Sitzbäder (Günthert 1983), können durchaus hilfreich sein.

Insgesamt lassen diese unattraktiven, klagsamen Patienten den Arzt mit der Chronizität und der Therapieresistenz ihres Leidens die Grenzen seines medizinischen Wissens und Könnens fühlen, was häufig zu negativen Gegenübertragungsgefühlen führt (s. auch das Zitat von Frankl-Hochwart u. Zuckerkandl 1906). Hinsichtlich psychotherapeutischer Maßnahmen sei angemerkt, daß etwa bei 20% der uns überwiesenen 50 Männer mit Prostatopathie eine analytisch orientierte, d. h. konfliktaufdeckende Psychotherapie indiziert war. 10%, also 5 der Männer, konnte ich selbst in ambulante Gruppentherapie oder in eine stationäre psychotherapeutische Behandlung übernehmen. Der in diesem Beitrag ausführlicher vorgestellte Patient hatte eine ungünstige Prognose, zum einen wegen der enormen charakterneurotischen Abwehr und zum anderen, weil seine Hypochondrie das Ausmaß einer überwertigen Idee hatte, also psychosenah war. Ein halbes Jahr nach unserem Behandlungsversuch mußte er endgültig dienstunfähig geschrieben werden. Erfahrungen mit gezielten Körpertherapien bei diesem Krankheitsbild liegen meines Wissens bisher nicht vor. Ein von uns stationär behandelter 32jähriger Patient, Fachhochschulabsolvent mit einer günstigen Prognose, der auch von unserer stationären Psychotherapie profitieren konnte, berichtete in einem katamnestischen Gespräch, daß sich eine bioenergetische Therapie positiv auf seinen „Unterleib“ ausgewirkt habe. Nicht ohne Stolz erzählte er, daß seine Freundin inzwischen von ihm schwanger geworden sei.

Zusammenfassung

Ausgehend von einer tiefenpsychologischen Untersuchung an 50 Männern mit Prostatopathie wurden die Ergebnisse und klinischen Beobachtungen auf das Körpererleben zentriert. Schon bei der spontanen verbalen Darstellung ihrer Symptomatik wurde deutlich, daß sie sich im Urogenitalbereich verletzt und geschädigt bzw. im „Zentrum“ getroffen fühlen. Ihre „narzißtische Wunde“ wurde unter trieb- und selbstpsychologischen Aspekten diskutiert. Dabei wurde die regelmäßig bei Männern mit Prostatopathie vorgefundene hypochondrische Befürchtung in den Mittelpunkt gerückt, da sie als larvierte Form der Selbstbewunderung einen Reparationsversuch des geschädigten Körper-Selbsts und damit auch der Selbstwertregulation darstellt.

Literatur

Beck D (1981) Krankheit als Selbstheilung. Insel, Frankfurt/M

Broden AR, Myers WA (1981) Hypochondrical symptoms as derivatives of unconscious fantasies of being beaten or tortured. J Am Psychoanal Assoc 29: 535–557

Christoffel H (1944) Trieb und Kultur. Schwabe, Basel

Diederichs P (1983) Zur Psychosomatik der Miktionsstörungen. Habilitationsschrift, Universität Berlin

Diederichs P, Günthert EA (1985) Psychosomatische Aspekte in der Urologie. In: Uexküll T von (Hrsg) Lehrbuch der Psychosomatischen Medizin, 3. Aufl. Urban & Schwarzenberg, München Wien Baltimore

Dührssen A, Bodenstein D, Holitzner WV (1980) Das Berliner Dokumentationssystem für Psychotherapie. Z Psychosom Med 26: 119–157

Fischer-Homberger E (1970) Hypochondrie. Huber, Bern

Frankl-Hochwart L von, Zuckerkandl O (1906) Die nervösen Erkrankungen der Blase. Hölder, Wien

Freud S (1900) Die Traumdeutung. Gesammelte Werke, Bd 2/3. Fischer, Frankfurt/M

Freud S (1914) Zur Einführung in den Narzißmus. Gesammelte Werke, Bd 10. Fischer, Frankfurt/M

Glass W (1983) Harnentleerungsstörungen ohne Organbefund. Inaugural-Dissertation, Universität Berlin

Grosch M (1958) Über Hypochondrie. Z Psychosom Med 4: 195–205

Grunert J (1977) Körperbild und Selbstverständnis. Kindler, München

Günthert EA (1983) Prostatitis aus psychosomatischer Sicht. In: Brunner H, Krause W, Rothauge CF, Weidner W (Hrsg) Chronische Prostatitis. Schattauer, Stuttgart

Janssen PL, Kukahn R, Spieler KH (1983) Psychosomatische Untersuchungen zur chronischen Prostatitis. Z Psychosom Med 29: 253–269

Junker H (1970) Sind Patienten mit chronischer bakterieller Prostatitis Sexualneurastheniker? – Ein psychodiagnostischer Beitrag. Z Psychosom Med 16: 264–278

Kehrer H (1930) Über Hypochondrie. Allg Ärztl Z Psychother Psych Hyg 3: 473–507

Keltikangas-Järvinen L, Järvinen H, Lehtonen T (1981) Psychic disturbances in patients with chronic prostatitis. Ann Clin Res 13: 45–49

Kohut H (1973) Narzißmus. Suhrkamp, Frankfurt/M

Mendlewicz J, Schulman CC, De Schutter B (1971) Chronic prostatitis: Psychosomatic incidence. Psychother Psychosom 19: 118–125

Nilsson JK, Colleen S, Mardh PA (1975) Relationship between psychological and laboratory findings in patients with symptoms of non-acute prostatitis. In: Danielsson D, Juhlin L, Mardh PA (eds) Genital infections and their complications. Almquist & Wiksell, Stockholm

Rechenberger HG (1979) Andrologie. In: Hahn P (Hrsg) Die Psychologie des 20. Jahrhunderts, Bd IX. Ergebnisse für die Medizin (1) Psychosomatik. Kindler, Zürich

Riedell H, Brähler E (1983) Prostatitis und Ehepaarbeziehung. In: Brunner H, Krause W, Rothauge CF, Weidner W (Hrsg) Chronische Prostatitis. Schauttauer, Stuttgart

Rudolf G (1981) Untersuchung und Befund bei Neurosen und Psychosomatischen Erkrankungen. Beltz, Weinheim Basel

Sadger J (1910) Über Urethralerotik. Jahrb Psychoanal Psychopathol Forsch 2: 409–450

Schultz-Hencke H (1927) Einführung in die Psychoanalyse. Thieme, Jena

Schultz-Hencke H (1951) Lehrbuch der analytischen Psychotherapie. Thieme, Stuttgart

Das Körperselbstbild von Männern

D. Bongers

„Männer definieren sich häufiger über Leistungen im intellektuellen Bereich und beruflichen Erfolg und haben zum Körper ein eher instrumentelles Verhältnis, während Frauen sich relativ stärker über ihren Körper, v. a. ihr Aussehen definieren, bzw. von den Mitmenschen definiert werden. Der Körper gehört bei den Frauen zu den ‚Fundamenten der Identität', bei Männern nicht."
(Mrazek 1984)

Das obige Zitat gibt eine weitverbreitete populärwissenschaftliche Einschätzung über das Verhältnis von Männern zu ihrem Körper wieder. Stimmen alte Volksweisheiten immer noch, nach denen ein Mann keinen schönen Körper braucht, sondern nur beruflichen Erfolg?

Ich werde im folgenden einige empirische Ergebnisse berichten, wie Männer ihren Körper selbst beschreiben. Sie stammen aus einer größeren empirischen Arbeit, die die Selbstbilder von Männern generell zum Gegenstand hat (Bongers 1984, 1985).

Die herausragenden Anlässe Männer überhaupt zum Thema zu machen waren folgende:

1. Die Erschütterung der überkommenen Lebensformen in Ehe und Familie.
2. Der enorm hohe Anteil sexueller Probleme, der bei Therapien zu tage tritt.
3. Das erschreckende Verhältnis vieler Männer zu ihrem Körper und ihrer Gesundheit.

In diesem Artikel soll vorwiegend von den beiden letzten Problemkreisen die Rede sein – nicht befassen werde ich mich an dieser Stelle auch mit den theoretischen Problemen der psychologischen Selbstbildforschung, dies habe ich an anderer Stelle getan (Bongers 1985). Hier soll die Anmerkung genügen, daß der verwendete Begriff des „Selbstbildes" aus der Begrifflichkeit der kulturhistorischen Schule der Psychologie entwickelt wird (Vgl. Leontjew 1982).

Um empirisches Material zu Männerselbstbildern zu erhalten waren einige methodologische Vorüberlegungen nötig:

- Männer und ihre Auffassungen über die eigene Männlichkeit wurden bislang in der Psychologie kaum untersucht. Es existieren also keine entwickelten Theorien, aus denen exakte Hypothesen abgeleitet werden könnten – also wurde eine explorative Vorgehensweise notwendig.
- Gefühle gegenüber Frauen, Sexualität sowie das Verhältnis zum eigenen Körper gehören zu den tabuisierten Bereichen, die Männer selten enthüllen (vgl. Jourard

1971). Hier sind Fragebögen und standardisierte Interviews in Gefahr, nur sozial erwünschte, wenig aussagefähige Ergebnisse zu produzieren.
- Es erwies sich als beste Forschungsmethode, eine Form des offenen Interviews zu benutzen, in der die Erzählung eigener Erlebnisse und ein positiver Kontakt zum Interviewer/in eine wichtige Rolle spielte (vgl. Merton u. Kendall 1979; Thomae 1968; Schütze 1977).

Die Interviews wurden schließlich in zwei Projekten am Institut für Psychologie der TU Berlin durchgeführt und teilweise ausgewertet. Befragt wurden 36 Männer zwischen 20 und 40 Jahren (Mittelwert 26,5) von denen 75% als höchsten Schulabschluß Abitur gemacht haben. Es handelt sich also um eine Stichprobe überwiegend junger Männer mit weit überdurchschnittlicher Schulbildung. Obwohl nur 10% der Befragten Psychologiestudenten waren, bleibt die Zusammensetzung in der Richtung „sozialwissenschaftliche Intelligenz" hin konzentriert.

13 Interviews behandelten als „narrative Interviews" das Thema „Meine erste große Liebe" – dies hatte zum Ziel möglichst viele Details zu erfahren über die Loslösung von den Bindungen in der Familie und die Hinwendung zu einer ersten besonderen Frau. Auch die ersten Erfahrungen mit Sexualität standen hier im Vordergrund.

23 Interviews hatten alleine das Thema „Körperselbstbild". Es hatte sich nach den ersten Interviews herausgeschält, daß die Befragten oft auswichen, zu theoretischen Erwägungen Zuflucht suchten und keinerlei Körperempfindungen berichteten. Wir versuchten, das Thema Körper mit den folgenden Leitfragen zu behandeln:
1. Welches Verhältnis hast Du zu Deinem Körper?
2. Wenn Du ein Gefühl von Zuneigung empfindest, wie empfindest Du das? Und wie drückst Du das mit Deinem Körper aus?
3. Wenn Du jemandem gegenüber sexuelle Gefühle hast, wie empfindest Du das? Und wie drückst Du das mit Deinem Körper aus?
4. Wenn Du die Möglichkeit hättest, an Deinem Körper alles zu verändern, was Du ändern willst (z. B. durch Training, Operation o. ä.), was würdest Du ändern wollen?

Sämtliche Interviews wurden schriftlich fixiert, in Kleingruppen nochmals von Tonband abgehört und verglichen und zunächst auf die soziale Interaktion hin analysiert:
- Wie war der Kontakt zwischen dem Befragten und dem/r Interviewer/in?
- Wie wurden die Leitfragen gestellt, wie war der Charakter der Nachfragen?
- Kam es zu deutlichen Störungen und Abbrüchen der Kommunikation?

Am Ende dieses Prozesses stand eine explizite Charakterisierung der Interviewatmosphäre, die beinhaltete, inwieweit der Befragte erkennbar etwas von sich enthüllt hat. Einige Interviews konnten aufgrund von expliziten oder impliziten Verweigerungen für die weitere Auswertung danach kaum noch verwendet werden.

Mit der ersten Frage des Leitfadens war von den Interviewpartnern eine globale Einschätzung ihres Verhältnisses zum Körper gefordert. Dabei trat eine Tendenz zu einer positiven Gesamtbeurteilung auf: 11 von 23 Männern kamen zu Urteilen wie: „Ich mag meinen Körper gerne", „Prinzipiell sicher sehr gut", „Potentiell athletisch, zu dick, aber attraktiv". Mehrfach findet sich eine Zusammenfassung wie „Ja, im großen und ganzen ganz gut!".

In 6 Interviews äußern Männer ein negatives Gesamturteil: „Ich hab ein schlechtes Verhältnis zu meinem Körper", „Er ist einfach da und ich benutz ihn, na ja und?"

In weiteren 6 Interviews ist kein klares Gesamturteil auszumachen oder es ist deutlich neutral gehalten: „Ja das kommt immer drauf an, wichtig ist die Beziehung zur Umwelt".

Ein solch positives Gesamtresultat für die Körperakzeptanz bei Männern fördern auch Fragebogenuntersuchungen zutage (vgl. Mrazek 1984). In den offenen Interviews gibt es allerdings einige Hinweise dafür, daß eine Reihe von positiven Gesamteinschätzungen eher der sozialen Situation geschuldet sind und als ein Akt der Selbstpräsentation verstanden werden müssen.

Hier wörtliche Bemerkungen von Männern mit einer positiven Gesamtbeurteilung ihres Körpers: „Mein Körper ist nicht schaustellenswert", „Zufrieden bin ich nicht, aber ich steh halt zu meinem Körper". Andere benutzen Metaphern wie „Meine Hand ist ein verschweißter Klumpen Fleisch", „Mein Körper ist halt mein Mitarbeiter, ein Mittel zum Zweck", „Mein Körper, er wird hingenommen und benutzt, man könnt was austauschen an ihm".

In diesen Stellungnahmen stecken Distanz zum Körper und instrumentelles Verhalten, die aber in der bewußten Gesamtbeurteilung nicht vorkommen (vgl. dazu Bongers 1984, S. 11f.).

Sehr verbreitet ist eine Haltung, die man

„Mein Körper ist halt selbstverständlich da"

nennen konnte. Diese Position findet sich bei Männern mit positiver, neutraler und negativer Gesamtbeurteilung. Sie äußert sich in Bemerkungen wie „Mein Körper naja, da mach ich mir doch nie Gedanken drüber!". „In Wirklichkeit stecke ich in meinem Körper ja drin", „Ich akzeptiere ihn, aber ich achte nicht besonders auf meinen Körper", „Im Endeffekt ist es egal, was du fürn Körper hast, wenn die Seele nicht stimmt, dann bringt das doch nichts", „Aber daß ich jetzt ein Gesundheitsfanatiker bin und nur auf meinen Körper achte und ihn schone, nein!", „Er ist einfach da und wird als was weiß ich was hingenommen".

Oft wird diese Position der Distanz durch Abhebung von einer anderen möglichen Position dargestellt: kein Gesundheitsfanatiker sein, nicht eitel sein und dauernd vorm Spiegel hängen. Oft klingt in diesen Stellungnahmen auch eine gehörige Portion Desinteresse gegenüber dem eigenen Körper mit.

Der Körper als Gegner

– so könnte man eine andere Auffassung bezeichnen: Ohne daß eine Frage direkt nach der Leistungsfähigkeit des Körpers gezielt hätte, wurde dieses Thema in 12 von 23 Interviews selbständig angesprochen. Dabei geht es meist um „an die Grenze der eigenen Leistungsfähigkeit gehen". Einige Männer beschreiben ihre Erfahrungen vom Sport, in denen es darum geht, den Körper zu besiegen, seine Impulse zu überwinden. Sehr deutlich wird dieser Aspekt in den folgenden Interviewzitaten:

G: Das sind die Sachen, die mich manchmal stören an meinem Körper, daß der Geist leistungsfähiger ist als der Körper, daß der Körper zu schnell an seine Grenzen stößt. Daß ich oftmals mehr von ihm abfordern will, als er geben kann.
I: Macht Dich das denn unzufrieden?
G: Teilweise schon, wenn der Körper mich an einer Stelle verläßt, wo man mehr Leistungsfähigkeit bräuchte, nervt mich das oftmals schon. Ich versuche dann oft, das ein bißchen rauszuschieben, die Leistungsfähigkeit ein bißchen zu steigern.
H: (. . .) Ich denke halt, man muß so mit seinen Gedanken 'n Gutteil kämpfen, man muß auch . . . mit seinen körperlichen Sachen 'n Gutteil kämpfen. Am meisten wird einem der Körper in den extremen Situationen bewußt. Wenn er einfach nur so funktioniert ist er quasi nicht vorhanden. In den Augenblicken, wo er extrem Lust oder extrem Unlust signalisiert, wird man erst auf ihn aufmerksam. (. . .) Mein Körper hat mir einige Male also schon Grenzen aufgezeigt, wo ich also psychisch in der Lage war – zu sein glaubte, extreme Belastungssituationen weiter durchstehen zu können, und da hat mein Körper mir einfach schon Grenzen aufgezeigt, und mir eben gezeigt, „das mach ich nicht mehr mit". Dann hab ich meinen Körper . . . auch liebevoll behandelt, indem ich ihm einfach die Aufmerksamkeit, . . . die Pflege und Ruhe gegönnt habe, die er also für sich forderte.

In diesen Haltungen – der Körper als Gegner – steckt auch oft eine Trennung von Kopf und Körper oder Geist und Körper, sie wird in 9 Interviews explizit angesprochen. Diese Haltung entspricht sehr stark der christlichen Tradition, in der der Körper nur eine sterbliche Hülle für die unsterbliche Seele ist. Ein Befragter drückt das so aus: „Ich glaub der Kopf steht über dem Körper."

Das Verhältnis zwischen den beiden getrennten Elementen Geist und Körper ist nicht nur hierarchisch, der Geist ist eine Art höhere Kommandozentrale über einen unbotmäßigen Wilden. Ein Mann berichtet darüber, daß sein Körperideal der „ausgeschmachtete, asketische Körper" sei.

Seinen eigenen Körper liebevoll anzunehmen, ja ihn nur dauernd zu empfinden oder ihm Aufmerksamkeit zu schenken gilt wohl als unmännlich. Diese Haltung entspricht der Männlichkeitsideologie, nach der ein Mann seinen „inneren Schweinehund" unter Kontrolle halten muß, dies sind insbesondere Angst, Bedürfnisse nach Zärtlichkeit und Geborgenheit, alle weiblichen Anteile.

Früher? – Ja, früher hatte ich Probleme mit dem Körper

Eine durchgängige Tendenz besteht darin, daß viele Männer auch Probleme mit ihrem Körper in die Interviews einfließen lassen – diese aber der Vergangenheit, vor allem der Pubertät, zurechnen:

G: Ja, ich muß sagen, mein Körper ist mir inzwischen wichtig geworden. Früher als ich jünger war, war mein Verhältnis ein anderes. Ich war damals unsicher, verstört, oft gehemmt. Auch durch meinen Körper und mein Aussehen. Inzwischen habe ich dazu, zu meinem Körper, ein ganz gutes Verhältnis entwickelt.

In insgesamt 15 Interviews berichten die Befragten, früher sei ihr Verhältnis zum Körper schlechter gewesen, nur 2 erzählen, es sei früher besser gewesen. Die Schilderungen der zurückliegenden Probleme sind z. T. sehr drastisch: „Also ich war früher ziemlich dick und hatte was man so als einen häßlichen Körper bezeichnen würde", „Ich war früher fürchterlich klein, der kleinste in der ganzen Klasse, zurückgeblieben", „Mein

Verhältnis war früher furchtbar schlecht, ich war komplexbehaftet und hatte überhaupt keine Vorstellungen von sexuellen Bedürfnissen", „Früher war das Verhältnis zu meinem Körper etwas seltsamer, die zu lange Nase oder zu leicht zu erröten, aber jetzt stört mich das nicht mehr, außerdem ist die Nase ja nicht zu lang".

Ein Teil der Männer erläutert auch, wie sie zu dem besseren Verhältnis zu ihrem Körper gekommen sind – die meisten durch Nachdenken!

P: Ich hab auch gesehen, daß viele da waren, die so aussahen wie ich, und daß ich nicht der einzige bin, der so aussieht, (...) Und ich hab mir überlegt, na gut, es kann ja nicht an dir liegen, ja, ... an deinem Körper sowieso net. Und auch durch des, ... daß so ein Körper verwundbar ist, daß Menschen, die unheimlich gut aussehen ... daß die unheimlich verunstaltet werden können durch Unfall, daß das Körperliche im Prinzip sekundär ist, ja, zu dem Schluß bin ich kommen. Also für mich ist das Körperliche im Grunde genommen sekundär, und bin eigentlich froh, daß ich heut so drüber denken kann. Des ist mir jetzt egal, ob ich einen so großen Brustmuskel hab, der wirklich aussieht wie Tarzan, oder ob ich da jetzt fast flach bin, ja, des stört mich überhaupt nimmer. Viele die toll ausgesehen haben, sind dann zusammengeflickt worden, haben Narben gehabt überall, und das ist dann noch häßlicher.

In einigen Interviews kann man beim Lesen den Eindruck gewinnen, daß eine mächtige soziale Regel wirkt: Finde Dich mit dem ab, was ist! (Oder: „Glücklich ist, wer vergißt, was doch nicht zu ändern ist.") Diese Regel überstrahlt die gesamte Darstellung und führt zu der schon oben erwähnten positiven Gesamtbeurteilung. Die wenigen Männer, die explizit negative Selbstbilder berichten, belegen dies mit eindeutigen körperlichen Beschwerden: Allergie, Rheuma, deutliches Übergewicht, Hypernervosität.

Dies bringt mich zu der Assoziation, daß die anderen nach dem Motto „Solange noch alle Gliedmaßen dran sind, sind wir auch gesund!" handeln. Darin liegt eine Bestätigung der Thesen aus der Literatur, wonach Männer leichtere Signale von Unwohlsein systematisch ignorieren (vgl. Richter 1974; Jourard 1974).

Dieses Ignorieren wird gelernt: Zunächst lernt der Junge, daß er gelobt wird, wenn er bei Schmerzen die Zähne zusammenbeißt und keinen Laut von sich gibt und er lernt, daß er von Gleichaltrigen (manchmal auch von Eltern) als „Heulsuse" verspottet wird, wenn er seinen Gefühlen freien Lauf läßt. Im Erwachsenenalter weiß dann jeder Mann, daß es unmännlich ist, zu sehr in seinen Körper hineinzuhorchen – dadurch, daß er dies jahrelang schon nicht mehr getan hat, fehlt ihm am Ende dieser Entwicklung wirklich die Fähigkeit seine eigenen Körpersignale wahrzunehmen. Dies widerspricht nicht unbedingt der Beobachtung, daß Männer auch oft sehr wehleidig sind, wenn sie tatsächlich krank sind: Durch das jahrelange Ignorieren haben sie auch keine entwickelten Erfahrungen mit gefühltem Schmerz umzugehen.

Wünsche zur Veränderung des eigenen Körpers

Als eine Zusatzfrage zur Validierung der anderen Antworten haben wir die Aufforderung verstanden, alle möglichen Änderungswünsche für den eigenen Körper anzugeben. Eine Erfahrung der durchgeführten Interviews bestand darin, daß die konkrete Formulierung [„Wenn Du die Möglichkeit hättest, alles an Deinem Körper zu verändern, was Du ändern willst (z. B. durch Training, Operation o. ä.), was würdest Du ändern wollen?“] eher zur Vorsicht führte:

P: . . . Hm, würd ich nichts ändern. Also wenn die Frage so gestellt ist, auch durch Operation oder Training, also durch . . . relativ großen Einsatz, würd ich nichts ändern.
I: Aber?
P: Wenn Du fragen würdest, wenn Du Dir was wünschen würdest, . . .
I: Ja, so ist das auch gemeint.
P: Ja, dann würd ich vielleicht sagen, nicht so ne hervorstehende Nase oder so.
I: Was noch?
P: Sonst wüßt ich nix.

Teilweise ernteten die Interviewer glatte Verweigerungen:

I: Wenn Du jetzt die Möglichkeit hättest, an Deinem Körper alles zu ändern, was würdest Du dann ändern wollen? Einfach mal so Dein Traumbild von Dir selber entwerfen.
G: Ja, liebe Frau Interviewerin: Das steht vor Ihnen. Ich fühle mich so wie ich bin, eigentlich so möchte ich auch sein. So fühl ich mich. So bin ich.
I: Und Du hast nicht irgendwelche Stellen an Deinem Körper, die Du nicht magst, die Du gerne ändern würdest?
G: Ich müßte mal wieder zum Friseur gehen, das ist richtig. Damit bin ich nicht zufrieden.

Einige Interviewer versuchten, die Frage dadurch zu verbessern, daß sie den Männern drei Wünsche freistellten, um so auf tieferliegende Aspekte des idealen Körperselbstbildes zu kommen. Doch auch da war die Haupterfahrung Widerstand. Im folgenden Ausschnitt ist die Interviewerin schier unermüdlich:

I: Wenn Du jetzt die Möglichkeit hättest, irgendwas zu ändern an Deinem Körper – nimm mal an Du hättest drei Wünsche frei oder irgendeine Operation oder sonstwiewas – was würdest Du dann ändern wollen?
J: Körper heißt auch Gesicht oder so?
I: Ja, (. . .)
J: . . . Okay, also wenn du sagst, daß das Gesicht dazugehört jetzt, also – wenn ich mir was wünschen könnte. Ist das schlimm, wenn ich sage, ich wüßte es erstmal nicht? (längere Pause) Nee, wüßt' ich nicht.
I: Rundum zufrieden?
J: Na, okay also, was ich eben sagte, . . . wenn ich nen Bauch habe, also wenn ich also dick so werde und das stört mich. Aber – nee.
I: Gibt es keinen Tag, an dem Du mal vorm Spiegel stehst und denkst „ach, also das wär vielleicht ganz schön, wenn das anders wär oder jenes“?
J: (längere Pause) Also, ich steh' zwar vorm Spiegel so mit 'ner Unzufriedenheit ne, aber ich könnte die jetzt nicht festmachen, daß ich irgendwie sagen könnte „ja, das ist deine Nase, die dir nicht paßt oder dein Mund, der dir nicht so toll gefällt“. Das macht sich dann nicht so fest an irgendeiner Sache, die ich benennen könnte. Weiß nicht, vielleicht ist das dann echt nur so ein „Buähh“ vor meinem Gesicht. ( )
Ja vielleicht, doch ich könnte vielleicht sagen, ich meine früher habe ich immer gedacht es wäre schöner, wenn du Locken hättest und nicht solche Haare wie jetzt ne, das schon, aber . . .
I: Ja sowas z. B. kann ja auch was ganz Unmögliches sein, irgendwas, was Du Dir vielleicht mal wünschen würdest, was aber wahrscheinlich gar nicht – realistisch – nicht unbedingt zu machen wäre. (längere Pause)
J: Ja, das weiß ich noch, das denk ich auch manchmal noch ne, das mit den Haaren, daß das eben so Stangenlocken sind ne. Und dann habe ich ziemliche Angst davor, also mal zuviele Haare zu verlieren ne. Also vor Glatze und so und das weiß ich auch, daß ich dazu Ansatz habe. Und das ist schon, das ist blöd.

Bei ungefähr der Hälfte der Befragten kommen kaum Veränderungswünsche zum Ausdruck, maximal wird eine Veränderung für die Haare und eine geringfügige Gewichtsveränderung genannt. Ich denke, daß die Frage einem Teil der Männer Selbstwertprobleme bereitet hat: Wenn das Motto gilt „Finde Dich mit dem ab, was ist“, so sind die Änderungswünsche stabilitätsgefährdend. Einem anderen Menschen gegenüber zugeben, daß der eigene Körper veränderungswürdig ist, scheint als bedrohlich empfunden zu werden. Dies widerspricht der eingangs zitierten These von Mrazek (1984), der Körper gehöre nicht zum Fundament der männlichen Identität. Er gehört dazu, aber stillschweigend und selbstverständlich! Dazu noch ein Beispiel; der 22-jährige Student gibt während des Interviews viele negative Selbsturteile ab – bei der Veränderungsfrage erklärt er sich immer wieder für zufrieden:

I: . . . Wenn Du die Möglichkeit hättest, an Deinem Körper was zu verändern, was würdest Du dann machen?
W: Hä?
I: Also verändern in jeglicher Hinsicht, real oder irreal.
W: Hm. Tja, was ich mir schon manchmal überlegt habe, wie das wohl wäre, wenn ich mit beiden Augen richtig sehen würde. Das wär mal eine Sache, ja und zum anderen, wär ganz schön, wenn ich mich nicht jeden Morgen rasieren müßte, sondern mir einen richtig schönen Bart stehen lassen könnte und den dann so richtig wuchern lassen könnte. Irgendwie ist das nervig, so ein paar Unkräuter herum stehen zu lassen und es gibt nichts Richtiges zusammen. Und sonst – ich hab mir vorgestellt, mindestens 1,80 m groß zu sein, aber das hab ich mir mittlerweile abgeschminkt. Aber sonst – Naja, Gott ich hab mir halt immer gesagt, was solls, ich bin so wie ich bin, rein körperlich daran viel ändern kann ich nicht, naja, gut, ich kann mich vielleicht in die Sonne legen, daß ich ne schöne braune Haut bekomme (. . .) aber das sind im Grunde Marginalien. Ansonsten im großen und ganzen wär's das.
I: Ansonsten bist Du mit Deinem Körper zufrieden?
W: Ja.
I: Also nichts durch Training oder so was verändern?
W: Och, sagen wir mal so, ich finds ganz gut, ich mein, bloß um also irgendwelches Bodybuilding . . . find ich Quatsch . . . irgendwelche Sachen im Leistungssport . . . im Grunde machst du damit deinen Körper kaputt und . . . naja, gut, ich könnt mir vorstellen, irgendwo mal wieder irgendwie Handball zu spielen (. . .)
I: Ansonsten bist Du zufrieden?
W: Meistens.
I: Wenn nicht?
W: . . . Dann ist irgendwas bei mir kaputt, . . . daß ich ziemlich lang diese Magenschleimhautentzündung mit mir rumtrug, es ist ja nicht so, daß man sich diese Schmerzen wünscht, das war wirklich ein „wunderschönes“ Gefühl, so zu merken, wie der Magensaft so an den Wänden herabläuft, mit dem Zustand war ich natürlich überhaupt nicht zufrieden.
I: Mit Deiner körperlichen Form ist sonst alles okay?
W: Naja, mein Gott, ich mein es hat mich eine Zeitlang unheimlich genervt, daß mich sehr viele Leute als ziemlich dick bezeichnet haben, das hat eine Zeitlang auch gestimmt, aber, mein Gott, ich hab mich damit abgefunden und wenn jemand dann sagt „du hast aber einen mords Ranzen beieinander“, dann denk ich halt, naja, laß ihn doch schwätzen. Dann sag ich halt immer „dann verhungre ich schon nicht so gleich“. Also, denn ich finds halt auch Blödsinn irgendwelchen Schönheitsidealen nachzurennen, das muß jeder für sich wissen, was er schön findet . . . Wie gesagt Essen ist für mich etwas sehr Wichtiges und wenns mir schmeckt, dann hau ich halt rein ohne an irgendwelche Herzinfarkte oder Aderverengungen oder was weiß ich, was man sich alles noch anschaffen kann, zu denken. Mein Gott, wer will denn ewig leben? Und ich denk durch jedweilige Art von Askese kann man sich sein Leben ganz schön fertig machen. Ich mein das Leben ist witzlos genug, wieso dann noch in dem Fall sich plagen . . . (Pause)

W hat offensichtlich ernste gesundheitliche Probleme – ich finde die Art, wie er darüber erzählt, typisch männlich: Insgesamt ist er zufrieden, die Magenschleimhautentzündung hat er sich natürlich „nicht gewünscht", hier wird er ironisch. Seine Bemerkungen zu den gesundheitlichen Folgen seines Übergewichts sind dagegen schon sarkastisch: „Wer will denn ewig leben, das Leben ist witzlos genug!"

Sarkasmus kennzeichnet auch andere Äußerungen von Männern, wenn sie über wirkliche gesundheitliche Probleme sprechen: Ein Befragter mit Allergie meint, „ich hab da so ne Teufel-komm-raus-Haltung, das muß der Körper abkönnen". Im Sarkasmus sind eindeutig autoaggressive Tendenzen – offensichtlich nehmen die betroffenen Männer ihrem Körper seine Schwächen übel.

Die befragten Männer und ihre Sexualität

Ein eigenes Problem stellt das Verhältnis der befragten Männer zu ihrer Sexualität, zu ihrem Geschlecht dar. Nur ca. ein Drittel der Befragten erwähnen ihren Penis in den Interviews zum Körperselbstbild, davon noch zwei, um zu betonen, daß sie sexuelle Empfindungen dort gerade nicht spüren. Das männliche Geschlechtsteil gehört wohl nach wie vor zu den meisttabuisierten Körperregionen. Ein 22jähriger Student äußerte einer Interviewerin gegenüber folgenden Veränderungswunsch:

X: Also ich hätte nichts dagegen, wenn also, ja die Samenflüssigkeit ist etwas, was mich, wo ich ein gestörtes Verhältnis zu hab. Wo ich find, das ist einfach nicht notwendig.
I: Und wie würdest Du das ändern wollen? Einfach weglassen?
X: Wenn sowas möglich wär, dann würd ich mir schlicht und ergreifend wünschen, daß ich es bewußt weglassen kann, und daß es dann wirklich nur kommt, wenn ich's haben möchte . . .

Man kann in dieser Äußerung auch den Wunsch nach kompetenter Sexualtechnik sehen, gegenüber einer Frau auch mit gewisser Koketterie vorgebracht – ich sehe zumindest teilweise darin ein wirklich gestörtes Verhältnis zur eigenen körperlichen Sexualität. Warum sollte man sich seiner Samenflüssigkeit und seiner Fähigkeit zu zeugen schämen?

Das Problem der Scham taucht auch häufig auf, wenn die befragten Männer ihre Wirkung auf Frauen, ihre sexuelle Ausstrahlung, beschreiben. Einige Männer distanzieren sich von Eitelkeit und Schönheitsidealen: „In den Spiegel guck ich nur zweckmäßig rein, . . . in der Pubertät hab ich das noch öfters gemacht", „Nee, sone übertriebene Eitelkeit das paßt mir nicht . . .".

Andere geben zu, daß sie eitel sind, vollführen dann jedoch größere Rechtfertigungsküren: „Ich find auch gut, daß ich in den Spiegel gucken kann und nicht so verstohlen, weil man es irgendwo nicht macht, daß ich mich auch gerne betrachte und pflege . . ."

„I: Fühlst Du Dich echt schlecht, wegen der 4 Kilo Übergewicht? G: Ne, ne wirkliche Folge fürs Gefühlsleben ist nicht da. Es ist halt echt Eitelkeit. Ich glaube ich könnt ein athletischer Typ sein, wenn ich etwas in der Richtung machen würde, aber da leg ich keinen Wert drauf . . . Ich geh jeden Tag mit einem schwimmen, da geh ich hin weil ich mein Übergewicht loswerden will und der geht hin, weil er sich tatsächlich Muskeln zulegen möcht. Also ich find das schon 'n bißchen übertrieben . . . Weil einen Bauch find ich einfach unschön, das find ich auch 'n gesundes ästhetisches Empfinden – aber da groß an den Muskeln rumzubasteln, das find ich ist ein bißchen Kult . . ."

Männer befinden sich in einem Widerspruch: für ihr Selbstgefühl ist es wichtig, wie ihr Körper wirkt, aber bewußt pflegen und schön machen dürfen sie sich nicht. Einige betonen, wie wichtig ihnen die Erfahrung war, attraktiv gefunden zu werden: „Mein Körper war schwach und meine Identifizierung mit mir selbst, inzwischen hab ich Bestätigung gekriegt in bezug auf meinen Körper, von Leuten, die mein Äußeres attraktiv finden. ... Leute, die mir wichtig sind und die mich als Mensch wertvoll empfunden haben und das hab ich wieder auf meinen Körper übertragen."

Das Selbstwertgefühl entstammt nicht einfach den inneren Werten, es ist zunächst eine äußere soziale Funktion, real empfundene Wertschätzung durch andere. Mächtige Regeln verbieten einem richtigen Mann, sich von so etwas abhängig zu machen – mit den negativen Folgen für das Selbstwertgefühl.

Im folgenden Interviewausschnitt bewältigt der 20jährige Student diesen Konflikt mit einer Abwertung der äußeren Ideale:

A: Ich war noch niemals so ein Idealtyp von Mann, deswegen kann ich das schlecht beurteilen, aber im Prinzip bin ich recht froh, daß ich so bin, wie ich bin, weil ich halt eben irgendwo das Gefühl habe, daß ich eben nicht wegen meines Aussehens gemocht werde, sondern eben wegen des Restes. Also wenn ich mir jetzt andere angucke, die mehr dem Traummann entsprechen, wie ihn sich Frauen vorstellen, oder wie man sich das auch nur einbildet, daß Frauen sich das so vorstellen, dann kommen mir die wesentlich ärmer vor, als ich. Weil sie sich immer produzieren müssen.

I: Wie wichtig ist Dir Deine Wirkung gegenüber Frauen, bzw. worin meinst Du, besteht die? Wie siehst Du die, wie stark ist sie da?

A: Die wird schon irgendwie da sein, das kann ich mir vorstellen, also irgendeine Wirkung wird schon sein, nur wie die ist, und wie stark die ist, kann ich nicht sagen. Habe noch nie mit einer Frau darüber gesprochen, nein kann ich nicht sagen. (Pause)

Man fühlt sich an die Ausführungen von Jourard (1971) erinnert, der den Mann als Insassen eines Panzers auf feindlichem Territorium schildert. Man enthüllt sich nicht. Der Befragte im obigen Interview ist froh, sich nicht produzieren zu müssen – er weiß aber auch nicht, wie er auf Frauen wirkt. Die Panzerung hält Verletzungen ab – aber auch wichtige Erfahrungen.

In diesem distanzierten Verhältnis zum eigenen Genital und zur eigenen sexuellen Ausstrahlung drückt sich auch das komplizierte Verhältnis vieler Männer zu Frauen aus: Wie im obigen Zitat sind viele Männer sicher, daß irgendeine Wirkung auf Frauen wohl vorhanden sein muß, sie haben jedoch keine Bewußtheit darüber, worin ihre Ausstrahlung besteht. Sie haben auch oft keine Bewußtheit über ihr eigenes Flirtverhalten. Dazu trägt die feste (und ideologisch verankerte) Überzeugung bei, das sei nun einmal selbstverständlich so, und es ist eine Folge der sehr beträchtlichen Angst vor Frauen. Ist die sexuelle Anziehung, die von einer Frau ausgeht, erst einmal ein Thema, wird sie auch noch körperlich spürbar, z. B. in der Genitalregion, im Bauch und in der Herzgegend, so ist dies erregend und für viele Männer außerordentlich ängstigend: Die Angst vor einer möglichen Zurückweisung spielt dabei eine große Rolle.

Dadurch wird das Selbstwertgefühl zentral angegriffen, um dies zu vermeiden, werden teilweise schon die ersten Empfindungen unterdrückt.

In den letzten Jahren ist eine interessante Diskussion über die Auswirkungen dieser Distanz zu Körper und Genital für die männliche Sexualität und den männlichen Organismus entstanden (vgl. Norretranders 1983). Darin wird von einigen Psychotherapeuten unter Bezug auf Reich (1969) die Gefühlsunterdrückung und daraus resultierende Körperpanzerung als Ursache für zahlreiche Sexualprobleme gesehen.

Zusammenfassung

Die erste oberflächliche positive Beschreibung ihres Körperselbstbildes hielt bei den meisten befragten Männern einer intensiveren Analyse der Interviewäußerungen nicht stand. Eine selbstverständliche Gleichgültigkeit und eine manchmal feindselige Gegnerschaft treten hinter der Oberfläche hervor.

Als mächtige Einflüsse auf das Körperselbstbild von Männern stellten sich die Männlichkeitsideologie mit ihren zahlreichen Ansprüchen und eine ambivalente Haltung Frauen und Sexualität gegenüber heraus.

In den Interviews mit im Durchschnitt 25 Jahre alten, damit jungen Männern ergaben sich wenig Anhaltspunkte für ein neues Körperbewußtsein, wenn man von 2 Studenten absieht, die schon mit Bioenergetikgruppen in Berührung waren. Die Folgen dieser Körperdistanz für Gesundheitsverhalten und Sexualverhalten müssen alarmierend genannt werden.

Literatur

Bongers D (1984) Körperselbstbilder. Forschungsbericht aus dem Institut für Psychologie der TU Berlin, S 84–4

Bongers D (1985) Männerselbstbilder – Eine explorative Studie über Auffassungen von Männlichkeit im Selbstbild. Dissertation an der TU Berlin

Jourard SM (1971) Self-disclosure. An experimental analysis of the transparent self. Wiley, New York

Jourard SM (1974) Some lethal aspects of the male role. In: Pleck JH, Sawyer J (eds) Men and masculinity. Prentice-Hall, Englewood Cliffs

Leontjew AN (1982) Tätigkeit, Bewußtsein, Persönlichkeit. Rugenstein, Köln

Merton RK, Kendall PL (1979) Das fokussierte Interview. In: Hopf C, Weingarten E (Hrsg) Qualitative Sozialforschung. Klett-Cotta, Stuttgart

Mrazek J (1984) Die Verkörperung des Selbst. Psychol Heute 2/84: 50–58

Norretranders T (1983) Hingabe – über den Orgasmus des Mannes. Rowohlt, Reinbek

Reich W (1969) Die Funktion des Orgasmus. Kiepenheuer & Witsch, Köln

Richter HE (1974) Lernziel Solidarität. Rowohlt, Reinbek

Schütze F (1977) Die Technik des narrativen Interviews. Arbeitsberichte und Forschungsmaterialien Nr. 1 der soziologischen Fakultät der Universität Bielefeld

Thomae H (1968) Das Individuum und seine Welt, Hogrefe, Göttingen

Fluor genitalis der Frau – Wie Ärzte und Betroffene mit einem Körpersymptom umgehen

M. Lohs

Wenn ein Patient den Therapeuten gerade in dem Augenblick aufsucht, wo die Symptome einer chronischen, scheinbar rein organischen Erkrankung abgeklungen sind, so ist dies allein schon ungewöhnlich genug, um nähere Beachtung zu finden. Wird dieser Schritt aber getan, um Aufklärung darüber zu erhalten, ob das Verschwinden der körperlichen Symptome nicht selbst wieder ein Symptom ist, dem eine bislang unerkannte Deformation zugrunde liegt, so wird der Fall zu einem aufschlußreichen Beispiel für die Probleme, die auftauchen, sobald man lernt die Geschichte einer organischen Krankheit als psychischen Prozeß zu begreifen. Der eigene Körper wird plötzlich zum Schauplatz, auf dem sich ein seelisches Drama, dessen Ausgang stets ungewiß bleibt, abspielt. Gerade das sukzessive Erkennen psychischer Dispositionen für somatische Krankheitsbilder stürzt die betroffene Person selbst dann, wenn die äußere Last der Symptome abfällt, in eine Unsicherheit, die von der orthodoxen, rein organischen Diagnose – trotz ihrer fehlenden Umsetzung in Heilerfolge – unterdrückt wurde. Es ist diese Irritation, die sich aus der Preisgabe der Orientierung an somatischen Erklärungsmodellen ergibt, die den oberflächlich beschwerdefreien Patienten zum Therapeuten führt.

Diese bemerkenswerte Konstellation zeigte sich bei 1 Patientin, deren Fallgeschichte ich im folgenden erläutern möchte.

In meine Sprechstunde kam die 41jährige Frau K., Mutter zweier Kinder und Hausfrau seit der Geburt der ältesten Tochter vor 17 Jahren. Sie betont, daß es ihr Freude bereitet, den Haushalt zu führen, zumal die anfallende Arbeit ihr genügend Möglichkeiten läßt, ihren Interessen nachzugehen. Ihr Ehemann, der beruflich sehr erfolgreich ist und gut verdient, bestärkt sie in der Ausübung ihrer Hobbies.

Nach diesen einleitenden Informationen kam Frau K. direkt auf ihr Problem zu sprechen. Seit ungefähr 10 Jahren litt sie an rezidivierendem Fluor genitalis. Bislang war sie höchstens einen Zyklus lang beschwerdefrei gewesen. Seit Jahren konsultierte sie die verschiedensten Ärzte und wandte sich schließlich sogar an ein Universitätsklinikum, aber die ärztlichen Diagnosen lauteten stets gleich: Fluor genitalis mit Befund an Candida. Der Erfolg der unterschiedlichsten medikamentösen Therapien währte nie länger als bis zur nächsten Regelblutung, danach stellten sich wieder die gleichen Symptome ein. Auch die Partnerbehandlung blieb ohne dauerhaften Erfolg. Ihre Ärzte nahmen verschiedene Ursachen an, jedoch trat nach deren Beseitigung keine Besserung ein. Ein Wechsel der verwandten Verhütungsmittel (zunächst verschiedene Ovulationshemmer, sodann eine Spirale, schließlich Kondome) blieb ebenfalls ergebnislos. Auch einige streng durchgeführte Diätkuren verschafften ihr keine Linderung. Sie trug keine synthetischen Slips mehr, kochte stets ihre Unterwäsche, benutzte keine Weichspüler, trug keine eng sitzenden Hosen, ging nicht mehr in öffentliche Schwimmbäder oder Saunen etc., badete nicht mehr – obwohl ihr dieser Verzicht sehr schwer fiel –, wusch sich nicht mehr mit normaler Seife, sondern nur noch mit medizinischen, alkalifreien Waschmitteln, beachtete bei Benutzung öffentlicher Toiletten sämtliche hygienischen Vorsichtsmaßnahmen. Diese Liste ließe sich noch weiter fortsetzen, doch nutzten Frau K. ihre Verhaltens- und Gewohnheitsänderungen ebenso wenig, wie die vom Arzt verschriebenen Medikamente, die sie vorschriftsgemäß anwandte. Psychische Gründe schlossen die sie behandelnden Ärzte aus. Frau K. glaubte sich in ihr Schicksal fügen und mit dem Fluor leben zu müssen.

Drei Monate bevor mich Frau K. auf Empfehlung einer Ärztin konsultierte, setzte der Fluor, ohne auf den ersten Blick ersichtlichen Grund aus. Dieser erstaunliche Umstand beschäftigte Frau K. derart, daß sie begann sich Gedanken zu machen, die bisher weder von den behandelnden Ärzten noch von ihr selbst in Betracht gezogen worden waren. Zunächst sah sie eine Verbindung zwischen dem nunmehr als Anzeichen eines verborgenen Problems gefaßten Ausfluß und bestimmten Ereignissen ihres Privatlebens. Mit dieser Annahme stellte sich aber unmittelbar die Befürchtung ein, ihre Beschwerden könnten als Beleg von Ereignissen, die außerhalb ihrer Kontrolle liegen, erneut auftreten. Der Weg zum Therapeuten war ein Versuch, das Bündel von wirkmächtigen Faktoren, das sie stark verunsicherte, in den Griff zu bekommen. Ich erfuhr, daß es vor ca. 3 Monaten mit ihrem Mann, den sie vor 20 Jahren heiratete, zu einer heftigen Auseinandersetzung gekommen war. In den früheren Ehejahren hatte es ihr viel Spaß gemacht, mit ihrem Mann zu schlafen, obwohl die Beziehung nicht frei von sexuellen Schwierigkeiten war. Nach der Geburt des zweiten Kindes hatte der Mann immer seltener Lust auf sie und erweckte zunehmend das Gefühl in ihr, daß sie für ihn unattraktiv geworden war und er sich einer Geliebten zugewandt hatte – beide Unterstellungen wies ihr Mann jedoch energisch zurück.

Vor 10 Jahren lernte sie beim Tennisspiel einen Mann kennen, zu dem sie seither ein Verhältnis unterhält. Sie traf ihn fast täglich, sexuelle Schwierigkeiten hat sie bei ihrem Liebhaber nie erlebt. Er war der zweite Mann, mit dem sie sexuell verkehrte. Das Bedürfnis nach weiteren Beziehungen hatte sie nicht verspürt. Für sie war diese sexuelle Beziehung sehr befriedigend. Trotz schlechten Gewissens ihrem Ehemann gegenüber hielt sie die außereheliche Beziehung aufrecht. Als Frau K. bei ihrem Mann Zeitschriften für homosexuelle Männer entdeckte und erfuhr, daß ihr Mann in einschlägigen Lokalen verkehre, stellte sie ihn zur Rede. Obwohl ihr Mann abstritt, jedwede homosexuelle Interessen und Neigungen zu haben, blieb Frau K. mißtrauisch.

Als ihr Ehemann vor ca. 2 Jahren von ihrem außerehelichen Verhältnis erfuhr, reagierte er voller Verständnis für seine Frau und tolerierte es. Frau K. hoffte, nun begehrenswerter für ihren Mann geworden zu sein, doch zeigte er kein vermehrtes Interesse an ihr; einzig die Auseinandersetzungen zwischen dem Ehepaar nahmen ab. Für Frau K. wurde die Toleranz ihres Mannes freilich immer suspekter. Vor ca. 3 Monaten führte sie mit ihrem Mann eine Aussprache herbei, indem sie ihm auf den Kopf zusagte, daß er homosexuell ist. Er gab schließlich zu, daß er sich mehr von Männern als von Frauen angesprochen fühle und er zu mehreren Männern während der Ehe sexuelle Kontakte gehabt habe. Sie war erschüttert und zugleich erleichtert, weil vage angenommene Botschaften ans Tageslicht gebracht wurden. Beide beschlossen gemeinsam, ihre Ehe zu retten. Sie trennte sich daraufhin von ihrem Liebhaber und hatte von diesem Zeitpunkt an keinen Fluor genitalis mehr.

Sie schöpft den Verdacht, daß das Verschwinden des Fluors mit der Beendigung ihrer Affäre in irgendeinem Zusammenhang steht, zumal ihr jetzt erst bewußt wird, daß der chronische Ausfluß begann, als sie ihre außereheliche Beziehung aufnahm. Einerseits begreift sie ihre plötzliche Beschwerdefreiheit als eine Art moralischen Lohn für den Entschluß, ihre Ehe wieder in Ordnung zu bringen, andererseits verlangt sie nach einer Garantie für ein befriedigendes Sexualleben, das ihr mit ihrem Mann nur unter der Bedingung möglich zu sein scheint, daß er sich von seiner homosexuellen Neigung befreien kann. Die Therapie soll für den Fall, daß der Mann nicht „heilbar" ist, sicherstellen, daß Frau K. bei einer Wiederaufnahme außerehelicher Sexualkontakte nicht erneut das Symptom des Fluors produziert.

Diese Fallgeschichte klingt so, als wäre sie erfunden, einzig zum Zwecke ihrer Darstellung in einem Lehrbuch der Psychosomatik in der Gynäkologie: eine jahrelange medikamentöse Behandlung einer rezidivierenden genitalen Pilzerkrankung bleibt ohne dauerhaften Erfolg, jedoch das bloße Gespräch, der Entschluß eines Paares sich zusammen für die gemeinsame Beziehung einzusetzen und sie fortführen zu wollen, macht das Symptom der Frau überflüssig, bringt ihre Genitalmykose zum Verschwinden. Doch während meiner Pilotstudie zum Fluor genitalis stellte sich heraus, daß ein hoher Prozentsatz der untersuchten Frauen (n = 40), eine ähnlich gelagerte Krankengeschichte haben. Die therapeutische Bedeutsamkeit der so häufig vernachlässigten psychischen Aspekte in der Behandlung eines körperlichen Symptoms – wie beispielsweise dem Fluor – zeigte sich hier zweifelsfrei.

Die Fallgeschichte macht gleichzeitig eine weitverbreitete Einstellung der Ärzte im Umgang mit der Fluor-genitalis-Patientin deutlich: Frauen mit rezidivierendem Fluor genitalis gelten als schwierige Patientinnen, als Patientinnen, die in dem Arzt oft ärgerliche Empfindungen und Gefühle der Hilflosigkeit bezüglich einer dauerhaften Beseitigung des Symptoms hervorrufen. Die Patientinnen klagen zum wiederholten Male über das Gleiche, und sie wechseln von einem Arzt zum anderen, wenn die Therapien nicht wirken. Erfolg bei den eigenen therapeutischen Anstrengungen erzielt der Arzt nur in seltenen Fällen. Subjektiv hegen die Ärzte die Vermutung, daß diese Patientinnen eine besonders schlechte Compliance zu ihnen eingehen, daß die Patientinnen und, in entsprechenden Fällen deren Partner, die Medikamente nicht sachgerecht und zu kurz anwenden oder einnehmen, die Therapie zu früh abbrechen oder ihr Verhalten und ihre Gewohnheiten nicht verändern.

Gleichzeitig spüren die meisten Ärzte – wie ich in vielen Gesprächen während meiner Pilotstudie feststellen konnte – sehr vage, daß es sich beim Fluor dieser Patientinnen um mehr als ein rein somatisches Erscheinungsbild oder einen organpathologischen Befund handelt.

Die Zahl der Patientinnen mit rezidivierendem Fluor genitalis mit Befund nimmt in der ärztlichen Sprechstunde stetig zu (Effendy u. Gieler 1984). Gegenwärtig leidet ca. jede vierte Frau, die den Gynäkologen aufsucht, unter Fluor (Kistner 1979 nach Shorter 1984), wobei der aufgrund venerischer Erkrankungen bestehende Fluor hierunter nicht gerechnet wurde. Da aber seit der Mitte der 50er Jahre die Zahl der wirksamen Präparate auf dem pharmazeutischen Markt gegen den infektiösen Fluor genitalis wächst, begegnet der Gynäkologe dem Hauptsymptom in seiner Sprechstunde auf die von ihm erlente und von ihm erwartete Art und Weise: er verschreibt Medikamente. Beide, Arzt und Patientin, richten ihre Aufmerksamkeit auf die körperlichen Vorgänge. Psychische Hintergründe, subjektives Erleben des körperlichen Symptoms und allgemeine psychosoziale Faktoren, die für das Entstehen und die Chronifizierung relevant sind, werden von Arzt und Patientin zumeist negiert, wenn nicht sogar gänzlich als Ursache ausgeschlossen und als abwegig eingestuft. Selten dürfte ein Gespräch stattfinden, in dem gezielt der persönliche Hintergrund der Frau Berücksichtigung findet, und in dem der Arzt seiner Patientin psychische Gründe als in Frage kommende Ursache ihres rezidivierenden Fluors nahebringt.

Um deutlich zu machen, zu welch widersprüchlichen Ergebnissen rein organmedizinisch reduzierte Forschungskonzeptionen des Fluor genitalis führten, und um zu klären, welcher Stellenwert den psychischen Aspekten vor allem aber dem subjektiven Symptomerleben der Frau im Gesamtspektrum ätiologischer Faktoren des Fluors zukommt, sollen in diesem Beitrag folgende Punkte behandelt werden:

- Der Fluor genitalis der Frau aus gynäkologischer Sicht.
- Ätiologie und Therapie des Fluor genitalis aus medizinhistorischer Sicht.
- Aktueller psychosomatischer Forschungsstand zum Fluor genitalis.
- Ein ausgewählter medizin-psychologischer Aspekt im Umgang und Erleben des chronischen Fluors durch die betroffenen Frauen: Der Fluor genitalis als Ausdruck der Beziehung der Frau zu ihrem Körper.

Zum gynäkologischen „Fluor-genitalis"-Begriff

Das Ärgernis Nummer eins so mancher Frau trägt viele Namen: Leukorrhö, Fluor albus, weißer Fluß oder einfach Ausfluß, letzterer ist der heute gebräuchlichste umgangssprachliche Ausdruck für den Fluor genitalis. Bei der Aufzählung dieser Begriffe schwingen negative Konnotationen mit, die auf das Unangenehme dieser körperlichen Reaktion für die betroffene Frau hindeuten. Und dies ist historisch gesehen verständlich, denn erst seit Ende der 20er Jahre dieses Jahrhunderts gibt es wirksame Medikamente gegen Vaginalinfektionen nichtvenerischer Natur. Trotzdem bleibt es bis auf den heutigen Tag – wie in dem eingangs geschilderten Fall – ein oft schwer therapierbares Symptom. Vor allem wenn es rezidiviert bzw. die Laboruntersuchungen keinen oder nur einen minimalen Befund ergeben.

Da in diesem Beitrag primär die wesentlichen psychosomatischen und medizinpsychologischen Aspekte dargelegt werden sollen, sei nur eine knappe organmedizinische Differenzierung des Fluor genitalis gegeben. In der weiblichen Scheide wird ständig eine biologisch notwendige Gewebeflüssigkeit gebildet, die man als Transsudat bezeichnet. Sie ist eine muköse, von den Drüsen des Genitaltrakts herstammende Flüssigkeitsausscheidung. Ihre Menge und Beschaffenheit verändert sich je nach Zeitpunkt des Zyklus. Sie wirkt als eine chemisch-biologische Sperre und dient der Aufrechterhaltung der normalen Gewebebeschaffenheit in der Vagina. Ihr Vorhandensein wird von den Hormonen der Eierstöcke gesteuert. Diese normale Transsudation ist aufgrund der Differenziertheit des weiblichen Genitalsystems von vielfältigen anatomischen und organischen Störvariablen beeinflußbar. Man spricht von Fluor genitalis, wenn es zu einer vermehrt anomalen Sekretbildung in der Scheide kommt. In den meisten Fällen ist der Fluor selbst keine Krankheit, sondern das Symptom einer Krankheit (Bickenbach 1951). Die hinter dem Symptom stehenden Krankheitsbedingungen sind mannigfacher Natur. Der Fluor genitalis wird gemäß seiner Ursachen unterschieden, wobei in der Praxis des öfteren keine eindeutige monokausale Zuordnung möglich ist. Im allgemeinen heißt der Fluor genitalis Exsudat, wenn es sich um einen entzündlichen Ausfluß handelt, der aufgrund von Bakterien, Candida, Trichomonaden oder Gonokokken hervorgerufen wird, die von außen in das weibliche Genital eingedrungen sind oder der als Folge vielfältiger anatomischer und organischer Störungsmöglichkeiten entsteht, beispielsweise durch Entzündungen oder Geschwulstbildungen der Zervix oder der Tuben bzw. durch chemische Reizung aufgrund von Scheidenspülungen etc.. Die übermäßige Sekretzunahme, die durch Organinsuffizienzen, z. B. die der Ovarien, hervorgerufen wird, nennt man funktionellen Fluor (s. zu den organischen Ursachen die beiden ersten Spalten in Tabelle 1). Hingegen wird die vasomotorisch bedingte vermehrte Sekretbildung, der kein entzündlicher Prozeß zugrunde liegt, als psychogener oder nervöser Fluor bezeichnet. Letzterer tritt oft nur schubartig auf und gilt als Folge- und Begleiterscheinung von seelischen Anstrengungen und Störungen (Roemer 1972). Er galt als eine Not- bzw. Restkategorie für all jene Fälle, bei denen kein organischer Befund zu finden war. In der psychosomatisch orientierten Gynäkologie wird der nervöse Fluor sowohl als eigenständige psychosomatische Erkrankung als auch als sekundäres Begleitsymptom eingestuft (Perez-Gay 1983).

Die Ärzte können bei ca. 25–15% ihrer Patientinnen mit Fluor-genitalis-Beschwerden keinerlei organische oder anatomische Hinweise, die als Ursache des Fluors in

Frage kämen, finden. Bei gut Dreiviertel (75–85%) ihrer Patientinnen diagnostizieren sie eine somatische Pathogenese (Karkut, mündliche Mitteilung). Zumeist gibt sich der Praktiker mit dieser objektiven, auf naturwissenschaftlichen Erkenntnissen und (Labor-)Techniken und Methoden basierenden Befund zufrieden und der psychische Anteil, der beispielsweise bei einer infektiösen Erkrankung auch eine Rolle spielt, wird ausgespart. Man glaubt durch den organischen Befund alles über die Ätiologie des Fluors zu wissen und läßt die Psyche unberücksichtigt. Der Fluor wird hier einzig als Begleitsymptom einer somatischen Erkrankung angesehen (Grützmacher-Sawicka 1982).

Der Fluor genitalis kann bereits bei jungen Mädchen (erstmals häufig 1–2 Jahre vor der Menarche) auftreten und bis weit in das Klimakterium hinein vorhanden sein. In der psychosomatisch orientierten Literatur findet besondere Erwähnung, daß Frauen mit einer vordergründig neurotischen Problematik oder einen sog. nervösen Konstitution am häufigsten unter den Patientinnen mit Fluor genitalis zu finden sind. Und in der psychiatrischen Fachliteratur wird der Fluor als ein häufiges Begleitsymptom der Depression genannt (Faust et al. 1983).

Wie die Beschreibungen zeigen, führt man in der Medizin die Ursachen, die für eine vermehrte Flüssigkeitsausscheidung aus der Scheide verantwortlich sind, auf drei Faktoren zurück, nämlich auf

– endogene organische Faktoren,
– exogene organische Faktoren und
– psychogene Faktoren (s. Tabelle 1).

Der Fluor genitalis in der Medizingeschichte

Der Fluor genitalis ist ein Symptom, das die Frauen schon seit jeher als eine Bürde ihres Geschlechts erlebten. Bereits die griechischen und römischen Ärzte wußten über ihn zu berichten. Die Bewertung des früher Fluor albus genannten Ausflusses als lebensbedrohliche Krankheit oder normale oder gar heilsame Reinigung des weiblichen Körpers war jahrhundertelang umstritten. Ein wichtiger Hinweis darauf, daß der Fluor offenbar auch aus der Sichtweise der Ärzte und der Autoren der medizinischen Abhandlungen ein schwer bestimmbares Symptom, eine Crux für sie war und wohl noch immer ist.

Von Hippokrates an über Galen bis hin zu Mercurialis im 16. Jh., vertrat man in der Medizin die Ansicht, daß der Fluor keine Krankheit oder ein Symptom einer Krankheit sei, sondern vielmehr ein Reinigungsfluß des ganzen Leibes einer jeden Frau. Der Fluor wurde der Menstruationsblutung gleichgesetzt, beide galten als zur normalen Frau im gebärfähigen Alter gehörig.

Im 17. und 18. Jh. findet eine Wandlung in der Einschätzung des Fluor albus statt, der klar von dem Fluor unterschieden wurde, der Begleitsymptom einer Geschlechtskrankheit ist und der als Folge von Tumoren etc. einsetzt. Der Fluor albus galt nicht mehr länger als normale Körperausscheidung aller Frauen, wenn der Fluor „zu heftig" und „zu stark" wurde. Der Fluor galt als ungesund, wenn er „eine nicht näher bestimmte Quantität überschritten hatte (Asteruc 1768–1778; Musitanus 1743; Mueller 1790;

Stahl 1724). Dem Fluor wurde die pathogene Wirkung zugeschrieben" ... inneres Hindernis der ehelichen Fruchtbarkeit und Liebe ..." (Mueller 1790) zu sein.

Darüber hinaus findet man in der medizinischen Fachliteratur, den Handbüchern, speziell den Ehehandbüchern und später in den Enzyklopädien dieser Zeit Hinweise über die emotionale Bewertung des Fluors durch die Frauen selbst und deren Männer. Er gilt als eine „Verdrießlich- und Schimpflichkeit", eine Strafe und Qual, als eine beschwerliche Krankheit, die als unreinlich bewertet wird und der „die Frau ihrem Mann unangenehm macht". Er wird als lebensbedrohende Krankheit beschrieben. Die Bewertung der Mediziner wandelte sich: Dem Fluor albus wird zunehmend häufiger ein Krankheitswert zugeschrieben, zumal wenn die Frau über Schmerzen klagte und wenn weitere Krankheitssymptome zum Fluor albus hinzukamen, wie Fieber, unregelmäßig werdende Menstruation, Allergien etc. oder wenn die Frauen" ... ausgezehrt vom weißen Fluß ..." starben (Krüntz 1856; Stahl 1724). Auszehrung, Mattigkeit, Hysterie und Niedergeschlagenheit werden als häufige Begleiterscheinungen des Fluor albus erwähnt. Vor dem manchmal tödlich verlaufenden, im Siechtum endenden Fluor albus der Frauen wird gewarnt. Die Gefährlichkeit und Heimtücke dieser Körperausscheidung wird unterstrichen.

Die ätiologischen Erklärungsversuche bis zur Mitte des 19. Jh. konzentrierten sich auf folgende Annahmen (nach Krüntz 1856):
Der Fluor sei Folge- oder Begleiterscheinung von:

1. ungesunder Lebensweise der Frau. Hierzu zählen zum einen solche extreme Lebensbedingungen wie körperliche Überanstrengung der einfachen Frau, Müßiggang und „Ausschweifung" der Frau der oberen Schichten. Bei jungen Frauen der gehobenen Schichten das Lesen „schlechter Literatur", z. B. Liebesromane etc. Zum anderen die sog. sexuelle Hyperaktivität und die gänzliche sexuelle Abstinenz. Ferner als Spätfolge zu kurzen Stillens der eigenen Kinder und bei zu wenig Schlaf der Frau;
2. unglücklicher Liebe der Frau zu einem Mann;
3. Anwendung bestimmter Kontrazeptions- und Abortmitteln der Frau;
4. schlechter Ernährung, z. B. wenn die Frau insgesamt zu viel ißt und trinkt, und wenn sie speziell fettig-mehlige und grobe Speisen ißt und starken Alkohol trinkt;
5. unzureichende Bekleidung, um vor Kälte oder zu großer Wärme geschützt zu sein;
6. fehlender oder zu heftiger Bewegungen der Frau;
7. mangelnder, übertriebener oder falscher Körperpflege und -hygiene;
8. bestimmten klimatischen und ökologischen Bedingungen, in denen die Frau lebt, z. B. heißt es, daß der Fluor in Polen und in den Niederlanden verbreiteter gewesen sei als anderswo in Europa,
9. genetischen und konstitutionellen Veranlagungen, z. B. die besondere Bindegewebe- und Gefäßwandschwäche mancher Frau;
10. bestimmten Persönlichkeitsmerkmalen und psychischen Auffälligkeiten, z. B. ging man davon aus, daß sog. hysterische und depressiv verstimmte sowie von Gemütsleiden befallene Frauen in hohem Maße von Fluor belästigt werden,
11. organischen Erkrankungen, z. B. bei Skorbut, Herpes, Hauterkrankungen, Allergien.

Zusammenfassend läßt sich feststellen, daß drei Grundtendenzen in der Beurteilung der körperlichen Reaktion „Ausfluß" in der Geschichte der Medizin erkennbar sind. Der rezidivierende Fluor albus ...

– wurde zunächst (und zwar bis ins 16. Jh. hinein) in einem bestimmten – allerdings in der Literatur nicht näher erläuterten – Grade als normal und daher gesund bewertet.
– Sodann gilt er als ein „... immer stärker werdender Modeartikel unter den Krankheiten des weiblichen Geschlechts in den Städten, vornehmen Häusern, in der sog. feineren Welt.“ (Thilenius 1814).
– Schließlich erhält einen schichtenübergreifenden pathologischen Status. Man erkennt, daß er sich zu einer heimtückischen, schleichenden, letztendlich zu einer lebensbedrohlichen Krankheit entwickeln kann.

Zur Therapie des nichtvenerischen Ausflusses wird folgendes empfohlen (Thilenius 1914):

1. Diät. Die Frau soll in erster Linie der Verdauung förderliche Nahrungsmittel essen, die leicht und zugleich nahrhaft sein sollen.
2. Verabreichung von Stärkungsmitteln, vornehmlich eisenhaltige Präparate.
3. Dem Klima, der Temperatur und der Arbeitsweise angemessene sowie die Bewegungsfreiheit der Frau nicht behindernde Kleidung.
4. Reichliche Bewegung in freier Luft.
5. Körperliche Aussonderungen, z.B. Schweiß, sollen stimuliert werden, z.B. durch Entschlackungsmittel.
6. Als gynäkologische Maßnahmen werden genannt: Einspritzungen, Klystiere, Sitzbäder, Tinkturen, Aufgüsse, und ferner das Einlegen von Schwämmen, die mit pflanzlichen Ingredienzen getränkt sind, in die Scheide. Die entsprechenden Rezepte sind vielfältig.
7. Oft findet sich der Ratschlag, daß Ehefrauen den Geschlechtsverkehr unterlassen sollen, die „Jungfrauen“ hingegen heiraten und sich Kinder wünschen sollten.

Aktueller psychosomatischer Forschungsstand

Der Fluor genitalis ist in der gynäkologischen Praxis und Literatur das wohl häufigste Problem und Thema. Die Forschungsinhalte beziehen sich primär auf den funktionell somatischen Aspekt, auf chemisch-bakteriologische Untersuchungen, auf verbesserte und verfeinerte technische Analysen und Interventionen, z.B. exakte Angaben über Anzahl und Menge der möglichen Bakterienstämme. Demgegenüber gibt es nur eine verschwindend kleine Anzahl ganzheitsmedizinisch angelegter Studien, die sich explizit und ausführlich neben der anatomischen, endokrinologischen, physiologischen, biochemischen und klinischen Seite auch für die psychischen und psychosozialen Aspekte am Ausfluß interessieren und diese differenziert beachten und aufschlüsseln. Interessanterweise existiert keine einzige Untersuchung zum subjektiven Erleben des Fluor genitalis. Es ist weder geklärt, weshalb sich die eine Frau durch das Feuchtigkeitsgefühl im Slip beeinträchtigt fühlt, die zweite den Ausfluß sogar als Krankheit einschätzt, während eine dritte ihn als ganz und gar normal, unauffällig und gesund erlebt oder die vierte ihn als ein spürbar angenehmes Zeichen der eigenen Weiblichkeit erfährt, noch in welcher Beziehung diese Erlebensqualität zur Aufrechterhaltung des Symptoms steht.

Weshalb das subjektive Erleben des Fluor genitalis ein „weißer Fleck“ in der medizinischen und psychologischen Literatur ist, mag sein Gründe u.a. auch in den methodischen Schwierigkeiten haben, das subjektive Erleben zu erfassen und zu verdeutlichen, es vergleich- und objektivierbar zu machen. Die oft hervorgehobene Diskrepanz zwischen dem objektiven, d.h. hier dem medizinischen Befund und dem subjektiven Erleben durch die Frauen, deutet darauf hin, daß die Wahrnehmung und Einschätzung des Fluor genitalis in hohem Maße von der individuellen Empfindsamkeit und Wertung der Frau abhängig ist. Aber gerade dieser subjektiven Empfindlichkeit der Frau wird in der gynäkologischen Literatur keine Beachtung geschenkt. Natürlich ist es wissenschaftlich unzulässig, angesichts der methodischen Schwierigkeiten das subjektive Symptomerleben zuverlässig zu erheben, kurzerhand das Krankheitskonzept auf die leicht meßbaren Anteile zu reduzieren. Dieser Reduktionismus führt in der Behandlungspraxis zu einer unglücklichen Sichtweise: qua Laborbefund soll festgestellt werden ob es sich bei den Beschwerden der Patientin tatsächlich um einen ernstzunehmenden – und das ist gleichzusetzen mit einem organisch bedingten – Fluor handelt oder um einen primär „nur" psychogenen Fluor genitalis. Tatsächlich ist die Differentialdiagnose oft sehr schwer oder gar nicht zu stellen – wie auch in der Fallgeschichte am Anfang. Auf beides – somatische und psychische Seite – sollte sich die Aufmerksamkeit des behandelnden Arztes richten.

Deshalb sollen im folgenden die psychosomatischen Faktoren, die bei der Entstehung und Chronifizierung des Fluor genitalis eine Rolle spielen, Berücksichtigung finden (s. dritte Spalte in Tabelle 1).

Die psychodynamischen Theorien überwiegen bei den Erklärungen des psychosomatischen Fluor genitalis. Zu den gravierendsten Gründen, die zur Entwicklung des Fluors führen, zählen diesen Theorien zufolge eine unbefriedigende oder gestörte Sexualität (Perez-Gay 1983) der Fluorpatientin selbst. In zweiter Linie wird der Fluor als eine Reaktion der Frau auf die gestörte Sexualität ihres Partners, z. B. dessen sexuelle Funktionsstörung, angesehen. Je nach Art und Weise wie sich die Frau ihre sexuelle Befriedigung versagt oder bestraft bzw. ihr vorenthalten wird, also je nach psychodynamischem Verarbeitungsmuster, wird der Ausfluß Libido-, Gewissens- oder Abwehrfluor genannt (Tabelle 1).

Ferner wurde beobachtet, daß der Fluor oft bei Frauen mit sexuellen Funktions- oder Menstruationsstörungen auftritt. Der Fluor scheint hier zum einen ein Teil eines komplexeren Syndroms zu sein, dem sowohl vielfältige psychodynamische Gründe zugrunde liegen – z. B. negative sexuelle bzw. Menstruationserfahrungen, eine negativ bewertete sexuelle Identität als Frau, sexualfeindliche Erziehung, negative Wertschätzung der eigenen sexuellen Bedürfnisse und Wünsche sowie deren Befriedigung, mangelnde sexuelle Erfahrungen – und zum anderen kann er ein Begleitsymptom einer anderen funktionellen organischen Störung sein, z. B. einer Regulationsstörung des vegetativen Nervensystems, einer Störung der Ovarialhormone. Beide Erklärungsmodi gilt es im Einzelfall zu prüfen. Bekannt ist auch, daß die verschiedensten Antikonzeptionsmethoden und -mittel zu einer vermehrten Fluorentwicklung beitragen können. Hier ist sicherlich zum einen bei den hormonalen oder mechanischen Verhütungsmitteln an eine endokrinologische, chemische oder mechanische Ursache zu denken, zum anderen an psychodynamische Faktoren, wie z. B. der latente, ambivalente oder frustrane Kinderwunsch der Frau, ihres Partners oder beider, der zu berücksichtigen ist ebenso wie die persönliche Einstellung der Frau zu der verwendeten Antikonzeptionsmethode und auch der Wunsch und die Lust der Frau die eigenen Reproduktionsfunktionen erstmals oder zum wiederholten Mal überprüfen zu wollen und sich ihrer zu versichern. In einem gleichfalls die Fertilität betreffenden Bereich reagiert die Frau auf eine organische und/oder psychische Insuffizienz mit Fluor: bei eigener Sterilität oder bei der des Mannes und bei gleichzeitig vorhandenem Kinderwunsch beider Partner. Als vierten Aspekt erwähnen die psychodynamischen Theorien frühkindliche Traumatisierungserfahrungen der Fluorpatientin, z. B. Deprivationserlebnisse durch die Mutter.

Neben den ausgeführten psychodynamischen Theorien lassen sich physiologische und psychologische Streßtheorien erkennen, die das Auftreten des Fluor genitalis erläutern. In der psychosomatischen Gynäkologie wird damit das Auftreten jenes Fluors abgeleitet, der als sekundäres Begleitsymptom anderer funktioneller Störungen auftritt. So beklagen z. B. Patientinnen mit vegetativen Dystoniesymptomen in unspezifischen Streßsituationen Ausfluß zu bekommen. Des weiteren gelten berufsbedingte und aus der Umwelt stammende Streßfaktoren als fluorauslösende Ursachen, wie etwa starke körperliche und psychischen Anstrengungen, mangelnde Handlungskompetenz in streßauslösenden Situationen, Noxen in der Nahrung, Luft und am Arbeitsplatz etc.

In einem dritten Theorieansatz wird versucht einen Zusammenhang zwischen spezifischen Persönlichkeitsprofilen und dem Auftreten des Fluor genitalis herzustellen. Bislang reduzierte man die Untersuchungen zur Persönlichkeitsstruktur der Fluorpatientin auf das Vorhandensein psychischer Auffälligkeiten und Störungen, die ihrerseits in den Arbeiten unklar definiert und daher nicht objektivierbar sind. Die Ergebnisse erbringen keine Differenzierung, da demnach bei jeder psychischen Störung die Frauen über Fluor zu klagen scheinen. Dieses unbefriedigende Resultat mag eine Folge zum einen der problematischen psychodiagnostischen Vorgehensweise sein und zum anderen der wenigen Fälle, die diesbezüglich gezielt untersucht wurden; zumeist handelt es sich um beiläufige Erwähnungen, von denen aus aber generalisiert wird. Bisher wurden keine standardisierten psychologische Testverfahren durchgeführt, um quantifizierbare Daten zu gewinnen.

Eine häufig berichtete Beobachtung ist auch, daß oft ein eklatantes Mißverhältnis zwischen der Stärke des Fluors und der Beurteilung des Symptoms durch die Frau besteht. Hinter dieser hypochondrischen oder phobischen Haltung der jeweiligen Patientin steht eine Angst vor venerischen Infektionen, Karzinomen im Genitalbereich etc. Manchmal stammt die Angst nicht ursächlich von der Frau, sondern von deren Partner, der die Frau zum Arzt schickt, aus eigener hypochondrischer Angst oder als Folge eines schlechten Gewissens nach einem „außerehelichen" Geschlechtsverkehr.

Der sekundäre Krankheitsgewinn für die Frau ist das vierte eigenständige Erklärungskonstrukt für das Auftreten des Fluors. Die Frau zieht aus dem Vorhandensein des Fluors einen Nutzen, z. B. kann sie dadurch den Umfang und den Zeitpunkt der sexuellen Kontakte mit dem Partner indirekt mitbeeinflussen und bestimmen. Oder sie kann verdeckt überprüfen, ob der Partner sie trotz ihrer „Krankheit" liebenswert findet oder nicht etc.

Aus den Ausführungen geht hervor, daß der Fluor genitalis ganz verschiedene klinische Wertigkeiten aufweisen kann, die unmöglich in einer einzigen alles umfassenden Definition berücksichtigt werden können. Wichtig für die psychologische Betrachtung des Fluors ist, daß der Fluor folgendes bedeuten kann: er ist sowohl eine Erscheinung und Empfindung als auch ein Symptom des körperlichen und/oder psychischen Geschehens, in Ausnahmefällen aber auch einmal eine Krankheit (Müller 1972)

Tabelle 1. Übersicht zur Pathogenese des Fluor genitalis der Frau

Exogene Faktoren	Endogene Faktoren	Psychosoziale Faktoren
Mikrobiologische Ursachen ● Unsauberkeit ● Übertriebene Hygiene ● Unsauberkeit des Sexualpartners ● Häufiger Partnerwechsel Vulvitis ● Spezifische: Bakterien, Trichonomaden, Candida, Soor ● Unspezifische: bakterielle Mischinfektionen Mechanische Reizung ● Durch Fremdkörper, z. B. bei Selbstbefriedigung ● Reibung, z. B. Tampons, zu enge Bekleidung Chemische Substanzen ● Waschmittel für den Körper und für die Wäsche ● Intimsprays, Vaginalspülungen ● Feuchtwarmes Milieu durch Slipeinlagen und synthetische Slips	– Hormonelle Faktoren ● Hormonelle Veränderungen kurz vor, während und nach der Pubertät ● Menstruationszyklus und dessen Störungen ● Ovulationshemmende Medikamente ● Schwangerschaft ● Stillzeit ● Hormonelle Veränderungen kurz vor, nach und während des Klimakteriums – Lokale Veränderungen im Unterleib ● Verletzungen ● Entzündungen (z. T. durch Kontrazeptionsmethoden, sexuelle Kontakte etc.) ● Tumore ● Ektopie – Allgemeine Erkrankungen ● Diabetes mellitus ● Infektionen ● Alkoholismus ● Vegetative Dysfunktionen (Dystonie, Magen- u. Darmstörungen, ● Herz- und Kreislaufstörungen) – Allergische Reaktionen – Lokale Immunschwäche – Folge von Einnahme bestimmter Medikamente – Nach Verzehr bestimmter Lebensmittel Z. B. Kohlenhydrate, blähende Stoffe	– Unbefriedigende Sexualität ● Ausdruck unbefriedigter sexueller Wünsche und Sehnsüchte („Libidofluor") ● Selbstbestrafung nach befriedigender Sexualität („Gewissensfluor") ● Eigene sexuelle Wünsche sind nicht akzeptabel („Abwehrfluor") ● Sexuelle Erfahrungen sind unbefriedigend und enttäuschend („Abwehrfluor") – Sexuelle Funktionsstörungen Anorgasmie, Vaginismus, Dyspareunie – Fertilität ● Frustraner Kinderwunsch ● Subjektive Einstellung zu Antikonzeptionsmitteln ● Sterilität der Frau oder des Mannes – Vegetative Dystonie bei unspezifischen Streßsituationen Z. B. vermehrte Transpiration, Herzklopfen, Migräne – Andauernde Erschöpfungszustände ● Permanente Anspannung ● Direkte Schädigung durch Umwelteinflüsse (Beruf, Lebensweise etc.) ● Mangelnde Konstitution – Aktuelle psychische Belastungen – Allgemeine psychische Störungen der Frau Begleitsymptom bei Depression, allgemeine Ängstlichkeit, Zwanghaftigkeit (Reinlichkeit!), Identitäts- u. Kontaktstörungen, Psychosen etc. – Hypochondrische und phobische Reaktion auf befürchtete Krankheiten im Genitalbereich Z. B. Karzinome, Geschlechtskrankheiten, Sterilität – Sekundärer Krankheitsgewinn ● Kontrolle über Zeitpunkt und Umfang sexueller Kontakte ● Vergewisserung bzw. Klärung der Zuneigung des Partners ● Abwehr des Partners ● Ausdruck des Wunsches nach Erfüllung der Erwartungen an den Partner – Frühe Traumatisierungen Deprivationserlebnisse, wie mangelnde Zuwendung durch die Mutter

Der Fluor genitalis als Ausdruck des Verhältnisses der Frau zu ihrem Körper – Ein ausgewählter medizin-psychologischer Aspekt im Umgang und Erleben von Frauen mit chronischem Fluor genitalis

Die eingangs ausgeführte Fallgeschichte hat mit Nachdruck auf die psychische Dimension des Fluor genitalis hingewiesen, und deutlich gemacht, daß mit Klärung der Partnerschaft das Symptom „überflüssig“ wurde. Jedoch ist ein weiterer Aspekt der Fallgeschichte auffällig: der geringe Grad, in dem Frau K. über das persönliche Erleben des Ausflusses zu sprechen geneigt war. Ihr Beispiel ist nicht arbiträr, insofern bei den der Forschung normalerweise zugänglichen Probandinnen die Erfahrung des Fluors einer doppelten Vermittlung unterliegt: einerseits den Diagnosen, Ätiologiekonzepten und Therapieformen der Allgemeinmediziner, Gynäkologen und/oder Dermatologen, andererseits der Vorstellung, Partnerkonflikte im weitesten Sinne seien die angemessene Deutungsfolie für das Körperphänomen Fluor. Obschon letztere Sichtweise, die in der psychosomatisch orientierten oder direkt in der psychotherapeutischen Praxis eingeübt wird, einen entscheidenden Schritt zur Selbsterkenntnis darstellt, erfaßt auch sie noch nicht den Fluor als Ausdruck der Beziehung zum eigenen Körper, die eine von der jeweiligen Partnerkonstellation unabhängige Bedeutung haben kann.

Aufgrund dieser „doppelten Präformierung“ ihres Forschungsgegenstands hat also die vollständige Erforschung des Fluor genitalis mit gewissen Schwierigkeiten zu rechnen. Hinzu kam jedoch bisher eine Art forschungsstrategischer Blindheit als Folge verengter Krankheitskonzepte, so daß in der Regel auch die Aussagen der Patientinnen des forschenden Mediziners, die von sich aus die Erlebnisaspekte des vermehrten Fluors bewußt registrierten und ansprachen, keine weitere Beachtung fanden. Ich selbst wurde auf die Äußerungen von Frauen zu diesem Thema bei meiner sozialpsychologischen Erhebung zur Orgasmusfähigkeit studierender Frauen aufmerksam.

Der psychosomatische Erklärungsansatz, daß Frauen mit ihrer Einstellung zum Fluor ihr Verhältnis zu ihrem Körper thematisieren, trifft sicherlich nur für eine bestimmte Gruppe unter den Patientinnen mit rezidivierendem Fluor nicht zu. Diese Gruppe setzt sich aus Patientinnen zusammen, bei der entweder der Partner, sei es wegen seiner unzulänglichen Unterleibshygiene, sei es wegen seiner promiskuitiven Praktiken bei gleichzeitig mangelnder Körperhygiene, als Verursacher fluorauslösender Infekte betrachtet wird, oder die betroffene Frau selbst, sei es daß sie mangelhafte Unterleibshygiene praktiziert oder sei es weil sie weitläufige intime Beziehungen mit Partnern – wie den eben genannten – unterhält, die den Verdacht auf eine pure mikrobiologische Verursachung des Ausflusses nahelegen und eine psychogene ausschließen. Bei ihnen wäre es verfehlt psychosomatische oder medizin-psychologische Entstehungsmomente für den Fluor anzunehmen. Ob diese erwähnten Patientinnen eine sehr kleine Minderheit oder eher eine Mehrheit unter den Frauen mit infektiösem Fluor darstellen, ist bislang gänzlich unklar. Die Schätzungen schwanken von Arzt zu Arzt sehr erheblich, zum einen weil es schwierig ist durch die direkten Fragen eine offene Antwort zu diesem Thema von den Patientinnen zu erhalten, und zum anderen weil sich infolgedessen der Arzt von seinem persönlichen Eindruck von der Patientin und seinen individuellen Ätiologiekonzepten vom infektiösen Fluor leiten läßt.

In der Pilotstudie wurden Frauen interviewt und schriftlich befragt (n = 40), die zur Kontroll- und Vorsorgeuntersuchung zu ihrem Arzt kamen und dabei ansprachen, Ausfluß zu haben sowie Frauen, die an Selbstuntersuchungskursen teilnahmen, Studentinnen und Frauen, verschiedensten Alters und Berufes, die rezidivierenden Ausfluß hatten und aus Interesse an der Befragung teilnahmen. Für die Befragten scheint der Befund des Arztes, ob infektiöser, funktioneller oder nervöser Fluor, eine sekundäre Rolle für das Erleben des Ausflusses zu spielen. Sie stufen den Ausfluß per se nicht als pathologisches Phänomen ein, selbst dann nicht, wenn er auf eine Infektion zurückzuführen ist oder wenn er starke Ärger- oder Abscheugefühle hervorrufen sollte. Im einzelnen läßt sich folgende grobe Differenzierung bei Frauen mit chronischem Ausfluß vornehmen:

1. Frauen, die den Ausfluß als lustvoll empfinden,
2. Frauen, die den Ausfluß – auch wenn er sehr stark ist – schlicht als gegebene biologische Tatsache akzeptieren,
3. Frauen, die den Ausfluß als lästig, aber irrelevant einstufen,
4. Frauen, die den Ausfluß als störend oder ekelhaft erfahren.

Es ist denkbar, daß gerade die Analyse des Erlebnisaspekts beim Fluor genitalis bei den Frauen in meiner Pilotstudie einen weiteren Schlüssel darstellt zum Verständnis und zur Therapie auch derjenigen an chronischem Fluor genitalis leidenden Frauen, die aufgrund der „doppelten Präformierung" bisher von sich aus ihr subjektives Erleben des Ausflusses nicht ansprechen und klären konnten. Insbesondere für die Gruppe der Psychosomatiker ist es wichtig, ihnen die Bedeutung und latente Erlebnisstruktur hinter ihrem Symptom bewußt werden zu lassen, da man gerade von diesen Patienten aus der Psychotherapie weiß, wie wenig sie ihre Wahrnehmungen und Empfindungen frei äußern können, und daß sie in erster Linie mittels ihrer körperlichen Symptome ihre Empfindungen zum Ausdruck bringen und nur schwerlich im direkten Dialog mit sich selbst und ihrer Umwelt.

Ich möchte daher auf einige besonders auffällige Befunde der erwähnten Pilotstudie eingehen, die ein Licht auf die komplexe, z. T. prima facie paradoxe emotionale Besetzung des Fluor genitalis werfen.

Unter den Frauen, die eine positive Einstellung zu ihrem Ausfluß äußern, lassen sich zwei konträre Haltungen feststellen. Zum einen kann diese Einstellung mit einer gelungenen Sexualität und einer stabilen Geschlechtsidentität einhergehen, zum anderen aber auch mit einer extrem negativen Bewertung der „Weiblichkeit" korrelieren, die sich sowohl in einer generell niedrigen Einschätzung von Frauen als auch in der Abwertung des weiblichen Genitals manifestiert. So wird etwa das Aussehen der Vulva als häßlich, unförmig, schrumpelig, der Geruch von und aus ihr als stechend, süßlich, faulig, ihre Konsistenz als amorph, schwabbelig, pappig umschrieben. Diese Frauen waschen oft ihren Intimbereich (was bei Ärzten zu der Vermutung führen kann, es läge hier im vermehrten Ausfluß eine Reaktion auf die durch Intimlotionen und Seifen, Vaginalduschen etc. gestörte Scheidenflora vor), vermeiden den Koitus und reagieren generell phobisch auf Krankheitskeime. Eine nähere Befragung ergab, daß für diese Frauen der Ausfluß selbst eine Art Reinigungsfunktion des im Kern verabscheuten Organs darstellt und infolgedessen sogar willkommen ist. Da jedoch einmalige Purifikationsakte nicht ausreichen, entwickelt sich der Fluor genitalis gleichsam zu einem chronischen „Waschzwang", der den offenen Ekel vor dem eigenen Genital zügelt.

Aber auch unter den Frauen, die gegenüber ihrem Ausfluß heftige Abscheu empfinden, gibt es einige, die sich durch eine anscheinend paradoxe Erlebnisstruktur charakterisieren lassen. Vor ihrem im Überfluß strömenden Körpersekret verspüren sie Ekel, während sie zugleich ein positives Verhältnis zur „Weiblichkeit", zu sexuellen Erlebnissen mit Partnern und zu den eigenen sexuellen Empfindungen entwickelt haben. Sie praktizieren normale oder eher leicht reduzierte Intimhygiene und fürchten sich nicht vor in ihren Körper eindringenden Keimen. Bemerkenswert ist der Umstand, daß diese Frauen ziemlich spät erste sexuelle Erfahrungen mit einem Partner sammelten, im Anschluß daran aber ein intensives Sexualleben führten. Verschiedene Indikatoren (z. B. die in der Befragung ermittelten Anzeichen für repressiv-moralische Erziehung) lassen den Schluß zu, daß bei diesen Frauen der Ausfluß als physische Expression einer unbewußten moralischen Verurteilung ihrer Sexualpraktiken aufgefaßt werden darf. Die moralische Zensur reicht freilich nicht so weit, um die Lustorientierung und die weibliche Identität selbst zu erschüttern. Sie heftet sich aber in Gestalt des Ekels an den Ausfluß als überflüssiger Fortsetzung der durch die Sexualpraxis stimulierten Lustsekretion. Es liegt hier also eine Verdammung der Lust auf Umwegen vor, bei der der Ekel an die Stelle des seelischen Gewissens getreten ist. Die Lust muß durch die Abscheu vor dem dauernd fließenden (sich verselbständigenden und funktionsentspezifizierenden) Sekret bezahlt werden.

Wenngleich mit dem Konzept der paradoxen Erlebnisstrukturen, die Reichweite im Verständnis und in der Behandlung von Frauen mit rezidivierendem Fluor ausgedehnt wird, ist nochmals zu betonen, daß der Übergang von der bloß organischen Erklärung der Ausflußanalyse zu einer psychosomatischen Sichtweise, die den Schwerpunkt auf das persönliche Erleben legt, kein einheitliches Deutungsmodell liefert, sondern erst die gesamte Komplexität der mit dem Begriff Fluor genitalis verknüpften Phänomene aufgewiesen hat. So sind identische Körpersymptome unterschiedlich erlebbar; und selbst dort, wo die Erlebnisweisen übereinstimmen, können, wie an einigen Beispielen erläutert wurde, stark differierende Gründe verantwortlich sein. Die Bandbreite solcher möglicher Gründe kann man ermessen, wenn man sich vor Augen führt, daß bereits der Versuch sexuelle Ursachen besonders zu berücksichtigen – womit nicht der Anspruch auf ein forschungsstrategisches Primat verbunden ist , ein derart vielschichtiges Bild liefert.

Literatur

Asteruc J (1768) Theoretisch-praktische Abhandlung von den Frauenzimmerskrankheiten. S 367 ff.

Bickenbach W (1951) Über den Fluor genitalis der Frau. Med Klin 43: 1121–1124

Effendy J, Gieler U (1984) Genitalmykosen auf dem Vormarsch. Sexualmedizin 8: 452–457

Faust V, Hole G, von Zerssen D, Wolfersdorf M (1983) Zur Diagnose der Depressionen. In: Faust V (Hrsg) Depressionen. Symptomatik-Ätiopathogenese-Therapie. Compendium Psychiatricum. Hippokrates, Stuttgart, S 3–11

Grützmacher-Sawicka I (1982) Der psychogene Fluor – Von der Selbstreflexion zum ordnenden Prinzip Eros. Sexualmedizin 11: 471–474

Krüntz JG (1856) Ökonomisch-technologische Enzyklopädie. S 12–37

Mueller (1790) Medicinisches practisches Handbuch der Frauenzimmerkrankheiten, zum Gebrauche der Ärzte und verehelichten Damen. S 176–196

Müller H (1972) Fluor genitalis. In: Käser (Hrsg) Gynäkologie und Geburtshilfe, Bd III. Thieme, Stuttgart, S 81–109
Musitanus C (1743) Weiberkrankheiten. S 303–337
Perez-Gay B (1983) Fluor vaginalis et cervicis aus psychosomatischer Sicht. In: Prill (Hrsg) Der psychosomatische Weg zur gynäkologischen Praxis. Schattauer, Stuttgart, S 186–191
Roemer H (1972) Psychogener Fluor. In: Käser (Hrsg) Gynäkologie und Geburtshilfe, Bd I. Zyklusabhängige psychogene Störungen. Thieme, Stuttgart, S 528–530
Shorter E (1984) Der weibliche Körper als Schicksal – zur Sozialgeschichte der Frau. Piper, München
Stahl GE (1724) Ausführliche Abhandlung von den Zufällen und Krankheiten des Frauenzimmers. S 172–184
Thilenius MG (1814) Medicinische und Chirurgische Bemerkungen, Teil II. S 177–191

Zur Bedeutung des Körpererlebens für den weiblichen Kindeswunsch, Schwangerschaft, Geburt und die Zeit nach der Entbindung

M. Jarka

Mittlerweile gibt es eine Fülle medizinischer, psychologischer und sozialwissenschaftlicher Literatur zum Thema Schwangerschaft, Geburt, Wochenbett und Stillen. Während in der Medizin die Ausschaltung bzw. Bewältigung von Schwangerschafts- und Geburtsrisiken im Vordergrund steht (was überhaupt erst ermöglicht, psychologischen Aspekten in der Praxis mehr Beachtung zu schenken, vgl. Hillemanns et al. 1983), befassen sich Psychologie und Psychoanalyse mit intra- und interpsychischen Konflikten hinsichtlich der Generativität (Deutsch 1954; Benedek 1960; Molinski 1972; Lukesch u. Lukesch 1976) oder betrachten diesen Zeitraum als Lebenskrise (Bibring 1961). Die sozialwissenschaftliche Problematik der Mutterrolle wurde ebenfalls eingehend beschrieben (s. Beauvoir 1968). Die Bedeutung des Körpererlebens in diesem Zeitraum wurde in der wissenschaftlichen Literatur jedoch kaum thematisiert, was zunächst verwundert, da man annehmen kann, daß für die meisten Frauen (bzw. Mütter) Schwangerschaft, Geburt, Wochenbett und Stillen mit intensivem körperlichen Erleben (sowohl lust- als auch unlustvoller Qualität) verbunden ist. Das Körpererleben in dieser Zeit wurde eher in sog. vorwissenschaftlicher Literatur und in Erfahrungsberichten beschrieben.

Die hier beabsichtigte Untersuchungsperspektive unterscheidet sich von medizinischen Abhandlungen über Körpervorgänge, da in diesem Beitrag das Interesse auf die Wahrnehmung und das subjektive Erleben der physischen Veränderungen bzw. der körperlichen Zustände gerichtet ist. Feldmann (1977), der eine Untersuchung zum Körpererleben in der Schwangerschaft durchführte, definierte dieses als die erlebnismäßige Repräsentation des Leibes, so wie er uns unmittelbar, wenn zumeist auch nur wenig bewußt, gegeben ist. Weiter schließt er die affektive Besetzung des Leibes, bewertende Stellungnahmen und Körpererfahrungen gegenüber Widerständen wie Arbeit und Belastungen in seine Definition mit ein. Eine wichtige Rolle spielt auch das Bewußtsein, daß „ich als Leib ebenso für andere und auch im Bewußtsein der anderen da bin" (Feldmann 1977). Angeblich definieren sich Frauen in stärkerem Maße über ihren Körper als Männer (vgl. Hardach-Pinke 1982).

Es ist zu vermuten, daß in der Schwangerschaft, bei der Geburt und nach der Entbindung ein besonderer Zusammenhang zwischen der jeweiligen psychischen

Befindlichkeit und dem Körpererleben besteht, wobei drei verschiedene Fragestellungen denkbar sind:

1. Welche Bedeutung hat das Körpererleben *für* den Kindeswunsch und den Verlauf von Schwangerschaft, Geburt und Wochenbett?
2. Wie verändert sich das Körpererleben *während* der Schwangerschaft, Geburt, Wochenbett und Stillzeit?
3. Welche Bedeutung haben Schwangerschafts- und Geburtserfahrungen für die weitere Beziehung zum eigenen Körper und die sexuelle Identität? (Es geht also um die Zeit *nach* der Entbindung.)

Beim Formulieren dieser Fragen wird deutlich, daß kaum befriedigende Antworten möglich sind und daß hier eher neue Forschungsperspektiven eröffnet werden (vgl. Hardach-Pinke 1982).

Mit diesem Beitrag soll versucht werden, Hinweise zur Bedeutung des Körpererlebens aus der medizinpsychologischen und psychosomatischen Literatur zu Schwangerschaft, Geburt und Wochenbett zusammenzutragen, um einen vorläufigen Überblick zu geben. Dies geschieht unter Einbeziehung von Erfahrungs- und Fallberichten sowie theoretischen Konzepten.

Hintergrund ist dabei der neueste Diskussionsstand um die Erforschung des Kindeswunsches (vgl. Sichtermann 1983; Jagenow u. Mittag 1984; Gambaroff 1984). Weiterhin sind Veränderungen hinsichtlich der Frauenrolle – und somit Veränderungen des weiblichen Körpererlebens – mit einer Tendenz zur Wiederaneignung des eigenen Körpers und Aufhebung der Entfremdung zwischen „Kopf und Bauch" mit zu beachten. Gerade die Auseinandersetzungen um Schwangerschaft und Geburt und die diesbezügliche Tendenzwende in großen Teilen der Frauenbewegung verdeutlicht, daß Emanzipation das Ausleben geistiger *und* körperlicher Fähigkeiten ermöglichen soll, wobei die Überwindung sozialer Rollenfixierung Voraussetzung ist.

Bei der Auseinandersetzung mit diesem Thema besteht die Gefahr, eine neue Mutterideologie zu unterstützen (vgl. dazu Beckmann 1984). Deshalb ist zu beachten, daß Körpererleben immer nur *ein* Aspekt des vielschichtigen psychosomatischen Geschehens bei Schwangerschaft, Geburt und im Wochenbett sein kann, der mit physiologischen und psychosozialen Prozessen verwoben ist, wobei der Bedeutung der Schwangerschaft für die jeweilige Frau ein hoher Stellenwert zukommt. Im Faschismus hingegen wurden Frauen auf den biologischen Aspekt der Mutterschaft *reduziert* und tatsächlich als „Gebärmaschine" zur Menschenproduktion im Sinne des Systems betrachtet (vgl. Davies-Osterkamp u. Beckmann 1982). Möglicherweise erklärt dies die Abwehr der Sozialwissenschaften, sich mit dem körperlichen Aspekt der Mutterschaft zu befassen.

Weiblicher Kindeswunsch und Körpererleben

Der Blick für einen möglichen lustvollen Aspekt der Mutterschaft ist – bei nach wie vor bestehenden realen Belastungen durch Kinder – erst jetzt freier geworden aufgrund größerer Wahlmöglichkeiten für Frauen, was das Ausleben der eigenen Fruchtbarkeit angeht, und nach langjährigen Erfahrungen mit dem bewußten Verzicht auf Kinder:

- Erst seit etwa 20 Jahren sind Anzahl und Zeitpunkt von Kindern durch die Einführung der Pille weitgehend planbar, d. h. der Kindeswunsch wurde dadurch erst zum Thema von Auseinandersetzungen.
- Die Verfügbarkeit von Kontrazeptiva ermöglichte eine Trennung von Sexualität und Fortpflanzung, was vor dem Hintergrund jahrhundertelanger lustfeindlicher Moral (Sexualität nur zum Zweck der Zeugung, Fluch der Fortpflanzung) tatsächlich als Befreiung zu werten ist.
- Dies führte in unserer Gesellschaft dazu, daß – bei totaler Familienplanung und Geburtenkontrolle – Kinder erst dann erwünscht waren, wenn alle Konsumbedürfnisse (Haus, Karriere usw.) befriedigt und „geordnete Verhältnisse" vorzuweisen waren: das Kind wurde zur Anschaffung.
- Der daraus resultierende Geburtenrückgang und entstehende intra- und interpsychische Konflikte um den Kindeswunsch (aufgrund der Planbarkeit) führten dazu, daß letzterer zum Objekt psychologischer und sozialwissenschaftlicher Forschung gemacht wurde (vgl. Berninghausen 1980; Mittag u. Jagenow 1984).

Durch Fragebogenaktionen wurden aufschlußreiche Bündel von Motiven und Motivklassen ermittelt (die hier im einzelnen nicht dargestellt werden können), wobei letztendlich bestätigt wurde, daß

1. der Kindeswunsch immer mehr oder weniger ambivalent ist – je nach persönlicher und gesellschaftlicher Situation der Befragten –,
2. er sich im Laufe des individuellen Lebenszyklus ändert,
3. es mehr rationale Gründe *gegen* als für Kinder gibt (vgl. Heinkelmann 1978, unveröffentl. Diplomarbeit, Univers. Marburg; Berninghausen 1980; Jarka 1981, unveröffentl. Diplomarbeit, Univers. Marburg; Mittag u. Jagenow 1984).

Wenn trotzdem noch viele Kinder geboren werden, so werden als Argumente dafür eher allgemeine emotionale Motive und diffuse Glückserwartungen genannt (Berninghausen 1980), die ahnen lassen, daß in der Beziehung zum Kind körperliche und psychische Möglichkeiten liegen, die in der Partnerbeziehung allein nicht gegeben sind. Die psychologisch-sozialwissenschaftliche Kinderwunschforschung liefert somit zwar wichtige Erkenntnisse; letztendlich bleibt jedoch immer noch ein unerklärter Rest, der sich rationalen Erklärungen entzieht.

Ob nun die Möglichkeit lustvollen *Erlebens* der generativen Vorgänge auf eine „Fruchtbarkeitslust" (beim Koitus) schließen läßt, wie Jagenow u. Mittag (1984) andeuten, oder ob der Wunsch nach Fortpflanzung bereits in den weiblichen Sexualtrieb integriert ist, wie Sichtermann (1983) vermutet, sind interessante Thesen, die m. E. jedoch nicht verabsolutiert werden können. Diese Diskussion bleibt eine Gratwanderung (vgl. Jagenow u. Mittag 1984), wobei auf jeden Fall biologische Gegebenheiten der Fortpflanzung von psychologischen Erlebensqualitäten der Lust/Unlust zu unterscheiden sind, da wir sonst in einen neuen biologischen Determinismus der Frau als Mutter abgleiten.

Nach wie vor bleibt also der Kindeswunsch ein vielschichtiges Motivgefüge, wobei (lediglich) für den Aspekt des Körpererlebens festzustellen ist, daß die Lust auf *leibliche* Kinder zunächst einmal dem Wunsch entspricht, die körperlichen Möglichkeiten als Frau irgendwann im Leben zu realisieren, d. h. es geht auch um die Lust auf Erweiterung des Körpererlebens. Hinzu kommt die Lust, im körperlichen Produkt des Selbsts und des geliebten Partners, welches sozusagen eine Synthese der beiden Personen darstellt, weiterleben zu können. Ferner spielt die Lust auf intensiven körperlichen Kontakt mit einem Säugling und einem heranwachsenden Kind eine große Rolle.

Diese körperbezogene Lust ist immer mit psychosozialen Motiven verflochten, da der Mensch ein gesellschaftliches Wesen – also nicht biologisch determiniert – ist.

Erst die wirklich freie Entscheidung für oder gegen Kinder und die Beendigung der Ausnutzung weiblicher Gebärfähigkeit zur Rechtfertigung sozialer Rollenfixierung (vgl. Mitchell 1976) ermöglichen es, sich mit der Bedeutung dieser körperlichen Möglichkeiten für die Entwicklung weiblicher Sexualität und Identität auseinanderzusetzen, ohne einen neuen Mutterkult zu stützen.

Kindeswunsch, Körpererleben und Psychoanalyse

Was die psychoanalytische Theorie betrifft, so erklärte Freud die Entstehung des Kindeswunsches aus der ödipalen Situation heraus, also u. a. auch aus direkten körperlichen Gegebenheiten, nämlich der Penislosigkeit der Frau:

> „Der Wunsch, mit dem sich das kleine Mädchen an den Vater wendet, ist wohl ursprünglich der Wunsch nach dem Penis, den ihr die Mutter versagt hat, und den sie nun vom Vater erwartet. Die weibliche Situation ist aber erst hergestellt, wenn sich der Wunsch nach dem Penis durch den nach dem Kind ersetzt, das Kind also nach alter symbolischer Äquivalenz an die Stelle des Penis tritt" (Freud 1932, S. 137).

Andere psychoanalytisch orientierte Autoren wie Mack-Brunswick (1940) und Mitscherlich-Nielsen (1978) erklärten den Kindeswunsch bereits aus der präödipalen Identifikation mit der eigenen Mutter. Menne u. Moersch (1980) verbinden beide (präödipale und ödipale) Ansätze miteinander und kommen zu dem Schluß, daß der Kindeswunsch durch die spezifische psychosexuelle Entwicklung des Mädchens schon früh in die weibliche Geschlechtsidentität integriert ist (vgl. dazu auch Chasseguet-Smirgel 1979).

Zu Freuds ödipalem Ansatz schreibt Schmiedbauer-Schleibner (1979), daß der Begriff „Peniswunsch" symbolisch zu verstehen ist und sich auf die „soziale Kastration" der Frau und deren Streben nach Vollwertigkeit bezieht: „Mann und Kind sollen den lädiert erlebten Körper ausfüllen und das mangelnde Selbstwertgefühl ersetzen" (Schmiedbauer-Schleibner 1979, S. 353). Hagemann-White (1979) argumentiert, daß die derzeitige Realität der Mutterschaft die im unbewußten Peniswunsch und bewußten Kindeswunsch verborgene Sehnsucht nach sexueller Identität oft nicht einlöst.

Freud wurde also dahingehend interpretiert, daß er den Kindeswunsch als Reaktion auf die vermeintliche soziale Benachteiligung der Frau erklärte, was wahrscheinlich *auch* gerechtfertigt ist.

Geht man jedoch davon aus, daß im biologischen Sinne beide Geschlechter zwar unterschiedlich, aber gleich*wertig* und in ihrer Funktion in komplementärer Weise aufeinander bezogen sind (die vermeintliche Minderwertigkeit der Frau also ideologisches Produkt, vgl. Mitchell 1976, wenn auch z. Z. gesellschaftliche Realität ist), so könnte man die Aussagen Freuds ebenso über folgendes Modell nachvollziehen:

Die sexuelle Identität des Mannes ist bereits durch die *äußerlich* sicht-, greif- und fühlbare Existenz des Penis gegeben und somit jederzeit körperlich erlebbar. Das Körpererleben der verborgenen weiblichen Sexualorgane ist zwar durch Koitus,

Masturbation und sensorische Stimulation (z. B. der Brüste) möglich, wird aber erst durch ein Ausleben der Fruchtbarkeit (durch Schwangerschaft, Geburt und Kind) in seiner Vielfältigkeit voll ausgeschöpft. Die Wahrnehmung ist also bei der weiblichen Sexualität auf das Körper*innere* und die dort möglichen Prozesse gerichtet. Die Sexualität der Frau hört somit nicht unbedingt beim Koitus auf, sondern *kann* weitergehen, wie bereits Jagenow u. Mittag (1984) darstellten.

Die Freudsche Gleichung Kindeswunsch = Peniswunsch trifft auf der sozialen Ebene ebenfalls zu: Penis und Kind sind Phallussymbole, also Symbole für Macht und Potenz. Daraus ergibt sich, daß ein Kind per se kein Ersatz für eine Frau sein muß, um narzißtische Kränkungen auszugleichen (vgl. Gugel 1976), was zwar auf der gesellschaftlichen Ebene zutreffen kann, aber durch die Biologie nicht begründet ist.

Die psychoanalytische Theorie nach Freud umfaßt und erklärt also beide Aspekte des weiblichen Kindeswunsches, den des Körpererlebens – aus gegebenen anatomischen Unterschieden von Männern und Frauen – und den psychologischen Aspekt aus der Identifikation mit der Mutter als Resultat der ödipalen Konfliktsituation.

Inwieweit eine Frau die Realisierung ihrer körperlichen Möglichkeiten zur Bestätigung ihrer gesamten weiblichen Identität überhaupt braucht, ist eine andere Sache und hängt wohl davon ab, welche anderen Quellen der Identitätsfindung (geistige, soziale) zur Verfügung stehen. Gerade die Erfahrungen intellektueller Frauen, die erst spät Kinder bekamen (vgl. Gambaroff 1984; Chessler 1980) zeigen jedoch, daß das Ausleben dieser körperlichen Möglichkeit eine Identitäts*erweiterung* bedeuten kann. In Einzelfällen können natürlich auch neurotische Motive den Kindeswunsch bestimmen: zweifelt eine Frau an ihrer Weiblichkeit aufgrund elterlicher Kränkung, einer problematischen Beziehung zur eigenen Mutter oder aufgrund knabenhaft-männlicher Körperformen, so kann eine Schwangerschaft, also das Ausleben der Fruchtbarkeit, eine willkommene Möglichkeit sein, die Verletzungen und Wunden zu heilen, das depressive Loch aufzufüllen und so die Weiblichkeit unter Beweis zu stellen. Gerade für depressive Frauen kann Schwangerschaft eine Möglichkeit sein, die innere Lebendigkeit und eigene Produktivität zu spüren. Diese Faktoren erklären vielleicht das Zustandekommen so vieler unbeabsichtigter Schwangerschaften (vgl. Menne u. Moersch 1980).

Für den Zeitpunkt der Schwangerschaft dürfte es eine Rolle spielen, wann das Ausleben der körperlich-reproduktiven Fähigkeiten für die Weiterentwicklung der Identität sinnvoll erscheint oder wann eine Frau sich auf die mit der Mutterschaft verbundene Regression einlassen kann und will. Dies kann mit 20, aber auch erst mit 40 der Fall sein, wobei die Angst, die Chance zu verpassen, Problem vieler Frauen ist. Erikson (1976) bietet mit seinem Buch „Identität und Lebenszyklus" ein passendes Modell an.

Nach diesen theoretischen Überlegungen sollen bereits bekannte körperbezogene Motive für und gegen den Kindeswunsch zusammengetragen werden, die die theoretischen Überlegungen stützen. Die erwähnte *Ambivalenz* des Kindeswunsches drückt sich auch im Bereich des (antizipierten) Körpererlebens aus.

Als Argument *für* Kinder wurde bei Befragungen der Wunsch genannt, durch Schwangerschaft eine vollwertige, reife, ausgefüllte Frau zu werden (Berninghausen 1980; Heinkelmann 1978, unveröffentl. Diplomarbeit, Univers. Marburg), man denke an archaische Darstellungen von der Frau als Gefäß (vgl. Macy u. Falkner 1980). Das Kind wird von Frauen (und Männern) als eigenes Produkt und als Beweis sexueller Potenz gesehen, was es in körperlicher Hinsicht auch ist. Weiterhin hat das Kind die

Bedeutung einer narzißtischen Ausdehnung (vgl. Friday 1979), was im körperlichen Sinne ebenfalls zutrifft. Der Ausdruck *leibliche* Kinder ist dabei sehr bildhaft.

Gerade weil sich diese körperbezogenen Motive des Kindeswunsches rationalen Erklärungen entziehen, ist die ideologische Verführbarkeit so groß. So wurde im Faschismus das Kind als „eigen Fleisch und Blut" propagiert (vgl. Beckmann 1984).

Nachdem körperbezogene Aspekte des Kindeswunsches erörtert wurden, soll die andere Seite der Ambivalenz, die *körperbezogene Angst* (und Abwehr) *vor dem Kind* behandelt werden:

Molinski (1978) schreibt, daß übermäßig intellektuell eingestellte Frauen Angst vor der zeitweiligen Regression der eigenen Bewußtseinslage haben, welche im Umgang mit einem kleinen Kind (und für die Vorgänge der Geburt, Anm. d. Verf.) notwendig ist. „Verwandt damit ist die Angst, nur noch ein Werkzeug der Natur zu sein" (Molinski 1978, S. 103). Die Tatsache, daß der Ablauf von Schwangerschaft und Geburt vom Bewußtsein nicht mehr steuerbar ist, hat man sich einmal darauf eingelassen (vgl. Payne 1936), bereitet manchen Frauen Angst, da der biologische Ablauf einem totalen Kontrollentzug über den eigenen Körper entspricht. Diese Tatsache dürfte psychische Auswirkungen bei erzwungenem Austragen einer unerwünschten Schwangerschaft haben. Begriffe wie „Gebärmaschine" und „Milchkuh" verdeutlichen die Abwehr. In manchen Fällen wird das Kind als körperlicher Parasit und Schmarotzer gefürchtet (vgl. Mühlenau 1984), was es im biologischen Sinne ja auch ist. Hertz u. Molinski schreiben, daß bei schwerer Störung des Selbstwertgefühls und des Körperbildes sich mitunter die Angst findet, „das Kind könnte so wenig anziehend werden, wie ich selber es bin" (Hertz u. Molinski 1981, S. 76).

Als körperbezogene Argumente gegen Schwangerschaft werden weiterhin die Angst um den Verlust der physischen und sexuellen Attraktivität genannt (Heinkelmann 1978, unveröffentl. Diplomarbeit, Univers. Marburg), da das gängige weibliche Schönheitsideal mit Mutterschaft kaum vereinbar ist. (Hier zeigen sich die widersprüchlichen Rollen der Frau als Madonna und Hure, vgl. Hays u. Hoffmann 1978).

Hinzu kommt die Angst vor Verletzungen und Beschädigungen durch die Geburt (Heinkelmann 1978, unveröffentl. Diplomarbeit, Univers. Marburg), die möglicherweise herrührt aus tiefsitzenden kindlichen Phantasien vom explodierenden Bauch (Moeller-Gambaroff 1981), der Vorstellung vom Mißverhältnis zwischen Kindeskopf und enger Vagina, also der Angst, bei der Geburt auseinandergerissen zu werden. Diese Angst verstärkt sich durch dramatische Geburtsschilderungen vieler Frauen, das Hochspielen medizinischer Risiken und reale traumatische Erfahrungen bei früheren Geburten.

Festzuhalten bleibt, daß die Entscheidung für das Austragen einer Schwangerschaft Vertrauen in die Dehnbarkeit und Funktionsfähigkeit des eigenen Körpers voraussetzt, also eine positive Einstellung zum Körper, und im günstigen Fall eine Neugier auf seine Fähigkeiten. Möglicherweise bieten sich Erklärungen zur psychogenen Unfruchtbarkeit (vgl. Brähler in diesem Band) oder psychogen bedingten habituellen Aborten in einer Störung des Körpererlebens.

Körpererleben in der Schwangerschaft

Viele Frauen spüren bereits sehr früh das Eintreten einer Schwangerschaft, da das Einnisten des befruchteten Eies in der Gebärmutter etwa 6–10 Tage nach der Zeugung

Spannungen in der Brust verursacht. Diese Spannungen sind intensiver als prämenstruelle Spannungen, können aber mit letzteren verwechselt werden, insbesondere wenn die Hoffnung besteht, daß keine Schwangerschaft eingetreten ist (das Motiv beeinflußt die Attribuierung). Das sensible Körpererleben kann also Hinweise auf eine Schwangerschaft geben, bevor biochemische Tests oder gynäkologische Untersuchungen dies bestätigen. Die etwa ab 6. Woche einsetzende morgendliche Übelkeit „Nausea" und die Steigerung zum Schwangerschaftserbrechen ist physiologisch auf die vermehrte Bildung von Magensekretion zurückzuführen. Erstaunlich ist, daß derartige Symptome weder in anderen Kulturen (vgl. Macy u. Falkner 1980) noch bei Säugetieren beobachtet wurden. Dies läßt vermuten, daß psychologische Faktoren zusätzlich eine Rolle spielen, möglicherweise dahingehend, daß sie die Ausprägung körperlicher Symptome beeinflussen. Psychoanalytisch betrachtet drückt sich im Wechsel von Nahrungsaufnahme und anschließendem Erbrechen die Ambivalenz gegenüber dem Fetus aus: festhalten versus ausstoßen.

Molinski (1972) befaßte sich mit psychosomatischen Hintergründen der Hyperemesis (pathologisches übermäßiges Erbrechen in der *weiteren* Schwangerschaft) und kommt zu dem Schluß, daß das Erleben der eigenen Oralität bzw. oralen Gehemmtheit und das jeweilige Bild von der Weiblichkeit (der Autor unterscheidet verschiedene Reifestufen) eine Rolle bei psychosomatischen Symptomen in der Schwangerschaft spielt. Die Bedeutung der Oralität zeigt sich auch in den verschiedenen Gelüsten der Schwangeren.

Bei Frauen mit starkem Entscheidungskonflikt (Austragen oder Abbrechen der Schwangerschaft) kann die Vorstellung bestehen, daß bei einem Schwangerschaftsabbruch das Körperinnere ausgesaugt, ausgekratzt wird. Sie empfinden den Fetus als Teil des Körpers, wohingegen bei völlig unerwünschter Schwangerschaft der Fetus wahrscheinlich eher als Fremdkörper betrachtet wird. Dies dürfte für die psychische Verarbeitung eines Schwangerschaftsabbruchs eine Rolle spielen.

Etwa ab dem 6. Monat wird der Bauch fühl- und sichtbar dicker. Die Frau muß ihr Körperschema auf die veränderten Körpergrenzen einstellen, z. B. durch Wahl der Kleidung, Verhalten in Menschenmengen usw.

Feldmann (1977), der 50 Frauen hinsichtlich des Körpererlebens in der Schwangerschaft befragte, kommt zu dem Schluß, daß das beginnende Dickerwerden zunächst mit Gefühlen der Peinlichkeit verbunden ist, da die Frau das Gefühl hat, *selbst* dicker zu werden. Der Bauch wird noch als Bauch und nicht als Kind erlebt. „Das Kind ist noch so weit drin" (Feldmann 1977). Mit fortschreitender Schwangerschaft kommt es zu einer Veränderung des Körpererlebens, und zwar zu einer Ausgliederung des graviden Bauches und des Kindes aus dem Körperganzen und schließlich sogar aus dem Körper-Selbst. Der Autor unterscheidet folgende Ausgliederungsgrade:

1. Nicht ich werde dicker, es ist das Kind.
2. Ich empfinde meinen Bauch nicht mehr als „Bauch", sondern eher als Kind.
3. Dieser Bauch ist das Kind, das bin ich nicht.
4. Das Kind wächst nicht mehr in mir, es wächst nach vorn heraus.
5. Ich bin hinter dem Kind.
6. Unvermutetes Anstoßen mit dem Bauch an Hindernissen.
7. Die Körperraumgrenze wird nicht mehr an der Peripherie des Bauches erlebt, sondern weiter proximal oder sogar hinter dem Kind. (Vgl. Abb. 1.)

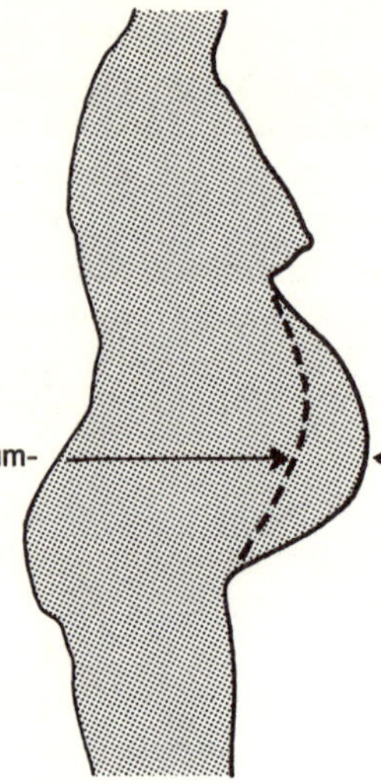

Abb. 1. Restriktion des erlebten Körperraumes im Verhältnis zur tatsächlichen Ausdehnung des graviden Bauches (bei starker Tendenz zur Ausgliederung des Bauches und des Kindes aus dem Körperganzen)

Die Ausgliederung des Kindes wird als eine überwiegend aktive Leistung der Schwangeren gesehen. Da bei dieser Untersuchung eine ausgeprägte Ausgliederung nur bei einem Teil der Schwangeren zu finden war, während andere die Leistung der Ausgliederung nur ansatzweise oder überhaupt nicht erbrachten, stellt sich die Frage, ob die Schwangeren, bei denen es überhaupt nicht zur Ausgliederung kommt, Schwierigkeiten haben, die narzißtische Identifikation mit dem Kind, welches voll in das eigene Selbst inkorporiert ist, aufzugeben und die Eigenexistenz und das Selbstsein des Kindes anzuerkennen (vgl. Feldmann 1977). Der Autor kommt weiter zu der Vermutung, daß die Ausgliederung des Kindes aus dem Körperganzen mit der Bedeutung der Schwangerschaft und der Einstellung gegenüber dem Kind zusammenhängt.

An dieser Stelle seien seltene Fälle der verleugneten Schwangerschaft, die in Extremfällen erst kurz vor der Geburt bekannt wird und der Scheinschwangerschaft, bei der trotz nicht vorhandener Schwangerschaft körperliche Veränderungen wie Erbrechen, Vergrößerung des Bauchumfangs, eintreten, genannt. Hierbei wird deutlich, daß psychische Faktoren wahrscheinlich das Körpererleben mitbestimmen.

Die körperliche Ausdehnung durch den Bauch kann narzißtisch besetzt sein und als Ausdehnung des Ichs bewertet werden, mit Stolz und dem Gefühl von Potenz („Schwangerschaft ist Power") einhergehen.

Bei anderen Frauen werden dagegen Schamgefühle (der Bauch wird durch Kleidung geschickt kaschiert), Rückzug aus der Öffentlichkeit (vor allem von Schwimmbad und Sauna, vgl. Voigt-Hägerbäumer 1977) und Trägheit beobachtet, je nach allgemeinem Körperbild und Selbstwertgefühl der Frau sowie Bedeutung des Kindes.

Werbeslogans wie „schön trotz Schwangerschaft" verdeutlichen die Widersprüche. Die Einstellung von Männern gegenüber Schwangeren ist ebenfalls recht unterschiedlich. Möglicherweise nehmen Männer die Schwangere primär als Mutter wahr (mit Assoziationen an die eigene Mutter) und weniger als Geliebte, was verstärkte sexuelle Bedürfnisse nach anderen Frauen erklären könnte.

Was das innere Körpererleben angeht, so wird von Medizinern immer betont, daß die Kindesbewegungen eine Bedeutung für die Einstellung gegenüber dem Fetus haben: Frauen, die zu Beginn der Schwangerschaft ambivalent eingestellt waren, identifizieren sich jetzt eher mit dieser.

„Besonders intensiv wird offenbar erlebt, daß ‚etwas in einem wächst und lebt'. Dabei können die Kindsbewegungen einmal wie ein Pochen, ‚wie das Pulsieren des eigenen Herzens, als körpereigene Funktion' empfunden werden, also noch ganz im Sinne einer biotischen Einheit von Mutter und Frucht. Später werden die Kindsbewegungen mehr als Ausdruck eines ‚eigenständigen Wesens', stärkere Kindsbewegungen (‚Trampeln') sogar als ‚energische Eigeninitiative des Kindes' erlebt" (Feldmann 1977, S. 315).

So wird ein Schwangerschaftsabbruch im zweiten Trimester (genetische und medizinische Indikation) in körperlicher und psychischer Hinsicht oft als traumatischer Eingriff erlebt, was u. a. Anlaß für die Entwicklung neuer Methoden der Pränataldiagnostik ist (vgl. Keßler 1984).

Zu bemerken ist, daß i. allg. in der Schwangerschaft weniger psychische Störungen auftreten als zu anderen Zeiten (Krüger 1964, 1965).

Hertz und Molinski (1981) schreiben dazu:

In biologischer Hinsicht treten umfangreiche körperliche Veränderungen auf. Die Genitalorgane werden aufgelockert, besser durchblutet, umstrukturiert, die veränderte hormonale Lage beeinflußt jede Zelle des Körpers, Wasser wird eingelagert, der Leib wird dick, die Brüste verändern sich. Alle diese Veränderungen führen zu reichhaltigen körperlichen Gefühlen und zu einer veränderten Wahrnehmung des Körpers. Dabei gibt die Schwangerschaft in biologischer Hinsicht vielen Frauen ein besonderes Wohlbefinden (Hertz u. Molinski 1981, S. 91).

Ein Grund für das Wohlbefinden könnte auch sein, daß Frauen ihren Narzißmus nun ohne Schuldgefühle ausagieren können, z. B. durch intensive Körperpflege, gute Ernährung und Erholung, da sie ja alles *fürs Kind* tun.

Deutsch (1954) schreibt, daß für manche Frauen die Schwangerschaft so etwas wie „Ferien vom Ich" bedeutet, da sie sich Anforderungen entziehen können und im Mittelpunkt des Interesses stehen, was nach der Geburt nicht mehr der Fall ist.

Das sexuelle Verlangen während der Schwangerschaft kann sich verändern und dürfte wohl von Einstellungsfaktoren mitbestimmt sein (Macy u. Falkner 1980; Haeberle 1983).

Gegen Ende der Schwangerschaft, vor der Niederkunft oder Entbindung erleben sich manche Frauen primär als (riesiger) Körper oder „Mutter-Tier". Aufgrund der Unbeweglichkeit und der damit verbundenen Einschränkung ersehnen nun die meisten Frauen die Geburt, auch zur körperlichen Entlastung. Hertz u. Molinski (1981) schreiben, daß mit Beginn der Geburt eine Eintrübung der Bewußtseinslage und eine Einschränkung der Ich-Funktionen stattfindet, also eine Regression zur Vorbereitung auf die intensiven Körpervorgänge der Geburt.

Geburtserleben ist Körpererleben

Die Forderungen der modernen Geburtshilfe sind darauf gerichtet, die Sicherheit von Mutter und Kind zu optimieren, den Geburtsschmerz zu reduzieren, ohne der Mutter die positiven Geburtserlebnisse zu nehmen (vgl. Hillemanns et al. 1983). Davies-Osterkamp u. Beckmann (1982) schreiben, daß die „natürliche" Geburt (ohne Geburtshilfe, Anm. d. Verf.) ein abstraktes Konzept bleibt, da Formen der Geburtshilfe in allen Kulturen bekannt sind (vgl. Kitzinger 1980). Geburtshilfe, ob medizinische Fremdhilfe oder Selbsthilfe der Frau durch bestimmte Atemtechniken und Abstimmen des Anspannungs- und Entspannungsrhythmus auf die Wehentätigkeit, sollte i. allg. die natürlichen Körperfunktionen bei Öffnung des Muttermundes und Austreibung des Kindes („aus dem Paradies") unterstützen.

Methoden der psychoprophylaktischen Geburtsvorbereitung setzen gerade hier an. Trotz gravierender Unterschiede in den theoretischen Erklärungsansätzen von Read (1950) und Lamaze (Ewy u. Ewy 1981) (wobei Read von der Triade „Furcht-Spannung-Schmerz" ausgeht) spielen in der praktischen Durchführung ähnliche Elemente eine Rolle. Dazu gehören Aufklärung, Entspannungstechniken, Atemübungen und Körperwahrnehmungsübungen (z. B. zur Anspannung und Entspannung des Beckenbodens). Methoden der Steigerung der Körpersensibilität und des Körpererlebens werden also bereits seit einigen Jahren zur Unterstützung biologischer Geburtsvorgänge genutzt.

So ist „natürliche Geburt" in unserer Gesellschaft zu verstehen als Abstimmen der Hilfeleistungen auf die natürlichen Körperfunktionen. Zum Geburtserleben bei künstlich eingeleiteten Geburten schreiben Davies-Osterkamp u. Beckmann (1982), daß bei einer Befragung rund 80% der Frauen, bei denen die Geburt eingeleitet wurde, diese Form der Geburtshilfe nicht noch einmal erfahren wollten. Die routinemäßig angewandte programmierte Geburt, eine Methode, die heute glücklicherweise nicht mehr so viele Anhänger findet, ist unter dem Aspekt des Körpererlebens als Mißachtung weiblicher Gebärfunktionen und -fähigkeiten zu werten.

Daß im Einzelfall bei Komplikationen technische Hilfe erforderlich ist, versteht sich von selbst. Schreiber (1981) befaßt sich mit den Auswirkungen routinemäßiger Technik im Kreißsaal auf das Geburtserleben.

Die Vorbereitung auf die Geburt ähnelt heute oft der Vorbereitung auf eine Operation (Rasur der Schamhaare, Einlauf). Im allgemeinen werden bei Geburten Schmerzmittel gegeben (Barbiturate, Epiduralanästhesie, Pudendusblock), die teilweise mit einem körperlichen Empfindungsverlust einhergehen, so daß die Mutter die Geburt nicht mehr unmittelbar aktiv mitvollziehen und körperlich wahrnehmen kann. Macy u. Falkner (1980) schreiben, daß die physischen Reaktionen des weiblichen Körpers während der Wehen und Entbindung denen des sexuellen Orgasmus sehr ähnlich sind (vgl. Kitzinger 1981: „Die Geburt ist im wesentlichen ein Geschlechtsakt"). Manche Frauen erleben dabei sogar einen Orgasmus. Bei beiden Vorgängen (Geburt und Orgasmus) wird die Atmung tief und schwer oder angehalten. Die Frau stöhnt und keucht, und ihr Gesicht nimmt manchmal einen stark gequälten Ausdruck an, der irrtümlicherweise als Zeichen von Schmerz gedeutet wird. Hier wird die Nähe von Schmerz und Lust deutlich:

> „Der Unterleib zieht sich in regelmäßigen Abständen zusammen; der Schleimpfropfen im Gebärmutterhals löst sich; der ganze Körper kann in eine rhythmische Bewegung verfallen, und zwar so stark wie sonst nie. Bei beiden nehmen Empfindlichkeit und Wachheit zuerst zu und gehen dann in eine fast vollständige Bewußtlosigkeit über, wenn sich der Höhepunkt nähert. Darauf folgt eine plötzliche Rückkehr zu vollem Bewußtsein, begleitet von einem Taumel und Glücksgefühl. Bei beiden spielt dasselbe Hormon, Oxytocin, eine wichtige Rolle" (Macy u. Falkner 1980, S. 78).

Davies-Osterkamp u. Beckmann (1982) schreiben, daß bei der Wahrnehmung des Geburtsschmerzes eine Vielzahl psychologischer Faktoren eine Rolle spielen. Etwa 5–7% aller Frauen erleben schmerzlose Geburten. Manche Frauen berichten von sexuellen Erlebnissen während der Geburt, die meisten schildern die Wehen jedoch als schmerzhaft bis unerträglich. Einige Frauen berichten, „daß sie die Wehen als körperliche Schwerstarbeit erleben, ohne unter Schmerzen zu leiden“ (Davies-Osterkamp u. Beckmann 1982, vgl. Gambaroff 1984).

Die subjektiven Angaben über den Geburtsschmerz sind nicht unbedingt korreliert mit dem medizinischen Geburtsverlauf (Nettelbladt et al. 1976). So erlebten z. B. nach Martling (1979, unveröffentl. Diplomarbeit, TU, West-Berlin) Frauen, die zu Hause ohne Schmerzmittel entbunden hatten, die Geburt als weniger schmerzhaft als eine vergleichbare Gruppe, die in einer Klinik entbunden wurden. Dies zeigt, daß psychologische Faktoren wie Einstellungen und Ängste eine große Rolle spielen.

Davies-Osterkamp u. Beckmann (1982) schreiben, daß Frauen, Ärzte und Hebammen zu divergierenden Angaben über die „Schmerzhaftigkeit“ derselben Geburt kommen können. Der hohe Grad der Erregung einer Gebärenden kann dazu verleiten, Schmerzmittel zu geben, obwohl die Frau die Geburt lediglich sehr aktiv mitvollzieht. Hier soll keineswegs ein völliger Verzicht auf Schmerzmittel propagiert werden (was einem Märtyrertum entsprechen würde), eher eine weitgehende eigene Dosierung und Mitbestimmung der Gebärenden. Daß der Geburtsverlauf bei Rigidität des Muttermunds, aber auch aufgrund psychosomatischer Prozesse behindert werden kann, beschreibt Molinski (1972).

Bei den meisten Entbindungen wird heute prophylaktisch ein Dammschnitt gemacht, damit der Kopf des Kindes schneller austritt und um schwerer verheilenden Rissen vorzubeugen. Obwohl die wenigsten Frauen den Schnitt selbst spüren (da bei gespanntem Damm auf dem Höhepunkt einer Wehe keine Schmerzempfindung möglich ist), wird die Naht oft als sehr unangenehm bis schmerzhaft erlebt (Gafka-Fehse u. Schuhl 1979, unveröffentl. Diplomarbeit, PH, West-Berlin). Die Geburtsangst vieler Frauen ist möglicherweise eine Angst vor den geschilderten technischen Eingriffen, wie Rasur der Schamhaare, Einlauf, Wehentropf und Dammschnitt. So schreibt Gambaroff (1984), daß gerade der Dammschnitt Kastrationsängste wachruft (vgl. dazu Laing 1981).

Insgesamt gesehen hat sich gerade in den letzten Jahren die Einstellung zu Schwangerschaft und Geburt geändert (letztendlich aufgrund des Engagements vieler Frauen). Somit ist auch ein Wandel im Körpererleben anzunehmen. Wollte man früher dem Kindesvater den unästhetischen Anblick einer Gebärenden ersparen, so sind heute Männer im Kreißsaal die Regel. Auch wurde vor 30 Jahren die Klinikentbindung nicht zuletzt deshalb von Frauen begrüßt, „damit man die Schweinerei nicht mehr zu Hause hat“ (pers. Gespräch). Die Lockerung religiöser Normen, „Unter Schmerzen sollst Du Deine Kinder gebären“ spielt dabei ebenso eine Rolle wie bedeutende Ansätze von Read (1950), Lamaze (Ewy u. Ewy 1981), Leboyer (1974) und anderen.

Körpererleben nach der Entbindung

Nach der Entbindung kann das Körpererleben sehr unterschiedlich und wechselhaft sein (die Ambivalenz drückt sich also auch hier aus), was sich im unlustvollen Erleben der Krisen und Depressionen im Wochenbett niederschlägt (vgl. Jarka 1981, unveröffentl. Diplomarbeit, Universität Marburg) und andererseits in eher lustvollen Schilderungen der frühen Mutter-Kind-Beziehung (vgl. Sichtermann 1981).

Krisen und depressive Reaktionen nach der Entbindung

Die psychischen und körperlichen Probleme von Frauen *nach* der Entbindung wurden in der Literatur eher vernachlässigt. Bei Verwendung des Begriffs „Wochenbettdepression" ist zu unterscheiden zwischen dem „maternal blues" (den Heultagen vom 3.–5. Tag nach der Geburt), Krisen und depressiven Reaktionen in den ersten Monaten sowie Wochenbettpsychosen (vgl. Oakley 1979; Gödtel 1979; Jarka 1981, unveröffentl. Diplomarbeit, Univers. Marburg).

Zur Erklärung des „maternal blues" wird das drastische Absinken des Progesteronspiegels innerhalb weniger Stunden nach der Geburt angeführt, wodurch ein psychovegetativer Ausnahmezustand, eine erhöhte Labilität bei gleichzeitiger Sensibilität (worauf ich noch eingehen werde) hervorgerufen wird, der ungewöhnliche Reaktionen wie Weinen auf Streß und Ärger zur Folge hat. Es scheinen also hormonelle Faktoren eine Rolle zu spielen, was das erhöhte Erregungsniveau betrifft. Die Qualität der Empfindung (extremes Glücksgefühl versus tiefe Traurigkeit) wird eher durch psychische Auslösereize bedingt sein:

> „Am dritten Tag hab' ich nur geheult: ich fand alles schrecklich . . ." „. . . schon gegen Mittag begannen die Stimmungsschwankungen. Während der Besuchszeit am Abend habe ich die Tränen dann nicht mehr unterdrücken können" (Gafka-Fehse u. Schuhl 1979, S. 76–77, unveröffentl. Diplomarbeit, PH, West-Berlin).
>
> „Ich sah sie immer nur an und heulte. . . Ich wußte genau, daß es sentimentale Tränen waren, aber nach all den Ängsten war die Entspannung so groß . . ., daß ich einfach immer nur heulen mußte" (Barber u. Skaggs 1980, S. 25).

Zur Erklärung der wesentlich selteneren Wochenbettpsychosen werden nichthormonale körperliche Faktoren angeführt, wie schwierige operative Entbindungen sowie endogene Dispositionen, wobei prämorbide Persönlichkeitsstörungen ebenfalls eine Rolle spielen sollen (vgl. Gödtel 1979; Krüger 1964, 1965; Pauleikhoff 1964; Molinski 1972).

Von psychoanalytischer Seite werden zur Erklärung der depressiven Reaktionen eine Traurigkeit über die Trennung vom Kind, also ein Verlust der pränatalen Einheit durch die Entbindung, Konflikte zwischen Ich-Interessen und der Fortpflanzungsfunktion, Enttäuschungen durch das Kind (z. B. bei unerwünschtem Geschlecht), reaktivierte Konflikte mit der eigenen Mutter (Payne 1936; Deutsch 1954; Benedek 1960) sowie ein erhöhtes Aggressionsaufkommen (z. B. durch das schreiende Kind) bei gleichzeitigem Aggressionsverbot aufgrund klischeehafter Vorstellungen von der glücklichen Mutter (Jarka 1981, unveröffentl. Diplomarbeit, Universität Marburg) angeführt. Diese Konflikte können bei Frauen mit Ich-schwacher Persönlichkeit, die mit oralen und aggressiven Hemmungen einhergeht, Auslöser psychischer Störungen sein (Molinski 1972). Von sozialwissenschaftlicher Seite werden sozialer Streß und die Umstellung in wesentlichen Lebensbereichen (Partnerschaft, Beruf, Freizeitgestaltung, Isolation) als krisenfördernd genannt (vgl. Dyer 1976). Die Krisen und depressiven Reaktionen nach der Entbindung sind also überdeterminiert (Deutsch 1954), wobei das Körpererleben *ein* Aspekt ist, der näher beschrieben werden soll. Die Physiologie des Wochenbetts wird zum besseren Verständnis kurz dargestellt, weil darüber allgemein wenig bekannt ist.

Gegen Ende der Schwangerschaft erreicht die Produktion weiblicher Geschlechtshormone ihren Höhepunkt, da diese, wenn ein Optimum an Gebärmutterwachstum und Säuglingsgröße im Verhältnis zur Plazenta erreicht ist, die Auslösung des Geburtsvorgangs bewirken. Das Hormon Progesteron gibt dann den Weg frei zu koordinierten Kontraktionen, die außerdem durch die Freisetzung des Hormons Prostaglandin verursacht werden. Der Progesteronspiegel erreicht am Ende der Schwangerschaft seinen Höhepunkt und sinkt durch die Geburt innerhalb weniger Stunden rapide ab. Von diesem Hormon wird angenommen, daß es eine physiologisch und psychologisch entspannende Wirkung hat. In der Schwangerschaft erfolgt angeblich durch den Anstieg des Progesteronspiegels eine Intensivierung dieser physiologisch und psychologisch entspannenden Wirkung, wodurch das Auftreten vorzeitiger geburtswirksamer Kontraktionen verhindert wird, und was als möglicher Kausalfaktor für das subjektive Wohlbefinden trotz körperlicher Belastungen in diesem Zeitraum angenommen wird (Bardwick 1972, S. 34). Nach der Geburt fällt dieser „natürliche Tranquilizer" Progesteron weg, was als eine mögliche Ursache von Stimmungsschwankungen angesehen wird.

Die Östrogene sowie eine Vielzahl anderer Hormone sinken nach der Entbindung ebenfalls *rapide* ab bzw. ändern im Wochenbett ihre Konzentration. Nach der Entbindung zieht sich die Gebärmutter wieder zusammen, was teilweise durch die Verabreichung von Mutterkornpräparaten unterstützt wird. Innere Wunden an den Gebärmutterwänden, wie die Haftstelle der Plazenta, verheilen langwierig und kompliziert. Es dauert ungefähr 3–4 Wochen, bis Verletzungen an den Geburtsorganen, wie z. B. ein Dammriß oder -schnitt sowie Scheidenrisse wieder abgeheilt sind. Blut und nekrotisches Gewebe werden mit dem Lochialsekret aus der Gebärmutter ausgeschieden. Dieser Wochenfluß ist durch verschiedene Medikamente sowie psychische und körperliche Belastungen beeinflußbar. Er dauert ungefähr 6 Wochen an, wobei die Blutausscheidungen nach einiger Zeit in einen gelblichen Ausfluß übergehen. Stillen beschleunigt die Rückbildungsvorgänge. Die erste Menstruation setzt zu unterschiedlichen Zeitpunkten wieder ein, frühestens 6 Wochen nach der Entbindung bei nichtstillenden Frauen.

Extragenitale Organe werden ebenfalls durch die Geburt beeinflußt, Dünn- und Dickdarm, Magen und Gallenblase können sich nach der Entbindung weiter ausdehnen. Das Zwerchfell ist wieder stärker an der Atmung beteiligt. Veränderungen wie Schwangerschaftsstreifen und Pigmentationen werden unauffälliger bzw. verschwinden. Eiweiß- und Fettstoffwechsel, Blutvolumen, -druck und Pulsfrequenz normalisieren sich wieder. Der Gewichtsverlust durch die Entbindung beträgt ungefähr 10 kg (Kind, Plazenta, Blut, Ödemausschwemmung). Etwa am dritten Tag erfolgt der „Milcheinschuß", der eine schmerzhafte Spannung in der Brust verursachen kann. Der Milchspendereflex wird durch den indirekten nervösen Warzenreiz (Saugen) über eine Steuerung der Hirnanhangsdrüse durch Prolaktinausschüttung ausgelöst. Gödtel (1979) schreibt, daß sowohl der normale und insbesondere der gestörte Stillvorgang die Mutter körperlich und seelisch beeinflussen. Der Laktationsvorgang kann z. B. durch schwere operative Entbindungen, Erkrankungen, schmerzhaftes Saugen des Kindes, entzündete Brustwarzen und durch psychische Faktoren negativ beeinflußt werden.

Wegen starker körperlicher Schwächung und damit verbundener erhöhter Krankheitsanfälligkeit, wie z. B. Thromboseneigung, sollte die Wöchnerin auch im Spätwochenbett Überanstrengungen vermeiden.

Die Vermutung liegt nahe, daß das Erleben derartig drastischer körperlicher Veränderungen innerhalb sehr kurzer Zeit an psychischen Reaktionen nach der Entbindung zumindest mitbeteiligt ist. Mit dieser Aussage soll die Bedeutung des existentiellen Erlebnisses der Geburt sowie die sozialer Faktoren nach der Entbindung keineswegs abgeschwächt werden. Somatische Einflüsse auf die psychische Befindlichkeit im Wochenbett können im einzelnen über verschiedene Wege erfolgen: über hormonale Veränderungen, über nichthormonale Faktoren wie körperliche Belastungen und Komplikationen sowie über das subjektive Körpererleben, welches nachfolgend beschrieben wird.

Heitler (1976) konnte bei ihrer multidimensionalen Studie Korrelationen zwischen physischen Unannehmlichkeiten und depressiven Reaktionen in den ersten 6 Wochen nach der Entbindung bestätigen.

Gafka-Fehse u. Schuhl (1979, unveröffentl. Diplomarbeit, PH, West-Berlin) führten Interviews mit Frauen nach der Entbindung durch und kommen zu dem Schluß, daß sich in den letzten Schwangerschaftstagen die meisten Frauen nach ihrer ursprünglichen Körperform, ihrer Leistungsfähigkeit, Beweglichkeit und ihrem früheren Aussehen sehnen. Nach der Entbindung haben manche Wöchnerinnen jedoch ungeahnte Schwierigkeiten mit ihrem Körper:

Eine der häufigsten Beschwerden ist die Dammnaht. Aufgrund dieser Nacht können die Frauen in den ersten Tagen nach der Entbindung oft nicht laufen oder sitzen und haben teilweise längere Zeit Schmerzen bei der Stuhl- und Harnentleerung. In selteneren Fällen kommt es vor, daß die Naht aufgrund unvorsichtiger Behandlung wieder aufreißt. Auch die Befürchtung des später vielleicht schmerzhaften Geschlechtsverkehrs kann psychisch belastend sein. Aufgrund psychologischer Faktoren ist der routinemäßige Dammschnitt seit einiger Zeit bei Ärzten auch umstritten.

„Die Dammnaht tat sehr weh; das war eigentlich das Schlimmste, ich hatte Schwierigkeiten beim Sitzen und Laufen."

„Ich fand die Narbe unheimlich schlimm, also ich hab' ne halbe Stunde gebraucht, um mich hinzuhocken zur Toilette und wieder hochzukommen. . . Also ich fand das unmöglich . . . das alles hinterher mit dem Schnitt und so, das ist eigentlich schlimmer als die ganze Geburt. . ."

„Nach beiden Entbindungen schmerzte die Dammnaht ziemlich. Bei der ersten Entbindung hatte sich am Scheidenrand ein ‚wildes Fleisch', d. h. eine kleine Wucherung gebildet." (Aus Gafka-Fehse u. Schuhl 1979, S. 71–73, unveröffentl. Diplomarbeit, PH, West-Berlin.)

Der Wochenfluß wird von manchen Frauen als unangenehm empfunden:

„Der Ausfluß hat mir zu schaffen gemacht. Es dauerte so lange. Ich hatte ihn ziemlich genau 6 Wochen lang, und er war so eklig, darum war auch mit meinem Körper so unterhalb des Busens Schluß, da war gar nichts mehr." (Aus Gafka-Fehse u. Schuhl 1979, S. 74, unveröffentl. Diplomarbeit, PH, West-Berlin.)

Unter Hämorrhoiden, die durch das Herauspressen des Kindes am Darmausgang entstehen, leiden ebenfalls viele Wöchnerinnen:

„Ich hatt' unheimlich Hämorrhoiden gekriegt durch das viele Pressen, und dadurch konnte ich nicht richtig sitzen, und dadurch konnte ich nicht mal auf die Toilette laufen." (Aus Gafka-Fehse u. Schuhl 1979, S. 72, unveröffentl. Diplomarbeit, PH, West-Berlin.)

Manche Frauen haben nach der Entbindung eine Muskelschwäche, die durch Druckentlastung der Bauchorgane entsteht:

„. . . 'ne Bekannte, die konnte nicht mal laufen, die hat überhaupt immer in die Hose gemacht, weil da so 'ne Muskelschwäche war. Ja, mit der Muskelschwäche, das war bei mir auch die erste Zeit, da hab' ich immer das Gefühl gehabt, als ob dauernd Urin da tröpfelt. Das dauerte 'ne ganze Zeit, . . . aber bestimmt ein paar Wochen, und das fand ich unangenehm." (Aus Gafka-Fehse u. Schuhl 1979, S. 72, unveröffentl. Diplomarbeit, PH, West-Berlin.)

Starkes Schwitzen und Kreislaufschwäche sind im Wochenbett ebenfalls häufig. Von mehreren Frauen wurde also die Nichtkontrollierbarkeit von Ausscheidungen, das „Auslaufen von Flüssigkeiten aus dem Körper" thematisiert. In einer Falldarstellung einer 20jährigen Patientin mit einer Wochenbettpsychose schreibt Gödtel (1979):

„Sie habe das Gefühl, als gehe Wasser literweise durch ihren Körper. . . Sie entwickelte einen Waschzwang und besteht darauf, sich mit Sagrotan zu reinigen. . ." (Aus Gödtel 1979, S. 43.)

Dies sind Vorstellungen, die in den vermehrten unkontrollierbaren Ausscheidungen einen realen Bezug haben könnten.

Die auf den meisten Abbildungen dargestellte harmonisch-zärtliche Stillbeziehung beginnt nicht selten mit ungeahnten Schwierigkeiten: Der Milchfluß wird von manchen Frauen als schmerzhafte Spannung empfunden. Durch ein zu kräftig saugendes oder manchmal beißendes Kind können empfindliche Brustwarzen entzünden. In einigen Fällen kommt es zu einer fieberhaften Brustentzündung, wodurch Probleme hinsichtlich des Weiterstillens auftreten. Nicht selten entsteht auch ein Ungleichgewicht zwischen dem Appetit des Kindes und der Milchproduktion, wodurch zeitaufwendiges und körperlich unangenehmes Abpumpen der Milch oder aber Zufüttern erforderlich wird. Stillprobleme können Resultat des technischen Ablaufs in der Klinik oder des Leistungsdrucks, der neuerdings hinsichtlich des Stillens verbreitet wird, sein.

Bei vielen Frauen dauert es ungefähr ein halbes Jahr, bis sie sich von diesem körperlich geschwächten Gesamtzustand wieder erholt haben. Die beschriebenen körperlichen Probleme können u. a. deshalb depressionsfördernd sein, weil Frauen aufgrund der Tabuisierung von Ausscheidungs- und Sexualvorgängen wenig Gesprächsmöglichkeiten über derartige Schwierigkeiten haben. Viele Frauen haben auch längere Zeit nach der Entbindung kaum Lust auf sexuellen Kontakt mit ihrem Partner (vgl. Gafka-Fehse u. Schuhl 1979, unveröffentl. Diplomarbeit, PH, West-Berlin). Dies mag zum einen mit den beschriebenen körperlichen Problemen zusammenhängen und andererseits damit, daß sich Mütter durch den intensiven Körperkontakt mit dem Kind bereits „besetzt" fühlen.

Frühe Mutterliebe

Auch wenn vielfach die beschriebenen depressiven Reaktionen auftreten, so kann die frühe Mutter-Kind-Beziehung auch als sehr lustvoll erlebt werden.

Der Psychoanalytiker Winnicott (1960) beschreibt einen außergewöhnlichen Zustand hochgradiger Sensibilität zum Schluß der Schwangerschaft und in den ersten Wochen nach der Entbindung, den er „primäre Mütterlichkeit" nennt. Dieses Einfühlungsvermögen für das Kind bei gleichzeitiger Bewußtseinstrübung vergleicht der Autor mit einer schizoiden Episode, bei der ein Einzelaspekt der Persönlichkeit vorübergehend die Herrschaft übernimmt. Dieser Zustand erhöhter Sensibilität, der laut Winnicott an eine Art sinnvoller „normaler Krankheit" erinnert, befähigt die Mutter, sich mitfühlend und einsichtig den Bedürfnissen des Kindes anzupassen. Schmiedbauer-Schleibner (1979) schreibt, daß der Zustand, den es nach ihren Erfahrungen und Beobachtungen gibt, biologisch bedingt sein mag, was auch sinnvoll wäre, da das menschliche Neugeborene auf eine extreme Einfühlung von seiten der Betreuungsperson angewiesen ist (vgl. Schmiedbauer-Schleibner 1979). Dieser Zustand wird nach Meinung der Autorin mit Sicherheit von sozialen Einflüssen mitbestimmt oder überlagert.

Geht man davon aus, daß diese hochgradige Sensibilität der „primären Mütterlichkeit" nach Winnicott (1960) sowie die erhöhte Labilität und Sensibilität des „maternal blues" (Zustände, die im gleichen Zeitraum auftreten!) gleichermaßen biologisch, durch hormonelle Einflüsse, bedingt sind, so könnte man beide Zustände als zwei psychologische Seiten desselben physiologischen Prozesses betrachten, eine These, die zu untersuchen wäre. Möglicherweise spielen äußere Faktoren wie Klinik, häusliche Bedingungen sowie intra- und interpsychische Situationen eine Rolle dabei, ob eine Frau den Zustand der „primären Mütterlichkeit" erlebt oder eher depressiv-traurig reagiert.

In diesem Sinne sind die Forderungen von Leboyer (1974), der für einen intensiven körperlichen Kontakt von Mutter und Kind direkt nach der Entbindung eintritt (Nabelschnur auspulsieren lassen, Kind auf den Bauch legen und zum Stillen anlegen), berechtigt und notwendig. Auch das Angebot von „rooming-in" in Kliniken ist eine längst überfällige Einrichtung.

Schmiedbauer-Schleibner schreibt zum Zustand der „primären Mütterlichkeit" weiterhin, daß ein vergleichbarer psychophysiologischer Zustand auch die extreme Verliebtheit ist, eine These, die von Sichtermann (1981) durch ihre Beschreibungen des lustvollen Aspekts der frühen Mutter-Kind-Beziehung, insbesondere des Stillens unterstützt wird:

> Das Kind, das die Brust einsaugt, die Mutter, die das Säugen genießt, beide kehren sie mit geschlossenen Augen zurück in die Zeit „vor der großen Trennung". . . . Es mag für die Kreatur, auch für die menschliche, lebenswichtig sein, von Zeit zu Zeit zurückzutauchen in den „Ozean" des vorgeburtlichen Lebens, des Fruchtwassers, der Spannungs- und Schwerelosigkeit. Der Schlaf hat etwas davon. Und die Sexualität, zu der aber das Stillen – was für ein Betrug an den Frauen, an den Säuglingen – nicht eigentlich gerechnet wird. Wenn man der Natur die Absicht unterschieben will, so könnte man sagen, daß sie die Fortpflanzung der Arten durch die Lustprämie sichert, die sie auf die Zeugung setzt, und wir könnten hinzufügen, sie sichert das Überleben der Neugeborenen durch die Lust, die Mutter und Kind am Stillen finden. . . „Stillen ist sowohl ein Teil der weiblichen Sexualität als auch das erste intensive sexuelle Erlebnis des neugeborenen Kindes" (Sichtermann 1981, S. 76).

Die Autorin schreibt weiterhin, daß bei einseitiger Betonung der hochwertigen Nahrungsgabe durch das Stillen ein sexueller Vorgang auf seine Nützlichkeit reduziert und die Frau auf ihre Rolle als Entsagende fixiert wird. „Gibt nicht das Kind auch ihr (der Mutter, Anm. d. Verf.) Hautkontakt, Wärme, Rhythmus und Lust?" (Sichtermann 1981). Zur Parallele des Stillens zum heterosexuellen Akt schreibt die Autorin, daß bei beiden die Brustspitze, ein hochsensibles Organ, erigiert, daß es jedoch keine steile Lustkurve, sondern eher einen flachen Bogen der Erregung gibt.

Inwieweit eine Mutter die Stillbeziehung jedoch als Lust oder Last erlebt, dürfte wohl von der Bewältigung der in diesem Zeitraum aufkommenden intra- und interpsychischen Konflikte mitbestimmt sein (vgl. Jarka 1981, unveröffentl. Diplomarbeit, Univers. Marburg).

Die frühe Mutterliebe ist trotz allem körperliche Liebe und durch das Stillen, Liebkosen, Wickeln und Pflegen des Kindes bereits gegeben. Diese körperliche Liebe mag, bei langsam zunehmender körperlicher Trennung, Vorläufer der psychischen Beziehung zum Kind sein. Leider wurde dieser abstrakte Begriff von der Mutterliebe zum Klischee, das Frauen nach Gefühlen fahnden und erschreckt feststellen läßt, daß (noch) keine abstrakt-psychische Beziehung zum Kind vorhanden ist (Sichtermann 1981). Möglicherweise ist dieses Klischee auch Mitverursacher für das Gefühl, eine schlechte Mutter zu sein und daraus resultierende depressive Reaktionen.

Betrachtet man die menschliche Evolution, so fällt auf, daß die Sensibilität der Nahsinne sowohl in früheren Evolutionsstufen als auch bei der frühen Mutter-Kind-Beziehung eine Rolle spielt (vgl. Spitz 1976; Renggli 1976; Hassenstein u. Morath 1983). Für das Ausleben dieser frühen Liebe zwischen Mutter und Kind ist mit Sicherheit bedeutsam, inwieweit das Kind überhaupt erwünscht ist und welche Probleme es durch seine Existenz hervorruft. Daher stehen die Thesen von Badinter (1981) über die gesellschaftlich-historische „Natur" der Mutterliebe keineswegs zu den hier dargestellten Erlebensweisen im Widerspruch, da sich die von Badinter (1981) durchgeführten historischen Analysen auf Zeiträume beziehen, in denen Frauen dem „Fluch der Fortpflanzung" ausgeliefert waren, wobei sich kaum lustvolle Mutterliebe entfalten konnte (vgl. Aries 1975; Gambaroff 1984), was auch heute bei ungünstigen psychosozialen Verhältnissen der Fall sein kann.

Ausblick

Zusammenfassend kann festgehalten werden, daß Kindeswunsch, Schwangerschaft, Geburt, Wochenbett und Stillen Bereiche weiblicher Sexualität sind. Das unmittelbare Erleben dieser Körpervorgänge ist durch kulturelle und ideologische Einflüsse („unter Schmerzen sollst du gebären") beeinträchtigt.

Der Stellenwert des Körpererlebens der generativen Vorgänge wird deutlich bei Unfruchtbarkeit, Refertilisierungswünschen, Fehlgeburt und Totgeburt, wenn also das vollständige Körpererleben versagt ist (vgl. Meyer 1984; Borg u. Lasker 1983). Auch die Vorstellung von der Freigabe eines Neugeborenen zur Adoption weckt Unbehagen, da die kontinuierliche Körperbeziehung abrupt unterbrochen wird. Möglicherweise ist die körperliche Beziehung ein Vorläufer der psychischen Beziehung zum Kind.

Gerade in einer Zeit, in der die menschliche Reproduktion auf medizin-technischem Wege erreichbar ist (vgl. Silber 1985), erscheint es notwendig, sich mit der Bedeutung des Körpererlebens und der Sexualität von Frauen und Männern bei der Entstehung und Entwicklung menschlichen Lebens näher zu befassen, sich in einer Gratwanderung vorzutasten in die unbekannt-unbewußten Bereiche des Leib-Seele-Verhältnisses und die eigenen Berührungsängste mit biologischen Theorien auszuhalten.

Literatur

Aries P (1975) Geschichte der Kindheit. Hauser, München
Badinter E (1981) Die Mutterliebe – Geschichte eines Gefühls vom 17. Jahrhundert bis heute. Piper, München
Barber V, Skaggs MM (1980) Die Mutter. Rowohlt, Reinbek
Bardwick JM (1972) Psychology of women. Harper & Row, New York San Francisco London
Beauvoir S de (1968) Das andere Geschlecht. Rowohlt, Reinbek
Beckmann D (1984) Mutterideologie. In: Becker H et al. (Hrsg) Psychosozial 21. Rowohlt, Reinbek
Benedek T (1960) Elternschaft als Entwicklungsphase. In: Dräges K et al. (Hrsg) Jahrbuch der Psychoanalyse, Bd 1. Westdeutscher Verlag, Köln Opladen
Berninghausen J (1980) Der Traum vom Kind – Geburt eines Klischees. Ullstein, Frankfurt Berlin Wien
Bibring L (1961) A study of the psychological processes in pregnancy and of the earliest mother-child relationsship. Psychosom Study Child 16: 9–72
Borg S, Lasker J (1983) Glücklose Schwangerschaft. Tomus, München
Chasseguet-Smirgel J (Hrsg) (1979) Psychoanalyse der weiblichen Sexualität. Suhrkamp, Frankfurt
Chessler P (1980) Mutter werden – Die Geschichte einer Verwandlung. Rowohlt, Reinbek
Davies-Osterkamp S, Beckmann D (1982) Psychosoziale Aspekte von Schwangerschaft und Geburt. In: Beckmann D, Davies-Osterkamp S, Scheer (Hrsg) Medizinische Psychologie. Springer, Berlin Heidelberg New York
Deutsch H (1954) Psychologie der Frau, Bd 2. Huber, Bern Stuttgart
Dyer ED (1976) Parenthood as crisis – A re-study. In: Moos RH (ed) Human adaptation. Lexington, Massachusetts Toronto, pp 177–187
Erikson EH (1976) Identität und Lebenszyklus. Suhrkamp, Frankfurt
Ewy D, Ewy R (1981) Die Lamaze-Methode. Goldmann, München
Feldmann H (1977) Untersuchungen zum Körpererleben in der Schwangerschaft. Psychosom Med Psychoanal 23: 310–328
Freud S (1932) Neue Folge der Vorlesungen zur Einführung in die Psychoanalyse: Die Weiblichkeit. In: Gesammelte Werke, Bd 15 (1949). Imago, London, S 119–145
Friday N (1979) Wie meine Mutter – My mother my self. Fischer, Frankfurt
Gambaroff M (1984) Utopie der Treue. Rowohlt, Reinbek
Gödtel R (1979) Seelische Störungen im Wochenbett. Fischer, Stuttgart New York
Gordon RE, Karpartins EE, Gordon KK (1967) Factors in postpartum emotional adjustment. Obstet Gynaecol 25: 158–166
Gugel E (1976) Sexualität und Identität der Frau. Focus, Gießen
Haeberle EJ (1983) Die Sexualität des Menschen – Handbuch und Atlas. De Gruyter, Berlin New York
Hagemann-White C (1979) Frauenbewegung und Psychoanalyse. Stroemfeld/Roter Stern, Basel Frankfurt
Hardach-Pinke I (1982) Schwangerschaft und Identität. In: Kamper D, Wulf C (Hrsg) Die Wiederkehr des Körpers. Suhrkamp, Frankfurt
Hassenstein B, Morath M (1983) Fragen zur Betreuung von Neugeborenen aus der Sicht der Verhaltensbiologie. In: Hillemanns H-G, Steiner H, Richter D (Hrsg) Die humane, familienorientierte und sichere Geburt. Thieme, Stuttgart New York
Hays R, Hoffman R (1978) Mythos Frau – Das gefährliche Geschlecht. Fischer, Frankfurt
Heitler SK (1976) Postpartum depression – A multidimensional study. New York University 1975. Dissertation Abstracts International, May 1976. 36: (11-B) 5792–5793
Hertz DG, Molinski H (1981) Psychosomatik der Frau. Springer, Berlin Heidelberg New York
Hillemanns H-G, Steiner H, Richter D (Hrsg) (1983) Die humane, familienorientierte und sichere Geburt. Thieme, Stuttgart New York

Jagenow A, Mittag O (1984) Weiblicher Kinderwunsch und Sexualität. In: Becker H, Beckmann D (Hrsg) Psychosozial 21. Rowohlt, Reinbek
Kessler J (Hrsg) (1984) Psychologische Aspekte der genetischen Beratung. Enke, Stuttgart
Kitzinger S (1980) Frauen als Mütter – Mutterschaft in verschiedenen Kulturen. Kösel, München
Kitzinger S (1981) Die Geburt ist im wesentlichen ein Geschlechtsakt. In: Schreiber M (Hrsg) Die schöne Geburt. Rowohlt, Reinbek
Krüger H (1964) Die Wochenbettpsychosen im Wandel der Anschauungen. Nervenarzt 35: 448–458
Krüger H (1965) Zur Psychodynamik der Gestationspsychosen. Z Psychother Med Psychol 15: 230–252
Laing RD (1981) Die technologische Geburt ähnelt einer weiblichen Kastration. In: Schreiber M (Hrsg) Die schöne Geburt. Rowohlt, Reinbek
Leboyer F (1974) Der sanfte Weg ins Leben. Kösel, München
Lukesch H, Lukesch M (1976) Konstruktion und Validierung eines Fragebogens über die Einstellung zur Schwangerschaft und Sexualität. Z Entwicklungspsychol 8: 142–144
Lukesch H, Rottmann G (1976) Die Bedeutung soziofamilialer Faktoren für die Einstellung von Müttern zur Schwangerschaft. Psychol Prax 20: 4–18
Mack-Brunswick R (1940) Die präödipale Phase in der libidinösen Entwicklung. In: Chasseguet-Smirgel J (Hrsg) Psychoanalyse der weiblichen Sexualität. Suhrkamp, Frankfurt
Macy C, Falkner F (1980) Schwangerschaft und Geburt, Freuden und Belastungen. Beltz, Weinheim Basel
Menne K, Moersch E (1980) Psychoanalytische Erfahrungen aus der Supervision von Schwangerschaftskonfliktberatungen. Psyche (Stuttg) 2: 121–151
Meyer A (1984) Das Mutterglück wiedergegeben. In: Becker H, Beckmann D (Hrsg) Psychosozial 21. Rowohlt, Reinbek
Mitchell J (1976) Psychoanalyse und Feminismus. Suhrkamp, Frankfurt
Mitscherlich-Nielsen M (1978) Psychoanalyse der Weiblichkeit. Psyche (Stuttg) 8: 669–694
Mittag O, Jagenow A (1984) Motive zur Schwangerschaft, Geburt und Elternschaft. Ergebnisse einer empirischen Untersuchung an verhütungswilligen Frauen. Psychother Med Psychol 34: 20–24
Moeller-Gambaroff M (1981) Wenn der Bauch explodiert, komm'n die Kinder rausmarschiert – Über den Einfluß der Lebensgeschichte auf die Geburt. In: Schreiber M (Hrsg) Die schöne Geburt. Rowohlt, Reinbek, S 43–60
Moeller-Gambaroff M (1984) Schwangerschaftsphantasien. In: Kursbuch 76. Kursbuch-Verlag, West-Berlin
Molinski H (1972) Die unbewußte Angst vor dem Kind. Kindler, München
Molinski H (1978) Schwangerschaft als Konflikt. In: Koschorke M, Sandberger JG (Hrsg) Schwangerschaftskonfliktberatung. Vandenhoek & Ruprecht, Göttingen, S 97–104
Mühlenau M (1984) Mutterliebe. In: Kursbuch 76. Kursbuch-Verlag, West-Berlin
Nettelbladt P, Fagerström CF, Uppenberg N (1976) The significance of reported childbirth pain. J Psychosom Res 20: 215–221
Nott PN, Franklin M, Armitage C, Gelder MG (1976) Hormonal changes and mood in the puerperium. Br J Psychiatry 128: 379–383
Oakley A (1979) The baby blues. New Society vom 5. April, p 11
Pauleikhoff B (1964) Seelische Störungen in der Schwangerschaft und nach der Geburt. Enke, Stuttgart
Payne S (1936) Zur Auffassung der Weiblichkeit. Int Z Psychoanal 22: 19–39
Read GD (1950) Mutter werden ohne Schmerz. Hoffmann & Campe, Hamburg
Renggli F (1976) Angst und Geborgenheit – Soziokulturelle Folgen der Mutter-Kind-Beziehung im ersten Lebensjahr. Rowohlt, Reinbek
Schmiedbauer-Schleibner U (1979) Mutterschaft und Psychoanalyse. In: Verein 3. Sommeruniversität für Frauen 1978 e.V. (Hrsg) Frauen und Mütter – Beiträge zur 3. Sommeruniversität von und für Frauen. Basis, Berlin, S 351–378
Schreiber M (1981) Unendliches Vergnügen, unendlicher Schmerz – Protest gegen die Technik im Kreißsaal. In: Schreiber M (Hrsg) Die schöne Geburt. Rowohlt, Reinbek, S 11–42
Sichtermann B (1981) Leben mit einem Neugeborenen. Fischer, Frankfurt
Sichtermann B (1983) Weiblichkeit – Zur Politik des Privaten. Wagenbach, West-Berlin
Silber SJ (1985) Endlich schwanger. Rowohlt, Reinbek
Spitz RA (1976) Vom Säugling zum Kleinkind. Klett, Stuttgart
Stark EM (1976) Geboren werden und Gebären. Frauenoffensive, München

The Boston Women's Health Book Collection (Hrsg) (1980) Handbuch: Unser Körper – Unser Leben. Rowohlt, Reinbek
Voigt-Hägerbäumer B (1977) Schwangerschaft ist eine Erfahrung, die die Frau, den Mann und die Gesellschaft angeht. Rowohlt, Reinbek
Winnicott DW (1960) Primäre Mütterlichkeit. Psyche (Stuttg) 7: 393–399

Fertilitätsstörung - Kränkung und Herausforderung

C. Brähler

Schätzungsweise 20% aller Ehepaare in der Bundeserpublik sind z. Zt. ungewollt kinderlos. Noch anfang der 70er Jahre ging man von niedrigeren Schätzwerten (10–15%) aus, wobei unklar bleibt, ob sich hier eine tatsächliche Ausweitung von Fertilitätsstörungen abzeichnet oder ob durch den Fortschritt medizinischer Technik und eine öffentliche Diskussion über anscheinend unbegrenzte Behandlungsmöglichkeiten mehr infertile Paare als früher einen Arzt konsultieren.

Menschliche Fruchtbarkeit wird von so vielen Einflußfaktoren mitbestimmt, daß Aussagen zur Ätiologie von Sterilität bei einem Großteil der Paare nicht eindeutig zu machen sind. Nur in wenigen Fällen finden sich beim Mann und/oder der Frau eindeutig irreversible Störungen, z. B. Chromosomenanomalien oder Verwachsungen.

Auch psychische Konflikte und Ambivalenzen haben Einfluß auf die Fertilität. Ihr Stellenwert wird sehr unterschiedlich gewichtet, die Schätzungen funktioneller Sterilität schwanken in der Literatur zwischen 6 und 50% aller sterilen Paare.

Doch ist eine Trennung körperlicher und seelischer Prozesse im Zusammenhang mit der menschlichen Fruchtbarkeit kaum möglich. Dies zeigt sich besonders im Behandlungsverlauf. Unabhängig von der Ätiologie verlangt das Wissen um die Fertilitätsstörung nach psychischer Verarbeitung und Bewältigung.

Sterilitätsbehandlung und Sexualethik

Die enorme Entwicklung medizinischer Technik eröffnete Behandlungsmöglichkeiten bei Fertilitätsstörungen, die einen so tiefgreifenden Einfluß auf die Paar- und Familienstrukturen haben, daß auch außerhalb medizinischer Fachkreise Überlegungen zur Sexualethik angestrengt werden. Emotionale Streitgespräche entzünden sich besonders dann, wenn der Rahmen ehelicher Zweisamkeit gesprengt wird, um mit Hilfe eines Samenspenders, einer Eispenderin oder Leihmutter einem sterilen Paar zur Elternschaft zu verhelfen. Hier werden ethische Fragen besonders augenfällig. Doch auch weniger spektakuläre Therapieformen (mit Hormonen oder homologer Insemination) tangieren die Bedeutung von Ehe und Sexualität.

Die tiefe Bedeutung von Fruchtbarkeit und Elternschaft läßt sich am Verhalten behandlungswilliger Paare erahnen. Die Behandlung wird als Eingriff in intimste Sphären so kränkend erlebt, daß die meisten Paare ängstlich bemüht sind, Störung und Behandlung vor der Umwelt zu verbergen. Die Scham dieser Paare wurzelt in der Überzeugung von individuellem Versagen und von Normabweichung.

Ehe- und Sexualethik basieren auf fundamentalen Vorstellungen über Sinn und Wert menschlichen Zusammenlebens. Diese Grundannahmen stehen in engem Zusammenhang mit gesellschaftlichen Strukturen und Normen. Sie haben sich im Laufe der Geschichte immer wieder verändert.

Das Wissen um den Zusammenhang von Koitus und Konzeption war ein wichtiger Faktor in der Bewertung von Sexualität, den in unserem Kulturbereich die Kirche zur moralischen Einflußnahme heranzog, indem sie die Fortpflanzung als einzigen legitimen Sinn von Sexualität deklarierte.

Die prägende Wirkung gesellschaftlicher Veränderungen auf Moralbegriffe zeigt sich beispielhaft am Übergang von der feudalistischen zur kapitalistischen Wirtschaft.

Die neue Wirtschaftsform mit den Erfordernissen organisierter Arbeitsstrukturen veränderte auch Lebensgewohnheiten und Einstellungen. Selbstdisziplin, Selbstkontrolle, Tüchtigkeit und Produktivität wurden Leitnormen nicht nur im Produktionsbereich, sondern auch im persönlichen Bereich. Auch der menschliche Körper sollte präzise und kontrolliert funktionieren wie eine Maschine.

Spontaneität und Lust widersprachen dem System der Funktionalität und wurden als anrüchig unterdrückt. Der Wert der Sexualität lag in ihrer Produktivität, nämlich der Fortpflanzung. Hier ergänzten sich ökonomische und kirchliche Forderungen (s. auch Haeberle 1983).

Im Zuge der industriellen Revolution entwickelte sich für die Rolle der Frau das Ideal von der liebenden, versorgenden Hausfrau und Mutter, die ihre Produktivität in der Reproduktion entfaltet (Berninghausen 1980).

Zwar haben die Ideale von Selbstdisziplin und Tüchtigkeit auch heute noch Geltung, doch der enorme wissenschaftliche und technische Fortschritt und die Öffnung gegenüber anderen Kulturen haben zu einer Wissenserweiterung geführt, die rigide Moralvorstellungen aufbrach und zu einer Vielfalt von Wertvorstellungen führte.

Die Lockerung von Rollenerwartungen bedeutet nicht nur größere Entscheidungsfreiheit für den einzelnen, sondern auch größere individuelle Verunsicherung.

Althergebrachte Moralvorstellungen und Werthaltungen wirken innerpsychisch noch lange nach und behindern eine freie individuelle Entscheidung. Dieser konservierende Mechanismus zeigt sich in der Scham der sterilen Paare. Die Forderung nach Fortpflanzung als basalem Wert von Sexualität ist weiterhin wirksam.

In unserem Kulturbereich läßt sich in den letzten Jahrzehnten eine allgemeine Vorverlagerung der Pubertät und eine Vergrößerung der Lebenserwartung feststellen. Das bedeutet eine Ausweitung der Lebenszeit, in der der Mensch auch außerhalb der Phase der Fortpflanzungsfähigkeit sexuell aktiv sein kann. Es scheint deshalb erstrebenswert, die moralische Koppelung von Sexualität und Fortpflanzung zu lösen (Haeberle 1983). Kontrazeption und Sterilitätsbehandlung sind medizinische Techniken, die auf überholte moralische Verankerungen stoßen und deshalb emotionale Widersprüche und Unsicherheiten auslösen.

Zur Dynamik der Sterilitätsbehandlung

Ausgangspunkt für eine Sterilitätsbehandlung ist äußerer und innerer Druck auf das Paar.

Die Fragen von Freunden, Kollegen und Verwandten nach dem ausbleibenden Nachwuchs, häufig auch Frotzeleien und Anspielungen treffen auf eine tief verwurzelte innere Erwartung an die generative Potenz.

Eigene Ambivalenzen bleiben meist verborgen. Gerade das Unvermögen steriler Paare gibt der Fruchtbarkeit die uneingeschränkte Bedeutung von Lebenssinn und Glück. Schatten und Zweifel gehören nicht zu dieser Wunschvorstellung.

Besonders bei längerer Behandlungsdauer über zwei und mehr Jahre entsteht ein verbissener Kampf, mit Hilfe der Medizin das Glück doch noch zu erzwingen.

Die Sterilitätsbehandlung bedeutet häufig eine Kompromißlösung zwischen widersprüchlichen Strebungen. Wenn unbewußte Ängste und Abwehrhaltungen eine Elternschaft verhindern, so kann doch der bewußte Wunsch nach einem Kind durch immer neue Anstrengungen ausgelebt werden. Die ständige Auseinandersetzung mit dem konflikthaften Wunsch führt zu einer Spannungsminderung. Der Kampf gegen den eigenen Körper, der wie eine defekte Maschine erlebt wird, dient der Bewältigung der großen narzißtischen Kränkung.

Durch diese intrapsychische Bedeutung gewinnt die Behandlung Suchtcharakter. Paare, die jahrelang alles versucht haben, um doch noch zu einem Kind zu kommen, können die Behandlung nur schwer wieder aufgeben. Trotz Resignation und Verzweiflung über die täglichen Einschränkungen trauen sie sich nicht aufzuhören, denn vielleicht hätte es ja dann beim nächsten Zyklus geklappt.

Diese Paare hoffen, daß die Ärzte ein Machtwort sprechen und den Behandlungsabbruch beschließen. Das Paar will die Verantwortung hierfür nicht übernehmen, und die Ärzte wollen das häufig auch nicht.

Die hilflose Wut des Paares über das eigene Unvermögen wird durch die Unterwerfung des Körpers unter den Willen verarbeitet. Genaueste Körperkontrolle und -reglementierung treten an die Stelle von sexueller Lust. Sexualität wird Mittel zum Zweck – zur Konzeption, die aber immer wieder nicht erreicht wird.

Beispiel einer Sterilitätsbehandlung

Es handelt sich um ein Paar ende Zwanzig. Vor 5 Jahren heirateten sie und hoffen seit Beginn der Ehe auf ein Kind. Seit 4 Jahren sind sie in Behandlung. Zuerst ließ sich die Frau gynäkologisch untersuchen und führt seitdem eine Temperaturkurve. Außer leichten Unregelmäßigkeiten im Zyklus fand sich bei ihr kein pathologischer Befund.

Nun ließ sich der Ehemann andrologisch untersuchen. Hierzu wurden mehrere Samenuntersuchungen durchgeführt, die Schwankungen in der Spermienzahl zwischen 20000 und 70000 pro ml aufwiesen. Außerdem wurde eine leichte Gynäkomastie festgestellt. Zur Verbesserung der Spermienbildung wurde eine Hormonbehandlung durchgeführt, die jedoch keine wesentliche Veränderung erbrachte; es kam nach wie vor zu Schwankungen im Spermiogramm.

Als nächstes wurde postkoital der Zervikalschleim der Frau auf seine Spermiendurchlässigkeit untersucht; d. h. die Ehefrau mußte direkt nach dem Geschlechtsverkehr den Frauenarzt aufsuchen. Dieses Setting war ihr besonders peinlich. Der Untersuchungstermin wurde vorher festgelegt, so daß sie bereits beim Geschlechtsverkehr die Vorstellung hatte, das gesamte Praxispersonal denke nun daran, was sie gerade tut und würde sie beim Arztbesuch komisch ansehen.

Dieser Postkoitaltest wurde 2mal durchgeführt, ergab aber auch keinen auffallenden Befund.

Seit 1 Jahr versucht der Gynäkologe, mit Hilfe homologer Insemination eine Konzeption zu erleichtern. Der allmonatliche Behandlungsablauf sieht nun folgendermaßen aus: Die Ehefrau mißt jeden morgen ihre Temperatur, um den Zeitpunkt des Eisprungs zu ermitteln. Zur Unterstützung der Follikelreifung und zur Steuerung der Ovulation nimmt sie vom 3. bis zum 7. Zyklustag ein Hormonpräparat. Der genaue Ovulationstermin wird dann noch einmal durch eine Ultraschalluntersuchung kontrolliert. In der befruchtungsfähigen Phase wird nun die homologe Insemination in der Praxis des Gynäkologen durchgeführt. Eine vorangegangene 5tägige sexuelle Karenz soll zu einer optimalen Samenqualität beitragen.

Die vom Ehemann durch Masturbation gewonnene Samenflüssigkeit wird sofort vom Gynäkologen auf die Anzahl der Spermien hin untersucht, auf eine Spritze aufgezogen und – weil durch die Hormongabe der Zervikalschleim zäh wird – direkt in die Gebärmutter eingespritzt.

Das Paar ist jedesmal aufs neue aufgeregt, wie vor einer Prüfung. Ist ein genügend ausgereiftes Ei vorhanden? Wie gut wird die Spermaqualität heute sein?

Die Inseminationstechnik ist für die Ehefrau schmerzhaft. Der Arzt rät ihr, zur Entlastung und Entspannung zu husten, während er in den Muttermund eindringt. Doch das lehnt sie ab. Sie will sich nicht ablenken, sondern den Schmerz spüren.

Nach nunmehr 4 Jahren der Behandlung ist besonders die Ehefrau verzweifelt und psychisch sehr angegriffen. Trotzdem ist es ihr nicht möglich, die Behandlung abzubrechen. Auch eine angenehmere Inseminationstechnik, bei der der Arzt eine Kappe auf den Muttermund stülpt, in die sie dann zu Hause selbst die Samenflüssigkeit injizieren könnten, lehnt sie ab. Zwar empfinden beide die Insemination in der Arztpraxis als beschämend, doch sie trauen sich selbständiges Handeln nicht zu. Alle Verantwortung ist auf den Arzt delegiert. Von ihm erwartet das Paar Hilfe zur Konzeption oder die Entscheidung, mit der Behandlung aufzuhören. Auch in den nun folgenden psychotherapeutischen Paargesprächen verhalten sie sich lange Zeit passiv und erwarten Handlungsanweisungen.

Zwar sind beide genauestens über ihre Körpervorgänge informiert, doch das Wissen gibt ihnen keine Sicherheit.

Sie erleben den Körper wie einen schlecht funktionierenden Mechanismus, den sie auch mit allen medizinischen Hilfsmitteln nicht bezwingen können. So wird auch verständlich, daß die Ehefrau Erleichterungen in der Behandlung ablehnt und die schmerzhafte Manipulation an ihrem (bösen) Körper voll erleben möchte.

Auch die sexuelle Lust wurde beeinträchtigt, weil jeder Koitus das Paar an ihr Unvermögen erinnert. Die eheliche Partnerschaft definiert sich nun über den gemeinsamen Kampf um ein Kind.

Es sei noch einmal betont, daß es aus medizinischer Sicht keine Erklärung für die Fertilitätsstörung dieses Paares gibt. Bei besonders langwierigen Behandlungsverläufen handelt es sich in den meisten Fällen um Paare, bei denen Zyklusstörungen oder Schwankungen im Spermiogramm festzustellen sind, aber keine ernsthafte organische Einschränkung. Die behandelnden Ärzte fühlen sich herausgefordert und versuchen immer neue Strategien, die aber die unbewußten Ängste und Widerstände der behandelten Paare verstärken.

Mit der Behandlung einher gehen Lebenseinschränkungen, die sich viele Paare auferlegen, wenn sie z. B. nur noch nach Kalender miteinander schlafen, das Rauchen aufgeben, den Alkoholkonsum einschränken und zum Ovulationstermin keine Geselligkeit mehr pflegen – alles nur um optimale Zeugungsbedingungen zu schaffen.

Diese Reglementierung führt zu der paradoxen Reaktion, daß sie am errechneten Termin meist überhaupt keine Lust haben miteinander zu schlafen. Viele Frauen berichten, wenn sie morgens ihrer Temperaturkurve entnehmen, daß die optimale Konzeptionszeit beginnt, sei der Tag „schon gelaufen". Voller Widerwillen denken sie an die selbst auferlegte Verpflichtung zum Beischlaf.

All diese Einschränkungen haben deutlichen Bestrafungscharakter. Die Widerstände gegen eine Schwangerschaft müssen ja gerade deshalb unbewußt bleiben, weil sie dem Ich-Ideal widersprechen und als verurteilenswert gelten. Die der Behandlung immanente Bestrafung gilt diesen nichtakzeptierten Anteilen. (Zur Behandlungstechnik s. auch Silber 1985.)

Gemeinsamkeiten mit dem Krankheitsbild der Anorexia nervosa

Leitsymptome der Anorexia nervosa sind Eßstörungen, sowohl Nahrungsverweigerung als auch Bulimieanfälle und Erbrechen, die zu hochgradiger oft lebensgefährlicher Abmagerung führen. Begleitsymptom ist die Amenorrhö, die häufig als Abwehr gegen die Übernahme der weiblichen Rolle verstanden wird. Hier deuten sich ähnliche Konfliktbereiche wie bei funktioneller Sterilität an. Doch das übergreifende Thema beider Symptome liegt im Bedürfnis der Körperkontrolle als Flucht aus einer bedrückenden und anscheinend unabänderlichen Situation.

Beiden Patientengruppen gemeinsam ist die innere Überzeugung des Mangels und der Hilflosigkeit. Sie sehen sich nicht in der Lage, ihr Leben nach eigenen Vorstellungen zu gestalten und möchten deshalb wenigstens den eigenen Körper, der als getrennte Einheit erlebt wird, beherrschen.

Aus einer tiefen Verunsicherung heraus erscheint extreme Körperkontrolle als besondere Leistung (s. auch Bruch 1980).

Zwar wird die Fertilitätsstörung erst in einer Paarbeziehung aufgedeckt, und in der Behandlung werden die Kontrollrituale von beiden Partnern getragen, doch hat es den Anschein, daß die Frauen mit weitaus größerer Energie diesen Machtkampf mit dem Körper führen. Das mag auch daran liegen, daß sie in der Behandlung stärker gefordert werden und Erfolg oder Mißerfolg im Bemühen um ein Kind an ihrem Körpergeschehen festzustellen ist. Doch der zugrunde liegende Antrieb für ihre Anstrengungen ist in der besonderen Bedeutung von Schwangerschaft und Geburt für die Frau zu suchen.

Die großen Körperveränderungen, die Erfahrung, einen anderen Menschen in sich wachsen zu lassen, die Kreativität der Entwicklung und zugleich die Abhängigkeit von diesem Kind, all diese Prozesse einer Schwangerschaft berühren so sehr die Identität der Frau, daß bei ihr auch sehr viel größere Ambivalenzen zu erwarten sind als beim Mann.

Beiden Partnern gemeinsam ist die Unsicherheit der Geschlechtsidentität, die sich in der Sterilität ausdrückt und durch sie perpetuiert wird.

Goldschmidt u. De Boor (1976) gehen davon aus, daß bereits die Partnerwahl durch die ambivalente Haltung zur Fruchtbarkeit bestimmt und mit dem unbewußten Ziel verbunden war, „eine besondere Art der Beziehung zu führen, in der der Kinderlosigkeit ein bestimmter positiver Stellenwert zukommt".

Der positive Stellenwert liegt in der Verhinderung einer Situation, die zwar bewußt erstrebt wird, deren Realisierung aber unerträgliche Rollenkonflikte befürchten läßt. Hier sind vor allem oral-versorgende oder hysterisch-rivalisierende Paarkollusionen zu erkennen (s. auch Willi 1975).

Auch das Symptom der Anorexia nervosa ist mehrdeutig und kann entweder als hysterisches Symptom oder als Abwehr oraler Aggression begriffen werden (Loch 1983).

Doch während die magersüchtige Patientin ihren ausgemergelten Körper zur Schau stellt, bemühen sich sterile Paare um Unauffälligkeit.

Sterilität wird meist wie ein Makel vor der Umwelt verborgen. So weiß das einzelne betroffene Paar nur von den eigenen Schwierigkeiten und erlebt sich als Außenseiter in einer fruchtbaren Umwelt.

Der Status des Besonderen, der die magersüchtige Patientin von übernatürlichen Kräften träumen läßt, ist für das sterile Paar wieder nur Kränkung und der Ausgangspunkt ihrer Bemühungen, so daß immer neue Anstrengungen vollbracht werden.

Damit entfernen sich besonders die Frauen immer weiter von einer Position des sich Öffnens und Aufnehmens, die zur Konzeption gehört.

Auf der bewußten Ebene findet eine Entmythologisierung und Technisierung von Fortpflanzung statt, ihre besondere und ängstigende Bedeutung wirkt unbewußt und macht damit eine realitätsgerechte Auseinandersetzung unmöglich. Sterilitätsbehandlung bedeutet für diese Paare den Versuch einer Kompromißlösung zwischen bewußten und unbewußten Motiven.

Literatur

Berninghausen J (1980) Der Traum vom Kind – Geburt eines Klischees. Mutterschaft: Ideologie, Wunsch und Wirklichkeit. Ullstein, Frankfurt/M

Bruch H (1980) Der goldene Käfig. Das Rätsel der Magersucht. Fischer, Frankfurt/M

Goldschmidt O, De Boor C (1976) Psychoanalytische Untersuchung funktionell steriler Ehepaare. Psyche (Stuttg) 30: 899–923

Haeberle EJ (1983) Die Sexualität des Menschen. Handbuch und Atlas. de Gruyter, Berlin New York

Loch W (1983) Die Krankheitslehre der Psychoanalyse. Hirzel, Stuttgart

Silber SJ (1985) Endlich schwanger. Informationen für Paare mit Kinderwunsch. Rowohlt, Reinbek

Willi J (1975) Die Zweierbeziehung. Rowohlt, Reinbek

*Körperbeschwerden bei ehemaligen Genitalkrebspatienten und ihren Partnern**

P. Möhring und E. Brähler

Eine Möglichkeit, den eigenen Körper zu erleben, ist die Belästigung durch Körperbeschwerden. Diese werden mit unterschiedlicher Deutlichkeit wahrgenommen, je nachdem, wie ein Körperteil im Bewußtsein repräsentiert ist, d. h. daß das Ausmaß an Körperbeschwerden nicht unmittelbar an eine organische Läsion gebunden sein muß, es ist eher ein Gradmesser für die Beziehung zum eigenen Körper.

Maligne Erkrankungen erschüttern die Beziehung des Menschen zu seinem Körper. War zunächst das Leben bedroht, bleibt nach der Behandlung die lebenslange Ungewißheit über den Ausgang der Erkrankung. Der Körper als Ort des Geschehens bleibt im Mittelpunkt aller Unsicherheit, besonders das betroffene Organ oder Organsystem. Ist das Genitale betroffen, kann das Verunsicherungen in der geschlechtlichen Identität nach sich ziehen, wie auch Paarbeziehungsstörungen, da es Vollzugsorgan der sexuellen Begegnung ist.

Wie eine maligne Erkrankung verarbeitet wird, zeigt das folgende Beispiel:

Frau S. kann sich 6 Jahre nach der Operation noch gut an die damalige Situation erinnern: Sie und ihr Mann hatten sich ein Kind gewünscht, das nach mehrjähriger Ehe immer noch ausblieb. Bei der gynäkologischen Untersuchung, die die Ursache dafür klären sollte, wurde ein Tumor am Eierstock getastet. Es wurde eine sofortige Operation empfohlen, bei dieser wurde dann ein bösartiger Tumor an selbiger Stelle entfernt. Frau S. wurde bald nach der Operation von ihrem Arzt über den Befund aufgeklärt, der Ehemann war dabei. Sie hatte bereits vor der Operation eine entsprechende Befürchtung gehabt, dennoch war ihre erste Reaktion ein gelähmtes Entsetzen, einen Tag lang dachte sie an Selbstmord. Die Heilung verlief komplikationslos, und auch die Nachbehandlung vertrug die Patientin gut. Von ihrem Mann hatte sie sich gewünscht, daß dieser ihr helfen möge, indem er sie ablenkte. Dies tat er auch nach Kräften, er machte mit seiner Frau Ausflüge, sie besuchten Theater, Museen und auch Bekannte, zu Hause sprachen sie über alles mögliche, nur nicht über Krebs und die damit verbundene Angst. Der Patientin half dies, über das Ereignis hinwegzukommen. Sie hatte sich in den Jahren davor sehr ein Kind gewünscht. Daß ihr Kinderwunsch nun unerfüllt bleiben würde, war für sie sehr bitter, zumal sie bei der Operation erst 25 Jahre alt war. Beim

* Gefördert durch die Robert-Bosch-Stiftung

Untersuchungsgespräch, dessen Inhalt hier skizziert wird, wirkte die Patientin zerbrechlich, schutzbedürftig und kindlich. Ihr Mann hatte sie mit dem Auto zum Ort des Gesprächs gefahren, war aber nicht mitgekommen. Sie verbrachte mit ihrem Mann ihre gesamte freie Zeit, über die Krankheit wurde nicht mehr gesprochen. Die Ehe sei sehr harmonisch. Auf krankheitsbedingte Änderungen im Sexualleben angesprochen, reagierte die Patientin mit einem kurzdauernden schmerzlichen Gesichtsausdruck, um sofort wieder in ihre angepaßten, etwas förmlichen, Gebärden und Sprechweise zurückzufallen: Sie habe sich glücklicherweise mit ihrem Mann dahingehend einigen können, daß sie nicht mehr miteinander verkehren würden. Nach einigen Versuchen nach der Operation habe sie gemerkt, daß sie das einfach nicht mehr ertragen konnte. Sie könne nicht angeben, warum, denn es gebe keinen anatomischen Grund für diese Unverträglichkeit. Sie habe das eben gespürt, der Vorgang des sexuellen Aktes sei für sie nicht mehr zu ertragen gewesen. Vielleicht seelisch, meint sie fragend.

Man merkt, wie sie im Gespräch die Erinnerung daran belastet. Der Verkehr hat sie beunruhigt, danach war sie gespannt, Lust empfand sie nicht dabei. Sie hatte kein Verlangen mehr nach sexuellen Empfindungen. Danach wendet sich das Gespräch dem Ehemann zu, den sie schwärmerisch bewundernd für seine aufopfernde Rücksicht lobt, mit der er auf das Sexualleben verzichtet. Sie ist sehr glücklich, ihn zu haben, er ist der ruhende Pol in ihrem Leben, da sie die Eltern, die einige hundert Kilometer weg wohnen, doch nur selten besuchen kann. Ablenkung und Arbeit waren die Bewältigungsformen, die die Patientin von vorneherein gewählt hatte, um mit dieser katastrophalen Nachricht fertig zu werden. Der Bereich von Kranksein und Krankheit wurde aus dem Bewußtsein gebannt, wobei der Ehepartner durch seine unterstützende Haltung einen großen Anteil hatte. Unliebsame Affekte, die sich zunächst diffus in Anspannung, innere Unruhe bis hin zu Zittern äußerten, traten aber auf, sobald die Patientin durch sexuelle Berührungen dazu gezwungen war, sich ihres Genitalbereichs bewußt zu werden. Der Versuch der Verdrängung und Verleugnung der abgelaufenen schweren Erkrankung war einhergegangen mit einem gleichsinnigen Versuch, die dazugehörigen Körperrepräsentanzen aus dem Bewußtsein zu verbannen. Dies gelang auch, wenn nicht diese Abwehr durch das Sexualverlangen des Mannes gefährdet wurde. In dem Moment drohte die Abwehr zusammenzubrechen, was Angst und Mißempfindungen mobilisierte. Die gemeinsame Regression des Ehepaares auf eine eher kindliche symbiose-ähnliche Interaktion konnte die Beziehung stabilisieren, wobei weder Trennungsabsichten offenbar wurden noch sexuelle Impulse die Abwehr des erlittenen Traumas gefährdeten. Wichtig ist, daß der Mann sich symmetrisch zu der Frau verhielt: Hätte er sie weiterhin sexuell bedrängt, hätte die Frau versuchen müssen, auf eine für sie schwierigere intrapsychische Abwehrform, etwa die einer Verdrängung der genitalen Sensationen oder eine hysterische Symptombildung „zurückgreifen“ müssen, was sie sicherlich stärker belastet hätte. Man sieht, wie der Körper nicht nur Schauplatz des Kampfes ums Überleben der Patientin wird, sondern danach bei dem Versuch der Bewältigung des Ereignisses (Lebensbedrohung und Verzicht auf Mutterschaft) mit einer psychischen Funktion besetzt wird: Solange der Genitalbereich der Patientin nicht aktiviert und nicht stimuliert wird, kann auch das erzielte Ergebnis der Bewältigung von Angst, Trauer, Enttäuschung etc. gewahrt bleiben, wenn auch um den Preis eines eingestellten Sexuallebens und eingeschränkten Gefühlslebens. Daß es in dem vorliegenden Fall möglich war, den Mann in dieses Abwehrsystem mit einzubauen, wirkt sich für die psychische Ökonomie der Patientin günstig aus, denn nur dessen Bereitschaft zu gleichsinniger regressiver Verzicht- und Schonhaltung garantiert die Stabilität dieser Ehebeziehung.

Bei dieser Fallskizze waren der Körper und die Körperempfindung der Patientin unmittelbar einbezogen in ihre psychische Krankheitsbewältigung. Aus der Literatur über die Krankheitsbewältigung bei malignen Erkrankungen des Genitalbereichs ist bekannt, daß Frauen in einem großen Teil der Fälle über Störungen im Sexualbereich klagen bzw. die sexuelle Betätigung einstellen. So berichten Abitbol u. Davenport (1974), daß mehr als 75% der Frauen nach radiologischer Behandlung von Genitalkarzinomen über sexuelle Dysfunktionen klagen. Beck u. Nikorovicz (1980) fanden, daß 61% der Patientinnen nach einer Operation wegen eines Zervixkarzinoms ein reduziertes Sexualbedürfnis oder gar keines hatten, und auch die Erlebnisfähigkeit beim Sexualverkehr nachließ. Bei Männern, die wegen eines malignen Hodentumors semikastriert worden waren, fanden Janssen u. Weissbach (1978) bei einem Drittel der Patienten Sexualstörungen, z.T. versuchten die Patienten durch kompensatorische sexuelle Überaktivität der Angst vor Potenzverlust Herr zu werden.

Das Erleben des eigenen Körpers stellt also fraglos bei der Verarbeitung maligner Erkrankungen eine relevante Dimension dar. Daß Dimensionen des Körpererlebens auch noch Jahre nach dem Krankheitsereignis eine Rolle spielen können, wurde in der Fallskizze gezeigt. Da Krankheiten allgemein und besonders maligne Erkrankungen als körperliche Bedrohung oder körperliches Versagen erlebt werden und diese Defizienz noch über Jahre hinaus durch immer wiederkehrende Ängste wirksam bleibt, ist es sinnvoll, Körpererleben nach einer Erkrankung in Form von Körperbeschwerden zu erheben. Das Beispiel zeigte zudem, daß die Art des Umgangs mit dem Körper auch vom Verhalten des Partners anhängt. Wenn also Körperbeschwerden erhoben werden, kann die Einbeziehung des Partners in die Untersuchung zusätzliche Informationen über Interaktionsdimensionen des Paares geben. Daß der Körper eine wichtige, wenngleich in der Forschung häufig vernachlässigte Dimension der Identität darstellt, wird in diesem Band ausführlich erörtert. An dieser Stelle soll berichtet werden über die Untersuchung an zwei Stichproben von ehemaligen Genitalkarzinompatienten verschiedenen Geschlechts. Die Patienten und ihre Partner sollten Auskunft über deren Erleben des Körpers geben, soweit es als Belästigung durch Körperbeschwerden beschrieben werden kann. Es handelt sich um 103 Ehepaare 5–10 Jahre nach der Erkrankung, in einer ersten Studie (n = 46) waren die Frauen die Betroffenen, sie hatten an Korpus-, Ovarial- oder Kollumkarzinom der Stadien 0–3, zumeist 1 und 2, gelitten, das Durchschnittsalter dieser Gruppe betrug 53,4 Jahre (s = 6,1). In einer zweiten Studie (n = 57) waren die Männer die ehemals Kranken, als Diagnosen wurden gestellt: Seminome, Teratome und Embryonalzellkarzinome sowie in 15% der Fälle andere maligne Tumoren des Hodens, die Stadien waren hier nicht bekannt. Das Durchschnittsalter dieser Stichprobe betrug 40,6 Jahre (s = 13,1). Die Altersdifferenz entspricht dem unterschiedlichen Manifestationsalter der Tumoren. Jeder der Probanden, also 206 Personen, machten Angaben zu der Häufigkeit der von ihnen empfundenen Körperbeschwerden, sowie im Fremdbild darüber, wie sie meinten, daß der Partner sich durch die Beschwerden belästigt fühlte. Pro Paar lagen also 4 Einschätzungsbilder vor:

Selbsteinschätzung des Mannes
Fremdeinschätzung des Mannes über die Frau
Fremdeinschätzung der Frau über den Mann
Selbsteinschätzung der Frau.

Die Körperbeschwerden wurden mit dem Gießener Beschwerdebogen (GBB, Brähler u. Scheer 1983) erhoben. Dieser ist ein Instrument zur Erfassung der Belästigung durch Körperbeschwerden, er erfaßt also eine subjektive Einschätzung: Mißempfinden als psychologische Dimension. Er umfaßt 57 Items, von denen 24 in den Skalen Erschöpfung, Magenbeschwerden, Gliederschmerzen und Herzbeschwerden zusammengefaßt werden, deren Summation die fünfte Skala Beschwerdedruck ergibt. In dieser Arbeit werden die Skalen und ausgewählten Items interpretiert.

Zunächst werden die Ergebnisse der beiden Studien vorgestellt:

Tabelle 1 zeigt das Skalenmittelwertprofil über die vier erhobenen Bilder bei den Hodenkarzinom-Überlebenden und ihren Frauen.

Die Frauen zeigen gegenüber der Eichstichprobe keine signifikanten Unterschiede. Bei den ehemals Erkrankten zeigt sich eine signifikante Erhöhung der Beschwerden bei den Skalen Erschöpfung, Gliederschmerzen und beim Beschwerdedruck.

Betrachtet man die Items im Selbstbild, so zeigen sich bei den Frauen nicht überzufällig häufige Abweichungen von der Eichstichprobe. Bei den ehemaligen Patienten jedoch sind 22 Beschwerden signifikant erhöht, besonders deutlich die folgenden Items:

29 Rasche Erschöpfbarkeit
42 Mattigkeit
37 Taubheitsgefühl
53 Unterleibsschmerzen
41 Müdigkeit in den Beinen
14 Gehstörungen
20 Kloßgefühl im Hals
12 Starkes Schwitzen
24 Überempfindlichkeit gegen Kälte
9 Gelenk- oder Gliederschmerzen.

Die Items 29 und 42 gehören zur Skala Erschöpfung, die Items 41 und 9 zur Skala Gliederschmerzen und das Item 12 zur Skala Herzbeschwerden.

Betrachtet man in Tabelle 1 die Fremdbilder, so zeigt sich eine recht gute Einschätzung der Beschwerden des Partners bei den Skalen Erschöpfung und Herzbeschwerden. Bei den Magenbeschwerden überschätzt die Frau das Ausmaß der

Tabelle 1. GBB-Skalenmittelwertprofil der Hodenkarzinom-Überlebenden und ihrer Frauen (n = 57)

Skala	Selbstbild Mann		Fremdbild Frau über Mann		Fremdbild Mann über Frau		Selbstbild Frau	
	$\bar{x}$	s	$\bar{x}$	s	$\bar{x}$	s	$\bar{x}$	s
1 Erschöpfung	5,68[a]	4,95	5,88	5,46	5,47	4,71	5,46	4,87
2 Magenbeschwerden	3,37	3,71	4,37[c]	4,90	2,21[c]	2,94	3,30	3,01
3 Gliederschmerzen	5,70[a]	5,12	5,77	5,45	6,28[b]	5,00	7,14	5,18
4 Herzbeschwerden	2,88	4,12	2,65	4,42	3,30	3,81	3,77	3,56
5 Beschwerdedruck	17,63[a]	14,43	18,67	16,97	17,26	13,37	19,67	13,82

[a] $p < 0,05$ gegenüber Eichstichprobe (Männer 18–60 J.)
[b] $p < 0,05$ } Selbstbild gegen Fremdbild
[c] $p < 0,01$ }

Tabelle 2. Selbst-Fremdbildübereinstimmungen bei Hodenkarzinom-Überlebenden und ihren Frauen (n = 57)

Skala	Selbstbild Mann/Frau	Selbstbild Mann/ Fremdbild Frau über Mann	Selbstbild Frau/ Fremdbild Mann über Frau
1 Erschöpfung	0,21	0,84	0,69
2 Magenbeschwerden	0,16	0,85	0,59
3 Gliederschmerzen	0,40	0,81	0,83
4 Herzbeschwerden	0,44	0,85	0,73
5 Beschwerdedruck	0,46	0,89	0,73

Tabelle 3. Selbstbild-Fremdbildübereinstimmungen bei ausgewählten Items

Skala	Selbstb. Mann/ Selbstb. Frau	Selbstb. Mann/ Fremdb. Frau über Mann	Selbstb. Frau/ Fremdb. Mann über Frau
Geschlechtliche Untererregbarkeit	0,32	0,73	0,47
Geschlechtliche Übererregbarkeit	0,10	0,66	0,19
Unterleibsschmerzen	0,06	0,80	0,38

Beschwerden im Vergleich zum Selbstbild des Mannes, während umgekehrt der Mann das Ausmaß der Magenbeschwerden der Frau unterschätzt.

Die Männer unterschätzen auch das Ausmaß der Gliederschmerzen der Frauen.

In Tabelle 2 finden sich die Selbst-Fremdbildvergleiche auf korrelativer Ebene über die Stichprobe. Die Selbstbilder korrelieren durchweg positiv, wobei bei den Gliederschmerzen, den Herzbeschwerden und dem Beschwerdedruck die Übereinstimmung hochsignifikant sind. Sehr hoch ist die Korrelation des Selbstbildes des Mannes und dem Fremdbild des Mannes über die Frau. Diese Korrelationen liegen über der Höhe der Test-Retest-Korrelationen und teilweise sogar höher als die internen Konsistenzen der Skalen (vgl. Brähler u. Scheer 1983). Das heißt, daß die Frauen eine genaue Beschreibung der Beschwerden ihrer Männer liefern können. Stellt man das Fremdbild der Frau, zusammengesetzt aus dem wahrgenommenen Selbstbild des Mannes und ihres eigenen projizierten Selbstbildes, so ergibt sich, daß das Fremdbild der Frau über den Mann fast ausschließlich auf dem wahrgenommenen Selbstbild des Mannes basiert und fast keine projizierten Anteile enthält.

Die Korrelation der Selbstbilder der Frau und der Fremdbilder der Männer über die Frauen ist bei der Skala Gliederschmerzen ebenfalls sehr hoch, liegt bei den Skalen Erschöpfung, Herzbeschwerden und Beschwerdedruck etwas niedriger und beträgt bei der Skala Magenbeschwerden nur 0,59. Betrachtet man das Fremdbild der Männer über die Frauen als Linearkombination der Selbstbilder, so zeigen sich bei den Skalen Gliederschmerzen und Beschwerdedruck leichte projektive Anteile, die jedoch niedriger als die wahrgenommenen Anteile sind.

In Tabelle 3 finden sich die Selbst-Fremdbildkorrelationen für die ausgewählten Items geschlechtliche Untererregbarkeit, geschlechtliche Übererregbarkeit und Unterleibsschmerzen, die sich unmittelbar auf das betroffene Organ beziehen.

Die Korrelationen der Selbstbilder sind für die geschlechtliche Untererregbarkeit signifikant positiv, für die beiden anderen Items sehr niedrig. Während bei allen 3 Items die Selbstbilder der Männer durch die Frauen stark bestätigt werden, sind umgekehrt die Übereinstimmungen der Selbstbilder der Frauen mit dem Fremdbild, das die Männer von ihnen haben, niedriger. Besonders niedrig ist die Übereinstimmung beim Item geschlechtliche Übererregbarkeit. Betrachtet man die Fremdbilder aus den beiden Selbstbildern zusammengesetzt, so wird das Fremdbild der Frauen über die Männer im wesentlichen vom Selbstbild der Männer bestimmt und enthält kaum projektive Anteile.

Dies ist beim Item geschlechtliche Untererregbarkeit auch beim Fremdbild der Männer über die Frauen der Fall, doch bei den Items geschlechtliche Übererregbarkeit und Unterleibsschmerzen wird das Fremdbild der Männer über die Frauen sehr stark vom eigenen Selbstbild bestimmt, es enthält also starke projektive Anteile.

Tabelle 5 enthält das Skalenmittelwertsprofil über die vier erhobenen Bilder bei den ein Genitalkarzinom überlebenden Frauen und ihren Partnern (Studie 1). Bei den ehemals Erkrankten zeigt sich eine signifikante Erhöhung der Beschwerden im Selbstbild bei den Skalen Erschöpfung, Gliederschmerzen und beim Beschwerdedruck. Die Männer der ehemals Erkrankten zeigen eine signifikante Erhöhung bei der Skala Gliederschmerzen. Betrachtet man die Items im Selbstbild, so zeigen sich bei den ehemaligen Patientinnen bei 30 Beschwerden signifikant höhere Werte als in der Eichstichprobe (Frauen 35–60 Jahre). Besonders deutlich erhöht sind die folgenden Items:

8 geschlechtliche Untererregbarkeit
43 Durchfälle
12 starkes Schwitzen
21 Drang zum Wasserlassen
29 rasche Erschöpfbarkeit
38 Verstopfung
40 aufsteigende Hitze, Hitzewallungen
41 Müdigkeit in den Beinen
42 Mattigkeit
30 Schlafstörungen.

Auch die Männer der ehemals kranken Frauen zeigen bei 25 Items eine signifikante Erhöhung gegenüber der Eichstichprobe. Besonders deutlich erhöht sind die Items:

9 Gelenk- oder Gliederschmerzen
11 Kreuz- oder Rückenschmerzen
13 Nacken- oder Schulterschmerzen
41 Müdigkeit in den Beinen
56 anfallsweise Herzbeschwerden
14 Gehstörungen
16 Sehstörungen
49 kalte Füße
21 Drang zum Wasserlassen

Die 4 am deutlichsten erhöhten Items gehören der Skala Gliederschmerzen an.

Betrachtet man in Tabelle 4 die Fremdbilder im Vergleich zu den Selbstbildern, so sieht man, daß die Beschwerden des Mannes im Selbst- und Fremdbild etwa das gleiche Ausmaß haben. Dagegen unterschätzen die Männer die Beschwerden ihrer Frauen bei den Skalen Erschöpfung, Gliederschmerzen und dem Beschwerdedruck. In Tabelle 5

Tabelle 4. GBB-Skalenmittelwertprofil der Genitalkarzinom-Überlebenden und ihrer Männer (n = 46)

Skala	Selbstbild Mann		Fremdbild Frau über Mann		Fremdbild Mann über Frau		Selbstbild Frau	
	$\bar{x}$	s	$\bar{x}$	s	$\bar{x}$	s	$\bar{x}$	s
1 Erschöpfung	4,59	4,66	4,96	4,82	6,98[c]	4,73	8,00[b]	5,10
2 Magenbeschwerden	3,15	3,67	3,24	3,48	3,39[c]	3,65	4,11[a]	4,03
3 Gliederschmerzen	7,93[b]	4,97	8,33	5,38	9,24	5,88	10,04[a]	6,00
4 Herzbeschwerden	3,61	4,29	3,91	4,29	5,07	4,33	5,28	4,15
5 Beschwerdedruck	19,28	13,72	20,43	13,93	24,67[d]	14,99	27,43[b]	15,61

[a] $p < 0{,}05$, [b] $p < 0{,}01$ } gegenüber Eichstrichprobe (Männer bzw. Frauen 41–60 J.)

[c] $p < 0{,}05$, [d] $p < 0{,}01$ } Selbstbild gegen Fremdbild

Tabelle 5. Selbst-Fremdbildübereinstimmungen bei Genitalkarzinom-Überlebenden und ihren Männern (n = 46)

Skala	Selbstbild Mann/ Selbstbild Frau	Selbstbild Mann/ Fremdbild Frau über Mann	Selbstbild Frau/ Fremdbild Mann über Frau
1 Erschöpfung	0,31	0,89	0,75
2 Magenbeschwerden	0,53	0,89	0,85
3 Gliederschmerzen	0,40	0,93	0,89
4 Herzbeschwerden	0,59	0,89	0,92
5 Beschwerdedruck	0,60	0,91	0,90

finden sich die korrelativen Beziehungen der Selbst- und Fremdbilder in der Stichprobe. Bei allen Skalen zeigen sich sehr hohe Übereinstimmungen der Selbstbilder, besonders hoch bei den Skalen Magenbeschwerden, Herzbeschwerden und dem Beschwerdedruck. Die Übereinstimmung der Selbst- mit den entsprechenden Fremdbildern ist durchweg sehr hoch und liegt auf der Höhe der internen Konsistenz der Skalen.

Bei den Fremdbeurteilungen kommt es beim Fremdbild der Männer über die Frau zu einem projektiven Anteil, der jedoch auch hier niedriger liegt als der wahrgenommene Anteil. Dieser bestimmt in allen anderen Fällen dominierend das Fremdbild.

In Tabelle 6 finden sich die Selbst-/Fremdbildkorrelationen für die ausgewählten Items: geschlechtliche Untererregbarkeit, geschlechtliche Übererregbarkeit und Unterleibsschmerzen.

Die Korrelationen der Selbstbilder sind signifikant positiv. Die Selbst-/Fremdbildübereinstimmungen sind bei den Beurteilungen über den Mann bei geschlechtlicher Untererregbarkeit sehr hoch, bei Unterleibsschmerzen relativ gering. Bei den Beurteilungen über die Frau ist bei Unterleibsschmerzen eine sehr hohe Übereinstimmung festzustellen.

Betrachtet man die Fremdbilder zusammengesetzt als Linearkombination der Selbstbilder, so ergeben sich bei den Bildern der Männer über die Frauen keine projektiven Anteile. Bei den Bildern der Frauen über die Männer ergeben sich bei den Items geschlechtliche Übererregbarkeit und Unterleibsschmerzen sehr starke projektive

Tabelle 6. Selbstbild-Fremdbildübereinstimmungen bei ausgewählten Items

Skala	Selbstbild Mann/ Selbstbild Frau	Selbstbild Mann/ Fremdbild Frau über Mann	Selbstbild Frau/ Fremdbild Mann über Frau
Geschlechtliche Untererregbarkeit	0,25	0,87	0,72
Geschlechtliche Übererregbarkeit	0,44	0,63	0,72
Unterleibsschmerzen	0,54	0,51	0,92

Anteile. Bei den Items Unterleibsschmerzen wird die Beurteilung des Mannes durch die Frau sogar stärker durch den projektiven Anteil als durch den wahrgenommenen bestimmt.

Interpretation

Bei der Interpretation der Befunde werden Abweichungen von der Eichstichprobe, Ähnlichkeiten und Differenzen der beiden Stichproben berücksichtigt.

Bei Studie 1 fallen die deutlich erhöhten Beschwerden beider Partner auf, die auf dem Itemniveau 30 Items bei den Frauen und 25 bei den Männern betreffen. Die besonders deutlich erhöhten Beschwerden der Frauen betreffen die Bereiche Temperaturempfinden, Erschöpfung und den Unterleib. Bei deren Männern fallen die Items auf, die zu der (erhöhten) Skala „Gliederschmerzen" gehören. Daß die Frauen über Unterleibsschmerzen klagen, kann ein Hinweis für erhöhte Aufmerksamkeit sein, die diesem Körperbereich gilt, evtl. auch für durch die Behandlung bedingte Beschwerden. Die Selbstbild-Fremdbild-Relationen auf Skalenebene zeigen ein hohes Maß an Übereinstimmung der Partner sowie eine sehr gute gegenseitige Einschätzung. Erschöpfung, Magenbeschwerden und Beschwerdedruck der Frauen werden zwar von den Männern unterschätzt, was heißen kann, daß diese nicht das ganze Ausmaß ihres Leidens unter Beschwerden vermitteln, grundsätzlich liegen die Einschätzungen der Männer aber in der Richtung derer der Frauen. Gegenseitige Identifikation und Empathie ist ein besonderes Merkmal dieser Gruppe. Die Partner sind in ihrer Selbsteinschätzung näher aneinandergerückt und zeigen, daß sie sich gegenseitig gut kennen. Sie haben ihre Körperwahrnehmung gesteigert, vielleicht als Reaktion auf die Erkrankung eines der Partner, die ja unbemerkt begann, und beobachten jetzt beide um so mehr ihren Körper.

Der sexuelle Bereich interessiert nach aubgelaufenen Genitaltumoren besonders. Hier findet sich auch ein wichtiger Unterschied zu den Skaleneinschätzungen: Bei der Aufteilung der Fremdeinschätzung in einen Wahrnehmungs- und einen Projektionsanteil ergibt sich der Befund, daß bei der Einschätzung geschlechtlicher Übererregbarkeit und von Unterleibsschmerzen des Mannes durch die Frau der projektive Anteil der Einschätzung sehr hoch wird, bei „Unterleibsschmerzen" sogar überwiegt. Das heißt, daß hier der Partner mehr nach dem eigenen Bild des Beurteilers eingeschätzt wird als danach, wie er sich selbst sieht. Es liegt sehr nahe, diesen Befund dahingehend zu interpretieren, daß die eigene Haltung zu dem Körperteil, der sich als unzuverlässig und störanfällig erwiesen hat, im Nachhinein noch auf die Einschätzung des Partners auswirkt.

Bei Studie 2 finden sich bei den ehemals kranken Männern 22 signifikant erhöhte Beschwerden, unter den besonders deutlich erhöhten Beschwerden findet sich neben zu Skalen gehörigen Items auch Unterleibsschmerzen, auch hier ein Befund, der im Zusammenhang mit der Erkrankung zu sehen ist: Der Unterleib war krank und fordert noch nach Jahren Aufmerksamkeit. Auffällig ist hier, daß bei den Partnerinnen Körperbeschwerden nicht erhöht empfunden werden. Dem Körper des Mannes gilt mehr Aufmerksamkeit, seine Beschwerden werden von der Frau sogar in einer Skala überschätzt, wohingegen er ihre Beschwerden in 2 Skalen noch unterschätzt. Eine gemeinsame Steigerung des Beschwerdenempfindens, wie bei den ehemals kranken Frauen, ist hier nicht anzutreffen. Das Leiden verbleibt beim ehemals Kranken, es wird nicht in der Weise geteilt, wie dies bei den ehemals kranken Frauen der Fall war. Dennoch gilt auch hier, daß die gegenseitigen Einschätzungen gut mit der Selbsteinschätzung übereinstimmen; Empathie ist trotzdem vorhanden. Bei den Skalen sind die projektiven Anteile gering.

Auch hier werden die Angaben zu den Items untersucht, die den Bereich der Sexualität betreffen. Die Frauen nehmen geschlechtliche Übererregung, Untererregung sowie deren Unterleibsschmerzen fast ohne projektiven Anteil wahr. Anders bei den Männern. Bei deren Einschätzung von Unterleibsschmerzen und geschlechtlicher Übererregung ihrer Partnerinnen kommen starke projektive Anteile zum Tragen, die auch in dieser Stichprobe ein Zeichen dafür sind, daß der eigene Bezug zum ehemals kranken Körperteil den Blick für die tatsächliche Situation des Partners verstellt.

In der Psychopathologie beinhaltet das Konfliktmodell der Symptomentstehung, daß Orte eigener Konflikthaftigkeit die Fremdwahrnehmung beeinträchtigen. Daher sind Projektionen und Übertragungen Bestandteil jeder Neurose. Hier zeigt sich nun, daß solche Mechanismen durchaus auch bei der Verarbeitung eines im Erwachsenenalters auftretenden körperlichen Traumas eingesetzt werden.

Der Körper hat den Menschen, der an einem Karzinom erkrankt war, im Stich gelassen. Im vorliegenden Fall traf es die Menschen an einer Stelle, die untrennbar mit der Fortpflanzungsfähigkeit und der geschlechtlichen Identität verbunden ist, an einem für das Selbstwertgefühl zentralen Ort. Außerdem ist das Genitale ja der Körperteil, mit dem sich Mann und Frau am innigsten begegnen, wo sie nicht nur metaphorisch, sondern buchstäblich eins werden und ineinandergehen, so daß im Falle einer Krankheit an dieser Stelle die sexuelle Kommunikation gestört sein kann. Spätestens hier wird klar, warum der Partner in alle Überlegungen zur Krankheitsverarbeitung einbezogen werden muß. Zwischen den Partnern sind in beiden Studien Prozesse gegenseitiger Identifikation und Angleichung abgelaufen, die über das übliche Ausmaß hinausgehen. Die Studien unterscheiden sich aber darin, daß die Partner der ehemals kranken Frauen in ihrer Klagsamkeit deutlich gesteigert sind, wohingegen ein vergleichbarer Befund bei den ehemals kranken Männern fehlt.

Vermehrte Erschöpfung, gesteigerte Gliederschmerzen und erhöhter Beschwerdedruck weisen auf eine Überbelastung der Männer hin. Deren Frauen zeigen keine Beeinträchtigung durch die Erkrankung ihrer Männer. Auch ist hier die gegenseitige Angleichung geringer. Daß hier das Leiden weniger geteilt wird, kann Ausdruck einer stärker auf Autonomie eingestellten Haltung der Männer sein. Insgesamt ist das

Beschwerdebild bei den ehemals kranken Männern und ihren Frauen unauffälliger, das Beschwerdeniveau in dieser Studie ist geringer.

Die Angleichungen interpretieren wir als eine gemeinsame Antwort des Ehepaares auf die Bedrohung des Lebens durch eine maligne Erkrankung. Sie ist ein identifikatorischer Abwehrprozeß, der, wenn in seiner Folge mehr Gemeinsamkeiten wahrgenommen werden, für den einzelnen als Konsequenz partielle Aufgabe oder Rücknahme differenter Identität bedeutet, also eine Veränderung auch der Selbstwahrnehmung. Ist die gesteigerte gegenseitige Empathie Zeichen einer verbesserten Wahrnehmung des Partners, einer intensiven und dichten Kommunikation, die auf eine Bereicherung der Beziehung schließen läßt, so hinterläßt die gegenseitige Annäherung der Selbstbilder einen zwiespältigen Eindruck: Zwar mag das verbleibende Konfliktpotential geringer werden, und die persönliche Sicherheit in einer verunsicherten Situation größer, aber der Verzicht auf Differenz in einer Paarbeziehung schränkt die Möglichkeit zur Auseinandersetzung ein. Wer ängstlich mit einem Partner zusammenrückt, vergibt ein Stück eigenständiger Identität. Das mag ein Preis sein, der gerne bezahlt wird, wenn das Leben bedroht war. Die psychotherapeutische Bearbeitung verbleibender irrationaler Ängste könnte Mut zur Weiter-Entwicklung machen, allerdings gehören diese Patienten kaum zur psychotherapeutischen Klientel. Bei dem vorangestellten Fallbeispiel blieben erhebliche Einschränkungen für beide Partner zurück, wenngleich sie sich mit ihrer Situation arrangiert zu haben schienen: Der Verzicht auf ein Sexualleben ist für ein relativ junges Ehepaar schwer zu tragen, war aber die Lösung, die ohne psychotherapeutische Hilfe ein gemeinsames Weiterleben ermöglicht hatte.

Literatur

Abitbol MM, Davenport J (1974) Sexual dysfunction after therapy of cervical carcinoma. Am J Obstet Gynecol 119: 181

Beck A, Nikorovicz F (1980) Das Sexualleben nach Radikaloperationen des Zervixkarzinoms. Onkologie 3: 26

Brähler E, Scheer JW (1983) Der Gießener Beschwerdebogen (GBB) – Testhandbuch. Huber, Bern Stuttgart Wien

Janssen PL, Weissbach L (1978) Zur Psychosomatik behandelter Hodentumor-Patienten. Psychosom Psychoanal 24: 70

D. Verfahren zur Erfassung des Körpererlebens und von Körperbeschwerden

Konzepte, Daten und Methoden zur Analyse des Körpererlebens

P. M. Wiedemann

Einleitung

Dem Körpererleben wird neuerdings wieder mehr Interesse geschenkt. Unter persönlichkeits- und sozialpsychologischen Gesichtspunkten interessieren u. a. Dimensionen und Typiken des Körpererlebens für unterschiedliche Personengruppen und in verschiedenen Situationen (Jodelet 1984; Pervin 1976; Wiedemann et al. 1984) sowie der Zusammenhang zwischen Körpererleben und Emotionen (Fehr u. Russell 1984; Shields u. Stern 1979). In der Psychosomatik und der medizinischen Psychologie sind Fragen des Symptom- und Schmerzerlebens relevant (Pennebaker 1982), ebenso wie krankheitsspezifische Störungen des Körpererlebens und Krankheitsrisiken, die aus spezifischen Varianten des Körpererlebens resultieren. In psychotherapeutischer Hinsicht interessiert das Körpererleben vor allem als Medium bzw. Ansatzpunkt therapeutischer Veränderungsstrategien (Gendlin 1978; Perls 1978).

Die Befunde und Modelle, die damit zum Körpererleben vorliegen, sind jedoch sehr verschieden. Es fällt schwer, Zusammenhänge zu erkennen bzw. festzustellen, worin sich die verschiedenen Ansätze und Befunde im einzelnen unterscheiden. Vorhanden ist eine babylonische Sprach- und Denkverwirrung: z. B. lassen sich das Modell des Symptomerlebens von Pennebaker (1982), Leventhals (1982) Vorstellungen von Krankheitskognitionen, Fishers Body Guidance System, das Konzept der Body Boundary von Fisher (1970), die Konzeption vom Felt Sense (Gendlin 1978) kaum aufeinander beziehen. Ebenso ist es nicht einfach zu unterscheiden, welchen gemeinsamen Nenner die verschiedenen Fragebögen zum Körpererleben (Miller et al. 1981; Paulus 1982; Strauss u. Appelt 1983) haben. Die feststellbaren Unklarheiten haben, neben konzeptionellen, auch methodische Gründe; die jeweiligen Datenerhebungs- und Auswertungsverfahren konstruieren bzw. konstituieren das Körpererleben in unterschiedlichen Perspektiven. Dieser Methodenabhängigkeit wird im weiteren nachgegangen, untersucht werden soll der Konstitutionsprozeß der Daten zum Körpererleben: Welche Daten werden von welchen Verfahren erbracht und welche Aspekte des Körpererlebens in welcher Perspektive werden damit fokussiert und welche ausgeblendet?

Das Problem: Wie läßt sich das Körpererleben erfassen?

Bei aller Verschiedenheit der Verfahren, die auf das Körpererleben abzielen, werden Daten produziert bzw. hervorgelockt, die auf Introspektion beruhen und die explizit oder implizit im System der Sprache ausgedrückt sind. Sieht man vorerst von den unterschiedlichen verbalen Darstellungsformaten ab, in denen die Daten über das Körpererleben vorliegen können – die im weiteren noch eingehend betrachtet werden – so folgt daraus, daß das Körpererleben erst in der sprachlichen Symbolisierung Gestalt gewinnt und nur gedeutet zugänglich ist. Dafür lassen sich eine Reihe von kognitionspsychologischen Belegen heranziehen, die anzeigen, daß alle Wahrnehmung ein aktiver Deutungsprozeß ist (u. a. Neisser 1979). So trivial dieser Hinweis auf die Ausdeutung des Körpererlebens ist, so folgenreich sind jedoch die methodischen Konsequenzen für die Erfassung des Körpererlebens. Gedeutet wird hier 2mal: zuerst vom Untersuchten, der seine Körpererleben in Konzepte (gewöhnlich Verbalisierungen) fassen muß und dann noch einmal vom Untersucher, der diese Konzeptualisierungen des Untersuchten als Daten abbildet. Die Daten zum Körpererleben sind somit Deutungen von Deutungen. Dabei sind die Ergebnisse dieses Kommunikationsprozesses zwischen Untersuchtem und Untersucher bei der Datenerhebung zum Körpererleben verschieden, je nachdem welche diagnostischen Mittel der Untersucher hierbei verwendet. Denn mit den Datenerhebungs- und Auswertungsverfahren wird der Kommunikationsprozeß gestaltet, d. h. die Bedingungen der Kommunikation festgelegt: welche Chance der Untersuchte hat, seine Deutungen seines Körpererlebens auszudrücken, welche Aspekte vom Untersucher fokussiert und welche ausgeblendet werden und wie hoch die Korrespondenz zwischen den Deutungen des Untersuchers und des Untersuchten ist. Damit ist die Frage aufgeworfen, in welchen Daten sich das Körpererleben am besten erfassen läßt und wie der entsprechende Kommunikationsprozeß der Datengewinnung zu gestalten ist. Die Schwierigkeiten sind hierbei beträchtlich; als Beispiel möchte ich auf die Diskussion um das Alexithymiekonzept (Stephanos 1979) verweisen. Von Vertretern der französischen Schule der Psychosomatik wird – aufgrund ihrer Forschungsergebnisse – davon ausgegangen, daß Psychosomatiker unfähig sind, ihre Körpergefühle wahrzunehmen und differenziert zu beschreiben. Angenommen wird, daß psychosomatische Patienten keine Symbolbildungen vornehmen und ihr Denken und Erleben automatisch-mechanistisch bleibt. Auf der Ebene des Körpererlebens soll sich dieses Defizit als vorwiegend taktil organisiertes Körperschema ausdrücken. Cremerius et al. (1979) betrachten jedoch diese, Psychosomatikern zugeschriebenen Merkmale – die Alexithymie – als ein Artefakt, das durch eine bestimmte Form der Datenerhebung und -auswertung bewirkt wird. Nicht die Persönlichkeitsmerkmale des Kranken, sondern die Interaktionsweise mit ihm, das Untersuchungssetting und die Interviewtechnik des Diagnostikers, d. h. eine bestimmte Art der Datenerhebung und -auswertung lassen das Bild der Alexithymie zustandekommen.

Ein Blick auf die herkömmlichen Methoden zur Erfassung des Körpererlebens unterstreicht dieses Problem der Methodenabhängigkeit der Daten. Es sind nicht nur Interviews, sondern auch andere Formen der Datenerhebung, wie Tests, Fragebögen oder semantische Differentiale und die damit verbundenen Auswertungsverfahren, mit denen das Körpererleben erfaßt wird. Von der methodologischen Seite her betrachtet bedingen diese unterschiedlichen Verfahren auch jeweils verschiedene Daten und legen damit die Klasse von möglichen Aussagen über das Körpererleben fest. Die Daten unterscheiden sich in Hinblick auf das Skalenniveau, die Antwortformate, die Darstellungsschemata und den Untersuchungsansatz. Im Hinblick auf das Skalenniveau soll hier zwischen quantitativen Daten, kategorialen und verbalen Daten unterschieden werden. Quantitativ sind Daten, wenn sie mindestens Ordinalniveau besitzen; kategoriale Daten liegen auf Nominalskalen vor. Verbale Daten sind verbale Kennzeichnungen, die unterschiedlich weit ausgreifen können: von einzelnen Begriffen, über Assoziationen, wie Berichte oder Erzählungen. Die Antwortformate, die mit den verschiedenen Datenerhebungsverfahren vorgegeben werden, lassen auf seiten des Untersuchten unterschiedlichen Raum für die Darstellung des Körpererlebens. Es finden sich sowohl offene wie auch geschlossene Antwortformate (s. auch Kohli 1978). Im Falle geschlossener Antwortformate hat der Proband bestenfalls die Möglichkeit, zwischen verschiedenen Graden der Zustimmung und/oder verschiedenen vorgegebenen Antwortkategorien auszuwählen. Gerade bei einem Phänomen wie dem Körpererleben, das hochgradig subjektiv und variabel ist, kann eine solche Vorgehensweise zu irrtümlichen Unterstellungen und Verzerrungen führen: subjektive Besonderheiten werden auf diese Weise minimiert oder gar völlig eingeebnet. Offene Antwortformate geben den Probanden die Möglichkeit der Eigendarstellung und freien Beschreibung, d. h. bessere Verbalisierungschancen. Bei der Vorgabe offener Antwortformate können außerdem noch verschiedene Darstellungsschemata angezielt sein. Mit Darstellungsschemata sind Formen der Versprachlichung gemeint, wie sie im Hinblick auf verbale Daten schon genannt wurden: Kennzeichnungen mittels einzelner Konzepte, Assoziationen von Konzepten oder komplexe Schilderungen in Form von Berichten oder Erzählungen. Im einfachsten Fall werden Kennzeichnungen des Körpererlebens in Form von Stichworten (Adjektiva, Substantiva) aufgelistet; sind komplexe Schilderungen gefragt, wird der Proband aufgefordert, auszugreifen und detaillierte Ereignisse darzustellen, die mit einem bestimmten Körpererleben verknüpft waren. Durch die Wahl bzw. Fokussierung des Darstellungsschemas wird bestimmt, wie abstrakt oder konkret, wie umfassend oder beschränkt ein Phänomen wie z. B. das Körpererleben versprachlicht wird. Schließlich lassen sich Daten noch danach unterscheiden, ob subjektive und normative Untersuchungsansätze verwendet werden. „Subjektiv" meint in diesem Fall, daß versucht wird, die Perspektive des Untersuchten abzubilden; normative Ansätze gehen von einer vom Untersucher vorgegebenen Erfassungperspektive aus. Das heißt, es wird (oft fraglos) unterstellt, daß der Untersuchte auch die gleiche Sicht in bezug auf den Untersuchungsgegenstand besitzt: für ihn sind die vom Untersucher ausgewählten Datensätze in gleicher Weise relevant (und nicht andere) und er verknüpft mit ihnen die gleichen Bedeutungen. Diese Unterstellung ist aber problematisch. Eine solche normative Erfassungsperspektive liegt den faktorenanalytischen Fragebogenuntersuchungen zum Körpererleben (Strauss u. Appelt 1983; Paulus 1982) zugrunde. Damit wird unterstellt, daß das Körpererleben in Form von voneinander unabhängigen Dimensionen bzw. Faktoren vorliegt. Dem läßt sich entgegenhalten, daß wir in Gestalten wahrnehmen und daß Wahrnehmungen als komplexe Zusammenhänge konzeptualisiert und gespeichert werden – also in *Schemata* (Schank u. Abelson 1977; Abelson 1981; Schank 1982). Solche komplexen Zusammenhänge zwischen Faktoren lassen sich aber mit faktorenanalytischen Ansätzen nicht ermitteln, sie sind durch diese Methode ausgeblendet. Die Untersuchungen zu subjektiven Krankheitskonzepten, den Krankheitskognitionen

(Leventhal 1982) sprechen aber dafür, daß das Körpererleben in derartigen komplexen Erfahrungsgestalten vorliegt und nicht in singulären, voneinander unabhängigen Faktoren. Sie zeigen, daß Krankheitskognitionen als Interpretationsschemata für körperliche Zustandsveränderungen dienen und darüber hinaus auch beeinflussen, wie in der Krankheit mit dem Körper umgegangen wird. Körperliche Empfindungen, Emotionen, Kognitionen und Handeln sind also eng verknüpft. Leventhal (1982) und Leventhal et al. (1980) nehmen vier miteinander vernetzte Bereiche der kognitiven Krankheitsrepräsentation an:

- Identität (Übereinstimmung bzw. Nichtübereinstimmung des Körpererlebens mit den Konzepten, die von seiten des Arztes angeboten werden) Symptome vs. Diagnose,
- angenommener Grund der Erkrankung,
- erwartete Konsequenzen der Erkrankung,
- Erwartungen über den zeitlichen Verlauf der Erkrankung.

Von Bedeutung ist dabei vor allem der Bereich, den Leventhal „Identität“ nennt. Perzeptuell kodierte körperliche Empfindungen werden hier zu abstrakten (verbalen) Begriffen in Beziehung gesetzt. Ausgehend von Krankheitsdiagnosen (Begriffsstrukturen) können Körperkompensationen gesucht werden, anhand derer der Patient Ursachen wie auch den Erfolg von Behandlungen oder eigenen Coping-Versuchen beurteilt. Auch der umgekehrte Fall ist denkbar: für perzeptuell kodierte Körperwahrnehmungen wird eine Begriffsstruktur gesucht. Dabei kann es zu verschiedenen und auch zu Fehlinterpretationen kommen; so kann ein Empfinden in der Magengegend als Reaktionsform ohne Krankheitswert, als Zeichen für Streß oder als Hinweis auf ein Geschwür behandelt werden. Weiterhin werden das so interpretierte Körpererleben mit Vorstellungen über Ursachen, Konsequenzen und zeitlichem Verlauf verknüpft. Je nachdem, wie die Krankheitsepisoden konzeptualisiert sind – z. B. im Hinblick auf Ursachen und Konsequenzen –, kann die Bedeutung des Körpererlebens ganz verschieden sein und damit auch die Symptomwahrnehmung selbst. Ein Beispiel dafür bietet die Therapiemethode von Simonton et al. (1978) für Krebspatienten, mit der versucht wird, die Symptomwahrnehmung zu beeinflussen und darüber auch die emotionale Befindlichkeit. Das Körpererleben soll als Aufforderung zu eigeninitiiertem Handeln und nicht mehr nur als auferlegt und zum Erleiden aufgegeben begriffen werden. Ausgehend von der Beobachtung, daß sich Krebspatienten oft ihrer Krankheit hilflos ausgeliefert fühlen (die Erwartung des Todes steht im Vordergrund – nach Leventhal eine spezifische Erwartung über den Ablauf und die Konsequenzen der Krankheit), wird versucht, ein anderes Schema der Symptomwahrnehmung zu initiieren: die Krebszellen werden als Feinde visualisiert, die von den weißen Blutkörperchen (und den Medikamenten) aktiv bekämpft werden. Damit wird die Vorstellung vom Kriegführen auf die Symptomwahrnehmung übertragen, d. h. die Wahrnehmung körperlicher Prozesse durch eine Metapher strukturiert. Simonton et al. (1978) berichten, daß sie durch solche Umstrukturierungen nicht nur das Körpererleben, sondern auch das psychische Befinden und damit auch den Krankheitsverlauf positiv beeinflussen können. Der Patient erlebt sich nicht mehr so hilflos, sondern als aktive Person, die auf die Krankheit Einfluß zu nehmen vermag.

Für die Erfassung derartiger komplexer Zusammenhänge des Körpererlebens ist jedoch entscheidend, mit welchen Daten diese Zusammenhänge zwischen den verschiedenen Interpretationsbereichen festgestellt werden können, die den körperlichen Sensationen übergreifende „Bedeutungen" verleihen.

Als Fazit dieser Betrachtungen des Körpererlebens läßt sich festhalten:

1. Es zeigt sich, daß Körpererleben in umfassendere Interpretationsschemata eingepaßt ist. Das heißt, körperliche Empfindungen interagieren mit kognitiven Strukturen, die in beträchtlichem Ausmaß sowohl emotionale Reaktionen wie auch Handlungsmöglichkeiten beeinflussen.
2. Die Entdeckung solcher Zusammenhänge ist jedoch von der Datenerhebung sowie der Datenauswertung abhängig. Bestimmte Formen der Datenerhebung und -auswertung ermöglichen nur bestimmte Datenstrukturen, die die Komplexität des Körpererlebens im unterschiedlichen Maß erfassen. Verbale Daten, mit offenen Antwortformaten erhoben, die komplexe Darstellungen umfassen, eignen sich dabei am ehesten, um das subjektive Körpererleben in seiner spezifischen Eingebundenheit in Lebenszusammenhänge zu erfassen.
3. Komplexe verbale Darstellungen, wie sie in freien Interviews anfallen, werden nicht immer ausgenutzt. Noch fehlen geeignete Auswertungsverfahren bzw. sind nicht ausreichend bekannt. Gerade das Beispiel „Alexithymie" weist auf diesen Sachverhalt hin.
4. Notwendig ist deshalb ein Modell, das ausweist, wie Daten, Verfahren und die verschiedenen Aspekte des Körpererlebens aufeinander bezogen sind: welche Daten durch welche Verfahren konstituiert werden und welche Aspekte des Körpererlebens sie anzeigen.

Ein Modell des Körpererlebens

Im folgenden wird angestrebt, ein Modell zu entwickeln, das die verschiedenen Aspekte des Körpererlebens integriert. Bisherige Versuche der Ordnungsbildung (Shontz 1969; Paulus 1982) sind m. E. zu eng gefaßt oder bleiben bei ihren Klassifikationsversuchen äußerlich und vermögen nicht den inneren Zusammenhang von Aspekten des Körpererlebens zu zeigen. Das heißt, ein solches Metamodell hat die Aspekte des Körpererlebens und deren Zusammenhänge auszuweisen und anzuzeigen, welche Einstichebenen es für empirische Untersuchen gibt, die solche Zusammenhänge erfassen wollen. Damit wird versucht, eine Landkarte an die Hand zu geben, die die Auswahl von Datenerhebungsverfahren und Auswertungsverfahren erleichtert.

Die bereits zitierten Befunde zur Krankheitskognition weisen darauf hin, daß das Körpererleben keine Variable ist, die als „isolierte" Einheit vorkommt. Die Schwierigkeit solcher atomistischen Vorstellungen hat sich auch in anderen Forschungsgebieten gezeigt, beispielsweise bei den Versuchen, Faktoren der Intelligenz zu bestimmen (Jäger 1967), um damit komplexe Intelligenzleistungen erklären zu können. Solchen mechanistischen Modellen, die einzelne Faktoren und deren Zusammenwirken nach dem Bild einer Maschine entwerfen, soll hier eine Untersuchungsperspektive entgegengestellt werden, die Pepper (1970) kontextualistisch nennt. Danach ist das *Drama* als situativ zeitlich bestimmte Interaktionseinheit das Modell der Analyse. Dramen entstehen in Interaktion mit anderen, in kommunikativer und interaktiver Praxis. Sie sind Abläufe von Geschehnissen, die oft auch einen Höhepunkt – ein Ereignis – aufweisen. Etwas passiert, ist überraschend und erfordert Aufmerksamkeit und die Ausdeutung des Ereignisses. Etwa wenn bei einer Fahrt auf der Autobahn der Reifen platzt oder eine Prüfung fehlschlägt. Der Grad von Neuheit, Überraschung und Bedeutsamkeit variiert dabei: vom kritischen Lebensereignis bis hin zum Alltagsvorfall, der nur temporär von Bedeutung ist. Es gilt aber immer, daß Dramen Ursprungsszenen der Erfahrungsbildung sind; sie bilden als Erlebnisverarbeitungen den Grundstock von Erfahrungen, mit denen spätere ähnliche Ereignisse ausgedeutet werden. Ein weiterer Aspekt ist dabei von Bedeutung: die zeitliche Abgeschlossenheit von Dramen. Das heißt, Erleben ist nicht ein ununterbrochener Strom, sondern wird in dramatischen Einheiten wahrgenommen, in Abläufen, die einen Beginn und ein Ende haben, etwa eine Krankheitsepisode, ein Besuch beim Arzt, eine Reise, ein Gespräch etc. Solche Einheiten sind hierarchisch gestaffelt: während einer Reise kann ein Besuch beim Arzt nötig werden und der Arztbesuch zerfällt seinerseits in verschiedene Einheiten, von denen eine das Gespräch mit dem Arzt sein kann.

In bezug auf das Körpererleben ist ähnliches anzunehmen: auch hier sind Dramen die Analyseebene, auf die es primär ankommt. Zum einen wird der Körper nicht losgelöst von situativen Umständen erlebt, und das Körpererleben wird auf Episoden bezogen, die in irgendeiner Weise auffällig waren: es ist schwer, sich daran zu erinnern, wie man sich am 12. 2. 1980 körperlich gefühlt hat, aber möglich, zu erinnern, welche Empfindungen man bei der letzten Prüfung hatte. Es ist davon auszugehen, daß der Körper in Zusammenhang mit Situationsmerkmalen, mit bestimmten Gefühlen, bestimmten Kognitionen und Verhaltensweisen erlebt wird und auch zeitlich strukturiert ist. Thorbeckes (1979) Formulierung, daß Krankheit eine mögliche Deutung mißglückter Handlungssituationen ist, ähnelt dem Dramakonzept. In mißglückten Handlungssituationen zentriert sich die Aufmerksamkeit auf den Körper: etwa wenn ich bemerke, daß ich beim Treppensteigen einhalten muß, weil mir der Atem fehlt oder in einem Seminar nicht mehr folgen kann, weil ich mich müde und zerschlagen fühle. Solche mißglückten Handlungssituationen sind Dramen: sie umfassen objektive und subjektive Situationsmerkmale, sind zeitlich strukturiert und umfassen ein Ereignis (oder Ereignisse), das (die) zur Deutung aufgegeben ist (sind). Festzuhalten ist, daß es darauf ankommt, das Körpererleben in Verschränkung mit Handlungsabläufen zu erfassen. Dabei bieten sich drei Zeitperspektiven an:

- Es lassen sich biographische Längsschnitte betrachten, ich werde im weiteren von *Körperbiographien* sprechen.
- Es können Längsschnitte unterhalb biographischer Zeitspannen und Relevanz betrachtet werden, etwa mißglückte Handlungssituationen. Diese Einstichebene nenne ich episodische *Körpergeschichten.*
- Schließlich lassen sich Mikroprozesse des Körpererlebens, d. h. das Körpererleben in einzelnen Szenen betrachten, d. h. das *szenische Körpererleben.*

Episodische Körpergeschichten

Im weiteren sollen zuerst episodische Körpergeschichten betrachtet werden. Zu Zwecken der Analyse – um die Zusammenhänge von Situationsmerkmalen, Kognitionen, Emotionen und Körpersensationen bestimmen zu können – ist es dabei notwendig, zu demonstrieren, wie das Körpererleben sich in episodischen Körpergeschichten aufbaut.

Als Kernbestandteil des Körpererlebens im engeren Sinne fasse ich die Wahrnehmung von körperlichen Prozessen und Zuständen auf. Allerdings wird der Körper nicht permanent erlebt, er ist über weite Strecken nicht Gegenstand des Bewußtseins. Erst unter besonderen Umständen zentriert sich die Aufmerksamkeit auf ihn, und er wird *thematisch relevant*. Dabei ist jedoch zu bedenken, daß der Körper nicht abstrakt thematisch relevant wird. Nicht das Knie, der Nacken oder der Magen wird thematisch relevant, sondern ein Stechen im Knie, die Spannung im Nacken und der Druck im Magen werden wahrgenommen. Thematische Relevanz des Körpers bezieht sich also immer auf Empfindungen. Solche Empfindungen sind mit Gefühlsbewertungen bzw. emotionalen Bedeutungsgehalten verbunden; der Körper wird nicht uninterpretiert erlebt – zu den Körperempfindungen kommen Körpergefühle. Die Ausdeutung von Körperempfindungen zu Körpergefühlen werde ich in Anlehnung an A. Schütz (1982) *interpretative Relevanzen* nennen – Relevanzen, weil nur bestimmte Deutungen passen, d. h. im gegebenen Moment relevant sind. Diese interpretativen Relevanzen können unterschiedlich weit ausgreifen: sie können als *positionale* Deutungen gegeben werden, das Körpererleben wird dann auf Dimensionen wie z. B. angenehm/unangenehm, stressig/entspannend oder erregend/beruhigend verortet. Andererseits können die Deutungen *assoziativ* sein oder mehr oder minder *strukturiert* mit Analogien und Metaphern umschrieben (Das ist so wie, als ob . . .) werden.

Interpretative Relevanzen lassen sich in Anlehnung an die theoretische Begriffsbildung in der kognitiven Psychologie als Schemata verstehen (s. auch Wiedemann 1985), die bezogen auf bestimmte thematische Relevanzen des Körpererlebens Deutungen leisten. Mit der Schemakonzeption werden Interpretationsregularitäten betont, wie sie im Falle der Ausdeutung von körperlichen Empfindungen auch vorhanden sind. Darauf verweisen beispielsweise die Untersuchungen von Mason (1959), der konsistente Interpretationszusammenhänge zwischen Körperempfindungen und Körpergefühlen nachweisen konnte. Darüber hinaus besitzen die interpretativen Relevanzen des Körpererlebens nicht nur eine affektive Komponente, sondern schließen auch kognitive Leistungen ein, insbesondere Inferenzen, die sich u. a. auf Ursachen und Konsequenzen der Empfindungen beziehen (vgl. die Ausführungen über Krankheitskognitionen, S. 199 ff.). Schließlich – und darauf zielt insbesondere der Schemabegriff ab (vgl. Alba u. Hasher 1983) richten vorhandene interpretative Relevanzen auch die Wahrnehmung aus, worauf auch schon Fisher (1970, S. 580) verweist: „The kind of circuit envisioned in this model involves focus upon a body area because of its coded meaning which is congruent with a learned attitude or set; feedback from the resulting perceptually highlighted locale which reinforces the original set; consequent intensified drive to continue focussing upon that body locale which in turn might increase its degree of physiological activation . . .“.

Das Körpererleben ist auch Ausgangspunkt von Handlungsprogrammen: merke ich z. B. eine innere Unruhe, so kann ich versuchen, mich durch ein bestimmtes Handlungsprogramm, z. B. dem autogenen Training, zu entspannen. Fisher (1970) spricht in diesem Fall von einem „Body Feeling Guidance System“, das insbesondere in Krisensituationen Körpergefühle direkt mit Aktionsprogrammen koppelt. Entsprechend der Terminologie von Schütz heißen solche Handlungsabsichten, die an die thematischen und interpretativen Relevanzen anknüpfen, *motivationale Relevanzen*.

Dabei ist davon auszugehen, daß sowohl die interpretativen wie auch die motivationalen Relevanzen Kaskaden von Deutungen bzw. Handlungsabsichten umfassen. So spüre ich meinen Bauch, z. B. nehme ich einen unangenehmen Druck wahr, erlebe mich als aufgeregt und versuche mich zu beruhigen: ich kann mir gut zureden, versuchen, mich abzulenken etc. Oder ich stelle fest, daß ich einen trockenen Mund habe, Gliederschmerzen, Kopfschmerzen etc.; ich fühle mich schlapp, energielos und müde und interpretiere den Zustand als „krank". Daraus können Konsequenzen unterschiedlicher Art und Reichweite gezogen werden. Ich kann eine Aspirintablette nehmen, mich ins Bett legen oder zum Arzt gehen. Solche Handlungsprogramme sind insbesondere in der medizinischen Psychologie unter dem Stichwort der Coping-Mechanismen untersucht worden (s. Schmidt 1984).

Von seiten der kognitiven Psychologie läßt sich ein Konstrukt übernehmen, mit dem sich auch die motivationalen Relevanzen des Körpererlebens beschreiben lassen: sog. Scripts (Abelson 1981). Scripts sind routinisierte Erwartungsfahrpläne, die den Ablauf von komplexen Handlungen angeben. Im Falle des Körpererlebens kann angenommen werden, daß sie durch Körpergefühle oder übergeordnete Ziele (s. S. 206) aktiviert werden.

Tabelle 1 zeigt wie thematische, interpretative und motivationale Relevanztypen des Körpererlebens zusammengeschlossen sind und wie sich die aus der kognitiven Psychologie eingeführten Begriffe darauf beziehen. Dabei ist zu beachten, daß auf der Ebene von Körpergeschichten mit ihnen sowohl Situationsdeutungen wie auch Handlungsbezüge verbunden sind. So ist z. B. von Bedeutung, ob ich den Druck im Magen in einer Prüfungssituation empfinde oder auf dem Weg zu einem Rendezvous. Weiterhin ist nicht nebensächlich, ob ich Prüfer oder Prüfungskandidat bin. Im Falle, daß ich prüfe und vorausgesetzt, es ist für mich eine Routineangelegenheit, werde ich nach anderen Interpretationshinweisen suchen. So kann ich zu dem Schluß kommen, daß das gestrige Essen nicht gut war, oder ich mit Arbeit zu überlastet bin o. ä. Was interpretativ relevant wird, hängt vor allem davon ab, ob ein offensichtlicher Zusammenhang mit einem Ereignis vorhanden ist. Dabei spielen komplexe Erklärungsschemata (Causal Accounts, s. Kelley 1983) und Urteilsheuristiken (s. Hogarth 1980) eine entscheidende Rolle. Auf solche Zusammenhänge weist auch der bereits eingeführte Skiptbegriff hin: zusammengeschlossen sind sowohl Situationsmerkmale, Ausgangsbedingungen (etwa bestimmte thematische und interpretative Relevanzen) und auch darauf bezogene Handlungsschritte.

Auf die hier skizzierte Weise bauen sich Körpergeschichten auf, sowohl durch hochroutinisierte Deutungsprozesse, wie auch durch bewußte kognitive Interpretations- und Entscheidungsprozesse (s. Leventhal 1982). Dabei ist davon auszugehen, daß je „dichter" die Deutungen an den Körpersensationen sind (z. B. als Druckgefühl oder Stechen wahrgenommen werden), desto stärker routinisiert und unbewußter sind die Deutungen; umgekehrt gilt, daß übergeordnete Deutungen (wie: ich bin krank, welche Krankheit habe ich etc.) im stärkeren Maße bewußte Interpretations- und Entscheidungsleistungen verlangen. Körpergeschichten können danach unterschieden werden, welche Deutungsaspekte sie umfassen, bzw. wie weit sie mit übergreifenden Deutungen verknüpft sind.

Wie die anderen beiden Untersuchungsebenen des Körpererlebens – Körperbiographien und szenisches Körpererleben – sich von Körperepisoden unterscheiden, soll anhand von Psychotherapiekonzepten gezeigt werden, die mit dem Körpererleben

Tabelle 1. Strukturkomponenten des Körpererlebens

Fokus		Kognitives Analysekonzept
Thematische Relevanz	Was wird zum Thema?	
Interpretative Relevanz	Wie wird es gedeutet?	Schemata
Motivationale Relevanz	Welche Handlungsprogramme sind damit verbunden?	Skripts

arbeiten. Ich möchte auf zwei Beispiele verweisen: zum einen auf die Focusing-Technik von Gendlin (1978), zum anderen auf die Körpertherapie nach Lowen (1981).

Szenisches Körpererleben

Gendlin (1978) geht davon aus, daß Veränderungsprozesse im therapeutischen Geschehen immer einen körperlich gefühlten Erlebensprozeß beinhalten, den er Experiencing nennt. Seine Focusing-Technik zielt darauf ab, diesen Erlebensprozeß gezielt zu aktivieren und zur Veränderung einzusetzen. Der Klient wird dazu angehalten, eine Problemsituation, eine Szene zu imaginieren und auf sich einwirken zu lassen, d. h. er soll das damit verbundene körperliche Erleben in seiner Ganzheit anspüren und sich entfalten lassen. Dieses körperliche Erleben nennt Gendlin den „felt sense" der Problemsituation. Der Klient hat im weiteren seine Körpergefühle assoziativ in Wort oder Bilder zu fassen (Das ist so wie . . ., als ob . . .) und immer wieder gegen die Worte und Bilder zu prüfen, die ihm dazu einfallen. Dieser Symbolisierungsprozeß ist abgeschlossen, wenn er die passende Konzeptualisierung seines „felt sense" gefunden hat. Das Kriterium dafür ist wieder ein körperliches Ereignis: die spürbare Veränderung des „felt sense"; Gendlin bezeichnet dieses Ereignis auch als „body-shift". Soweit wird deutlich, daß beim *Focusing* mit der Mikrostruktur des Körpererlebens gearbeitet wird. Eine genauere Analysemöglichkeit dieser Mikrostruktur des Körpererlebens bietet ein Modell, das in der Literatur als Neurolinguistisches Programmieren (NLP) bekannt geworden ist (Bandler u. Grinder 1981; Dilts et al. 1980; Gordon 1978). Dieses Modell beansprucht, eine Theorie der Struktur der subjektiven Erfahrung zu geben. Subjektive Erfahrungen sind hier Konstrukte bzw. Repräsentationen von realen, imaginierten oder erinnerten Objekten, d. h. von allem, was im Bewußtsein Gegenstand werden kann. Dabei ist wesentlich, wie die Bewußtseinsgegenstände repräsentiert sind – unterschieden werden vier Formen: das visuelle, das auditive, das kinästhetische und das olfaktorische Repräsentationssystem. So kann ein komplexer Reiz primär visuell wahrgenommen und gespeichert werden, ein anderer auditiv etc. Dabei wird davon ausgegangen, daß Personen ein dominantes Repräsentationssystem besitzen, auf das sie sich am meisten verlassen (z. B. im Falle widersprüchlicher auditiver, visueller und kinästhetischer Informationen) und in dem ihre Diskriminationsfähigkeit am größten ist. Weiterhin wird angenommen, daß die verschiedenen Repräsentationssysteme miteinander verknüpft sind. Eine spezifische Repräsentation ist mit anderen verbunden und auf diese Weise bilden sich Strategien heraus, die Erlebensabläufe kennzeichnen. Gendlins Focusing-Technik baut auf solchen Strategien auf: z. B. wird eine visuelle Problemvorstellung kinästhetisch repräsentiert („felt sense") und danach wieder in visuelle oder auditive Repräsentationen umgesetzt. Auch das alltägliche Erleben ist durch solche Strategien gekennzeichnet, von denen die Vertreter des NLP annehmen, daß sie das Verhalten kontrollieren. So sieht jemand Blut und fühlt sich danach übel und wendet den Blick ab oder es hört jemand Geräusche, imaginiert danach Vorstellungen von Gefahr und verspannt sich. Oder wie es auch Proust (1953) beschreibt: der Pfiff einer Lokomotive (auditiv), der Geschmack eines Gebäcks, der Geruch eines bestimmten Parfüms (olfaktorisch) oder Körperempfindungen können Erinnerungen (visuelle oder auditive) hervorbringen, die längst vergessen waren. Das hier nur in den einfachsten Grundzügen skizzierte Modell des NLP bietet für die Untersuchung des Körpererlebens eine Reihe von Vorteilen:

- die Mikroabläufe des Körpererlebens lassen sich formal beschreiben (entsprechende Notationsschemata finden sich bei Dilts et al. 1980);
- das Körpererleben kann im Zusammenhang mit anderen Erlebensformen (Repräsentationssystemen) erfaßt werden und damit auch
- die Stellung des Körpererlebens in Strategien, d. h. in komplexen Erlebensabläufen;
- weiterhin bietet das NLP Möglichkeiten zur Bewertung und zur Veränderung von Strategien.

Körperbiographien

Lowen (1979) betrachtet, über Körpergeschichten hinausgehend, die Ebene der Körperbiographie seiner Klienten. „Der Mensch ist die Summe seiner Lebenserfahrungen, die alle in der Persönlichkeit aufgenommen und im Körper strukturiert – eingebaut – werden. Wie ein Förster die Lebensgeschichte eines Baums an den Jahresringen ablesen kann, so ist auch der bioenergetische Therapeut imstande, die Lebensgeschichte eines Menschen aus dessen Körper abzulesen" (Lowen 1979, S. 44). Als Therapeut zielt Lowen darauf ab, die biographischen Schlüsselerlebnisse und Konflikte, die den Körper – vom Körpererleben bis hin zur Körpermorphologie – geprägt haben, wieder bewußt zu machen und durchzuarbeiten.

Solche kritischen Körperereignisse bilden den Grundstock von Körperbiographien, d. h. von Darstellungen der lebensgeschichtlichen Entwicklung des Körpererlebens. Im Unterschied zu Lowen ist aber davon auszugehen, daß die kritischen Ereignisse, die in einer Körperbiographie versammelt werden, wenigstens z. T. bewußt sind, d. h. ohne therapeutische Hilfe erinnert werden können. Allerdings sind Körperbiographien ungewöhnliche Darstellungen: Wann schon wird jemand aufgefordert, über seinen Körper zu berichten? Körperbiographien lassen sich deshalb nicht so erzählen, wie etwa der berufliche und persönliche Lebenslauf, vieles ist eben vergessen oder wurde nie bewußt reflektiert. Sie sind im weitaus größeren Maße Adhoc-Konstruktionen, da kaum Erzählschablonen vorhanden sind, die angeben, welche Ereignisklassen zur Biographie des (eigenen) Körpers gehören. Im Vergleich zu biographischen Darstellungen der Persönlichkeitsentwicklung gibt es im weitaus geringeren Umfang kollektiv geteilte Normalformerwartungen: vor die Aufgabe gestellt, die Entwicklung des Körpererlebens darzustellen, ist dem so Aufgeforderten oft nicht klar, was und in welchem Umfang er hierzu im einzelnen berichten soll. Er steht vor einem Beschreibungsproblem. Es ist deshalb sinnvoll, sich zu vergegenwärtigen, welche Strukturierungsaufgaben der Erzähler prinzipiell lösen muß, wenn er seine Körperbiographie erzählen soll. Ähnlich wie bei jeder anderen Form von Biographie hat er einzelne, für ihn lebensgeschichtlich relevante Ereignisse (bestimmte Körpergeschichten) auszuwählen, aufeinander zu beziehen und in einen Rahmen einzuordnen, der den Zusammenhang der ausgewählten Geschichten deutlich macht (s. Wiedemann 1984, unveröffentl. Dissertation, TU, Berlin zu Fragen des Aufbaus biographischer Erzählungen). Solche Körpergeschichten, die Bestandteil einer biographischen Darstellung werden, können gänzlich verschieden sein: Für den einen ist das eine lang andauernde Krankheit, für den anderen ein Unfall, der seine Berufslaufbahn beendete, für den nächsten das Box- oder Kung-Fu-Training oder der erste Marathonlauf. Dabei gibt es auch Entwicklungszeiten, die ein hohes Potential an kritischen Körpergeschichten aufweisen: so etwa in der Pubertät, und hier insbesondere für die sozialen Reaktionen auf den weiblichen Gestaltwandel (s. Bernard u. Schlafer 1980). Ein anderer Lebensabschnitt mit hohem Potential für kritische Körpergeschichten ist das Alter, mit seinen körperlichen Abbauprozessen. Außerdem gibt es verschiedene Kontexte, in denen der Körper mit höherer Wahrscheinlichkeit thematisch relevant wird – z. B. Sexualität, Krankheit und Sport. Eine Körperbiographie zu erzählen erfordert nun eine Reihe von Körpergeschichten auszuwählen und nicht nur chronologisch zu ordnen, sondern auch in einen inhaltlich sinnvollen Zusammenhang zu bringen. So sind (soweit sie subjektiv bedeutsam sind) Zäsuren (etwa das Aufgeben des Leistungssports), plötzliche Wendungen, Brüche und Initiativen zu erklären, Zusammenhänge müssen deutlich gemacht werden, d. h. übergreifende Entwicklungs- und Veränderungslinien. So könnte dargestellt werden, daß es nach einer langen Krankheit „bergauf" ging, oder daß das körperliche Leistungsvermögen immer mehr nachließ. Diese Kohärenzstrukturierung von einzelnen Ereignissen bzw. deren Zusammenschluß macht den Rahmen der Körperbiographie aus, der den einzelnen Episoden Platz und somit Bedeutung am Gesamtgeschehen zuweist.

Theoretisch formuliert: Körperbiographien strukturieren sich demnach vorwiegend über die Auswahl und Verkettung von thematischen Relevanzen des Körpererlebens, darauf bezogenen Interpretationen und Handlungen und Kontexten. Im einzelnen heißt das:

- Welche Bereiche des Körpers waren/sind vorzugsweise thematisch relevant und wie haben diese sich im Lauf der bisherigen Biographie verändert?
- Gibt es typische Kontexte, in denen Körperbiographie angesiedelt ist: Leistungsstreben, Krankheit oder Schönheit?
- Welche Deutungsmuster sind vorzugsweise relevant, und wie haben sich diese entwickelt?
- Welche typischen körperbezogenen Handlungsprogramme finden sich jeweils in den verschiedenen Lebensabschnitten?

Aber nicht nur Körperepisoden sind in einer Körperbiographie präsent; ähnlich wie eine Biographie nicht allein aus der Schilderung von Handlungsepisoden aufgebaut ist (s. Wiedemann 1984, unveröffentl. Dissertation, TU Berlin), die in einem Leben vorkommen, sondern Zusammenfassungen, Ausblendungen und Verdichtungen umfaßt, ist es auch bei Körperbiographien. Auch die umfassen globale Ausdeutungen, die entsprechend den Modellvorstellungen der kognitiven Psychologie (Schank u. Abelson 1977) als Beliefs und Ziele unterschieden werden können. Beliefs sind übergeordnete

Überzeugungen (Einstellungen oder grundsätzliche persönliche Glaubenssätze), die thematische, interpretative und motivationale Relevanzen des Körpererlebens organisieren. Solch ein Belief kann z. B. heißen „Ich werde leicht krank" und damit bestimmte Fokussierungen festlegen: auf der Ebene der thematischen Relevanz des Körpererlebens die aufmerksame Registrierung von Empfindungen, auf der Ebene der interpretativen Relevanz die Ausdeutung dieser Empfindungen als Krankheitszeichen oder -gefährdungen und auf der Ebene der motivationalen Relevanzen Bündel von Zielen wie „regelmäßiger Arztbesuch", „gesunde Ernährungsweise", „kein Alkohol- und Nikotingenuß", Vermeidung von Belastungen" etc. Ziele organisieren demnach Aktivitäten; beispielsweise kann das Ziel „Ich muß abnehmen" durch verschieden komplexe Handlungsprogramme, bis u. U. hin zu Skripts, realisiert werden. So läßt sich das Ziel der Gewichtsreduktion durch ein ganzes Paket von Maßnahmen wie verschiedene Diäten, körperliche Trainings und Belastungen angehen.

Bislang sind Körperbiographien kaum systematisch untersucht worden. In der psychoanalytischen Theorie (Freud 1975) sind Ansätze zu Körperbiographien entwickelt worden, die sich jedoch auf die frühkindliche Sexualentwicklung beschränken: was hier als anale, orale und genitale Phase beschrieben wird, läßt sich als die Abfolge von komplexen Veränderungen thematischer, interpretativer und motivationaler Relevanzen des Körpererlebens fassen. Viele der in der frühen Körperbildforschung (Fisher u. Cleveland 1958) entwickelten Konstrukte nehmen ebenfalls Bezug auf die biographische Ebene. So zielt z. B. das Body Landmark Modell von Fisher (1970) auf biographisch bedeutsame (d. h. hier: dispositionelle) Zusammenhänge von thematischen und interpretativen Relevanzen des Körpererlebens ab. Fisher geht davon aus, daß bestimmte Körperzonen mit spezifischen psychologischen Themen habituell verknüpft sind. So soll etwa bei männlichen Personen die perzeptive Dominanz der Körperrückseite mit Analität verbunden sein und die thematische Betonung der rechten Körperhälfte mit heterosexueller Hemmung (weitere Einzelheiten, s. Fisher 1970, S. 571). Fisher verweist darauf, daß solche Verkettungen von typischen thematischen und interpretativen Relevanzen des Körpererlebens u. a. lebensgeschichtlich, d. h. biographisch begründet sind, ohne jedoch zu fragen, wie sich solche Zusammenhänge herausgebildet haben. Auf ähnlich globale interpretative Relevanzen, die zu situationsübergreifenden generellen Orientierungs- und Bewertungsstrukturen zusammengefaßt sind, zielen solche theoretische Konstrukte wie Körper-Selbst und Körper-Fantasy (Shontz 1974) und Body Boundary (Fisher u. Cleveland 1958) ab. Es handelt sich hier um globale Beschreibungen, die Resultate biographischer Entwicklungen sind. Allerdings ist die Aussagekraft solcher hochaggregierter Konzepte umstritten. Es ist schwer, sie zuverlässig und valide zu erfassen; sie bleiben entweder unscharf oder sind einseitig (von seiten des Untersuchers) operationalisiert; ein Problem, das auch die Selbstkonzeptforschung der Persönlichkeitspsychologie kennt. Eine Möglichkeit zur besseren Erfassung dieser globalen Orientierungs- und Bewertungseinheiten bieten Körperbiographien. Sie beinhalten auch derartige höherstufige Einheiten, aber – und das ist ihr Vorteil – in erkennbarem Bezug mit Handlungsabläufen, d. h. in ihren Entstehungs- oder Begründungszusammenhängen.

Das hier entwickelte Modell des Körpererlebens – die drei Ebenen der Erfassung und die Relevanztypen des Körpererlebens – dient im weiteren der Ableitung von Beurteilungs- und Bewertungskriterien für die Methodenwahl.

Beurteilungskriterien zur Methodenauswahl

Die Datenerhebungs- und auswertungsmethoden zur Erfassung des Körpererlebens lassen sich nach vier Kriterien beurteilen: nach dem Untersuchungsansatz, der Untersuchungsorientierung, dem angestrebten Geltungszeitraum und dem Untersuchungsfokus. Der Untersuchungsansatz (s. S. 199) kann normativ oder subjektiv ausgerichtet sein. Mit Untersuchungsorientierung ist die Entscheidung zwischen einer diachronen oder synchronen Analyse (Längs- oder Querschnitt) gemeint; im Hinblick auf die Zeitperspektive kann zwischen der biographischen, der episodischen und der szenischen Zeitebene unterscheiden werden. Schließlich können unterschiedliche Untersuchungsfoki – entsprechend der drei Relevanztypen des Körpererlebens – gewählt werden (Tabelle 2).

Anhand dieser Matrix können die Leistungseigenschaften von Methoden der Datenerhebung und -auswertung explizit gemacht und beurteilt werden, inwieweit die jeweils ausgewählte Methodik den Forschungs- bzw. Untersuchungszielen adäquat ist.

Das erste Kriterium betrifft im wesentlichen die Klasse der Datenerhebungs- und Auswertungsverfahren. Im Mittelpunkt steht dabei die Wahl eines normativen oder subjektiven Untersuchungsansatzes. Ein normativer Untersuchungsansatz legt sowohl die Inhalte wie auch die Struktur des zu untersuchenden Bereichs fest; es werden Skalen definiert, Fragenschablonen standardisiert und Antwortkategorien vorgegeben. Damit werden die Inhalte des Körpererlebens festgelegt, aber auch deren Struktur, beispielsweise durch die Annahme voneinander unabhängiger Faktoren des Körpererlebens. Subjektive Untersuchungsansätze geben dagegen keine Struktur und keine Inhalte vor, sie versuchen vielmehr, die subjektiv vorhandene Struktur und Inhalte des jeweiligen Gegenstandsbereichs zu erfassen. Das erste Beurteilungskriterium hängt eng mit der Zielsetzung der Untersuchung zusammen; in bezug auf das Körpererleben können mindestens drei verschiedene Ziele unterschieden werden: das Screening nach auffälligen, vorab definierten Merkmalen des Körpererlebens, die Exploration des Körpererlebens im Rahmen einer individuellen Einzelfalldiagnostik und die Exploration des Körpererlebens zu therapeutischen Veränderungszwecken. Zu Zwecken eines Screenings ist es hinreichend, nach Auffälligkeiten des Körpererlebens entsprechend vorab definierter Bereiche bzw. Merkmale zu suchen; dabei sind normierte Datenerhebungsmethoden mit geschlossenen Antwortformaten die Methoden der Wahl. Zur Verwendung können Fragebögen (Strauss u. Appelt 1983), Einstellungsskalen (Miller et al. 1981) oder semantische Differentiale (Feldman M. M. 1975) kommen. Je stärker die

Tabelle 2. Matrix zur Beurteilung von Analysemethoden des Körpererlebens

Untersuchungsansatz	Subjektiv	Normativ	
Untersuchungsorientierung	Diachron	Synchron	
Zeitperspektive	Biographisch	Episodisch	Szenisch
Untersuchungsfokus	Thematische Relevanz	Interpretative Relevanz	Motivationale Relevanz

Interventions- und Veränderungsdiagnostik im Vordergrund stehen, desto mehr sind explorierende Verfahren mit offenen Antwortformaten notwendig, z. B. die REP-GRID-Technik (Kelly 1955) oder offene Interviews.

Das zweite Kriterium betrifft die Anlage der Untersuchung: werden synchrone oder diachrone Daten herangezogen? Um hier einem möglichen Mißverständnis vorzubeugen: bei dieser Unterscheidung handelt es sich nicht um die Anzahl von Meßzeitpunkten (ein- vs. mehrmalige Datenerhebung), sondern darum, ob Entwicklungen bzw. Abläufe (diachrone Daten) oder Zustände (synchrone Daten) erhoben werden. Solche Zustände können Beliefs, Ziele oder Selbstkonzepte sein, die situations- und zeitübergreifend für das Körpererleben gelten. Beispielsweise ist das bei den meisten Fragebogenuntersuchungen der Fall, die Einstellungen gegenüber dem Körper, wie Risikoeinengung (Feldman M. M. 1975), körperliche Attraktivität oder körperliche Leistungsfähigkeit und Gesundheit (Paulus 1982), erfassen. Diachrone Daten betreffen dagegen Abläufe in der Zeit, die vom Befragten zusammenhängend geschildert werden. Zur Erhebung von diachronen Daten eignen sich offene Interviews, es können aber auch wie bei der Erhebung von synchronen Daten strukturierte Verfahren (Klassifikationsverfahren, s. Meinfeld 1976; Renner 1980) eingesetzt werden. Wesentlich ist jedoch, daß nicht alle Verfahren der Datenauswertung zur Analyse diachroner Daten herangezogen werden können. Gerade die im Rahmen der quantitativen Methodik entwickelten explorativen Verfahren (Faktorenanalyse, Clusteranalyse und MDS) sind nicht in der Lage, diachrone Zusammenhänge abzubilden (s. hierzu Everitt 1980; Jones 1983; Shoben 1983). Die Datenverarbeitung muß, sollen diachrone Daten ausgewertet werden, mit qualitativen Mitteln vorgehen (s. Wiedemann 1984, unveröffentl. Dissertation, TU Berlin).

Zustände sowie Abläufe des Körpererlebens lassen sich in unterschiedlichen Zeitperspektiven untersuchen: damit ist das dritte Kriterium genannt. Nach den bisherigen Überlegungen ist dabei zuerst zu entscheiden, auf welcher Einstichebene das Körpererleben betrachtet wird: werden biographische, episodische oder szenische Zeiträume untersucht? Interessieren Mikroprozesse, die beispielsweise für therapeutische Interventionen von Bedeutung sind, so fällt die Wahl auf Körperszenen; immer dann, wenn nach den Lebensumständen und der Lebensgeschichte gefragt ist, die die individuellen Besonderheiten des Körpererlebens bedingt haben, sind Körperbiographien zu untersuchen. Körpergeschichten vermitteln zwischen diesen beiden Ebenen: hier liegen Daten mittlerer Reichweite und mittlerer Detailliertheit vor, die sowohl weiter spezifiziert, wie auch hinsichtlich ihrer lebensgeschichtlichen Einbettung verfolgt werden können. Die Wahl der Zeitperspektive setzt aber im Fall von Körpergeschichten und Szenen die Berücksichtigung der jeweils übergeordneten Ebene voraus. Denn es ist zu entscheiden, welche Körpergeschichten oder -szenen, aus der Menge der möglichen, untersucht werden sollen – zu bedenken ist deren Repräsentativität. Für die Auswahl repräsentativer Körpergeschichten und Körperszenen gibt es zwei Möglichkeiten. Zum einen kann die Repräsentativität a priori, gemäß der selektiven Interessen des Untersuchers, bestimmt werden. Etwa, wenn das Körpererleben in Krankheitsfällen interessiert oder Strategien des Umgangs mit Kopfschmerzen untersucht werden sollen. Andererseits können über das „theoretical sampling" (Glaser 1978) repräsentative Episoden und Szenen ermittelt werden. Das Verfahren des „theoretical sampling" versucht, nach Prinzipien der maximalen und minimalen Kontrastierung sowohl die Extremvarianten wie auch die Prototypen von Körpergeschichten und Körperszenen aufzufinden. Beispielsweise ist für die Therapie von Anorexia-Patientinnen nicht immer die gesamte Körperbiographie von Bedeutung. Es interessieren vielmehr problematische Umgangsweisen mit dem eigenen Körper: Nach dem Prinzip der maximalen Konstrastierung werden zuerst problematische und mehr oder minder unproblematische Körpergeschichten entlang der Körperbiographie exploriert. Zeigen sich in dem so aufgespannten Feld bestimmte Regularitäten, so können diese wiederum genauer auf der Ebene der Körperszenen untersucht werden (etwa: welche Strategien dem selbstinduzierten Erbrechen zugrunde liegen oder welche zum „Ausblenden" von Hungergefühlen führen). Als die zentrale Einstichebene fungieren Körpergeschichten: sie sind die Bezugseinheit mit der besten Gestalt.

Ausgehend von solchen Körpergeschichten können Detaillierungen erfragt werden oder übergeordnete Konzepte (Körperbiographien oder situationsübergreifende Einstellungen und Bewertungen) erfaßt werden. Sowohl für die Analyse von Körperbiographien wie auch von Körperszenen sind solche Körpergeschichten relevant. Im Falle von Körperbiographien ist das offensichtlich; zusammenfassende Bewertungen oder globale Deutungen sind hier mit kritischen Körpergeschichten verbunden (oder verbindbar). Derartige Explikationen in Form von Körpergeschichten lassen die situationsübergreifenden Bewertungen und Deutungen in ihrer lebensgeschichtlichen Verankerung besser verstehen. Ebenso verhält es sich mit Körperszenen, für deren Mikroanalyse die Kenntnis des situativen Rahmens und des Episodenablaufs ebenfalls notwendig ist. Erst wenn dieser Kontext erfaßt ist, kann eine Strategieanalyse der spezifischen Umgangsweise mit Körperempfindungen durchgeführt und somit der Stellenwert von Körperempfindungen innerhalb von Erlebensabläufen festgestellt werden.

Das vierte Kriterium betrifft die Fokussierung des Relevanztypus; entsprechend der Aufgliederung nach Relevanztypen lassen sich dabei drei Möglichkeiten unterscheiden. Erstens kann die thematische Relevanz des Körpers oder einzelner Körperteile bzw. -zonen im Vordergrund stehen: beispielsweise die Frage, anhand welcher Symptome ein Patient den Verlauf seiner Krankheit beobachtet und bewertet (s. Leventhal et al. 1980), oder an welchen Körperstellen Anorexia-nervosa-Patientinnen ihr „Dicksein" messen, oder aber die Situationen/Umstände, in denen ihr Körper thematisch relevant wird.

Weiterhin können die interpretativen Relevanzen des Körpererlebens interessieren: wie in bestimmten Anforderungssituationen, mißglückten Handlungssituationen oder ähnlichen Ereignissen, in denen der Körper thematisch relevant wird, die Körperempfindungen ausgedeutet werden. Etwa im Fall von Bulimie-Patienten: welche Empfindungen in welchen Situationen als Hungergefühle interpretiert werden und welche nicht. Zweitens kann nach den interpretativen Relevanzen gefragt werden: welche übergeordneten Schemata zur Interpretation herangezogen werden. Beispielsweise wie Schmerzen, bei sog. „stillen" Herzinfarkten attribuiert werden oder aber welche Evaluationen bezüglich welcher Körperteile vorliegen. Drittens können die Handlungsinferenzen des Körpererlebens von Interesse sein, die motivationalen Relevanzen. Diese Frage ist z. B. bei Patienten mit chronischen Erkrankungen relevant: was zeichnet den „Experten der eigenen Krankheit" gegenüber den Nichtexperten aus? Welche Symptome zieht er zur Entscheidung über den jeweiligen Umgang mit der Krankheit heran? Wie reagiert er auf diese Symptome, wie interpretiert er sie und für welche Handlungspläne entscheidet er sich jeweils?

Entsprechend dieser vier Kriterien lassen sich die Leistungseigenschaften bisher angewandter Methoden zur Analyse des Körpererlebens beurteilen, und – ggfs. – deren Lücken feststellen. Am Beispiel des „body focus questionnaire" (BFQ, Fisher 1970), der auf die differentielle thematische Relevanz des Körpers abzielt, soll das im weiteren einmal demonstriert werden. Der Befragte wird aufgefordert, sich auf seine momentan vorhandenen Körperempfindungen zu konzentrieren und diese in bezug auf vorgegebene Körperteile im Paarvergleich danach zu beurteilen, welcher Teil im Augenblick deutlicher verspürt wird (z. B. Mund vs. Augen). Der BFQ ist dem normativen Untersuchungsansatz zuzurechnen, da die Körperareale und die jeweiligen Vergleiche vorgegeben werden. Nicht berücksichtigt wird, daß subjektiv andere Areale zusammengefaßt werden können, die entweder weitaus differenzierter oder grober strukturiert sein können. Weiterhin handelt es sich um eine synchrone Analyse, Veränderungen über der Zeit werden nicht beachtet. Die Konzentration auf das momentane Erleben entspricht einer Einschätzung auf der Ebene des szenischen Körpererlebens. Fisher (1970) geht jedoch davon aus, daß es sich um eine stabile Aufmerksamkeitsverteilung handelt, die als Persönlichkeitsmerkmal biographisch gültig ist. Schließlich bezieht sich der Untersuchungsfokus des BFQ eindeutig auf die thematische Relevanz des Körpers. Im weiteren sollen zwei Variationen des BFQ behandelt werden: die Veränderung der Einstichebene und der Untersuchungsorientierung. Die Untersuchung der thematischen Relevanz des Körpers auf der episodischen Ebene setzt die Einbettung in einen Handlungs- und Situationszusammenhang voraus. Beispielsweise lassen sich in Anlehnung an Versuche zu Veränderungen des Handlungs- und Denkstils unter affektiver Spannung (s. Helm 1954) experimentell Dramen erzeugen (z. B. Frustrationssituationen), bezüglich derer die Versuchspersonen nach der thematischen Relevanz einzelner Körperareale befragt werden können. Hierbei ist es auch möglich, Veränderungen der Aufmerksamkeitsverteilung über die Zeit zu erfassen. Leithäuser et al. (1980) haben ein Beispiel für die Untersuchung der thematischen Relevanz des Körpers in biographischen Zusammenhängen gegeben. Sie forderten ihre Klienten auf, ihre eigenen Körperbilder so zu malen, daß die Arbeitsbelastungen deutlich werden (Welcher Teil meines Körpers wird bei meiner Arbeit am meisten gefordert?). In anschließenden Gesprächen wurden diese zeichnerisch symbolisierten thematischen Körperrelevanzen verbalisiert und ausgedeutet.

Leistungseigenschaften und Anwendungsmöglichkeiten von Verfahrensklassen zur Analyse des Körpererlebens

Abschließend soll noch eine Orientierung über die Leistungseigenschaften und damit den Einsatz von Methoden der Analyse des Körpererlebens gegeben werden.

In Abhängigkeit davon, ob Inhalt und Struktur der Daten vorgegeben sind, wurden bislang zwei Untersuchungsansätze unterschieden: ein subjektiver und ein normativer. Nun können Inhalts- und Strukturvorgabe unabhängig voneinander erfolgen. Dementsprechend lassen sich auch drei Verfahrensklassen unterscheiden, deren Leistungseigenschaften und Anwendungsmöglichkeiten bei der Analyse des Körpererlebens im weiteren dargestellt werden sollen.

Verfahren ohne Struktur- und Inhaltsvorgabe

Verfahren ohne Struktur- und Inhaltsvorgabe zielen darauf ab, den Befragten möglichst viel Raum zur Eigendarstellung zu lassen, so daß sowohl die Inhalte wie auch die Verknüpfung (Strukturierung) der Inhalte durch den Befragten selbst vorgenommen werden kann. Welcher Interviewmethodik man sich dabei bedient, ist von der Einstichebene der Untersuchung abhängig. Im Falle der Erhebung von Körperbiographien empfiehlt sich die biographische Methode (Thomae 1968), in bezug auf Körpergeschichten das narrative Interview (Schütze 1976; Herrmanns 1980) und im Falle von Körperszenen ein fokussiertes Interview (Dilts et al. 1980). Die Erhebung von Körperbiographien stellt dabei die größten Anforderungen an den Interviewer, so daß auf einige Möglichkeiten zu deren Hervorlockung hingewiesen werden soll. Schwierigkeiten macht hier vor allem die Vermittlung eines Erzählleitfadens (d. h. die Erwartungsstrukturierung – um was es im weiteren gehen soll). Der Erzählleitfaden kann durch Fotos vorgegeben werden (damit wird auf die Veränderung der äußeren Gestalt fokussiert), durch die Vorgabe eines oder mehrerer körperbezogener Themen (z. B. Krankheit, Sexualität, Sport) oder durch die Einengung auf bestimmte Körperteile (Beine, Busen etc., s. Haug 1983) bzw. durch die Vorgabe einer Bezugsgröße (beispielsweise die Entwicklung des Körpergewichts). Schwierigkeiten bereitet die qualitative Auswertung der Interviewdaten, wenn die Strukturierung des Körpererlebens, so wie sie subjektiv gegeben ist, erfaßt werden soll. Die entsprechenden Auswertungsverfahren sind relativ aufwendig und nur mit präzisen Kenntnissen der Textlinguistik befriedigend durchzuführen. Hinweise und Beispiele, auf die hier verzichtet werden muß, geben Mayring (1983) und Wiedemann (1984, unveröffentl. Dissertation, TU Berlin; 1985; 1985, unveröffentl. Manuskript, TU Berlin). Es handelt sich dabei um die Typenanalyse (Herausarbeitung der kognitiv-emotionalen Kategorisierungsschemata), der Rahmenanalyse (Herausarbeitung der subjektiven Interpretationsrahmen größerer Erfahrungsbereiche), der Strukturanalyse (Herausarbeitung von komplexen Prozeßstrukturen von Erfahrungsabläufen) und die Metaphernanalyse (s. Wiedemann 1984, unveröffentl. Dissertation, TU Berlin).

Verfahren, wie sie hier vorgestellt sind, realisieren einen subjektiven Untersuchungsansatz. Sie eignen sich insbesondere zur Einzelfalldiagnostik und sind immer dann zu wählen, wenn eine therapiebezogenen Diagnostik notwendig ist. Einschränkungen in bezug auf die Untersuchungsorientierung, den Geltungszeitraum und den Untersuchungsfokus liegen nicht vor.

Strukturvorgebende Verfahren ohne Inhaltsvorgabe

Der Prototyp dieser Methodenklasse ist der REP-GRID-Test von Kelly (1955), der, wenn auch weitaus zugeschnittener als die oben geschilderte Verfahrensklasse, die Erfassung der subjektiven Perspektive der Untersuchten ermöglicht. Mit dem REP-GRID-Test werden keine inhaltlichen Vorgaben gemacht (etwa derart daß bestimmte Bewertungsdimensionen vorab bestimmt oder Fragen vorformuliert werden), allerdings wird eine Struktur vorgegeben. Zum besseren Verständnis der Spezifik dieser Methodenklasse ist eine genauere Schilderung der Schritte notwendig, die der REP-GRID-Test erfordert (s. Fransella u. Bannister 1977):

- Die Auswahl von Elementen, d. h. Untersuchungsgegenständen: etwa von Körperteilen oder Episoden, die mit körperlichen Erleben verbunden sind.
- Diese Elemente werden dem Untersuchten zur Beurteilung vorgelegt: gefragt sind dessen persönliche Konstrukte, d. h. Kennzeichnungen in Form von Adjektiven oder kurzen Statements, anhand derer er die Elemente beurteilt und/oder unterscheidet.
- Die Elizitierung der Konstrukte kann nach verschiedenen Methoden vorgenommen werden: sowohl über freie Interviews, aber auch über standardisierte Verfahren (Paar- und Tripel-Vergleiche der Elemente, Full-Kontext-Methode, s. Fransella u. Bannister 1977).
- Zu jedem Konstrukt wird auch dessen Konstrastpol erhoben (z. B. warm-kalt, entspannend-stressig).
- Aus allen genannten Konstruktpaaren (warm – kalt, entspannend – stressig, etc.) werden Ratingskalen gebildet.
- Anhand dieser Ratingskalen sind alle Elemente zu beurteilen.
- Die Rating-Matrix, d. h. die anhand der Rating-Skalen beurteilten Elemente – wird im Anschluß mit multivariaten Verfahren (Faktoren-, Clusteranalyse, MDS) ausgewertet (Rathod 1981).

Eine andere auf Körpererleben ausgerichtete Variante des REP-GRID-Tests ergibt sich, wenn Emotionen (Angst, Lust, Traurigkeit etc.) als Elemente vorgegeben werden, und verlangt wird, hierzu Konstrukte auf der Körperebene zu spezifizieren: entweder in Form thematischer Relevanzen (welche Körperstellen bzw. -teile sind involviert) oder in Form von Körpergefühlen, die der betreffenden Emotion zugrunde liegen. Werden Episoden oder Situationen als Elemente vorgegeben (z. B. ruhiger Winterabend, Prüfung, Krankheit etc.), können sich Schwierigkeiten mit dem REP-GRID-Verfahren bei der Erfassung des Körpererlebens ergeben. Es ist nicht zwangsläufig damit zu rechnen, daß die elizitierten Konstrukte körperbezogen sind, die Konstrukte können auch in Form allgemeiner affektiver Bewertungen gegeben werden (s. Wiedemann et al. 1984).

Eine andere Variante der Grid-Technik bezieht sich, ähnlich wie bei Feldmann M. M. (1975), auf die Vorgabe von Körperteilen als Elemente, die zu erhebenden Konstrukte beziehen sich auf die Bewertungen dieser Körperteile.

Durch das jeweilige Verfahren der Datenauswertung wird eine bestimmte Struktur der Daten zum Körpererleben festgelegt. Denn ob eine Faktorenanalyse, eine Clusteranalyse oder eine MDS (Coxan 1982) gewählt wird, immer impliziert das jeweilige Verfahren ein Modell, das das Körpererleben strukturiert. Im Falle der Faktorenanalyse ist das die Vorstellung, das Körpererleben ließe sich auf voneinander unabhängige Faktoren abbilden; bei der Clusteranalyse handelt es sich um ein taxonomisches Modell, das eine kategoriale Ordnung des Körpererlebens definiert. Bei der multidimensionalen Skalierung werden schließlich Dimensionen des Körpererlebens ermittelt. Ordnungsstrukturen, die als komplexe Erfahrungsgestalten Schemata bilden (s. S. 199), d. h. die inhaltlichen Zusammenhänge zwischen den Faktoren, Kategorien und Dimensionen angeben, lassen sich damit nicht ermitteln. Weiterhin sind diachrone Strukturen damit nicht zu entdecken, damit sind sie auch zur Analyse von Handlungsaspekten (motivationalen Relevanzen) des Körpererlebens nur eingeschränkt brauchbar. Als Anwendungsmöglichkeit dieser Verfahrensklasse ergibt sich insbesondere die Veränderungs- bzw. Evaluationsdiagnostik im Hinblick auf interpretative Relevanzen des Körpererlebens.

Struktur- und inhaltsvorgebende Verfahren

Diese Verfahrensklasse, die dem normativen Untersuchungsansatz zuzurechnen ist, dominiert z. Zt. bei der Analyse des Körpererlebens, obwohl sie die meisten Restriktionen aufweist. Beispiele hierfür sind die Fragebögen zum Körpererleben von Feldman M. M. (1975), Paulus (1982) und Strauss u. Appelt (1983). Die Inhaltsvorgabe erfolgt über die Auswahl spezifischer Items zum Körpererleben, die geschlossene Antwortformate besitzen. Die Strukturvorgabe wird, wie bei der vorherigen Verfahrensklasse, über die Wahl des Verfahrens bei der Fragebogenkonstruktion bestimmt (in der Regel eine Faktorenanalyse). Auf diese Weise werden Skalen gebildet, auf denen das Körpererleben gemessen wird. Ob diese Skalen im Einzelfall relevant sind, wird nicht geprüft. Diese Verfahrensklasse basiert damit auf der problematischen Unterstellung, daß die Faktorenstruktur der Stichprobe universell gültig ist und das individuelle Körpererleben gleichermaßen abbildet. Es wird davon ausgegangen, daß das Körpererleben verschiedenster Personen gleiche Inhalte und Struktur besitzt und je nach den individuellen Besonderheiten sich erst durch die quantitativen Ausprägungen auf diesen Dimensionen ergeben. Diese Unterstellung ist aber nur dann haltbar, wenn davon ausgegangen werden kann, daß die untersuchten Aspekte des Körpererlebens geringe interindividuelle Qualitätssprünge aufweisen.

Der Anwendungsbereich ist damit im wesentlichen auf Screeninguntersuchungen beschränkt, in dem globale Einstellungen gegenüber dem Körper oder thematische Relevanzen in Form von Symptomen oder Beschwerden erfaßt werden sollen.

Literatur

Abelson RP (1981) Psychological status of the script concept. Am Psychol 36: 715–729

Alba JW, Hasher L (1983) Is memory schematic? Psychol Bull 93/2: 203–231

Bandler R, Grinder J (1981) Die Struktur der Magie, Bd 1/2. Junfermann, Paderborn

Bernard C, Schlafer E (1980) Der Mann auf der Straße. Rowohlt, Reinbek

Coxan APM (1982) The user's guide to multidimensional scaling. Meinemann, London

Cremerius J, Hoffmann SO, Hoffmeister W, Trimborn W (1979) Die manipulierten Objekte. Ein kritischer Beitrag zur Untersuchungsmethode der französischen Schule der Psychosomatik. Psyche (Stuttg) 33,9/10: 801–828

Dilts R, Grinder J, Bandler R, Bandler LC, deLozier J (1980) Neuro-linguistic programming. The study of the structure of subjective experience. Meta, Cuperlin

Everitt B (1980) Cluster analysis. Halsted, New York

Fehr B, Russell JA (1984) Concept of emotion viewed from a prototype perspective. J Exp Psychol 113/3: 464–486

Feldman H (1975) Hypochondrie. Springer, Berlin Heidelberg New York

Feldman MM (1975) The body image and object relations: Exploration of a method utilizing grid techniques. Br J Med Psychol 48: 317–332

Fisher S (1970) Body experience in fantasy and behavior. Appleton-Century-Crofts, New York

Fisher S, Cleveland SE (1958) Body image and personality. Dover, New York

Fransella F, Bannister D (1977) A manual for repertory grid technique. Academic Press, London

Freud S (1975) Drei Abhandlungen zur Sexualtheorie. Fischer, Frankfurt/M.

Gendlin E (1978) Focusing. Everest, New York

Glaser B (1978) Theoretical sensitivity. Sociological Press, Mill Valley

Gordon D (1978) Therapeutic metaphors. Meta; Cuperin

Haug F (Hrsg) (1983) Sexualisierung der Körper. Argument Sonderband 90, Frauenforum 2. Argument-Verlag, Berlin
Helm J (1954) Über den Einfluß affektiver Spannungen auf das Denkhandeln. Psychol 154/1–2: 23–105
Hermanns H (1980) Das narrative Interview in berufsbiographisch orientierten Untersuchungen. Ms. Gesamthochschule Kassel
Hogarth RM (1980) Judgement and choice. The psychology of decision. Wiley, Chichester
Jäger AO (1967) Dimensionen der Intelligenz. Hogrefe, Göttingen
Jodelet D (1984) The representation of the body and its transformation. In: Farr RM, Moscovici S (eds) Social representation. University Press, Cambridge, pp 211–238
Jones EJ (1983) Multidimensional models of social perception, cognition and behavior. Appl Psychol Measure 7/4: 451–472
Kelley H (1983) Epiloque: Perceived causal structures. In: Jaspars J, Fincham F, Hewstone M (eds) Attribution theory and research: Conceptual, developmental and social dimensions. Academic Press, London New York, pp 388–415
Kelly G (1955) The psychology of personal constructs, vol 1. Norton, New York
Kohli M (1978) Offenes und geschlossenes Interview: Neue Argumente für eine alte Kontroverse. Soz Welt 78/1: 1–25
Leithäuser T, Senghaas-Knobloch E, Volmberg B (1980) Arbeitserfahrung und Bewußtseinsbildung. Eine sozialpsychologische Untersuchung über die subjektive Bedeutung der Arbeit in sozialen Problemsituationen. Forschungsbericht, Universität Bremen
Leventahl H (1982) Illness cognition and the perceptual-motor theory of cognition. In: Clark MS, Fiske ST (eds) Affect and cognition. Lawrence, Hillsdale
Leventhal H, Meyer H, Nerenz D (1980) The common sense representation of illness danger. In: Rachman S (ed) Medical psychology, vol 2. Pergamon, New York, pp 7–30
Lowen A (1979) Bioenergetik. Rowohlt, Reinbek
Lowen A (1981) Körperausdruck und Persönlichkeit. Kösel, München
Mason RE (1959) Three studies relating internal sensory experiences to feeling reactions. J Gen Psychol 60: 211–228
Mayring P (1983) Qualitative Inhaltsanalyse. Beltz, Weinheim
Meinfeld W (1976) Ein formaler Entwurf für die empirische Erfassung elementaren sozialen Wissens. In: Arbeitsgruppe Bielefelder Soziologen (Hrsg) Kommunikative Sozialforschung. Fink, München, S 88–158
Miller L, Murphy R, Buss A (1981) Consciousness of body: Private and public. J Pers Soc Psychol 41/2: 397–406
Neisser M (1979) Kognition und Wirklichkeit. Klett-Cotta, Stuttgart
Paulus P (1982) Zur Erfahrung des eigenen Körpers. Beltz, Weinheim
Pennebaker JW (1982) The psychology of physical symptoms. Springer, Berlin Heidelberg New York
Pepper S (1970) Root metaphors. University of California Press, Berkely
Perls F (1978) Gestalt-Therapie in Aktion. Klett-Cotta, Stuttgart
Pervin LA (1976) A free-response description approach to the analysis of person-situation interaction. J Pers Soc Psychol 34/3: 465–474
Proust M (1953) Auf der Suche nach der verlorenen Zeit. Suhrkamp, Fankfurt/M.
Rathod P (1981) Methods for the analysis of repgrid-data. In: Bonarius H, Holland R, Rosenberg S (eds) Personal construct psychology: Recent advances in theory and practices. McMillan, London, pp 117–146
Renner E (1980) Die kognitive Anthropologie. Aufbau und Grundlagen eines ethnologisch-linguistischen Paradigmas. Reimer, Berlin
Schank RC (1982) Dynamic memory. A theory of reminding and learning in computers and people. Cambridge University Press, Cambridge
Schank RC, Abelson RP (1977) Scripts, plans, goals and understanding. Erlbaum, Hillsdale
Schmidt L (1984) Psychologie in der Medizin. Thieme, Stuttgart
Schütz A (1982) Das Problem der Relevanz. Suhrkamp, Frankfurt/M.
Schütze F (1976) Zur Hervorlockung und Analyse von Erzählungen thematisch relevanter Geschichten im Rahmen der soziologischen Feldforschung. In: Arbeitsgruppe Bielefelder Soziologen (Hrsg) Kommunikative Sozialforschung. Fink, München, S 159–260
Shields SA, Stern RM (1979) Emotion: The perception of bodily change. In: Pliner P, Blankenstein KR, Spigel M (eds) Emotion in self and others. Plenum, New York, pp 83–117

Shoben EJ (1983) Application of multidimensional scaling in cognitive psychology. Appl Psychol Measure 7/4: 473–490

Shontz FC (1969) Perceptual and cognitive aspects of body experience. Academic Press, New York

Shontz FC (1974) Body image and its disorders. Int J Psychiatry Med 5: 461–472

Simonton OC, Metthews-Simonton S, Creighton JL (1978) Getting well again. Bantam, New York

Stephanos S (1979) Das Konzept der ‚penseé operatoire' und das ‚psychosomatische Phänomen'. In: Uexküll T von (Hrsg) Lehrbuch der psychosomatischen Medizin. Urban & Schwarzenberg, München, S 217–241

Strauss B, Appelt H (1983) Ein Fragebogen zur Beurteilung des eigenen Körpers. Diagnostica 24: 145–164

Thomae H (1968) Das Individuum und seine Welt. Hogrefe, Göttingen

Thorbecke R (1979) Mißglückte Handlungs- versus Krankheitssituationen. In: Sigrist J (Hrsg) Wege zum Arzt. Urban & Schwarzenberg, München, S 56–80

Wiedemann PM (1985) Deutungsmusteranalyse. In: Jüttemann G (Hrsg) Qualitative Forschung. Beltz, Weinheim (in Vorber.)

Wiedemann PM, Breckner R, Fliegener B, Janofske F, Tasche KG (1984) Zwischenbericht zum Forschungsbericht „Körpererleben in Tonräumen". TU, Berlin

*Erfahrungen mit einem Fragebogen zum Körpererleben **

B. Strauß und H. Appelt

Einleitung

Der *Fragebogen zur Beurteilung des eigenen Körpers* (Strauß u. Appelt 1983 a) wurde ursprünglich für eine spezifische Fragestellung im Rahmen einer psychoendokrinologischen Studie bei Frauen mit Hirsutismus entwickelt. Frauen mit dieser hormonbedingten Störung, deren wesentliches Symptom das Auftreten einer Körperbehaarung männlichen Typs ist, schienen aufgrund verschiedener Beobachtungen Besonderheiten im Körpererleben aufzuweisen. Eine dieser Beobachtungen stammt aus älteren Studien zum Hirsutismus (z. B. Meyer 1963 a), in denen sich zeigte, daß die Symptome der Körperbehaarung von den betroffenen Patientinnen oft als extreme Belastung erlebt werden, die weitreichende Auswirkungen auf das Selbstwertgefühl besitzen kann und nicht selten dazu führt, daß soziale Aktivitäten fast gänzlich vermieden werden. Dieses Phänomen wurde von Meyer (1963 a) als „makelzentrierter Akzeptationskomplex" bezeichnet, bei dem die Wahrnehmung eines körperlichen Makels die Akzeptanz der eigenen Person i. allg. einschränkt. Eine weitere, in diesem Zusammenhang wichtige Beobachtung, stammt von Ärzten, die Frauen mit Hirsutismus behandeln. Danach ist häufig eine Diskrepanz in der Beurteilung der Ausprägung der Symptome durch die Patientin und durch den Arzt zu beobachten, wobei die Patientinnen selbst ihre Symptome meist wesentlich ausgeprägter beurteilen als die behandelnden Ärzte (s. dazu auch Strauß u. Appelt 1984).

Aufgrund dieser Beobachtungen stellte sich die Frage, ob Patientinnen mit Hirsutismus ihren Körper möglicherweise insgesamt anders erleben, z. B. im Hinblick auf die Attraktivität oder die Identifikation mit dem eigenen Körper, und ob diese spezielle Form des Körpererlebens die Beurteilung der Symptome und die Auswirkungen der Symptomatik auf das Selbstwertgefühl determiniert. Vermutungen über Besonderheiten im Körpererleben von hirsuten Frauen wurden bereits häufiger geäußert; Versuche, diese Besonderheiten empirisch zu erfassen, wurden dagegen bislang kaum unternommen (s. z. B. Meyer 1963 b; Ross et al. 1965).

Zur Prüfung der genannten Fragestellung lagen kaum geeignete Methoden vor. In der psychologischen Literatur zum Körpererleben sind einzelne Konzepte, die mit der

* Mit Unterstützung der Deutschen Forschungsgemeinschaft im Sonderforschungsbereich 115 (Projekt C 24)

Theorie des Körpererlebens verbunden sind, sehr unscharf definiert. Eine Systematik dieser Konzepte findet sich in Tabelle 1. Danach lassen sich zwei wesentliche Ansätze unterscheiden. Der Begriff des *Körperschemas* ist mit einer wahrnehmungspsychologischen Theorie verbunden und beschreibt die Repräsentanz der Teile und Grenzen des Körpers in der Wahrnehmung einer Person. Das Ziel empirischer Untersuchungen ist nach diesem Ansatz meist die Objektivierung der subjektiven Körperwahrnehmung (Beispiele hierfür finden sich vor allem in Untersuchungen zum Körperschema von Patienten mit Eßstörungen, insbesondere Anorexia nervosa; Übersicht bei Meermann u. Fichter 1982). Eine häufig benutzte Methode zur Erfassung des Körperschemas wird z. B. von Askevold (1975) beschrieben.

Persönlichkeitspsychologische Theorien zum Körpererleben sind vor allen Dingen mit dem Begriff des *Körperbildes* („body image") verbunden (vgl. Kiener 1973). In diese Kategorie fallen die Konzepte des Körperbewußtseins, der Körperausgrenzung, der Körperbesetzung und des Körpererlebens. Unter *Körperbewußtsein* versteht z. B. Fisher (1970) die bewußte, verbale Repräsentation einzelner Körpermerkmale. Fisher entwickelte mit dem sog. „body prominence score" oder dem „body focus questionnaire" Methoden zur Erfassung dieses Konstrukts. Das Konzept der *Körperausgrenzung* wurde vor allem von Fisher u. Cleveland (1968) ausführlich beschrieben. Dieses Konzept ist Bestandteil einer komplexen Theorie zur Persönlichkeitsentwicklung und beschreibt das Ausmaß, in dem sich ein Individuum körperlich von seiner Umwelt abgegrenzt fühlt. Als Methoden zur Erfassung von Körperausgrenzung werden von Fisher u. Cleveland projektive Formdeuteverfahren, wie Rorschach-Test und Holtzmann-Inkblot-Technik, vorgeschlagen. Aufgrund der Antworten werden Indizes gebildet, die das Ausmaß der Abgrenzung vs. Durchlässigkeit einer Person in bezug auf den Körper beschreiben. Der Begriff der *Körperbesetzung* oder *Körperkathexis* geht auf Secord u. Jourard (1953) zurück. Mit diesem Begriff ist im wesentlichen der Grad der Befriedigung mit dem Körper und mit einzelnen Körperteilen gemeint. Zur Erfassung der Körperkathexis wurde von Secord u. Jourard ein Fragebogen entwickelt, in dem das Ausmaß der Befriedigung mit einzelnen Körperteilen systematisch einzustufen ist. Das vierte unter dem persönlichkeitspsychologischen Ansatz aufzuführende Konzept ist das des *Körpererlebens*, worunter die bewußte Erfahrung und Beurteilung des Körpers als Ganzes zu verstehen ist. Ein Versuch, dieses Konzept empirisch zu erfassen, wird z. B. bei Paulus

Tabelle 1. Theoretische Konzepte zum Körpererleben

A. Körperschema	Wahrnehmungspsychologischer Ansatz Repräsentanz der Teile und Grenzen des Körpers in der Wahrnehmung einer Person
B. Körperbild	Persönlichkeitspsychologischer Ansatz
a) Körperbewußtsein (body awareness)	Bewußte, verbale Repräsentation einzelner Körpermerkmale
b) Körperausgrenzung (body boundary)	Erleben der Körpergrenzen
c) Körperkathexis body cathexis)	Grad der Befriedigung mit dem Körper und einzelne Körperteilen
d) Körpererleben (body experience)	Bewußte Erfahrung und Beurteilung des Körpers als Ganzes

(1982) beschrieben. Dieses Konzept erschien für die oben dargestellte Fragestellung am ehesten relevant und von besonderer Bedeutung im Zusammenhang mit Untersuchungen zum Körpererleben psychosomatischer Patienten.

Fragebogen zur Beurteilung des eigenen Körpers

Die Entwicklung der gegenwärtigen Form des Fragebogens zur Beurteilung des eigenen Körpers ist im Detail bei Strauß u. Appelt (1983 a) beschrieben. Einer Stichprobe von insgesamt 527 Frauen und Männern wurde die von Cormann u. Holtschoppen (1978) entwickelte Vorform des Fragebogens vorgegeben. Die gegenwärtige Version des Fragebogens umfaßt 52 Items mit folgenden drei, faktoriell gebildeten Skalen (Tabelle 2):

Die Skala „Unsicherheit/Mißempfinden" ist durch insgesamt 19 Items definiert. In dieser Skala sind vorwiegend negative Beurteilungen des Körpers enthalten: Äußerungen mangelnder Empfindsamkeit, insbesondere im Hinblick auf die Sexualität, Wunsch nach mehr körperlicher Erlebnisfähigkeit, Unsicherheit und Ablehnung des Äußeren und körperlicher Reaktionen.

Die zweite Skala „Attraktivität/Selbstvertrauen", besteht aus 13 Items und hat positive Beurteilungen des Körpers zum Inhalt. Neben Äußerungen der Zufriedenheit und Identifikation mit dem Aussehen, dem Körper, der Figur und körperlichen Merkmalen gehören hierzu Feststellungen der eigenen Attraktivität, des Vertrauens zum eigenen Körper und seinen Reaktionen.

Die Skala 3 schließlich besteht aus 20 Items und trägt die Bezeichnung „Akzentuierung des Körpers/Sensibilität". Hier wird die Bedeutung des Körperäußeren und der Körperpflege beschrieben. Die Bedeutung der Wirkung des Körpers auf andere, die Sensibilität für Äußerlichkeiten und Körpervorgänge und Sorgen um die eigene Gesundheit werden ebenfalls durch Items dieser Skala ausgedrückt.

Tabelle 2. Markieritems der drei Fragebogenskalen (+/−; Polung der Items)

Skala „Unsicherheit – Mißempfinden	
29. In der Sexualität bin ich oft wie blockiert.	+
52. Ich bin mit meinem sexuellen Empfinden zufrieden.	−
3. Ich kann mich auf meinen Körper verlassen.	−
40. Ich wünsche mir oft, mehr zu empfinden.	+
38. Oft denke ich, ich könnte mich verletzen.	+
Skala „Attraktivität – Selbstvertrauen"	
27. Ich bin mit meiner Figur zufrieden.	+
48. Ich bin stolz auf meinen Körper.	+
34. Ich kann mir nur schwer vorstellen, daß andere mich anziehend finden.	−
31. Ich bin attraktiv.	+
Skala „Akzentuierung des Körpers – Sensibilität"	
16. Ich schaue häufig in den Spiegel.	+
30. Wenn ich nicht gut aussehe, fühle ich mich unwohl.	+
21. Ich betrachte mich oft und gerne.	+
47. Wenn jemand etwas Negatives über mein Aussehen sagt, trifft es mich stark.	+
6. Wenn mich etwas beunruhigt, greift es stark auf meinen Körper über.	+

Erste Analysen dieser Skalen zeigten zufriedenstellende psychometrische Eigenschaften (s. Strauß u. Appelt 1983 a). Nachfolgend sollen zum einen Zusammenhänge der einzelnen Skalen mit anderen Merkmalen dargestellt werden, zum anderen Ergebnisse aus verschiedenen Untersuchungen, in denen der Körperfragebogen Gesunden und verschiedenen Patientengruppen vorgegeben wurde.

Ergebnisse

Zusammenhänge mit anderen Merkmalen

Die nachfolgend dargestellten Ergebnisse stützen sich auf vier verschiedene Subgruppen, bei denen unterschiedliche Zusammenhänge überprüft wurden: 64 Männer und Frauen gaben, neben der Beurteilung des eigenen Körpers, Angaben zur Befindlichkeit in der Eigenschaftswörterliste (Janke u. Debus 1978) und in einem von Baumann u. Rathje (unveröffentlicht) entwickelten Fragebogen zum momentanen Körpererleben (Tabelle 3). Dieser Fragebogen dient dazu, situationsabhängige Beurteilungen des körperlichen Erlebens zu erheben, insbesondere bezogen auf Empfindungen an einzelnen Körperteilen. Der Fragebogen enthält die Skalen „Mattigkeit", „Frische/Gelöstheit", „Erregtheit" und „Anspannung". In diesen Skalen sind z. B. Items enthalten wie „Mir zittern die Knie", „Ich spüre alle Knochen", „Ich fühle mich klar im Kopf". Der ursprüngliche Zweck dieses Fragebogens ist die Unterscheidung des Körpererlebens in bestimmten Situationen. Im hier beschriebenen Zusammenhang wurde der Bogen mit einer allgemeinen Instruktion vorgegeben („Beurteilen Sie bitte, wie Sie Ihren Körper *im allgemeinen* erleben . . .").

Für eine andere Gruppe von 85 Männern und Frauen liegen Angaben im Körperfragebogen und in der Gesamtform des Freiburger Persönlichkeitsinventars (Fahrenberg et al. 1978) vor. Eine weitere Gruppe von 29 Männern und Frauen beurteilte sich in der deutschen Übersetzung der Rathus-Selbstsicherheitsskala (Rathus 1973; Kanfer u. Goldstein 1977) und im Gießener Beschwerdebogen (Brähler u. Scheer 1983). Schließlich wurde der Körperfragebogen in einer Untersuchung vorgegeben, in der der von Brooks-Gunn u. Ruble (1979) entwickelte Fragebogen zur Einstellung zur Menstruation, anhand der Angaben von 220 Frauen, neu konstruiert und validiert werden sollte. Zusammenhänge wurden hierbei bestimmt zwischen den Skalenwerten des Körperfragebogens, den Werten in den fünf Skalen des Fragebogens „Einstellung zur Menstruation", der Einstellung zur Sexualität, gemessen mit einer Kurzform eines von Arentewicz et al. (1975) entwickelten Fragebogens und im Gießener Beschwerdebogen. Die deutsche Version des „Menstrual Attitude Questionnaire" enthält die Skalen „Menstruation als Beeinträchtigung", „Positive Sicht der Menstruation", „Verneinung von Auswirkungen der Menstruation", „Menstruation als Beeinträchtigung der Sexualität" und „Antizipation der Menstruation". Der Fragebogen „Einstellung zur Sexualität" (Arentewicz et al. 1975) enthält die Skalen „Freizügigkeit", „Geschlechtsrollennonkonformität" und „Romantizismus".

Die Richtung der Zusammenhänge der drei Skalen des Körperfragebogens mit anderen Merkmalen ist Tabelle 3 zu entnehmen. Wie die Tabelle zeigt, finden sich mit

Tabelle 3. Zusammenhänge der Skalen des „Körperfragebogens" mit anderen Merkmalen (+, signifikant positive Korrelation; –, signifikant negative Korrelation)

Unsicherheit – Mißempfinden

\+ Körperliche Beschwerden (GBB)
Anspannung (MK)
Empfindlichkeit (EWL)
Nervosität (FPI)

– Selbstsicherheit (RATHUS)
Frische, Gelöstheit (MK)
Selbstsicherheit (EWL)
(♂) Maskulinität (FPI)
Geschlechtsrollennonkonformität (EZS)

Attraktivität – Selbstvertrauen

\+ Frische, Gelöstheit (MK)
Extraversion (FPI)
Geschlechtsrollennonkonformität (EZS)

– Anspannung (MK)

Akzentuierung des Körpers – Sensibilität

\+ Körperliche Beschwerden (GBB)
Empfindlichkeit (EWL)
Nervosität (FPI)
Depressivität
Erregbarkeit
Gehemmtheit
Neurotizismus

– Selbstsicherheit (EWL)
(♂) Maskulinität (FPI)

(*BGG* Gießener Beschwerdebogen; *MK* Fragebogen zum momentanen Körpererleben; *EWL* Eigenschaftswörterliste; *FPI* Freiburger Persönlichkeitsinventar; *RATHUS* Selbstsicherheitsskala; *EZS* Einstellung zur Sexualität)

nahezu allen oben aufgeführten Merkmalen bedeutsame Zusammenhänge. Eine Ausnahme bilden lediglich die Skalen des Fragebogens „Einstellung zur Menstruation". Hier fanden sich zwar einige signifikante Korrelationen, die gemeinsame Varianz war in diesen Fällen aber selten genug, deshalb wurden diese Ergebnisse nicht weiter berücksichtigt. Weitere Zusammenhänge zwischen dem Körpererleben und speziellen Erfahrungen mit der Menstruation werden an anderer Stelle ausführlicher dargestellt (Strauß et al., in Vorbereitung; Lange 1985).

Untersuchungen an verschiedenen Gruppen

Nichtklinische Gruppen. Ein wesentlicher Befund bei der Entwicklung des Fragebogens war der eines Geschlechtsunterschieds in den Skalen „Unsicherheit Mißempfinden" und „Akzentuierung des Körpers/Sensibilität". Frauen äußerten sich insgesamt unsicherer in ihrem Körpererleben, legten mehr Wert auf Äußeres und beschrieben sich körperlich sensibler als Männer. Geschlechtsunterschiede in der Beurteilung der Attraktivität und

Tabelle 4. Übersicht über die verschiedenen Gruppen, die bisher mit dem Fragebogen untersucht wurden

„Nichtklinische" Gruppen		
a) *Frauen, die verschiedene Kontrazeptive benutzen*		
Diaphragma	n = 155	
Spirale	n = 78	
Pille	n = 33	
b) *„Pillenmüde" vs. „nicht pillenmüde" Studentinnen*		
„nicht pillenmüde"	n = 105	
„pillenmüde"	n = 85	
c) *Teilnehmerinnen an Yoga- und Fitnesskursen (Männer und Frauen)*		
Yoga	n = 20	
Fitness	n = 20	
Vergleich	n = 20	
„Klinische Gruppen"		
	Frauen	*Männer*
Hirsutismus (50 in Behandlung, 50 ohne Behandlung)	n = 100	
Anorexia nervos	n = 27	
Adipositas	n = 15	
Sexuelle Funktionsstörungen	n = 23	n = 20
Alkoholabhängige	n = 50	

der Zufriedenheit mit dem Körper fanden sich nicht. Aufgrund dieses Befunds wurde bei den nachfolgend dargestellten Studien darauf geachtet, Gruppen nach dem Geschlecht zu parallelisieren (Tabelle 4). Ebenso erfolgte eine Parallelisierung nach Schulbildung und Alter, Variable, die sich ebenfalls bedeutsam auf die Beurteilung des Körpers auswirkten (Strauß u. Appelt 1983 a).

Mittlerweile liegen Ergebnisse für verschiedene Subgruppen gesunder Probanden vor. In einer Studie wurden Frauen befragt, die unterschiedliche Kontrazeptiva benutzten (155 Frauen, die das Diaphragma, 78 Frauen, die die Pille und 33 Frauen, die die Spirale verwandten; s. dazu Appelt et al. 1984; Appelt u. Strauß 1985). In einer Studie zur „Pillenmüdigkeit" wurden ferner Studentinnen (n = 105), die die Pille einnahmen, mit einer gleichaltrigen Studentinnengruppe verglichen, die die Pille seit einiger Zeit abgesetzt hatte (n = 85) (Ulrich 1984). Dabei wurde die Hypothese überprüft, wonach Frauen, die sich für natürliche Verhütungsmittel entscheiden, ihren Körper anders beurteilen als Frauen, die hormonale Kontrazeption benutzen. Die Ergebnisse (Tabelle 5) widersprechen dieser Hypothese. Es fand sich kein Unterschied zwischen den beiden untersuchten Gruppen.

Eine weitere Hypothese wurde an einer Gruppe von Frauen und Männern überprüft, die an Yoga- (n = 20) bzw. Fitness-Kursen (n = 20) teilnahmen. Diese beiden Gruppen wurden mit einer parallelisierten Kontrollgruppe verglichen. Auch hier wurde vermutet, daß Personen, die sich in ihrer Freizeit besonders mit dem Körper beschäftigen, ihren Körper anders beurteilen als Vergleichspersonen. Auch diese Annahme konnte nicht bestätigt werden (vgl. Tabelle 5). In keiner der drei Skalen fanden sich also Unterschiede zwischen den erwähnten Gruppen, was darauf hindeutet, daß die Skalenwerte nur mäßig zwischen gesunden Personen differenzieren.

Tabelle 5. Skalenmittelwerte für unterschiedliche „klinische" und „nichtklinische" Gruppen (VG = paralellisierte Vergleichsgruppe)

Gruppe	n	Unsicherheit – Mißempfinden $\bar{x}$(s)	Attraktivität – Selbstvertrauen $\bar{x}$(s)	Akzentuierung d. Körpers Sensibilität $\bar{x}$(s)
Eichstichprobe				
Gesamt	527	5,32(4,09)	8,91(2,91)	11,11(3,77)
Frauen	364	5,76(4,09)	8,95(2,97)	11,83(3,62)
Männer	163	4,36(3,70)	8,80(2,79)	9,54(3,62)
„Nichtklinische" Gruppen				
Diaphragma	155	5,20(3,17)	9,81(2,69)	13,20(3,14)
Pille	78	5,17(3,95)	9,34(3,21)	12,44(3,35)
Spirale	33	5,08(3,17)	9,05(2,77)	12,41(3,05)
„pillenmüde"	85	4,33(2,98)	9,55(2,94)	12,46(3,17)
„nicht pillenmüde"	105	4,81(3,24)	9,47(2,83)	11,94(3,35)
Yogakurs	20	4,10(2,63)	8,65(3,01)	11,60(2,76)
Fitnesskurs	20	5,15(3,23)	8,55(3,41)	11,95(3,22)
(VG)	20	5,55(3,47)	9,63(2,14)	11,60(3,24)
„Klinische" Gruppen				
Hirsutismus in Behandlung	50	7,02(4,07)	6,50(3,22)	11,57(2,61)
nicht in Behandlung	50	8,17(5,10)	5,70(3,98)	12,33(3,49)
(VG)	50	4,86(3,20)	9,04(3,79)	13,28(3,12)
Anorexie	27	8,86(3,57)	5,04(2,49)	11,88(3,11)
(VG)	27	4,36(2,88)	9,92(3,01)	12,23(3,24)
Adipositas	15	6,85(2,98)	3,58(3,01)	12,67(3,68)
(VG)	15	5,70(3,14)	7,50(2,33)	11,05(3,41)
Sexuelle Funktionsstörungen				
Frauen	23	9,13(3,75)	8,19(3,09)	12,18(3,68)
Männer	20	5,26(3,19)	9,35(2,76)	9,65(3,80)
Alkoholabhängige Frauen	50	7,70(4,50)	6,02(3,64)	13,72(2,68)
(VG)	50	5,82(3,99)	8,53(3,34)	11,78(3,33)

Klinische Gruppen. Die wesentlichen Ergebnisse bisher vorliegender Untersuchungen unterschiedlicher klinischer Gruppen sind in Tabelle 5 und Abb. 3 zusammenfassend dargestellt.

Frauen mit Hirsutismus. Bisher wurden zwei, jeweils 50 Patientinnen umfassende Gruppen hirsuter Frauen untersucht. Die eine Gruppe war zum Zeitpunkt der Befragung bereits in Behandlung mit Antiandrogenen, die andere Gruppe war für diese Behandlung indiziert (vgl. Strauß u. Appelt 1983 b). Die beiden Gruppen wurden mit einer annähernd parallelisierten Kontrollgruppe verglichen, die über gynäkologische Praxen erreicht wurde. Die Ergebnisse zeigen, daß beide Gruppen von Patientinnen mit Hirsutismus sich deutlich von der Vergleichsgruppe unterscheiden, und zwar in den Aspekten „Unsicherheit/Mißempfinden", wo beide Gruppen erhöhte Werte aufweisen, und in der Skala „Attraktivität/Selbstvertrauen", wo sich beide Gruppe vergleichsweise niedrig einschätzen. Die Gruppe der Patientinnen, die sich in Behandlung befand, wies in der dritten Skala des Fragebogens „Akzentuierung des Körpers/Sensibilität" signifikant niedrigere Werte auf als die Kontrollgruppe.

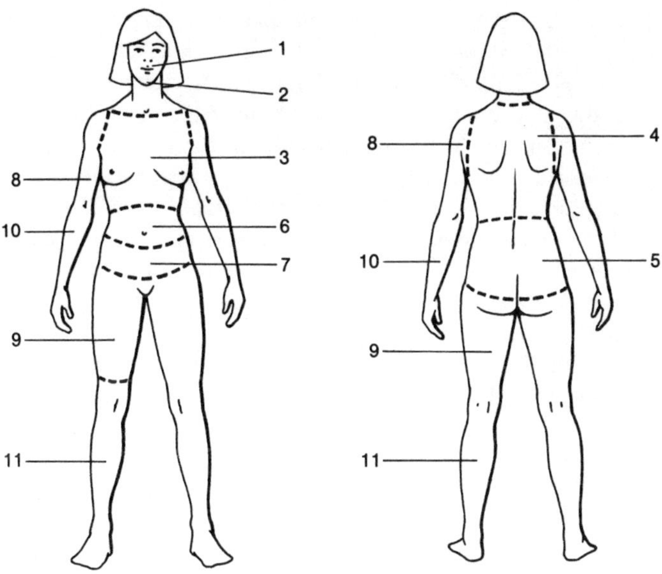

Abb. 1. Schema zur Beurteilung des Körperhaarwuchses nach Ferriman u. Gallwey (1961). Für jeden der elf Körperteile ist das Ausmaß der Körperbehaarung auf einer 7-Punkte-Skala einzuschätzen. Analog dazu soll die Belastung, die aus der Behaarung resultiert, subjektiv beurteilt werden

Wie eingangs erwähnt, waren in der Untersuchung zum Hirsutismus insbesondere Zusammenhänge zwischen dem Körpererleben der Patientinnen und der Beurteilung ihrer Symptome, d. h. der Körperbehaarung interessant. Die Symptombeurteilung wurde auf einer modifizierten Form der Skala von Ferriman u. Gallwey (1961) vorgenommen (s. Abb. 1). Dabei ist, getrennt für elf Körperteile, die Ausprägung der Behaarung sowie die dadurch erlebte Belastung auf einer 7-Punkte-Skala einzustufen. Die Korrelation der Symptombeurteilung bzw. Belastung durch die Symptome, gemittelt über sämtliche Körperteile, steht in signifikant negativem Zusammenhang mit der Skala „Attraktivität/Selbstvertrauen" ($r = -0{,}36$ für Symptombeurteilung; $r = -0{,}38$ für die Belastung; $p < 0{,}05$). Eine signifikant positive Korrelation beider Aspekte fand sich mit der Skala „Akzentuierung des Körpers/Sensibilität" ($r = 0{,}42$ bzw. $r = 0{,}37$; $p < 0{,}05$). Die anfangs erwähnte Hypothese einer Besonderheit im Körpererleben hirsuter Patienten hat sich dabei also bestätigt (s. auch Strauß u. Appelt 1984).

Frauen mit Magersucht bzw. Fettsucht. Die Ergebnisse für Gruppen mit Eßstörungen sind an anderer Stelle bereits ausführlich dargestellt (Strauß u. Appelt 1983 a). Die 27 von uns untersuchten Patientinnen mit Anorexia nervosa unterschieden sich signifikant von einer parallelisierten Vergleichsgruppe in den Bereichen „Unsicherheit/Mißempfinden" (deutlich höhere Werte) und der Beurteilung der Attraktivität und des körperlichen Selbstvertrauens (deutlich niedrigere Werte). Eine Gruppe von adipösen Frauen, die sich zum Zeitpunkt der Untersuchung in einer Gruppentherapie wegen ihres Übergewichts befanden, unterschied sich lediglich in der Skala „Attraktivität/Selbstvertrauen" von der Vergleichsgruppe. Die insgesamt 15 adipösen Frauen schätzten ihre Attraktivität deutlich niedriger ein als die Vergleichspersonen.

Frauen und Männer mit sexuellen Funktionsstörungen. Jeweils eine Gruppe von Frauen (n = 23) und Männern (n = 20) mit unterschiedlichen sexuellen Funktionsstörungen wurden ebenfalls mit dem Körperfragebogen untersucht (Abb. 2). Die Ergebnisse zeigen, daß sowohl Männer als auch Frauen im Vergleich zur Eichstichprobe mehr körperliche Unsicherheit und Mißempfinden äußern, sich in den beiden anderen Skalen aber nicht unterschieden. Von besonderem Interesse waren bei dieser Gruppe Veränderungen der Beurteilung des eigenen Körpers im Verlaufe einer Therapie. 10 Paare, die in einem Zeitraum von 3 Wochen an einer massierten Therapie nach Arentewicz u. Schmidt (1980) teilnahmen, wurden zu Beginn und am Ende der Therapie mit dem Fragebogen befragt. 10 Personen waren als „Symptomträger" deklariert, d. h. dies waren die Partner, die das sexuelle Symptom vorbrachten. Die anderen 10 wiesen keine offenkundige sexuelle Störung auf. Prä-Post-Vergleiche der Skalenwerte der beiden Gruppen (vgl. Abb. 2) zeigen, daß sich die „Symptomträger" im Verlaufe der Therapie in den Bereichen

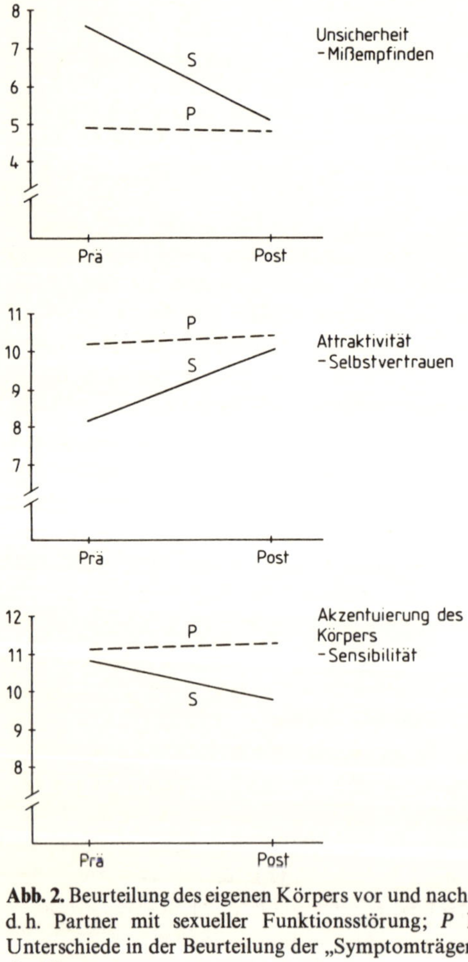

Abb. 2. Beurteilung des eigenen Körpers vor und nach einer 3wöchigen Paartherapie: *S* Symptomträger, d. h. Partner mit sexueller Funktionsstörung; *P* Partner ohne sexuelle Störung. Die Prä-Post-Unterschiede in der Beurteilung der „Symptomträger" (Skala 1 und Skala 2) sind auf dem 5%-Niveau signifikant

„Unsicherheit/Mißempfinden“ und „Attraktivität/Selbstvertrauen“ ihren Partnern „angleichen“ und somit signifikante Veränderungen in diesen Bereichen zeigen. In der dritten Skala ergaben sich keine signifikanten Prä-Post-Unterschiede. Auffällig ist, daß die „ungestörten“ Partner bei Beginn und Ende der Therapie annähernd gleiche Beurteilungen ihres Körpererlebens angaben.

Alkoholkranke Frauen. In einer Untersuchung zur Sexualität alkoholkranker Frauen (Scherotzki-Hanninger et al., in Vorbereitung) wurde der Fragebogen zur Beurteilung des eigenen Körpers ebenfalls mit vorgegeben. Vergleiche mit einer Kontrollgruppe von Frauen aus gynäkologischen Praxen, die mit den Alkoholkranken nach Alter und sozialer Schicht weitgehend vergleichbar waren, ergaben, daß die Alkoholikerinnen etwas mehr Mißempfinden bzw. Unsicherheit äußerten und sich als etwas weniger attraktiv einschätzten. Diese Unterschiede waren statistisch allerdings nicht signifikant. Signifikant war dagegen der Unterschied in der Skala „Akzentuierung des Körpers/Sensibilität“ in der die Alkoholikerinnen höhere Werte als die Vergleichspersonen aufwiesen.

Diskussion und Zusammenfassung der Ergebnisse

Die dargestellten Ergebnisse zeigen, daß der Fragebogen zur Beurteilung des eigenen Körpers gut zwischen klinischen Gruppen und gesunden Vergleichspersonen trennt (Abb. 3). Insbesondere der Inhalt der Skala mit der Bezeichnung „Unsicherheit/Mißempfinden“ scheint für psychosomatische Patienten und Patientinnen mit

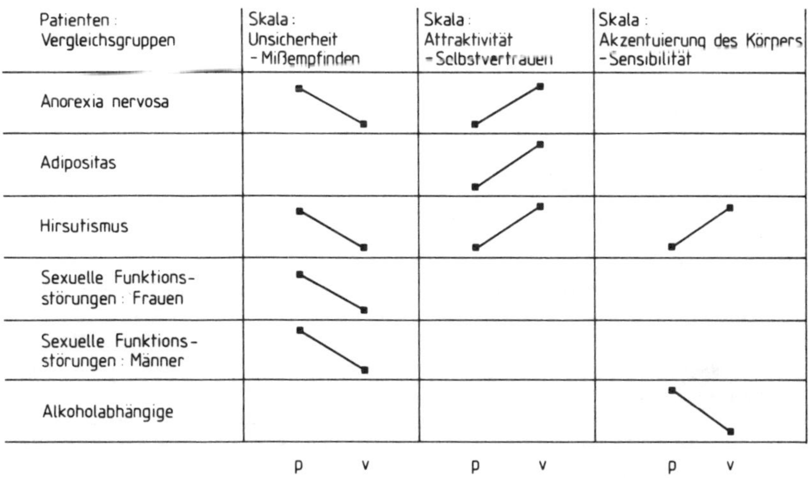

Abb. 3. Zusammenfassende Darstellung der Vergleiche diverser klinischer Gruppen (*p*) mit parallelisierten Vergleichsgruppen (*v*), getrennt nach den Skalen des Körperfragebogens. Dargestellt ist die Richtung signifkanter ($p < 0,05$) Gruppenunterschiede (t-Test)

Hirsutismus besonders bedeutsam zu sein. Die Skala „Attraktivität/Selbstvertrauen" trennt vor allem jene Gruppen von Vergleichspersonen, deren Symptomatik äußerlich sichtbar ist (z. B. Hirsutismus, Anorexie, Adipositas). In der dritten Skala „Akzentuierung des Körpers/Sensibilität" unterschieden sich lediglich Frauen mit Hirsutismus und alkoholabhängige Frauen von parallelisierten Vergleichsgruppen. Diese Skala ist dem Inhalt nach am heterogensten und deswegen wohl für klinische Fragestellungen auch am wenigsten aussagekräftig. Zusammenfassend läßt sich feststellen, daß in dem Fragebogen augenscheinlich einige klinisch relevante Aspekte des Körpererlebens erfaßt sind, die – wie die Prä-Post-Vergleiche von Personen mit sexuellen Funktionsstörungen zeigen – auch therapeutisch beeinflußbar sind. Die Diskussion der Inhalte des Fragebogens in Therapien hat sich insbesondere bei Gruppen von Patienten mit Adipositas bzw. Anorexie bewährt. Sinnvoll erscheint auch eine Auswertung auf Itemebene (siehe z. B. Strauß u. Appelt 1984). Die weitere Anwendung des Instruments im Zusammenhang mit Fragestellungen zur Beschreibung und Behandlung psychosomatisch und psychiatrisch Kranker dürfte besonders vielversprechend sein.

Literatur

Appelt H, Strauß B (1985) Die Verhütungskarriere von Frauen, die Pille, Spirale oder Diaphragma als Kontrazeptionsmethode benutzen. In: Bericht über den 34. Kongreß der Deutschen Gesellschaft für Psychologie in Wien 1984. Hogrefe, Göttingen

Appelt H, Strauß B, Iendra A, Schneider D (1984) Erfahrungen mit dem Diaphragma. Sexualpäd Familienplanung 12: 6–26

Arentewicz G, Schmidt G (1980) Sexuell gestörte Beziehungen. Springer, Berlin Heidelberg New York

Arentewicz G, Bulla R, Schoof-Tams U, Schorsch E (1975) Verhaltenstherapie sexueller Funktionsstörungen. In: Schorsch E, Schmidt G (Hrsg) Ergebnisse zur Sexualforschung. Kiepenheuer & Witsch, Köln

Askevold F (1975) Measuring body image. Psychother Psychosom 26: 71–77

Brähler E, Scheer J (1983) Der Gießener Beschwerdebogen (GBB). Huber, Bern

Brooks-Gunn J, Ruble D (1979) The menstrual attitude questionnaire. Psychosom Med 42: 503–512

Cormann G, Holtschoppen U (1978) Dimensionen des subjektiven Körpererlebens. Psycholog. Diplomarbeit, Universität Marburg

Fahrenberg J, Selg H, Hampel R (1978) Das Freiburger Persönlichkeitsinventar, 3. Aufl. Hogrefe, Göttingen

Ferriman D, Gallwey JD (1961) Clinical assessment of body hair growth in women. J Clin Endocrinol 21: 1440–1447

Fisher S (1970) Body experience in fantasy and behaviour. Appleton-Century-Croft, New York

Fisher S, Cleveland SE (1958) Body image and personality. Van Nostrand, Princetown

Janke W, Debus G (1978) Die Eigenschaftswörterliste. Hogrefe, Göttingen

Kanfer FH, Goldstein AP (1977) Möglichkeiten der Verhaltensänderung. Urban & Schwarzenberg, München

Kiener F (1973) Untersuchungen zum Körperbild. Z Klin Psychol Psychother 21: 335–351

Lange C (1985) Validierung eines Fragebogens „Einstellung zur Menstruation". Psychol. Diplomarbeit, Universität Hamburg

Meermann R, Fichter MM (1982) Störungen des Körperschemas (Body Image) bei psychischen Krankheiten – Methodik und experimentelle Ergebnisse bei Anorexia nervosa. Psychother Med Psychosom 32: 162–169

Meyer AE (1963 a) Zur Endokrinologie und Psychologie intersexueller Frauen. Enke, Stuttgart

Meyer AE (1963 b) Körperstörungen und Sexualität, dargestellt am Beispiel des gemeinen Hirsutismus. Prax Psychother 8: 1–7

Paulus P (1982) Zur Erfahrung des eigenen Körpers. Beltz, Weinheim
Rathus SA (1973) A 30-item schedule for assessing assertive behaviour. Behav Ther 4: 398–406
Ross JR, Mastrodanato RA, Cassell WA et al. (1965) Psychological problems associated with hirsutism. Int Psychiatr Clin 2: 625–640
Scherotzki-Hanninger F, Appelt H, Strauß B (in Vorbereitung) Sexuelle Erfahrungen alkoholabhängiger Frauen.
Secord PF, Jourard SM (1953) The appraisal of body cathexis and the self. J Consult Psychol 17: 343–347
Strauß B, Appelt H (1983 a) Ein Fragebogen zur Beurteilung des eigenen Körpers. Diagnostica 29/2: 145–164
Strauß B, Appelt H (1983 b) Antiandrogene in der Gynäkologie. Sexualmedizin 12: 515–518
Strauß B, Appelt H (1984) Psychologische Einflüsse auf die Beurteilung körperlicher Symptome am Beispiel des Hirsutismus. Psychother Med Psychol 34: 179–185
Strauß B, Appelt H, Lange C (in Vorbereitung) Deutsche Neukonstruktion und Validierung des „Menstrual attitude questionnaire".
Ulrich D (1984) Zum Problem der Pillenmüdigkeit. Psychol Diplomarbeit, Universität Hamburg

Der Körper im Beschwerdebild - Erfahrungen mit dem Gießener Beschwerdebogen

E. Brähler und P. Möhring

Einleitung

Auch der Körper, der sich in Beschwerden äußert, ist der Leib, der man ist, aber in besonderer Weise. Als selbstreflexive Wesen erkennen wir die Doppelrolle, die er für uns hat: Wir sind ein Körper, und wir haben einen. Wir können uns in dem Körper fühlen; mit Beschwerden fühlen wir uns unwohl. In der frühkindlichen Entwicklung gewinnen wir mit zunehmender Reife auch jene Distanz zum Körper, die uns Symbolisierung und Sprache ermöglicht. Mit fortschreitender Entfremdung sehnen wir uns nach Gefühlen und Wahrnehmungen, die uns unsere körperliche Existenz spürbar werden lassen. Beschwerden des Körpers sind allerdings lästig. Zwar versichern sie uns unseres Körpers, aber sie drängen sich auf. Die körperliche Mißempfindung ist leibnah und unangenehm, sie ist deutlicher Ausdruck dafür, daß etwas nicht stimmt. Psychotherapeuten haben ein Ohr für die Klagen ihrer Patienten, deren individuelle Bedeutung sie verstehen wollen. Sie sind es gewohnt, hinter Klagen über Körperbeschwerden mehr als eine Fehlfunktion oder Läsion eines Organs zu vermuten. Sie wissen um die mannigfachen Möglichkeiten, wie sich Lebensklagen über den Körper Ausdruck verschaffen können. So gewinnt die Äußerung von Belästigung durch Körperbeschwerden eine psychische Dimension: als Formulierung einer Klage, als Ausdruck der Leibnähe sagen sie etwas aus über die spezielle Art der Beziehung zum Körper. Es ist eine subjektive Aussage, die nicht notwendigerweise mit einem objektiven Befund korrespondiert. Während die Schulmedizin Gesundheit und Krankheit i. allg. am Vorhandensein bzw. der Abwesenheit von objektiven organischen Befunden festmachen, ist für Patienten Gesundheit, Krankheit oder Krankheitsgefühl gekoppelt an das subjektive Erleben von Körperbeschwerden (vgl. Brähler u. Scheer 1984).

In den letzten Jahren bzw. Jahrzehnten sind etliche Fragebogen zur Erfassung von körperlichen Beschwerden entwickelt und teilweise auch erprobt worden (Übersichten finden sich z. B. bei Brähler u. Scheer 1983 und Fahrenberg 1983), die teilweise auf ähnliche Wurzeln zurückgehen und Gemeinsamkeiten aufweisen, teilweise jedoch sehr heterogen in Durchführung und Anwendungsintention sind. Einige Verfahren sind über den gelegentlichen Einsatz nicht hinausgekommen, andere haben weite Verbreitung gefunden, z. B. die B-L-Liste von von Zerssen (1971, 1976), die Freiburger Beschwerdenliste FBL (Fahrenberg 1975) und der Beschwerdefragebogen (Höck u. Hess 1975). Über die FBL liegen inzwischen Gruppenvergleiche und andere Studien zur Validität vor

(Hampel u. Fahrenberg 1982). In der vorliegenden Arbeit soll über die Ergebnisse mit dem Gießener Beschwerdebogen berichtet werden. Der Gießener Beschwerdebogen (GBB, vormals BSB), ein Fragebogen zur Erfassung subjektiver körperlicher Beschwerden, wurde aus einer Vorform der HHM-Liste (Kerekjarto et al. 1972) entwickelt (Zenz 1971). Er enthält 57 Items aus den Bereichen Allgemeinbefinden, Vegetativum, Schmerzen und Emotionalität. Gefragt wird nach dem Ausmaß der Belästigung durch die Beschwerden (nicht/kaum/einigermaßen/erheblich/stark), an denen die befragte Person leidet. Nach Faktoren- und Itemanalysen anhand einer Stichprobe von 4076 Patienten der Psychosomatischen Klinik in Gießen aus den Jahren 1968–1975 und einer repräsentativen Stichprobe von 1601 Bundesbürgern wurden 4 Skalen zu je 6 Items und ein Gesamtwert aus diesen Skalen mit 24 Items entwickelt. Die Skalen sind:

(E)
Erschöpfung
(M)
Magenbeschwerden
(G)
Gliederschmerzen
(H)
Herzbeschwerden
(B)
Beschwerdedruck.

Die ersten 4 Skalen haben einen Wertebereich von minimal 0 bis maximal 24, die 5. Skala hat einen maximalen Wert von 96.

Über den GBB liegt ein Testhandbuch vor (Brähler u. Scheer 1983) und ein Tabellenbuch, in dem viele Ergebnisse dokumentiert sind (Brähler et al. 1983), sowie eine Diskussion von Einzelaspekten (Brähler u. Scheer 1984). In dieser Arbeit sollen die bislang gewonnenen Befunde zusammenfassend betrachtet und teilweise diskutiert werden. Die Fülle des Materials macht jedoch Beschränkungen notwendig und mag wegen der Zahlenhäufung den Leser zunächst erschrecken. Wir meinen aber, daß eine Übersicht den einzelnen Anwendern eine Einordnung und Relativierung der eigenen Befunde ermöglicht und mit dem gesamten Spektrum der Bedeutung von Art und Ausmaß der Belästigung durch Körperbeschwerden vertraut macht. Insbesondere wird auf die Körperbeschwerden im Kontext der Paarbeziehung eingegangen. Viele spezielle Untersuchungsergebnisse einzelner Anwender werden hier nicht referiert, sie sind meist bei den zitierten Arbeiten zu finden.

Ergebnisse von Stichprobenuntersuchungen mit dem GBB

Die Tabellen 1–3 enthalten die Mittelwerte für die 5 Skalen von Untersuchungen mit dem GBB, die uns vorliegen. Etliche weitere Untersuchungen wurden nicht einbezogen, weil uns die Ergebnisse nicht in zureichender Form zugänglich waren oder die Stichprobengrößen zu klein waren, ohne daß es sich um rare Patientengruppen handelte. Die Tabellen geben gleichzeitig einen Überblick über die Anwendungsbereiche des GBB. Er wird bei psychosomatischen und psychoneurotischen Patienten, bei verschiedenen akuten und chronischen körperlichen Leiden, in der Allgemeinpraxis, in der gynäkologischen Praxis, in Kur- und anderen Kliniken, sowie zur Befragung sozialer Gruppen eingesetzt – nicht nur in der Bundesrepublik. Diese enorme Breite der Anwendungsbereiche und Fragestellungen führt zu dem Nebeneinander unterschiedlicher Stichproben. Auch sind die diagnostischen Kriterien, die den Stichproben

Tabelle 1. GBB-Skalenmittelwertprofil für Stichproben von Frauen

	Quelle	Skala					
		n	E	M	G	H	B
Ulkus (Frankfurt) (M)	[68]	14	10,7	10,6	12,9	8,3	42,6
Psychosom. Klinik Heidelberg (stationär) I (M)	[24]	22	13,0	9,8	10,1	9,1	42,0
Mischformen Psychosom./Psychoneur. (Frankfurt) (M)	[67]	62	12,5	6,9	10,7	9,3	39,4
Depressive Patienten (Berleburg) (M)	[35]	59	12,4	5,8	9,0	9,4	36,7
Psychosom. Klinik Heidelberg (Katamnese) II (M)	[24]	22	11,0	8,5	8,2	7,6	35,4
Psychosomatosen (Frankfurt) (M)	[67]	60	10,8	6,2	9,4	7,1	33,5
Kopfschmerzpatienten (Heidelberg) (M)	[32]	36	8,8	6,2	13,7	4,8	33,5
Türkische Patientinnen bei Gynäkologen (Hamburg)	[73]	76	9,8	5,3	10,4	7,4	32,9
Psychosom./Psychother. Ambulanz Ulm (M)	[39]	494	10,9	5,5	8,6	7,6	32,6
Kurklinik Bad Nauheim (Aufnahme) I (M)	[12]	73	11,3	4,4	9,2	6,9	31,9
Kopfschmerzpatientinnen (Gießen) (M)	[80]	25	8,4	6,3	13,4	3,6	31,8
Fettstoffwechsel ohne Infarkt	[48]	44	8,6	5,6	11,3	6,1	31,5
Psychosom./Psychother. Ambulanz Gießen (M)	[15]	2011	10,7	8,0	5,4	7,0	31,2
Psychosom. Klinik Gießen (stationär) (M)	[41]	20	10,4	4,6	7,7	8,4	31,0
Herzklappenoperierte (Katamnese) (M)	[44]	85	9,3	4,2	9,2	7,6	30,2
Herzoperationen (präoperativ) I (M)	[23]	21	8,2	5,8	7.1	9,1	30,2
Operatives Hypophyseadenom (M)	[74]	23	10,5	4,8	9,8	4,7	29,8
Herzoperationen (6-Jahres-Katamnese) III (M)	[54]	18	8,5	4,8	8,4	8,1	29,8
Herzkatheterpatientinnen (M)	[76]	21	9,5	3,0	8,3	8,7	29,5
Frauen von Koronarpatienten mit OP	[7]	10	7,7	6,1	10,6	5,0	29,4
Frauen nach Hysterektomie (Wien)	[63]	33	7,4	6,3	9,7	5,3	28,6
Frauen nach Kürrettage o. Gallenblasen-Op (Wien)	[63]	118	7,8	4,6	9,7	5,8	27,8
Genitalkarzinom (5–10-Jahres-Überleben) (P)	[61]	46	8,0	4,1	10,0	5,3	27,4
Frauen von Koronarpatienten ohne Op	[7]	15	6,5	4,3	11,0	5,1	26,9
Mastektomiepatientinnen (Marburg) (P)	[55]	40	7,6	3,5	9,1	6,7	26,8
Psychother. Studentenberatung Gießen (M)	[12]	498	10,4	4,9	5,9	5,5	26,2
Herzinfarkt (Entlassung Intensivstation) (M)	[49]	11	9,6	3,6	6,8	5,9	25,9
Gefäßerkrankte (M)	[9]	18	7,4	3,6	8,8	4,7	24,5
Genitalkarzinom (10-Jahres-Überleben) (P)	[62]	60	6,6	4,2	9,1	4,5	24,4
Arthritis (M)	[5]	61	7,4	2,9	10,9	3,2	24,3
Frauen nach Hysterektomie (Marburg)	[83]	41	5,2	3,6	9,6	5,1	23,5
Partnerinnen von Ulkuskranken (Frankfurt)	[68]	45	7,3	4,1	6,9	5,1	23,4
Frauen von Männern mit Herzinfarkt	[7]	25	6,1	3,4	9,2	4,4	23,1
Paarambulanz Wien (P)	[70]	60	7,8	3,0	6,4	5,2	22,3
Herzoperationen (postoperativ) II (M)	[23]	21	8,5	3,5	6,0	4,2	22,1
Paargruppenanwärterinnen (P)	[57]	38	8,3	3,4	5,8	4,4	21,9
Sekundäre Amonorrhö	[8]	26	7,5	3,1	6,4	4,9	21,9
Kurklinik Bad Nauheim (Entlassung) II (M)	[12]	73	7,9	3,1	6,3	4,3	21,5
Paarambulanz Gießen (P)	[12]	170	7,3	3,4	5,6	4,6	21,0
Frauen vor Paarkurztherapie I (P)	[82]	38	7,3	3,1	6,3	3,8	20,6
Gynäkologische Praxis	[50]	48	5,4	3,9	7,3	4,0	20,5
Patientinnen einer Allgemeinpraxis (M)	[16]	53	5,7	2,9	7,6	3,9	20,1
Schülerinnen 12–14 J. (M)	[85]	61	5,9	3,4	5,4	4,9	19,7
Partnerinnen von Hodenkarzinompatienten	[61]	57	5,5	3,3	7,1	3,8	19,7
Schwangere	[83]	50	6,8	3,0	6,5	3,0	18,5
Eichstichprobe (M)	[9]	834	5,6	2,7	6,5	3,4	18,2
Poliklinik Gynäkologie (Marburg)	[83]	62	4,2	2,9	7,5	3,5	18,1
Partnerinnen von Stationspat. Psychosom. (Gießen)	[41]	23	5,6	2,7	6,0	3,8	18,1
Repräsentative Ehepaarerhebung (P)	[9]	201	5,2	2,7	6,3	3,0	17,2
Frauen nach Paarkurztherapie II (M)	[82]	38	6,8	2,2	5,9	2,4	17,2
Frauen mit Blutungsstörungen (Marburg)	[83]	31	4,5	3,6	5,7	3,2	17,0
Mütter gestörter Kinder (Familienambulanz) (M)	[64]	152	4,6	2,0	5,9	3,2	15,7
Frauen der Hormonsprechstunde (Marburg)	[83]	23	5,4	2,4	5,3	2,4	15,5
Sterile Paare (P)	[11]	25	4,6	2,4	5,6	2,8	15,4
Schwangerschaftsberatung (Marburg)	[83]	32	4,2	3,3	4,0	2,0	13,6
Frauen in der Antikonzeptionsberatung (Marburg)	[83]	20	2,6	2,4	6,1	2,5	13,5
Schweizer Frauen (Zürich) (P)	[33]	220	3,1	1,1	4,0	1,4	9,7
Refertilisierungswunsch (P)	[56]	37	2,9	1,2	2,7	1,3	8,1
Wunsch nach künstlicher Insemination (P)	[11]	25	2,5	1,0	2,6	1,4	7,5

Tabelle 2. GBB-Skalenmittelwertprofil für Stichproben von Männern

	Quelle	Skala					
		n	E	M	G	H	B
Psychosom. Klinik Gießen (stationär) (F)	[41]	23	12,2	8,0	10,4	10,4	41,0
Koronarpatienten ohne Op (P)	[7]	15	11,1	4,1	10,7	13,5	39,3
Depressive Kurklinik Bad Berleburg (F)	[35]	63	12,0	6,5	9,5	8,8	36,9
Kurklinik Bad Nauheim (Aufnahme) I (F)	[12]	27	12,4	5,1	10,2	6,9	34,6
Psychosom./Psychoneur. Mischformen (Frankfurt) (F)	[67]	39	10,4	7,2	9,2	7,6	34,5
Kopfschmerzpatienten (Heidelberg) (F)	[32]	13	9,8	4,6	14,8	4,6	33,8
Fettstoffwechselstörungen (mit Infarkt)	[48]	22	9,3	4,1	9,2	10,8	33,3
Psychosomatosen (Frankfurt) (F)	[67]	46	9,9	6,3	7,3	8,7	32,2
Psychosom. Klinik (Heidelberg) (stationär) I (F)	[24]	24	9,6	6,5	8,7	6,9	31,7
Herzschrittmacherpatienten (8-Monats-Katamnese) II	[34]	22	8,9	4,9	8,8	7,3	29,8
Ulkuspatienten (Frankfurt) (P)	[68]	45	6,3	9,4	8,1	5,3	29,0
Herzklappenoperierte (Katamnese) (F)	[44]	111	9,2	4,1	7,1	8,2	28,6
Herzkatheterpatienten (F)	[76]	48	7,4	4,8	7,6	8,6	28,3
Multiple Sklerose	[53]	23	11,7	3,7	9,4	3,5	28,1
Psychosom./Psychother. Ambulanz Ulm (F)	[39]	411	9,2	5,1	7,1	6,4	27,7
Kopfschmerzpatienten (Gießen) (F)	[80]	14	7,8	4,6	11,6	3,3	27,2
Morbus Bechterew	[5]	27	7,4	2,6	11,3	5,1	26,5
Psychosom./Psychother. Ambulanz Gießen (F)	[15]	2045	8,7	6,3	5,4	6,2	26,5
Herzinfarkt (9-Monats-Katamnese) III	[49]	20	6,7	2,0	9,4	7,5	25,6
Herzoperation (6-Jahres-Katamnese) III (F)	[54]	33	8,5	2,8	6,6	7,3	25,2
Ulcus duodeni (präoperativ) I	[26]	76	6,0	9,5	5,3	4,0	24,8
Herzschrittmacher (2-Monats-Katamnese) I	[34]	22	7,7	4,4	6,5	5,4	24,0
Psychosom. Klinik Heidelberg (Katamnese) II (F)	[24]	24	7,7	4,0	5,8	4,8	22,3
Kurklinik Bad Nauheim (Entlassung) II (F)	[12]	27	8,3	3,4	5,9	4,4	22,1
Psychother. Studentenberatung Gießen (F)	[12]	591	8,4	4,0	4,4	4,5	21,3
Ulcus duodeni (postoperativ, 4 Jahre) II	[60]	33	5,0	5,8	6,1	4,5	21,3
Partner von Genitalkarzinomüberlebenden (10 J.)	[62]	60	5,3	3,7	7,3	5,0	21,3
Gefäßerkrankte (F)	[9]	56	5,8	3,4	7,7	4,0	20,8
Koronarpatienten mit Op (P)	[7]	10	5,6	2,5	6,0	6,6	20,7
Fettstoffwechselstörungen ohne Infarkt	[48]	32	6,3	3,1	6,7	4,4	20,4
Herzinfarkt (P)	[7]	25	6,5	2,1	6,4	5,5	20,4
Herzoperation (präoperativ) I (F)	[23]	29	5,5	2,3	4,2	7,4	19,5
Partner von Genitalkarzinomüberlebenden (5 J.)	[61]	46	4,6	3,2	7,9	3,6	19,3
Arthritis (F)	[5]	26	5,8	1,7	8,8	2,9	19,2
Partner von Mastektomiepatientinnen (Marburg)	[55]	40	4,3	3,4	7,2	4,0	18,9
Patienten einer Allgemeinpraxis (F)	[16]	56	4,4	3,9	6,5	3,3	18,1
Herzoperation (postoperativ) II (F)	[23]	29	6,5	1,8	5,4	4,1	17,8
Hodenkarzinom (5-Jahres-Überleben) (P)	[61]	57	5,7	3,4	5,7	2,9	17,6
Nierensteinträger	[69]	27	4,2	3,5	6,1	3,7	17,4
Prostatitis	[14]	101	4,7	3,1	6,5	2,8	17,1
Herzinfarkt (Entlassung Intensivstation) I (F)	[24]	29	7,8	1,8	3,9	3,4	16,9
Operatives Hypophyseadenom (F)	[74]	20	6,5	2,5	5,5	2,2	16,6
Paarambulanz Wien (P)	[70]	60	5,7	3,5	4,4	2,5	16,2
Paargruppenanwärter (P)	[57]	38	4,9	3,1	4,7	2,8	15,5
Steriles Paar (Gießen) (P)	[11]	25	3,6	4,3	4,6	3,0	15,5
Paarambulanz Gießen (P)	[12]	170	4,4	3,0	3,5	2,6	13,5
Männer nach Paarkurztherapie II (P)	[82]	38	3,8	2,9	4,1	2,6	13,4
Schüler (Ulm) (12–14 J.) (F)	[85]	61	4,1	2,9	3,3	2,7	13,3
Repräsentative Ehepaarerhebung (P)	[9]	201	3,6	2,5	4,6	2,2	13,0
Partner von Stationspatientinnen (Psychosom.)	[41]	20	3,3	2,6	4,2	2,8	12,9
Eichstichprobe (F)	[9]	723	3,5	2,7	4,1	2,5	12,8
Männer vor Paarkurztherapie I (P)	[82]	38	3,9	2,2	3,6	2,3	12,0
Herzinfarkt (Entlassung Klinik) II (F)	[24]	19	5,7	0,9	2,9	1,9	11,5
Väter Familienambulanz (P)	[64]	152	2,7	2,2	3,6	2,0	10,4
Wunsch nach künstlicher Insemination (P)	[11]	25	2,3	2,1	3,9	1,6	10,0
Schweizer Männer (Zürich) (P)	[33]	220	2,3	1,9	2,7	1,3	8,2

Tabelle 3. GBB-Skalenmittelwertprofile für gemischte Stichproben

	Quelle	Skala					
		n	E	M	G	H	B
Herzneurotiker (verschied. Klin.)	[20]	30	12,1	6,6	10,0	13,3	42,0
Herzneurotiker (Gießen)	[72]	79	10,9	6,0	8,7	12,5	38,0
Herzphobiker	[52]	56	10,6	6,1	7,6	13,2	37,5
Angstneurose	[52]	61	11,2	6,1	8,6	9,2	35,1
„Psychoneurotische Störungen"	[28]	103	11,9	5,8	8,9	8,6	35,1
„Psychosomatosen" (Gießen)	[66]	62	10,6	6,8	8,3	8,6	34,2
„Mischformen" Psychos./Psychon. Gießen	[66]	42	11,2	6,4	8,3	8,0	33,9
Psychosomatische Klinik Umkirch	[51]	440	10,5	6,8	8,4	7,8	33,5
Phobiker	[52]	52	10,8	6,0	7,9	8,9	32,9
Depressive	[52]	114	12,4	6,3	7,6	6,5	32,7
„Psychovegetative Störungen"	[28]	104	9,9	5,0	9,0	6,7	30,7
Ulkuspatienten (Innere Klinik)	[3]	35	7,3	10,6	6,4	5,7	30,0
Asthma	[25]	74	8,7	4,3	7,8	9,0	29,8
Station Gießen (Aufnahme) I	[59]	23	9,3	5,0	7,0	6,8	28,1
Obdachlose (Gießen)	[79]	55	7,1	4,7	7,5	5,1	24,4
Ingenieurschulstudenten	[46]	403	7,1	4,7	7,5	5,1	24,4
Anorexie	[52]	28	8,8	7,2	4,2	3,9	24,1
Psychother. Studentenber. Gießen 1968/69	[58]	301	9,6	4,1	4,9	4,6	23,1
Station Gießen (1 Monat nach Aufnahme) II	[59]	23	7,1	4,1	5,8	6,1	23,1
Psychoneurotiker (Gießen)	[66]	59	8,4	4,2	5,1	5,3	23,0
Herzoperationspatienten I	[77]	86	6,2	2,7	5,5	7,8	22,1
Psychother. Studentenberatung Kassel	[45]	72	7,4	4,3	5,7	4,6	21,9
Bedienstete und Beamte (Wien)	[6]	167	5,4	2,9	6,3	3,1	17,7
Herzoperationspatienten II	[77]	65	5,6	1,4	5,0	3,8	15,8
Psoriasis	[37]	28	5,2	2,4	4,1	3,9	15,6

zugrundeliegen, nicht als einheitlich anzunehmen, da das Definitionsprinzip der Untersucher oft verschiedenen Intentionen entsprang. Deswegen werden hier nur Kürzel angegeben, genauere Stichprobenbeschreibungen finden sich meist bei den genannten Quellen. All dies ist bei der Interpretation der Daten zu berücksichtigen, und hat zur Folge, daß hier nur allgemeinere Aussagen getroffen werden, die von einer genauen Kenntnis der Kriterien der einzelnen Gruppenbildungen nicht abhängig sind.

Auf die Angabe der Streuungen wurde verzichtet, zum einen, weil sie die Darstellung noch unübersichtlicher gemacht hätte und zum anderen, weil zumindest in der Eichstichprobe die Häufigkeiten negativ logarithmisch verteilt sind, so daß zur Kennzeichnung der Mittelwert genügt, auch bei der Überprüfung, ob eine bestimmte Stichprobe von der Eichstichprobe abweicht. Die Gruppierung in den Tabellen erfolgt absteigend, geordnet nach den Werten der Skala 5 „Beschwerdedruck". Berücksichtigt werden muß neben der Geschlechtsabhängigkeit, der durch die Aufschlüsselung in die 3 Tabellen Rechnung getragen wurde, auch die Altersabhängigkeit. Es wurden jedoch nur die Werte für die gesamte Eichstichprobe der Männer und Frauen angegeben und auch keine Angaben in der Tabelle über die Altersverteilungen der Stichproben gemacht, da dies zu unübersichtlich geworden wäre. Die Angaben für die verschiedenen Altersgruppen in der Eichstichprobe finden sich bei Brähler u. Scheer (1983). Bei ähnlich definierten Stichproben ist der Ort der Erhebung angegeben. Mehrpunkterhebungen sind mit römischen Ziffern gekennzeichnet. In den Tabellen 1 und 2 sind die Stichproben mit (P) bezeichnet, wenn die Partner auch befragt wurden. Wenn Männer und Frauen aus einer gleichen Krankheitsgruppe bzw. Klientel untersucht wurden, ist dies in Tabelle 1 mit (M) und in Tabelle 2 mit (F) gekennzeichnet. Die Fülle der in den Tabellen enthaltenen Informationen können wir an dieser Stelle nicht alle diskutieren. Im folgenden werden wir uns auf einzelne Aspekte beschränken.

Gruppen mit vielen Körperbeschwerden

Zunächst soll auf einige Besonderheiten in Hinblick auf die Spitzengruppen des Beschwerdeempfindens – wir definieren als solche etwas willkürlich die jeweils 10 Stichproben mit den höchsten Werten des Beschwerdedrucks – hingewiesen werden:

Unter diesen finden sich gehäuft Gruppen mit psychoneurotisch-psychosomatischen Diagnosen, sowie Mischgruppen aus solchen. Nur die Gruppen der Männer mit koronaren Herzerkrankungen und der türkischen gynäkologischen Patientinnen fallen aus diesem Rahmen. Dies verstehen wir als weiteres Zeichen dafür, daß man von der Häufigkeit des Klagens über Körperbeschwerden nicht unmittelbar auf das Vorliegen von organischen Erkrankungen schließen darf. Die Patientengruppen, die an organischen Erkrankungen leiden, finden sich vor allem im Mittelfeld der Beschwerdehäufigkeiten, allerdings zusammen mit einigen, wenngleich wenigen Gruppen mit psychotherapeutischer Klientel. Folgende Schlußfolgerungen ziehen wir hieraus: Offenbar gibt es eine Bereitschaft psychosomatisch-psychoneurotisch Kranker, mehr über Körperbeschwerden zu klagen, als dies bei anderen Patientengruppen der Fall ist, was Körperbeschwerden hoher Intensität, besonders ohne faßbaren organischen Befund, zum Charakteristikum dieser Krankheitsgruppe machen. Dieser Befund steht in Einklang mit Bastiaans (1974) Hypothese, worin er der Klage des Patienten allgemein den Stellenwert eines Ausdrucks seines psychosozialen Befindens gibt, und übertriebenes Notschreiverhalten als Ausdruck neurotischen Verhaltens interpretiert. Die Erklärung der Entwicklung psychosomatischer Erkrankung aus unterdrücktem Notschreiverhalten (Bastiaans 1974) läßt sich nach den hier vorliegenden Ergebnissen zur Äußerung von Körperbeschwerden psychosomatischer Patienten nicht bestätigen. Sie müßten sich nach jener Hypothese am unteren Ende der Liste finden, vermischen sich aber derart mit den psychoneurotischen Patienten, daß es nach unseren Befunden unmöglich wird, psychosomatische und psychoneurotische Patientengruppen nach der Beschwerdehäufigkeit voneinander zu trennen. Daraus folgt auch, daß es schwierig sein dürfte, verschiedene psychosomatische Krankheitsbilder durch das generelle Ausmaß von Körperbeschwerden untereinander zu trennen, es sei denn, durch einzelne Skalen, wie etwa Magenschmerzen beim Ulcus pepticum, oder mittels eines typologischen Ansatzes, der innerhalb diagnostischer oder anderer, z. B. sozialer Gruppen typische Beschwerdemuster beschreibt.

Eine weitere Besonderheit sehen wir darin, daß in dieser Spitzengruppe auch gehäuft Gruppen stationärer psychotherapeutisch-psychosomatischer Patienten auftreten. Diese definiert man am zutreffendsten als Gruppe mit einem gemeinsamen sozialen Merkmal: Deren Leiden ist so stark geworden, daß das ambulante Setting nicht mehr ausgereicht hat, um sie zu behandeln. Die Höhe ist Ausdruck der Intensität ihrer Beschwerden, d. h. Beschwerdedruck (Skala 5). Auch hier werden die geäußerten Körperbeschwerden Gradmesser für Leiden in umfassendem Sinn.

Gruppen mit besonders wenig Körperbeschwerden

Unterdurchschnittlich wenig Körperbeschwerden zeigen Frauen mit Refertilisierungswunsch, Frauen mit Sterilitätsproblemen, in der Schwangerschaftsberatung, mit Blutungsstörungen in der Poliklinik einer Frauenklinik, bei der Antikonzeptionsberatung und vor allem Frauen, mit dem Wunsch nach künstlicher Insemination. Daß es sich bei allen diesen Problemen um Reproduktionsprobleme handelt, ist auffällig. Möglich scheint, daß es sich um Response-Sets handeln könnte: Frauen, die auf Grund eines intimen Problems eine Institution aufsuchen, stellen sich insgesamt als kerngesund dar. Doch näher liegt die Vermutung, daß diese Frauen ein distanziertes Verhältnis zu ihrem Körper haben, den sie nicht wahrnehmen und sich als gesund erleben, mit einem technischen Problem ihres Körpers. Auch sterile Männer zeigen ein unterdurchschnittliches Beschwerdeausmaß. Die Interpretation geringer Körperbeschwerden als Hypästhesie würde implizieren, daß diese wie auch die Symptome Ausdruck einer gestörten Beziehung zum Körper sind. Auch die Eltern von psychisch gestörten Kindern zeigen ein unterdurchschnittliches Beschwerdeausmaß. Bei diesen Paaren ist das Kind Symptomträger, sie selbst wollen oft nicht einsehen, daß sie vielleicht etwas mit den Problemen ihrer Kinder zu tun haben und tendieren dazu, sich eher unauffällig darzustellen (Neraal et al. 1983). Die Hypothese, daß es dabei zu einer Symptomübernahme der Kinder kommt, wurde für Körperbeschwerden bislang noch nicht genauer untersucht. Erste Untersuchungen über Beschwerden der Kinder zeigen eher, daß kranke Kinder eher weniger Körperbeschwerden angeben als gesunde (Brähler et al. 1984).

Der Beschwerdebogen als Siebtest oder differential-diagnostisches Instrument

Der Beschwerdefragebogen von Höck u. Hess (1975) ist als Siebtest konstruiert zur Ermittlung von „Neurotikern", je nach Punktwert erfolgt die Diagnose: neurotisch, fraglich und nicht neurotisch. Es wird dabei von einer hohen Empfindlichkeit und Spezifität berichtet, z. B. werden bei einem bestimmten Grenzwert nur 13,4% der männlichen Neurotiker und 18,3% der Durchschnittspatienten fehlqualifiziert. Ein großes Problem dabei ist die Definition von „neurotisch" und „gesund" bzw. „nicht neurotisch". Bei obigem Vorgehen wird unter Neurose „erlebnisbedingte Störungen der zerebralen Reizverarbeitung mit Krankheitswert" verstanden. Hier liegt das Prinzip zugrunde, Beschwerden in jedem Fall Krankheitswert zuzuschreiben, wenige Beschwerden als Indikator für Gesundheit anzusehen. Dies wird auch gelegentlich bei Therapieer-

folgsuntersuchungen angenommen, wo die Abnahme von Beschwerden als „Heilung" interpretiert wird. Dabei darf jedoch nicht übersehen werden, daß auch geringe Körperbeschwerden auf Störungen des Körpererlebens hindeuten können. Es ist auch in bezug auf unseren Beschwerdebogen oft der Wunsch geäußert worden, sozusagen eine „Neurotikerskala" zu konstruieren, mit der man Neurotiker herausfiltern kann. Dies ist jedoch u. E. sehr problematisch, da es nicht Sinn des Fragebogens sein kann, ein ärztliches Gespräch zu ersetzen. Er soll als ergänzendes Verfahren verwandt werden. Zu diesem Komplex soll hier lediglich mitgeteilt werden, daß bei den Diagnosegruppen „Neurotiker", „Psychosomatiker" und „Mischformen", welche auch psychosomatisch-psychotherapeutisches Klientel repräsentieren, regelmäßig folgende Items erhöht sind: alle Items der Skala (E): Mattigkeit, rasche Erschöpfbarkeit, Müdigkeit, Schwächegefühl, übermäßiges Schlafbedürfnis und Gefühl der Benommenheit;
außerdem die Items: Neigung zum Weinen, Kloßgefühl im Hals, Drang zum Wasserlassen, Schlafstörungen, Appetitlosigkeit, Hitzewallungen, Zittern, leichtes Erröten, Druckgefühl im Kopf und Sprachstörungen. Mit einer aus diesen 16 Items gebildeten Skala erhält man sehr hohe Spezifitäts- und Empfindungswerte bezüglich der „Neurotiker" versus „Nichtneurotiker".

Interessant ist in diesem Zusammenhang die Laienätiologie über die seelische Bedingtheit von Beschwerden. Bei der Repräsentativerhebung (Beschreibung s. Brähler 1978) korrelieren die Angaben bei folgenden Items hoch signifikant mit der über ein Zusatzitem erfragten Angabe über die seelische Bedingtheit von Beschwerden überhaupt:

Schwächegefühl, Herzklopfen, Völlegefühl, Neigung zum Weinen, Kopfschmerzen, Erschöpfbarkeit, Schlafstörungen, Müdigkeit, Benommenheit, Mattigkeit, Stiche in der Brust, Zittern, leichtes Erröten, Magenschmerzen, Unterleibsschmerzen, Druckgefühl im Kopf und Sprachstörung.

Das heißt, Personen, die ihre Beschwerden als eher seelisch verursacht ansehen, klagen vermehrt über solche Beschwerden, die auch ärztlicherseits als charakteristisch angesehen werden für „neurotische Störungen".

Experten- und Laienätiologie zeigen hier große Übereinstimmungen. Die Bezeichnungsvielfalt der Experten für Störungen, bei denen eine seelische Verursachung vermutet wird, z. B. Neurasthenie, vegetative Labilität, Neurotizismus, Nervosität etc. (vgl. Netter 1981), spiegelt eine Unsicherheit wider. Der wissenschaftliche Name schafft Ärzten und Patienten Entlastung, da hiermit eine „richtige" Krankheit definiert werden kann, obgleich meist kein organisches Substrat festzumachen ist. Trotzdem haftet den Bezeichnungen ein Beigeschmack von Hypochondrie an. Die Verwendung des Beschwerdefragebogens zur Siebdiagnostik für Neurotiker könnte leicht zur Etikettierungsdiagnostik werden, Betriebspsychologen könnten versucht sein, dann für ihre Arbeitgeber Personen herauszufiltern, die zu seelischen Störungen neigen und Personen zu erkennen, die nicht über ihren Körper klagen und damit für die heutige Arbeitswelt gut geeignet sind. Dies kann jedoch ein Trugschluß sein.

Neben der Einsatzmöglichkeit als Siebtest für neurotische Erkrankungen ist immer wieder versucht worden, den Gießener Beschwerdebogen zur Differentialdiagnostik einzusetzen, z. B. „Psychosomatiker" versus „Psychoneurotiker", „psychovegetative" versus „psychoneurotische" Störungen, „echte" versus „vegetative" Prostatitis, „organische" versus „psychogene" Impotenz, „organische" versus „neurotische" Herzkranke. Meist wird dabei nach den trennenden Items gesucht und daraus eine Skala gebildet.

Überzeugende Ergebnisse sind bislang nicht zu sehen, wir mußten z. B. feststellen, daß entgegen unseren Erwartungen Prostatiker mit einer echten Prostatitis sich von „vegetativen“ Prostatikern dadurch unterscheiden, daß sie mehr „neurotische“ Beschwerden aufwiesen. Zum einen sind somatopsychische Aspekte zu berücksichtigen, zum anderen wird bei Krankheitsgruppen „organisch“ versus „psychogen“, die per Ausschlußdiagnose getroffen werden, auch ein Fragebogen nicht das damit verbundene Problem lösen können, daß diese dichotome Einteilung höchst fragwürdig ist.

Der GBB in Verlaufsstudien

Aus den Tabellen 1–3 ist zu ersehen, daß der GBB auch häufiger für Verlaufsuntersuchungen eingesetzt wurde, so z. B. bei Ulkuspatienten vor und 4 Jahre nach der Operation, bei Kurklinikpatienten, bei Herzoperationspatienten und in psychosomatischen Kliniken.

Reliabilitätsuntersuchungen zeigen, daß der GBB einerseits Körperbeschwerden sehr reliabel erfaßt (vgl. Brähler u. Scheer 1983), andererseits wird aus den Ergebnissen auch deutlich, daß der GBB sensitiv für Veränderungen ist. Bei Zweipunkterhebungen vor und nach einer medizinischen Maßnahme zeigt sich meist ein Rückgang des Beschwerdeniveaus, z. B. nach der Ulkusoperation, nach einer Herzoperation, nach einem Kuraufenthalt oder nach dem Aufenthalt in einer psychosomatischen Klinik.

Der Beschwerdebogen ist hierbei offensichtlich gut geeignet als Instrument der Erfolgskontrolle.

Dies gilt auch für den Fall, daß durch die Therapie eine Erhöhung der Körperwahrnehmung beabsichtigt ist, wie z. B. bei der Paarkurztherapie den verleugnenden Umgang der Männer auch mit ihrem Körper zu bearbeiten (Wirth u. Richter 1980).

Seltener werden jedoch Mehrpunkterhebungen durchgeführt in der Art, daß nicht nur unmittelbar vor und nach der ärztlichen Maßnahme die Beschwerdenlage überprüft wird, sondern auch einige Zeit danach, um die Dauerhaftigkeit der subjektiven Beschwerdelinderung zu überprüfen. Bei einer 6-Jahres-Katamnese nach Herzoperationen zeigte sich, daß nach einem rapiden Absinken nach der Operation der Beschwerdedruck bei den Frauen nach wieder 6 Jahren genau so hoch wurde wie vor der Operation, bei den Männern sogar höher (Landeck u. Möhlen 1985).

Auch bei Herzklappenoperierten, wo nur eine katamnestische Untersuchung vorliegt, wird deutlich, daß der Beschwerdedruck das Ausmaß von Herzoperationspatienten vor der Operation bei den Frauen erreicht und bei den Männern übersteigt (Ibe 1983).

Bei Herzschrittmacherpatienten zeigt sich von der 2-Monats- zur 8-Monats-Katamnese ein Anstieg der Beschwerden (Friedrich 1981).

Das gleiche gilt für Herzinfarktpatienten, die nach der Klinikentlassung wenig Beschwerden haben, nach 9 Monaten jedoch wesentlich mehr, noch mehr als bei ihrer Entlassung von der Intensivstation (Klapp et al. 1985). Bei diesen Krankheitsgruppen kommt es durch die medizinischen Maßnahmen offensichtlich nur zu einer vorübergehenden Linderung der subjektiven Beschwerden. Daher sollten Erfolgskontrollen stets katamnestische Untersuchungen beinhalten, die auch Hinweise auf Nachsorgenotwendigkeiten geben können. Eine patientenzentrierte Sichtweise verlangt der subjektiven Befindlichkeit von Patienten nach Eingriffen und anderen ärztlichen Maßnahmen mehr Rechnung zu tragen.

Transkultureller Aspekt

Wie aus den Tabellen 1 und 2 zu entnehmen ist, haben schweizerische Ehepaare bei allen Skalen deutlich weniger Beschwerden als deutsche Ehepaare, dies gilt sowohl für die Männer als auch für die Frauen (vgl. Brähler 1978). Auffallend ist weiterhin, daß die Beschwerden bei den schweizerischen Ehepaaren nicht so deutlich geschlechtsabhängig sind, bei den Magenbeschwerden haben die Frauen sogar weniger Beschwerden als die Männer. Bei den deutschen Ehepaaren handelt es sich um eine Repräsentativerhebung in den Altersklassen 18–75, bei den schweizerischen Ehepaaren um solche, die 1975 nach der Geburt ihres ersten Kindes im Jahre 1970 in ungetrennter Ehe in der Stadt Zürich wohnten. Mit diesen Altersdifferenzen der Stichproben läßt sich das unterschiedliche Beschwerdeausmaß nicht erklären, da die Werte der schweizerischen Ehepaare auch deutlich unter denen der altersgleichen deutschen Ehepaare liegen. So ist die Differenz wohl auf kulturelle Unterschiede zurückzuführen. Eine Erklärung wäre, daß der Gesundheitszustand der Schweizer erheblich besser ist. Näherliegend ist die Erklärung, daß eine calvinistisch-merkantile Prägung des Volkscharakters es als sozial unerwünscht erscheinen läßt, Beschwerden zu haben. Der Körper muß unabhängig funktionieren, deshalb wird er nicht intensiv wahrgenommen. Auch bei Buddeberg (1985) zeigen die Männer der untersuchten Paarstichproben sehr niedrige Werte.

Für Österreich und die Bundesrepublik liegen Werte für gleiche Patientengruppen vor. Paare, die eine Paarambulanz in Wien aufsuchten, hatten ein ähnliches Beschwerdeausmaß wie in der Paarambulanz Gießen. Hysterektomiepatientinnen in Wien hatten etwas mehr Beschwerden als in Marburg. Auffallend ist das sehr hohe Beschwerdeausmaß türkischer Patientinnen beim Frauenarzt gegenüber vergleichbaren deutschen Krankheitsgruppen. Dies ist entweder Ausdruck des Leidensdrucks, dem die türkischen Frauen durch das Leben in Deutschland ausgesetzt sind, einem Leben zwischen zwei Kulturen mit vielfältigen Belastungen. Das hohe Beschwerdeausmaß verdeutlicht eine größere Leibnähe, die Klagen weniger in abstrakten Kategorien formuliert, sondern sie konkret und dinghaft am Körper festmacht. Auf transkulturelle Unterschiede bei Schmerzbeschwerden hat bereits Cohn (1983) hingewiesen.

Zur Geschlechtsabhängigkeit von Körperbeschwerden

Die Geschlechtsabhängigkeit von Körperbeschwerden ist bekannt (vgl. Brähler u. Scheer 1984). Verschiedene Ansätze zur Erklärung des Phänomens, daß Frauen vermehrt über Körperbeschwerden klagen, haben bislang noch zu keinem Einvernehmen über dessen Ursachen geführt. Bevor erläutert wird, was die hier vorliegenden Daten zu dieser Diskussion beitragen können, soll darauf hingewiesen werden, daß in dieser Auseinandersetzung, die vor allem wegen der Gefahr der Benachteiligung der Frau durch ungerechtfertigte Interpretationen geführt wird, nicht außer acht gelassen werden soll, daß der Einfluß anderer Faktoren, wie des Alters und besonders des Partners auf das Ausmaß angegebener Körperbeschwerden größer ist als der des Geschlechts.

In einer repräsentativen Untersuchung an 201 Ehepaaren mit dem GBB zeigte sich, daß die Korrelation der Skala Beschwerdedruck mit dem Geschlecht 0,13 beträgt, mit dem Alter (jünger/älter) jedoch 0,21 und mit dem Beschwerdedruck des Partners (niedrig/hoch) gar 0,41 (vgl. Brähler u. Scheer 1983).

Zwei Argumentationsweisen stehen sich bei der Erklärung der größeren Beschwerdehäufigkeit der Frauen gegenüber: eine psychologische, bei uns vor allem durch Richter (1974) und Beckmann (1976) vertreten, interpretiert den Befund als Ausdruck größerer Leidensfähigkeit und emotionaler Offenheit der Frauen, denen eine gefühlsabwehrende und Schwächen verleugnende Mentalität der Männer gegenübersteht, und eine soziologische, die die vermehrten Beschwerden der Frauen mit einer objektiv stärkeren Belastung der Frauen begründen (z. B. Rodenstein 1980). Die Autorin befürchtet, daß eine psychologische Interpretation dazu führen könne, daß die Beschwerden der Frauen weniger ernst genommen werden und verweist darauf, daß Frauen mehr unter psychischen Erkrankungen und weniger gefährlichen körperlichen Erkrankungen litten als die Männer, deren geringere Lebenserwartung vor allem daher rühre, daß sie häufiger an schweren körperlichen Krankheiten leiden. Da dieser Vorsprung bei den berufstätigen Frauen abnimmt, ist die Berufstätigkeit und Belastungen in ihrer Folge wohl als Ursache für die Sterblichkeitsdifferenz anzusehen, und erhält so hohes Gewicht. Wenn die Unterschiede subjektiver Einschätzungen einzig auf objektive Belastungen zurückgeführt werden, ist dies ein Reduktionismus, der die Variabilität psychologischer Reaktionen auf gleiche Bedingungen außer acht läßt. Wenn Beckmann (1976) und Richter (1974) die Beschwerdeäußerung der Frau als emotionale Offenheit und Leidensfähigkeit interpretieren, ist damit über objektive Unterschiede nichts ausgesagt. Daß Frauen häufiger psychisch krank sein sollen, steht mit dieser Interpretation nicht im Widerspruch, im Gegenteil, es zeigt sich ja, daß gerade die psychisch gestörten Gruppen die höchsten Beschwerdewerte haben, welche so Ausdruck ihrer Klage werden. Wenn Männer weniger Beschwerden angeben, kann das sehr wohl heißen, daß sie ihren Beschwerden weniger Ausdruck verleihen, weil ihnen eine solche Form der Expressivität weniger zur Verfügung steht, womit ebenfalls nichts über objektive Belastungen ausgesagt ist. Wären alle sozialen Unterschiede so gering, wie die Beschwerdehäufigkeit der Geschlechter, wäre ein großes Maß an Gleichheit erreicht.

Wenn solche Diskussionen allzusehr von der Angst um Benachteiligung geprägt sind, besteht immer die Gefahr, daß unterschiedliche Erklärungsansätze, die innerhalb ihres Gültigkeitsbereichs Wertvolles leisten, gegeneinander ausgespielt werden.

Die vorliegenden Daten zeigen eindeutig, daß bei allen Stichproben, außer denen von Personen mit depressiven Erkrankungen, die Frauen mehr über Körperbeschwerden klagen, wobei es sich um sehr verschiedene Gruppen handelt, was auf ein generelles Phänomen hindeutet. Schwer ist zu verstehen, warum die Depressionen aus der Reihe fallen. Sie sind bei Frauen gehäuft anzutreffen, aber wollte man etwa sagen, daß sie bei

Männern heftiger oder mehr über die Artikulation von somatischen Beschwerden verläuft? Hier ist von weiteren Untersuchungen eine Erklärung zu erhoffen. Für alle anderen Fälle gilt aber, daß die Frauen bei den gleichen Erkrankungen mehr klagen.

In der Repräsentativerhebung mit dem GBB wurde u. a. auch erfragt, ob die Befragten schon einmal an einer der von 28 vorgegebenen Krankheiten gelitten haben, u. a. Hexenschuß, Ischias, Bandscheibenschaden, Angina, Magengeschwür, Gastritis, hoher Blutdruck und Nervenleiden. 18,9% der Frauen und 30,4% der Männer gaben keine der vorgegebenen Erkrankungen an. Tabelle 4 zeigt die ungewichtete Dreiwegvarianzanalyse mit den 3 unabhängigen Variablen Alter (18–34, 36–60), Geschlecht und Krankheit (ja/nein). Die Ergebnisse zeigen, daß der Krankheitsaffekt am stärksten ist. Trotzdem zeigt sich bei den Skalen 1 und 3 eine immer noch ausgeprägte Geschlechtsabhängigkeit. (Auf die Altersabhängigkeit soll hier nicht eingegangen werden.) Die Frauen leiden mehr als die Männer, egal, ob sie eine der angegebenen Krankheiten hatten oder nicht.

Hier kann nicht gelten, daß der Unterschied Ausdruck unterschiedlicher Schwere ist. Die soziologische Argumentation könnte lauten, daß zusätzliche Belastungen, die nicht erhoben wurden, für den stärkeren Beschwerdedruck verantwortlich zu machen sind. Von psychologischer Seite nehmen wir eine geschlechtsdifferente Krankheitsverarbeitung an, die sich hier äußert, nämlich die Neigung der Frauen, bei gleichen Erkrankungen mehr Beschwerden zu äußern bzw. die Haltung der Männer, die das Ausmaß ihrer Beschwerdeäußerung geringer hält. Unterstützung erhält diese Hypothese durch die Untersuchung von Gellert (1975), der bereits bei Mädchen während der Pubertät genauere Vorstellungen über ihren Körper fand, als Jungen sie in diesem Alter haben, sowie durch die Untersuchungen von Secord u. Jourard (1953), die feststellten, daß Frauen stärker auf ihren Körper bezogen sind und differenziertere Vorstellungen von ihm haben. In diesem Sinne kann eine stärkere Bezogenheit der Frauen auf ihren Körper sie mehr auf Beschwerden achten lassen, für sie könnte der Körper, wenn sie ihm näher sind, auch besser als Ausdrucksmittel dienen.

Nach unseren eigenen Untersuchungen sehen Frauen ihre Beschwerden eher seelisch verursacht als Männer (Beckmann et al. 1977). Hampel u. Fahrenberg (1982) stellten fest, daß Frauen ihre Beschwerden eher auf Beziehungsprobleme zurückführen, Männer eher auf Berufsprobleme. Nach Horn et al. (1983) neigen Frauen überwiegend dazu, Krankheit in einem biographischen, durch Beziehungen strukturierten Sinnzu-

Tabelle 4. Dreiwegvarianzanalyse Repräsentativerhebung (n = 1547) Krankheiten/Geschlecht/Alter

Skala	Bezeichnung	Krankheit	Geschlecht	Alter	K × G	K × A	G × A	K × G × A
1	Erschöpfung	83,32***	18,21**	1,01	3,54	1,05	1,34	0,21
2	Magenbeschwerden	50,25***	0,03	0,20	0,55	0,59	0,59	0,04
3	Gliederschmerzen	105,49***	30,54**	7,80**	0,96	2,70*	0,07	0,84
4	Herzbeschwerden	90,01***	4,98*	3,89**	0,09	2,13	0,24	0,56
5	Beschwerdedruck	127,82***	16,12***	2,81*	0,78	2,10	0,37	0,45

* $p < 0{,}05$
** $p < 0{,}01$
*** $p < 0{,}001$

Tabelle 5. Kongruenzen der Körperbeschwerden von Männern und Frauen in verschiedenen Paarstichproben

	E	M	G	H	B
Ehepaarerhebung	0,31	0,22	0,38	0,27	0,41
Paarambulanz	0,14	0,31	0,03	0,11	0,19
Genitalkarzinom (Überleben 10 J.)	0,41	0,51	0,25	0,51	0,51
Genitalkarzinom (Überleben 5 J.)	0,31	0,53	0,40	0,59	0,60
Hodenkarzinom-Überlebende	0,21	0,16	0,40	0,44	0,46
Ulkuspatienten	0,23	0,00	0,08	0,23	0,18
Familienambulanz	0,17	0,16	0,09	0,16	0,23

sammenhang anzusiedeln, während die Männer in der Regel die Tendenz hatten, auftretende Symptome oder Zustände körperlich-seelischen Unbehagens auf Außenumstände – insbesondere Arbeitsplatzbedingungen (Berufskrankheiten/Streß/Verschleiß) – zurückzuführen.

Auch Forster (1977) fand nur bei Frauen Zusammenhänge ihres Beschwerdeausmaßes mit der ehelichen Rollenverteilung und Paarproblemen. Eger u. Pelchen-Baumann (1985) fanden starke Abhängigkeiten des Beschwerdeausmaßes der Frauen von der Paarstruktur, bei den Männern war diese nicht ausgeprägt.

Körperbeschwerden und Paarbeziehung

Aus den Tabellen 1 und 2 ist zu ersehen, daß bei verschiedenen Paarstichproben der Nichterkrankte sehr erhöhte Körperbeschwerden aufweist, so Frauen von Koronarpatienten mit und ohne Operation, mit Herzinfarkt, Frauen von Ulkuskranken. Umgekehrt zeigen auch die Männer von Genitalkarzinompatientinnen und von Mastektomiepatientinnen erhöhte Werte.

Generell ist der Einfluß des Partners auf die Äußerung des Beschwerdeempfindens deutlich höher als die Geschlechts- bzw. Altersabhängigkeit (vgl. Brähler u. Scheer 1983, 1984).

Tabelle 5 zeigt die Kongruenzen von Körperbeschwerden von Ehepartnern bei einigen Paarstichproben.

„Normal" ist eine recht hohe Kongruenz der Körperbeschwerden. Diese kann als Folge der Partnerwahl, der Interaktion in der Ehe oder durch ähnliche Lebensbedingungen erklärt werden (vgl. Brähler u. Scheer 1984).

Psychopathologisch gesehen ist dieser Effekt eine gegenseitige Identifikation, die ja als psychischer Mechanismus innerhalb der Entwicklungspsychologie sowie der psychoanalytischen Abwehrlehre bekannt ist, und der hier in der Beschwerdeäußerung ebenfalls feststellbar ist. Wie Paare gemeinsame Grenzen gegenüber der Außenwelt bilden, die auch das Erleben des Körpers mit einschließen, beschreibt Willi (1985). Bei der Betrachtung von Tabelle 1 fallen die besonders hohen Korrelationen der Angaben bei drei Stichproben mit Patienten nach Genitalkarzinom auf. Das Gemeinsame an dieser Gruppe ist, daß sie sich mit der malignen Erkrankung auch mit der Bedrohung des Lebens des Betroffenen auseinanderzusetzen hatten, so daß die hohe Kongruenz als Abwehr gegen Angst und Bedrohung aufgefaßt werden kann: Man rückt möglichst eng zusammen und beobachtet den Körper aufmerksam. Bemerkenswert ebenfalls, daß die drei übrigen Patientenstichproben niederere Korrelationen als die der repräsentativen Ehepaarerhebung aufweisen, was bei den Ulkuspatienten in bezug auf die Skala Magenschmerzen einleuchtet, bei den übrigen Skalen aber kaum mit dem Symptom in Zusammenhang zu bringen ist. Eine mögliche Erklärung hierfür ist, daß die größeren Verschiedenheiten auf das Vorhandensein von mehr Dissonanz, also von konflikthaften Interaktionen hinweisen, die den Prozeß einer gegenseitigen Angleichung gestört haben. Bei der Paarambulanz-Stichprobe ist dies wahrscheinlich, und unterstellt man familiendynamisch wirksame Prozesse sowie eine psychosomatische Genese der Ulkusleiden, kann dies auch bei diesen Stichproben die Ursache für deren niedere Korrelationen sein.

Die bisherigen Betrachtungen gingen alle von Gesamtstichproben aus, d. h. von Homogenitätsannahmen, auch die Diskussion der Geschlechtsunterschiede. Dazu kommt meistens auch noch die implizite Annahme eines Spezifitätskonzepts bei Stichprobenbetrachtungen. Als fruchtbar erweist sich u. E. eine typologische Betrachtungsweise, die wir verdeutlichen wollen. Die unterschiedlichen Kriterien der Stichprobenauswahl relativieren die Homogenität innerhalb von Stichproben und implizieren geradezu Inhomogenitäten innerhalb der definierten Gruppen.

Wir haben die typologische Betrachtungsweise auf eine repräsentative Ehepaarstichprobe angewandt. Anhand der Selbst- und Fremdbildbeurteilungen mit dem Gießen-Test ließen sich 12 typische Paarbeziehungsmuster auffinden (Brähler et al. 1985).

Diese 12 Paarbeziehungsmuster unterscheiden sich deutlich im Ausmaß der Körperbeschwerden von Männern und Frauen.

In Tabelle 6 stellen wir 3 von insgesamt 12 Paarbeziehungsmustern vor:

Typus A zeichnet sich durch sehr niedrige Körperbeschwerden von Mann und Frau aus. Bei Typus B haben die Frauen sehr viel Beschwerden, die Männer sehr wenig, bei Typus C haben beide viel Beschwerden.

Abbildung 1 zeigt das Paarprofil des Typus A im Gießen-Test. Hierbei werden für die 4 Selbst- und Fremdbilder je 6 Items zu den 5 Skalen negative/positive Resonanz, Dominanz/Gefügigkeit, Unterkontrolliertheit/Zwanghaftigkeit, Hypomanie/Depressivität und Durchlässigkeit/Retentivität zusammengefaßt (Brähler u. Beckmann 1984).

Typus A umfaßt Paare, bei denen beide Partner nur wenig Körperbeschwerden nennen, die besonders von den Frauen als nicht seelisch verursacht beschrieben werden.

Tabelle 6. Beschwerdeausmaß bei 3 typischen Paarbeziehungsmustern

	Männer					Frauen				
	E	M	G	H	B	E	M	G	H	B
Typus A	3,5	2,2	3,7	1,4	10,8	2,7	1,1	2,4	1,5	7,7
Typus B	3,1	1,3	3,8	2,2	10,4	7,1	4,6	7,6	4,4	23,9
Typus C	10,3	3,9	8,0	4,6	26,8	6,8	3,5	7,1	4,5	21,9

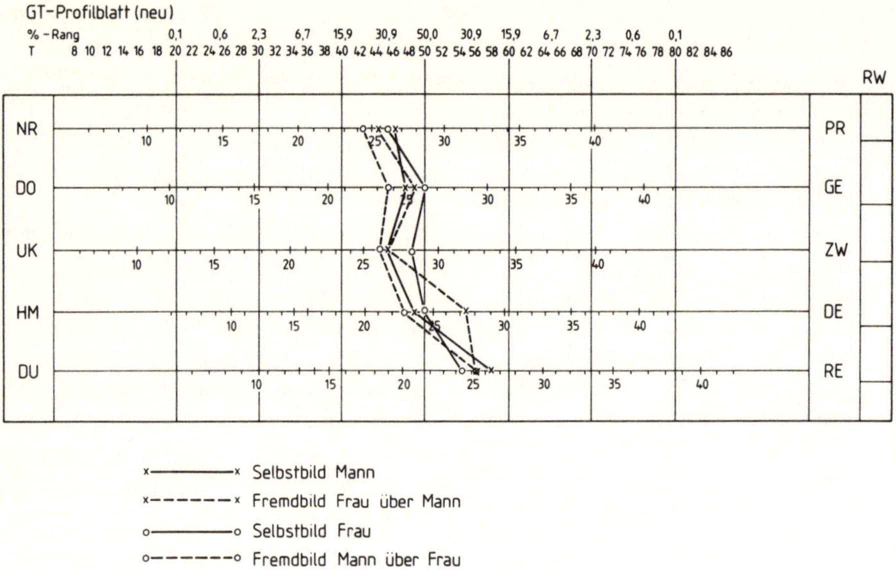

Abb. 1. GT-Paarprofil des Typus A

Im GT-Profil zeigen sich die Paare als unauffällig, angepaßt, aber auch sozial mißachtet. Sie treten nicht besonders hervor, und auch bei den Partnern finden sich wenig Unterscheidungsmerkmale. Die Männer beschreiben ihre Frauen wie sich selbst, nur mit etwas genauerer Ausprägung.

Die Frauen sehen nur im Bereich der Grundstimmung Differenzen. Sie halten ihre Männer für bedrückt, was von den Männern nicht bestätigt wird.

Es handelt sich um eine sehr symmetrische Paarbeziehung.

Das hervorragende Merkmal dieser Paare ist ihre Anpassungsleistung. Sie sind um Normalität bemüht, jedoch wenig erfolgreich, wenig kontrolliert und wenig emotional erlebnisfähig; es findet eine Anpassung ohne Erfolg und Gratifikation statt. Diese Paare sind Repräsentanten des grauen Alltags.

Typ A findet sich gehäuft bei neurotischen Paaren und bei Eltern kranker Kinder.

Bei den klinischen Einzelstichproben treten ähnliche Muster auf bei Sterilisationswilligen, bei Eltern Schizophrener, bei zurückliegendem Mammakarzinomverdacht und nach Herzklappenoperationen.

Hier scheint es sich auch um eine Verarbeitungsform eines schweren Problems zu handeln (vgl. Brähler et al. 1985).

Abbildung 2 zeigt das GT-Paarprofil des Typus B. Bei diesem Paartypus nennen die Männer wenig Körperbeschwerden im Gegensatz zu den Frauen.

Nach dem GT-Profil zu urteilen, scheinen sich die Männer zu „tarnen". Sie beschreiben sich völlig unauffällig, ohne jede charakteristische Ausprägung. Die selbstunsicheren, dominanten, verschlossen-depressiven Frauen erleben ihre Männer jedoch erfolgreich, durchlässig und gefügig.

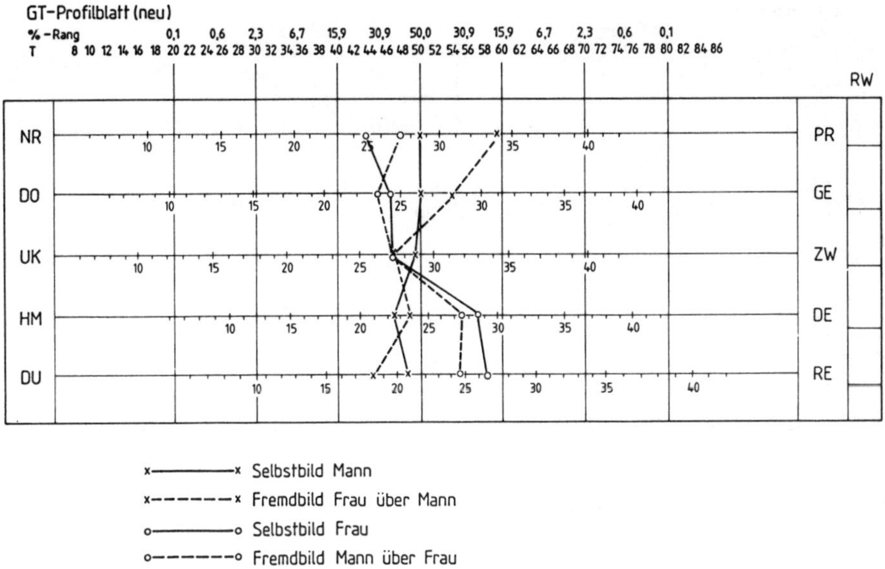

Abb. 2. GT-Paarprofil des Typus B

Die Frauen tragen Last und Kummer, die Männer haben anscheinend keine Probleme, ordnen sich aber unter. Trotz der Unauffälligkeit und Gefügigkeit sehen die Frauen eine besondere Attraktivität und Erlebnisfähigkeit bei ihren Männern.

Diese Konstellation läßt bei den Frauen phallisch-narzißtische Kränkungen vermuten, die sie durch Dominanz über den beneideten Mann bewältigen.

Typus B findet sich gehäuft bei Paaren mit Sexualstörungen. Bei klinischen Gruppen findet sich ein ähnlicher Typus bei Frauen mit Sexualstörungen. Dieser Typus scheint sehr konfliktträchtig zu sein (vgl. Brähler et al. 1985).

Abbildung 3 zeigt das GT-Paarprofil des Typus C. Beim Typus C klagen die Männer über viele Beschwerden, besonders über Erschöpfung und betonen die somatische Verursachung. Die Frauen haben besonders viele Herzbeschwerden und nennen eher seelische Ursachen für ihre Beschwerden.

Hierbei handelt es sich nach dem GT-Profil um angepaßte, unauffällige Paare, mit unzufriedenen Frauen, die ihre Männer extrem dominant erleben.

Die Männer leugnen diesen Konflikt und beschreiben eine harmonische Übereinstimmung der Partner. Unterschiede sehen sie nur in der größeren Beliebtheit und Durchlässigkeit ihrer Frauen, was von diesen jedoch nicht bestätigt wird.

Insgesamt überwiegen die Gemeinsamkeiten, doch die Frauen beklagen die mangelnde Kooperationsfähigkeit ihrer Männer. Die Differenzen, die die Männer wahrnehmen, bedeuten dagegen eine Huldigung an die Attraktivität und Liebesfähigkeit ihrer Frauen.

Das Harmonie- und Normalitätsstreben und die Schwierigkeiten mit Abweichungen erinnern an symbiotische Paarstrukturen, wo bei aller Gemeinsamkeit ein vertrauensvolles Öffnen in der Beziehung vermieden wird, aus Angst vor Verschmelzung oder Ausbeutung (Skala 5 im GT).

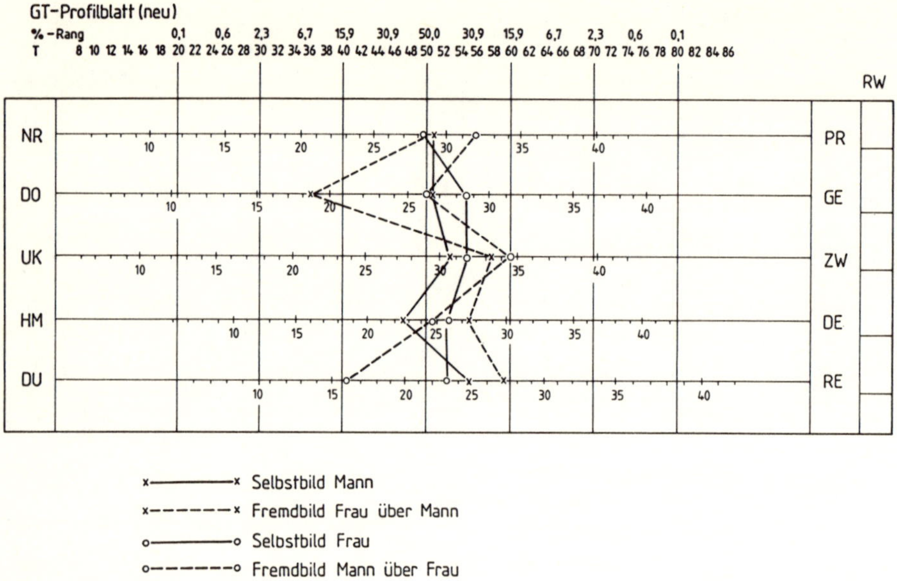

Abb. 3. GT-Paarprofil des Typus C

Diese Paarstruktur ist bei neurotischen Paaren eher selten und ließ sich bei keiner der klinischen Stichproben auffinden. Ob dies eine „gesunde" Paarstruktur ist, muß bezweifelt werden.

Resümee

Der Partnerabhängigkeit von Körperbeschwerden wurde bislang, gemessen an der Alters-, Geschlechts- und Schichtabhängigkeit, zu wenig Bedeutung beigemessen. Wenn der Partner den meisten Einfluß darauf hat, in welchem Ausmaß Körperbeschwerden angegeben werden, erfordert das seine Einbeziehung in diagnostische wie therapeutische Maßnahmen, da der individuell-familiäre Stil offenbar ganz erheblich zur Differenzierung der Beschwerdeäußerung führt. Die Einbeziehung des Partners, die Erweiterung des therapeutischen Bezugsrahmens ist eine neue Aufgabe, die interaktionelles Denken erfordert, gleichzeitig die Chance zu genaueren Befunden und wirksameren Interventionen, etwa in Form von Paartherapie, birgt. Darüber hinaus wird die Notwendigkeit deutlich, insgesamt das familiäre Umfeld stärker zu berücksichtigen und sich auf eine Familienmedizin hin zu orientieren. Für Verlaufskontrollen ist der Beschwerdebogen gut geeignet.

Bei einer Reihe von Stichproben zeigt sich die Sensitivität des Instruments, Veränderungen der subjektiven Befindlichkeit in der Folge von ärztlichen Maßnahmen zu erfassen, die meist zunächst in Richtung einer Beschwerdenlinderung tendieren.

Untersuchungen über längere Zeiträume zeigten, daß Beschwerden z. B. bei Herzoperierten nach längerer Zeit wieder ansteigen können, was auf eine Verschlechterung des Befindens schließen läßt. So kann der GBB dazu beitragen, Behandlungsergebnisse über längere Zeit zu kontrollieren und die Notwendigkeit späterer rehabilitativer Maßnahmen zu erkennen.

Der häufig unternommene Versuch, neurotische und psychosomatische Patienten voneinander zu trennen, wird auch mit dem GBB kaum Erfolg haben. Das Ausmaß der Körperbeschwerden ist bei beiden Krankengruppen sehr hoch, und es ist nicht damit zu rechnen, daß die Beschwerden auf Itemebene so unterschiedlich sind, daß dadurch solche Unterscheidungen möglich werden. Vielmehr können die bisherigen Untersuchungen mit dem GBB dazu beitragen, ein Krankheitskonzept zu relativieren, das diese Gruppen eindeutig trennen will.

Generell erscheint es nach den Ergebnissen angebrachter, neben den zentralen Tendenzen der Beschwerdeneigung bei bestimmten Untersuchungsgruppen sich eher des typologischen Ansatzes zu bedienen, der differenziertere Aussagen ermöglicht zur Bedeutung von Körperbeschwerden. Durch Körperbeschwerden sich belästigt zu fühlen, ist nach den vorliegenden Befunden etwas sehr Menschliches. Beschwerdefreiheit erscheint nicht einmal mehr als wünschenswertes utopisches Ziel, ist sie doch eher eine Art Hypästhesie, ein Mangel an Leiblichkeit. Dem Körper geben, was des Körpers ist, wird zur Konsequenz des Befunds, daß ein gewisses Ausmaß an Körperbeschwerden zu jedem Leben gehört, sei es in der Schweiz, sei es in der BRD, in Österreich, als Obdachloser, Patient oder Beamter, und daß die Stichproben am unteren Ende der Häufigkeitstabelle ein eher gestörtes Verhältnis zu ihrem Körper haben dürften.

Kulturell bedingte Differenzen in der Äußerung von Körperbeschwerden sind ein Merkmal, das berücksichtigt werden muß, wenn ein Instrument wie der GBB eingesetzt wird. Das fordert als Konsequenz für die Forschung, Eichstichproben an ethnische Gruppen anzupassen, andererseits zeigen die Befunde, daß der GBB durchaus zur transkulturellen Forschung eingesetzt werden kann, wobei einmal mehr der subjektive Charakter der Antworten deutlich wird: die Äußerung von Beschwerden in ihrer psychologischen Dimension.

Der Entwicklung und dem Einsatz des GBB unterliegt die Intention eines patientenzentrierten Krankheitsverständnisses, das dem subjektiven Befinden des Patienten zu einem größeren Stellenwert verhelfen möchte, weil dies immer mehr zugunsten des arztzentrierten Krankheitsverständnisses in den Hintergrund getreten ist.

Literatur

1. Bastiaans J (1974) Neue psychosomatische und psychobiologische Aspekte der Hysterie. Prax Psychother 19: 159–166
2. Bayer E (1971) Validierung des Gießener Persönlichkeitsinventars an Ulcuspatienten. Medizinische Dissertation, Universität Gießen
3. Beckmann D (1976) Paardynamik und Gesundheitsverhalten. Einige Ergebnisse einer repräsentativen Erhebung. In: Richter H-E, Strotzka H, Willi J (Hrsg) Familie und seelische Krankheit. Rowohlt, Reinbek
4. Beckmann D, Brähler E, Braun P (1977) Zur Scheinkorrelation zwischen neurotischen Körperbeschwerden und sozialer Schichtzugehörigkeit. Z Psychosom Med Psychoanal 23: 251–261

5. Biefang S (1981) Auswertung und Analyse des „Fragebogens für Rheuma-Patienten“, Teil 1: Skalen. (Unveröffentl. Dokumentation, Schloß Reisensburg)
6. Biehal-Heimburger E (1982) Ein Beitrag zum Zusammenhang zwischen Arbeitszufriedenheit und psychosomatischen Beschwerden im Bereich der öffentlichen Verwaltung. Psychologische Dissertation, Universität Wien
7. Biskup J (1982) Die psychosoziale Situation von Koronarpatienten. Lang, Frankfurt/M.
8. Boeker HH (1980) Sekundäre Amenorrhoe und Psychosomatisches Phänomen – Empirische Untersuchungen zu Persönlichkeitsstrukturen und Objektbeziehungen von Amenorrhoe-Patientinnen. Medizinische Dissertation, Universität Gießen
9. Brähler E (1978) Der Gießener Beschwerdebogen (GBB). Habilitations-Schrift, Universität Gießen
10. Brähler E, Beckmann D (1984) Die Erfassung von Partnerbeurteilungen mit dem Gießen-Test. Diagnostica 30: 184–197
11. Brähler C, Meyhöfer W (1985) Psychologische Aspekte der Fertilitätsstörungen. Med Welt 36: 230–241
12. Brähler E, Scheer JW (1983) Der Gießener Beschwerdebogen (GBB) – Testhandbuch. Huber, Bern Stuttgart Wien
13. Brähler E, Scheer JW (1984) Subjektive Beschwerden und objektiver Befund. In: Scheer JW, Brähler E (Hrsg) Ärztliche Maßnahmen aus psychologischer Sicht. Springer, Berlin Heidelberg New York Tokyo
14. Brähler E, Weidner W (1982) Psychodiagnostische Aspekte der Prostatitis. Symposion aus Anlaß des 10jährigen Bestehens der Abteilung Medizinische Psychologie, Gießen
15. Brähler E, Beckmann D, Müller S (1977) Psychosomatische Beschwerden und Schichtzugehörigkeit. Med Psychol 3: 214–223
16. Brähler E, Scheer JW, Meyer A (1978) Psychosomatische Beschwerdemuster in der Allgemeinpraxis. Med Psychol 4: 217–218
17. Brähler E, Surrey HW, Scheer JW (1983) Der Gießener Beschwerdebogen (GBB) – Tabellenband. Institut für Medizinische Psychologie, Gießen
18. Brähler E, Klein H, Ernst R (1984) Körperbeschwerden bei Kindern und Jugendlichen. Vortrag beim V. Kongreß Psychologie in der Medizin, München
19. Brähler E, Ernst R, Brähler C (1985) Typische Paarbeziehungsstrukturen im Gießen-Test. Psychother Psychosom Med Psychol (im Druck)
20. Bruns M, Wöbbe E (1977) Untersuchungen zur Struktur der Partnerbeziehungen neurotischer und neurotisch-depressiver Patienten mit dem „Gießen-Test“. Psychologische Diplomarbeit, Universität Göttingen
21. Buddeberg C (1985) Ehen krebskranker Frauen. Urban & Schwarzenberg, München Wien Baltimore
22. Cohn N (1983) Psychologische Faktoren und Prozesse bei der Entstehung und dem Verlauf von psychogenem Schmerz. Psychother Psychosom Med Psychol 33: 13–19
23. Davies-Osterkamp S, Möhlen K (1978) Postoperative Genesungsverläufe bei Patienten der Herzchirurgie in Abhängigkeit von präoperativer Angst und Angstbewältigung. Med Psychol 4: 247–260
24. Deter H-C (1984) Körperbeschwerden von Patienten vor und nach stationärem Aufenthalt in einer psychosomatischen Klinik. (unveröffentl. Materialien, Heidelberg)
25. Deter H-C (1984) Körperbeschwerden von Asthmapatienten aus der Medizinischen Klinik, der Hautklinik, Allgemein- und Pulmologenpraxis in Heidelberg. (unveröffentl. Materialien, Heidelberg)
26. Eckensberger D, Overbeck G, Biebl W (1976) Subgroups of peptic ulcer patients. J Psychosom Res 20: 489–499
27. Eger P, Pelchen-Baumann M (1985) Validierung von typischen Beziehungsmustern bei neurotischen Paaren. Medizinische Dissertation, Universität Gießen (in Vorbereitung)
28. Ermann M (1978) Psychovegetative Störungen aus analytisch psychosomatischer Sicht. Habilitations-Schrift, Universität Mannheim
29. Fahrenberg J (1975) Die Freiburger Beschwerdeliste FBL. Z Klin Psychol 4: 79–100
30. Fahrenberg J (1983) Psychophysiologische Methodik. In: Groffmann KJ, Michel L (Hrsg) Enzyklopädie der Psychologie. Psychologische Diagnostik, Bd 4. Verhaltensdiagnostik. Hogrefe, Göttingen
31. Fischer G (1983) Untersuchungen zum Körperbild der Frau. Medizinische Dissertation, Universität Gießen

32. Fischer MV (1985) Körperbeschwerden von Kopfschmerzpatienten. (Unveröffentl. Materialien, Heidelberg)
33. Forster J (1977) Körperliche Beschwerden bei Ehepaaren. Lizentiatsarbeit, Zürich
34. Friedrich R (1981) Aspekte der psychischen Adaptation an einem implantierten Herzschrittmacher – unter besonderer Berücksichtigung der Bewältigungs- und Abwehrmechanismen. Haag & Herchen, Frankfurt/M.
35. Gellermann G (1976) Zusammenhänge zwischen physiologischen Variablen und Fragebögen bei psychiatrischen Patienten. Diplomarbeit, Universität Marburg
36. Gellert E (1975) Children's constructions of their self-images. Percept Mot Skills 40: 307–324
37. Gieler U, Ernst R, Fritz J, Rohjahn J (1984) Mein Schuppenpanzer schützt mich! Persönlichkeitsbild und Körperbeschwerden bei Psoriasis-Patienten. Vortrag 60. Nordwestdeutscher Dermatologenkongreß, Hannover, September 1984
38. Gieler U, Ernst R, Neraal T, Welp (1985) Psychosomatische Aspekte bei der Akne vulgaris. Vortrag 113. Tagung der Deutschen Dermatologischen Gesellschaft, Zürich 1985
39. Grünzig H-J, Kächele H (1978) Körperbeschwerden in der psychosomatisch-psychotherapeutischen Ambulanz Ulm. (unveröffentl. Materialien, Ulm)
40. Hampel R, Fahrenberg J (1982) Freiburger Beschwerdenliste FBL. Gruppenvergleiche und andere Studien zur Validität. Forschungsberichte des Psychologischen Instituts der Albert-Ludwig-Universität Freiburg
41. Hartmann HP (1985) Therapieergebnisse nach stationärer Psychotherapie. Medizinische Dissertation, Universität Gießen (in Vorbereitung)
42. Höck K, Hess H (1975) Der Beschwerdebogen (BFB) – Ein Siebtestverfahren der Neurosendiagnostik für Ärzte und Psychologen. VEB Deutscher Verlag der Wissenschaften, Berlin
43. Horn K, Beier C, Wolf M (1983) Krankheit, Konflikt und soziale Kontrolle. Westdeutscher Verlag, Opladen
44. Ibe B (1983) Berufliche und psychosoziale Entwicklung nach einem Herzklappenersatz. Medizinische Dissertation, Universität Gießen
45. Junker H (1981) Zur psychischen Situation ratsuchender Studenten – in Selbsteinschätzungen, Psychodiagnostik und Therapeutenurteilen. Zweiter Bericht der Psychotherapeutischen Forschungs- und Beratungsstelle an der GHS Kassel
46. Kächele H (1977) Körperbeschwerden von Ingenieurschulstudenten. (unveröffentl. Materialien, Ulm)
47. Kerekjarto M, Meyer AE, Zerssen D von (1972) Die HHM-Beschwerdenliste bei Patienten einer internistischen Ambulanz. Psychosom Med Psychoanal 18: 1–16
48. Klapp C (1982) Genetisch bedingte, isolierte Hypercholesterinämie – Inadäquate Krankheitseinsicht und mangelnde Therapieadhärenz als Wegbereiter eines schicksalhaften Krankheitsverlaufs. Medizinische Dissertation, Universität Gießen
49. Klapp B, Laubach W, Scheer JW (1985) Körperbeschwerden von Infarktpatienten. (unveröffentl. Materialien, Gießen)
50. Klein H (1985) Die Gynäkologen aus Sicht der Patientinnen. Theoretische Medizinische Dissertation, Universität Gießen
51. Kokott HOJ (1980) Aufarbeitung des Umkircher Dokumentationssystems mit einer Beispielauswertung zu einer körperlichen Beschwerdeliste – unter weiterer Berücksichtigung der Beziehungen zwischen einigen Fragebögen und Tests. Psychologische Diplomarbeit, Universität Freiburg
52. Kordy H (1985) Körperbeschwerden von Patienten der Ambulanz der Psychosomatischen Klinik Heidelberg. (unveröffentl. Materialien, Heidelberg)
53. Kronsbein H, Boppel C (1982) Paarbeziehungsstrukturen bei MS-Patienten. Vortrag beim Kongreß für Klinische Psychologie, Berlin
54. Landeck, Möhlen K (1985) Katamnestische Untersuchung an Herzoperierten. (unveröffentl. Manuskript, Gießen)
55. Liffler W (1982) Verarbeitungsmuster bei Mastektomiepatientinnen und ihren Partnern. (unveröffentl. Manuskript, Marburg)
56. Meyer A, Davies-Osterkamp S (1984) Zur Paardynamik bei Refertilisierungspatientinnen und ihrer Partner. In: Tewes U (Hrsg) Angewandte Medizinpsychologie. Fachbuchhandlung für Psychologie, Frankfurt/M.
57. Moeller ML (1978) Psychodiagnostische Befunde von Paargruppenanwärtern. (unveröffentl. Materialien, Gießen)

58. Moeller ML, Scheer JW (1974) Psychotherapeutische Studentenberatung. Probleme der Klientel – Probleme der Institution. Thieme, Stuttgart
59. Möhlen K (1982) Körperbeschwerden von Patienten einer psychosomatischen Station. (unveröffentl. Manuskript, Gießen)
60. Möhlen K, Brähler E (1984) Beschwerdebild und Selbstkonzept von Patienten mit Ulcus duodeni vor und 4 Jahre nach einer Operation. Psychosom Med Psychoanal 30: 150–163
61. Möhring P, Brähler E (in Vorbereitung) Körpererleben bei ehemaligen Krebspatientinnen und ihren Partnern. In: Brähler E (Hrsg) Körpererleben – ein subjektiver Ausdruck von Leib und Seele. Springer, Berlin Heidelberg New York Tokyo
62. Möhring P, Wittmeyer H, Brähler E (in Vorbereitung) Paarbeziehungsstrukturen und Körpererleben bei ehemaligen Krebspatientinnen und ihren Partnern. Geburtshilfe Frauenheilkd
63. Morgenthaler A (1981) Die Bedeutung der Hysterektomie im weiblichen Lebenszusammenhang. Psychologische Dissertation, Universität Wien
64. Neraal T, Meyer A, Brähler E (1983) Zur Anwendung des GT-Paartests in der Familiendiagnostik. Prax Kinderpsychol Kinderpsychiatr 32: 278–285
65. Netter P (1981) KFA von funktionellen Beschwerden bei Spontanangabe und standardisierter Befragung. In: Janke W (Hrsg) Beiträge zur Methodik in der differentiellen diagnostischen und klinischen Psychologie. Hain, Königstein i. Ts., S 393–420
66. Overbeck G (1975) Objektivierende und relativierende Beiträge zur Pensée operatoire der französischen Psychosomatik. Habilitationsschrift, Universität Gießen
67. Overbeck G (1979) Körperbeschwerden bei Patienten der psychosomatischen Ambulanz. (unveröffentl. Materialien, Frankfurt/M.)
68. Overbeck G (1979) Beziehungsmuster von Ulcus-Kranken und ihren Partnern. (unveröffentl. Materialien, Frankfurt/M.)
69. Paar G (1982) Körperbeschwerden von Nierensteinerstträgern. (unveröffentl. Materialien)
70. Reiter L (1983) Gestörte Paarbeziehungen. Theoretische und empirische Untersuchungen zur Ehepaardiagnostik. Vandenhoeck & Ruprecht, Göttingen
71. Richter H-E (1974) Lernziel Solidarität. Rowohlt, Reinbek
72. Richter H-E, Beckmann D (1973) Herzneurose. Thieme, Stuttgart
73. Richter R (1982) Körperbeschwerden von türkischen Frauen, die den Gynäkologen aufsuchen. (unveröffentl. Manuskript, Hamburg)
74. Richter R, Trittmacher (1983) Körperbeschwerden von Patienten mit operierten Hypophyseadenom und Hormonsubstitution. (unveröffentl. Manuskript, Hamburg)
75. Rodenstein M (1980) Fraueninteressen in Gesundheitspolitik und -forschung. Soziale Welt 2: 176–190
76. Salm A (1980) Psychologische Aspekte der Herzkatheterisierung. Theoretische Medizinische Dissertation, Universität Gießen
77. Salm A (1983) Katamnestische Untersuchungen von Herzklappenoperierten. (unveröffentl. Manuskript, Gießen)
78. Secord PF, Jourard SL (1953) The appraisal of body cathexis: Body cathexis and the self. J Consult Psychol 17: 343–347
79. Strupowski R, Dierking W (1979) Einige Aspekte des Gesundheitsverhaltens bei Gießener Obdachlosen. Medizinische Dissertation, Universität Gießen
80. Weihrauch E (1979) Migräne- und Akupunkturtherapie. Vortrag, Universität Gießen
81. Willi J (1985) Koevolution. Rowohlt, Reinbek
82. Wirth H-J, Richter H-E (1980) Veränderungen der Paarbeziehung und der Körperbeschwerden durch Zwei-Wochen-Paarkurztherapie. Vortrag, Universität Gießen
83. Woynar W (1979) Körperbeschwerden von verschiedenen Gruppen von Patientinnen in der Gynäkologie. (unveröffentl. Manuskript, Marburg)
84. Zenz H (1971) Empirische Befunde über die Gießener Fassung einer Beschwerdenliste. Psychother Med Psychol 21: 7–13
85. Zenz H, Marschall P, Balzer-Böken B (1983) Untersuchungen über Leistungsverhalten und körperliches Wohlbefinden von Schülern. Forschungsbericht der Abteilung Medizinische Psychologie der Universität, Ulm
86. Zerssen D von (1971) Die Beschwerdenliste als Test. Therapiewoche 21: 1908
87. Zerssen D von (1976) Beschwerdenliste. Beltz, Weinheim

Körperbeschwerden von Kindern im Alter von 8-15 Jahren

E. Brähler, R. Ernst, W. Hettich, H. Klein und A. Otten

Kinder werden im Laufe ihrer Schulzeit einer Vielzahl von Leistungsprüfungen unterzogen, sei es durch Klassenarbeiten, sei es durch Intelligenz- oder Leistungstests. Pädagogische Bemühungen sind damit befaßt, auf welche Art und Weise der Lernstoff appetenter dargeboten werden kann, wie die Motivation der Schüler erhöht werden kann, und man diskutiert, welche Lerninhalte von Bedeutung sind und deshalb unbedingt in den Lehrplan gehören. Zwar haben sich Erziehende immer wieder in den Kopf gesetzt, auch den Körpern ihrer Zöglinge pädagogisch Gutes anzutun, doch „eine Pädagogik, die den Körper ernst nahm, hatte ihn doch verfehlt, weil sie an ihm vorbei auf Vollkommenheit zielte" (Wünsche 1982). Die Überbetonung des Erwerbs von Kulturtechniken ist im Zuge der Bildungsreform oft kritisiert worden und der Erwerb sozialemotionaler Fähigkeiten gefordert worden. Die Schulsituation ist heute dennoch weitgehend körperfeindlich. Die musischen Fächer sind sehr in den Hintergrund getreten, sie werden am ehesten von Stundenausfällen betroffen. Der Körper der Kinder spielt in der Schule nur marginal eine Rolle, er hat ruhig und diszipliniert zu sein und soll die Kopfarbeit nicht behindern. Es gibt zwar ein Fach Leibeserziehung, auch Sport genannt, das der Körperertüchtigung dienen soll. Gefordert werden hier Körperbeherrschung und wiederum Leistung. Das Körpererleben der Kinder ist Privatsache und liegt nicht in der Verantwortung der Schule.

Bei Störungen des Körpererlebens der Schüler wird der Experte Arzt konsultiert, der versucht, diese Störungen an einem organischen Attribut festzumachen und durch geeignete Behandlungsmethoden zu beseitigen, was nicht immer gelingt.

Das hat zur Folge, daß ein nicht geringer Prozentsatz von Kindern sogar mit Psychopharmaka versorgt wird (vgl. Hildebrandt u. Schultz 1984).

Mit Impfungen und Vorsorgeuntersuchungen im Kleinkindalter und mit Reihenuntersuchungen in der Vorschul- und Schulzeit, z. B. wegen Karies, wird versucht, einen hohen Stand der Volksgesundheit zu erreichen, doch dies beschränkt sich auf für Reihenuntersuchungen leicht zugängliche organische Störungen.

Auf seiten der Medizin findet zwar die spezifische Situation der Kinder und Jugendlichen ihren Ausdruck in einem eigenen Bereich – der Pädiatrie –, in der sich speziell um Säuglinge, Kinder und Jugendliche gekümmert wird, unabhängig von den jeweiligen Krankheiten. Damit wird dem entwicklungsbezogenen Aspekt des Körpers

Rechnung getragen. Die Lehrbücher der Kinderheilkunde geben facettenreich Aufschluß über den Ablauf der körperlichen Entwicklung und einen Überblick über mögliche Erkrankungen im Säuglings- und Kindesalter. Die Situation von Jugendlichen wird abgehandelt in meist kurzen Kapiteln über die Pubertät und die körperlichen Veränderungen in dieser Zeit (vgl. Wiscott et al. 1977; von Harnack 1971). Dem subjektiven Körperempfinden der Kinder und Jugendlichen wird keine Beachtung geschenkt.

Die Entwicklungspsychologie wiederum hat eindrucksvoll auf die enge Verbindung somatischer und psychischer Entwicklung hingewiesen (Nickel 1974), wie wohl auch hier vor allem der kognitiven Entwicklung Vorrang eingeräumt wurde (Oerter 1974). In der psychoanalytischen Theoriebildung zeigen vor allem die Arbeiten von Mahler et al. (1984) und Kestenberg (1968) die Relevanz körperlicher Prozesse in der Entwicklung des Seelenlebens des Kindes.

Das Erleben des eigenen kindlichen Körpers ist jedoch nur sekundär Gegenstand von Überlegungen.

Bei Erwachsenen ist die Diskrepanz zwischen subjektiven Körperbeschwerden und organischem Befund so häufig beobachtet worden, daß man für die Patienten mit vielen Körperbeschwerden, bei denen kein organisches Störungsäquivalent nachgewiesen werden kann, mannigfaltige Bezeichnungen einer Störung bzw. Krankheit gewählt hat: Nervosität, Neurotizismus, vegetative Labilität und Dutzende anderer (vgl. z. B. Netter 1981).

Es ist eine häufige Erfahrung gerade von Kinderärzten, daß Kinder und Jugendliche ganz besonders ihren Körper erleben und daß gerade bei Kindern der Körper als Mitteilungsorgan für seelische Befindlichkeit fungiert und subjektives Empfinden und organischer Befund oft noch weiter auseinanderklaffen, als dies bei Erwachsenen der Fall ist. Gerade die neueren Diskussionen zur Magersucht weisen darauf in aller Ausdrücklichkeit hin (Bruch 1980).

Doch die Kinder werden weniger ernst genommen als Erwachsene und oft des Fabulierens, Simulierens und Phantasierens verdächtigt. Oftmals werden Beschwerden von Kindern auch bagatellisiert als „Kinderkrankheiten“, „das kommt vom Wachsen“ etc. Man gesteht den Kindern oft kein Recht auf körperliche Beschwerden zu, sondern erklärt ihre Beschwerden als vorübergehend, eingebildet oder natürlich. Vorherrschend ist ein Mythos vom makellosen Kinderkörper (vgl. auch Scherer 1982). Während in der Literatur übereinstimmend mitgeteilt wird (vgl. z. B. Bräutigam u. Christian 1981), daß die Beschwerden geschlechts- (die Frauen klagen mehr als die Männer) und altersabhängig sind (die Älteren klagen mehr als die Jüngeren), weiß man über Beschwerden von Kindern und Jugendlichen unter 18 Jahren sehr wenig. Implizit findet eine Extrapolation der Altersabhängigkeit der Beschwerdehäufigkeit bei Erwachsenen auf Kinder und Jugendliche statt, so daß man bei diesen eine geringe Beschwerdehäufigkeit vermutet.

Für „Problemkinder“ sind inzwischen eine ganze Reihe von Körperbeschwerdebögen entwickelt worden, die jedoch alle von den Eltern auszufüllen sind und damit eher die verzerrten Zuschreibungen der Eltern als die Körperbeschwerden der Kinder erfassen. Bei der Untersuchung an einer Stichprobe von verhaltens- und psychisch gestörten Kindern konnten wir zeigen, daß die Kinder wesentlich mehr und andere Beschwerden angeben als ihre Eltern bei ihnen vermuteten (vgl. Brähler et al. 1983).

Wir wollen an dieser Stelle von der Entwicklung eines Kinderbeschwerdebogens und seiner Erprobung bei 303 Schulkindern im Alter von 8–15 Jahren berichten. Ziel der

Entwicklung des Bogens ist der Einsatz bei Kinderärzten bzw. Hausärzten zu einer systematischen Abfrage von Körperbeschwerden, da bei einer spontanen Beschwerdeäußerung nur wenig Beschwerden genannt werden, vor allem nur die, die in engem Zusammenhang mit dem zum Arztbesuch führenden Symptom stehen. Der Bogen soll ein umfassendes Bild über die Körperbeschwerden des Kindes vermitteln und Leitbeschwerden erkennen lassen. Für Psychologen und Ärzte, die mit Verhaltensstörungen und anderen psychischen Auffälligkeiten von Kindern konfrontiert sind, soll er Hinweise auf den Leidensdruck ermöglichen.

Entwicklung des Kinderbeschwerdebogens

Der Kinderbeschwerdebogen wurde zunächst abgeleitet aus dem Gießener Beschwerdebogen, der inzwischen als standardisiertes Instrumentarium für Erwachsene zur Verfügung steht und sich in vielen Untersuchungen bewährt hat (vgl. Brähler u. Scheer 1983). Einige Items des GBB wurden nicht verwandt, da sie für Kinder nicht in Frage kommen, andere Items wurden umformuliert, damit sie für Kinder verständlicher werden. Hinzugefügt wurden mehrere Beschwerden, die bei Erwachsenen irrelevant sind, aber nach Expertenurteilen (Kinderärzte, Psychologen und Familientherapeuten) bedeutsam erschienen. Vorgesehen ist auch die Angabe von nicht im Fragebogen enthaltenen Beschwerden. Nach einem Probelauf bei 40 psychisch gestörten Kindern wurde der Fragebogen um einige dieser zusätzlich angegebenen Beschwerden ergänzt. Gefragt wird nach der Häufigkeit der Beschwerden, unter denen die Kinder leiden.

Die zunächst im Hinblick auf die vermeintlich geringe Differenzierungsfähigkeit der Kinder vorgenommene 3stufige Skalierung mit „nie", „manchmal" und „häufig" wurde erweitert, da viele Kinder beim Probelauf Zwischenankreuzungen vornahmen. Es wird gefragt, ob sie unter den Beschwerden „nie – selten – manchmal – oft – dauernd" leiden.

Die 80 im Fragebogen enthaltenen Items stammen aus dem Bereich Allgemeinbefinden, Vegetativum, Schmerzen und Emotionalität sowie „Kinderbeschwerden" wie Seitenstechen etc. Abb. 1 gibt einen Überblick über die Lokalisation der Beschwerden.

Der Fragebogen wurde 303 Schülerinnen und Schülern einer Grund- und zweier Gesamtschulen in insgesamt 12 Schulklassen im 3. bis 8. Schuljahr vorgelegt, meist durch die Biologielehrer/innen. Die Kinder haben die Bögen mit sehr viel Interesse ausgefüllt, da sie es zur Abwechslung nicht mit einer Leistungskontrolle zu tun hatten, sondern sich über ihre Körperbeschwerden auslassen konnten. Die Tabelle 1 zeigt die Verteilung der Kinder nach Alter und Geschlecht.

Die Items wurden meist alle gut verstanden, insgesamt wurden 98,9% beantwortet. Am häufigsten nicht beantwortet wurden die Items:

73	Druck- oder Völlegefühl im Leib	5,0%
30	Sodbrennen oder saures Aufstoßen	3,6%
21	Dick werden	3,3%
43	Hunger	3,0%

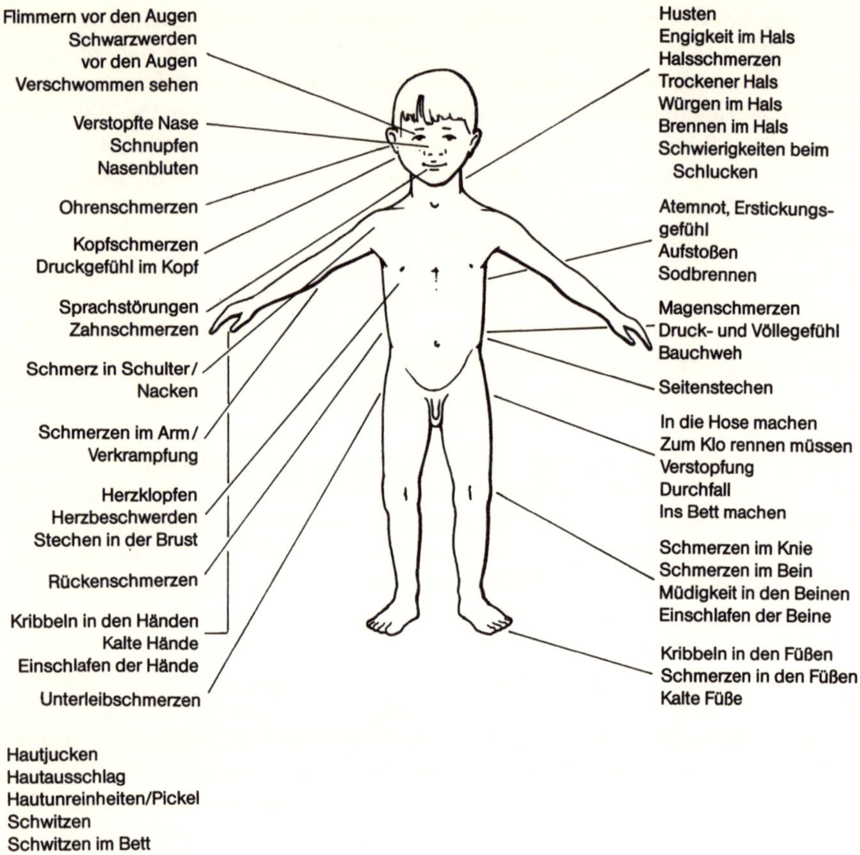

Abb. 1. Lokalisation der Beschwerden bei Kindern

Tabelle 1. Verteilung der Kinder nach Alter und Geschlecht

Geschlecht	8–10 J.	11–12 J.	13–15 J.	Gesamt
m	31	81	44	156
w	25	80	39	144
	56	161	83	300

3 Kinder vergaßen die Angabe zum Geschlecht

Diese Items wurden wohl nicht aus mangelndem Verständnis nicht angekreuzt, sondern weil sie unangenehm waren. Dies läßt sich daraus schließen, daß es meistens Mädchen waren, die bei diesen Items die Antwort verweigerten.

Die Abb. 2 zeigt die Beschwerden, die bei mehr als 70% der Kinder zumindest selten auftreten, geordnet nach der Summe von selten, manchmal, oft und dauernd.

Es ist überraschend, daß über 20 der 80 vorgegebenen Beschwerden bei über 70% der Kinder zumindest selten auftreten, während dies im Vergleich dazu bei Erwachsenen bei keinem der 57 Items der Fall ist. Insgesamt geben über 50% der Kinder bei 47 der 80 Beschwerden diese zumindest als selten an, während dies bei Erwachsenen nur bei 5 von 57 Items vorkommt.

Mag man auch die Leitbeschwerden Durst, Müdigkeit am Morgen, Hunger, Seitenstechen, Schnupfen, verstopfte Nase für Bagatellerscheinungen halten, so sind doch auch eine Reihe ernsthafterer Beschwerden sehr häufig.

Tabelle 2 zeigt den Vergleich der Körperbeschwerden bei Erwachsenen (18–60 Jahre, Eichstichprobe, vgl. Brähler u. Scheer 1983) und Kindern. Ein Vergleich ist nur bei diesen identisch formierten Items sinnvoll. Bei diesen 22 Items klagen die Kinder bei 19 Items mehr und nur bei 3 Items weniger als die Erwachsenen.

Es ist festzustellen, daß Kinder im Alter von 8–15 Jahren so viel Körperbeschwerden haben wie keine Altersgruppe von Erwachsenen – immer noch viel mehr als ältere Menschen. Dies wirft viele Fragen auf, da bei Erwachsenen eine hohe Klagsamkeit in Richtung Nervosität, Depression oder Neurotizismus interpretiert wird. Sind die vielen Beschwerden der Kinder entwicklungsbedingt oder sind sie ein Indiz für eine

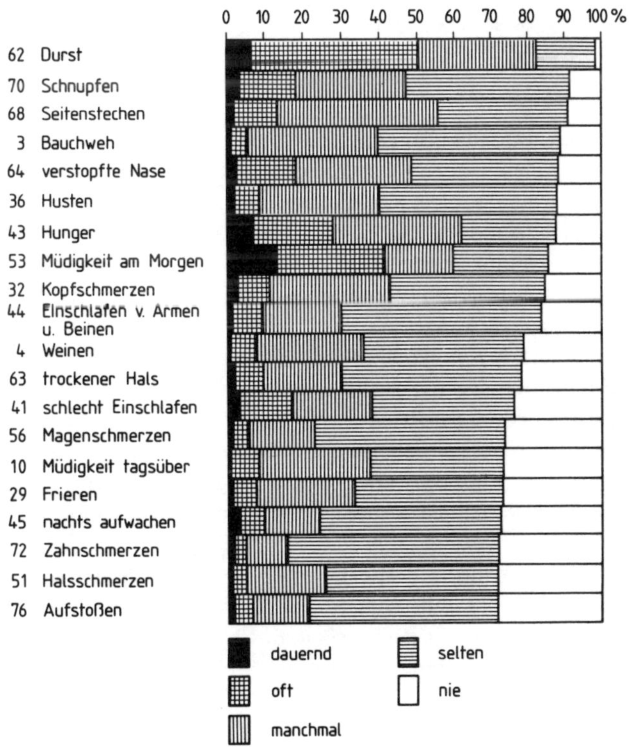

Abb. 2. Die häufigsten Beschwerden der Kinder

Tabelle 2. Vergleich ausgewählter Körperbeschwerden bei Kindern (8–15 J.) und Erwachsenen (18–60 J.) – („kaum" bis „stark" bzw. „selten" bis „dauernd" zusammengefaßt in Prozent)

Beschwerden	Kinder (n=303)	Erwachsene (n=1557)
Schwächegefühl	46,2	38,6
Starkes Schwitzen	67,7	50,7
Erbrechen	58,4	10,5
Übelkeit	69,3	18,8
Sodbrennen oder saures Aufstoßen	43,6	22,2
Kopfschmerzen	84,5	59,3
Gefühl der Benommenheit	36,3	23,3
Verstopfung	25,1	28,9
Mattigkeit	60,7	43,4
Durchfall	67,3	12,8
Zittern	45,5	19,3
Halsschmerzen	71,0	26,3
Kalte Füße	61,4	40,4
Magenschmerzen	74,3	32,8
Druckgefühl im Kopf	39,9	33,5
Sprachstörung	32,7	5,7
Druck- oder Völlegefühl im Leib	88,4	39,9
Übermäßiges Schlafbedürfnis	39,9	50,0
Kloßgefühl, Engigkeit oder Würgen im Hals	18,5	17,1
Aufstoßen	71,0	32,2
Schweregefühl oder Müdigkeit in den Beinen	51,2	39,5
Anfallsweise Herzbeschwerden	14,9	26,7

permanente Überforderung durch den Leistungsdruck in der Schule oder dürfen sich Kinder mehr trauen Körperbeschwerden zu haben als Erwachsene? Es ist bekannt, daß Frauen mehr klagen als Männer, die nicht wehleidig sein dürfen und wollen. Nehmen vielleicht Kinder ihren Körper besser wahr, so daß die vermehrte Klagsamkeit über Körperbeschwerden etwas Positives ist? Es gibt Untersuchungen bei Kindern, wo das Ausmaß der Klagsamkeit über Beschwerden als Indikator für Gesundheit versus Krankheit verwendet wird (vgl. Schrör 1984). Bei einer von uns parallel durchgeführten Untersuchung in der Ambulanz der Gießener Kinderklinik ergab sich jedoch, daß die kranken Kinder im Schnitt wesentlich weniger Beschwerden angaben als die Schulkinder. Dies könnte vielleicht daran liegen, daß Kinder, die sich in Behandlung einer Klinik befinden, scheuen, viele Beschwerden anzugeben, weil sie Angst vor weiteren ärztlichen Maßnahmen haben, oder es ist möglich, daß eine Erkrankung mit bestimmten Leitbeschwerden einhergeht, die alle anderen Beschwerden in den Hintergrund treten lassen.

Wenn man die WHO-Definition von Gesundheit ernst nimmt, so kann man bei Kindern nicht unbedingt von körperlichem Wohlbefinden ausgehen und auf eine blühende Gesundheit schließen, doch andererseits ist es vielleicht auch eine gesunde Reaktion, auf äußere Belastungen direkt körperlich zu reagieren.

Beschwerdekomplexe

Durch Faktoren- und Itemanalysen wurden Komplexe von Beschwerden ermittelt, die in ihrem Auftreten miteinander verknüpft sind. Es zeigte sich zunächst, daß sich bei den Kindern ein genauso stark dominierender Faktor einer „allgemeinen Klagsamkeit" bzw. eines „Beschwerdedrucks" feststellen läßt wie bei Erwachsenen. Fast alle Korrelationen zwischen den Items sind positiv. Für die 11- bis 15jährigen ließen sich 5 voneinander abgrenzbare Beschwerdenkomplexe ermitteln, die sowohl bei Mädchen und Jungen gleichermaßen auffindbar waren. Auf die Ermittlung geschlechtsspezifischer Beschwerdekomplexe soll hier nicht eingegangen werden. Für die 9- bis 10jährigen ergaben sich die im folgenden mitgeteilten Beschwerdekonfigurationen nicht, bei ihnen sind die Beschwerden anders konglomeriert.

Der *Beschwerdekomplex 1* umfaßt folgende Beschwerden:

3 Bauchweh
17 Erbrechen
20 Übelkeit
48 Durchfall
56 Magenschmerzen
73 Druck- und Völlegefühl im Leib
76 Aufstoßen
79 Sodbrennen oder saures Aufstoßen.

Dieser Beschwerdekomplex ist sehr ähnlich der Skala „Magenbeschwerden" bei Erwachsenen. Hinzu kommen noch Bauchweh und Durchfall, so daß man diesen Beschwerdekomplex am ehesten mit *Bauchbeschwerden* charakterisieren kann.

Beschwerdekomplex 2 umfaßt die Items:

36 Husten
42 Kalte Hände
51 Halsschmerzen
54 Kalte Füße
64 Verstopfte Nase
70 Schnupfen.

Dieser Beschwerdekomplex tritt bei Erwachsenen nicht auf, er läßt sich mit „*Erkältungsbeschwerden*" zusammenfassen, wobei die Items „Kalte Hände" und „Kalte Füße" zunächst nicht dazugehörig erscheinen.

Der *Beschwerdekomplex 3* beinhaltet die Items:

8 Schmerzen in den Armen
11 Schmerzen im Knie
24 Schmerzen im Bein
35 Schwierigkeiten beim Schlucken
40 Schmerzen in den Füßen
77 Schweregefühl oder Müdigkeit in den Beinen.

Dieser Beschwerdekomplex ist mit *Mobilitätsbeschwerden* zu bezeichnen. Er hat keine Ähnlichkeit mit der Skala „Gliederschmerzen" der Erwachsenen, da Nacken-,

Schulter- und Kreuzschmerzen nicht enthalten sind, sondern nur Schmerzen in den Extremitäten. Das Item „Schwierigkeiten beim Schlucken" ist zunächst etwas aus dem Rahmen fallend. Die Items dieses Beschwerdekomplexes treten eher selten auf.

Beschwerdekomplex 4 umfaßt die Items:

10 Müdigkeit tagsüber
14 Starkes Schwitzen
33 Schnell müde werden
47 Mattigkeit
53 Müdigkeit am Morgen
68 Seitenstechen
74 Übermäßiges Schlafbedürfnis.

Dieser Beschwerdekomplex zeigt Ähnlichkeiten mit der Skala *Erschöpfung* bei den Erwachsenen und ist mit dieser Bezeichnung auch zu charakterisieren.

Beschwerdekomplex 5 besteht aus den Items:

9 Schwarz vor den Augen werden
12 Schwindelig werden
18 Verschwommen sehen
27 Flimmern vor den Augen
34 Schwanken und Torkeln
37 Gefühl der Benommenheit.

Dieser Beschwerdekomplex ist bei Erwachsenen nicht vorzufinden. Er ist am besten zu bezeichnen mit *Kreislaufbeschwerden.* Die Items dieses Beschwerdekomplexes treten eher selten auf.

Die Skala „Herzbeschwerden" bei Erwachsenen ist bei Kindern nicht vorzufinden. Von den 4 Skalen bei den Erwachsenen finden sich nur die zwei „Erschöpfung" und „Magenbeschwerden" bei den Kindern wieder, während sich bei den Kindern 3 Beschwerdekomplexe auffinden lassen, die sich bei Erwachsenen nicht zeigen: „Erkältungsbeschwerden", „Mobilitätsbeschwerden" und „Kreislaufbeschwerden". Dies bedeutet, daß sich die Körperwahrnehmung der Kinder partiell sehr stark von der der Erwachsenen unterscheidet.

Geschlechts- und Altersabhängigkeit der Körperbeschwerden

Um die Geschlechts- und Altersabhängigkeit der Beschwerden zu überprüfen, wurde eine 2-Weg-Varianzanalyse nach Geschlecht und Alter (8–10, 11–12, 13–15 J.) durchgeführt. 30 Items erwiesen sich als geschlechtsabhängig. Am stärksten unterschiedlich wurden folgende Items beantwortet ($<0,001$):

3 Bauchweh
4 Weinen
6 Unterleibsschmerzen
13 Rückenschmerzen
38 Brennen oder Kribbeln in Händen und Füßen

42 Kalte Hände
50 Zittern
51 Halsschmerzen
52 Leicht rot werden
54 Kalte Füße
56 Magenschmerzen.

Bei allen diesen Beschwerden klagten die Mädchen mehr als die Jungen.

17 der 80 Items erwiesen sich als altersabhängig, am deutlichsten ($p < 0{,}001$) die folgenden:

4 Weinen
10 Müdigkeit tagsüber
16 Stolpern und Hinfallen
26 Schwitzen im Bett
48 Durchfall
67 Hautunreinheiten.

Stolpern und Hinfallen, Schwitzen im Bett sowie Durchfall nehmen mit zunehmendem Alter kontinuierlich ab, während Müdigkeit tagsüber und Hautunreinheiten

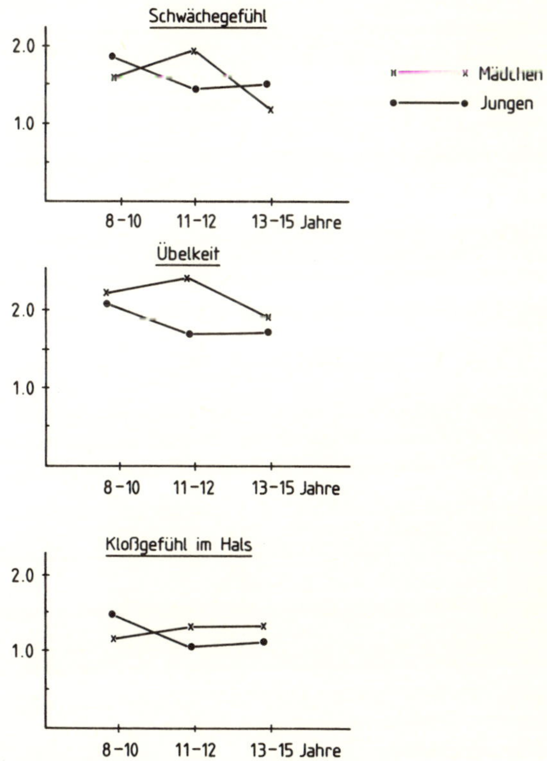

Abb. 3. Alters- und Geschlechtsabhängigkeit ausgewählter Items

kontinuierlich zunehmen. Über Weinen klagen die 13- bis 15jährigen weniger als die jüngeren Altersgruppen.

Bei 16 der 80 Items ergaben sich Interaktionseffekte zwischen Alter und Geschlecht, am stärksten bei den Items ($p < 0{,}01$)

1 Schwächegefühl
15 Schmerzen in der Schulter und im Nacken
17 Erbrechen
19 Ohrenschmerzen
20 Übelkeit
75 Kloßgefühl im Hals.

Bei all diesen Items zeigen die Mädchen deutlich mehr Beschwerden als die Jungen in der Altersgruppe von 11–12 Jahren, während dies in den anderen Altersgruppen eher

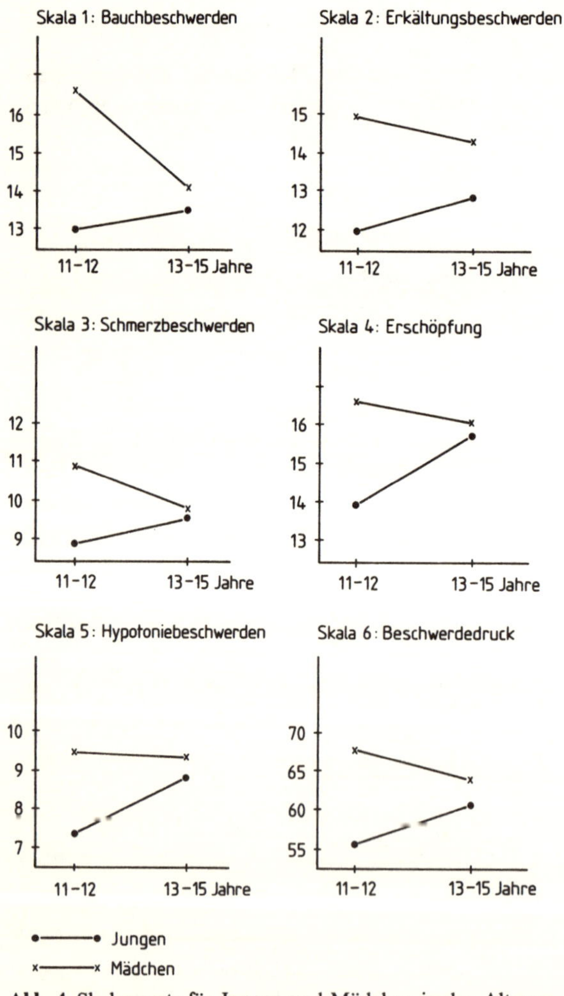

Abb. 4. Skalenwerte für Jungen und Mädchen in den Altersgruppen 11–12 und 13–15 Jahre

umgekehrt oder nicht ausgeprägt ist. Alle diese Beschwerden nehmen bei den Jungen in der Altersgruppe 11–12 Jahre ab und steigen bei den Mädchen an. Als Beispiel sind die Werte für Jungen und Mädchen in den 3 Altersgruppen für die Items 1, 20 und 75 in der Abb. 3 wiedergegeben.

Die Abb. 4 zeigt die Skalenwerte für die Jungen und Mädchen in den beiden Altersgruppen 11–12 und 13–15 Jahre. Bei allen Skalen zeigt sich eine höhere Klagsamkeit der Mädchen. Eine Altersabhängigkeit zeigt sich nur bei Skala 1 „Bauchbeschwerden", die mit höherem Alter zurückgehen.

Bei den Skalen 1, 4, 5 und 6 zeigt sich ein signifikanter Interaktionseffekt von Alter und Geschlecht, der tendenziell auch bei den Skalen 2 und 3 vorhanden ist.

Diskussion der Ergebnisse

Bei der Betrachtung der vorliegenden Ergebnisse ist das *Ausmaß*, in dem sich Kinder und Jugendliche durch körperliche Beschwerden beeinträchtigt fühlen, erstaunlich. Wie aus der Erforschung des Arztaufsuchverhaltens bei älteren Menschen bekannt ist, beinhalten körperliche Veränderungen in bestimmten Lebensabschnitten die Gefahr der Attribuierung von Beschwerden auf Alterungsprozesse, was zu einem Übersehen oft schwerer Krankheiten führen kann (Haug 1981). Auch bei Kindern und Jugendlichen ist die Interpretation von körperlichen Beschwerden durch die Erwachsenen oft mit Wachstumsprozessen in Zusammenhang gebracht worden, so daß ein Nichtwahrnehmen der kindlichen Klagen folgen kann und eine Tröstung auf bessere Zeiten. Körperliche Beschwerden werden auf vorübergehende Erscheinungen reduziert. Gleichzeitig wird in der Literatur auf die allgemeine Verunsicherung der Kinder und Jugendlichen durch die Veränderungen in ihrem Körper hingewiesen (Zenz et al. 1983). Wenn man bedenkt, daß Kinder ihrem Körper oft noch viel näher sind als Erwachsene (Hildebrandt u. Schultz 1984), kann die Ängstlichkeit um den Verlust der körperlichen Integrität, die gerade bei der Autonomieentwicklung die entscheidende Grundlage ist, nachempfunden werden. Kranksein und sich körperlich beeinträchtigt fühlen, kommt dem Wiederabhängigsein von den Eltern gleich.

Außerdem sind die kindlichen und jugendlichen Vorstellungen über Krankheit zu beachten: kranksein heißt verletzlich sein; Krankheit und Beschwerden werden oft als Strafe für unerlaubtes Tun interpretiert (Cohn 1983). Die Drohungen der Eltern mit dem Arzt oder Krankenhaus, wenn das Kind sich nicht wohlverhält, reihen sich hier ein (Robertson 1974). Gleichzeitig ist das Wissen über die Funktionen der einzelnen Körperteile und das Körperinnere dem allgemeinen kognitiven Entwicklungsstand der Kinder entsprechend ausgebildet, so daß eine rationale Interpretation der Beschwerden den Kindern oft nicht möglich ist (Gutezeit u. Marake 1984).

Bei der Beobachtung von Kindern und Jugendlichen im Spiel fällt die Lust am Sich-zur-Schau-stellen auf, die Freude sich körperlich erfahren zu können, die Lust anzuschauen und angeschaut zu werden.

Die Bedeutung des eigenen Körpers für die soziale Anerkennung durch andere ist evident (Stutte 1971). Das Sich-verlassen-können auf den eigenen Körper im Aussehen und seinen Funktionen ist für die Kinder und Jugendlichen wichtig (Clifford 1971).

Im Alter zwischen 10 und 16 Jahren ist die permanente Irritation durch die körperlichen Wachstumsprozesse gekoppelt mit einer wachsenden Beanspruchung der Kinder und Jugendlichen (Baake 1976).

Die Anforderungen in der Schule steigen; die Bedeutung schulischer Leistungen für das spätere Leben wird den Kindern klarer; dem Drang nach Bewegung und Aktivität steht das Stillsitzenmüssen in der Schule entgegen, meist auf Schulmöbeln, die nicht unbedingt eine Entlastung der kindlichen Muskulatur und des Knochenbaus bewirken (Zenz et al. 1983).

Während bei Beschwerden von Erwachsenen die psychosomatische Betrachtungsweise ubiquitär geworden ist, wird bei Kindern die körperliche Reaktion auf psychische Belastung nur partiell diskutiert (Wallis 1971). Dies mag z. T. mit der Vermeidung einer iatrogenen Fixierung und der frühzeitigen Stigmatisierung von Kindern und Jugendlichen zu tun haben. Andererseits ist die Gefahr der Chronifizierung bei der Nichtbeachtung der körperlichen Beschwerden gegeben.

Bestimmte *Beschwerdekomplexe*, die beobachtet wurden, lassen eher eine Interpretation im Sinne einer Wachstumsentwicklung und der damit einhergehenden körperlichen Veränderung zu. Die Mobilitätsbeschwerden können auf eine Verunsicherung im Erleben der Extremitäten hinweisen. Eine disproportionale Entwicklung des Körpers und der Extremitäten ist bekannt. Gleichzeitig sind die Arme und Beine wichtig für die Abgrenzung und Autonomie der Kinder und Jugendlichen. Weggehen können, sicher laufen können, greifen und halten können, sind in dieser Zeit relevante Funktionen; sie beinhalten eine Reaktivierung der Prozesse früherer Separationsphasen (Mahler et al. 1984; Joraschky 1983).

Kreislaufbeschwerden können Ausdruck der allgemeinen Labilisierung des Kreislaufsystems sein. Die hormonalen Veränderungen wirken sich aus. Gleichzeitig weisen jedoch die Beschwerdekomplexe „Bauchschmerzen" und „Erschöpfung" auf die starke Belastung der Kinder und Jugendlichen im Alltag hin, die sich in körperlichen Symptomen zeigen. Die Kreislaufbeschwerden können somit auch im Hinblick auf Belastung diskutiert werden (Reissig 1980).

Erkältungskrankheiten, die einen eigenen Komplex darstellen, lassen auf Ansteckungen in der Schule schließen. Von der z. T. epidemieartigen Ausbreitung von Erkältungskrankheiten in Schulen und auch in sonstigen Einrichtungen, in denen viele Menschen zusammen kommen, ist immer wieder in der Tagespresse zu lesen. Andererseits muß bei jedem einzelnen eine Labilisierung vorliegen, so daß die Erreger sich durchsetzen können, was wiederum auf die Belastung der Kinder und Jugendlichen hinweist.

Die *geschlechtsspezifischen* Unterschiede in der Häufigkeit bestimmter Beschwerden verdeutlichen die schlechtere subjektive Befindlichkeit der Mädchen. Die Mädchen fühlen sich stärker durch körperliche Beschwerden beeinträchtigt. Es gibt kaum Beschwerden, unter denen die Jungen mehr leiden. Im Zusammenhang der Diskussion um Magersucht, die auch häufiger bei Mädchen zu beobachten ist, wird auf die konflikthaftere Entwicklung der Mädchen hingewiesen. Den Mädchen bieten sich in der Zeit mehr Modelle für ihr zukünftiges Leben an (Hausfrau, Mutter, Berufstätige, qualifizierter Beruf). Die geradlinige Entwicklung der Jungen, bei denen die Frage der späteren Berufstätigkeit und das Sorgen für sich selbst selten zur Debatte steht, schützt vor inneren Konflikten während der Entscheidungsprozesse. Eine Nichterfüllung dieser Erwartungen kann aber auch manifeste Probleme mit sich bringen. Mädchen können bei allen schulischen Leistungen immer wieder die grundlegende Überlegung des zukünftigen Lebens mitreflektieren. Versagen und Erfolg haben somit eine andere Wichtigkeit.

Andererseits können die geschlechtsspezifischen Differenzen der Beschwerden aber auch schon Ausdruck des unterschiedlichen Umgehens mit Beschwerden und Krankheit bei Kindern und Jugendlichen sein. Beschwerden und Klagsamkeit werden Mädchen gesellschaftlich eher zugestanden. Die Bedeutung der Sozialisation von Klagsamkeit wird deutlich, da Weinen bei den älteren Jugendlichen deutlich weniger angegeben wird. Die Ausprägung der Beschwerdekomplexe zeigt für Mädchen und Jungen über die Altersstufen hinweg einen unterschiedlichen Verlauf. Mädchen geben generell mehr Beschwerden an. Diese Tatsache nivelliert sich bei der älteren Altersstufe dahingehend, daß die Mädchen tendenziell weniger Beschwerden angeben, die Jungen aber in allen Beschwerdekomplexen bedeutend mehr Beschwerden in der älteren Altersstufe nennen und sich damit eher der Klagsamkeit der Mädchen annähern. Dies würde einer Interpretation im Sinne von Rollenmustern widersprechen und vielmehr auf eine Phasenverschiebung in der Beschwerdehäufigkeit hinweisen. Daten über jüngere Gruppen liegen für die Beschwerdekomplexe nicht vor, da die Organisation der Beschwerden für die jüngere Altersstufe zwischen 8–10 Jahre andere Komplexe aufweist. Die vorliegenden Daten können bislang so verstanden werden, daß Mädchen früher mit allgemeinen Beschwerden konfrontiert sind und mit zunehmendem Alter eine Anpassung zur leichten Reduzierung führt, wohingegen bei den Jungen eine phasenverschobene Konfrontation mit körperlichen Beschwerden beobachtet werden kann. Inwieweit puberale körperliche Prozesse eine Rolle spielen, müßte noch untersucht werden. Generell ist jedoch das Ausmaß der Beschwerden zu beachten. Beschwerden sind immer auch Ausdruck von Beanspruchungen und Belastungen, sei es nun körperlicher oder sozialer Art. Unabhängig von geschlechts- und altersspezifischen Unterschieden im Beschwerdeausmaß ist grundsätzlich die größere Beschwerdehäufigkeit in allen Untergruppen der Kinder und Jugendlichen im Vergleich zu den Erwachsenen auffällig. Eine verstärkte Erforschung der Beschwerden der Kinder mit und an ihrem Körper ist nötig.

Literatur

Baake D (1976) Die 13- bis 16-jährigen. Urban & Schwarzenberg, München

Brähler E, Scheer JW (1983) Der Gießener Beschwerdebogen (GBB) – Testhandbuch. Huber, Bern Stuttgart Wien

Brähler E, Ernst R, Klein H, Overbeck A (1983) Arbeitsbericht zum DFG-Projekt ‚Interaktion in familientherapeutischen Sitzungen'. Manuskript, Universität Gießen

Bräutigam W, Christian P (1981) Psychosomatische Medizin. Thieme, Stuttgart

Bruch H (1980) Der goldene Käfig. Das Rätsel der Magersucht. Fischer, Frankfurt

Clifford E (1971) Body satisfaction in adolescence. Percept Mot Skills 33: 71–72

Cohn N (1983) Psychologische Faktoren und Prozesse bei der Entstehung und dem Verlauf von psychogenem Schmerz. Psychother Psychosom Med Psychol 33: 13–19

Gutezeit G, Marake J (1984) Untersuchungen zur Wirksamkeit verschiedener Einflußgrößen auf die Selbstwahrnehmung bei Kindern und Jugendlichen. Prax Kinderpsychol 33: 133–141

Harnack GA von (Hrsg) (1971) Kinderheilkunde. Springer, Berlin Heidelberg New York

Haug MR (1981) Age and medical care utilization patterns. J Gerontol 33: 103–111

Hildebrandt H, Schultz M-L (1984) „Wenn ich traurig bin, bin ich auch krank". Kinder – Körper – Gesundheit. Jugend u. Politik, Reinheim

Joraschky P (1983) Das Körperschema und das Körper-Selbst als Regulationsprinzipien der Organismus-Umwelt-Interaktion. Minerva, München

Kestenberg JS (1968) Outside and inside, male and female. J Am Psychoanal Assoc 16: 457–520

Mahler MS, Pine F, Bergmann A (1984) Die psychische Geburt des Menschen. Fischer, Frankfurt

Netter P (1981) KFA von funktionellen Beschwerden bei Spontanangabe und standardisierter Befragung. In: Janke W (Hrsg) Beiträge zur Methodik in der differentiellen, diagnostischen und klinischen Psychologie. Hain, Königstein, S 393

Nickel H (1974) Entwicklungspsychologie des Kindes- und Jugendalters, Bd I. Huber, Bern Stuttgart Wien

Oerter R (1974) Moderne Entwicklungspsychologie. Auer, Donauwörth

Reissig M (1980) Zur körperlichen Entwicklung von Schülern vom 12. bis 16. Lebensjahr. In: Friedrich U, Müller H (Hrsg) Zur Psychologie der 12–22-jährigen. Deutscher Verlag der Wissenschaften, Berlin, S 64–83

Robertson J (1974) Kinder in Krankenhäusern. Reinhard, München Basel

Scherer R (1982) Der Körper des Kindes. In: Kamper D, Wulf C (Hrsg) Die Wiederkehr des Körpers. Suhrkamp, Frankfurt

Schrör E (1984) Psychosomatische Belastungen in der Pubertät. Vortrag beim Workshop des SFB 129 der Universität Ulm: „Adoleszenz – Weichenstellung zu Gesundheit und Krankheit?", Ulm

Stutte H (1971) Thersites-Komplex bei Jugendlichen. Dtsch Ärztebl 68: 119–125

Wallis H (1971) Psychosomatische Störungen. In: Harnack GA von (Hrsg) Kinderheilkunde. Springer, Berlin Heidelberg New York, S 411 ff

Wiscott A, Betke K, Kunzer W (Hrsg) (1977) Lehrbuch der Kinderheilkunde. Thieme, Stuttgart New York

Wünsche K (1982) Die Muskeln, die Sinne, die Reden: Medien im pädagogischen Bezug. In: Kamper D, Wulf C (Hrsg) Die Wiederkehr des Körpers. Suhrkamp, Frankfurt

Zenz H, Marschall P, Balzer-Böken B (1983) Untersuchungen über Leistungsverhalten und körperliches Wohlbefinden von Schülern. Forschungsbericht der Abt. f. Med. Psychologie der Universität Ulm

Sachverzeichnis

Abstinenz
–, therapeutische 81, 93
Acne vulgaris 69
Aggression 57, 134
Agieren 81
Alexithymie 79, 200
Angst 58, 166
Anorexia nervosa 79, 185, 227
Artefakte 69
Arzt 147, 253
Asthma bronchiale 90

Bewegungstherapie
–, konzentrative 29, 77
Beziehung
–, Arzt-Patient 12
–, Mutter-Kind 175
–, Paar- 187, 244
Body focus questionnaire (BFQ) 46, 213

Desomatisierung 20, 81
Drama 203
Dualismus (Leib/Seele) 3

Ehepaare 181, 187, 241
Ekzem
–, endogenes 68
Entfremdung (des Körpers) 77
Entspannung
–, funktionelle 30, 95
Entwicklung
–, psychosexuelle 19, 82
– der Körperwahrnehmung 41
– und Haut 63
–sstörungen 91

Feldabhängigkeit 42
Fertilitätsstörung 181
Fluor genitalis 147
Fragebogen
– BFQ 46, 213
– GBB 190, 232
– Kinder- 255
– z. Körpererleben 220
– z. Menstruation 223
Frauen 147, 161, 189, 220, 241
Funktionsstörungen
–, sexuelle 154, 228

Gangstörungen
– spinal-ataktische 114
Geburt 161
Gießen-Test 245
Gießener Beschwerdebogen (GBB) 190, 232
Gruppentherapie 90

Haltung 24
–, therapeutische 93
Haut 62
–krankheiten 67
Herzoperierte 240
Hirsutismus 220
Hypochondrie 130
Hysterie 23

Ich 22, 44, 62, 92, 130
Interaktion
– Arzt-Patient- 134
– Mutter-Kind- 21

Jugendliche 253

Kinder 253
– beschwerdebogen 255
Kindeswunsch
– weiblicher 154, 162
Konflikt 20, 52, 90, 133

Kontrazeptiva 225
Konversion 20, 52
Körper 4, 19, 78
–beschwerden 187, 197, 232, 253
–bild 28, 65, 92, 221
–biographien 208
–entfremdung 77
–erleben, szenisches 207
–geschichten 204
–grenzen 45
–oberfläche 62
–schema 34, 53, 92, 221
–Selbst 23, 34, 83, 91
–selbstbild 137
–therapien 30, 90
–wahrnehmung 37, 94, 110, 205
Kränkung 133, 181
Krebspatient 202
–, Genital- 187

Laienätiologie 239
Leib 5, 34
–/Seele 3

Männer 125, 137, 189, 242
Miktion 129
Medizin 3, 151
Menstruation 154
Muskelverspannung (Dystonus) 25, 92, 118
Mütterlichkeit
–, primäre 176

Narzißmus 131
Neurosentheorie 19
Neurotiker 238

Persönlichkeit 42, 54, 79, 127
Phantomglied 37
Prostatopathie 125
Psoriasis vulgaris 67
Psychoanalyse 3, 19, 43, 51, 77, 90, 164
Psychosomatik 10, 26, 199
psychosomatisch
–e Erkrankung 65, 91, 237
–e Fluor genitalis 154
–es Krankheitsbild 118, 125
– Patienten 77, 200

Raumorientierung 39
Relevanzen 205
REP-GRID-Test 215
Rückenschmerzen
– chronische 117

Schmerz 50, 110, 170
Schwangerschaft 166
Schule 253
Sexualethik 181
Sexualität 144, 154, 163
Sexualleben 188
Siebtest 238
Sklerose
– multiple 110
Sterilitätsbehandlung 181
Stillen 176

Übertragung 29, 91

Verlaufsstudien 240

Wahrnehmung 65, 83
– Körper– 37, 94, 110, 205
Wochenbett 171

Zonen
– erogene 19, 44

edition psychosozial

Horst-Eberhard Richter
Die Gruppe

Hoffnung auf einen neuen Weg, sich selbst und andere zu befreien

Psychoanalyse in Kooperation mit Gruppeninitiativen

Mit einem Nachwort des Autors sieben Jahre später und einem Vorwort von Hans-Jürgen Wirth 23 Jahre später

Unveränderte Neuauflage 1995
380 Seiten, 36.-DM
ISBN 3-930096-37-4

Richters Ausführungen über die emanzipatorischen Chancen wie über den möglichen Mißbrauch gruppenpsychologischer Prozesse sind also nach wie vor hochaktuell. Die Neuausgabe von Richters "Klassiker" in der "edition psychosozial" macht ein Buch wieder zugänglich, das Generationen von Sozialarbeitern, Lehrern, Psychologen, Sozialpsychiatern und sozial engagierten Bürgern begleitet hat und wohl auch in Zukunft eine wichtige Basislektüre sein wird.

Prof. Dr. Dr. Horst-Eberhard Richter,
geschäftsführender Leiter des
Sigmund-Freud-Instituts Frankfurt.

edition psychosozial • Dr. H.-J. Wirth
Friedrichstr. 35 • 35392 Gießen,
Tel: 0641/77819 • Fax: 0641/77742